GOLDMANN

Buch

In der Nacht vor ihrer Hinrichtung besinnt sich der Apotheker Ambrosius auf die schicksalhafte Geschichte der Grete Minde, die ein Opfer der Habgier ihrer eigenen, in Tangermünde angesehenen Familie wurde. Da ist der alte Minde, der erst durch die Heirat mit der reichen Pragerin Libussa seine Geschäfte ausbauen konnte. Mit ihrem Tod beginnt der Streit um das Erbe. Der bodenständige Heinrich verweigert dem nach der Mutter geratenen Peter seinen Anteil. Aus der Heimat vertrieben, zieht der durch das kriegserschütterte Europa, um schließlich an der Seite von Moritz von Oranien für die Befreiung der Niederlande zu kämpfen. Hier in der Fremde lernt er auch seine Frau Margaritje kennen. Ihr Kind nennen sie Margarete. Es soll eines Tages die Früchte des wartenden Erbes genießen. Nach Peter Mindes plötzlichem Tod machen Mutter und Tochter sich in dessen Heimat auf. Doch es erwarten sie nicht Wärme und Mitgefühl, sondern die hartherzige Kälte einer Bürgersfamilie, die ihren Besitz um jeden Preis verteidigen will.

Autorin

Barbara Bartos-Höppner, geboren in Eckersdorf (Schlesien), gehört zu den bekanntesten deutschen Kinder- und Jugendbuchautorinnen. Ihre vielgelesene Trilogie »Die Bonnins« gibt die Geschichte einer preußischen Familie. Barbara Bartos-Höppners Bücher errangen zahlreiche internationale Preise und wurden in 17 Sprachen übersetzt. Die Autorin lebt heute mit ihrer Familie in der Nähe von Hamburg.

Barbara Bartos-Höppner

Die Schuld der Grete Minde

GOLDMANN VERLAG

Ungekürzte Ausgabe

Umwelthinweis:
Alle bedruckten Materialien dieses Taschenbuches
sind chlorfrei und umweltschonend.
Das Papier enthält Recyclinganteile.

Der Goldmann Verlag
ist ein Unternehmen der Verlagsgruppe Bertelsmann

Genehmigte Taschenbuchausgabe 7/96

Umschlagentwurf: Design Team, München
Umschlagfoto: Archiv für Kunst und Geschichte, Berlin
Druck: Presse-Druck, Augsburg
Verlagsnummer: 43472
MV · Herstellung: Heidrun Nawrot
Made in Germany
ISBN 3-442-43472-6

1 3 5 7 9 10 8 6 4 2

Das Leben ist der Güter höchstes nicht,
Der Übel größtes aber ist die Schuld.

Schiller, *Die Braut von Messina*

1. Kapitel

Die Türglocke schepperte und schepperte, hell, fordernd. Sie alarmierte das Haus.

»Wo brennt's denn?« Die behäbige Alwine schreckte hoch. Neben dem offenen Herdfeuer hatte sie silberglänzende Plötzen geschuppt. Sie lauschte, aber kein Schritt war zu hören, aus dem Hof nicht und auch nicht aus dem Allerheiligsten. Sie warf den Fisch zu den beiden anderen, goß sich aus der Kanne neben dem Spülstein einen Schwaps Wasser über die Hände, wischte sie an der grauen Leinenschürze trocken, schlurfte über die Sandsteinplatten zur Haustür, schob den Riegel zurück und öffnete.

Zwei Leute standen davor. Eine Frau und ein Mann in mittleren Jahren. Schon an ihrer Kleidung war zu erkennen, daß sie aus unterschiedlichen Häusern kamen.

»Meister Ambrosius muß kommen«, rief die Frau, und der Mann sagte: »Der Altbürgermeister Guntz schickt mich.«

»Ich seh's«, sagte die Alwine. »Und wer von Joachim Guntz kommt, der wird wohl zuerst dran sein.«

»Nee!« rief die Frau. »Wer von der Kathe Krulle kommt, der is zuerst dran, und heute bestimmt.« Sie warf dem Mann einen feindseligen Blick zu. »Immer denkt ihr feinen Leute, ihr müßtet zuerst dran sein. Aber diesmal nich, sage ich.«

In diesem Augenblick tauchte hinter der Wirtschafterin ein großer, hagerer Mann auf, dem das weiße Haar bis auf die Schultern fiel. Bis jetzt hatte er unter hellem Kerzenlicht gelesen, nun kniff er die Lider zusammen, um im diffusen Licht der Rüböllampen besser sehen zu können.

»Was gibt's?« fragte er.

Dann erkannte er die beiden.

»Ach, du bist es, Adam. Was hat er denn, dein Herr?«

»Er hat gesagt, es drückt ihn so. Er muß mit Euch sprechen, Meister.«

Ambros Ambrosius nickte. Dann wandte er sich an die Frau. »Und die Kathe Krulle?«

»Ich glaube, Meister, die macht's nich mehr lange. Die hat es so auf der Brust. Die kriegt gar keine Luft nich. Die reißt die Augen immer so auf.«

Ambros Ambrosius nickte wieder. »Ich komme.«

»Und zu wem zuerst, Meister Ambrosius?«

»Geh heim und sag der Kathe Krulle, ich komme, und ich werde bleiben, bis es ihr besser geht.«

»Ich dank vielmals, Meister Ambrosius. Das wird sie sehr beruhigen.«

Dann sah Ambros Ambrosius den Mann an und wiederholte: »Ich komme.«

»Danke, Meister Ambrosius.«

Der Apotheker schloß die Tür und verriegelte sie wieder.

»Nu wird es wohl wieder nischt mit dem Abendbrot zur gewohnten Zeit?«

»Vermutlich nicht, Alwine. Aber halt nur das Feuer in Gang und den Topf mit dem Sud am Kochen. Fische brauchen ja nicht lange.«

»Ach, Meister, zur Kathe Krulle und zum Altbürgermeister, was soll denn das? Ich weiß nich, was es soll, wo doch alles beschlossene Sache is. Wir ändern doch nischt mehr dran.«

»Sicher nicht, Alwine, aber zu bestehen haben wir's noch.«

»Also gut, ich warte, bis Ihr wiederkommt, Meister Ambrosius.«

Ambros Ambrosius ging in seine Apothekerstube zurück, die von der Alwine das Allerheiligste genannt wurde, denn mit dem Wort »Stube« war diesem Raum eigentlich nicht beizukommen. Er zog sich von der Hausfront an der Marktseite bis zur Hinterfront in den Hof. Im Vorderteil standen sich die Regale gegenüber, in denen die kunstvoll gedrechselten Holzbüchsen aufgereiht waren, die in schöner Schrift ihren Inhalt preisgaben. Daneben standen in einem Regal die reichverzierten Tonkrüge, und auf gleicher Höhe, im Regal gegenüber, die Albarelli, die formschön mit leuchtenden Farben in Blau und Gelb bemalten Fayencen aus Italien. Dann standen Flaschen im Regal, große und kleine Vierkantflaschen mit schwarzen Aufschriften, Mörser standen darin, eine Apothekerwaage, ein Satz Gewichte, ein Stundenglas und Arzneilöffel. Das alles zog sich an den Wänden entlang bis zu einem kleinen Raum, dem Laboratorium, das mit einem dicken Vorhang von dem größeren abgetrennt werden konnte. Hier gab es eine Feuerstelle, neben der die dreifüßigen Kessel, Kesselchen und Trichter an den Wänden hingen, und davor standen runde, langhalsige Glasbehälter auf hölzernen Schemeln.

Im vorderen Raum befanden sich noch zwei einfache, braune Tische. Auf dem einen wurden die Rezepturen hergestellt, auf dem anderen, nahe beim Fenster, lagen in Schweinsleder gebundene Bücher. Eins davon, die Augsburger »Pharmacopoeia«, war aufgeschlagen, zwei andere, der Basler »Hortus sanitatis« und das vom hochgerühmten Pierandrea Mattioli verfaßte und ins Deutsche übertragene »New Kreuterbuch« lagen zugeklappt daneben.

Auf dem Armlehnstuhl hinter dem Tisch hatte Ambros Ambrosius gesessen, als an der Türglocke gerissen worden war. Beim eiligen Aufstehen war ihm das Kissen heruntergefallen. Er hob es auf, rückte den Stuhl wieder zurecht und langte nach seiner Tasche, die immer bereit auf dem Fußboden neben der hinteren Tischwange stand. Jetzt setzte er die Tasche auf den Tisch und öffnete sie, obwohl er wußte, daß er alles darin verpackt hatte, was zur schnellen Hilfe notwendig war. Digitalis fürs Herz war darin, Papaveraceae zum Schmerzstillen, Alaun war darin, um das Blut zu stillen, zwei silberne Arzneilöffel, Leinenbinden und Zangen, um Zähne zu ziehen.

Der Apotheker schloß die Tasche, sorgsam, fast umständlich, als ob er die Eile vergessen hätte, mit der an seiner Haustür geläutet worden war. Er sah die Büchsen auf dem Regal an, eine nach der anderen. Schön waren sie, sie hatten alle gelb eingefaßte Deckel und auf ihren Etiketten darunter die Blüten jener Kräuter, die sie enthielten. Nur gegen die Schmerzen der Seele war nichts darin, und gegen ein aufgewühltes Gewissen auch nicht. Und beides hätte er jetzt so notwendig gebraucht auf seinem Weg zur Kathe Krulle und zu Joachim Guntz.

In diesem Augenblick klopfte es.

»Ja, ich komme.«

Draußen im Flur stand ein mittelgroßer, kräftiger Mann um die Fünfzig: Gansauge, Gehilfe, Kutscher und gelegentlich Diener in einer Person. Er hatte die graue Leinenjacke schon gegen einen schwarzen Rock getauscht. Trotzdem war um ihn ein Geruch nach Pferdestall.

»Soll ich anspannen, Meister Ambrosius?«

Ambros Ambrosius schüttelte den Kopf. »Die beiden Wege machen wir zu Fuß.«

»Na ja, Meister, zu Guntzen, mit Verlaub, zum Altbürgermeister Guntz, da is es ja nich weit, aber zur Kathe Krulle?«

»Da ist es auch nicht weit.«

»Na ja, aber ich denk man bloß, wir haben zwar ein zeitiges Frühjahr, aber gegen Abend kommt's immer noch so kalt vom Wasser rauf, und das Pflaster könnte überfrieren und...«

»Stimmt, Gansauge, aber du bist ja bei mir und kannst mir die Tasche tragen.«

»Wenigstens das, Meister Ambrosius, und ich nehm auch die Laterne mit. Und den Pelz, den hab ich auch schon bei der Alwine übers Feuer gehalten.«

»Nein, nein, Gansauge, den Pelz brauch ich nicht, ich nehm die Schaube.«

»Aber die is doch nich warm genug.«

»Also gut, dann nehm ich eben den Pelz. Wenn er mir zu warm wird, dann trägst du ihn.«

Die beiden machten sich auf den Weg, und noch während Ambros Ambrosius die drei Stufen hinunterging, die von seiner Haustür auf die Straße führten, war er sich nicht schlüssig, zu wem er zuerst gehen sollte. Das Haus des Joachim Guntz lag in der Kirchstraße. Dorthin waren es, genaugenommen, nur Schritte. Und für die Krulle würde mehr Zeit nötig sein.

»Zum Altbürgermeister«, sagte er.

Als sie kurz darauf vor seinem Tor standen, hob Gansauge den Löwenkopf des Türklopfers und ließ ihn zurückfallen.

Es dauerte nur Augenblicke, bis ihnen eine Magd öffnete. In dieser Zeit bemerkte Ambros Ambrosius, wie schön das neue, zweiflüglige Tor geworden war. Gewiß, die Ständer zu beiden Seiten hatten ihr Schnitzwerk noch nicht wieder, aber sie standen so breit und behäbig da wie eh und je.

Die Hausfrau empfing Meister Ambrosius.

»'n Abend, Ambros«, sagte sie.

»'n Abend, Elsbeth, wie steht's denn?«

Sie zuckte die Achseln, und nachdem sich der Apotheker von Gansauge die Tasche hatte geben lassen, führte sie ihn zu dem Kranken.

Halb liegend saß Joachim Guntz in einem breiten, mit Schaffellen ausgepolsterten Lehnstuhl, bis an die Brust mit einem Wolfsfell zugedeckt. Er streckte dem Apotheker die Hand entgegen. »Danke, daß du so schnell gekommen bist, Ambros, danke.« Seine Hand mit dem großen, goldenen Siegelring fiel auf das Wolfsfell zurück.

Elsbeth Guntz rückte einen Stuhl an den Sessel heran und ging hinaus.

»Ambros«, fragte Joachim Guntz unvermittelt, »können wir noch was tun?«

Der Apotheker schüttelte den Kopf.

»Aber wenn wir beide doch überzeugt sind, daß es ein Unrecht ist, daß... daß dieses Urteil zum Mord wird?«

»Joachim, das hättest du eher so deutlich sagen müssen – und an anderer Stelle.«

Joachim Guntz nickte. »So wie du.«

»Ich habe mich damit in schlimmsten Widerspruch zum Stadtrat und zum Schöppenstuhl gebracht, und ich habe mir die Feindschaft vieler Bürger zugezogen, aber das werde ich ertragen. Es wird immer Leute geben, Kranke, die zu mir kommen, weil sie meine Hilfe wollen. Denn mit dem Urteil, das morgen vollstreckt wird und das ich nicht habe verhindern können, damit werde ich bis an mein Lebensende nicht fertigwerden. Und ein paar andere auch noch. Aber das muß jeder mit sich selber ausmachen, du auch.«

»Kann man nicht doch noch irgend etwas tun, Ambros?«

Nicht einmal in dieser Stunde nennt er beim Namen, woran er denkt, dachte der Apotheker. Deshalb bohrte er: »Was meinst du damit, Joachim?«

»Ich meine, ob man ihr zur Flucht verhelfen könnte.«

»Hast du deshalb nach mir geschickt?«

»Ja, Ambros.«

Der Apotheker schüttelte den Kopf. »Ich habe auch darüber nachgedacht«, sagte er. »Aber ich weiß keinen Weg. Wenn sie allein im Turm säße... vielleicht.« Er zuckte mit den Schultern. »Aber sie sind zu dritt. Es gibt keinen Weg, Joachim. Man hat es fertiggebracht, die Leute so gegen sie aufzubringen, daß jeder in der Stadt nur noch Rache will. Nein, sie ist nicht rauszuholen. Sie wird von zu vielen bewacht. Und dazu der Stadtvogt! Der will doch beweisen, wie sehr sich die Bürger auf ihn verlassen können, wenn es um Recht und Ordnung geht.«

»Aber wenn sie es doch nicht gewesen ist! Ambros, ich schlafe seit einer Woche nicht mehr.«

»Ich auch nicht, Joachim.«

»Aber jetzt, Ambros, diese letzte Nacht – diese letzte Nacht bis morgen früh! Ich sehe ihr Gesicht immerzu vor mir, und ich höre sie schreien: Glaubt mir doch, Ihr Herren, ich bin unschuldig! Ich habe die Stadt nicht angezündet. Ich wollte nur mein Recht, für mich und mein Kind.« Joachim Guntz faltete die Hände. Das war in dem langhaarigenWolfsfell kaum zu sehen.

»Dir und mir wird niemand die Stunden dieser Nacht erleichtern, Joachim. Ich kann dir aber etwas geben, damit du schlafen kannst.« Er öffnete die Tasche und holte einen der Silberlöffel heraus.

»Was gibst du mir?« fragte Joachim Guntz.

»Ein starkes Schlafmittel.« Ambros Ambrosius griff nach der Flasche mit Papaveraceae. Er öffnete sie. Wieviel? dachte er, wieviel kann er vertragen, er ist ein alter Mann. Dann zählte er sorgsam und ließ Tropfen auf Tropfen in den Löffel fallen. »Nimm«, sagte er. Und als Joachim Guntz nach dem Löffel langte, sah der Apotheker, wie sehr ihm die Hand zitterte.

»Und wenn das Licht des morgigen Tages kommt?« fragte Joachim Guntz. »Und wenn sie dann zum Richtplatz gefahren werden? Und wenn sie...«

»Vielleicht schläfst du dann noch. Aber ich kann dir noch etwas von der Medizin hierlassen, damit du auch über diese Stunden hinwegkommst.« Der Apotheker holte sich einen Becher vom Bord. Digitalis für sein Herz, dachte er, es ist ohnehin angegriffen, und danach tropfte er noch einmal Papaveraceae dazu.

»Für morgen früh«, sagte er. »Elsbeth sollte den Becher zudekken.«

»Und was wirst du tun, Ambros?«

»Ich weiß es noch nicht. Vielleicht werde ich auch einen Schlaftrunk nehmen. Die leichten helfen mir schon lange nicht mehr. Vielleicht werde ich aber an alle die Mindes denken; an die einen, die mir nahegestanden haben, und auch an die anderen, die soviel Schuld auf sich laden.«

In diesem Augenblick stöhnte der alte Joachim Guntz laut auf. »Wenn das Heinrich wüßte, unser aufrechter Freund Heinrich Minde, der soviel für unsere Stadt getan hat.«

Ambros Ambrosius nickte. »Jaja, ich weiß nur nicht« – er unterbrach sich – »nein, ich bin mir sicher, daß dieses Unrecht schon zu seiner Zeit mit ihm den Anfang genommen hat.«

»Ambros, du urteilst hart. Er war doch auch nur ein Mensch.«

Ihre Blicke trafen sich.

»Ich habe keine Sünden zu vergeben, Joachim, aber ich habe in diesen Wochen gegrübelt und gegrübelt über die Anfänge, eben weil sie so menschlich verständlich sind, wie du sagst, und keiner ahnt, was daraus werden kann. Aber jetzt leb wohl. Ich habe noch einen Besuch zu machen.« Der Apotheker sagte nicht zu wem, klappte die Tasche zu, legte dem alten Bürgermeister die Hand auf den Arm und ging zur Tür.

Als er sie öffnete, stand Elsbeth Guntz vor ihm.

»Ich habe die Magd einen Imbiß vorbereiten lassen, lieber Ambros.«

Der Apotheker schüttelte den Kopf. »Danke, das ist freundlich von dir, aber im Augenblick ist es mir unmöglich, etwas zu essen. Laß mich bitte gehen. Ich muß noch zur Kathe Krulle. Sie hat die Nachbarin zu mir geschickt.«

Elsbeth Guntz nickte und drehte sich nach der Magd um. »Leuchte dem Meister hinaus.« Und die Magd hakte die Rüböllampe von der Wand und ging vor dem Apotheker her.

Neben der Tür erhob sich Gansauge von seinem Stuhl und drückte die Klinke nieder.

Draußen auf der Straße war es heller als erwartet, immer noch. Es duftete nun stärker nach den Holzfeuern, die für die abendliche Suppe auf den Herdstellen und für die Wärme im Haus in den Kaminen allenthalben angezündet worden waren. Im Vorübergehen sah es der Apotheker gelb und rötlich hinter den Fensterscheiben tanzen und dachte: Alles erneuert sich, alles geht weiter, und doch kann das Rad mit einem Schlag angehalten und zurückgedreht werden.

Gansauge ging einen Schritt hinter Ambros Ambrosius, wie es sich gehörte für einen wie ihn. Das hatte ihm der Meister nicht erst zu sagen brauchen, so etwas verstand sich für einen wie ihn von selbst. Er war hier aufgewachsen. Sein Vater war Hafenknecht gewesen, und er selbst hatte sich unten am Hafen nützlich gemacht, sobald er für die Schiffer einen Krug Bier schleppen konnte. Aus den Bierkrügen waren mit den Jahren Fässer geworden und Getreidesäcke. Eines Tages hatte ihn dann plötzlich die Unruhe gepackt. Er war auf und davon gegangen und beim Kurfürsten von Brandenburg Soldat geworden. Zwanzig Jahre. Keine schlechte, aber eine lange Zeit. Mit kurfürstlicher Erlaubnis war er dann wieder heimgekommen. Und wie das Leben so spielt, gerade damals hatte der Apotheker einen neuen Gehilfen gesucht, umsichtig und vielseitig sollte er sein, und Meister Ambrosius war mit ihm zufrieden bis auf den heutigen Tag. Das hieß schon etwas, immerhin war Meister Ambrosius ein weitgereister Mann. In Frankfurt und in Bologna hatte er studiert, in Montpellier ebenso wie in Paris. Es verstand sich von selbst, daß man mit solch einem Mann nicht auf gleicher Höhe ging.

Die Kathe Krulle, zu der sie wollten, wohnte im Hühnerdorf, das am Ende der Stadt nach Osten zu lag. Ihr kleines Haus war strohgedeckt, ebenerdig und hatte zwei Stuben, die eine zur Straße hin, die andere zum Hof. Es war nicht das erste und nicht das letzte, es lag in der Mitte jener Straße der Kleinenleutehäuser hinter der Stadtmauer und dem Hühnerdorfer Tor.

Die beiden begegneten nicht vielen, aber wenn sie jemand trafen, dann zogen die Männer die Kappe, und die Frauen neigten Kopf und Schulter.

»'n Abend, Meister Ambrosius.«

»Guten Abend.« Sonst sagte der Apotheker nichts, und diese Schweigsamkeit bedrückte Gansauge.

»So 'n zeitiges Frühjahr«, sagte er. »Wenn man bloß wüßte, was das bedeuten soll. Ich bin heut unten am Fluß gewesen, kein Eis mehr. Das ganze böhmische Eis is durch. Bloß drüben zwischen den Buhnen, da staun sich noch 'n paar Eisschollen, und die sind auch schon braun.«

Ambros Ambrosius schwieg.

»Das is so schön. Am Tag, da is der Wind richtig warm, und an den Kopfweiden, da silbern schon die Kätzchen, und drunter blühn die Veilchen und die Anemonen.«

Ambros Ambrosius sagte nichts.

»Und wie ich gehört hab, waren die ersten Frachtkähne von Magdeburg schon da. Wenn man der Sache bloß trauen könnte.«

Ambros Ambrosius schwieg weiter.

»Und für morgen, hab ich gehört, sind die ersten Kähne von Meißen schon angesagt. Nee, so 'n zeitiges Frühjahr. Ich weiß nich, ob das gut is. So 'n zeitiges Frühjahr. Man denkt immer, es kommt noch was, es muß noch was kommen.«

»Vielleicht«, sagte der Apotheker, »vielleicht.«

Dann sahen sie beide in der Dämmerung das Haus der Krulle liegen. Und jetzt sagte auch Gansauge nichts mehr.

Neben der niedrigen Tür hing am rostigen Draht die kleine Schelle. Gansauge brauchte sie nicht erst in Bewegung zu setzen, die Tür wurde bereits von der Nachbarin geöffnet. Sie hielt die Laterne hoch.

»Gott sei Dank, Meister Ambrosius, Gott sei Dank.« Sie kümmerte sich nicht darum, ob die Haustür wieder geschlossen wurde, sie zeigte auf die Holztür, die in einen Raum führte, der alles in einem war, Wohnraum, Küche, Schlafraum. Unter dem Fenster stand ein breites Holzbett, in dem lag, auf blaukariertem Leinen und damit auch zugedeckt, eine Frau. Das Holzfeuer auf dem Herd beleuchtete ein eingefallenes Gesicht, weißes Haar, zu einem Knoten aufgesteckt. Die Hände, die aus einer barchenen Nachtjacke hervorsahen, waren kräftig. Die Brust der Frau hob sich schwer bei jedem Atemzug und fiel danach wieder zusammen, und als die Frau den Apotheker sah, schloß sie die weit aufgerissenen Augen.

»Danke, daß Ihr gekommen seid«, sagte sie leise.

Der große, wohlgeformte Mund der Frau verzog sich zu einem Lächeln.

»Ich geb dir jetzt erst mal etwas fürs Herz. Damit du wieder Luft bekommst.«

»Und dann bleibt Ihr hier, Meister Ambrosius, bis es vorüber ist?«

»Mit dir ist es noch lange nicht vorüber«, sagte der Apotheker. »Du hast eine Schwäche, und die geht vorbei.«

»Das mein ich nicht. Ihr sollt bei mir bleiben, Meister, bis es vorüber ist, morgen früh. Ich kann es alleine nicht ertragen.«

Ambros Ambrosius ließ sich von Gansauge die Tasche geben, holte wieder den Silberlöffel hervor, nahm die Flasche mit Digitalis heraus und ließ zehn, fünfzehn, zwanzig Tropfen in den Löffel fallen.

»Komm«, sagte er.

Sie öffnete ihre Lippen, und er gab ihr die Medizin auf die Zunge. Sie schluckte, hustete und sagte dann: »Ich ertrage es nicht alleine.«

»Wir müssen es alle ertragen«, antwortete Ambros Ambrosius. »Jeder für sich.« Er setzte sich auf den Bettrand, und als sich die Frau aufrichten wollte, faßte er hinter ihre Schulter und half ihr hoch. Die Nachtjacke klebte ihr am Rücken, und er wischte ihr den Schweiß von der Stirn.

»Ich gebe es dir gleich noch einmal«, sagte der Apotheker, »damit deine Atemnot aufhört. Und damit du ruhig wirst, habe ich auch noch etwas für dich.« Er langte wieder in seine Tasche und holte die Flasche mit Valerianaceae heraus. »Aber es ist so, Kathe Krulle, wir müssen es alle ertragen, jeder für sich.«

»Daß das Recht nicht mehr zählt, Meister, daß es verdreht und gebrochen wird von ein paar Männern, denen das Geld mehr wert ist als ein unschuldiges Menschenleben! Müssen wir das ertragen? Meister Ambrosius, Ihr hättet nicht die Medizin, Ihr hättet die Juristerei studieren sollen.«

»Dann hätte ich auch nur eine einzige Stimme gehabt.«

»Ich weiß, und Ihr habt sie eingesetzt.«

»Und der Altbürgermeister hat sie eingesetzt. Aber der Schöppenstuhl hat für schuldig gestimmt, Kathe Krulle.«

Die Frau nickte. Sie sah den Apotheker mit ihren fiebrigen, grauen Augen an. »Aber sie ist unschuldig, und wenn das Urteil vollstreckt wird, dann wird alle Gerechtigkeit aus der Welt gekommen sein. Niemand erinnert sich mehr an die Güte der Mindes, alle reden nur von der Schuld, die keine ist. Alle sind zufrieden, daß nun endlich das Feuer in der Stadt gerächt wird. Alle werden weiterleben, alle werden ihre Häuser wieder aufbauen, alle werden wieder ihr Bier brauen und ihr Tuch verkaufen. Das Leben auf dem Fluß wird weitergehen, und alle werden vor Petrus Asseburg, der sie dem Tod endgültig ausgeliefert hat, weiter ihre Kappen ziehen. Und dieser Bürgermeister, der nicht einmal den Eid hat sprechen müssen – wird ihm jemals das Gewissen schlagen?«

»Vielleicht erst auf dem Sterbebett«, sagte der Apotheker. »Aber das hilft der unglücklichen Grete Minde dann auch nicht mehr.«

Die Kranke, der die Atemnot wieder zusetzte, fiel auf das Kissen zurück.

»Und ich selbst, Meister Ambrosius? Wieviel Schuld habe ich auf mich geladen? Hat nicht das ganze große Unglück mit mir und Heinrich Minde angefangen?«

»Quäl dich nicht mit diesen Gedanken, Kathe Krulle. Margarete Minde ist zum Tode verurteilt worden für etwas, das sie nicht getan hat, und die Männer, die das Urteil ausgesprochen haben, wissen es und werden ungestraft durch unsere Stadt gehen. Es ist ein Unrecht, das zum Himmel schreit.«

Zwischen dem Apotheker und der Kathe Krulle blieb es still.

»Weißt du etwas von dem Kind, Kathe Krulle?«

Sie nickte. »Aber nicht einmal Euch, verehrter Meister Ambrosius, werde ich sagen, wo es ist. Margarete hat mir das Versprechen abgenommen, bei meinem Leben, daß ich zu keinem Menschen darüber rede. Es lebt, und es geht ihm gut. Es soll nach ihrem Willen keinen ihrer Nachkommen mehr geben, der sein Recht auf das Mindesche Erbteil fordern kann. Das Unglück soll mit ihrem Tod zu Ende sein, weil es keine Gerechtigkeit gibt in der Welt. Und deshalb werde ich auch Euch nicht sagen, wo das Kind ist.«

»Dann soll es so sein und bleiben«, sagte der Apotheker. Und er dachte: Wie gut. Sie weiß nicht, daß sie das Kind ausfindig gemacht haben. Er mischte in einem Glas Wein noch ein Schlafmittel zurecht.

Als sich Ambros Ambrosius zum Gehen anschickte, sagte die Kathe Krulle: »Ich weiß, Ihr müßt für alle da sein, auch wenn uns noch soviel« – sie hustete – »noch soviel verbindet.«

Er wischte ihr wieder den Schweiß von der Stirn, strich ihr das Haar zurück und ging. Auf dem Heimweg tappte Gansauge hinter ihm her wie ein treuer Hund, der alles spürt, aber nichts sagen kann. Und so konnte Ambros Ambrosius ungestört seinen Gedanken nachhängen. »Hat nicht das ganze große Unglück mit mir und Heinrich Minde angefangen?« hatte die Kathe Krulle gesagt, und er dachte: Wie genau sie es sieht. Und während er es dachte, verwandelte sich die Kranke in das hübsche, dunkelhaarige junge Mädchen, das im Mindehaus ein und aus gegangen war und zu irgendeiner Stunde, in irgendeiner Nacht zur Geliebten des angesehenen Ratsherrn Minde wurde, »der doch auch nur ein Mensch gewesen war«.

Daheim angekommen, gingen Ambros Ambrosius und Gansauge in den vorderen Teil der Küche, in dem ein viereckiger Tisch mit einer dicken Buchenplatte stand, und setzten sich zum Essen nieder. Ambros Ambrosius schöpfte sich eine Kelle Fischsud auf den Zinnteller, brach sich vom frischgebackenen Fladenbrot ein Stück ab und tunkte es hinein.

Alwine legte ihm eine Plötze vor. Er sah den Fisch nur an.

»Ist's nicht recht, Meister?«

»Doch, Alwine. Aber weißt du, manchmal...«

Gansauge dagegen ließ sich die Mahlzeit schmecken. Er hatte, wie meistens, einen gehörigen Hunger, und als Ambros Ambrosius aufgestanden und wieder in seine Apothekerstube gegangen war, sagte er: »An so 'ner Plötze is ja nich grade viel dran. Ich eß seine mit, damit du dich nich kränkst, Alwine.«

»Dir kann auch gar nischt den Appetit verderben.«

»Stimmt«, sagte Gansauge, »da muß schon viel passieren.«

Derweil saß Ambros Ambrosius in seinem Armlehnstuhl und legte die gefalteten Hände auf den Tisch. Der Sand im Stundenglas war fast durchgelaufen. Er wartete, bis die Waaguhr auf der

Säule zum Stundenschlag ansetzte, blätterte in der aufgeschlagenen Pharmacopaia, las, sah auf und sann, und als es an der Zeit war, drehte er das Glas um. Er sah zu, wie der helle Sand sich türmte und zusammenfiel und dachte: Was kann ich tun, um sie vor dem Ende zu retten? Bleibt mir nichts mehr außer der Gewißheit, daß es soweit ist, wenn der neue Tag kommt? Daß der Henker in die Kammer geht, die Ketten aufschließt und die Gefangenen herausholt, um sie hinter der Neustadt zum Richtplatz zu führen, sie, ihren Mann und den Müllerknecht, der genauso unschuldig ist wie sie? Bleibt mir denn gar nichts anderes mehr als zu warten?

Ambros Ambrosius grübelte, schlug die Pharmacopaia zu und wieder auf. Plötzlich hatte er einen Gedanken. Er würde sie damit nicht vor dem Tode retten, aber – er schob den Lehnstuhl zurück – hinter ihm im Regal waren in den verschiedensten Gefäßen die Arzneien aufbewahrt gegen die Schmerzen, gegen die leichten und gegen die schwersten.

Mandragora, dachte er.

Aber wie konnte man es ihr zuführen? Eine Oblate würde brechen. Und wie war es mit Brot? Brot! Das war unauffällig. Aber konnte man ihr klarmachen, wann sie es nehmen sollte?

Der Apotheker ging in die Küche hinüber zum Brotschrank neben dem Herd, kam mit einem Stück Brot zurück und nahm die Flasche mit Mandragora vom Regal. Dann zog er das Brotstück vorsichtig auseinander. Gansauge, dachte er, und sonst niemand. Er hob den Kerzenleuchter hoch, der auf seinem Schreibtisch stand, öffnete die Tür und ging den schmalen Hausflur entlang. An der letzten Tür auf der linken Seite klopfte er.

»Gansauge?«

»Ja, Meister?«

»Komm bitte.«

Nicht lange und Gansauge erschien, nur mit Hose und Hemd bekleidet. Ambros Ambrosius winkte ihm, und sie gingen zusammen in die Apothekerstube.

»Wenn ich mich recht erinnere, Gansauge«, sagte der Apotheker, »dann hast du gute Verbindungen zu den Wenden aus Kalbau.«

»Das is wahr, Meister Ambrosius, schon alleine deshalb, weil ich mal einen vor dem Absaufen gerettet hab. Aber das is halt schon viele Jahre her. Ich weiß ja auch nich, warum die Kerle nich schwimmen lernen, aber aus dem Grund hab ich ihn damals rausziehen müssen.«

Der Apotheker nickte. »Und wenn mich nicht alles täuscht, dann bewachen die Wenden aus Kalbau die Gefangenen im Turm.«

»Das stimmt, Meister Ambrosius. Und einer hat mir heut früh zugewinkt, als er auf Ablösung gegangen is, einer aus Brězans Sippe. Diese Leute haben ja in ihrer Dankbarkeit ein langes Gedächtnis.«

»Wie gut«, sagte Ambros Ambrosius. »Ich habe nämlich einen Auftrag für dich.«

Gansauge sah den Apotheker an.

»Keinen einfachen, Gansauge, und mitten in der Nacht. Es geht mir darum, der Margarete Minde ein Linderungsmittel zu schikken, ein Betäubungsmittel. Ich selber kann nicht gehen, man hat mir den Zutritt verboten. Mich würde keiner vorlassen.«

»Verstehe«, sagte Gansauge und schwieg. Dann rieb er die Handflächen aneinander und sagte: »Ich werde machen, was ich kann, Meister Ambrosius, ich versprech es. Ich werd hingehen und sagen: ›Eine Hand wäscht die andere, hier, gib ihr das. Wie du's machst, dafür weiß ich dir kein' Rat. Aber morgen früh, wenn du die Ketten aufschließt, dann mach, daß sie's in die Hände kriegt. Und dann flüster ihr zu: Es is von Meister Ambrosius, und darauf gib mir deine Hand. Und wenn er mir dann seine Hand gibt, dann weiß ich, er wird alles dafür tun.«

Der Apotheker nickte. »Du wirst nicht nur mit den Wenden zu tun kriegen. Hier«, er zog eine Schublade auf und drückte Gansauge ein paar Gulden in die Hand, »für die Wachen. Du wirst sie nötig haben.«

In der Zeit, in der sich Gansauge herrichtete, tränkte Ambros Ambrosius das auseinandergezogene Stück Brot aus der Flasche mit dem Mandragora-Extrakt. Er berechnete genau die Wirkung, ohne dabei die Verdunstung außer acht zu lassen: Sie ist geschwächt. Sie ißt erst morgen früh. Der Weg zum Richtplatz dauert eine halbe Stunde. Nein, er dauert länger, aber auf dem Weg dorthin werden die Zangen glühend gemacht und, wie es heißt, soll die erste Marter bereits auf diesem Weg vor sich gehen. Dann muß die Wirkung eingesetzt haben. Sie darf nicht vorher bewußtlos werden, sonst – sie bringen es fertig und verschieben den Vollzug.

Jetzt hörte er Gansauge kommen. Er drückte ihm in einem Leinenbeutel das Stück Brot in die Hand und schloß wenig später die Haustür hinter ihm. Er ging in seine Apothekerstube zurück, blies die Lichter des Kerzenleuchters aus und zog die Vorhänge vor den Fenstern zurück. Draußen war tiefe Nacht.

Ambros Ambrosius sah auf die Waaguhr, deren Pendel gleichgültig hin und her schwang. Ihre Zeiger standen auf eine Stunde vor Mitternacht. Er öffnete das Fenster und horchte hinaus. Stille. Nein, die Stille, die von draußen kam, empfand er nur wenige Augenblicke. Dann hörte er die Geräusche der nächtlichen Stadt. Das Miauen einer Katze und die Antwort einer anderen. Den kaum hörbaren Flügelschlag, mit dem Eulen auf nächtlicher Jagd über die Dächer flogen. Ach ja, diese Vögel störte der verkohlte Geruch des Kirchturms von St. Stephan nicht, den man immer noch wahrnahm, wenn in der Nacht der feuchte Dunst vom Fluß heraufkam. Und zudem gab es in dieser Nacht Schritte in der Stadt, auf dieser Straße, die von St. Stephan über den Markt bis zum Neustädter Tor hinunterführte. Die Schritte der Stadtwache. Gansauges Schritte? Und jetzt, waren das nicht Stimmen, streitende? Ging es nicht hin und her?

Ambros Ambrosius atmete schnell. Ja, das ging hin und her. Aber jetzt beruhigte es sich wieder. Der Apotheker sah in den Himmel. Weder Mond noch Sterne, geradeso, als ob sie sich davongemacht hätten, davongestohlen.

Ambros Ambrosius schloß das Fenster. Er stand da und ließ die Arme sinken, ging an den Regalen der einen Seite entlang und an denen der anderen Seite zurück. Dann wartete er und horchte, obwohl er wußte, daß es noch seine Zeit dauern würde, bis Gansauge zurück sein konnte. Er stand da und horchte, und als es ihm gar zu lange dauerte, ging er in das Laboratorium und ließ aus dem kleinen Faß roten Wein in die Kanne laufen.

Dann wartete er wieder, bis er Gansauge endlich kommen hörte. Er fragte nichts, und Gansauge sagte nichts, aber der Apotheker hatte in der Stube bereits ein Glas Wein eingeschenkt von diesem schweren, dunkelroten Böhmischen.

»Setz dich doch«, sagte er.

Gansauge setzte sich auf den Stuhl vor dem Tisch und Ambros Ambrosius auf den Lehnstuhl dahinter.

Der Apotheker hob das Glas. »Laß dir Dank sagen, laß dir vielmals Dank sagen.«

Gansauge trank das Glas mit einem Zug leer. »Mehr habe ich nicht tun können, Meister.«

Eine Weile war nur das Ticken zu hören, mit dem die Waaguhr die Zeit maß. Dann sagte Gansauge: »Der Wende, von dem ich Euch erzählt habe, Meister Ambrosius, Ihr wißt schon, der Wende hieß Jurij. Na ja, die heißen doch alle entweder Jurij oder Bogislav, also der Jurij, wenn ich es Euch nun erzählen soll, hat gesagt: Sie hat keine Angst. Sie sagt: Solange sie kann, wird sie schreien, daß sie unschuldig ist.«

Ambros Ambrosius sah Gansauge an. »Schreien«, sagte er leise, und Gansauge nickte.

»Aber das, Meister Ambrosius, ist ja das Letzte. Angefangen hat es damit, daß ich auf Schipper gemacht habe. Ich hab so getan, als ob wir grade heute abend erst von Dresden her angelegt hätten, weil ja das Frühjahr so zeitig ist, und daß wir Geburtstag gefeiert hätten. Und weil ich einen von den Wenden kenne, die hier oben im Neustädter Tor zur Wache eingeteilt sind, hab ich so getan, als ob ich den wiedersehen will, wiedersehen an meinem Geburtstag, und weil ich so einen guten böhmischen Sliwowitz im

Beutel habe. Ja nu, so einfach drauf eingegangen is er nich, aber ich hab ihn dazu gebracht – ein Schluck du, ein Schluck ich, ach, Meister Ambrosius, wenn einer zwanzig Jahre bei unserm Kurfürschten Soldat gewesen is, dann fällt einem schon was ein. Und, na ja, so bin ich reingekommen. Ich hab mich angestellt wie 'n Dösbattel, Meister Ambrosius, und als ob ich überhaupt nich wüßte, wer da im Turm sitzt und was da morgen passieren soll. Und so bin ich an Jurij rangekommen. Und Jurij, ach, Meister Ambrosius, was der mir alles erzählt hat, es läuft mir jetzt noch heiß und kalt über den Rücken runter. Der Müllergeselle, der mit ihr gefangen sitzt, das is ein ganz komischer Kerl, hat er gesagt, der singt immerfort, und wenn er nich singt, sagt er: ›Sie können uns gar nicht hinrichten. Wir haben nichts getan. Regt euch nicht auf, es wird sich alles wenden.‹ Wißt Ihr, was er singt, Meister? ›Ein gut Gewissen allein, ist besser als ein Edelstein und köstlicher denn Gold.‹ Ob ich mir's richtig gemerkt hab, weiß ich nich, aber ungefähr so geht's, und es geht noch viel weiter.«

»Ich kenne das Lied«, sagte der Apotheker, »und wer so etwas singt, der kann nicht schuldig sein.«

Gansauge nickte wieder. »Aber dann is ja noch Tonnies Meilahn, und der is so schrecklich, hat Jurij gesagt. Der beschimpft sie und beschimpft sie und sagt: ›Du Hure, du! Du elende Hure, du! Wegen dir werd ich sterben, aber du auch! Warum hast du das Balg nicht umgebracht? Dieses Balg, für das du wieder in die Stadt gegangen bist, vor diese Pfeffersäcke, vor diese Hurenböcke, vor diese elenden Kreaturen? Hast du wirklich gedacht, die würden dich anhören? Die würden dir dein Erbe auszahlen, dir, du Hure? Bloß weil du eine Minde bist? Margarete Minde! Ich muß kotzen, wenn ich Minde höre! Dein Vater war ein Mörder, und du bist eine Hure, und mich hast du angestiftet, in der Stadt Feuer zu legen, du Hure, du!‹ Und jedesmal, wenn er so ausfällig wird, dann fängt der Merten an zu singen. Der kann das nich ertragen.

Die Grete, die sitzt dann da mit ihren Ketten an den Händen und an den Füßen und fällt in sich zusammen. ›Warum redest du so was?‹ sagt sie dann, aber nur ganz leise. ›Warum lügst du so? Warum lügst du so? Warum lügst du so?‹

Zuerst hat der Merten Emmert immer zu ihrem Mann gesagt: ›Du Schwein, du bist ein ganz elendes Schwein. Du weißt genau, daß alles nicht wahr ist.‹ Aber später hat er dann angefangen zu singen. Meister Ambrosius, das kann überhaupt nich bloß ein einfacher Müllerknecht sein, der kann ja lesen und schreiben, und Verse macht er auch, und die singt er dann der Grete vor. Und es kommt dann manchmal, daß sie lächelt und auch wieder Mut hat.

Jurij hat gesagt, er hätte sie gesehen, als sie ins Verlies gebracht worden is, da war sie noch eine schöne, junge Frau. Aber jetzt? Jurij hat meine Hand genommen und gesagt: ›Weißt du, Freund ...‹ Und dann hat er gar nichts gesagt und hat sich umgedreht und gebetet. Doch dann hat er gesagt: ›Das nützt auch nichts mehr. Und wenn es morgen endlich vorbei ist‹, hat er gesagt, ›dann wird er beten und beten und beten für ihre Seele‹, in seiner Sprache natürlich, aber Gott versteht ja alle Sprachen, hat er gesagt, und er is sicher, daß sie oben aufgenommen wird, ganz oben, neben Gottes Thron, weil sie unschuldig is. – Das hab ich erfahren, Meister, als ich ihm das Stück Brot in die Hand gedrückt habe.« Gansauge trank sein Glas aus. »Ehrlich gesagt, ich bin todmüde.«

Als er die Tür hinter sich zuzog, blieb Ambros Ambrosius sitzen und horchte ihm nach. Er hörte ihn den dunklen Flur entlangtappen und seine Kammertür schließen. Danach war es still im Haus, totenstill.

Der Apotheker drückte sich an die Stuhllehne. Ihm war kalt, und dagegen war das Kaminfeuer machtlos, das immer noch vor sich hin brannte. Seine Gedanken gingen vierzig Jahre zurück.

Damals wie heute war viel Volk in der Stadt und vor der Stadt. Damals wie heute stand ein Ereignis bevor, das sich niemand entgehen lassen wollte. In den Herbergen und Häusern kein Lager mehr frei, damals wie heute, nur das Bild der Stadt war ein anderes. Aber heute kein Mensch mehr da, mit dem man darüber reden könnte. Joachim Guntz, der alte Bürgermeister? Nein. Elsbeth Guntz vielleicht? Vielleicht, aber sonst niemand. Die anderen waren dahin, und nur die sandsteinernen Grabplatten auf dem Friedhof um die Stephanskirche erinnerten noch an sie. Und die Kathe Krulle? Nein, sie war damals noch ein Kind gewesen. Mein Vater, ja, mein Vater, das wäre jemand, zu dem man sagen könnte: ›Wißt Ihr noch, Vater, damals, als der Kurfürst kam? Wißt Ihr noch, wie es damals zuging in unserer Stadt Tangermünde, in der alten Kaiserstadt, auf die wir alle so stolz gewesen sind? Wißt Ihr noch, Vater?‹

2. Kapitel

Ambros Ambrosius stützte den Kopf in die rechte Hand und zog mit der linken die Schublade des Tisches auf, in der sein Vater das Geld aufbewahrt hatte. Inzwischen war die Schublade mit dunkelblauem Samt ausgekleidet, und er verwahrte Dinge darin, die, wann immer er sie in die Hand nahm, ihm Brücken in die vergangenen Jahre bauten.

Ambros Ambrosius sah auf die silberne Uhr seines Vaters, die die Form eines Totenkopfes hatte. Der Apotheker erinnerte sich daran, wie oft sein Vater die Uhr angelegt hatte, auch damals, auf den Tag genau vor vierzig Jahren, als der Kurfürst kam. Und wieviel Aufregung war seinem Besuch vorausgegangen! Ambros Ambrosius erinnerte sich, wie oft er mit seinem Vater am Fenster gestanden und über den Marktplatz gesehen hatte, zum Rathaus hinüber, die Kirchstraße hinauf und zum Neustädter Tor hinunter.

»Er will nicht loslassen, der Winter«, hatte es damals seit Wochen geheißen, »er will einfach nicht.« Das war für sich schon Ärgernis genug, denn Handel und Wohlstand der Stadt hingen nicht nur von gut zu befahrenden Straßen ab, sie stützten sich hier auf ein gut zu befahrendes Wasser. Aber das Eis auf der Elbe unten wollte nicht weichen, mochte ihm am Tag die Sonne darüber und das fließende Wasser darunter noch so sehr zusetzen, mochte es in der Nacht sich donnernd spalten, daß die Leute aus dem Schlaf fuhren – am Morgen lag es mit zugefrorenen Rissen wieder fest.

»Mußte er sich nun gerade in diesem Frühjahr auf seine Stadt an der Elbe besinnen?« hieß es, als die Nachricht von seinem Besuch in den ersten Märztagen des Jahres 1579 im Tangermünder Rathaus eingetroffen war. »Jahr für Jahr hat er nur unsere Steuern kassiert«, sagten die Leute, »und ausgerechnet jetzt will er in Tangermünde ein Frühlingsfest feiern. Ein Frühlingsfest! Der Schafspelz wird uns nicht erspart bleiben dabei.«

Ambros Ambrosius und sein Vater hatten sich über solche Bedenken lustig gemacht. »Sie werden sich eher den Tod holen, als daß sie im Schafspelz erscheinen, vor allem die Tangermünderinnen. Er kommt ja mit seiner jungen Frau, der Herr Kurfürst.«

Und so war es dann auch, als die Vorbereitungen einsetzten, fieberhaft. Für die Begrüßung im Rathaus durch Bürgermeister und Ratsherren waren sie rasch getroffen. Im Keller lagerte wohlverwahrt ein guter Tangermünder Rotwein, in den Räumen darüber, ebenerdig, standen in dunklen Regalen schön verzierte, silberne Teller, Becher und Krüge, und das reichgeschnitzte Gestühl des Festsaales ein Stockwerk höher konnte sich auch sehen lassen. Benötigten die Ratsdiener vielleicht neue Schuhe und Hüte? Na wennschon, das war keine Debatte wert.

Dafür hatten die Tuchmacher und Gewandschneider, die Näherinnen und Putzmacherinnen um so bewegtere Tage zu bestehen. Die Patrizierinnen, die Bürgerinnen wollten mit neuen Garderoben zu diesem Fest auf der Burg erscheinen, und es dauerte stundenlang, bevor alles ausgesucht war: Samt, Brokat, Taft, Pailletten, Perlen und Federn. Federn waren der letzte Schrei, dazu Spitzen und Stickereien, und vor allem die Farben waren wichtig: Rosé und Kornblumenblau, Resedagrün und Mausgrau. Grau war so vornehm. Irgendwie mußte in diese geschlitzten Puffärmel grau hinein oder wenigstens lila. Und dann die Röcke zu den engen Miedern. Jeder Rock sollte, mußte ein eigenes Gedicht werden.

Die Näherinnen fieberten auf die neuesten Modebogen aus Magdeburg und Cölln. Und wer konnte wissen, ob die Nachbarin sich nicht an einem Modeblatt aus Hamburg oder Dresden orientierte, womöglich sogar aus Antwerpen oder Amsterdam. Das würde zwar vom Vorjahr sein, denn auf der Elbe ging ja nichts mehr, kein Kahn mehr seit Anfang November. Nur auf dem Landweg kam das Neueste in die Stadt. Aber die Straßen waren schlecht zu befahren, und es dauerte, bis die Wagen endlich in der Stadt eintrafen und die Rollen mit den neuesten Modellen endlich bei Tuchmachern und Gewandschneidern ablieferten.

Auch die Schuhmacher wurden in die Häuser gebeten und für die Herren vor allem die Gerber. Ein neuer Pelzkragen oder ein neuer Pelzbesatz für den Saum der Schaube, der mußte sein. Und das alles nur, weil der Kurfürst seit Jahren nicht mehr im Schloß auf der Burg residiert hatte. Für die Neujahrsfeier im Rathaus oder für die Fastnachtsfeier, nun ja, da mußte nicht alles bis auf das I-Tüpfelchen modern sein, da waren sie alle unter sich und jeder wußte vom anderen, wieviel er wert war und wieviel Geld er in seiner Katze hatte und auf wieviel guten, geringen oder schlechten Hufen der eine und der andere saß. Aber jetzt, jetzt hatte der Kurfürst geladen, und jetzt sollte er sehen, was er an seiner Stadt Tangermünde hatte, an dieser Stadt, die eine Kaiserstadt gewesen war und die ihm noch immer die guten Einnahmen an Steuern brachte.

Den Frauen von Tangermünde war nicht aus dem Gedächtnis gekommen, wie sehr die Magdeburgerinnen einmal die Kaiserin und ihre Hofdamen mit dem Glanz ihrer Roben in Verlegenheit gebracht hatten. Die Magdeburgerinnen hatten der Kaiserin vor Augen geführt, was es hieß, einen Ball in einer Patrizierstadt zu geben. Das mochte so lange her sein, wie es wollte, den Frauen von Tangermünde sollte jetzt recht sein, was den Frauen von Magdeburg vor zweihundert Jahren billig gewesen war.

Über Tangermünde lag der Duft, der den kupfernen Kesseln entströmte, in denen das Bier gebraut wurde: der Kuhschwanz. Tangermünde war eine Bierbrauerstadt. Die Gerste dazu lieferten die Bauern aus dem Umland, der Hopfen kam mit den Kähnen, und wer das Braurecht hatte, war an Vorrat in seinen kreuzgewölbten Kellern gut ausgestattet damit. Denn um dieses Fest mitzuerleben, wenigstens am Rande dabeizusein, würden sich viele in die Stadt drängen, die nicht geladen waren, die nur dabeisein wollten, wenn der Kurfürst nach Tangermünde kam.

Dazu war rechtzeitig von dem kurfürstlichen Küchenmeister der Auftrag an die Bäcker ergangen, für das benötigte Brot und die Süßigkeiten zu sorgen, an die Knochenhauer für das benötigte Fleisch, an den Hafenmeister für die verschiedensten Fische, an den Tangervogt für ausreichend Wildschweine, Reh- und Federwild zu sorgen.

Am Tag, bevor der Kurfürst eintraf, schickte die Stadt alle bediensteten Knechte auf die Straßen. Vom Neustädter Tor bis zum Hühnerdorfer Tor waren sie mit Hacken und Schaufeln dabei, den Winterdreck wegzuräumen, auf Karren zu laden und vor die Stadt zu fahren. Das Wetter war im letzten Augenblick umgeschlagen, der Unrat taute, es stank. Aber wenigstens auf dem Weg, den der kurfürstliche Zug durch die Stadt nehmen würde bis zur Burg hinauf, sollte der Eindruck ein guter sein. Selbstverständlich ging auch an alle Bürger, die Anlieger waren, vom städtischen Ausrufer die Aufforderung, das gleiche zu tun.

Am Tag bevor der Kurfürst eintraf, drängten immer mehr Leute in die Stadt, so wie die Tangermünder es erwartet hatten. Das waren nicht nur die nahen und entfernten Verwandten, es waren Marktleute und Händler, die ihre Karren am Schulterseil hinter sich herzogen und in den Seitenstraßen ihre Körbe mit Eiern und getrockneten Bohnen, mit Enten und Hühnern um sich her aufstellten. Andere banden ihre Säcke auf, aus denen es nach Pfeffer, Muskat und Zimt roch.

Es waren auch Gaukler dabei, Zauberkünstler und Zähnereißer und Leute, die sich Apotheker nannten und Theriak anboten, ein Mittel, von dem sie behaupteten, daß es gegen alles half, dazu Salbei als Tee, Tinktur und als Salbe.

»Wer Salbei hat, braucht nicht ans Sterben zu denken!« rief einer. »Kauft Salbei, Leute!«

An diesem Tag, bevor der Kurfürst eintraf, ging Hans Minde, der Tangervogt, mit seinem Enkel Peter durch die Stadt. Bei der

Lateinschule blieben sie stehen und hörten der Stadtkapelle zu, die zusammen mit den Chorknaben von St. Stephan den Psalm probten, mit dem sie den Kurfürsten begrüßen sollten:

Wo Gott zum Haus nicht gibt sein Gunst,
so arbeit' jedermann umsunst!
Wo Gott die Stadt nicht selbst bewacht,
so ist umsunst der Wächter Macht...

schmetterten die Sänger.

Mit dem Chor schien es keine Schwierigkeiten zu geben, aber die Musici! Immer wieder klopfte Michel Schürmann, Leineweber und Stadtmusikus in einer Person, die Probe ab, wenn die Zinkenisten an die Stelle kamen »so ist umsunst der Wächter Macht«. Das Es wollte einigen einfach nicht gelingen.

»Es hört sich so gniedelig an, Herr Großvater«, sagte Peter.

Sein Großvater nickte. »Das muß an den vier Zinkenisten liegen, die unsere Stadt aus Stendal hat kommen lassen. Die sind nicht so gut wie unsere drei.«

»Das mein ich nicht, Herr Großvater. Wenn ich Stadtmusikus wäre, dann müßten die Musiker auf die Pauke hauen, und dann würde ich die Trompeten schmettern lassen. Es ist doch der Kurfürst, der kommt, und nicht so einer im schwarzen Talar.«

»Nein, nein, Peter, es muß alles seine Würde haben, und unser Kurfürst ist ein frommer Mann.«

In der Lateinschule waren sie jetzt wieder beim Es angekommen, und wieder klopfte Michel Schürmann ab.

»Bis morgen werden sie's schon schaffen«, sagte der Tangervogt und ging mit seinem Enkel weiter.

Auf dem Heimweg machten sie einen Sprung in die Apotheke hinein. Der Tangervogt erkundigte sich eingehend nach dem Wohl seiner Schwiegertochter, und der lebhafte Peter sprudelte seine Eindrücke hervor.

»Wenn du's so siehst, mußt du wohl Musikus werden«, sagte Ambros Ambrosius zu ihm. »Damit die Sache eine Wendung bekommt, falls uns der Kurfürst wieder einmal besucht.«

»Musikus? Ach nee, das wohl nicht.«

An diesem Tag, bevor der Kurfürst eintraf, wurden auch in jedem Haus die Girlanden aus Fichtenzweigen und Buchsbaum gebunden und über Toren und Fenstern aufgehängt. Harzig süß dufteten sie und bitter.

Und die Mägde aus den Patrizierhäusern gingen bei der Krulle aus und ein. Eigentlich hieß sie Katharina Matthes, aber in der ganzen Stadt wurde sie nur Krulle genannt, weil sie die Kragen plättete, die vielgefältelten, weißen, steifgestärkten Kragen, die von den Ratsherren über den Tuchröcken getragen wurden. Daran waren sie als Ratsherren zu erkennen, und es mußte einer so schön gefältelt sein wie der andere. Diese Kragen gehörten zur spanischen Mode, und die gab den Ton an. Das Plätten aber konnte nur eine in der Stadt, die Krulle, die von holländischen Siedlern abstammte. Diese Leute hatten die Kunst mit aus ihrer Heimat nach Brandenburg gebracht.

Krulles Mann nahm die Stellung des Oberjägers beim Tangervogt Hans Minde ein, und ihr selbst kam es weiterhin zugute, daß sie sich darauf verstand, den Kindern ins Leben zu helfen, auch in schwierigen Fällen. Die Krulle hatte nur eine einzige Tochter, die Kathe, und niemand wußte genau, ob ihr Vater wirklich der Oberjäger des Tangervogts war. Aber das bewegte niemanden besonders. Die Krulle war da mit ihrer Nützlichkeit, und Adam Matthes war da, auf den der Tangervogt große Stücke hielt, und zu beiden gehörte eben die Kathe. Auf sie und ihre nicht eindeutig geklärte Vaterschaft kamen die Frauen und Mägde höchstens in den Vorratskammern zu sprechen, wenn sie den Flachs hechelten, wenn der Winter gar zu lange dauerte und sie in den Spinnstuben saßen, oder wenn sie in den Wochen nach Weihnachten die Federn der längst verspeisten Gänse schlissen und wenn so gar nichts passierte, über das sich in aller Ausführlichkeit herziehen ließ. Dann war immer wieder einmal die Krulle dran und ihre Tochter mit den dunklen Haaren.

Und wenn es jetzt an diesem Tag, bevor der Kurfürst kam,

etwas zu verwundern gab, dann war es die Geschicklichkeit, mit der das zierliche Mädchen die Bügelscheren für die Mutter in der offenen Glut zur richtigen Hitze brachte und das Feuer gerade so hoch hielt, daß es keine Unterbrechung gab.

Vor dem Bügeltisch auf der Bank unter den beiden Fenstern warteten zwei Mägde. Fine, die ältere von beiden, hochbusig und behäbig, kam aus dem Mindehaus in der Schloßfreiheit, die andere, eine junge, bei der sich über dem Mieder nicht das Geringste abzeichnete, kam aus dem Haus des Ratsherren Helmbrecht in der Langen Straße. Die Herrschaften aus beiden Häusern waren weitläufig verwandt und verfeindet.

»Der Schneider ist auch bei euch gewesen«, sagte die Magd aus dem Helmbrechthaus. »Die schöne Libussa wird wohl den anderen Frauen nicht nachstehen wollen.«

»Das wird sie bestimmt nicht. Aber nun brauchst du nicht weiterzubohren. Bis morgen ist es ja nicht mehr lange hin.« Dabei setzte sich die Mindemagd gerade und rückte ihre weiße Haube zurecht.

Die Krulle warf beiden einen Blick zu. Daß ein paar Stapel Feuerholz zwischen Familien zur Feindschaft führen können, ist schon schlimm genug, dachte sie. Wenn aber dann noch die Mißgunst einer Frau hinzukommt...

Die Kathe hatte dem Gespräch genau zugehört. Libussa wird die Schönste sein, dachte sie, die Allerschönste, morgen abend, und die Lisabeth Helmbrecht soll platzen vor Neid.

In diesem Augenblick wurde an der Türglocke gerissen, und gleich darauf stand die Magd vom Ratsherrn Falcken in der Tür. »Is unser Kragen nu fertig?« rief sie. »Oder muß ich noch mal wiederkommen?«

»Er ist fertig«, sagte die Krulle. »Gib mir den Korb.« Sie legte den Kragen hinein und deckte das Leinentuch sorgfältig über den Korbrand. Die Magd aus dem Falckenhaus drückte der Krulle einen Silbergroschen in die Hand.

»Dein Kragen ist auch soweit«, sagte die Krulle zu der Magd aus dem Helmbrechthaus.

Auch sie bekam den fertig gefältelten Kragen in ihren Korb gepackt und das Leinentuch über den Korbrand gezogen. Auch sie bezahlte einen Silbergroschen, und dann gingen die beiden Arm in Arm davon. Durch die Fenster konnten die Krulle und die Mindemagd sehen, wie sie aufeinander einredeten und lachten.

»Ja, aber was ich noch gern von dir gewußt hätte: Wie geht's der Libussa?« fragte die Krulle.

»Gut geht's ihr, Krulle. Sie is fröhlich und lebendig und kümmert sich um alles in Haus und Hof und vor allem um die Schimmel, du weißt ja, wie gerne sie Pferde hat. Und sie hat mit unserm jungen Herrn so viele Schlittenfahrten gemacht, und ich hab immer dafür gesorgt, daß sie gut eingepackt war. Sie hat sich in dem ganzen strengen Winter hier nich ein einziges Mal verkühlt. Sie hustet nich mehr, und unser Apotheker kommt auch alle Wochen und sieht nach ihr und bringt Medizin mit, und danach kommt er zu mir in die Küche und berät mit mir, was an Kost besonders gut für sie is. Taubensuppe, Hühnerbrühe, Rotwein mit Ei verquirlt und 'n Löffel Zucker rein. Ich halt mich genau dran, bei uns fehlt's ja an nischt. Ich koch ihr die Schwarzwurzeln für die Lunge und den Tee fürs Blut, alles, wie's sein soll.«

Die Magd aus dem Mindehaus schwieg, und die Krulle sagte: »Ich hab euch neulich beide auf dem Markt gesehen. Da kam sie mir 'n bißchen fiebrig vor. Ihre Augen glänzten so.«

»Ich seh's auch, Krulle. Es is nich jeden Tag, aber oft. Trotzdem, der Heinrich, der liebt sie abgöttisch. Du glaubst es nich, er betet sie an. Und das Fiebrige, das macht sie noch schöner. Ach, Krulle, wenn nur der morgige Tag schon vorbei wäre, ich meine der morgige Abend. Er wird sie sehr anstrengen, aber sie freut sich so. Krulle, du kannst dir nich denken, wie sehr sie sich freut!«

Die Krulle nickte. »Und die Freude soll sie auch haben, die soll sie genießen, die soll sie auskosten, man weiß ja nie ...«

Die beiden Frauen sahen sich an. »Sag, was du denkst, Krulle.«

»Ach was, man macht sich oft zu viele Gedanken. Ich denk bloß, es wäre gut, wenn sie jetzt nich noch 'n Kind kriegte. Die dreie, die tot geboren sind, mit denen sollt's genug sein. – So, und jetzt ist auch dein Kragen fertig.«

Der nächste Tag kam mit Nebelschleiern. Sie schwebten spinnwebfein vom Fluß herauf in die Stadt. Als die Sonne hineinschien, wurden sie silbern und lagen über den Hausgiebeln und über den Ziergiebeln des Rathauses. Wie Spitzentücher hingen sie sich um die Kirchtürme, um die Dächer des Klosters, bis die Sonne sie getrocknet hatte.

In diesem milchigen Licht machten sich die Ratsherren auf den Weg ins Rathaus. Ambros Ambrosius stand zu dieser Zeit am Fenster der Apothekerstube und konnte das Defilee trotz der vielen Menschen, die sich bereits eingefunden hatten, gut beobachten, denn der Marktplatz wurde durch die Stadtwache freigehalten. Und die Rathaustreppe hinauf mußte ohnehin jeder der Herren. Alle trugen sie die weißen, neugestärkten Krullen über den Schauben. Ihre Samtbaretts mit den Federn waren blankgebürstet, und die Schnallen ihrer schwarzen Lederschuhe und die Knöpfe an ihren Röcken blitzten. Jetzt hoben sie die Köpfe und reckten die Schultern, jetzt waren sie in Amt und Würden, und es schien, als hätte jeder ein Schild auf der Brust:

Ich, Benedikt Helmbrecht, Ratsherr zu Tangermünde, durch dessen Hände der Holzhandel geht und der auf sein Recht zu pochen weiß. – Ja, das Pochen hörte man geradezu, so hager wie er war.

Ich, Joachim Guntz, Ratsherr zu Tangermünde, der den Salz- und Gewürzhandel betreibt und dessen Familie mehr als einen Bürgermeister gestellt hat. – Voller Würde kam er daher.

Ich, Johannes Falcken, Ratsherr zu Tangermünde, der den Bier- und Hopfenhandel in den Händen hat. – Er war nicht nur ein Händler, er war auch ein Genießer, das konnte man sehen.

Ich, Hinrich Mühsam, Ratsherr zu Tangermünde, durch dessen Haus der Tuchhandel aus Brabant und London geht. – Klein, wendig und mit flinken Augen.

Ich, Heinrich Minde, Ratsherr zu Tangermünde, der den Handel mit Böhmen und Ungarn abwickelt. – Ein großer, blonder, selbstbewußter Mann.

Und so ging das weiter: Ich, Adam Bügelsack, Gildemeister der Lohgerber und Ratsherr zu Tangermünde. Ich, Albrecht Langfuß, Gildemeister der Gewandschneider und Ratsherr zu Tangermünde. Ich, Achim Burmeester, Gildemeister der Knochenhauer und Ratsherr zu Tangermünde. Ich, Jakob Dumpendiek, Gildemeister der Schmiede und Ratsherr zu Tangermünde. Ich, Friedrich Grotefuß, Gildemeister der Brauer und Ratsherr zu Tangermünde. Ich, Anselm Wiedenhöver, Gildemeister der Sattler und Schuhmacher und Ratsherr zu Tangermünde. Ich, Georg Vaternahm, Gildemeister der Maurer und Zimmerleute und Ratsherr zu Tangermünde.

Dumpendiek und Bügelsack trafen kurz vor der Rathaustreppe zusammen, die anderen hatten es so eingerichtet, daß die Ratsdiener jedem einzelnen mit einer tiefen Verbeugung den Weg zur Treppe wiesen, vor allem aber, damit die sich immer dichter drängenden Menschen einen jeden von ihnen bewundern konnten. Auch der uniformierte Stadtvogt, dem der Säbel an der Seite hing, traf allein ein, und nach ihm sogleich der Tangervogt Hans Minde, den die meisten nur im Sattel kannten. Heute kam er zu Fuß. Das verstand sich für den vornehmen, alten Mann an einem solchen Tag von selbst.

Auf halbem Weg hatte ihn Pastor Maximilian Voß eingeholt.

»Der Frühling ist da«, sagte der Pastor, »von einem Tag auf den anderen. Unser Herrgott hat es wohl selber so eingerichtet zuliebe und zur Ehre unseres verehrten Landesherrn.«

»Mag wohl so sein«, antwortete der Tangervogt. »Obwohl ich dergleichen schon erlebt habe, ohne daß der verehrte Landesherr sich zum Besuch angesagt hat.« Und als er den entrüsteten Blick des Pastors ausgehalten hatte: »Na, wir wollen es auf sich beruhen lassen.«

Als die beiden die Rathaustreppe hinaufgegangen waren, trat Ambros Ambrosius vom Fenster zurück. Seine Gedanken galten jetzt dem Vater. Würde er noch rechtzeitig zurück sein, bevor der

Kurfürst kam? In der Küche stand heißes Wasser bereit, über der Stuhllehne hing sein guter Rock, auf dem Tisch lag seine Uhr. Mehr war beim besten Willen nicht zu tun.

Im Rathaus hatte Bürgermeister Joachim Guntz die Ratsherren erwartet und jeden einzelnen, der durch das Portal in den Saal trat, begrüßt, freundlich und zurückhaltend, wie es seine Art war. Den alten Tangervogt Hans Minde aber umarmte er.

»Ich denke, daß sich der Kurfürst besonders freuen wird, dich zu sehen, denn du bist noch einer von denen, die sein Vater in Dienst genommen hat.«

»Na, ob der Kurfürst sich daran erinnert?« antwortete Hans Minde und drückte dem Bürgermeister die Hand. Er nahm das grüne Barett vom Kopf, das von einem dichten, roten Fuchsschwanz geziert wurde, und stellte sich rechts zu den anderen. Pastor Voß reihte sich ihm gegenüber ein. Bürgermeister Guntz blieb neben ihm stehen. Er sah die Reihe der Ratsherren, die sich rechts und links aufpostiert hatten, hinauf und hinunter und sagte: »Kommt denn Andres Ambrosius nicht?«

Nur die Ratsherren in seiner Nähe hatten die Frage gehört.

»Er ist kein Ratsherr, lieber Freund«, sagte der Tangervogt.

»Aber ich habe ihn eingeladen. Er ist einer der Wichtigsten.«

Der Tangervogt nickte. »Weiß Gott, zumal seine Vorväter alle Schloßapotheker gewesen sind. Weiß Gott, er gehört zu uns.«

Die Ratsherren, die in der Nähe standen, nickten ebenfalls, und etliche sahen zur Tür, aber sie wurde nicht mehr geöffnet.

Und nun warteten alle. Nicht lange, und es fanden sich zwei Gesprächskreise zusammen. Die einen redeten über die Politik des Kurfürsten, die anderen hielten sich bei den letzten Beschlüssen auf, die der Stadtrat getroffen hatte.

»Mir kann einer sagen, was er will, wir brauchen besseres Wasser. Daß die Mägde die Putinnen hinuntersteigen, wenn es knapp wird und das Wasser heraufholen müssen, das kann so nicht weitergehen. Wir brauchen tiefere Brunnen, die gesundes Wasser hergeben.«

»Aber für die müssen wir doch viel zu tief graben. Und was kostet...«

»Was das kostet? Sind wir nun eine wohlhabende Stadt und eine alte Kaiserstadt dazu? Wenn wir unser Ansehen bewahren wollen, dann müssen wir...«

»Und wer soll's bezahlen?«

»Wir. Wir alle. Wenn wir nicht hinter Magdeburg herhinken wollen und hinter Stendal, dann müssen wir etwas tun.«

»Und wer soll's bezahlen? Das war's doch, was wir in der letzten Ratssitzung diskutiert haben.«

»Leider auch abgestimmt, und das falsch. Aber das sage ich euch, ich werde keine Ruhe geben, bis wir neue Brunnen haben.«

»Nun gib dich doch zufrieden. Fürs erste ist die Sache zu den Akten gelegt.«

»Nicht für mich! Wie kurzsichtig ihr seid. Wir werden uns noch streiten, wenn ihr alle die Brühe nicht mehr sehen und riechen könnt. Mein Gott, wo ist denn der Apotheker? Er ist doch derjenige, der immer sagt: Wenn wir Krankheiten eindämmen wollen bei Mensch und Vieh, dann muß gesundes Wasser her. Die Epidemien, die Pest, woher kommen sie denn?«

»Von den Ratten.«

»Und von den Landstreichern.«

»Ach – ach – ach! Die Ratten und die Landstreicher! Und wenn wir noch Juden in der Stadt hätten, dann müßten die wieder herhalten. Nein, wir machen es uns zu einfach.«

Der Bürgermeister und der Tangervogt Hans Minde hatten eine Weile zugehört. Jetzt gingen sie weiter.

»Ich beneide dich nicht, Joachim. Neue Erkenntnisse sind immer so schwer in die Köpfe hineinzupredigen. Mögen die kleinen Kinder sterben und die jungen Mütter – wenn es um die Silberlinge geht, um ihre Silberlinge, dann nehmen sie alles in Kauf. Und du weißt, wovon ich rede. Von fünf Kindern habe ich einen einzigen Sohn behalten, und nicht einmal die Frau ist mir geblieben. Von fünf Enkelkindern sind noch zwei am Leben, und ihre Mutter kränkelt und kränkelt.«

Joachim Guntz legte dem Tangervogt die Hand auf den Arm. »Was soll ich denn machen, Hans? Ich bin überstimmt worden im Rat, zusammen mit deinem Sohn und Johannes Falcken.«

Der Tangervogt nickte. »Wenn es darum geht, Holz zu schlagen, das sich gut verkaufen läßt, dann können gar nicht genug Bäume fallen, aber wenn es darum geht, Brunnen in die Erde zu treiben ...«

In diesem Augenblick drehten sich alle, die im Ratssaal versammelt waren, der Tür zu. Die Ratsdiener hatten die beiden Flügel geöffnet, aber herein kam nur der Apotheker Andres Ambrosius. Er war von mittlerer Statur, durchaus keine großartige Erscheinung mit seinem weißen, kurzen Backenbart, den grauen Strümpfen, den schwarzen Kniehosen und dem grauen Samtrock. Aber von seinem Gesicht ging etwas aus, das alle augenblicklich schweigen ließ. Um seinen Hals hing ihm eine silberne Kette, die in einem kleinen, silbernen Totenkopf endete. Jeder in Tangermünde kannte sie, und jeder wußte, daß er diesen Totenkopf aufklappen konnte, um die Zeit abzulesen.

Der Apotheker Andres Ambrosius verneigte sich, um damit alle zu begrüßen. Dann entschuldigte er seine Verspätung und ging auf den Bürgermeister zu. Joachim Guntz kam ihm entgegen, und sie begrüßten einander mit der Würde, die jeder vom anderen erwartete.

»Ich danke dir, Andres, daß du gekommen bist«, sagte der Bürgermeister.

»Und ich entschuldige mich, weil es so spät geworden ist, aber es kam mir ein Fall ins Haus. Kein leichter, Joachim. Es könnte ein Pestfall sein.«

»Um Gottes willen, sag es nicht laut.«

»Ich sag es schon deshalb nicht, weil ich noch nicht sicher bin. – Aber vielleicht sollte ich es in den Saal schreien.«

»Nicht jetzt, bitte nicht. Warte, bis wir den Kurfürsten hinter uns haben. Er hat sich nur für drei Tage angesagt. Dann kannst du es hinausschreien, damit sie aufwachen, endlich aufwachen. Was hast du angeordnet?«

»Ich habe den fremden Mann mit meinem Wagen ins Kloster gebracht. Er liegt in einer abgeschiedenen Zelle. Die Wärterinnen kümmern sich um ihn.«

Der Bürgermeister atmete auf. »Ich danke dir. Wenn bloß schon alles vorüber wäre. Die Leute wissen ja nicht...«

In diesem Augenblick wurde die zweiflüglige Tür aufgerissen. Ein Soldat der Stadtwache kam die Treppe heraufgerannt.

»Der Kurfürst!« rief er in den Festsaal. »Seine Leibjäger sind kurz vor dem Neustädter Tor.«

Die Ratsherren oben im Saal nahmen wieder in zwei Reihen Aufstellung, während unten auf der Straße schon die Leibjäger vor der Kutsche des Kurfürsten in die Stadt einritten. Ihre Fanfaren mit den gedoppelten Seidenstandarten in brandenburgischem Weiß, den rotgestickten Adlern darauf und den goldnen Borten ringsherum blitzten in der Frühlingssonne.

In der kurzen Zeit, die Joachim Guntz, der Bürgermeister, brauchte, um die Treppe hinunterzugehen, sah er, daß ganz Tangermünde und Umgebung auf den Beinen waren. Dicht an dicht standen die Leute um den Marktplatz. Sie drängten sich in den Straßen, Kopf an Kopf standen sie in Trauben vor den Haustüren und steckten die Köpfe aus den Fenstern, bis in die Giebelluken hinauf.

»Vivat!« riefen sie. »Vivat!« und winkten, als die Ratsdiener den Wagenschlag aufrissen und der Hofmarschall dem Kurfürsten und der Kurfürstin beim Aussteigen half. Und dann sahen sie, wie ihr Bürgermeister vor dem Kurfürsten das Knie beugte und der Kurfürst ihm die Hand entgegenstreckte, um ihn aufzuziehen.

In diesen wenigen Augenblicken blieb ihnen Zeit genug, die junge Kurfürstin zu mustern. Sie trug Hellblau, denn sie war blond. Weiß war nur die Straußenfeder auf ihrem Barett, der üppige Spitzenkragen um ihren Hals und die Seidenschuhe.

Wer in der Nähe stand, hörte, was der Bürgermeister sagte:

»Kurfürstliche Gnaden, der Rat und die Bürger der Stadt Tangermünde danken für die Ehre Eures Besuches, zusammen mit Ihrer Durchlauchtigsten Hoheit, der Kurfürstin. Wir bitten Eure

Kurfürstliche Gnaden, zusammen mit Eurer Durchlauchtigsten Hoheit, der Kurfürstin, unser altehrwürdiges Rathaus zu betreten, um es mit Eurer gnädigen Anwesenheit zu weihen. Diese Bitte spreche ich aus im Namen aller Ratsherren, Bürger und Einwohner unserer Stadt Tangermünde.«

»Danke für den liebenswürdigen Empfang«, sagte der Kurfürst. »Und nun zeigt mir und meiner hochverehrten Gemahlin den Weg.«

Joachim Guntz ging voran bis auf die erste Stufe der Rathaustreppe. Dort verneigte er sich und sagte: »Darf ich Eure Kurfürstliche Gnaden und Eure Durchlauchtigste Hoheit, die Kurfürstin, bitten.«

Inzwischen waren aus den folgenden Kutschen die Kammerherren des Kurfürsten und die Hofdamen der jungen Kurfürstin gestiegen. Der Kurfürst reichte der Kurfürstin den Arm, und beide schritten sie Stufe für Stufe hinauf bis zu dem geöffneten Portal, das in den Festsaal des Rathauses führte. Der brandenburgische Hofstaat folgte.

Dieser Festsaal wölbte sich in ausgewogener Schönheit. Es war nur um ein weniges länger als breit, aber welche Wirkung hatte es auf die Eintretenden! Alle Blicke blieben zuerst an dem achteckigen Mittelpfeiler hängen, dessen Rippen aus schwarzglasierten Ziegeln das ganze Gewölbe überspannten bis zu den Pfeilern zwischen den gotischen Doppelfenstern mit den Lichtrosetten darüber. Diese Pfeiler fingen auf, was ihnen die achteckige Mittelsäule hinreichte und verstärkten den ausgewogenen Eindruck noch.

So kam es, daß die junge Kurfürstin einen Augenblick stehenblieb. »Sind wir in einen Dom geraten?« flüsterte sie dem Kurfürsten zu.

»Nein, verehrte Gemahlin«, sagte der Kurfürst laut, »wir befinden uns in einer Kaiserstadt, und eine Kaiserstadt setzt andere Maßstäbe. Deshalb wollte ich Euch Tangermünde zeigen. Deshalb sind wir hier.«

Die Kurfürstin wandte sich an den Bürgermeister: »Wer hat

das entworfen, wer hat das gebaut? Verzeiht, es erinnert mich an einen Dom.«

Joachim Guntz trat einen Schritt vor und sagte: »Durchlauchtigste Hoheit, der Baumeister Hinrich Brunsberg ist ein Mann gewesen, der Kirchen und Dome für den Deutschen Orden gebaut hat, und bei unserem Rathaus hat er nicht von seinen strengen Formen lassen können. Aber unsere Vorväter haben ihm ihre Zustimmung nicht versagt. Es waren Männer, die sich bewußt waren, daß ein Rathaus für Kinder und Kindeskinder gebaut wird und daß sich in ihm der Lebenssinn aller Bürger manifestiert – ich bin nicht vermessen genug zu sagen, über viele Jahrhunderte hinweg, weil niemand die Zeitläufte kennt und ihrem Geschehen vorauseilen kann. Aber ich bin überzeugt, daß dieses Rathaus mit seiner Ebenmäßigkeit einen Punkt setzt, an dem nicht nur die Baumeister kommender Generationen Maß nehmen können, nein, vor dem die Bürger voller Stolz stehen werden und voller Ehrfurcht vor den Gedanken jenes Mannes, der es auf dem Brett mit Zirkel und Stift entworfen hat. Wir aber, Durchlauchtigste Hoheit, die wir als gewählte Männer der Stadt Tangermünde unser Amt in diesem altehrwürdigen Rathaus ausüben, wir sind uns bewußt, und das darf ich auch im Namen aller zwölf Ratsherren sagen, welche Verantwortung auf unseren Schultern liegt, wenn wir, um Beschlüsse zu fassen, dieses Haus betreten, zum Wohle der Bürger dieser Stadt.«

Der Bürgermeister verneigte sich. Nicht gerade bescheiden, dachte die junge Kurfürstin und lächelte.

»Eine wunderbare Rede«, sagte der Kurfürst. Er hatte die Augenbrauen zusammengezogen und machte eine Pause. »Und dabei sollten wir auch nicht jene vergessen, die ausgeführt haben, was ihnen auszuführen der Bauherr mit seinem Entwurf aufgegeben hat. Von ihnen muß jeder, ob Maurer, Zimmermann oder Schmied, ein wirklicher Meister gewesen sein.« Mit diesen Worten gingen der Kurfürst und seine Gemahlin auf die beiden hochlehnigen Armsessel zu, die vor der Mittelsäule standen.

Die Kurfürstlichen Hoheiten setzten sich, und nachdem die

Kammerherren und Hofdamen rechts und links Aufstellung genommen hatten, stellte ihnen der Bürgermeister die Ratsherren vor. Jeder, den er nannte, verneigte sich und beugte das Knie, und für jeden hatte der Kurfürst ein paar Worte, geradeso, als ob er vor kurzer Zeit erst mit ihm zusammengewesen wäre. Als die Reihe an den Tangervogt kam, sagte der Kurfürst: »Seid Ihr, Hans Minde, nicht noch in den Diensten meines Vaters gewesen?«

»Sehr wohl, Kurfürstliche Gnaden.«

»Und wie steht es in den Forsten?«

»Gut, Kurfürstliche Gnaden. Die Wälder an Tanger und Elbe bis nach Gardelegen hin wachsen und gedeihen.«

»Das hat sicher mit Eurer Tüchtigkeit zu tun«, sagte der Kurfürst. »Mein Vater hat mir hinterlassen, daß Ihr, wenn etwas aufgeforstet werden mußte, immer den Mischwald bevorzugt habt.«

Der alte Hans Minde nickte. »Ich halte es bis heute so, Kurfürstliche Gnaden, denn ein Mischwald ist weniger anfällig gegen Krankheiten. Diese Einsicht verlangt unsere Witterung hierzulande. Zudem wächst in einem Mischwald alles Holz heran, das für Haus- und Schiffbau gebraucht wird, und nebenbei ergeben Eichen- und Buchenwälder eine gute Schweinemast und ...«

»Und wie steht es mit dem Wild? Ihr wißt, ich bin ein passionierter Jäger.«

»Niederwild ist in einem Maß vorhanden, das Jagden geradezu notwendig macht, Kurfürstliche Gnaden. Hirsche haben wir nicht, aber Rehwild und Wildschweine um so mehr. Die Bauern klagen sehr darüber. Ich weiß manchmal nicht, wie ich sie beschwichtigen soll.«

»Dann sollten wir im Herbst eine große Jagd veranstalten.« Der Kurfürst wandte sich nach seinem Kammerherrn um. »Gutzkow, merkt es vor und besprecht jetzt schon alles mit dem Herrn Tangervogt.« Dann drehte er sich wieder Hans Minde zu. »Aber umsehen wollen wir uns einmal in den Forsten, solange wir hier sind.«

»Zu Diensten, Kurfürstliche Gnaden.« Der alte Tangervogt

verneigte sich, und das weiße Haar fiel ihm zu beiden Seiten des Gesichts.

Der Kurfürst legte ihm die Hand auf den Arm. »Ich freue mich auf die Fahrt mit Euch.«

Hans Minde verneigte sich noch einmal tief und trat zurück.

Dann war Andres Ambrosius an der Reihe.

»Meister Ambrosius!« rief der Kurfürst. »Welche Freude, Euch zu sehen. Mein Vater hat oft von Euch erzählt, von Euch und Eurer Uhr, die er so gerne gehabt hätte.« Der Kurfürst und die Kurfürstin sahen auf den silbernen Totenkopf über seinem grauen Samtrock. »Aber Ihr wart ja nicht bereit, sie ihm zu schenken oder gar zu verkaufen.«

Andres Ambrosius nickte. »Diese Uhr, Kurfürstliche Gnaden, ist für mich keine bloße Rarität, ich brauche sie. Sie hat auf mich eine stimulierende Wirkung. Ich muß sie auf der Brust spüren, wenn ich diagnostiziere und meine Rezepturen bereite. Und deshalb hat Euer Kurfürstlicher Herr Vater auf sie verzichten müssen.«

»Aber ist es nicht gespenstisch, immer einen Totenkopf auf der Brust zu tragen?« fragte die Kurfürstin.

»Nein, Durchlauchtigste Hoheit, dann müßte jede Uhr, die unsere Zeit mißt, läuft und abläuft, gespenstisch sein. Diese Uhr ist nur eindringlicher. Für mich ist diese Uhr die Mahnung, das Leben zu erhalten, soweit es in meinen Kräften steht. Jeder von uns weiß, daß er sterben muß. Ein Apotheker aber, ein Medicus dazu, und ich glaube, von mir sagen zu dürfen, daß ich einer bin, hat die Verpflichtung nach Hippokrates, alles daranzusetzen, das Leben zu erhalten oder das Leiden zu erleichtern. Und deshalb trage ich sie immer bei mir.«

»Was für tiefe Gedanken, mit denen Ihr lebt«, sagte die Kurfürstin.

»Wer das Glück hat, noch so jung zu sein wie Ihr, Durchlauchtigste Hoheit, für den mögen diese Gedanken die Gedanken eines alten Mannes sein.«

»Eines weisen Mannes«, antwortete die Kurfürstin.

Andres Ambrosius verbeugte sich.

»Mir drängt sich eine andere Frage auf«, sagte der Kurfürst. »Warum seid Ihr nicht Hofapotheker geblieben? Hofapotheker und Hofmedicus?«

Andres Ambrosius lächelte. »Ich wollte ein Zeichen setzen, Kurfürstliche Gnaden. Jemand, der in der Schloßfreiheit wohnt, hat Privilegien, Steuerfreiheit, Gespannfreiheit und mehr. Die Leute kennen diese unterschiedliche Stellung und mögen deshalb oft den Schritt zu mir gescheut haben. Ein Medicus aber hat die Verpflichtung, allen zu helfen, allen das Leben zu erhalten, soweit seine Kenntnisse es ihm ermöglichen. Deshalb bin ich aus der Schloßfreiheit ausgezogen. Ich wollte für alle dasein, für alle Bürger der Stadt und der Umgebung, wenn sie nach mir verlangen. Und gesunde Untertanen sind für einen Landesherren ...«

»Das Wichtigste«, unterbrach ihn der Kurfürst. »Ja, das ist wahr. Wir Hohenzollern haben lange Zeit nicht in Tangermünde residiert, und ich bleibe auch jetzt nur zu einem kurzen Besuch in der Stadt. So habt Ihr gewiß richtig daran getan, auch äußerlich einen Strich zu ziehen und seid in ein Haus gezogen, das nicht zur Schloßfreiheit gehört. Deshalb also kein Mißfallen Euch gegenüber. Wie steht es nun aber mit Euerm Sohn? Er soll an der Frankfurter Universität studieren?«

Andres Ambrosius nickte. »Ja, so ist es. Aber die Frankfurter Universität, Verzeihung, Kurfürstliche Gnaden, ich will nicht sagen, daß sie ihm nicht genügt, aber er möchte sich auch noch an anderen Universitäten umsehen. Überall gibt es neue Erkenntnisse, überall wird geforscht, überall sind Magister und Professoren dabei, den Studierenden neue medizinische und pharmazeutische Kenntnisse zu vermitteln, und deshalb ...«

»Er will fort aus Brandenburg?«

»Er will nach Paris, Kurfürstliche Gnaden. In Bologna war er schon.«

»Na, dann wird er ja eine Koryphäe werden und Tangermünde der Mittelpunkt der Medizin.«

»Ach, Kurfürstliche Gnaden, soweit treibt er's nicht und ich nicht. Er ist, um es mit Verlaub zu sagen, ein bescheidener Mann. Er möchte nur alles Wissen, das er erwirbt, den Menschen hierzulande zukommen lassen. Vor allem den einfachen Menschen, weil sie es besonders nötig haben.«

»Ich weiß«, sagte der Kurfürst. »Meine verehrte Mutter, die Kurfürstin, hat in Cölln neben der Hofapotheke noch eine zweite Apotheke eingerichtet, für die gemeinen Leute. Und so etwas Ähnliches, das scheint mir wenigstens so, schwebt Euerm Sohn vor. Aber praktiziert Ihr das nicht bereits, Meister Ambrosius? Seid Ihr nicht deshalb aus der Schloßfreiheit ausgezogen?«

»Ja, so ist es, Kurfürstliche Gnaden, das praktiziere ich. Die Türglocke an meinem Haus kann Tag und Nacht von jedermann geläutet werden.«

Der Kurfürst schwieg einen Augenblick, dann sagte er: »Damit dient Ihr Eurem Kurfürsten im besonderen Maße. Gesunde Untertanen, das ist es, was ein Kurfürst braucht.«

»Danke für Euer huldvolles Verständnis, Kurfürstliche Gnaden.«

»Werde ich Euern Sohn am heutigen Abend im Schloß sehen und sprechen können?«

»Kurfürstliche Gnaden, Ambros wird, nachdem ihn Eure Kurfürstliche Gnaden in Eurer ehrenvollen Einladung persönlich benannt haben, anwesend sein.«

»Darauf freue ich mich.«

Als letzter trat Pastor Voß vor das kurfürstliche Paar, und der Kurfürst streckte ihm die Hand entgegen.

»Mein lieber Pastor Voß, ich freue mich, Euch wohlbehalten wiederzusehen. Ich hoffe, Ihr habt Euch in Tangermünde gut eingelebt.«

»Überall dort, wo ich Gottes Wort nach der reinen Lehre unseres Martinus Luther verkündigen kann, ist ein guter Ort, Kurfürstliche Gnaden. Besonders, wenn ich vor offenen Ohren und aufgeschlossenen Herzen predige, so wie hier in unserer Stadt. Dennoch, mit Verlaub, habe ich die gute Zeit auf Euerm Schloß Zechlin nicht vergessen.«

»Zechlin! Ja, Zechlin. Dort seid Ihr mir und meiner verewigten Gemahlin oft der einzige Trost in schweren Stunden gewesen, lieber Pastor. Dort habt Ihr uns mit Euerm festen Glauben immer wieder aufgerichtet, wenn uns Gottes Wille allzu unbegreiflich erschien.«

Der Pastor verneigte sich und dachte: Und als Dank habe ich die Pastorenstelle an St. Stephan bekommen, mehr nicht.

Mehr als St. Stephan war nicht möglich, dachte der Kurfürst, für diesen Eiferer, der Luther dauernd im Munde führt, aber Melanchthon anhängt.

»Ich denke«, sagte der Kurfürst, »wir werden noch Gelegenheit haben, unsere Erinnerungen an Zechlin aufzufrischen.«

Pastor Voß verbeugte sich wieder – »Danke, Kurfürstliche Gnaden« – und trat zurück.

Damit war der erste Akt der Begrüßung zu Ende. Augenblicke später brachten die Ratsdiener auf silbernen Tabletts den Willkomm herein. Das war in bauchigen Silberbechern der Rotwein aus den Gärten um Tangermünde. Die vielkerzigen Leuchter im Saal ließen die Becher blitzen, und das Gewächs darin erschien kostbarer, als es war.

Joachim Guntz reichte den ersten Becher dem Kurfürsten, den zweiten der Kurfürstin, nahm sich selber den dritten, und als sich alle anderen bedient hatten, hob er ihn und rief:

»Wir wollen den Kurfürsten unseres Landes Brandenburg und seine Durchlauchtigste Hoheit, die Kurfürstin, hochleben lassen! Hoch! Hoch! Hoch!«

Und dann tranken sie.

Ambros Ambrosius am Tisch in der Apothekerstube sah noch einen Rest Wein in seinem Glas. Er trank ihn nicht, aber er dachte: So war das damals vor vierzig Jahren, auf den Tag genau. Sein Vater hatte ihm alles ausführlich, wie es seine Art war, berichtet. Und als ob Ambros Ambrosius etwas zu Ende bringen wollte, legte er die Kette der Totenkopfuhr zur halben Länge aus, so wie sein Vater sie stets neben die Geldkassette gelegt hatte.

Dabei berührten seine Finger die Flöte, die ihrer Größe wegen schräg in der Schublade lag. Libussa Mindes silberne Flöte. Die Berührung mit dem feinen Instrument schmerzte nicht mehr und erregte nicht mehr, obwohl es daran keine Stelle gab, die er nicht mit seinen Lippen berührt hatte. Und so wurde in dieser nächtlichen Stunde für ihn auch die Flöte zur Brücke in die vergangenen Jahre. Ambros Ambrosius legte seine Hand auf das Instrument und konnte es nun nicht verhindern, daß in seiner Erinnerung die Empfindung auferstand, die sein Leben bestimmt und Libussa Minde gegolten hatte.

3. Kapitel

Libussa Minde stand an einem der Fenster des großen Wohnraumes und sah die Schloßfreiheit hinunter. Die sich gegenüberliegenden Häuser gaben ein kurzes Stück der Langen Straße frei. Dort drängten sich die Leute. Weiße Frauenhauben, barhäuptige Männerköpfe, dazwischen die Kinder, die einen mit Pudelmützen, die anderen mit Schleifen im Haar. Und alle sahen sie die Straße hinab, in die Richtung, wo das Rathaus stand.

Jetzt kam das Gedränge zum Stillstand, und Libussa Minde wußte: Der Empfang war zu Ende, der kurfürstliche Zug mußte in die Lange Straße eingebogen sein. Es konnte nur noch kurze Zeit dauern, bis er die Schloßfreiheit heraufkam. Libussa wartete.

Jetzt wurden die Leute durch die Soldaten der Schloßwache auseinandergedrängt, und gleichzeitig waren Pferdehufe zu hören. Sie kamen schnell näher. Kurz darauf bogen die Leibjäger in die Schloßfreiheit ein. Zehn zählte Libussa, als sie in doppelter Reihe vorüberritten. Dann folgte im Abstand die Kutsche mit dem kurfürstlichen Paar: schwarzer Lack, Silber, Gold. Sie sah zwei Gesichter darin, über dem einen ein dunkler Hut, über dem anderen weiße Federn. Jetzt eine zweite Kutsche, eine dritte, eine vierte und noch einmal die Leibjäger, wieder zehn in doppelter Reihe. Sie sah dem Zug nach, der jetzt durch das Burgtor fuhr und im Hof schnell verschwand.

Libussa Minde trat vom Fenster zurück. Nun konnte es nicht mehr lange dauern, bis ihr Schwiegervater und Heinrich Minde die Schloßfreiheit heraufkommen würden.

Den Tisch hatte sie bereits mit feinem Leinen gedeckt, mit

Zinntellern und geschliffenen Gläsern. Sie hatte die Silberbestecke aus der Schublade des Tellerschrankes geholt und den Silberleuchter in der Mitte des langen Tisches aufgestellt. Das alles gehörte zu ihrem Heiratsgut, das sie aus ihrer böhmischen Heimat mitgebracht hatte. Sie nahm einen Kienspan, ließ ihn am Kaminfeuer aufbrennen und zündete die Kerzen an. Dann rückte sie die große Suppenkelle noch einmal zurecht und die schwere Vorlegegabel und legte die Hände noch einmal um die geöffnete Rotweinkanne, als ob sie der richtigen Temperatur des Weines sicher sein wollte. Es war alles, wie es sein mußte. Dieser Tag war nun einmal anders als die alltäglichen, die sich zu Wochen, Monaten und Jahren reihten.

Es mochte noch einen Augenblick dauern, bis der Tangervogt und sein Sohn Heinrich in die Toreinfahrt treten und ins Haus kommen würden. Diese kurze Zeit nutzte Libussa, um zu dem dunkelgerahmten Bild ihres Großvaters hinaufzusehen, das groß und gewichtig an der einen Längsseite des Wohnraums hing; Jan Lieberitz, Begründer des Handelshauses in Prag. Wenn sie ihm, so wie jetzt, in die Augen sah, überkam sie ein Gefühl der Geborgenheit. Wie oft hatte sie, eng an ihn gedrückt, auf seinen Knien gesessen, und er hatte ihr Geschichten erzählt, auch die Geschichte der schönen Libussa, nach der sie ihren Namen erhalten hatte.

»Darauf habe ich bestanden«, hatte der Großvater zu sagen gepflegt, und er hatte auch immer darauf bestanden, daß sie bei jedem Hauskonzert, bei dem er selbst das Spinett spielte, dabei war. Und dann, Jahre später, hatte er wiederum darauf bestanden, daß sie dabei war, wenn in dem schönen Haus Lieberitz die Feste gefeiert wurden, ausgerichtet, um die Geschäftsleute aus Luxemburg und den Niederlanden, aus Sachsen, Ungarn und Italien mit dem Handelshaus Lieberitz bekannt zu machen, Verbindungen zu knüpfen zwischen ihnen und den Mächtigen seiner böhmischen Heimat. Die Gespräche hatte sie anhören sollen, ihr Herantasten, ihre Hintergründigkeit sollten ihr vertraut werden. Damals gab es keinen männlichen Erben in der Familie, und der

Großvater wollte, daß sie eines Tages alle Fäden fest in der Hand halten konnte.

Der Großvater hatte ihr den Kaplan Jellinek zum Hauslehrer bestellt, Paolo Filippe zum Tanzlehrer, und als sie den Wunsch geäußert hatte, die Flöte spielen zu lernen, war für den Großvater nur einer in Frage gekommen, der alte, aber strenge Androsch Nagy. Und so war es gekommen, daß sie mit dem Großvater Hauskonzerte bestritt und, gerade zwölfjährig, die Hausbälle ordnete und mit den Gästen in deren Muttersprache parlieren konnte, mit Deutsch und Tschechisch war sie ohnehin aufgewachsen.

Alles war gut vorbereitet gewesen. Dann aber hatte ihr Vater, Pavel Lieberitz, sich zum dritten Male verheiratet, nachdem ihm auch die zweite Frau gestorben war. Und innerhalb von drei Jahren brachte seine dritte Frau zwei gesunde Söhne zur Welt.

Libussa Minde sah wieder zu dem Bild ihres Großvaters hinauf und nickte. Danach sind wir noch enger zusammengerückt, verehrter Herr Großvater, weil es nun auch ohne uns ging. Und dann ist *er* gekommen, und Ihr, verehrter Herr Großvater, wart einverstanden; einverstanden, weil ich ihn wollte. Ihr wart einverstanden, aber Ihr hattet anderes mit mir vorgehabt. Doch als er dann, verehrter Herr Großvater, mit soviel Sorgfalt und Sachkenntnis seine Pläne vor Euch ausgebreitet hatte, mit denen er den Handel elbauf- und elbabwärts zwischen Böhmen und Ungarn bis an die Nordsee hinauf in seine Hände bringen wollte, habt Ihr ihm alle Eure Hilfe zugesagt. Jetzt hattet Ihr wieder eine Aufgabe und ich – meinen Liebsten. Ihr habt alle Verbindungen mit Böhmen und Ungarn spielen lassen, Ihr habt meine Mitgift geregelt, und Ihr habt unsere Hochzeit ausgerichtet. Ihr, nicht mein Vater. Ich höre noch, wie Ihr gesagt habt:

»Libussa, nun gehst du weit fort. Aber nicht so weit, wie du denkst, denn du wirst in diesem deutschen Land, nein, du wirst in dieser Stadt Tangermünde etwas von deiner böhmischen Heimat finden. Denk immer daran: Unser böhmischer Kaiser Karl IV. ist auch nach Tangermünde gezogen. Der Fluß, die Labe, die bei den

Deutschen Elbe heißt, war ihm wichtig genug, sich in Tangermünde eine zweite Residenz zu bauen. Die Zeiten haben uns diese Stadt aus dem Gedächtnis gerückt. Aber jetzt erinnere ich mich, und solange meine Kräfte ausreichen, werde ich alles tun, um die Verbindungen fester zu knüpfen. Und wenn dir einmal sehr schwer ums Herz ist, dann bete in jener Kapelle, die der große Kaiser Karl unserer Kapelle auf dem Hradschin hat nachbauen lassen. In ihr war er von seiner Heimat umgeben, und in ihr wird auch dir die Heimat nahe sein.«

Als Libussa die Schritte hörte, die auf das Haus zukamen, leichte und schwere, wandte sie sich vom Bild ihres Großvaters ab, streifte flüchtig ihr eigenes Bild gegenüber, das der Großvater zur gleichen Zeit hatte malen lassen, beides Hochzeitsgeschenke, ebenso wie die schwere Korallenkette, die ihr darauf um den Hals lag. Sie legte noch zwei Scheite auf das brennende Kaminfeuer, denn die Sonne hatte die dicken Mauern des alten Hauses noch nicht durchwärmt. Und schon hielt Heinrich Minde seinem Vater die Tür auf.

Neben dem Tangervogt sprang voller Unruhe der neunjährige Peter herein und stürmte auf seine Mutter zu. »Ich habe ihn gesehen, Mutter, und sie auch. Aber die Leibjäger, Mutter, das waren die allerschönsten. Mutter, ich möchte auch mal ein Leibjäger werden.«

»Ich nicht«, rief der ältere Junge. »Immer bloß so auf dem Pferd sitzen und in die Fanfare blasen, was ist denn das für ein Leben!« Das war Heinrich Mindes zwölfjähriger Sohn Heinrich. »Ich möchte ein Kaufmann werden. Aber Rechnen und Nachdenken, das stimmt, das ist nichts für dich.«

»Heinrich! Peter! Bitte, streitet nicht schon wieder«, rief Libussa. »Es wird sich alles finden.«

»Am allerliebsten, Mutter, möchte ich freilich Kurfürst werden«, sagte Peter, »weil der das Sagen hat. Dann könnte ich meine Leibjäger so lange blasen lassen, wie es mir gefällt.«

Der alte Tangervogt lachte und fuhr seinem Enkel über den Lockenkopf.

»Der Großvater hat gesagt, sie können auch richtig Musik machen, und wenn es zur Jagd geht, dann blasen sie etwas ganz anderes als heute. Nicht wahr, Herr Großvater, so ist es?«

»So ist es.«

»Ach du, Musik machen, das ist doch immer bloß Tuten und Blasen. Und Kurfürst kann einer nur werden, wenn er schon dazu geboren wird. Ich setz mich lieber neben Vater an den Tisch, weil ich genau so ein tüchtiger Kaufmann werden will wie er.«

»Ich will aber kein Kaufmann werden!« rief Peter. »Und wenn ich kein Kurfürst werden kann, dann werde ich eben Tangervogt. Ich möchte etwas zu sagen haben, so wie der Großvater.«

»Dem steht nichts im Weg«, sagte der Vater, »nur wenn du das werden willst, dann mußt du lesen, schreiben und rechnen können. Denke nicht, daß der Herr Großvater nicht auch Bücher führen muß und Rechnung legen. Deshalb hoffe ich, von euerm Lehrer bald ebensoviel Gutes über dich zu hören wie über Heinrich.«

Peter nickte. »Ja, Herr Vater.«

Durch die Spitzbogenfenster des Tanzhauses auf der Burg fiel Licht, goldgelbes, zuweilen unruhiges Licht. Es gab dem großen, altehrwürdigen Gebäude festlichen Glanz. Kaiser Karl IV. hatte es erbauen lassen, um darin die höfischen Feste zu feiern. Wann war dieses Tanzhaus zum letztenmal so erleuchtet gewesen? Die Tangermünder, die darauf zugingen, ob Eingeladene oder Zaungäste, entsannen sich nicht. Aber jetzt empfanden sie einen gewissen Stolz auf ihre Burg, die im ganzen Land nicht noch einmal zu finden war, so wie sie, hoch über dem Fluß gelegen, in der violetten Dämmerung des Frühlingsabends ihre Mauern und Türme reckte.

Bereits am Tor wiesen den Gästen brennende Fackeln, von Leibjägern gehalten, den Weg. Fackeln und noch einmal Fackeln, und dann das weitgeöffnete Portal des Tanzhauses. Hunderte von Kerzen brannten in den sechsarmigen Leuchtern an den Wänden und in den doppelstöckigen Kronleuchtern, die von der Decke herabhingen.

In der geräumigen Mitte des hinteren Saales standen die kurfürstlichen Herrschaften. Ihnen zur Seite Bürgermeister Guntz und seine Frau, die jedes Paar vorstellten, das gemessenen Schrittes herankam.

Das war der Augenblick, dem die Tangermünderinnen entgegengefiebert hatten. Jetzt konnten sie zeigen, wer sie waren, und es reute sie kein einziger Gulden, den sie für ihre Kleider ausgegeben hatten, und nicht einmal ihre Ehemänner reute es. Jetzt im Schein dieser Hunderten von Kerzen, jetzt kam das alles zu festlichster Geltung, denn der große Saal dieses Tanzhauses bot den richtigen Rahmen, und das schimmernde Kerzenlicht erhöhte den Wert von Samt und Seide und Brokat um das Zehnfache.

Als es kornblumenblau und bordeauxrot, lindgrün, lila, roséfarben und sonnenblumengelb und in allen Tönen, die dazwischenlagen, an dem kurfürstlichen Paar vorübergerauscht war – die Kurfürstin selbst trug feuerroten Taft –, kamen die Mindes. Sie kamen zu dritt. Der alte Tangervogt führte seine Schwiegertochter am Arm, neben Libussa ging ihr Mann Heinrich.

Libussa trug ein silbernes Brokatkleid. Es war sehr einfach geschnitten, hatte weder Spitzen noch Borten, nur um den tiefen Ausschnitt legte sich eine Ranke aus gelben Seidenrosen. Ihr üppiges, dunkles Haar wurde von einem großmaschigen, silbernen Netz zusammengehalten, und dieses Netz war wiederum über dem Kopf mit einer Ranke aus gelben Rosen geschmückt.

Libussa knickste tief vor dem Kurfürsten und der Kurfürstin, ihr Mann und der alte Tangervogt verbeugten sich, und als sie sich wieder aufrichtete und die Kurfürstin ihr die Hand reichte, lächelte sie.

»Seid Ihr auch eine Tangermünderin?« fragte die Kurfürstin.

»Halten zu Gnaden, Durchlauchtigste Hoheit, seit meiner Heirat.«

»Und vorher?«

»Ich stamme aus Prag. Ich bin Böhmin.«

Die Augen der Kurfürstin forschten in ihrem Gesicht. Ja, diese

Wangenknochen, diese dunklen, beinahe zusammengewachsenen Augenbrauen, diese braunen Augen.

»Ich würde mich freuen«, sagte die Kurfürstin, »wenn wir heute abend Zeit fänden, miteinander zu reden. Ihr solltet mir von Eurer Heimat erzählen, von Prag, von der Brücke über die Moldau und von dem berühmten Hradschin.«

»Danke für die Ehre, Durchlauchtigste Hoheit. Ich werde es mit großem Vergnügen tun.« Libussa knickste noch einmal tief. Dann waren schon die nach ihnen Eingetretenen an der Reihe.

Niemand im Saal hatte dieses Gespräch übersehen, niemand hatte es überhört, und alle Blicke waren auf Libussa gerichtet. Natürlich die Böhmische, dachte Lisabeth Helmbrecht, sie ist eine Zauberin, sie ist eine Mahre. Sie sticht ja sogar die Kurfürstin aus. Merkt denn das die Kurfürstin nicht? Vielleicht kann man es ihr beibringen. Der Abend ist lang.

Elsbeth Guntz, die Frau des Bürgermeisters, die an der Seite der Kurfürstin stand, dachte: Schade, daß Libussa nicht an der Stelle der Kurfürstin steht. Dann sah sie in die Gesichter der Tangermünder Frauen, die sich links von der Kurfürstin aufgereiht hatten, während die Männer auf der Seite des Kurfürsten standen. Ihr entging nicht, wie Libussa von allen Frauen gemustert wurde. Was sie dachten, stand in ihren Gesichtern: Abwehr – sie ist und bleibt eine Fremde. Neid – sie hat die Mindes reich gemacht. Mißgunst – warum sieht man ihr die Jahre nicht an? Zustimmung war in den Gesichtern nicht abzulesen. Nein, diese Frauen stammten aus Stendal oder Havelberg, aus Salzwedel oder hier aus Tangermünde. Und, genau betrachtet, hatten sie alle die gleichen herben Züge. Solange sie jung waren, mochte es angehen, aber sobald sie über die Dreißig hinaus waren, ähnelten sie sich fatal. Und ich, dachte Elsbeth Guntz, ich seh auch nicht anders aus. Aber Libussa Minde sieht nicht nur anders aus, sie hat auch ein anderes Wesen. Seit sie im Mindehaus ist, werden täglich mehr als ein Dutzend Kinder in der großen Küche satt gemacht. Sicher, es sind vor allem Kinder der Mindeschen Hafenleute, aber wer hat vorher an so etwas gedacht? Und wenn man sie einmal auf der Querflöte hat spielen hören und Peter dazu gesungen hat: »Es waren zwei Königskinder, die hatten einander so lieb ...« Ach ja, die Abende im Mindehaus, über die genug gelästert wurde, weil sie so fein und anspruchsvoll waren.

In diesem Augenblick fuhr Elsbeth Guntz ein wenig zusammen. Der Kurfürst begrüßte den Apotheker Ambrosius und seinen Sohn, sehr freundlich, sehr herzlich, und dann reihten sich die beiden an seiner Seite bei den Bürgern ein. Wie abgelenkt sie gewesen war! Jetzt fiel ihr auf, daß die Augen des jungen Ambros die Reihe der Frauen entlanggingen, an Libussa Minde hängenblieben und sie nicht mehr losließen. Stimmte es also, was gemunkelt wurde? Stimmte es, daß der junge Ambros vor zwei Jahren nach Bologna und im vorigen Jahr an die Universität nach Frankfurt gegangen war, um Libussa auszuweichen? Stimmte es, daß sie gemeinsame Spaziergänge im Stadtwald machten und sich oben auf der Burg trafen? Und daß der junge Ambros täglich in die Schloßfreiheit ging? Ach was, diese Lästermäuler! Und was die Männer betraf, so waren sie schlimmer als die Frauen. Sie hatten wohl alle ihren Dreck am Stecken. Für die dicken Bäuche der Mägde zahlten sie an Schipper und Hafenknechte, und die Frauen waren es zufrieden. Stimmte es, daß sich Ambros Ambrosius jetzt mit Plänen trug, von Tangermünde nach Paris zu gehen? Waren die Studien nur ein Vorwand? Elsbeth Guntz sah, wie Heinrich Minde seinem jungen Freund zunickte, und Ambros nickte zurück.

Jetzt ging der Kammerherr auf das kurfürstliche Paar zu und bedeutete nach einer tiefen Verbeugung, daß alle Geladenen versammelt waren und daß Kurfürstliche Gnaden die Tafel eröffnen könnten.

»Meine lieben und hochverehrten Tangermünder, Patrizier, Bürger und Bürgerinnen. Es war mein Wille, mit euch allen ein Frühlingsfest zu feiern, so wie es meine Vorgänger, und ich denke dabei besonders an die Markgrafen, nicht selten in dieser schönen Stadt gefeiert haben. Ein Fest aber, das im Tanzhaus dieses Schlosses stattfindet, sollte mit einem festlichen Bankett eröffnet werden, und deshalb wird nun der Küchenmeister mit seinen Gehilfen zuerst für unser aller leibliches Wohl sorgen. Ich bitte Platz zu nehmen.« Damit reichte er der Kurfürstin den Arm, geleitete sie zum oberen Ende der Tafel und nahm selbst neben ihr Platz. Und während sich die Gäste wieder zu Paaren zusammenfanden und die Stühle zurechtgerückt wurden, trugen die Diener unter der Aufsicht des Küchenmeisters die Speisen herein. Zuerst kleine Körbe mit aufgeschnittenem frischen Brot, das noch duftete, und danach, garniert auf silbernen Platten, all die Köstlichkeiten: Platten mit geschmortem Fleisch von Rind, Kalb und Schwein, zerlegten Kapaunen, kunstvoll wieder zusammengesetzt, Platten mit aufgeschnittenem Wildschweinbraten, kenntlich gemacht durch die Eberköpfe mit ihren gekrümmten Hauern, Platten mit gesottenen Hechten, denen grüner Lorbeer zwischen den blassen Lippen steckte, Platten mit rosigem Lachs, umgeben von frischer Kresse, Platten mit Hühnerbrüsten und Hühnerschenkeln auf geschmortem weißen Kraut, und zu jeder Platte die Terrine mit Sauce aus Sahne mit Dill oder Schnittlauch, aus Bratensaft mit Speck oder zerlassener Butter.

Es dauerte nur wenige Augenblicke, und der ganze Saal duftete nicht nur nach den Speisen, er duftete auch nach den Gewürzen, die der Küchenmeister zur Zubereitung gebraucht hatte: Koriander und Piment, Estragon, Majoran und Rosmarin, und hier und da war noch ein leichter Duft von Zimt dabei.

Die Tangermünder genossen das alles in vollen Zügen. Der Wein stieg ihnen in die Köpfe und löste die Zungen, und sie redeten freundschaftlich miteinander wie sonst das ganze Jahr nicht.

Nach dem Festmahl klatschte der Kammerherr des Kurfürsten in die Hände und bat die Gäste, sich einen Stock höher zu begeben, wo der Tanz stattfinden sollte. Wieder bot der Kurfürst der jungen Kurfürstin den Arm und schritt mit ihr, allen anderen voran, die Treppe hinauf. Dort hatten die Musikanten bereits Aufstellung genommen, zwei Posaunisten, drei Oboisten, dazu Fiedler, Pfeifer und Trommler, und empfingen alle, die nun den

Tanzsaal Paar um Paar füllten, mit einer Begrüßungsmusik. Der Saal war mit bunten Papiergirlanden und Fichtenzweigen geschmückt, die viele der schönen Wandmalereien verdeckten.

Die Kapelle setzte aus, als der Kurfürst und die Kurfürstin das Ende des Saales erreicht und die Gäste sich ihnen zur Seite gestellt hatten. Der Tanzmeister klopfte mit seinem Stock auf den Fußboden, verneigte sich vor dem kurfürstlichen Paar und sagte den Tanz an:

»Kurfürstliche Gnaden, mesdames et messieurs, die Pavane!«

Der Kurfürst und die Kurfürstin faßten sich an den Händen, die Musik setzte ein, und das Paar schritt vorwärts. Der Bürgermeister und seine Frau folgten, und die anderen schlossen sich zwanglos an. Heinrich Minde und Sophie Falcken reichten sich die Hände, der alte Tangervogt verbeugte sich vor der fünfzehnjährigen Eva Guntz, und so ging es Paar um Paar weiter. Alle waren gelöst in dieser festlichen Stimmung.

Hinter dem von Poppelwitz und der Frau des Ratsherrn Wiedenhöver schritten Libussa Minde und Ambros Ambrosius.

»Den ersten Tanz mit Euch, Ambros«, sagte Libussa, »wer hätte das gedacht.«

»Heinrich hat es wohl so eingerichtet«, sagte er.

»Er hat Euch gewiß eine Freude machen wollen, weil Ihr, wie ich von Euerm Vater gehört habe, nicht mehr lange hier in Tangermünde sein werdet.«

Ambros nickte. »Das Studium gehört in die jungen Jahre, ebenso das Reisen. Es ist zu beschwerlich, man sollte es nicht hinausschieben.«

»Hat Euch die Universität in Frankfurt nicht genügt?«

»Nein.« Er faßte ihre Hand ein wenig fester.

»Trotzdem, Ambros, warum? Ihr seid Euerm Vater schon jetzt eine große Hilfe. Warum wollt Ihr immer wieder fort? Ihr wißt schon jetzt so viel mehr als er. Warum wollt Ihr nach Paris oder womöglich noch weiter?«

Ambros hatte Mühe, den Takt einzuhalten, denn jetzt, nachdem alle Paare auf dem Tanzsaal nur vorwärts geschritten waren, bis sie ein großes Oval bildeten, gab der Tanzmeister das Zeichen zum Vorwärts- und Rückwärtsschreiten.

»Verzeihung«, sagte er, »der Tanz und solche Fragen passen schlecht zusammen.« Er drehte ihr das Gesicht zu und faßte ihre Hand noch fester. »Verehrte Libussa, es gibt viele Gründe...« Und weil sie sich nicht abwandte, sagte er: »Vielleicht ist es auch nur ein einziger, der mich forttreibt.«

»Ambros, lieber Ambros«, sagte Libussa, »überlegt gut, was Ihr tut. Ihr könnt doch nicht ein Leben lang vor mir fliehen. Euer Vater wartet auf Euch, und wir werden beide hier nebeneinander leben müssen.«

»Vielleicht bringt mir die räumliche Entfernung auch den Abstand, der dazu notwendig ist. Libussa, ich möchte Euch nicht weh tun und schon gar nicht meinem verehrten Freund Heinrich. Er bedeutet mir viel. Aber es gibt Dinge zwischen Himmel und Erde, gegen die man machtlos ist. Libussa, ich muß es endlich einmal aussprechen. Ich liebe Euch. Aber das wißt Ihr ja längst.«

Sie lächelte, und aus den Augenwinkeln sah sie nach dem Paar hinter ihnen und nach den Voranschreitenden. Die Musik, so hoffte sie, würde alles übertönt haben.

»Ambros, ich weiß jetzt, daß Ihr fortgehen müßt. Aber glaubt mir, ich werde um Euch bangen, bis Ihr wieder in Tangermünde seid.«

Bangen! Das war es, was sich bei Ambros Ambrosius festhakte. Ich werde um Euch bangen! Es erregte ihn, es verwirrte ihn so sehr, daß er, als sich der Zug der Tanzpaare den Musikanten näherte, das Empfinden hatte, er könnte die Musik nicht mehr ertragen.

Das Fest dauerte bis nach Mitternacht. Mit dem Schlag der zwölften Stunde brannten die Leibjäger des Kurfürsten auf der Burg ein Feuerwerk an. Alle Gäste aus dem Tanzhaus waren im Burghof versammelt, und als die ersten Raketen in den Himmel fuhren, drängten, schubsten und stießen sich die Leute aus den Häusern, Schenken und Bierkellern auf die Straßen. Atemlos verfolgten sie die roten, grünen und goldenen Kometenschweife, die zu Sternen zerplatzten.

Und in das Ah! und Oh! schrie die alte Marquardsche aus dem Armenhaus, die in Hemd und Nachtjacke auf der Straße stand: »Dat dschüngste Gericht! Dat dschüngste Gericht! Nu fällt dat Füer vom Himmel. Dat dschüngste Gericht, ihr Lüt!« Sie schlug die Hände vor das Gesicht und jammerte.

Die Leute in ihrer Nähe lachten und winkten ab. Sie freuten sich weiter an den himmelhohen Raketen, und sie hatten ihre Freude auch an den Rotfeuern, die von den Leibjägern auf der Burgmauer angezündet wurden, als das Feuerwerk langsam zu Ende ging.

Plötzlich aber torkelte einer vom Neustädter Tor her in die Menge. Seine Haare hingen ihm zerzaust um den Kopf, und am Gürtel hatte er ein Schwert stecken.

»Jo, dat Füer! Dat Füer! Ich denk, dat ick bald wedder eens anbrennen kann.« Er riß das Schwert aus der Scheide und schrie: »Dormit geiht dat to schnell, ober mit een Füer, dor brutzeln se scheun.«

Alle wichen zurück. Es war der Scharfrichter Moritz Winsel, der mit seinem Schwert herumfuchtelte.

Zwei Männer der Stadtwache kamen hinzu.

»Geh heim, Moritz, du hast hier nichts zu suchen! Und heute schon gar nicht, so besoffen, wie du bist.«

»Seg dat noch mol, du, und ick spieß dich op, du ...«

Die beiden Stadtwachen packten den Scharfrichter, überwältigten ihn und schleppten ihn in Richtung der Langen Fischerstraße davon.

Danach gingen die Zechgelage in der Stadt weiter, bis die Uhr vom Rathaus die erste Stunde des neuen Tages schlug. Auf der Burg waren die Rotfeuer ausgebrannt, und die Diener löschten die Kerzen im Tanzhaus.

4. Kapitel

In der Schublade, unter der querliegenden Flöte, befand sich ein Päckchen zusammengebundener Briefe. Ambros Ambrosius nahm es heraus, legte es auf den Tisch und zog die Schlinge auf, ohne die ernste Absicht, die Briefe zu lesen. Er kannte jedes Wort, das in diesen Briefen stand, und deshalb störten ihn die heruntergebrannten Kerzen auf dem Leuchter nicht. Im Gegenteil, im diffusen Licht schmolz die räumliche Entfernung ebenso zusammen wie die Zeit, und die Vergangenheit wurde zur Gegenwart.

Ambros Ambrosius nahm den ersten Brief zur Hand, und indem er den Anfang überflog, fühlte er sich in die Zeit zurückversetzt, als er diesen Brief geschrieben hatte, vor vierzig Jahren…

Montpellier, im November 1579

Mein hochverehrter, lieber Herr Vater,

ich habe mich hier in Montpellier niedergelassen, entgegen meiner Absicht, nach Paris zu gehen. Ich bewohne eine Stube im ersten Stock eines Gasthauses. Sie geht nach Süden hin, und das macht sie warm, auch um diese Jahreszeit noch.

Denkt bitte nicht, verehrter Herr Vater, daß ich meine Pläne mit Paris aufgegeben habe, aber in Straßburg habe ich einen erfahrenen Studenten getroffen, einen gewissen Felix Platter, der mich überzeugt hat, daß die Studien am menschlichen Leib vor allen anderen wichtig sind. Ich spare es mir für später auf, Euch zu beschreiben, wie wir an dieses Wissen kommen.

Bei diesem Punkt des Schreibens angekommen, hatte er den Federkiel zu den anderen in das Tintenglas gesteckt, war ans Fenster getreten, um auf die Straße hinunterzusehen, auf der in diesen Morgenstunden die Esel ihre zweirädrigen Karren zum Markt zogen, angetrieben von den Stöcken der nebenhergehenden Bauern. Rüben zogen sie und Krautköpfe, Ölkrüge, Eier, Hühner und Ferkel. Für Ambros verwischten sie das Bild der vergangenen Nacht nur Augenblicke lang. Dann sah er alles wieder vor sich...

Nicht weit vom Stadttor entfernt lag das Haus eines Mannes, der sich Medicus nannte und sich mit »Maître« anreden ließ. Unter den Studenten hielt sich das Gerücht, er wäre ein Pater aus Spanien und mit viel Geld geflohen. Dieses Geld wendete er auf für die Wissenschaft. Er bezahlte damit gut für einen Toten, für eine Leiche, die Tage vorher in die Erde gebracht worden war. Im Keller seines Hauses hatte er einen Raum eingerichtet, in dem über zwei Böcken ein Brett lag. Auf dieses Brett zerrten die Studenten, die um jeden Silbergroschen verlegen waren, den Korpus, den sie nachts, in aller Heimlichkeit, wieder aus dem Grab geschaufelt hatten. Darauf nahm dieser Mann dem Toten die Leichentücher ab und versammelte die Studenten um sich.

Dann fing er zu sezieren an. Es kostete Überwindung zuzusehen, wenn er die Säge an den Schädel setzte, um das Gehirn freizulegen, oder an den Brustkorb, damit sie das Herz betrachten konnten. Er zeigte ihnen die krankhaften Veränderungen und ließ sie zum Vergleich ein gesundes Gehirn, ein gesundes Herz in den Gläsern ansehen. Es gab in Montpellier nicht einen Studiosus der Medizin, der diesem makabren Geschehen fernblieb. Hier in diesem Keller sahen sie die menschlichen Organe vor sich, Leber, Galle, Magen, hier lernten sie anschaulich die Ursachen des Todes kennen, hier erkannten sie die Notwendigkeit des anatomischen Wissens und den Nutzen, der für Diagnose und Therapie daraus zu ziehen sein würde. Jeder wußte, wie streng verboten es war, was in diesem Keller bei Kerzenlicht und verriegelter Tür vor sich ging, und es gab nicht einen, den es nicht schauderte, wenn sich der Leichengeruch im Keller immer breiter machte und der Medicus sich ein Glasgefäß vom Regal nahm und mit der Pinzette ein Auge hineinlegte, um es im Spiritus zu präparieren.

Und dann waren auch noch die beiden Mönche mit ihren spitzen Kappen, die dem Medicus den Tod eines Menschen rechtzeitig anzeigten und die immer dabei waren, begierig, lustvoll, so empfand es Ambros, und darauf warteten, daß der nächste begraben, wieder ausgegraben und dann hier auf dem Schragen liegen würde. Diese beiden glaubten nicht an Jesus Christus und an die Auferstehung. Ihnen war der unversehrte Leib eines Toten nicht heilig. Diese beiden wollten wissen, wissen, sonst nichts. In diesen nächtlichen Stunden legten sie schwarze Masken vor ihre Gesichter. Niemand durfte die beiden erkennen, niemand durfte erfahren, wen sie dem Maître demnächst zuspielen würden. Das Klosterspital war nicht weit...

Oder, fragte sich Ambros, tue ich ihnen Unrecht? Was wollen sie anderes als ich? Was hatten sie vom Klosterleben gewußt, als sie sich eines Tages dafür entschieden? Hatten sie später entdeckt, daß ihnen Fasten, Beten, Schweigen und Krankendienst nicht genug waren? Bin ich inzwischen ein so überzeugter Lutheraner geworden, daß ich ihnen am liebsten die Masken vom Gesicht reißen würde?

Ambros öffnete das Fenster und steckte den Kopf hinaus. Der kühle Wind, der vom nahen Meer herüberkam, tat ihm gut. Er blies ihm die Gedanken aus dem Kopf, und die beiden jungen Mägde, die sich unten auf der Straße dem Gasthof näherten, verscheuchten die Bilder endlich. Jede von ihnen hatte einen großen Weidenkorb am Arm, aus denen es bis zu ihm herauf duftete. Lavendel, Thymian, Minze, Basilikum, Rosmarin trugen sie in Bündeln zum Markt. Der unvergleichlich süße, reine Duft nach Lavendel, der ihn bis zum Verrücktwerden an Libussa Minde denken ließ, der ihn sich auf das Bett werfen ließ, als ob Libussa auf ihn wartete. Ambros beugte sich weiter hinaus aus dem Fenster. Die beiden Mägde sahen nach oben, stießen sich an und kicherten. Hübsch waren sie, ein bißchen drall und sicher noch unschuldig.

Derart stark duftende, frische Kräuter, das gab es nur hier im Süden. Daheim war um diese Zeit längst alles braun und erstarrt nach den ersten Frösten. Zu Hause war vielleicht schon der erste Schnee gefallen, und der Fluß, wenn er nicht viel Wasser führte, konnte schon zwischen den Buhnen eine leichte Eisdecke haben. Womöglich hatten die ersten Tangermünder Elbkähne auf ihren Liegeplätzen schon festgemacht.

Daheim war nicht nur der Vater zurückgeblieben, auch alle die anderen – und Libussa. Die Liebe zu ihr hatte er auch hierher mitgebracht. »Ich werde um Euch bangen, bis Ihr wieder zurück seid.« Aber aus Liebe bangte sie nicht, das mochte vielleicht die kleine Eva Guntz tun, die dabeigesessen hatte, wenn sein Vater bei den Guntzens die Briefe vorlas.

Dem zweiten Brief, einem sehr ausführlichen und schmerzlichen, der aus Tangermünde mit der reitenden Post über Straßburg nach Paris gebracht wurde, lagen einige Zeilen bei, die Andres Ambrosius seinem Kollegen und Freund, dem Apotheker François Fouquet schrieb und in denen er sich für die Aufnahme seines Sohnes in dessen Haus bedankte und ihn bat, ihm den beiliegenden Brief auszuhändigen.

Andres Ambrosius konnte nicht ahnen, um wieviel später als erwartet das nachfolgende Schreiben seinen Sohn erreichen würde.

Mein lieber, stets gehorsamer Sohn Ambros!

Am nächsten Wochenende werden wir den ersten Advent feiern, aber schon seit dem vergangenen Sonntag ist alles still geworden in unserer Stadt. »Sankt Kathrein stellt den Tanz ein«, es ist, wie es immer war und ein Beweis für die loyale Einstellung unseres Herrn Kurfürsten, der diese jahrhundertealten Regulative auch mit der Einführung des lutherischen Glaubens nicht verboten hat. Die jungen Leute haben also noch einmal fröhlich getanzt, aber nun ist es still geworden. Über den Altartisch in unserer Stephanskirche hat Pastor Voß die violettfarbene Decke gebreitet, das Zeichen für Andacht und Einkehr. Ich weiß nicht, wie viele darüber nachdenken, wenn sie an diesem ersten Adventsgottesdienst den Gekreuzigten sehen. Eigentlich hat es ihnen ja Martin Luther klar gesagt, aber jeder liest sich daraus wohl das, was er verstehen kann und will. Doch die Botschaft bleibt: Ankunft des Gottessohnes, der vom Vater in die Welt geschickt wird, um die Menschen von dem Bösen zu erlösen und die Toten vom Tode durch die Gewißheit der Auferstehung.

Und damit, mein lieber Sohn, bin ich bei dem Grund meines Briefes. Es ist für uns alle etwas Unbegreifliches geschehen. Unser Tangervogt Hans Minde ist tot. Wir werden ihn auf Beschluß aller Ratsherren und der Bürger an diesem Sonntag des ersten Advent nach dem Gottesdienst zu Grabe tragen, wenn alle, die ihn verehrten und achteten, von ihm Abschied genommen haben. Ich weiß, daß du gerne unter ihnen sein würdest, aber so sind nun einmal die Zeitläufte.

Die Ursache seines Todes war nicht berechenbar. Es war ein Unfall, und niemand kann sagen, wie es dazu gekommen ist, denn Libussa Minde liegt in der Schloßfreiheit und ist nur zeitweilig bei Bewußtsein. Niemand kann sie fragen. Und nicht anders ist es mit dem Kutscher Gusten, der zwar eine robuste Natur ist, aber im Augenblick nur wirres Zeug von sich gibt.

Ich ahne, was dich jetzt bewegt, mein lieber Sohn. Du wirst mit großer Sorge vor allem an Libussa denken. Heinrich Minde hat gleich nach mir geschickt, und ich habe sie untersucht. Die Erschütterung des Gehirns scheint mir nicht das Allerschlimmste zu sein, obwohl es eine schwere ist, aber sie muß innere Verletzungen haben, und ich habe es selten schwerer ertragen als jetzt, so machtlos zu sein und nicht in einen Leib hineinsehen zu können. Was sind wir doch für Stümper, wir, die wir uns Medici und Apotheker nennen. Dennoch bin ich überzeugt, daß sie durchkommt. Sie hat immer einen großen Lebenswillen und echte Lebensfreude gezeigt.

Das alles, mein lieber Sohn, wollte ich dir mitteilen, weil es mir die größte Sorge macht.

Ich hoffe nun, du bist in guter Verfassung und deine Studien bringen dir die Erkenntnisse und alles Wissen, das du anstrebst. Dennoch, ich warte auf dich sehnsüchtig. Du bist der einzige Mensch, für den ich lebe. Laß dir die Arme auf die Schultern legen und in die Augen sehen von deinem getreuen Vater.

Geschrieben zu Tangermünde am 25. November 1579

Diesen Brief hatte er erst viel später in Händen gehabt, als er nämlich, von Montpellier kommend, in Paris eintraf. Aber der Vater hatte sogleich nach Montpellier geschrieben, als er wußte, wo sich sein Sohn befand. Deshalb gab es einige Briefe. Das waren sie hier, die ausführlichen Berichte, durch die er erfahren hatte, wie es nach dem Unglück im Mindehaus weitergegangen und wie es überhaupt zu diesem Unglück gekommen war. Der Kutscher Gusten hatte einige Tage nach dem Unglück endlich reden können, und Heinrich Minde auf einem Schemel neben der Bettstelle in der Kammer ließ ihm Zeit.

Und Gusten brauchte viel Zeit. Er machte immer wieder große Pausen und flennte, und Fine, die Magd, wischte ihm die Tränen ab und hielt ihm das Sacktuch vor die Nase.

»Unser Herr Tangervogt wollte, weil so schöner, pulvriger Schnee gefallen war, daß ich den Schlitten aus der Remise hole. Das hab ich gemacht. Und die Frau Libussa wollte, daß ich die Schimmel einspanne, aber nicht alle vier. Sie wollte bloß den Witiko und den Salomon, und der Herr Tangervogt war einverstanden. Sie wollte in die frischverschneiten Forsten fahren, und der Herr Tangervogt hatte ihr versprochen, die Wildwechsel zu kreuzen, damit sie Rehe und Wildschweine sehen könnte, und das haben wir ja auch. Aber die hochverehrte Frau Minde wollte nicht, daß ich kutschiere. Sie wollte selber fahren, und der Herr Tangervogt sagte zu mir: ›Nu nimm mal hinten Platz.‹

Die beiden saßen vorne, und sie kutschierte, und das verstand sie schon immer, ja, das konnte sie. Wenn sie ›Salomon!‹ rief und die Zügel anzog, dann wurde der böse Salomon wie ein Lamm, und wenn er wie ein Lamm wurde, dann ging der Witiko auch lammfromm an der Deichsel.

Und dann kamen wir zu einer Stelle, wo sich die Wildschweine im überfrorenen Wasser suhlten, so an die zwanzig waren es mindestens, vielleicht noch mehr. Ich hab sie nicht gezählt. Aber sie suhlten sich und wühlten mit ihren Rüsseln nach Eicheln und Bucheckern, und der alte Herr Tangervogt hatte auch Rüben hinschmeißen lassen, weil bei der Jagd mit dem Kurfürsten so viele geschossen worden waren und weil er wollte, daß sie, wie er sagte, ihm das nicht übelnehmen sollten. Und wie es mir schien, haben sie ihm das nicht übelgenommen, denn es waren wieder so viele wie in den Jahren vorher.

Unser Standort war günstig. Die Frau Libussa konnte sich gar nicht genugtun vor Freude. Ringsum hinter den Wildschweinen kamen Fasanen und Rebhühner, und es war alles gut zu beobachten, und sie sagte: ›Lieber Herr Schwiegervater, was seid Ihr für ein großartiger Vogt. Ihr schießt ja nicht nur, Ihr hegt auch.‹ Und ich sah noch genau, wie er den Arm um ihre Schultern legte. Sie hatten beide ihre Schafspelzjacken an, und beide steckten sie in ihren Fußsäcken, die ihnen, ich seh's noch, weit über die Knie reichten.

Dann sagte sie auf einmal: ›Verehrter Herr Schwiegervater, jetzt wird mir kalt, wir sollten an den Heimweg denken.‹ Unser Herr Tangervogt nickte, und sie zog die Zügel an. ›Witiko! Salomon!‹ rief sie und schnalzte mit der Zunge, und die Schimmel wendeten Schritt für Schritt.

In diesem Augenblick aber stand unser Herr Tangervogt auf. Ich glaube, er wollte sich den Fußsack ein Stück höher ziehen. Ich weiß nicht, warum der Salomon scheute. Er riß den Witiko mit. Es ging alles so schnell. Wir flogen rechts und links aus dem Schlitten. Unsern verehrten Herrn Tangervogt muß es an den Gardelegener Grenzstein geschleudert haben, sonst hätte er nicht auf der Stelle tot sein können.

Als ich mich hochgerappelt hatte, bin ich zuerst zu ihm gekrochen, aber er rührte sich nicht mehr. Er zuckte nur noch ein paarmal mit den Händen. Dann bin ich zu unserer Frau Libussa hinüber, und die rührte sich auch nicht. Aber sie hatte die Augen offen und lächelte, und als ich mich kurz wegdrehen wollte, streckte sie die Hand nach mir aus. Da wußte ich, daß noch Leben in ihr war.

Und dann bin ich auf allen vieren zu unserm Gespann gekrochen. Die beiden Schimmel waren bloß dreihundert Schritte von uns weg stehengeblieben, gerade so, als ob sie erschrocken wären. Ich habe unsere Frau Libussa dorthin geschleift, tragen konnte ich sie nicht. Manchmal hat sie die Augen zugemacht, aber sie konnte nicht gehen. Es hat wohl Stunden gedauert, bis ich sie in den Schlitten gelegt hatte, zwischen die beiden Sitzbänke. Ihr Kopf hing hier raus, und ihre Beine dort. Und dann bin ich in die Schloßfreiheit gefahren. Mehr weiß ich nicht. Mehr weiß ich wirklich nicht. Aber so muß es gewesen sein.«

Es war aber nicht so gewesen. Gusten wußte nicht alles. Der Schock hatte seine Erinnerung verwirrt. Libussa bis zum Schlitten schleifen und aufladen, das mochte er gewollt haben, aber er hatte es nicht getan.

Der Zufall hatte den Oberjäger Matthes die Grenzen zum Gardelegener Forst abreiten lassen. Mit dem beginnenden Winter wurde von den Kätnern nicht nur Holz gebraucht, es wurden Schlingen für Hasen und Rehe gelegt. Das lohnte sich bei den Wechseln um die Futterplätze. Matthes war dazugekommen, hatte Libussa Minde aufgehoben und zum Schlitten getragen und hineingebettet, so gut es ging. Und als sich Gusten aufgerappelt hatte, führte Matthes ihn zu den Schimmeln und sagte: ›Nimm den Witiko am Halfter und führ ihn, hörst du, du mußt ihn führen, Gusten. Dem Salomon ist nicht zu trauen. Und sie darf keine Erschütterung haben, keine!‹ Dann war er davongaloppiert, weil er wußte, daß eine halbe Stunde auf Tangermünde zu der Haumeister Huldreich mit seinen Knechten überzählige Fichten schlug.

»Wir brauchen eine Trage! Es ist ein Unglück geschehen!«

Und dann hatte er Huldreich das Jagen beschrieben und die

Stelle, wo der tote Tangervogt lag, und war wieder zurückgaloppiert. Dort hatte er Gusten getroffen und das Fuhrwerk, und er hatte gesagt: »Leg dich vorn unter das Spritzleder, du bist ja auch halbtot.« Er hatte ihm dabei aufgeholfen und sich auf den Witiko gesetzt, und so waren sie Schritt für Schritt vorangekommen, Tangermünde entgegen.

Es dunkelte bereits, als sie die Schloßfreiheit erreicht hatten. Die Laternen rechts und links des Tores waren schon angezündet, Stanislaus, der wendische Knecht, wollte das Tor gerade schließen, da fuhren sie hinein. Und Peter Minde, der es sich ausbedungen hatte, Abend für Abend den schweren Eisenriegel, über den er kaum Herr wurde, vorzuschieben, legte die Hand über die Augen und fragte: »Wen bringt ihr denn da?«

»Ruf deinen Vater! Schnell, Peter!«

So war es gewesen. Und dann hatte Heinrich Minde zusammen mit dem Oberjäger Matthes die leblose Libussa aus dem Schlitten gehoben und ins Haus getragen, und die Mindeschen Knechte, die in Schuppen, Kellern und Vorratshäusern die Waren stapelten, hatten sich um Gusten gekümmert.

»Peter! Peter, wo bist du?«

»Habt ihr Peter nicht gesehen?«

»Heinrich, weißt du nicht, wo Peter ist?«

Niemand wußte es. Auch sein Bruder Heinrich nicht. Das ging so, seit die Hauknechte den toten Tangervogt durch das Tor getragen hatten. Peter war, von niemandem bemerkt, in der Toreinfahrt stehengeblieben und hatte sich auf einen der Findlinge gesetzt, die das zweite Doppeltor, das zum Hof führte, abschlossen. Er hatte gesehen, wie der Apotheker in höchster Eile gekommen war und durch die beiden Tore in das Haus ging. Er hatte gesehen, wie die Schimmel ausgespannt wurden und Gusten in seine Kammer getragen wurde, und er hatte gehört, wie der Oberjäger Matthes gesagt hatte, daß Huldreich und seine Hauknechte den Tangervogt bringen würden.

Peter wartete. Es kam ihm nicht ein einziges Mal in den Sinn, zu seinem Bruder zu gehen, der hinter dem Vater und Matthes her die Treppe hinaufgegangen war, dorthin, wo sie die Mutter getragen hatten. Peter wartete. Er sah, wie Stanislaus immer wieder neue Kerzen in die Laternen steckte, aber er machte sich nicht bemerkbar. Er wartete, obwohl ihm so kalt geworden war, daß seine Zähne aufeinanderschlugen.

Und dann kamen sie mit der Trage aus Stricken und grünen Fichtenzweigen, und dazwischen lag er.

Jetzt stand Peter auf. An der Trage faßte er nach den Händen des alten Tangervogtes.

»Großvater, Herr Großvater«, flüsterte er, »warum seid Ihr denn so kalt?« Dann warf er sich auf die Trage. »Herr Großvater, Herr Großvater, sagt doch etwas. Ich bin es, Peter!«

Haumeister Huldreich zog ihn zurück. »Er kann nichts mehr sagen, Peter. Er ist tot.«

Und als Heinrich Minde in der Tür zum Wohnhaus erschien, fragte Haumeister Huldreich: »Wo sollen wir ihn denn hinbringen?«

»Hierher. Wir werden den Tisch zur Seite schieben, und dann könnt ihr die Trage mit ihm absetzen.«

So ergab sich die Aufbahrung für die nächste Nacht. Aber dieses ›Peter! Peter! Wo bist du?‹, das blieb, das blieb länger als ein ganzes Jahr. Das eine Mal fanden sie ihn in der Hütte neben dem großen Jagdhund Ajax, das andere Mal unter der Futterkrippe des Schimmels Salomon. Einmal fanden sie ihn auf dem Heuboden, ein anderes Mal lag er bei Gusten im Bett. Er kam pünktlich zu den Mahlzeiten, aber er fehlte oft in der Stadtschule oder war nicht aufzutreiben, wenn der Schulinspektor Asseburg ins Haus kam, um den Mindesöhnen mehr als nur Lesen und Schreiben beizubringen. Immer wieder entdeckten sie ihn unter dem Bett seiner Mutter. Sobald sie sich rührte, kroch er hervor, setzte sich auf den Bettrand und streichelte ihre Arme und Finger.

»Wie geht es Euch, Mutter? Geht es Euch besser? Es wird nicht mehr lange dauern und Ihr seid wieder gesund, nicht wahr, Mutter? Und dann erzählt Ihr mir von Böhmen und von Euerm

Großvater, nicht wahr, Mutter? Und wenn Ihr erst wieder die Flöte spielen könnt, dann üben wir neue Lieder ein.«

Libussa nickte, aber sie konnte die Hand nicht heben, um ihm über den Lockenkopf zu streichen.

Peter verließ die Schloßfreiheit selten, auch wenn es ihn noch so sehr zu seinen Freunden zog. Aber jedesmal, wenn sie in der großen Toreinfahrt standen und nach ihm riefen, mußte er an die kalten Hände seines Großvaters denken; und die Angst, er könnte seine Mutter ebenso vorfinden, wenn er zurückkam, hielt ihn daheim fest. Peters Freunde, das waren Krischan Falcken und Michel Guntz. Dazu kam Jürgen Helmbrecht, der unten in der Kirchstraße wartete, weil ihm sein Vater verboten hatte, die Toreinfahrt im Mindehaus zu betreten wegen der Feindschaft zwischen den Familien.

An diese vier Freunde hängte sich, sooft er konnte, Petrus Asseburg an, der spillrige Kleine, den sie alle nicht besonders mochten, nicht weil er immer Hunger hatte und den vieren auf die Jackentaschen lurte, wie sie es nannten, auch nicht, weil sein Vater, den sie alle nicht ausstehen konnten, in die Häuser kam, um den reichen Kaufmannssöhnen allerlei Wissen in die Köpfe zu trichtern, das sie in der Stadtschule nicht beigebracht bekamen. Nein, sie mochten ihn nicht besonders, weil er, wie Peter sagte, ein ganz verfluchter Neidhammel war. Er neidete es ihnen, Kaufmannssöhne zu sein, Väter zu haben, die Ratsherren werden konnten. Seinem Vater hatten diese Ratsherren die Stellung eines geistlichen Inspektors eingeräumt, nachdem es um ihn als Rektor der Stadtschule nicht mehr auszuhalten gewesen war. Es war ein Almosen, mehr nicht. Er wußte es, und die Tangermünder wußten es. Er litt darunter, und er ließ auch seine Familie darunter leiden. So kam Petrus Asseburg zu seinem Neid.

Wenn es die Freunde aber fertigbrachten, Peter doch zu überreden, und er mit ihnen zum Hafen hinunterrannte, dann war alles so wie immer. Dann sahen sie erst zu, wie die Fähre vollbeladen ablegte und wieder herüberkam und festmachte, sie sahen zu, wie die Kähne entladen und die Waren auf die Fuhrwerke umgeladen wurden, Kastenwagen an Kastenwagen. Und wenn einer der Fuhrleute ihnen die Pferde anvertrauen wollte und rief: »Jungs! He, Jungs! Kiekt mol op de Peer!«, dann war Peter wieder in seinem Element. »Schürgen, Mann o Mann, de Fuchs dor, de verdreiht jo siene Oogen. Dem durt dat Oploden to lang. Schnack mol mit em. Und hier de ole Rappen, de mokt dat nich mehr lang. Mann, nu muß he wedder de steile Roßfurt na boben. Mogst em nich scheben?«

Peter kannte alle die Redensarten, die unten am Hafen gesprochen wurden, die von den Havelschiffern ebenso wie die von den Elbschiffern aus Hamburg oder aus Dresden. Und wie er seine Freunde dirigierte! Helfen mußten sie und zupacken, und wenn es keine Schiffe mehr gab, die abgefertigt werden mußten, und die Fuhrwerke alle davongefahren waren, dann spielten sie auf den Putinnen, treppauf und treppab. Mochten sie den wasserschleppenden Mägden dabei noch so sehr in die Quere kommen, mochten ihre gefüllten Wassereimer noch so oft überschwappen, sie tobten weiter. Nur den Waschweibern trauten sie sich nicht zu nahe zu kommen. Die schlugen mit den nassen Wäschestücken nach ihnen.

So war es, wenn Peter Minde dabei war. Nur fehlte er jetzt oft und oft, und wenn er kam, blieb er nicht lange und war plötzlich wieder verschwunden. In der Schloßfreiheit tauchte er dann wieder auf, irgendwo in einem der großen Lagerschuppen oder in einem der Keller. In kurzer Zeit wurde er mager. Er verlor sein Kindergesicht, und das lag vor allem an seinen Augen, die meist in die Weite gerichtet waren, ohne etwas Bestimmtes zu sehen. Nur die Wutausbrüche verloren sich nicht.

Eines Abends, als sich Libussa Minde aus dem Bett hatte helfen lassen und das gemeinsame Abendessen vorüber war, sagte sie: »Heinrich, ich mach mir große Sorgen um Peter. Noch nie hat er mich nach dem Großvater gefragt. Unsern Heinrich hat es auch getroffen, aber Peter – Peter kommt mir wie entwurzelt vor.«

»Das mag vor allem die Sorge um dich sein, Libussa.«

Sie nickte. »Das mag es sein, er wird mit beidem nicht fertig. Es scheint mir, als ob er in beständiger Angst lebt, er dürfte nicht aus dem Haus gehen, weil ich sterben könnte.«

»Libussa!« Heinrich Minde rückte seinen Stuhl näher an sie heran und legte den Arm um sie. »Denk daran, was die beiden Professoren gesagt haben, die Meister Ambrosius ins Haus geholt hat. Beide haben sie zur Geduld geraten.«

»Geduld!« Libussa seufzte. »Die Arznei der Ratlosigkeit. Keiner kann herausfinden, was mir wirklich fehlt und wie mir zu helfen ist. – Aber das wollte ich nicht mit dir bereden. Es geht mir um Peter, und es geht mir auch um unsere gute Fine. Sie hat jetzt viel mehr Arbeit als früher, schwerere, durch mich, und sie ist nicht mehr die Jüngste. Ich denke, wir sollten noch jemand ins Haus nehmen. Mit der jungen Magd, die du eingestellt hast, scheint es mir nicht getan zu sein. Die packt zwar zu für zwei, aber sie ist so derb und poltrig. Ich möchte jemand um mich haben, der unbekümmert ist und geschickt und umsichtig. Wir haben auch jetzt Gäste, die bewirtet sein sollen, wie es sich für uns geziemt. Deshalb habe ich daran gedacht, den Oberjäger Matthes und vor allem die Krulle zu fragen, ob sie uns ihre Tochter ins Haus geben wollen. Sie soll es so haben, als ob sie zu uns gehört, als unsere Haustochter, Heinrich. Ich werde sie anleiten, damit sie mich immer vertreten kann. Vor allem aber denke ich dabei an Peter. Sie würde ihm vieles von dem ersetzen, wozu mir die Kraft fehlt.«

»Libussa!« Heinrich Minde nahm seine Frau in die Arme und küßte sie. »Morgen werde ich selbst zur Krulle gehen und sie fragen. Nein, ich werde sie bitten, ich werde sie um die Kathe bitten.«

»Ich freue mich, Heinrich, damit bin ich eine Sorge los. Aber mich bedrückt noch mehr. Kannst du mir sagen, warum unsere beiden Söhne dermaßen ungleich sind? Warum finden sie einfach nicht zueinander? Warum sind sie nicht wie Geschwister? Ich kann mir hundertmal sagen, es ist natürlich, wenn Geschwister unterschiedliche Temperamente haben. Es hilft mir nicht, und ich muß es dir einmal sagen dürfen: Unser Heinrich ist mir oft so fremd, als wäre er nicht mein Kind. Und darüber erschrecke ich. Ich weiß, dir liegt Heinrichs Wesen näher, aber bei mir ist es umgekehrt.«

»Libussa, ich denke, alle diese Gedanken kommen durch deine Krankheit. Du hast zuviel Zeit zum Grübeln, und du bist zuviel allein. Auf dem schnellsten Weg muß die Kathe her.«

»Und was wird, wenn wir beide nicht mehr am Leben sind, Heinrich?« Sie sagte es so, als hätte sie ihrem Mann nicht zugehört. »Ich kann mir nicht vorstellen, daß Heinrich und Peter die Geschäfte eines Tages gemeinsam führen werden.«

Heinrich stand auf und ging vom Kamin bis zu den Fenstern und von den Fenstern wieder zurück zum Kamin.

»Heinrich, ich möchte dir nicht weh tun, aber ich bin in der letzten Zeit dem Tod sehr nahe gewesen, und deshalb möchte ich, daß wir die Erbschaft für Peter und Heinrich regeln. Damit den beiden gleiches Recht zukommt.« Libussa machte eine Pause. »Ich hoffe, jetzt nicht etwas zu sagen, das dich kränkt. Peter und Heinrich sollen zu gleichen Teilen mein Heiratsgut bekommen und die Summe des Vermögens, das ich aus dem Hause Lieberitz mit nach Tangermünde gebracht habe.«

Heinrich Minde ging wieder vom Kamin zu den Fenstern und zurück und sagte kein Wort.

Libussa wartete, dann redete sie weiter. »Niemand weiß, wohin Peters Weg einmal führen wird. Aber es könnte doch sein, daß er das Erbe seiner Mutter eines Tages nötig hat, und deshalb will ich, daß alles schriftlich festgelegt wird. Heinrich, ich bitte dich darum.«

Heinrich Minde setzte sich wieder neben sie. »Dazu wird es nötig sein, einen Notarius kommen zu lassen.«

Sie nickte. »So bald wie möglich, Heinrich. Aber ich denke, wir haben hier in der Stadt niemand, der uns dieses Testament amtlich niederschreibt.«

»Unser Stadtschreiber Helmreich würde dir also nicht genügen, obwohl er Jurist ist?«

»Nein, Heinrich. Helmreich ist Tangermünder, ich möchte

einen unvoreingenommenen Notarius, aus Stendal oder Magdeburg.«

»Und warum eilt es dir so?«

»Weil ich nicht weiß, wie lange ich noch zu leben habe.«

Heinrich Minde ging wieder auf und ab, und dann sagte er: »Libussa, unser Vermögen ist festgelegt in den Waren, die in den Speichern unten am Hafen lagern und auf den Liegeplätzen in Hamburg und Dresden. Auch dein Vermögen, Libussa.«

Sie sah ihn an. »Und?« fragte sie. »Hat es uns in den Jahren nicht auch Gewinn gebracht? Mein Großvater hat mich in diese Dinge sehr gut eingeweiht, und deshalb hat nicht nur mein Vermögen seine Summe. Der Gewinn muß ebenfalls festgelegt werden, und deshalb bitte ich dich um eine Aufstellung. Dann mag der Notarius kommen. Und wenn er alles aufgeschrieben hat, soll er es uns vorlesen, und Peter und Heinrich sollen dabeisein. Was ich dich aber noch fragen wollte, Heinrich, wie ist es denn mit diesem Haus hier in der Schloßfreiheit, das war doch zins- und steuerfrei, solange dein verehrter Vater sein Amt versehen hat? Wir haben nie darüber gesprochen.«

»Ich habe es gekauft, Libussa, damit es uns bleibt. Der neue Tangervogt wird ein anderes Haus beziehen.«

»Danke, Heinrich. Dieses Haus ist mir zur zweiten Heimat geworden, zum Refugium für dich und mich und unsere Liebe.« Sie schwieg und lehnte sich in den binsengeflochtenen Armsessel zurück. »Weißt du, Heinrich, es ist mir so schwergefallen, dieses Gespräch, aber ...«

»Es war gut so, Libussa, auch für mich. Man sollte sein Haus nicht erst bestellen, wenn es drängt. Vor dem Tod meines Vaters habe ich alles von mir geschoben. Bis zu diesem Tag war immer noch einer vor mir an der Reihe. Jetzt weiß ich, der nächste bin ich. Danke, daß du mich daran erinnert hast.«

Nach diesem Gespräch lebte Libussa auf, und sie lebte vor allem auf, weil die Kathe kam. Kathe Krulle, so hieß es schon nach wenigen Tagen, Kathe Krulle hier, Kathe Krulle da. Sie half

Libussa aus dem Bett, sie half ihr, sich anzuziehen und scheuchte Peter unter dem Bett hervor.

»Am Hafen mag ja viel los sein«, sagte sie, »aber oben auf dem alten Turnierplatz in der Burg, da übt der Poppelwitz die neuen Soldaten ein, fünfundzwanzig. Ich sage dir! Sie müssen jetzt mit den Pistolen schießen lernen, und dabei kennt der Poppelwitz keine Gnade. Und ihre Schwerter müssen sie schleifen, das hört sich vielleicht an!«

Da gab es für Peter kein Halten mehr. Die Kathe kümmerte sich um die Mutter, und er war wieder frei! Er wußte nicht warum, aber solange die Kathe bei seiner Mutter war, konnte ihr nichts geschehen, davon war er überzeugt.

Abends, wenn sie die Mutter zur Ruhe gebracht hatte in dem viersäuligen Bett mit dem Baldachin, dann setzte sie sich in der Küche zusammen mit ihm an den Herd und erzählte Geschichten. Auch die Fine setzte sich dazu und die derbe Berte, und Gusten kam, der auch erzählen konnte, und manchmal auch Heinrich.

Ein Stück der alten Gewohnheit stellte sich wieder ein, wenn sie alle dicht an dicht um den großen Herd saßen, auf dem die klotzigen Buchenscheite rotglühend wurden und der Wasserkessel darüber summte und die Rüböllampen an der Wand vor sich hin gunkten. Wenn ihnen die gute Fine dann ein paar Dörrpflaumen und getrocknete Apfelschnitze in die Hand gedrückt hatte, die zwischen Gaumen und Zunge noch einmal ihre säuerliche Süße von sich gaben, dann legte Peter die Arme um sich selber und schloß die Augen, weil er alles vor sich sehen wollte, was die Kathe Krulle erzählte. Manchmal waren es Märchen, dann wieder Gruselgeschichten, an die einer glauben konnte oder auch nicht. Am meisten liebte Peter aber die alten Geschichten, die sich vor langer Zeit wirklich zugetragen hatten. Zu denen gehörte die Begebenheit vom »Ritter Hake, der den Tetzel prellte«.

»Ich brauch euch ja nicht erst zu erzählen, wer der Tetzel war«, sagte die Kathe, »das wißt ihr alle. Ohne den Tetzel mit seinem Ablaßhandel hätte unser Doktor Martinus Luther seine Thesen nicht an die Schloßkirche zu Wittenburg geschlagen. Aber die meisten Leute glaubten dem Tetzel, und er hatte großen Zulauf überall. Trotzdem gab es ein paar darunter, die ihre Zweifel hatten, ob man sich für Geld wirklich von Sünden und vom Fegefeuer freikaufen könnte. Und zu denen gehörte der Ritter Hake.

Als nun der Tetzel in Jüterbog sein Geschäft betrieb – ›Kauft Ablaß, ihr Leute, kauft Ablaß! Sobald das Geld im Kasten klingt, die Seele aus dem Fegefeuer in den Himmel springt!‹ –, kam der Ritter Hake auf einen verwegenen Gedanken. Er kleidete sich wie ein wohlhabender Bauersmann, ging auf den Marktplatz zu Jüterbog und wartete ab, bis alle ihren Ablaß bezahlt hatten und dafür einen Ablaßzettel in die Jackentasche stecken konnten. Als Tetzel seinen Karren schon schließen wollte, ging der Hake auf ihn zu, trat von einem Bein aufs andere und sagte: ›Magister Tetzel, ich habe ein absonderliches Anliegen.‹

›Auch für absonderliche Anliegen habe ich ein offenes Ohr‹, sagte der Tetzel, ›vertraut Euch mir nur an.‹

›Ich möchte‹, der Hake tat wieder verlegen, ›ich möchte ... ich möchte mir einen Ablaß von Euch kaufen.‹

›Das tun doch alle‹, unterbrach ihn der Tetzel.

›Ich weiß‹, sagte der verkleidete Hake, ›aber sie kaufen Ablaß für begangene Sünden, ich aber ... mein Anliegen also ist dieses: Ich möchte mir einen Ablaß kaufen für eine Sünde, die ich noch gar nicht begangen habe.‹

Der Tetzel sah ihn mißtrauisch an. ›Bäuerlein, Bäuerlein‹, sagte er, obwohl der Hake einen Kopf größer war als er selber, ›das ist weiß Gott absonderlich. Für eine Sünde, die noch gar nicht begangen wurde, habe ich noch nie einen Ablaß verkauft.‹

›Dann bitte ich Euch, es jetzt zum ersten Male zu tun‹, antwortete Hake, ›ich werde diese Sünde sehr bald begehen. Und es wird, wie soll ich sagen, eine recht schwere Sünde sein.‹

›Für dergleichen gibt es keinen Ablaßzettel‹, sagte der Tetzel.

›Das glaub ich wohl‹, antwortete Hake. ›Aber da Ihr nun gerade im richtigen Augenblick hier seid, Magister Tetzel, gibt es denn nicht eine Möglichkeit, mich schon jetzt von der Sünde loszukaufen? Ich will mich das gerne gutes Geld kosten lassen.‹ Und der Hake bot zuerst das doppelte und danach das dreifache Geld.

Der Tetzel ging hinter seinem Karren auf und ab. ›Das Dreifache habt Ihr mir schon geboten‹, sagte er. ›Aber für so einen Ablaßzettel muß ich das Vierfache haben‹, und er holte den Geldkasten wieder hervor. Daraufhin öffnete der Hake seinen Geldbeutel und ließ das Vierfache hinausklötern. Tetzel stellte ihm hocherfreut den Ablaßzettel aus, der Hake nickte zufrieden, bedankte sich und ging davon.

Auf der anderen Seite des Marktes, auf dem sich alles abgespielt hatte, stand der Knappe des Ritters mit dem Pferd. Der Hake wartete, bis Tetzels Knechte die Pferde vor den Karren gespannt hatten und aus Jüterbog davonzogen. Erst dann ging er zu seinen Reisigen.

Ritter Hake hatte den Weg schon ausgekundschaftet, auf dem der Tetzel davonziehen würde, der Stadt Berlin entgegen. Dieser Weg führte durch die Sandberge bei Hohlbeck, und nicht nur der Hake, sondern alle wußten, was das für ein mühsamer Weg war und kaum ein Vorwärtskommen für die Pferde. Dazu hatte es am Abend angefangen zu regnen, und die Räder mahlten und mahlten sich vorwärts.

Am Ausgang des Hohlwegs aber war auf einmal der Hake mit seinen Reisigen über ihm.

›Halt an, du Hundsfott, halt an!‹ schrie er. ›Du Betrüger! Den Leuten die Sünden für Geld abkaufen! Der Teufel soll dich holen!‹ Und dann hieben sie auf Tetzels Knechte ein.

›Alle Strafen des Himmels und der Hölle sollen über Euch kommen!‹ schrie Tetzel zurück. ›Ihr Vermummten, die ihr nicht wagt, bei Tageslicht euer Gesicht zu zeigen, hebt euch hinweg! Das Jüngste Gericht wird über euch kommen, das Fegefeuer ist euch sicher, ihr Gesindel!‹

In diesem Augenblick sprang der Ritter Hake vom Pferd. ›Das Jüngste Gericht wird nicht über uns kommen, Tetzel!‹ rief er und lachte und lachte, bis ihm der Atem wegblieb. ›Ich habe ja den

Ablaß für diese Sünde heute schon bei dir bezahlt, vierfach bezahlt. Das hättest du nicht gedacht, was? Aber hier ist mein Ablaß!‹ Und der Ritter Hake hielt dem Tetzel den Zettel unter die Nase. ›Es mag zu finster sein, als daß du ihn noch lesen kannst, aber was drin steht, ist die größte Sünde gegen unseren Herren Gott. Dafür wirst du keinen Ablaß kriegen.‹ Und dann fielen Hakes Reisige über die Kisten her und vor allem über die große Ablaßtruhe, in der das viele Geld steckte, das Geld von all den Leuten, die unwissend waren und Tetzel geglaubt hatten, weil es ja noch keinen Doktor Martinus Luther gab«, sagte die Kathe Krulle. »Die große Ablaßtruhe hat der Ritter Hake später in die Nicolaikirche nach Jüterbog gebracht, und dort steht sie heute noch hinter dem Altar, und bis heute hat niemand vergessen, wie der Ritter Hake den Tetzel reingelegt hat. Und deshalb habe ich euch die Geschichte erzählen können.«

Wenn Peter und Heinrich an einem solchen Abend in ihre Stube gingen, wo sich ihre Betten gegenüberstanden, sprachen sie selten über die Geschichte, die ihnen die Kathe Krulle erzählt hatte. Heinrich schlief meist bald darauf ein, Peter nicht. Oft drehte er sich von einer Seite auf die andere, und manchmal setzte er sich wieder auf und wiederholte leise alles, was ihm an der Geschichte besonders gefallen hatte. Manchmal stand er auch auf, ging zum Giebelfenster, setzte sich auf den Schemel und sah hinaus. Er betrachtete das Stück Himmel, den das Giebelfenster freigab, legte die Hände um seine angezogenen Knie und dachte nach. Aber am anderen Morgen wußte er nicht mehr, worüber er nachgedacht hatte.

In den Vollmondnächten hatte er es besonders schwer mit dem Einschlafen. War er aber eingeschlafen, kam es vor, daß er wieder aufstand, ohne es zu wissen, und schlafwandelnd durch das Haus tappte. Dann war es die Kathe Krulle in der Giebelstube gegenüber, die ihn hörte, ihr Wolltuch umnahm, aus der Kammertür ging und ihn bei der Hand faßte.

»Mutter«, sagte er dann, »Mutter, wie geht es Euch?«

»Gut«, sagte die Kathe Krulle und strich ihm über den Kopf, wie es seine Mutter machte, brachte ihn ins Bett und deckte ihn zu. »Gut geht es mir, Peter.«

Und so verging die Zeit im Auf und Ab von Libussas Krankheit. Wenn die Kathe nach Hause kam, sagte ihre Mutter: »Erzähl keine Geschichten von Krankheit und Tod.« Und die Kathe sah ihre Mutter an und sagte: »Gewiß nicht, Mutterchen. Aber als ich neulich die Geschichte erzählt habe von dem Holzhauer, den die Pesthexe packen wollte und der davongerannt ist, gelaufen, gerannt, und immer mit diesem Scheusal hinter sich, da hättet Ihr einmal sein Gesicht sehen sollen, Mutterchen. Als dann der Holzhauer sein Haus erreicht und die Tür hinter sich verriegelt hatte und die Pesthexe draußen bleiben mußte, da hättet Ihr einmal sehen sollen, wie erleichtert und glücklich er war. Ich habe viel Angst um ihn, Mutterchen.«

»Und Heinrich?«

»Ach, Heinrich! Heinrich sieht das alles auch, aber der hält sich an Pastor Voß: Herr, dein Wille geschehe. Peter bäumt sich auf, der will das nicht, dieses Herr, dein Wille geschehe.«

»Und Libussa?« fragte die Krulle.

Einen Augenblick sagte Kathe gar nichts, und dann fing sie plötzlich furchtbar zu weinen an. Ihre Mutter legte den Arm um sie, und sie saßen zusammen vor den beiden Frontfenstern, vor denen draußen die Kapuzinerkresse blühte und die Wagen vorbeifuhren und die Leute vorbeigingen, sich einen Gruß zuriefen und einen Schnack miteinander hielten.

»Libussa weiß, wie es um sie steht. Sie weiß, daß es lange dauern kann oder auch nicht. Sie hat einen Brief an ihren Vater geschrieben. Und jetzt wartet sie mit ihrem Mann auf den Notarius.« Die Kathe wischte sich die Tränen ab und schnaubte ins Taschentuch.

»Auf den Notarius?«

»Ja, aus Stendal. Wegen dem Geld, wegen dem Vermögen. Libussa will, daß alles genau geregelt wird, daß alles zur Hälfte geteilt wird zwischen Peter und Heinrich, weil sie doch so verschieden sind. Sie glaubt nicht, daß Peter einmal die Geschäfte mitführt. Sie sagt, das kann zu nichts Gutem führen, für die Brüder nicht und für das Haus Minde erst recht nicht. Sie glaubt, Peter wird einen ganz anderen Weg gehen, und deshalb soll ihm sein Erbteil gesichert sein. Wußtet Ihr eigentlich, Mutterchen, daß Libussa so viel Geld zu den Mindes gebracht hat?«

»Daß es viel Geld war, wußte ich. Wieviel, das weiß ich nicht. Ich weiß nur von deinem Vater, und der wußte es nun wieder vom Tangervogt, daß es viel gewesen ist neben all dem anderen kostbaren Heiratsgut, ganze Truhen voll Leinen, Zinn und Silbergeschirr, und alles vom Feinsten, Kleider und Schmuck, was eben bei einer reichen Frau dazugehört. Und dann sie selber, Kathe. Wäre sie unansehnlich gewesen, hätten die Tangermünder mitleidig gesagt, na ja, dafür hat sie halt das viele Geld. Aber nun war sie auch noch schön und so freundlich, ach was, freundlich, gütig war sie, vom ersten Tage an. Deshalb ist sie doch für die Frauen der Tangermünder immer eine Fremde geblieben. Nicht nur, weil sie eine Böhmische ist, nicht nur, weil sie erst hier zu unserem neuen Glauben übergetreten ist, nein, weil sie so reich war, weil sie das Haus Minde mit so viel Geld versorgt hat. Das kam alles zusammen, und das war der Neid. Unsere hier, die hatten ja alle Geld, alle, aber so viel Geld und so viele Verbindungen, wie Heinrich Minde durch sie in die Hände bekam, hatte keiner.«

Libussa Mindes Vater kam im Frühjahr mit der Reisekutsche. Er brachte außer seinem Sekretär einen Medicus aus Prag mit. Nicht irgendeinen, *den* Medicus brachte er mit, denn der Winter hatte Libussa zugesetzt. Sie konnte sich kaum aufrecht halten, als sie ihrem Vater gegenübersaß.

Pavel Lieberitz hatte ihr als Geschenk ein Bild aus Prag mitgebracht, das er für sie hatte malen lassen. Es war die Brücke über die Moldau mit dem heiligen Nepomuk. Drüben, am anderen Ufer, standen das Rathaus und die Häuser der Kleinseite, und eins davon war das Haus Lieberitz.

Als er das Tuch wegnahm, mit dem es auf der Reise eingehüllt gewesen war, faßte Libussa den Rahmen zu beiden Seiten und brachte zuerst kein Wort hervor. Dann sagte sie: »Ich danke Euch, verehrter Herr Vater, ich danke Euch.« Sie winkte ihrem Mann. »Sieh dir das Bild an, mein Lieber. Erkennst du das Haus Lieberitz wieder? In diesem Haus bin ich geboren. Hier, hinter diesem Fenster.«

»Sicher, Libussa, ich erkenne es wieder. Ich erinnere mich auch noch an meinen ersten Besuch – und an alles, Libussa.«

Sie faßte nach Heinrichs Hand und sagte: »Es ist nicht leicht, wenn jemand hier und dort eine Heimat hat. Es ist, als ob man mitten hindurch geteilt wäre.«

Pavel Lieberitz und der Medicus aus Prag sahen sich an. Und als der Medicus Tage darauf Libussa beobachtet und untersucht hatte, kam er zu dem Ergebnis, daß ihre Krankheit, die durch den Unfall zu einem Höhepunkt gekommen war, ihre Ursache auch in diesem Geteiltsein hatte.

»Eure Tochter«, sagte er zu Pavel Lieberitz, »hat eine sehr empfindsame Natur, und ich weiß nicht, ob alle, die sie um sich hat, dieser Empfindsamkeit immer gerecht geworden sind, Verzeihung, gerecht werden. Es gibt mir zu denken, wie oft und eingehend sie von ihrem Großvater spricht und von ihrem jüngsten Sohn Peter. Habt Ihr den Eindruck, Pavel Lieberitz, daß er dem Großvater ähnlich ist?«

»Ach woher! Äußerlich nicht und innerlich nicht, was man aber bei einem Zehnjährigen auch noch nicht sicher sagen kann.«

»Das ist wahr, aber immerhin entspricht er mit seiner Empfindsamkeit dem Wesen Eurer Tochter.«

»Ich muß Euch etwas sagen, verehrter Doktor. Ich habe mich um meine Tochter nicht besonders viel gekümmert, dazu hat sich mein Vater berufen gefühlt. Für mich war es wichtig, das Haus Lieberitz weiter auszubauen. Hinzu kam, daß ich mich auch immer – verzeiht bitte – als Ausgleich für Frauen interessiert habe, für schöne, geistreiche Frauen. Für Frauen – wir sind unter uns –, die es verstehen, wie Fürstinnen aufzutreten und im Bett

Huren gleichen. Das war nun einmal so. Libussa wußte ich ja bei meinem Vater in den besten Händen. Deshalb wird es Euch auch nicht verwundern, wenn ich Euch sage, daß Libussa der eine Grund war, diese Reise auf mich zu nehmen. Der andere Grund war mein Schwiegersohn und die Geschäfte zwischen Prag und Tangermünde. Unser Kaiser Karl hat vor zweihundert Jahren gewußt, warum er hier einen Stützpunkt brauchte. Ich sehe das heute noch genauso, und deshalb habe ich meinen Sekretär mit auf die Reise genommen. Es gibt große Veränderungen im Deutschen Reich als Folge der Reformation, und dabei denke ich besonders an Süddeutschland. Die Fugger wenden sich von Jahr zu Jahr mehr den Bankgeschäften zu. Sie stoßen hier ab und da ab, was besonders ihre Besitzungen in Ungarn anbetrifft. Sie vergessen darüber weiß Gott nicht, wieviel das alles wert ist, was sie verkaufen, aber ich kann Nägel einschlagen, hier einen und dort einen. Ich möchte über meinen Schwiegersohn die Absatzmärkte sichern für die Erze aus den ungarischen Gruben. Die Elbe und Tangermünde, das ist der Weg zu den großen Märkten und zu den Verbindungen der Hanse. Auch die ist nicht mehr das, was sie einmal war. Aber die Märkte, die sie aufgebaut hat, die gibt es noch an Nordsee und Ostsee.«

»Ich verstehe«, sagte der Medicus, »ich verstehe sehr gut. Aber mir geht es um ein Menschenleben.«

»Um – ein – Menschenleben.« Pavel Lieberitz wiederholte jedes Wort und lehnte sich in den binsengeflochtenen Armstuhl zurück, sah das Bild seines Vaters an und danach das Bild seiner jugendlichen Tochter. »Was ist das eigentlich, Herr Medicus? Da wird man nun in irgendeinem Haus geboren, im Haus eines Tagelöhners, eines Bauern, eines Handwerkers, eines Kaufherrn oder eines Fürsten, keiner kann sich das aussuchen, und dann wächst ein jeder in seine Umgebung hinein, und die ist eben so oder so. Und jeder hat sich abzufinden. Und wer sich nicht abfindet und ausbricht, geht entweder unter, oder er wird groß. Das ist mit Fürsten nicht anders als mit Tagelöhnern, und mit Kaufleuten erst recht nicht. Meine Tochter Libussa hat den Mann bekommen, den sie wollte, und wenn ihr das jetzt zum Schicksal geworden ist, das Klima hier, das Heimweh, der Unfall, ist das dann meine Schuld?«

»Schuld, Schuld«, sagte der Medicus ungeduldiger, als er es gewollt hatte. »Nein, es ist nicht Eure Schuld, aber ich habe eine andere Profession als Ihr. Ich will nichts anderes als helfen.«

»Und genau aus diesem Grund habe ich Euch mitgenommen. Ich bin kein Medicus. Meiner Tochter zu helfen, wenn es möglich ist, muß ich Euch überlassen. Ich kann nur tun, was meine Profession ist, und das ist nichts anderes, als das Haus Minde in einträgliche Geschäfte einzubinden, damit alles geschehen kann, was für Libussa notwendig ist.« Pavel Lieberitz schwieg einen Augenblick und besann sich. Dann sah er den Medicus an. »Zu welcher Erkenntnis seid Ihr gekommen? Ich meine medizinisch?«

»Daß die Lunge Eurer Tochter nicht in Ordnung ist, habe ich sehr schnell abgehört. Aber es muß noch etwas anderes sein, und ich vermute, ihr Rückenmark ist durch den Unfall verletzt worden. Das erkenne ich an den blauen Flecken rechts und links der Wirbelsäule. Und was noch schlimmer ist, ich vermute, daß Blut, es mag so wenig sein, wie es will, in das Rückenmark einfließt.«

»Was bringt Euch zu dieser Erkenntnis?«

»Einmal, daß sie so müde ist, und zum anderen, daß sie ihre Finger und ihre Füße schlecht bewegen kann.«

Pavel Lieberitz strich sich über den weißen, kurzen Bart rechts und links des Kinns.

»Und was heißt das?«

»Wenn meine Vermutung richtig ist, dann wird diese Unbeweglichkeit, und das ist nichts anderes als eine Lähmung, fortschreiten.«

Es war lange Zeit sehr still zwischen den beiden Männern. Am Fenster bemühte sich ein schillernder Brummer laut protestierend um die Freiheit, die ihm das Glas vortäuschte. Sie sahen ihm beide eine Weile zu, bevor der Medicus aus Prag aufstand und das Fenster öffnete. Und als er an den Tisch zurückkam, hörte er Pavel Lieberitz sagen: »Mein Gott!«

5. Kapitel

Ambros Ambrosius, der, das Gesicht mit den Händen bedeckt, alle Geschehnisse wie Bilder vor sich gesehen hatte, die mit den Briefen seines Vaters lebendig geworden waren, schreckte auf. Ein zischendes Geräusch in unmittelbarer Nähe. Im gleichen Augenblick, in dem er die Hände sinken ließ, sah er, wie die letzte Kerze mit halbumgesunkenem Docht ums Überleben rang, die ihr ein Wassertropfen auf dem Leuchter streitig machte. Er tastete auf seinem Schreibtisch nach neuen Kerzen, aber ehe er sie gefunden hatte, war der Docht im flüssigen Wachs ertrunken. Er schob die Schublade zu, stand auf, stocherte in der Glut des Kamins mit einem feinen Holzspan, blies das glühende Ende an, bis es aufflammte, und ging zum Tisch zurück. Jetzt sah er die Kerzen liegen. Er hielt den frischen Docht an die Spanflamme, und als er brannte, steckte er die Kerze in das noch immer flüssige Wachs auf dem Leuchter.

Ambros Ambrosius setzte sich wieder, zog die Schublade auf und hatte plötzlich die kleine Glasflasche in der Hand, das schlanke, hohe Gefäß, das noch immer diesen Duft von frischem Lavendel verströmte, als er den Holzstopfen öffnete.

Mein Gott, wie lange ist das her, dachte Ambros Ambrosius und sah sich wieder in der Kutsche mit den durchgewetzten Polstern sitzen, mit der er nach Hause gekommen war, von Montpellier, von Paris. Er hatte die Studien hinter sich, hatte ein Diplom im Gepäck, das ihn als Arzt auswies und dazu das Diplom eines nach allen Erkenntnissen der Wissenschaft ausgebildeten Apothekers. Vier Jahre war er fort gewesen, volle vier Jahre.

Die Reisekutsche hielt an. Der durchgerüttelte Kutscher kletterte vom Bock, half Ambros beim Aussteigen und trug ihm seine Taschen bis zu den Stufen, die in die Apotheke führten. Von drinnen riß der Gehilfe die Tür auf, hinter ihm eilte sein Vater heraus. Er umarmte Ambros, brachte aber kein Wort heraus.

Im Flur kam ihnen die resolute Alwine entgegen.

»Nee, nee, nee! Unser junger Herr is wieder da!« rief sie. »Ach, wenn ich das bloß geahnt hätte! Ich hätt ja was ganz anderes gekocht. Es gibt man bloß eine Schrotsuppe und hinterher – ach, ich werd schon was finden. So 'n schöner Tag, nee, da kommt mir was Gutes auf den Tisch.«

Während sie noch redete, atmete Ambros den vertrauten Duft dieser Häuslichkeit ein, den Duft nach Kräutern und Mixturen, Salben und Spezereien und nach Wein, den der Gehilfe gerade abgefüllt hatte. Die Tür zur Apothekerstube stand offen, und Ambros sah die Regale, den Tisch mit den beiden Stühlen, einen davor und einen dahinter, und jetzt war er es, der seinen Vater umarmte.

»Mein lieber, verehrter Herr Vater, jetzt bin ich wieder zu Hause. Und wenn Ihr es wollt, dann bleibe ich.«

Äußerlich hatte sich in den Jahren, in denen Ambros Ambrosius fort gewesen war, nicht viel verändert in Tangermünde. Der Hafen am Tanger entlang war noch ein kurzes Stück ausgebaut worden, und in der Scheunenstraße waren noch einige Speicher und Schuppen dazugekommen, hinter den ersten in zweiter Reihe. Es waren Schuppen des Hauses Minde, Falckensche Schuppen, Helmbrechtsche und Schuppen der Guntz'.

Daß sich dennoch einiges verändert hatte, erzählte ihm sein Vater bei einer Kanne Wein.

»Die Stadt hat gegen viel Protest aus der Bürgerschaft das Badehaus geschlossen, und sie läßt bereits den vierten, tieferen Brunnen graben. Bei fünfundzwanzig Fuß sind sie schon, bis auf vierzig wollen sie gehen.

Und dann noch etwas. Der Kurfürst hat seinerzeit die Mehlsteuer nicht durchgesetzt, ich weiß nicht, ob du dich noch daran erinnerst. Er hatte hier in Tangermünde die Probe aufs Exempel machen wollen. Aber Heinrich Minde hat damals eine flammende Rede dagegen gehalten, weil sie vor allem die kleinen Leute träfe, die sich mit den Getreidesäcken krumm und bucklig schleppten und die ein Recht hätten, sich an erschwinglichem Brot satt zu essen. Es war eine gute Rede, und sie ist bis auf den heutigen Tag in aller Munde. Von den zwölf Ratsherren hatte er elf auf seiner Seite, der zwölfte – du kannst dir denken, wer es war. Die Meinung unserer Ratsherren war dem Kurfürsten nicht zu gering – ein halbes Jahr später hat er den brandenburgischen Landtag einberufen, und auch dort sind sich alle einig gewesen in unserem Sinne.

Allerdings, mit der erhöhten Biersteuer war unser Stadtrat wohl oder übel einverstanden. Unser Bier hat nun mal einen guten Ruf, und der erste Brunnen, den die Brauer finanziert haben, gibt vorzügliches Wasser. Das hat sich weit und breit herumgesprochen und dem Absatz großen Aufschwung gegeben. Dieser Aufschwung spielt die erhöhte Steuer doppelt und dreifach ein.

Ja, und sonst – unser Bürgermeister hat, unterstützt vom ganzen Stadtrat, eine Verordnung erlassen, die für größere Sauberkeit auf den Straßen sorgen soll, und dazu hast du ja seinerzeit bei dem Frühlingsfest erheblich beigetragen. Und was sonst noch ist, das wirst du erfahren, wenn du deinen Besuch reihum bei den Ratsherren machst. Es wird zwar in jedem Haus ungefähr dasselbe sein, was du zu hören bekommst, aber es gibt nun einmal Verpflichtungen.«

»Ich weiß, Herr Vater«, sagte Ambros.

Wie es sich gehörte, machte er den ersten Besuch bei Bürgermeister Joachim Guntz. Eingekreist von der ganzen Familie saß Ambros in der schön ausgestatteten Wohnstube. Eva Guntz, die nun keine kleine Eva mehr war, vielmehr eine sehr ansehnliche Neunzehnjährige, schenkte roten Tangermünder in die Zinnbecher, und Elsbeth Guntz sagte, nachdem sich das Gespräch lange genug um die Dinge gedreht hatte, die Ambros bereits von seinem Vater wußte: »Ach, bitte, verehrter Herr Ambros, erzählt uns doch davon, wie es Euch ergangen ist in der großen, weiten Welt, die wir doch nicht kennen und in der Ihr vier lange Jahre gelebt habt.«

Und Ambros erzählte von dieser südlichen Stadt Montpellier in Frankreich, die ihn so nachhaltig beeindruckt hatte. »Dort wird auf weiten Feldern der Lavendel angebaut wie bei uns die Rüben und der Raps. Wenn er blüht, ist um Montpellier alles wie in dunkles Lila getaucht. Und wenn er geerntet wird, gepreßt und destilliert, dann duftet ganz Montpellier nach Lavendel. Das ist unsagbar, unvorstellbar, wunderschön. Und das Öl aus diesem Lavendel wird auf kleine und große Flaschen gezogen und überallhin auf die Märkte verschickt. Ich kannte Lavendel schon. Wir verwenden es auch in der Apotheke, aber es ist kein Vergleich zu dem frischgepreßten. Wenn man eine solche Flasche öffnet und den Duft einatmet, dann ist es, ich weiß gar nicht, wie ich es beschreiben soll . . .«

»Habt Ihr denn, verehrter Herr Ambros, von diesem wunderbaren Lavendelöl etwas mitgebracht?« fragte Eva Guntz.

»Ja, mein verehrtes Fräulein.« Damit griff Ambros in seine Jackentasche und stellte eine kleine, schmale Flasche auf den Tisch. »Mein bescheidener Gruß aus Montpellier.« Und dann erzählte er von den Menschen, den Fischern, den Bauern, den Marktfrauen und den jungen Leuten, die das Leben leichter nähmen als hierzulande, weil es immer sonnig und warm wäre.

»Und wie war es in Paris?« fragte Elsbeth Guntz, »und wie war es an der berühmten Universität? Man hört soviel von einem leichten –«, sie unterbrach sich, und ihre Neugier machte sie verlegen, »man hört soviel von einem leichten und lockeren Leben in dieser Stadt.«

»Verehrte Frau Elsbeth«, antwortete Ambros lächelnd, »natürlich gibt es das leichte, lockere Leben in dieser Stadt. Aber das heißt ja nicht, wer nach Paris geht, nimmt es auch wahr. Ich bin nach Paris gegangen, um meine Studien zu beenden, und habe hart gearbeitet. Dennoch werde ich die Sommerabende am Ufer der

Seine nicht vergessen, wenn die Sonne alles in ein weiches, goldenes Licht taucht, wenn in den Höfen die Taubenschläge geöffnet werden und die blauen Vögel in Schwärmen ihre Kreise ziehen und sich gurrend auf den Mauern niederlassen, bei den dunkelhaarigen Mädchen, die sie füttern und auf ihre Freier warten. Und es gibt, verehrte Frau Elsbeth, die hohen Kirchtürme, um die in der Nacht die Eulen fliegen, und ein Stück unter ihnen die engen Straßen mit den Spelunken, wo über dem Eingang die rote Laterne brennt und aus den Türen die Betrunkenen torkeln mit ihren Dirnen im Arm, denen sie schon die Blusen aufgeknöpft haben. Aber es gibt auch die Ehrwürdigkeit der Wissenschaft.«

»Ach, lieber Ambros«, sagte Elsbeth Guntz, »wenn Ihr das so erzählt, dann muß ich bewundern, wie Ihr das eine vom anderen trennen könnt. Ihr müßt es uns wieder und immer wieder erzählen.«

In der Nacht, als Eva Guntz allein in ihrer Kammer lag, öffnete sie den Stopfen der Lavendelölflasche und atmete den Duft ein. Und es ging ihr nicht anders als Ambros Ambrosius in Montpellier. Er verwirrte sie, er verwirrte sie so sehr, daß sie aus dem Hemd fuhr und sich von einer Seite auf die andere warf.

Den Besuch im Mindehaus schob Ambros Ambrosius vor sich her. Dann aber ergab es sich, daß er Peter traf, unten am Hafen. Peter brüllte einen Knecht an, daß es über den ganzen Hafen zu hören war.

»Du Flegel, du verdammter! Habe ich dir nicht gesagt, daß die beiden Fässer hier auf die Fähre nach Jerichow kommen? Habe ich dir das gesagt oder nicht, du? Zuerst die Schinderei damit auf den Wagen, dann wieder runter, und jetzt die Schinderei auf die Fähre, bloß weil du Dämelklaas nicht aufgepaßt hast.«

»Du mit deinem frechen Mundwerk«, schrie der Hafenknecht zurück, »ick werd dir gleich eene schmettern!«

»Und ich werd dir gleich in 'n Arsch treten!«

Jetzt kam Ambros auf ihn zu.

»Bist du Peter Minde?«

»Der bin ich. Und wer seid Ihr?«

»Ambros Ambrosius.«

»Ach«, machte Peter nur. »Und warum seid Ihr noch nicht bei uns gewesen?« fragte er dann geradeheraus. »Ihr wart beim Bürgermeister, wie ich erfahren habe, und bei den Falckens und all den andern. Aber bei uns ...« Peter Minde sah Ambros an, ohne, wie es schien, ihn wirklich zu sehen. »Habt Ihr Angst?«

»Ja«, sagte Ambros, »ich habe Angst.«

»Das braucht Ihr nicht. Die Geschäfte gehen wie immer gut, das seht Ihr ja. Und Mutter? Na, ein Meister wie Ihr, ein Medicus, der ist doch an Krankheiten gewöhnt und wird wohl nicht feige sein.«

Ambros faßte nach Peter Mindes Hand. »Nein, aber um deine Mutter habe ich Angst.«

Sie sahen einander an, und Peter nickte. »Wir haben es alle lernen müssen«, sagte er. »Und jetzt muß ich weitermachen. Ihr seht ja, die Mindeschen Kähne werden ausgeladen. Und wenn Ihr hinaufgeht, dann grüßt Mutter von mir, ich komme bald nach.«

Ambros konnte sich nicht entschließen, die Roßfurt hinaufzugehen, und als Peter sich noch einmal nach ihm umsah und Ambros noch immer dastand, ging er die paar Schritte zurück und sagte: »Sie setzt viel Hoffnung auf Euch. Ich glaube, sie hat immer auf Euch gewartet.«

Danach ging Peter zu den Kähnen, und Ambros Ambrosius ging Schritt für Schritt die Roßfurt hinauf.

Im Mindehaus, in der Schloßfreiheit, kam ihm der junge Heinrich entgegen.

»Mutter schläft, glaube ich«, sagte er. »Ihr könnt jetzt nicht zu ihr.«

»Ich würde Euch bitten, nach ihr zu sehen, und wenn sie nicht schläft, möchte ich zu ihr gehen.«

Der junge Heinrich Minde zuckte die Achseln und ging in das obere Stockwerk. Kurz darauf führte er Ambros hinauf.

Libussa lag auf einer bequemen Liege. Sie hatte nicht geschlafen, das sah Ambros sofort. Sie trug ein Hauskleid aus roter, chinesischer Seide, und ihr volles, dunkles Haar war diesmal nicht in einem silbernen Netz eingefangen, es fiel ihr rechts und links von den Schultern herab.

Ambros sah, wieviel Mühe es ihr machte, die Arme zu heben.

»Ambros! Daß Ihr wieder wohlbehalten zurück seid! Ich freue mich so!«

»Libussa, hochverehrte, liebe Frau Libussa!«

»Kommt, Ambros, setzt Euch zu mir. Kommt und laßt Euch ansehen. Kommt und erzählt, wie es Euch ergangen ist.«

Der junge Heinrich rückte einen Sessel heran, Ambros setzte sich, und dann ging Heinrich hinaus.

Nicht lange darauf kam die Kathe Krulle und brachte einen Roten und zwei Gläser. Der böhmische Wein und die böhmischen Gläser beschämten Ambros tief. Alles war längst besprochen und vorbereitet, dachte er, mein Gott, wie sehr muß sie auf mich gewartet haben.

»Einen Wein darf ich«, sagte Libussa, »und ich muß Euch sagen, Ambros, es wäre schrecklich, wenn ich es nicht mehr dürfte, denn damit bin ich eigentlich groß geworden. Wenn es bei meinem Großvater einen festlichen Anlaß gegeben hat, dann durfte ein Wein niemals fehlen. Stoßen wir an auf Eure Rückkehr, Ambros.«

»Danke, Libussa, aber nur den ersten Schluck, danach trinken wir auf Euch.«

Sie tranken. Libussa sah ihn an, und sie fragte und fragte und wollte so viel wissen von dem Leben, das er geführt hatte. Und wenn sie dabei die Augen schloß, war es nicht die Müdigkeit, das spürte er.

Und dann erzählte sie ihm, wie es zu dem Unglück gekommen war.

»Der Medicus«, sagte sie, »den mein Vater aus Prag mitgebracht hat, ist der Überzeugung, daß Blut in mein Rückenmark dringt. Nicht ständig und nicht viel, aber er meint, daß meine Unbeweglichkeit davon herrührt. Meine Lunge war schon vorher nicht in Ordnung, das haben wir alle gewußt, und das hat sich so aus diesem ganz anderen Wetter ergeben hier in Tangermünde. Und vielleicht auch das Heimweh. Niemand kann sich von den Eindrücken abnabeln, die seine Kindheit und seine Jugend geprägt haben, auch bei der größten Liebe nicht. Aber damit hätte ich fertigwerden können. Nur diese Geschichte mit dem Rückenmark. Ich bin doch so fürchterlich aufgeschlagen, damals, und damit muß ich nun leben, so krank und siech, bis es zu Ende geht. Ach, Ambros, wenn es doch noch einmal so ein Frühlingsfest gäbe, an dem wir die Pavane miteinander tanzen könnten. Wie sehr habe ich mich damals darauf gefreut! Ich habe doch nicht ahnen können, daß es das letzte Fest war, auf dem ich tanzen konnte.«

»Libussa, ich werde alles tun, um Euch zu helfen.« Er berichtete, mit welchen neuen Kenntnissen er zurückgekommen war. Und dann erzählte er ihr von der schönen Landschaft der Provence, von der Sonne und der Wärme und dem Duft der Lavendelfelder, und sie konnte nicht genug davon hören. Und jedesmal, wenn er sich unterbrach, um sie nicht zu überfordern, sagte sie: »Erzählt mehr, Ambros, noch viel mehr. Vielleicht hilft mir schon die Hoffnung weiter und – weil Ihr nun wieder bei uns seid.«

Drei Jahre brauchte Libussa Minde noch, um zu sterben. Drei Jahre, in denen im Mindehaus Hoffnung und Verzweiflung einander die Hand gaben. Drei Jahre, in denen Ambros Ambrosius mit seinem Vater keinen Abend ausließ, ohne mit ihm alle Möglichkeiten zu erwägen, wie ihr zu helfen sei. Was war besser: Kälte, Wärme, Umschläge, Einreibungen? Welche blutstillenden Mittel? Drei Jahre, in denen Ambros Brief um Brief schrieb an seinen Freund Felix Platter, der inzwischen praktischer und unterrichtender Arzt in Basel war und dort einführte, was er in jenem Keller in Montpellier studiert hatte. Was ist zu tun, wenn jemand eine Verletzung des Rückenmarks hat? Wie ist das Blut zu stillen, das in das Rückenmark einsickert?

Die Antworten dauerten kürzere und längere Zeit. Es waren

Behandlungsvorschläge, niederschmetternd in ihrer Hoffnungslosigkeit und die Ambros dennoch sofort zur Anwendung brachte. Aber kein Vorschlag ließ Besserung, geschweige denn Heilung erkennen. Der eine oder andere brachte einen Stillstand, wie es schien, aber dann nahm die Unbeweglichkeit, die der Medicus aus Prag Lähmung genannt hatte, weiter zu.

Im ersten Jahr konnte Libussa immer noch gehen, und die Müdigkeit ließ zuweilen nach. Im zweiten Jahr mußte sie treppauf und treppab getragen werden, und sie mochte nicht mehr ohne die Kathe Krulle sein.

»Du wirst mich immer öfter vertreten müssen«, sagte sie einmal zu ihr und brachte ihr alles bei, was nötig war, um Freunde und Gäste so aufzunehmen und zu bewirten, wie es dem Haus Minde anstand. Sie zeigte ihr Becher, Gläser und Krüge, Besteck und Geschirr, Leinen und Damast und sagte ihr, wann das eine und das andere angemessen war.

Heinrich Minde vergrub sich in die Geschäfte, was zum Vorteil für die Geschäfte war. Trotzdem vergaß er nie, Libussa eine Freude zu machen. In Nürnberg bestellte er die neuesten Kupferstiche für sie, in Augsburg die farbigen Holzschnitte, Albrecht Dürer, Lukas Cranach, Hans Holbein, sie alle hatten mit ihren Bildern ein Zuhause in der Schloßfreiheit. Aus Cölln ließ er Modeblätter schicken, er überraschte sie mit einem Ballen feinster Spitze oder mit Bändern in allen Breiten und Farben, die ihr die Kathe Krulle in das dunkle Haar flocht. Er schenkte ihr einen Handspiegel aus venezianischem Glas, damit sie nicht aufstehen mußte, wenn sie sich betrachten wollte.

Heinrich Mindes Ältester saß Tag für Tag neben seinem Vater. Er war sein Sekretär, er wurde sein Vertrauter. Wenn der Vater verreisen mußte, um die Absätze aus den ungarischen Erzgruben in Hamburg, Lübeck und Bremen zu festigen, vertrat er ihn. Er schrieb Briefe, fertigte Verträge aus, schickte Boten ab.

Die Kluft zwischen ihm und Peter wurde immer größer, obwohl er erkannte, wie unersetzlich sein Bruder unten am Hafen war. Die Arbeit am Hafen zu beaufsichtigen, lag Heinrich nicht. Er konnte nicht umgehen mit den Hafenknechten, mit dem Hafenmeister und mit den Schippern, die festmachten. Er traf ihren Ton nicht. »De dor«, sagten sie, wenn sie ihn kommen sahen, »he kömmt bloß, weil he sick opspeelen will.«

Peter dagegen konnte mit allen umgehen. Wenn die Sommerhitze tagelang auf den Ufern brütete, dann war es Peter, der die Kinder ein paar Kannen Bier holen ließ und frisches Brot für die Mindeschen Hafenknechte und der dann sagte »Zeit für ein Frühstück muß sein« oder »Es ist Zeit für eine Vesper«. Dann setzte er sich zu ihnen und aß und trank mit. Sie mochten ihn alle, und wenn er's nicht hörte, sagten sie: »Das macht sonst keiner von den großen Herren hier in Tangermünde, das hat er von seiner Mutter.« Und wenn sich ein paar von den Hafenknechten gar zu schwer hatten abschleppen müssen, dann langte Peter in seine Tasche und sagte: »Für jeden einen Silbergroschen obendrauf.« Und es war ihm egal, wenn er dann nach Hause kam und sein Bruder sagte: »Schmeiß nicht so mit unserem Geld rum! Sie kriegen den vereinbarten Lohn und damit basta.«

»Was weißt denn du, Heinrich, du mit deinen weichen Fingern. Und das merk dir, einer von uns ist so viel wert wie der andere, und ich mache, was ich für richtig halte.«

Es geschah nicht selten, daß sein Vater, wenn er dabei war, sagte: »Heinrich, ich muß dich um Verständnis bitten. Peter hat recht. Peter sieht manches anders als du, aber er sieht es richtig. Deshalb laß ihn. Es ist zu unserem Vorteil.«

»Zu unserem Vorteil tu ich's nicht«, sagte Peter. »Ich tu's, Herr Vater, weil es die Männer, verflucht noch mal, verdient haben.«

Es war gegen Ende des dritten Jahres, und Libussa mußte schon gefüttert werden, weil sie den Löffel nicht mehr sicher zum Munde führen konnte, als sie eines Tages darum bat, zur Kapelle in der Burg gebracht zu werden. Es war die Kapelle Kaiser Karls IV. Für ihn war sie sein Kleinod gewesen, und fromm, wie er war, hatte er damit nicht die Edelsteine gemeint, mit denen er diese

Kapelle überreich hatte ausschmücken lassen. Diese Kapelle war nicht nur der Ort, in dem er mit seiner Familie stets die Messe feierte, er hatte sie auch aufgesucht, um in aller Einsamkeit zu beten. Zur Ehre Gottes hatte er für diese Kapelle goldenes Gerät anfertigen lassen: Kelche, Monstranzen, Kreuze. Und um ihren Glanz zu erhöhen, hatte er zahlreiche Reliquien gekauft. Von der Reformation war das alles nicht angerührt worden, vielleicht weil es längst vergessen war, denn nach Karls Tod hatte man die Kapelle geschlossen. Und so hing noch immer am Kruzifix über dem Altar, eingefaßt in einem böhmischen Kristall, ein Tropfen vom Blut Jesu Christi an einer schweren, silbernen Kette herab.

»Laß anspannen, Peter«, bat seine Mutter. »Der Weg ist nicht weit, aber...«

»Ich laß anspannen.«

»Den Salomon, Peter.«

»Warum den Salomon, Mutter?«

»Ich möchte es, Peter. Ich möchte ihm über die Nase streichen, und ich möchte ihm sagen, daß ich ihm nichts nachtrage. Heute soll es sein, gegen Abend, wenn in der alten Kirche, aus der ich stamme, die Messe gehalten wird.«

Peter hatte die Kathe Krulle vorher in die Apotheke geschickt, so daß Ambros rechtzeitig da war, als Gusten den Wagen im Hof anschirrte und Heinrich Minde seine Frau die Treppe heruntertrug.

»Bitte, Heinrich, setz mich vor dem Salomon ab. Ich will es fertigbringen, noch einmal hier im Mindehaus auf der Erde zu stehen. Es ist mein Zuhause gewesen und mein ganzes, großes Glück.«

Heinrich Minde setzte Libussa vor den Salomon hin, und der schönste der vier Mindeschimmel schnaubte, schüttelte den Kopf, bis seine Mähne flog. Libussa strich ihm die Nase entlang und ließ ihre Hand auf seinen Nüstern liegen. »Salomon, mein schöner, böser Salomon, du bist mir immer der Liebste gewesen.« Sie legte ihren Kopf an seine Nase, und keiner wußte, ob es Schwäche war oder Zuneigung.

Dann sah sie ihren Mann an, und Heinrich Minde setzte sie in den Wagen. Peter und Ambros setzten sich neben sie, um sie zu stützen, und vor ihnen saß die Kathe Krulle, um sie aufzufangen, wenn es nötig würde.

Gusten fuhr los.

»Fahr langsam«, sagte Libussa, »fahr mich bis an die Mauer, bevor ihr mich in die Kapelle bringt.« Und Gusten fuhr bis an die Burgmauer zu jener Stelle, von der aus das ganze Land zu übersehen war. Peter und Ambros griffen ihr unter die Arme, und Libussa richtete sich auf.

»Was ist das doch für ein schönes Stück Erde«, sagte sie. »Es hat so gar keinen Zwang und keine Enge, keine Brücken, wie die Moldau in Prag. Es ist weit und grün, Weideland, Felder, Wälder und dieser unendliche Himmel darüber, der bis auf die Erde herunterreicht. Von hier oben kann man seine Seele auf den Weg schicken. Und jetzt die untergehende Sonne! Seht doch nur, wie sie diesen Weg vergoldet. – Wie schön und wie gut, daß ich in diesem Land gelebt habe.« Dann begann sie zu zittern und setzte sich, und Gusten fuhr bei der Kapelle vor.

Pastor Voß hatte sie selbst geöffnet. Aber wie sie es gewünscht hatte, trat er nicht in Erscheinung. Die Tür stand offen, und Ambros trug sie zum Eingang.

»Ich will gehen«, sagte sie.

Von Peter und Ambros gestützt, ging sie bis vor den Altar, und auf der Stufe davor sagte sie: »Ich will knien.«

Peter und Ambros halfen ihr, und als sie kniete, sagte sie: »Ich will jetzt für mich sein.«

Sie hörte Peter und Ambros zurückgehen, und als sie glaubte, allein zu sein, zog sie den Rosenkranz aus roten, böhmischen Granatperlen aus der Tasche und betete. Dann sah sie zu dem Kruzifix hinauf und sagte leise: »Ich weiß, daß ich nicht mehr leben kann, und deshalb bitte ich dich, Herr Jesus Christus, mach es kurz mit mir. Ich glaube, daß ich in deine Herrlichkeit eingehen werde, und ich bitte dich, nimm mich auf in dein Reich, wie du es allen Gläubigen versprochen hast. Nimm mich gnädig auf. Hier in dieser Kapelle bin ich wieder ganz mit dir vereint in meinem alten Glauben. Ich bin wieder ganz daheim. Dazu braucht es keine Messe und kein Glockenläuten und keinen Priester im schönen, alten Gewand. Ich bin daheim bei dir, Herr Jesus Christus.«

Dann kam das Zittern wieder, und sie drehte sich nach der Tür um, Peter und Ambros Ambrosius kamen, halfen ihr auf und brachten sie bis zum Wagen.

»Gusten«, sagte sie, »fahr noch nicht gleich in die Schloßfreiheit zurück. Laß mich sehen, was sich in der Stadt alles verändert hat.«

Und Gusten fuhr durch Tangermünde, überall dorthin, wo sie es wollte, und auf den Straßen waren so viele, die sie erkannten, grüßten und winkten, und Libussa lächelte und nickte zurück. Und die Leute sagten: »Na, nu geht's wohl endlich aufwärts mit ihr.«

»Fahr zum Hafen hinunter, Gusten«, sagte Libussa. »Ich möchte die Kähne sehen und das Wasser.«

»Ich weiß nicht«, sagte Ambros, »die steile Roßfurt mit dem Salomon ... wir sollten es lieber lassen.«

Gusten drehte sich um. »Ich mach das schon.« Er zog die Bremsen auf beiden Seiten an, und dann fuhren sie. Salomon ging Schritt für Schritt. Es wäre nicht einmal nötig gewesen, daß Peter seiner Mutter unter die Arme griff und sie an das Wagenpolster drückte.

Unten am Wasser hielt Gusten an. Libussa sah den Hafenknechten zu, die auf den Kähnen schufteten, sie hörte die Ladebäume knarren und die Winden rasseln, sah Säcke und Ballen in den Kähnen verschwinden, sie sah Fässer in die Kähne rollen, hörte den Hafenmeister mit seinem »Ho-hooo!« und »Hauruck« und »Kannst du nicht aufpassen, du Dussel!« Und sie atmete dazu den Geruch nach Tang und abgestandenem Wasser und spürte den leichten Wind, der von der Elbe herüberkam über den Tanger, auf dem die ewig kreischenden Möwen dahersegelten und abdrehten, sich drüben am Ufer niederließen, sich um einen Fisch zankten und wieder aufstiegen. Eine rosenrote Wolke in der

Abendsonne. Drüben am Werder, der nicht von der Unruhe des Hafens erreicht wurde, schwammen Enten mit ihren Jungen, und ein Stück weiter abwärts umkreiste ein Schwanenpaar seine graue Brut.

»Libussa«, sagte Ambros leise, »ich möchte nicht, daß Euch der Wind schadet, wir sollten...«

Sie schüttelte den Kopf. »Bitte, Ambros, bitte! Ich kann das Leben nicht in die Schloßfreiheit mitnehmen, aber ich bin ihm hier so nahe. Am liebsten würde ich hierbleiben.«

»Dann bleiben wir eben hier, Mutter«, sagte Peter. »Ich kann Euch noch eine Decke holen und den Fußsack.«

»Ich kann das auch machen«, sagte die Kathe. »Ich spring sofort runter vom Wagen.«

»Nein, nein, Kathe, ich bin warm eingepackt, und nicht mehr lange, dann wird es ja still im Hafen. Laßt es mich nur noch ein bißchen ansehen.«

Und gerade, als die Uhr vom Rathaus die achte Stunde schlug und Peter Minde auf Gustens Schulter klopfte, sahen sie die Fähre herüberkommen.

»Es ist die letzte, nicht wahr?«

Peter nickte. »Ja, das ist die letzte, Mutter, von Fischbeck drüben, wenn nicht noch einer hinüber will.«

Sie warteten wieder. Libussa lehnte den Kopf zurück in das Wagenpolster und dachte: Wenn nicht noch einer hinüberwill an das andere Ufer in dieser Nacht. Dann knirschte die Fähre über Steinen und Sand, der Fährmann schlang die Stricke links und rechts um die Pfähle, die Fähre lag fest.

»Na, nu komm man, Annachen«, rief er, und unter dem kleinen Holzverdeck kroch ein Mädchen hervor, das er auf den Steg hob. »Das is ja hier die Frau Libussa«, rief er, als sie auf das Gespann zukamen: »Nein, das is ja wirklich die Frau Libussa, 'n Abend, Frau Libussa, 'n schönen guten Abend, und der Peter ist auch da und der Meister Ambrosius und die Kathe Krulle, 'n schönen guten Abend allerseits.«

Das kleine Mädchen blinzelte, von der Abendsonne geblendet,

zu dem Gespann hinauf. Es hatte ein grünes Sträußchen in seiner linken Hand, und als es Libussa sah, sagte es: »Ich hab drüben vierblättrigen Klee gefunden, und vierblättriger Klee bringt Glück.« Dann nahm sie den kleinen Strauß und zupfte ihn auseinander. »Drei sind für Mutter«, sagte sie, »und drei schenk ich dir, damit du wieder richtig gesund wirst, weil du immer so gut kochst für mich und weil ich immer so gut satt geworden bin.«

»Danke, Annachen.« Peter nahm die Kleeblätter und legte sie seiner Mutter zwischen die Finger.

»Bis morgen, Annachen«, sagte Libussa. »Morgen kommst du doch wieder. Was willst du denn morgen essen?«

»Birnen, Bohnen und Speck, das mag ich gerne.«

»Ist gut, Annachen, Birnen, Bohnen und Speck.«

Als sie dem Fährmann und seiner Tochter eine Weile nachgesehen hatten, fuhren sie heim. Die Möwen kreischten und zankten sich weiter, aber im Hafen wurde es still.

Ambros blieb zum Abendessen im Mindehaus. Libussa wollte es, und er war schnell einverstanden, weil er selber nach dieser Fahrt Bedenken hatte. Sie aß die in Schinken gewickelten Stückchen Brot, die ihr die Fine zurechtgemacht hatte, ohne jede Hilfe und sagte: »Ich habe tüchtigen Hunger. Ich glaube, man muß mal raus aus den vier Wänden.« Mit beiden Händen faßte sie den Zinnbecher und brachte es fertig zu trinken, ohne daß etwas danebenging. »Ich fühle mich so gut«, sagte sie, und alle, die am Tisch saßen, atmeten erleichtert auf. »Ich spüre keine Beschwerden, ich habe keine Atemnot, und am liebsten würde ich wieder die Flöte spielen.« Sie sah Peter an. »Würdest du dann wieder dazu singen?«

Peter schluckte, er schluckte noch einmal, und dann sagte er: »Gerne, Mutter.«

»Mutet Euch das bitte nicht heute abend noch zu, verehrte Frau Libussa«, sagte Ambros. »Es könnte Euch schaden.«

Sie schüttelte den Kopf. »Nein, nein, nicht alles auf einmal, Ambros, aber morgen, vielleicht morgen.« Sie versuchte, die Finger zu bewegen, als ob sie spielen wollte. Dann sagte sie zu ihrem Mann: »Weißt du, was ich gern trinken möchte? Einen böhmischen Wein, damit ich nachher gut schlafen kann.«

Heinrich Minde drückte ihr die Hand und ging selber in den Keller. Und in dieser Zeit sah sie Ambros an und ließ ihn nicht aus den Augen.

»Ich habe so viel Hoffnung für Euch, Frau Libussa«, sagte Ambros, »so viel wie seit langem nicht.«

Sie lächelte und war so schön in ihrer Durchsichtigkeit, in ihrer Zartheit und ihrer Gebrechlichkeit. Er wäre am liebsten aufgestanden und hätte sie in die Arme genommen, um sie ein einziges Mal auf den Mund zu küssen, der immer noch so voll und schön war. Er hätte ihr so gern über das dunkle Haar gestrichen, ihren Kopf an seine Schulter gedrückt und wieder gesagt: Ich liebe Euch, Libussa, ich liebe Euch.

Ambros wurde abgelenkt, als er Heinrich kommen hörte.

»Ich habe uns«, sagte Heinrich, »einen böhmischen Roten gezapft. Er stammt aus den allerersten Gärten, die Kaiser Karl hat anpflanzen lassen mit Burgunderreben aus dem Land, in dem er groß geworden ist. Und ich dachte mir, es könnte für dich, meine liebe Libussa, keine deutlichere Verbindung geben als diesen Wein, der in deiner Heimat gewachsen ist und den wir in unserer Stadt nun trinken.«

»Wie gut du es mit mir meinst«, sagte Libussa, »und was du mir für eine Freude machst.«

Als die Turmuhr vom Rathaus die zehnte Stunde schlug, waren die Kerzen und Öllampen im Mindehaus ausgelöscht.

»Wenn du mich brauchst, dann wie immer«, hatte Ambros zu seinem Freund Heinrich am Tor gesagt. »Ich will noch Salben anrühren und bin die Nacht über auf.« Damit war er die Schloßfreiheit hinuntergegangen.

Es mochte um die erste Stunde des neuen Tages sein, als die Kathe Krulle an der Türglocke zur Apotheke herumriß, herumriß, herumriß.

Ambros öffnete.

»Blut, Meister Ambrosius, sie bricht so viel Blut.«

»Ich komme.«

Heinrich und die Fine hatten schon alles weggeräumt, als er kam, das Bett frisch bezogen, das Kopfkissen und das Leinentuch. Sie hustete nicht mehr und lag ganz ruhig da. Nach einer Weile sagte sie: »Ich weiß gar nicht, was gewesen ist.«

Ambros nahm ihre Hand. »Es war ein bißchen viel für Euch, Libussa. Ihr müßt jetzt ruhig werden.«

»Das mag sein, Ambros. Es war ein bißchen viel, aber es war so schön.« Sie lächelte und sagte: »Und wenn Ihr jetzt etwas für mich habt, daß ich schlafen kann?«

Ambros öffnete seine Tasche, nahm die Flasche mit dem Mandragora heraus und gab es tropfenweise in den Silberlöffel. Sie öffnete die Lippen, schluckte und sagte: »Jetzt werde ich schlafen können und zu Kräften kommen, und dann wird alles wieder gut werden.« Kurz darauf schlief sie ein.

Heinrich und Ambros blickten einander an. Ambros sah die Verzweiflung in Heinrichs Augen.

»Setz dich ruhig in den Sessel, Heinrich«, sagte er. »Ich bin ja hier.«

Heinrich setzte sich und legte eine Decke über seine Knie. Jetzt war alles still. Sie lauschten Libussas ruhigem Atem nach, sahen, wie ihre Finger nicht mehr am Bett zupften. Sie schlief.

Nu hat se aufgehört, sich zurechtzumachen, dachte die Fine, die sich einen Schemel neben die Tür gezogen hatte.

Auf einmal bemerkte Ambros, daß Peter am Fußende des Bettes stand. Ambros wollte lächeln, aber es gelang ihm nicht, und Peter hockte sich am Bettende nieder. Es war kein Laut von ihm zu hören.

Als die Turmuhr vom Rathaus die zweite Stunde schlug, öffnete Libussa die Augen und sagte: »Es ist jemand am Tor. Hört ihr's nicht? Es ist jemand am Tor.«

»Nein, Libussa, ich habe das Tor selbst verriegelt«, sagte Heinrich. »Es kann niemand herein.«

Als die Turmuhr die dritte Stunde schlug, öffnete Libussa

wieder die Augen und sagte: »Es ist jemand im Haus! Es kommt jemand die Treppe herauf.«

Ambros strich ihr über die Hände, und Peter sagte: »Ganz gewiß nicht, Mutter. Es ist alles fest verriegelt. Es kann niemand ins Haus.«

»Aber ich höre es doch.«

Als die Turmuhr die vierte Stunde schlug, öffnete sie wieder die Augen und sagte: »Es steht jemand vor der Tür.« Sie versuchte sich aufzurichten. »Stell dich doch vor die Tür, Peter.«

»Ja, Mutter.«

Heinrich Minde beugte sich über sie. »Ängstige dich nicht, Libussa. Wir sind alle bei dir. Es kann dir nichts geschehen.«

»Alle?« fragte Libussa leise. Und die Kathe Krulle, die hinter der angelehnten Tür gesessen hatte, eilte davon und zerrte den jungen Heinrich aus dem Bett.

Währenddessen stellte sich Peter vor die Tür. Seine Mutter sah es und lächelte. »Danke, Peter.«

Als der neue Tag mit einem apfelgrünen Licht über dem Rathaus heraufkam, sagte sie: »Komm zu mir, Heinrich, Liebster. Ich weiß jetzt, wer im Haus ist, und es ist keine Angst mehr in mir. Hinter der Tür steht ... steht ... hinter der Tür ist ... ach, so viel goldenes Licht.«

Als die Turmuhr vom Rathaus die fünfte Stunde schlug, sah Libussa Minde noch einmal alle, die um sie versammelt waren, mit klarem Bewußtsein an. Dann schloß sie die Augen und starb.

Es herrschte schon reges Leben auf den Straßen mit Räderknarren und Pferdeschnauben, als Ambros Ambrosius heimkam. Sein Vater hatte in der Apothekerstube auf ihn gewartet. Er hatte die Tür offengelassen. Ambros ging zu ihm hinein.

»Sie ist gestorben. Die Fahrt zur Kapelle, die Fahrt zum Hafen waren das letzte Aufbäumen gegen den Tod.«

»Wie es meistens ist«, sagte sein Vater. »Setz dich doch.« Und als Ambros sich gesetzt hatte, legte er die Arme auf den Tisch und den Kopf darauf.

»War es schwer für sie?«

»Nein. Sie ist ruhig gestorben. Aber sie war bei klarem Bewußtsein, bis in die letzten Augenblicke.«

»Das ist nie ein leichter Tod, Ambros.«

Ambros hob den Kopf. »Trotzdem, Vater, sie war so gefaßt, und jetzt liegt sie dort und wird uns von einem Augenblick zum anderen fremder werden. Das habe ich nicht mehr ertragen. Ich habe sie doch so geliebt.«

»Vielleicht hilft dir die Zeit, Ambros.«

»Ach, verehrter Vater, sagt Ihr mir doch jetzt nicht, was alle sagen, wenn sie sonst keinen Trost wissen. Ich bin so viele Jahre von Tangermünde fort gewesen, und die Zeit hat gar nichts bewirkt. Und die weite Entfernung auch nicht. Warum muß eine solche Liebe über einen kommen, die von vornherein vergebens ist, gegen die man sich nicht wehren kann, so sehr man es möchte, so sehr man es tut? Ich weiß wirklich nicht, wie es nun weitergehen soll, Vater. Vielleicht wäre es das beste, ich ginge wieder fort.«

»Aber das hat dir auch nicht geholfen, Ambros.«

»Vielleicht hilft es mir diesmal, weil ich sie jetzt immer tot vor mir liegen sehe.«

»Mein lieber Sohn, ich werde dich nicht daran hindern zu tun, was du für richtig hältst, aber ich bitte dich sehr, bleib hier! Ich bin sicher, es wird dir helfen, wenn du an ihr Grab gehen kannst und die Sandsteintafel siehst, die ihr Heinrich beim Steinmetzen bestellen wird.«

»Bitte, Vater, sprecht nicht weiter. Sie ist ja noch da. Sie liegt doch noch oben in der Schloßfreiheit. So schön, wie sie immer gewesen ist, so ist sie auch im Tode. Verehrter Vater, noch nie in meinem Leben bin ich so ratlos gewesen wie jetzt.«

»Ich verstehe dich«, sagte Andres Ambrosius, »ich verstehe dich so gut, mein lieber Sohn. Als deine Mutter gestorben ist, war ich genauso ratlos wie du. Und nun magst du mich schelten, soviel du willst: Die Zeit heilt doch. Das sage ich nicht nur so dahin, es ist eine philosophisch begründete Wahrheit. Der Mensch mag ein

Leben lang trauern können, aber das Leben geht dennoch nicht an ihm vorbei, es reißt ihn mit.«

Erst um die Mittagszeit erfuhren die Tangermünder, was im Mindehaus in der Schloßfreiheit geschehen war. Die einen traf es wie ein Schlag, vor dem sie sich duckten, die anderen sagten: »Das war schon lange zu erwarten.«

Und wieder andere sagten: »Jetzt hat sie es Gott sei Dank hinter sich. Und sterben muß jeder.«

»Aber daß es sie so jung getroffen hat, das ist schlimm.«

»Ach was, den einen früher, den anderen später. Diesen Weg müssen wir alle gehen, und das war doch nu auch kein Leben mehr.«

Die Helmbrecht-Magd brachte die Nachricht vom Markt mit ins Haus.

»Frau Lisabeth! Frau Lisabeth! Heut nacht ist die Libussa Minde gestorben. Heute nacht oder gegen Morgen, sagen die Leute. Und sie vergessen darüber einzukaufen.«

»So«, sagte Lisabeth Helmbrecht. »Libussa Minde ist gestorben. Du hast doch nicht etwa auch vergessen einzukaufen?«

»Nein, Frau Lisabeth.«

»Das will ich meinen.« Lisabeth Helmbrecht ging aus der Küche in den Wohnraum und sah auf die Straße hinaus, und dabei wurden ihre schmalen Lippen noch schmaler. »Die Mare ist tot«, sagte sie vor sich hin. »Die Böhmische, die Reiche, die Schöne. All das viele Geld hat ihr nichts genutzt. Und wo wird sie jetzt einen Platz zugewiesen bekommen dort oben, halb katholisch, halb lutherisch, wie sie war?«

»Den schlechtesten nicht«, sagte jemand.

Lisabeth Helmbrecht fuhr herum. Erst jetzt sah sie ihren Mann am Kamin stehen. »Mein Gott, Helmbrecht, hast du mich erschreckt. Aber wenn du mich schon belauscht hast: Jetzt wird doch entschieden werden, wo sie...«

»Was soll entschieden werden, was denn? Wir Lutherischen und die Katholischen beten zu ein und demselben Gott.«

»Mag sein, aber es war doch auch immer so etwas Heidnisches um sie. Wenn ich nur an ihre zusammengewachsenen Augenbrauen denke und...«

»Ach, Lisbeth, hör doch auf!«

»...und an ihren Namen Libussa. So heißt doch kein Christenmensch.«

»Ich weiß nicht, was du dir da für ein Götzenbild aufgebaut hast. Sie wird ihren Platz schon bekommen. Jesus Christus ist auch für sie gestorben.«

»Ach nee!« rief Lisabeth Helmbrecht. »Was dir auf einmal für Gedanken durch den Kopf gehen. Ich muß dir sagen, das kommt mir richtig seltsam vor. Bis jetzt habe ich immer nur von dir gehört: Es rächt sich alle Schuld auf Erden oder Gottes Mühlen mahlen langsam. War es so oder nicht? Als das vor Jahren mit dem Tangervogt passierte, hast du gesagt: Jetzt geht's los. Und was sagst du jetzt?«

»Mag sein, daß du recht hast, Lisabeth, aber sie hatte mit der Sache danach nichts zu tun.«

Lisabeth Helmbrecht lachte. »Sie hat aber einen Minde geheiratet, und Gottes Mühlen mahlen langsam. Wer weiß, was noch alles kommt.«

Als es die Hafenknechte der Mindes unten am Wasser erfuhren, sagten sie: »Ach, warum denn bloß? Die is doch so gut gewesen. Warum hat sie denn jetzt schon sterben müssen?« Und ihre Frauen, die in den niedrigen Strohkaten zu Hause waren, fingen an zu weinen.

Der Hafenmeister faßte den ältesten Knecht der Mindes am Arm und sagte:

»Wer geht denn nu rauf? Wer sagt denn nu, daß hier fünf Kähne liegen, die Erz aus Ungarn geladen haben? Der Zoll muß abgefertigt werden. Dreie sollen weiter bis Rostock und zweie nach Lübeck. Wer geht denn nu rauf in die Schloßfreiheit?«

»Ich werd's schon machen.«

Aber das brauchte er nicht. In diesem Augenblick sahen sie Peter Minde zum Hafen herunterkommen.

»Was gibt's?« fragte er, als er den Hafenmeister und den Hafenknecht stehen sah.

»Der Zoll muß bezahlt werden«, sagte der Hafenmeister, »und auf den Kähnen muß die Ladung nachgesehen werden.«

Peter Minde nickte. »Ich mach das.«

6. Kapitel

Ambros Ambrosius zündete noch zwei der Kerzen an, die ihm von der fürsorglichen Alwine wie an jedem Abend auf den Tisch gelegt wurden. Plötzlich hatte er das Bedürfnis nach mehr Helligkeit, und er rückte den Leuchter näher an die Schublade heran. Die Flöte blitzte auf, obwohl das Silber beschlagen war. Libussas Flöte. Wie oft hatte er zugehört im großen Kreis der Gäste, im kleinen der Mindes.

Eines Abends, spät noch, war Heinrich Minde gekommen und hatte sie ihm gebracht. »Ich möchte sie dir schenken, Ambros, für alles, was du für Libussa getan hast. Bei uns in der Schloßfreiheit liegt sie nur so in der Truhe. Heinrich hat keinen Sinn für Musik, und Peter – ich glaube, er leidet, wenn er sie sieht. Wer weiß, was mit ihr geschieht, wenn ich nicht mehr bin.«

Ambros Ambrosius sah zu dem Stuhl hin, der seinem Tisch gegenüberstand, und es war ihm, als sähe er Heinrich Minde sitzen – und Libussas Flöte auf dem Tisch zwischen ihnen.

»Ambros, ich bin oft so ratlos, seit ich allein bin.« – »Du hast zwei Söhne, lieber Freund.« – »Ja, Ambros, aber Söhne helfen einem nicht über diese fürchterliche Einsamkeit hinweg.«

Ambros Ambrosius sah wieder auf die Flöte. Warum habe ich damals sonst nichts gedacht, als daß er mit Libussas Tod nicht fertigwird? Warum bin ich nicht viel öfter zu ihm in die Schloßfreiheit gegangen? – Und wenn ich hingegangen wäre, wenn ich mir Gedanken gemacht hätte? Was wäre anders gekommen, als es gekommen ist? Nichts, nichts.

Heinrich Minde, »der Alte«, wie sie ihn nun nannten, obwohl er noch keine Fünfzig war, zog sich mehr und mehr von den Geschäften zurück. Deshalb drängte es ihn, mit seinen beiden Söhnen eine Aussprache herbeizuführen, wie sie im Sinne Libussas gewesen wäre und die dem Testament entsprach, das Libussa gewollt hatte.

»Ihr seid zwei sehr verschiedene Brüder«, sagte er eines ruhigen Vormittags zu Heinrich und Peter. »Das hat eure verewigte Mutter genauso erkannt wie ich, und deshalb sollten wir in den Geschäften, nein, in euren Tätigkeiten eine Teilung vornehmen, um jeden Streit zu vermeiden. Einer von euch muß die Leitung des Hauses und die geschäftlichen Verbindungen in die Hand nehmen und der andere die praktische Ausführung, und damit ist wohl schon klar, was ich euch beiden sagen will.«

»Sicher«, antwortete Heinrich, »aber das eine läßt sich ja vom anderen nicht trennen.«

»Wieso nicht?« fragte Peter. »Du kannst so viele geschäftliche Verbindungen haben, wie du willst, wenn wir sie nicht unten am Hafen reibungslos abwickeln, dann wird nichts draus.«

»Für die reibungslose Abwicklung genügt mir der eigene Hafenmeister«, sagte Heinrich.

»Der Hafenmeister!« rief Peter. »Du meinst also, daß der Hafenmeister über Jahre hin die Rechte und die Vorteile des Hauses Minde wahrnimmt?«

»Wenn ich ihn gegen einen guten Lohn verpflichte, dann wird er es tun.«

»Soso. Und welche Tätigkeit hast du dir für mich gedacht?«

»Das weiß ich nach so kurzer Zeit nicht, aber ich bin nicht der Meinung, daß du unbedingt unten am Hafen vonnöten bist.«

»Und was stellst du dir sonst für mich vor?«

»Hier im Haus solltest du mitarbeiten. Du könntest nach Süden und Südosten ausbauen, und dabei denke ich an die Verbindung zu unserem Großvater in Prag, während ich, wie unser Vater es möchte, neue Verbindungen nach Norden und Westen herstelle, und dabei denke ich an Dänemark, England und die Niederlande.«

»Das ist ein guter Gedanke«, sagte der alte Heinrich Minde.

»Aber wir dürfen die Kontrolle unten am Hafen nicht aus der Hand geben. Die Ladung der Kähne, ihre Abfertigung, der Zoll, das ist alles viel zu wichtig, als daß wir es allein einem Mann überlassen, der nur mit Mühe lesen und schreiben kann. Nein, da bin ich schon auf Peters Seite.«

»Gut«, sagte Heinrich, »wenn Peter die Stellung eines besseren Hafenknechtes genügt, gut, gut...«

Peter sprang auf. »Sag das noch mal! Sag das noch mal, Heinrich!«

»Jetzt bist du wirklich über das Ziel raus, Heinrich«, sagte der Vater. »Die Waren, die das Mindehaus umschlägt, haben sich in den letzten Jahren verdreifacht, und es sind ganz andere dazugekommen. Du kannst doch nicht sagen, daß jemand, der das kontrolliert, ein besserer Hafenknecht ist. Heinrich, denk doch an deine Mutter und an ihren Vater. Ihnen verdanken wir das alles.«

»Laßt, Vater«, sagte Peter, »laßt doch. Und wenn ich nicht mehr bin als ein besserer Hafenknecht, dann ist mir das Leben unter den Leuten dort unten, die für uns arbeiten, immer noch lieber, als Tag für Tag hier in der Schloßfreiheit mit Heinrich zusammenzusitzen. Mutter würde das auch so sehen. Wir können einander nicht umkrempeln, deshalb laßt mich tun, was ich vorgeschlagen habe. Die Stube hier, der Schreibtisch, das ist nichts für mich.«

Der alte Heinrich Minde und Peter sahen sich an. Es war still in dem Raum mit den dunklen Schränken, in denen alle Akten aufbewahrt wurden und vor denen der große Schreibtisch stand, hinter dem Heinrich Minde, der Alte, den Platz für seinen Sohn Heinrich geräumt hatte.

»Es gäbe noch einen anderen Weg«, sagte Peter. »Ich habe noch nicht davon sprechen wollen, denn Mutter ist ja gerade erst ein Jahr tot. Aber es gäbe noch den Weg, verehrter Herr Vater, daß mir mein Erbteil ausgezahlt wird. Ich könnte damit etwas Neues anfangen.«

»Peter!«

»Verehrter Herr Vater, es ist ein Vorschlag und keine Forderung. Für Heinrich und mich wird es immer schwierig sein, miteinander auszukommen. Selbst wenn wir es regeln, wie ich es vorgeschlagen habe und wie Ihr es selber möchtet, wir könnten einander nicht aus dem Wege gehen.«

Sein Bruder lief rot an, als wollte ihm der Kopf platzen.

»Was willst du?«

»Das, was Mutter in ihrem Testament festgelegt hat, Heinrich, sonst nichts.«

»Du und etwas Neues anfangen! Dafür fehlt dir das Gespür und vor allem die Ausdauer. Das Geld, das gute Geld, das wir mit Mutters Erbteil verdienen, das würdest du..., auf den Kopf würdest du das hauen.«

»Ja und?« fragte Peter. »Was könnte dich das kümmern?«

»Da seht Ihr's, Vater, wie wenig er von allem versteht. Ich müßte nach Stendal und nach Magdeburg zu den Leihhäusern gehen, um das Geld aufzubringen. Ich müßte Zinsen bezahlen, daß mir schwarz vor Augen wird. Bist du wahnsinnig, Peter?«

»Nein, Heinrich, ich bin nicht wahnsinnig, ich möchte nur mein Recht; das Erbteil, das Mutter mir zugeschrieben hat.«

»Aber das Geld liegt doch nicht dort im Schrank. Der Großvater in Prag, der hat uns...«

Heinrich Minde, der Alte, hob die Hand und sagte: »Das Geld, Peter, steckt in den Geschäften. Der Großvater hat uns beteiligt, und es wird Jahre dauern, bis es uns Gewinn bringt. Wir haben neue Kähne kaufen müssen, wir haben elbabwärts neue Liegeplätze einrichten müssen, wir haben dort neue Schuppen gebaut, wir haben unseren Anteil beitragen müssen, um die Bergwerke in guten Zustand zu setzen, damit sie eines Tages Gewinn bringen. Das weißt du doch alles. Ich habe nicht ahnen können, daß du plötzlich dein Erbteil forderst.«

»Ich fordere es nicht jetzt, Vater, das habe ich deutlich gesagt. Aber einmal werde ich es fordern, in drei oder vier Jahren vielleicht. Und das solltet ihr beide nicht aus den Augen verlieren. Bis dahin gehe ich runter zum Hafen, aber nicht als Hafenknecht, wie mein Bruder sich das Recht herausnimmt, das auszudrücken. Ich bin längst mit unseren Kähnen ein Stück elbabwärts und elbaufwärts gefahren. Ich wollte wissen, wie es um die neuen Mindeschen Niederlassungen steht. Außerdem sollten wir in den Häfen ein Fuhrwerksnetz aufbauen, damit es für unsere Fracht zur Verfügung steht.«

»Du verrennst dich in Phantastereien!«

»Nein, Heinrich, das sind keine Phantastereien, das sind Erfahrungen, die du am Schreibtisch nicht machen kannst. Wenn in trockenen Sommern die Elbe nicht mehr schiffbar ist, schon gar nicht für Kähne mit schwerem Erz, dann muß umgeladen werden. Aber dann müssen alle anderen Schiffe auch umladen, und der Streit um die Fuhrwerke geht los, und es vergeht viel Zeit, bis genügend Fuhrwerke gefunden sind.«

»Und wie willst du das ändern?«

»Ich will Fuhrleute finden, die für einen guten Lohn bereit sind, das ganze Jahr über zuerst die Mindesche Fracht zu fahren.«

»Das ganze Jahr über? Wie denkst du dir das? Wir brauchen sie höchstens ein paar Sommerwochen. Das ganze Jahr über! Das würde unheimlich viel Geld verschlingen.«

»Wenn die Kähne wochenlang liegen, kostet es uns auch unheimlich viel Geld. Wenn wir aber ausreichend Fuhrwerke hätten, könnten wir auch den Winter über fahren lassen. Dann würde es uns nicht mehr kümmern, wie lange die Elbe zugefroren ist.«

»Peter hat recht«, sagte der alte Heinrich Minde. »Wir müssen uns umstellen. Wir müssen neue Wege suchen. Peter hat recht.«

»Ob er recht hat, wird davon abhängen, was er mit den Fuhrleuten aushandelt.«

»Heinrich, ein Handelshaus, das sich so erweitert hat wie das unsere, das muß auch den Mut zu etwas Neuem haben. Vielleicht erweist sich, was Peter vorgeschlagen hat, als Verlust. Das wird uns nicht umbringen, wenn wir aufpassen. Wenn es aber klappt, werden uns andere Handelshäuser folgen wollen. Dann werden wir diejenigen mit der billigeren Fracht sein. Deshalb, Peter, müßten die Verträge mit den Fuhrleuten sogleich für einige Jahre abgeschlossen werden.«

Peter nickte. »Wie Ihr seht, Vater, bin ich doch nicht ganz unbrauchbar als Hafenknecht.«

»Aber bevor du etwas unternimmst«, rief sein Bruder, »müssen wir hier am Tisch über die Verträge reden.«

»Na gut«, sagte Peter, »fangen wir an. Ich kann dir genau sagen, wieviel die Fuhrleute für jede Meile kriegen. Von Dresden bis Hamburg kann ich es dir sagen.«

Diese Auseinandersetzung blieb nicht die einzige. Um ihnen aus dem Weg zu gehen, blieb Peter abends selten daheim. Er bummelte durch die engen Gassen, traf sich mit seinen Freunden Krischan Falcken und Jürgen Helmbrecht in der Kneipe bei der Roßfurt, die einmal das Badehaus gewesen war. Michel Guntz fehlte. Sein Vater hatte ihn zu einem Geschäftsfreund nach Magdeburg gegeben »zwecks eines zu erweiternden Horizonts«. Petrus Asseburg fehlte auch. Er studierte die Pädagogik in der Stadt Brandenburg. »Er macht auf Arschtrommler wie sein Vater«, sagte Peter, und eigentlich fehlte er ihnen nicht.

Oft verschwand Peter für sich allein in ein Gasthaus, ließ sich einen vollen Krug Tangermünder Bier einschenken, blies den Schaum über die Tischplatte, setzte an und trank ihn leer. Selten war er lange allein. Immer hatte er schnell einen Kreis junger Leute um sich, Hafenknechte, Schipperjungs, Handwerksgesellen. Er hielt sie frei, und das sprach sich herum, und viele, die abends durch die Straßen gingen, guckten in die Fenster der erleuchteten Wirtsstuben und hielten Ausschau nach ihm. Ein Krug Freibier oder zwei, war das nichts?

An anderen Abenden läutete er die Glocke der Apotheke und setzte sich mit Ambros Ambrosius und seinem Vater zusammen, und sie redeten von Leben und Tod. Und an einem dieser Abende erzählte ihnen Ambros Ambrosius von seinen Erlebnissen in Montpellier und wie dringend notwendig es wäre, mit diesen schauerlichen Experimenten fortzufahren. Er hatte alles aufgeschrieben und zeigte es Peter.

»Die Mönche in den Klöstern, die uns so viele Erkenntnisse

gebracht haben, könnten uns große Helfer sein, aber sie dürfen es nicht, solange sie Mönche sind. Sie haben zumeist auch nicht den Mut, aus den Klöstern fortzugehen und entweder Apotheker oder Arzt zu werden. Ich werde es nie vergessen«, sagte Ambros, »es war ein Markttag, mitten im Sommer in Montpellier, und ich kaufte die frischen Kräuter ein, die erst in der Nacht gepflückt worden waren. Solche Kräutersammler gibt es dort viele, und ich wollte die Kräuter mit ins Laboratorium nehmen, damit wir sie destillieren konnten. Auf einmal stand mir ein Mönch gegenüber. Wir sahen uns an. Wir sahen uns sehr lange an, und auf einmal fragte er: ›Traut Ihr der Kraft dieser Kräuter?‹ Und ich sagte: ›Ich muß dieser Kraft vertrauen. Es gibt kein anderes Mittel für die Kranken.‹ Darauf wiegte er den Kopf und sagte: ›Noch nicht, bis jetzt noch nicht. Aber vielleicht, wenn alle Wissenschaften zusammenrücken, vielleicht wird es dann eines Tages noch andere Mittel geben, die Menschen zu heilen. Ich vertraue auf Gott, er wird uns erleuchten, wenn die Zeit da ist. Wir sind seine Werkzeuge. Und weil wir es sind, wird er uns verzeihen, wenn wir Ungewöhnliches tun.‹ Siehst du, Peter, damals wußte ich, er war einer dieser Mönche, der die Maske aufsetzte, wenn der Medicus im Keller sezierte.«

»Aber was hat das Mutter geholfen? Wenn es den Kranken jetzt, heutzutage, nicht weiterhilft? Was soll das alles?«

»Das stimmt schon, Peter, ich habe mich das alles hundertmal gefragt, wenn ich am Bett deiner Mutter gesessen habe. Und trotzdem glaube ich, nichts ist umsonst, kein einziger guter Gedanke ist verloren, wenn er festgehalten und aufgeschrieben wird. Eines Tages wird er gedruckt sein, und was gedruckt ist, wird gelesen an den Universitäten, und ich bin überzeugt, es führt zum nächsten Schritt.«

Peter Minde kam meistens sehr spät nach Hause, so spät, daß die Lichter im Haus in der Schloßfreiheit schon gelöscht waren. Aber es gab auch Abende, an denen sein Vater noch mit Bürgermeister Guntz und einigen Ratsherren beisammensaß. Sie redeten dann über die nächsten Beschlüsse, die für die Stadt zu fassen wären, sie stimmten sich ab, wie sie vorgehen wollten.

Meistens saß der junge Heinrich dabei, denn er wollte, wann immer sein Vater das Ratsherrenamt abgeben würde, sein Nachfolger werden. Peter setzte sich dann auch dazu und trank noch einen Krug Bier mit ihnen oder einen Becher böhmischen Wein, je nachdem. Aber die Gespräche erregten ihn nicht, denn er wollte kein Ratsherr werden, und nur wenn es darum ging, was unten am Hafen verbessert werden konnte, nahm er Anteil und sagte seine Meinung.

An dem einen Abend, als er noch einmal in die Küche ging, um nachzusehen, ob noch ein Fladenbrot übriggeblieben war, saß die Kathe Krulle allein vor dem Kamin. Er setzte sich zu ihr, stocherte vorher ein wenig in der Glut herum und fragte: »Warum bist du denn noch nicht in deiner Kammer, Kathe?«

»Ich habe auf dich gewartet.«

»Und warum?«

»Na ja, ich will heut nicht hier schlafen, ich will zu Mutterchen gehen. Und das möchte ich jetzt jeden Abend. Ich hab gewartet, damit ich dir's sagen kann.«

»Und warum?«

»Weil der Heinrich schon dreimal an meiner Kammertür gewesen ist.«

»Was ist er gewesen? An deiner Kammertür?«

Sie nickte. »Beim erstenmal hab ich so getan, als ob ich schliefe. Aber beim zweitenmal, da habe ich ihn zur Rede gestellt. Ich drinnen und er draußen.«

»Und was hat er gesagt?«

»Er hat gesagt, ich soll mich nicht so anstellen, ich wär doch bloß die Kathe Krulle, und ich müßte froh sein, daß ich noch hier sein könnte, denn du brauchst mich ja nun nicht mehr. Ich wär doch sowieso nur für dich ins Haus gekommen, weil eure Mutter es so gewollt hat.«

Peter schmiß das Stück Fladenbrot auf die Erde. »So ein Schwein! So einer ist das also. Na, dem werd ich's zeigen.«

»Nein, Peter, das mach mal nicht. Mach die Kluft nicht immer größer. Es läßt sich doch alles ändern. Ich geh abends nach Hause und komm morgens wieder, und dann hat er keine Gelegenheit mehr.«

»Und wie war's beim drittenmal, Kathe?«

»Da hab ich die Tür aufgemacht und hab gesagt: ›Heinrich, geh in dein Bett. Und wenn du es nicht sofort tust, dann schrei ich, und dann wird dein Vater wach, und dann werde ich ihm alles erzählen.‹ Da ist er gegangen. Aber weißt du, Peter, ich möcht's nicht noch einmal drauf ankommen lassen. Weißt du, ich kann's ja verstehen, er ist so in dem Alter, wo es ihn nachts nicht schlafen läßt, ich seh's an den Flecken in seinem Bett. Aber ich will das nicht.«

»Ich schlag ihn zusammen!« rief Peter. »Ich schlag ihn ...«

»Nein, Peter, wir regeln das so, wie ich's gesagt habe.«

Peter Minde brachte die Kathe Krulle nach Hause, und auf dem Heimweg dachte er: Für mich ist und bleibt sie die große Schwester, der ich alles sagen kann und die mich auch versteht, wenn ich gar nichts mehr sagen kann. So wie's Mutter gewollt hat. Dazu ist sie zu uns in die Schloßfreiheit gekommen, und dabei bleibt es, und wenn ich ihn totschlagen muß.

Im nächsten Augenblick strich er sich über die Stirn und sagte laut: »Mein Gott, was hab ich denn jetzt gedacht?«

Im Laufe des Jahres entwickelte sich, was Peter vorgeschlagen hatte. Er war vom Hafen aus viel unterwegs auf den Kähnen mit ihren grauen Rahsegeln, die an den Liegeplätzen entlang der Elbe festmachten. Und überall ging er von Bord, redete mit den Hafenmeistern und danach mit den Fuhrleuten über einen Vertrag. Und wenn sie sich einig geworden waren, sagte er: »Das wollen wir jetzt auch schriftlich festhalten. In jeder Stadt gibt's einen Amtsschreiber, und dort gehen wir jetzt hin.«

»Schriftlich, schriftlich«, sagten dann die Fuhrleute jedesmal und zögerten, »wer von uns kann denn lesen und schreiben? Das Mündliche muß reichen.«

»Nein«, sagte Peter Minde, »das reicht nicht. Wir gehen zum Stadtschreiber, und ich werde euch vorlesen, was er aufschreibt....«

»Aber der Lohn, der bleibt doch nicht Jahr für Jahr so«, sagten die Fuhrleute. »Im vorigen Jahr hat die Tonne Bier zu fahren noch eine Mark und zehn Silbergroschen gebracht, in diesem Jahr sind es fünf Silbergroschen mehr.«

»Auch das geht festzulegen. Und redet mir doch nicht immer vom Bier. Es geht um Waren aus Böhmen, um Erz und Wein und Getreide, es geht um die Rückladung. Ihr sollt mit euren Wagen nicht leer zurückkommen, ihr sollt Frachtgut mit nach Tangermünde zurückbringen, das dann auf die Schiffe elbaufwärts verladen wird. Begreift ihr denn nicht, daß ich euch ein Transportnetz vorschlage, vor allem auch für den Winter. In den Tangermünder Forsten wird Holz geschlagen, billiges, gutes Holz, auf das sie in den Lüneburger Salzsiedereien warten. Und in Lübeck und in Hamburg warten sie auch darauf. Denn das Erz, das unsere Kähne die Elbe herunterbringen, ist roh und muß erst geschmolzen werden, damit man was damit anfangen kann.«

»Wenn die Wege bloß besser wären«, sagten die Fuhrleute. »Wir sind eine schlechte Konkurrenz zum Wasser.«

»Aber ihr seid eine gute Konkurrenz, wenn die Elbe im Winter zugefroren ist und im Sommer zu wenig Wasser hat. Also, machen wir nun einen Vertrag oder nicht?«

Sie machten einen, und das war Peters Werk. Aber jedesmal, wenn er nach Hause kam und seinem Bruder die Bedingungen vorlegte, mit denen er die Kontrakte abgeschlossen hatte, sagte Heinrich: »Du hast keine Ahnung! Du hast von Geschäften überhaupt keine Ahnung!«

Sein Vater sagte gar nichts dazu. Er las die Verträge durch und nickte, und sein Bruder dachte: Mutters Tod hat ihn so verwirrt, daß er Haben und Nichthaben kaum noch unterscheiden kann. Die Verluste für das Haus Minde werden unvorstellbar hoch sein, und wenn es Vater endlich begreifen und einsehen wird, dann werde ich nach Stendal und Magdeburg in die Leihhäuser gehen müssen und mir das Geld geben lassen, damit ich ihn endlich auszahlen kann und loswerde. Die Zinsen, die ich zahlen muß, werden billiger sein, als mir diesen Bruder noch länger im Geschäft zu leisten.

In diesem ersten Jahr, in dem sich Peter für die Mindeschen Geschäfte einsetzte, schien Heinrich recht zu behalten. Im zweiten Jahr aber, als es bereits Mitte November von einem Tag zum andern Stein und Bein fror und acht Kähne vollbeladen mit Waren aus Böhmen und Ungarn unten am Hafen einfroren, behielt Peter recht. Vor Havelberg lagen noch drei und in Wittenberge vier. Nun zeigte sich, wie schnell die Waren auf die vertraglich festgelegten Fuhrwerke umgeladen werden konnten, um weitertransportiert zu werden.

Und jetzt war Peter Minde auf den Mindeschen Schimmeln erst recht in seinem Element. Gusten begleitete ihn, wenn er losritt. Jeder hatte ein Handpferd dabei, und nach zehn Meilen wechselten sie die Pferde und ritten weiter, und gut bewaffnet, wie sie mit Pistolen und Säbeln waren, gab es auf die Wagen nur selten Überfälle.

In den Herbergen waren sie mit ihren Schimmeln schnell bekannt, und daß der junge Herr mit dem krausen Lockenkopf der junge Herr Minde aus Tangermünde war, das eilte ihnen wie ein Lauffeuer voraus. Ein vorzügliches Essen und nicht nur ein gutes Nachtlager wurden ihnen in Krügen und Herbergen angeboten, es war das beste und verstand sich von selbst.

Eines Abends, als Peter Minde seine Kammer aufsuchte, sah er eine Frau vor seiner Tür stehen. Er hob den Leuchter – eine junge Frau. Peter hatte zwei große Becher Rotwein getrunken, und es traf ihn wie ein Blitz. Er wußte nicht, was er davon halten sollte.

»Warum lehnst du dich an meine Tür?« fragte er.

»Weil du schön bist, und weil du jung bist, und weil du einmal wissen sollst, wie das ist.«

»Was?« fragte Peter.

»Das«, sagte sie. »Wovon du träumst.« Sie streckte die Arme nach ihm aus. »Du bist so jung und so unschuldig, und ich bin so erfahren, und ich könnte dir alles – alles geben. Ich möchte dich glücklich machen.«

»Geh«, sagte er. »Geh, ich will dich nicht.« Doch er blieb stehen und ließ sich von ihr umarmen. Sie preßte sich an ihn, biß ihm in das eine Ohrläppchen und dann in das andere, und dann biß sie ihm in die Lippen und zwängte ihre Zunge zwischen seine Zähne.

Es kam ihm vor, als ob er in Flammen stände. Sie knöpfte ihm das Leinenhemd auf, streichelte ihm die Achselhöhlen, fuhr ihm mit den Händen auf seinem Rücken entlang bis zum Nacken hinauf und wieder herunter und flüsterte: »Sträub dich doch nicht, einmal ist es das erstemal, und ich möchte es sein, die dir zeigt, wie es ist.« Und jetzt streichelte sie ihm mit ihren Daumen die Brustwarzen und suchte an seinem Körper tiefer und tiefer hinab. »Warum willst du es nicht, du junger, süßer Mann? Ich will dich lieben, bis dir die Sinne vergehen. Komm, sperr die Tür auf. Ich spür's doch, wie sehr du mich willst. Ich spür's doch, wie stark du bist. Oh, oh!« Sie nahm ihm den Leuchter aus der Hand, hielt ihn hoch, und sein Schein beleuchtete ihre nackten, üppigen Brüste...

Am anderen Morgen, als sie weiterritten, sagte Gusten: »Laß mich mal voranreiten, Peter, und penn noch so 'n bißken vor dich hin.« Und eine Zeit später: »Da hat dir also der Wirt eine Hure bestellt, damit wir immer wieder bei ihm Quartier nehmen. Ja, so ist das Leben, Peter. Und nun weißt du auch, wie's ist mit den Weibern. Nun weißt du's.«

Es war im nächsten, oder war es schon im übernächsten Jahr, als Peter Minde eines Abends mit Gusten nach Hause kam. Nachdem sie die vier Schimmel im Stall versorgt hatten, wartete Peter darauf, mit seinem Vater allein sprechen zu können. Und als er seinen Bruder aus dem Haus gehen hörte, klopfte er an.

Wie so oft saß Heinrich Minde in der Wohnstube unter Libussas Bild, vor sich nichts als den leeren Tisch und das Feuer im Kamin dahinter. Er hatte die Kathe Krulle gebeten, es auch im Sommer nicht ausgehen zu lassen, denn in den dicken Mauern des Hauses wurde es nie richtig warm, und er fror immer vor sich hin.

»Setz dich zu mir«, sagte sein Vater, als Peter am Kamin stehenblieb. »Hast du etwas Besonderes auf dem Herzen?«

Peter nickte. »Verehrter Vater, noch seid Ihr Ratsherr, und ich möchte Euch etwas sagen, das mir große Sorgen macht. Überall in den Niederlassungen, wo unser Erz gekauft wird, schreien sie nach Holz und noch mal nach Holz, und die Herren geben mir zu verstehen, wie gut wir im Geschäft bleiben könnten, wenn wir ihnen mit unserem Erz auch das Holz für die Schmelzöfen liefern. Um Hamburg und Lübeck und Bremen sind die Wälder schon so gelichtet, daß es vorerst nichts mehr zu schlagen gibt. Vorerst sagen sie, aber ich weiß von unserem Herrn Großvater, wie lange es dauert, bis Hartholz herangewachsen ist. Ein Wald braucht länger als ein Menschenleben, das hat er mehr als einmal zu mir gesagt. Aber die Handelsherren werden Abordnungen elbaufwärts schicken, weil sie Holz bei uns kaufen wollen. Sie wissen genau, wieviel unsere Wälder noch hergeben, und sie werden auch bereit sein, einen guten Preis für das Holz zu zahlen. Aber die Fürsorge, die unser Herr Großvater seinen Wäldern hat angedeihen lassen, die darf nicht vergebens gewesen sein, sonst werden unsere Forsten leergeräumt. Ich habe mit Oberjäger Matthes schon gesprochen, er denkt wie ich. Es muß behutsam vorgegangen werden, auch wenn es noch soviel Geld für die Stadt und den Kurfürsten brächte. Und deshalb möchte ich Euch bitten, verehrter Vater, bei der nächsten Sitzung der Ratsherren dagegen zu sprechen, gegen all die verlockenden Angebote, damit unsere Wälder nicht zu Brachland und sumpfigen Wiesen werden, auf die man nicht einmal Kühe und Schafe treiben kann.«

»Mein lieber Sohn«, antwortete Heinrich Minde, »da muß ich dir auch etwas sagen. Bei uns ist schon eine Abordnung gewesen, was naheliegt, unserer Erze wegen, und dein Bruder hat bereits enge Kontakte mit den Herren aufgenommen. Aber zum einen liegt der Holzhandel in Helmbrechts Händen, was ein Vorteil für den Wald sein könnte. Denn wenn uns Helmbrecht ein Geschäft zunichte machen kann, wird er es tun. Andererseits wird es seinen Ehrgeiz anstacheln, als Wohltäter der Stadtkasse angesehen zu werden. Und außerdem, seit es einen kurfürstlichen Tangervogt nicht mehr gibt und seit die städtischen und die kurfürstlichen Forsten von ein und demselben Mann verwaltet werden, ist eben alles viel komplizierter geworden.«

»Ich weiß«, sagte Peter. »Matthes hat mir sein Leid auch geklagt.«

»Trotzdem, Peter, ich danke dir. Wenn wir in dieser Woche noch eine Ratssitzung haben, werde ich die Angelegenheit in deinem Sinne und im Sinne des Großvaters vertreten. Ich denke, noch genug Stimmen auf meine Seite zu bringen. Unsere Tangermünder Wälder, die der Großvater gepflegt und geschützt hat, sind der Reichtum unserer Stadt, das sehe ich wie du. Wir können gar nicht behutsam genug damit umgehen.«

»Aber wenn Euch dann Heinrich entgegenhält, wie sehr unsere Erzgeschäfte zurückgehen werden, Vater?«

»Wir müssen es abwarten, Peter. Zudem habe ich bereits Verbindungen in Prag aufgenommen. Die böhmischen Wälder strotzen vor Holz. Heinrich muß begreifen lernen, daß es für alle Geschäfte Grenzen gibt. Noch bin ich Ratsherr, und ein Ratsherr hat nicht nur für das eigene Wohl zu sorgen, er ist auch verantwortlich für das Wohl der Stadt, sonst hätte er nicht Ratsherr werden dürfen.«

»Danke, verehrter Vater«, sagte Peter.

»Hol uns einen Krug Wein«, sagte sein Vater, und als Peter aus dem Keller zurückkam und die Becher vollgeschenkt hatte, sagte er: »Du bist lange nicht daheim gewesen, Peter. Wie geht es dir so?«

»Es geht mir gut, Vater. Ihr wißt, ich bin gern unter Leuten, und wenn wir unterwegs mal Auseinandersetzungen haben, dann haben wir sie eben. Das macht uns keinen Kummer. Ich habe alle Fuhrleute, die bei uns unter Vertrag stehen, gut versorgt. Und die meisten fürchten sich nicht. Ich kann Euch nur sagen, es gibt kaum Verluste. Das Geld für die Pistolen und Säbel war gut angelegt. Inzwischen haben die Schnapphähne gemerkt, wie sehr sie die Hucke vollkriegen, wenn die Schimmelreiter dabei sind.«

»Die Schimmelreiter?« Sein Vater lachte. »Gusten und du?«
»Nicht nur wir zwei. Die Fuhrleute bekommen ein gutes Stück Geld obendrauf, wenn sie die Ladung unversehrt dorthinbringen, wo sie hingehört.«
»Habt ihr denn oft eine solche Auseinandersetzung?«
»Oft nicht, Vater, aber wenn es dazu kommt, dann heißt es du oder ich.«
»Und wer hat dir das beigebracht, das du oder ich?«
»Ich habe oft mit dem von Poppelwitz einen Kuhschwanz getrunken, und dann bin ich am anderen Tag oben auf der Burg gewesen, und er hat mir beigebracht, worauf es ankommt, wenn man zuhauen oder schnell schießen muß.«
»Mein Gott, Peter!«
»Ja, Vater, das ist die andere Seite der Mindeschen Geschäfte. Verluste zu melden, vorn, in der Stube, in der Ihr mit Heinrich arbeitet, und dabei ein ehrbares Gesicht zu machen und die Mütze in der Hand zu drehen, das ist keine Kunst. Aber ich habe mich entschlossen, diese Verluste, so gut es geht, zu verhindern.«
Heinrich Minde sah zu Libussas Bild hinauf. Es blieb eine Weile still zwischen Vater und Sohn. Dann fragte Heinrich Minde: »Denkst du eigentlich noch manchmal an Mutter?«
»Ich denke immer an sie. Und wenn ich daheim bin und abends die Kathe Krulle zu ihrer Mutter ins Hühnerdorf bringe, dann gehe ich auf dem Heimweg jedesmal über den Friedhof. Und jetzt sage ich Euch was, das könnt ihr mir glauben oder auch nicht: Ich habe sie schon mehr als einmal auf ihrem Grab sitzen sehen. Kathe Krulles Mutterchen hat gesagt, so was gibt es. Und Matthes hat gesagt, es kommt davon, wenn einer keine rechte Ruhe findet. Er hat gesagt, vielleicht will sie heim, dorthin, wo sie hergekommen ist. Aber Mutterchen hat gesagt, vielleicht ist es auch etwas anderes. Vielleicht ist es, weil ich hier in diesem Haus nicht so anerkannt werde, wie es mir zusteht. Deshalb habe ich mir vorgenommen, wenn ich sie das nächstemal wieder sitzen sehe, dann werde ich zu ihr gehen und sagen: Liebe Frau Mutter, Ihr könnt ganz ruhig sein, ich bin zufrieden mit dem, wie es ist. Und eines

Tages, aber das sage ich jetzt zu Euch, verehrter Vater, wenn ich mein Erbteil in den Händen habe oder wenigstens einen Teil davon, dann möchte ich mir Leute anwerben, die Mumm haben, und mit denen möchte ich die Planwagen der Kaufleute begleiten. Ich stelle mir für diese Leute einen einheitlichen Rock und eine einheitliche Kopfbedeckung vor und natürlich auch einen guten Sold. Dann möchte ich mit den Kaufleuten Kontrakte machen, und ich denke mir, daß es ihnen etwas wert sein wird, dafür zu zahlen, daß ihre Waren sicher an Ort und Stelle kommen.«

»Aber dafür gibt es doch die Landvögte mit ihren Soldaten.«

»Sicher, verehrter Vater. Aber von denen und ihren paar Männeken ist noch nicht ein einziger Überfall auf die Kaufmannswagen verhindert worden. Ich denke auch gar nicht daran, ewig hierzubleiben. Bei uns sind es ja immer wieder die Kähne, die sich gar nicht so leicht überfallen lassen. Ich denke daran, ein Stück fortzugehen, vielleicht weit fort. Ich habe Ambros Ambrosius oft zugehört, und das hat mich sehnsüchtig gemacht. Nach dem Süden möchte ich gehen oder nach dem Westen des Reiches, oder nach Böhmen. Er hat ja so viel davon erzählt. Das müßt Ihr doch verstehen können, Vater, als Kaufmann seid Ihr doch auch weit umhergereist.«

»Das ist wohl so«, sagte Heinrich Minde, »aber an den Gedanken, dich eines Tages nicht mehr hier im Haus zu haben und nicht zu wissen, wo du bist, daran muß ich mich erst gewöhnen. Du hast so viel von deiner Mutter, auch wenn du mir ähnelst. Dein Bruder ähnelt ihr ja viel mehr als du, aber er hat nicht ihr Wesen, und das würde mir sehr fehlen, Peter.«

»Ich bin kein Minde, Vater, und ich werde nie ein Minde werden, ein Minde in deinem Sinne. Wenn ich hätte Tangervogt werden können wie der Großvater – ich weiß, er hätte dafür gesorgt –, dann wäre sicher alles anders gekommen. Dann hätten wir alle hier zusammen in der Schloßfreiheit leben können.«

Sie tranken die Becher leer, und Heinrich Minde schenkte noch einmal ein.

»Peter, ich möchte dich noch etwas anderes fragen. Warum geht die Kathe Krulle jeden Abend nach Hause?«

»Weil es längst an der Zeit wäre, daß Heinrich sich eine Frau sucht.«

»Deshalb? Und ich dachte immer...«

»Nein, Vater, ich nicht. Ich hab nicht in ihre Kammer gewollt.«

In diesem Augenblick wurde die Tür zur Wohnstube aufgerissen. »Aber dafür treibst du es anderswo um so schlimmer!« Das war sein Bruder Heinrich. »Du denkst wohl, ich erfahre nichts davon?«

»Darüber habe ich nicht nachgedacht, Heinrich. Und von wem du es erfährst«, Peter zuckte mit den Schultern, »ist mir egal. Egal, hörst du? Du magst mir so viel Spitzel hinterherschicken, wie du willst, aber die Kathe Krulle, das sage ich dir, die belästigst du nicht mehr, sonst schlag ich dir...«

»Peter!« schrie sein Vater.

»Ist gut, Vater. Aber nun seht Ihr doch selbst, was für ein elender Schurke mein Bruder ist. Stellt sich hinter die Tür und horcht. Er mag ja unser Geschäft und unser Geld so gut verwalten, wie er will, er ist und bleibt ein elendiglicher Schurke. Vielleicht geht er jetzt zur Berta, die ist derb und dick genug, der macht's vielleicht nichts. Aber doch nicht die Kathe Krulle! – Verehrter Vater, versucht doch endlich, von meinem Erbteil so viel Geld aufzutreiben, daß ich fortgehen kann, für immer. Dann werde ich Euch nicht mehr belästigen und den da auch nicht. Und jetzt geh von der Tür weg, Heinrich, damit ich hinaus kann.«

Damit ging Peter, und jetzt war es Heinrich, der vor seinem Vater stand.

»Ich habe nicht einfach nur so gehorcht, verehrter Herr Vater. Wenn Peter nicht heute abend heimgekommen wäre, dann wäre ich es gewesen, der Euch um ein Gespräch gebeten hätte.«

Heinrich Minde wies auf den Stuhl, auf dem gerade noch Peter gesessen hatte.

»Ich wollte Euch sagen, verehrter Vater, daß ich mich entschlossen habe zu heiraten.«

Heinrich Minde nickte. »Und wer ist es?«

»Susanne Helmbrecht.«

Was Heinrich gesagt hatte, stand über dem Tisch in der Stube, gewichtig und dunkel, als ob man es anfassen könnte. Sein Vater sagte zuerst kein Wort.

»Susanne Helmbrecht«, wiederholte er endlich.

»Sie ist gerade sechzehn geworden, und ich habe mich umgehört, weil es ja zwischen den Helmbrechts und uns keine Verbindung gibt. Ich habe erfahren, daß ihr ein gutes Vermögen sicher ist, und auf diese Weise könnten wir Peter auszahlen. Einen Teil wenigstens.«

»Wissen es die Helmbrechts?«

»Noch nicht. Aber sie gefällt mir, und abweisend ist sie nicht gegen mich. Vielleicht könnte mit dieser Heirat endlich auch die Feindschaft zwischen unseren Familien begraben werden.«

»Begraben werden«, wiederholte Heinrich Minde. »Mit einem Begräbnis willst du also dein Glück anfangen.«

»Ach, Vater, das sind doch ... das sind doch Wortspielereien. Was ist es denn eigentlich gewesen, was zu dieser Feindschaft zwischen den Mindes und den Helmbrechts geführt hat? Genau weiß das heute keiner mehr. Es sollen ein paar Klafter Holz gewesen sein, die unser Großvater zu Unrecht verkauft hat, als er gerade kurfürstlicher Tangervogt geworden war.«

»Ein paar Klafter Holz«, sagte Heinrich Minde, »das ist nicht der Punkt. Das Entscheidende ist der Helmbrechtsche Vorwurf, der Großvater hätte die Grenzsteine versetzt, noch dazu bei Nacht und Nebel, und das Holz um einen stattlichen Preis für den Kurfürsten verkauft, und deshalb hätte er hier in die Schloßfreiheit einziehen dürfen. Ein Freihaus als Lohn für Betrug! Das haben die Mindes nicht auf sich sitzen lassen, sie haben den Schöppenstuhl angerufen, und der Schöppenstuhl hat nicht nur die Pläne eingesehen, er ist in den Forst gefahren und hat entschieden, daß es keinen Betrug gegeben hat. Die Helmbrechts haben also immer auf ein Stück Wald gepocht, das ihnen nie gehört hat. Die Schöppen haben die Grenzsteine dort vorgefunden, wo sie seit dreihundert Jahren stehen und von wo sie nicht um einen Zoll verrückt worden sind. Aber wie das so ist in einer Stadt, jeder hat Freunde und Feinde. Die einen waren trotz des Gerichtsurteils auf Helmbrechts Seite, und darunter hat dein Großvater sehr gelitten. Aber mit seiner Art zu leben und zu arbeiten hat er die Tangermünder letzten Endes alle überzeugt, und das haben die Helmbrechts nie vergessen.

Ich habe dir das alles erzählt, Heinrich, damit du weißt, worauf du dich einläßt, wenn du Susanne Helmbrecht heiratest. Ich werde dir nichts in den Weg legen. Aber sei dir klar darüber, was auf dich zukommt – wenn die Helmbrechts einverstanden sind. Denn bei allem, was du gesagt hast, die große Liebe scheint es ja nicht zu sein.«

»Die große Liebe! Ein Kaufmann muß anders denken.«

Sein Vater wiegte den Kopf. »Ich kann dir da nicht zustimmen, Heinrich. Ich hatte das Glück, mit eurer Mutter die große Liebe meines Lebens zu heiraten.«

»Ich weiß, Vater, aber wenn man dieses Glück nicht hat, dann muß man das Beste aus einer Heirat machen. Und dazu bin ich bereit. Ich weiß nicht einmal, ob ich zu einer wirklichen großen Liebe veranlagt bin.«

»Wann willst du zu den Helmbrechts gehen?«

»Ich hatte eigentlich an Euch gedacht, Vater.«

»An mich, Heinrich? Das schlag dir aus dem Kopf. Ich werde nicht über die Schwelle des Helmbrechthauses treten, ich nicht. Die Anschuldigung, einen Betrug begangen zu haben, verjährt nicht bei den Mindes.«

»Aber das heißt doch, daß Ihr mit der Heirat nicht einverstanden seid?«

»Ja, Heinrich, das heißt es. Selbst wenn es darum ginge, deinem Glück im Weg zu stehen. Aber dein Glück ist es ja noch nicht einmal, es sind nur kühle, abgewogene Überlegungen deinerseits. Und jetzt, Heinrich, laß mich bitte allein.«

Heinrich Minde stützte die Ellenbogen auf den großen, eichenen Tisch und legte seinen Kopf in beide Hände. Wenn in einem Handelshaus keine Söhne sind, dachte er, dann halten sie das alle für das größte Unglück. Aber wenn es so ist wie bei mir und dann niemand den Ausgleich schafft, wie es Libussa getan hätte, was wird dann? Und jetzt erinnerte er sich wieder an das, was Peter gesagt hatte: Ich habe meine Mutter auf ihrem Grab sitzen sehen.

Heinrich Minde stand auf und stellte sich Libussas Bild gegenüber. »Hast du mich denn bis zum letzten Augenblick noch wirklich geliebt, Libussa? Oder hat dir etwas gefehlt, das dir vielleicht Ambros gegeben hätte? Warum habe ich dich noch nicht auf deinem Grab sitzen sehen, so oft wie ich davorgestanden habe am Tage und in der Nacht? Libussa! Ach, Libussa!«

Heinrich Minde ging in den Keller und zapfte sich die ganze Kanne voll mit böhmischem Wein. Dann setzte er sich und trank und trank, und er hörte sie erzählen von der schönen Libussa, nach der sie ihren Namen erhalten hatte. ›Heinrich‹, sagte sie und saß dabei auf seinem Schoß und umschlang ihn mit beiden Armen, ›das ist doch etwas ganz Seltsames, daß eine Frau eine Stadt begründet. Immer sind es die Herren gewesen, die Ritter, die freien Bauern, die sich zusammengetan haben, um ein Gemeinwesen aufzubauen. Aber in meiner schönen, goldenen Stadt ist es eine Frau gewesen, und diese Frau war die Tochter einer Elfin und eines irdischen Ritters. Aus einer solchen Verbindung, Heinrich, mußte etwas ganz Wunderbares geboren werden. Drei Töchter, und die jüngste war Libussa. Ich weiß nicht, was sich mein Großvater dabei gedacht hat, als er geradezu darauf versessen war, daß ich auf den Namen Libussa getauft wurde.‹

»Aber ich weiß es«, sagte Heinrich Minde, der Alte, »ich weiß es. Dein Großvater wollte dir den Zauber bewahren, oder er wollte ihn wieder heraufbeschwören, den Zauber, der mit diesem Namen verbunden ist. Dein Großvater vermißte keinen Enkel, er wollte die Frau, die Enkelin, und er wollte aus dir etwas ganz Großartiges machen. Und dann bin ich gekommen, kein großartiger Mann, nur ich, der Handelsmann von weit her, von denen viele in das Haus Lieberitz kamen.«

Heinrich Minde setzte sich wieder an den Tisch, trank noch einen Becher Wein und legte dann den Kopf auf seine Arme und dämmerte vor sich hin.

Wie lange, wußte er nicht, und er schreckte auch nicht hoch, als jemand sagte: »Es ist schon sehr spät. Es wäre sicher gut, wenn Ihr Euch zum Schlafen begebt.«

Heinrich Minde hob den Kopf. »Ach, du bist es, Kathe Krulle. Ja, du hast wohl recht.«

»Soll ich Euch die Treppen hinaufhelfen? Soll ich Gusten rufen, daß er Euch beim Ausziehen hilft?«

»Ach was, Kathe, ich mag wohl einen Becher Wein zuviel getrunken haben, ich finde schon die Treppe hinauf.« Heinrich Minde stand auf. »Aber vielleicht ist es gar nicht so schlecht, wenn du mir helfen willst.« Er legte ihr den Arm um die Schultern, und sie gingen zusammen über den Flur zur Treppe und Stufe um Stufe hinauf. Und als sie vor der Schlafstubentür standen, ließ er sie nicht los und sagte: »Komm mit mir, Kathe. Bleib bei mir, Kathe. Ein einziges Mal.«

»Nee, ich kann nicht, Herr Minde. Nee, das kann ich nicht.«

»Warum denn nicht, Kathe? Ich will doch gar nichts von dir, ich möchte nur eine einzige Nacht einmal nicht allein in meinem Bett liegen. Komm, Kathe, ich rühr dich nicht an, das versprech ich dir. Aber ein einziges Mal möchte ich wieder jemand neben mir atmen hören. – Kathe!«

Sie sagte nichts, aber sie ging mit ihm in die Stube und setzte sich auf das breite Bett mit den vier Säulen und dem Baldachin darüber. Sie hatte keine Kerze mitgenommen, und sie hörte, wie sich Heinrich Minde in der Dunkelheit auszog, wie er sich in das Bett legte und die Daunendecke über sich zog.

»Wo bist du denn, Kathe?«

»Ich sitz auf der anderen Seite, Herr Minde.«

»Ach, Kathe, zieh doch den Rock aus und das Mieder und leg dich neben mich. Ich will ja nichts weiter als deine Hand halten.

Es war kein leichter Abend heute mit Peter und Heinrich. Wenn doch nur Libussa noch da wäre.«

Erst als er das sagte, zog sich Kathe den Rock aus und das Mieder und legte sich neben ihn. Und er hielt ihre Hand und verflocht seine Finger mit ihren Fingern und sagte: »Ach, Kathe!« Und dann hörte er, wie sie vor sich hin weinte, und beugte sich über sie.

»Kathe, warum weinst du?«

»Weil ich Euch so liebhabe, Herr Minde, und weil Ihr mir so leid tut. Und weil ich immer an die Frau Libussa denken muß.«

Daraufhin schob er seinen Arm unter ihren Nacken und küßte sie, und sie hatte nichts mehr dagegen, daß er sie in seine Arme nahm und zu sich herüberzog.

Als er eingeschlafen war, stand sie auf und zog sich wieder an, schlich aus dem Haus und hoffte, daß niemand sie gehört hatte. Daheim in der Kammer kroch sie in ihr Bett, umklammerte ihre Knie mit den Armen und weinte und weinte. Ein Schüttelfrost überfiel sie, und sie drehte ihr Gesicht in das Kopfkissen, damit ihre Mutter nicht hören sollte, welcher Jammer über sie gekommen war.

7. Kapitel

Am Sonntag darauf, es war der dritte nach Pfingsten, wartete der alte Minde nach dem Gottesdienst in der Stephanskirche vor dem Tor auf den Bürgermeister.

»Darf ich dich, lieber Joachim, noch auf ein Glas Wein in die Schloßfreiheit einladen?«

»Es scheint dir wichtig zu sein, Heinrich.«

»Das ist es mir.«

Joachim Guntz sah seine Frau und seine Tochter an, und die beiden nickten. »Ein Bürgermeister hat Verpflichtungen«, sagte Elsbeth und lächelte. »Und gar zu lange wird's ja nicht dauern, Heinrich?«

»Nein, nein, verehrte Elsbeth. Euer Mann ist zum Mittagessen pünktlich daheim.«

Mutter und Tochter hakten sich unter, während die beiden Männer den Weg in die Schloßfreiheit einschlugen.

»Einen Roten oder einen Weißen?« fragte Heinrich, als sie sich in der Schloßfreiheit an den Tisch gesetzt hatten.

»Wenn ich ehrlich sein soll, einen Kuhschwanz. Ach, weißt du, Heinrich, ich habe das nun heute wieder mal so verfolgt. Dreimal hat unser Pastor Voß in seiner Predigt die Geschichte vom verlorenen Sohn durchgekaut. Ich will ja nicht sagen, die Variationen wären nicht gut anzuhören gewesen, aber zum Schluß war es doch dreimal dasselbe.«

Heinrich lachte. »Die Jahre holen uns alle ein, Joachim, und er macht's nicht ungeschickt. Unsere Tangermünder, die hören ihm gerne zu, wenn er so anhebt mit seiner tiefen Stimme: Da war ein

Mann, der hatte zwei Söhne. Und der Jüngste sprach: Gib mir, Vater, den Teil der Güter, der mir zusteht.«

»Nicht zum vierten Male, Heinrich!« Jetzt lachte Joachim Guntz aus vollem Halse. »Beim zweitenmal ist Bügelsack schon eingenickt, und das drittemal hat er regelrecht verschnarcht.«

Kathe Krulle, umsichtig wie sie war, hatte Bier aus dem Keller geholt.

»Einen schönen Sonntag, Herr Bürgermeister«, sagte sie, knickste und stellte den Krug auf den Tisch.

»Die Kathe scheint mir ein rechter Glücksfall für dein Haus zu sein«, sagte Joachim Guntz. »Und hübsch ist sie geworden.«

»Beides stimmt«, antwortete Heinrich. Zugleich war er erleichtert, dem Blick des Bürgermeisters ausweichen zu können, indem er das Bier einschenkte.

Sie tranken.

»Worum geht's dir denn?« fragte der Bürgermeister und wischte sich über die Lippen.

»Um die städtischen und kurfürstlichen Wälder. Ich wollt mit dir noch vor der nächsten Ratssitzung darüber sprechen. Es steht uns bevor, von den Holzhändlern erpreßt zu werden.«

»Die Holzhändler sind immer gekommen, Heinrich.«

»Aber jetzt kommen sie auch im Auftrag der Eisenhütten, die unser Erz schmelzen wollen. – Unser Erz«, Heinrich Minde zeigte mit dem Daumen auf seine Brust. »Zum andern kommen sie, weil Holz überall gebraucht wird. Holz für die Kamine, Holz für die Kochstellen, Holz für die Salzsiedereien im Lüneburgischen. Dort sind die Wälder bis an die Elbe heran Brachland geworden. Was dort einmal wachsen wird auf diesem Sand – Heide vielleicht, Heidekraut. Und jetzt strecken sie ihre Fühler weiter aus. Joachim, sie wollen an unsere Wälder und werden der Stadt einen guten Preis bieten. Joachim, wir werden in den nächsten Wochen eine Ratssitzung haben, und deshalb habe ich vorher mit dir reden wollen. Es wird ein Beschluß gefaßt werden müssen, wieviel Holz in den Tangermünder Forsten für diesen Höchstpreis geschlagen wird. Joachim, ich bitte dich, der Beschluß muß zugunsten der

Wälder ausfallen. Wir müssen behutsam mit ihnen umgehen, denn so schnell wachsen Eichen und Buchen nicht nach.«

Joachim Guntz nickte. »Es wird so kommen, wie du sagst. Die Aufkäufer sind auch schon bei Helmbrecht gewesen. Er hat es mich wissen lassen. Es zwickt ihn geradezu. Er wittert das Geschäft seines Lebens. Aber du hast von deinem Vater her einen viel besseren Überblick über unsere Wälder. Andererseits, die Stadt kann Geld gut gebrauchen. Unsere Mauern zur Elbe hin verschlingen es, als ob du Wasser in ein Faß ohne Boden schüttest. In jedem Hochwasserjahr reißt die Elbe daran herum, und wenn wir dem Wasser nichts entgegensetzen, dann weißt du selbst, was geschieht. Und unser Kurfürst? Vor zehn Jahren, beim Frühlingsfest, was hat er uns da nicht alles versprochen. Geschehen ist nichts. Wir sind auf uns allein gestellt, und deshalb, Heinrich, werden wir einen sehr schweren Stand haben.«

»Wir müßten noch ein paar Ratsherren überzeugen können.«

»Falcken übernehme ich«, sagte Heinrich.

»Falcken, du und ich, das sind erst drei. Ich könnte noch Mühsam übernehmen und Dumpendick, dann sind wir fünf. Und die andern?«

»Vielleicht sollten wir den Beschluß fassen, den Elbzoll zu erhöhen.«

»Das ist gefährlich, Heinrich. Dafür liegt Havelberg zu nahe, und Wittenberge auch. Die würden sich ja die Hände reiben, wenn die Kähne in Tangermünde nicht mehr festmachen.«

»Aber das müssen sie doch, Joachim. Dafür gibt es immer noch das Stapelrecht.«

Der Bürgermeister wiegte den Kopf. »Aber wenn die Schiffer die Preise für ihre Waren hochtreiben, weil sie uns höheren Elbzoll zahlen müssen und hier nichts gekauft wird, dann haben wir das Nachsehen. Und dort floriert's dann, das Geschäft.«

»Ich weiß, ich weiß. Ich hab über das alles auch nachgedacht. Aber was machen wir denn, Joachim?«

»Ein bißchen nachgeben, Heinrich. Und mit den Höchstpreisen für unser Holz den Händlern die Stirn bieten. Heinrich, ich muß dir doch nicht sagen, daß man ohne dieses ›zwei Schritte vor und einen zurück‹ als Handelshaus nicht bestehen kann.«

»Und wie schätzt du die Meinung des neuen Tangervogtes ein? Ich meine, wenn wir ihn zu einer solchen Ratssitzung bitten, damit er seine Meinung sagt?«

»Heinrich, der neue Tangervogt ist ein Bediensteter unserer Stadt. Er wird das ausführen, was wir beschließen. Da mag es hundertmal heißen, es läßt sich jeder Mensch ersetzen, dein Vater läßt sich nicht ersetzen. Es kann einer an seine Stelle treten, mehr nicht. Aber ich denke trotzdem, daß wir zu einer Einigung kommen, die auch dein Vater trotz aller Bedenken gutgeheißen hätte.«

Und dann rechneten sie, wieviel die Tangermünder Eichen- und Buchenwälder verkraften könnten, wenn den verlockenden Angeboten der Holzkäufer nachgegeben würde. Und schließlich hatten sie den Plan für die nächste Ratssitzung fertig.

»Du übernimmst also Falcken«, sagte Joachim Guntz, »und auch den Knochenhauer. Und ich übernehme«, Joachim Guntz lachte, »ich übernehme meine Schafe.«

»Noch eine Frage, Joachim. Ist es denn notwendig, daß alle zwölf Ratsherren eingeladen werden?«

»In diesem Falle schon, Heinrich. Das sehe ich als meine Pflicht an. Es geht um zuviel Geld für unsere Stadt. In diesem Fall kann nicht ein Entschluß gefaßt werden, den nur sechs der amtierenden Ratsherren fassen.«

»Du hast recht, Joachim.«

Die Kathe Krulle deckte den Tisch, als Joachim Guntz gegangen war. Heinrich Minde sah ihr zu, und ihre geschmeidigen Bewegungen weckten in ihm das Verlangen nach ihr. Er ließ sie nicht aus den Augen.

»Ich weiß nicht, ob Peter mit uns ißt, Herr Minde. Er liegt noch in seiner Kammer. Soll ich trotzdem für ihn decken?«

Heinrich Minde nickte. »Ja, Kathe, junge Leute haben so ihre Gewohnheiten. Wie lange dauert es noch mit dem Essen?«

»Eine halbe Stunde, dann steht es auf dem Tisch.«

Sie sahen einander an. Er wollte nach ihrer Hand fassen, aber sie hielt ein Glas fest und stellte es umständlich hinter einen der Teller.

»Kathe!« rief die alte Fine in diesem Augenblick von der Küche her, »ich brauch dich.«

Allein gelassen, kam Heinrich Minde die Predigt vom verlorenen Sohn wieder in den Sinn: ›Da war ein Mann, der hatte zwei Söhne...‹ Mein Gott, dachte Heinrich Minde, hat Pastor Voß sie meinetwegen so ausführlich gebracht? Wollte er mich mahnen? Ich habe zwei Söhne. ›...und der jüngste Sohn sammelte alles zusammen und zog hin über das Land und brachte sein Gut um mit Prassen. Und da er alles verpraßt hatte, ging er hin zu einem Bürger und hütete dessen Säue. Und er begehrte seinen leeren Bauch zu füllen mit dem Treber, den die Säue aßen, und niemand gab sie ihm. Und er sprach: Ich will heim zu meinem Vater gehen, denn ich habe sein Gut verpraßt, und ich will seine Knie umfassen und...‹

Bis jetzt, dachte Heinrich Minde, geht es Peter immer nur um das Vermögen seiner Mutter. Aber eines Tages steht ihm auch die Hälfte des Mindeschen Besitzes zu, er ist ein Tangermünder Bürgerssohn.

In diesem Augenblick klopfte es, und dann stand Peter in der Stube.

»Verzeiht, Vater, ich habe den Gottesdienst verschlafen, ach herrje, was bin ich für ein gottloser Christ.«

»Setz dich nur, Peter, das Essen ist jeden Augenblick fertig. Ich habe inzwischen mit dem Bürgermeister über das Holz gesprochen, in deinem und meinem Sinn. Er ist auf unserer Seite. Aber erst die nächste Ratssitzung wird alles entscheiden.«

Die Sitzung der Ratsherren wurde turbulent. Aber nicht so turbulent, wie es Bürgermeister Guntz, Ratsherr Minde und die anderen, die auf ihrer Seite waren, befürchtet hatten.

»Punkt eins unserer Sitzung«, sagte Bürgermeister Guntz, »ist der Verkauf von Holz aus unseren Tangerwäldern. Und bei diesem Holz geht es um unsere Eichen und Buchen, um Hartholz also. Hartholz, das viel Glut gibt und mit dem sich deshalb Schmelzöfen besonders gut betreiben lassen. Es hat sich gewiß in diesem Kreis herumgesprochen, daß Holzaufkäufer nach Tangermünde geschickt wurden, die für unsere Buchen und Eichen einen Preis bieten, der verlockend ist. Dennoch muß ich Euch, verehrte Ratsherren, ernsthaft dieses zu bedenken geben: Ein Wald wächst nicht nach wie Hafer, Weizen und Roggen. Und die Wälder am Tanger, die unser verewigter Tangervogt hat anpflanzen lassen in seinen jungen Jahren, sind gerade erst so weit, daß man behutsam darin schlagen kann. Ich weiß wie Ihr alle, unsere Stadt kann Geld gut gebrauchen, aber wir sollten wohl bedenken, dieses Geld fließt nur einmal in unsere Kasse, und es wird mehr als ein Menschenalter brauchen, bis das Holz neue Einnahmen bringt. Dann werden wir alle nicht mehr sein, und deshalb sollten wir bei unseren Beschlüssen auch an unsere Kinder und Enkel denken.«

Und dann ging es los. Zuerst meldete sich Ratsherr Helmbrecht.

»Söhne, Enkel und Urenkel, an die ist von Euch, Bürgermeister Guntz, gedacht worden. Aber das ist die Zukunft, und ich denke vor allem an die Gegenwart. Und Gegenwart ist für uns und unsere Stadt die feste Mauer zur Elbe hin und der gut ausgebaute Hafen. Die Mauer sicher zu machen und die Anlegestellen auszubauen, das sehe ich als die Aufgabe der Gegenwart an. Die Zukunft, Joachim Guntz, gut und schön, aber irgendwann werden unsere Kinder und Kindeskinder zu ihrer Zeit damit fertigwerden müssen. Müssen wir das nicht auch? Und haben wir es nicht müssen, als wir die Geschäfte von unseren Vätern übernommen haben?«

»So ist es!« kam es aus der Runde, und viele Fingerknöchel klopften dazu hart auf den Tisch. »So ist es! Jeder muß zuerst die Notwendigkeiten der Gegenwart sehen und mit ihren Bedrängnissen zurechtkommen. Und wenn uns die Bäume jetzt das meiste Geld bringen, dann runter damit!«

»Nein«, sagte Bürgermeister Guntz, »so einfach ist das nicht.

Die Beschlüsse, die wir hier fassen, gehen zumeist über unser eigenes Leben hinaus. Und daran werde ich jedesmal gemahnt, wenn ich dieses Ratshaus betrete. So einfach, Ratsherr Wiedenhöver, können wir es uns nicht machen. Wir haben in diesem Kreis den Sohn eines Tangervogts, und dieser Tangervogt hatte nicht nur sein eigenes Leben geplant, nein, er hatte unsere Wälder für Kinder, Enkel und Urenkel gepflanzt. Und er hat sich darin nicht einmal von seinem Herrn, dem Kurfürsten, beirren lassen, dem er verpflichtet war.«

»Das ist richtig«, rief Ratsherr Mühsam, »aber er hat doch nicht ahnen können, wie schnell sich in unserer Zeit alles verändert.«

»Und außerdem«, rief Ratsherr Langfuß, »vor ihm sind ja auch schon Buchen und Eichen gewachsen. Ich bin vor zwei Tagen durch die Forsten gefahren, und ich denke, mit diesen alten Bäumen, da wäre eine Menge Geld zu machen. Die bringen ja Holz, Holz, Holz...«

Heinrich Minde meldete sich zu Wort.

»Sicher, Ratsherr Langfuß, die bringen nicht nur eine Menge Holz, Holz, Holz, die bringen auch eine Menge Geld, Geld, Geld. Unter diesen alten Riesen zu lichten, dagegen ist nichts einzuwenden. Aber wißt Ihr, wie lange sie stehen, Ratsherr Langfuß? Kaiser Karl hat sie pflanzen lassen, vor zweihundert Jahren. Er wußte, daß sie erst den Kindeskindern einen Gewinn bringen würden, und deshalb bitte ich, und es ist mir, als ob mich das mein Vater sagen läßt, deshalb bitte ich Euch, behutsam mit ihnen umzugehen. Natürlich sind diese Riesen Nutzholz, das weiß ich auch, aber die alten Eichenwälder aufzuforsten, das wird eben wieder, wenn sie Geld bringen sollen, zweihundert Jahre dauern. Und deshalb können wir uns nicht vor der Zukunft aus dem Staub machen als Ratsherren dieser Stadt. So habe ich mein Amt als Ratsherr immer verstanden.«

»Ratsherr Minde hat recht! Jawohl, er hat recht!« kam es aus dem Kreis der zwölf.

»Und ihn«, sagte Ratsherr Falcken, »wird es vor allem treffen, denn ihn bedrängen die Holzaufkäufer am meisten. Für ihn und seine Erzgeschäfte wäre es am allerwichtigsten, ob die Schmelzöfen von unserem Holz gut brennen können oder nicht. Sehe ich es richtig, Heinrich Minde?«

»Das ist so«, sagte Heinrich. »Und damit auch Ihr es richtig seht: Ich habe in meinem Sohn Heinrich einen entschiedenen Gegner. Aber so ist es nun mal, wenn eine Generation die andere ablöst. Sich für die nächste und übernächste verantwortlich zu fühlen, dieses Bewußtsein wächst erst mit den Jahren. Und Erfahrungen kann man nicht weitergeben, die muß jeder selber machen, auch wenn sie dann noch so traurig sind. Deshalb müssen wir unsere Entscheidung so fassen, daß sie nicht umzustoßen ist. Ich bitte Euch alle, die Ihr hier versammelt seid, zuerst die Grundbücher unserer Forsten einzusehen und erst dann zu entscheiden, wieviel Holz, Hartholz und Weichholz wir schlagen lassen können, ohne daß Brachland entsteht, das ich saure Wiesen nenne, auf die wir weder Kühe noch Schafe treiben können. Denn auch das gehört noch dazu: Unsere Eichenwälder sind unsere Schweinemast, auf unseren gesunden Wiesen weidet unser Vieh. Ich sage das alles nur, damit Ihr die Folgen bedenkt, wenn wir unseren Beschluß fassen: Holz gegen Geld. Wieviel notwendiges Geld gegen gutes Holz?«

Wieder einmal war es Heinrich Minde, der sie alle zum Nachdenken brachte. Wieder einmal war es Heinrich Minde, der einen übereilten Beschluß, diesmal den Kahlschlag, verhindert hatte. Die Grundbücher einsehen, hieß Zeit gewinnen, Zeit, die genutzt werden mußte.

Zu ebendieser Stunde, als Heinrich Minde im Rathaus für das Holz streitet, sitzt Peter mit vier Mindeschen Hafenknechten im Krug von Bolsdorf. Sie haben einen Tag hinter sich, der es in sich gehabt hat. Zwölf Kähne löschen und neu beladen, und das bei dem Sommerwetter. Peter hat zu den Knechten gesagt: »Heute abend machen wir einen drauf. Aber nicht in Tangermünde, wir gehen in den Krug nach Bolsdorf.«

Und so sitzen sie also hier. Peter sorgt nicht nur für genug Bier, er sorgt auch für ein ordentliches Essen. Und wie es so geht, es kommen ein paar Stadtsoldaten in die Gaststube und der Bolsdorfer Schmied mit dem Küster, und der Zufall will es, daß auch ein Tisch junger Tangermünder zusammensitzt. Ein paar von ihnen kennt Peter nur vom Sehen, aber einen, den kennt er ganz genau, und das ist Petrus Asseburg. Peter kommt nicht auf den Gedanken, ihn an seinen Tisch zu bitten. Er mag ihn nicht, daran hat sich seit den Kindertagen nichts geändert. Petrus Asseburg, nee, der nicht.

Im Laufe des Abends aber springen die Gespräche von Tisch zu Tisch. Hier gibt einer eine Geschichte zum besten und drüben auch, und der Kröger von Bolsdorf, der sein Gutes davon hat, wenn er die Krüge immer noch einmal füllen muß, der lacht über jeden Spaß am meisten und hat zu jeder Geschichte einen saftigen Kommentar, der die Stimmung höher und höher bringt.

Und wie es immer ist, wenn Männer beisammensitzen, nach dem dritten oder vierten Krug dreht es sich nur noch um die Weiber. Die Stadtsoldaten sind ohnehin bloß deshalb hier, denn wenn die Sitten auf dem Dorf auch genauso streng sind wie in der Stadt, sie lassen sich leichter umgehen als zwischen den engen Straßen, wo überall in den Fenstern die wachsamen mütterlichen und großmütterlichen Augen lauern. Und so konzentriert sich das Gespräch plötzlich auf Peter.

»Du erlebst, wie man hört, eine ganze Menge, wenn du unterwegs bist mit Gusten.«

Peter dreht den Kopf zu den Tangermündern hinüber und sagt: »Jaja, das ist wahr.«

»Es soll ja, wie man hört, in manchen Herbergen ziemlich – na, sagen wir mal – kitzliche Weiber geben.«

»Das ist auch wahr«, sagt Peter.

Und der Kröger, der es gehört hat, ruft dazwischen: »Na, wie gut. Irgendwo müßt ihr's doch lernen, ihr jungen Kerle, oder?«

»Auch wahr«, sagt Peter, aber er sieht den Kröger nicht an. Er hat eine Abneigung gegen solche Gespräche.

»Erzähl doch mal, Peter!« Das kommt wieder drüben von den Tangermündern.

»Da gibt's nichts zu erzählen«, sagt Peter.

»Warum denn nicht?« ruft der Kröger. »Warum denn nicht? Wir sind doch unter uns Männern.«

»Es gibt nichts zu erzählen«, sagt Peter.

»Ach so«, sagt der Kröger, »ach so. Ihr feinen Mindes, ihr redet nicht darüber, wie und wo ihr euch eine Lust macht.«

Peter richtet sich kerzengerade auf und sieht zum Kröger hinüber, der die Bierkrüge unter den Zapfhahn hält und ihm den Rücken zudreht.

»Was willst du damit sagen, Kröger von Bolsdorf?« fragt Peter laut.

Und der Kröger, der mit den fünf gefüllten Bierkrügen an den Tisch kommt, setzt sich und sagt: »Was ich damit sagen will? Ich will damit sagen, daß ihr Mindes nicht besser seid, als alle anderen. Und warum auch? Ihr seid ja auch nur Männer, du, dein Bruder und dein Vater.«

»Ich und mein Bruder...«, Peter schiebt die Krüge zur Seite, »...das wollen wir außer acht lassen. Aber was meinst du mit meinem Vater?«

»Peter!« Der Kröger lacht. »Tu doch nicht so, als ob du's nicht wüßtest. Dein Vater treibt es mit der Kathe Krulle – ja doch, mit der Krulle.«

Es steht wie das Amen von der Kanzel im Raum, und alle in der Wirtsstube erschrecken vor Peters Gesicht. Einer will retten, was zu retten ist. Er bricht in Gelächter aus. »Ja doch, ja doch. Na, was denn sonst? Dein Vater ist doch noch kein alter Mann. Und so ein junges Ding im Haus...«

Jedes Wort schlägt auf Peter ein, als ob ihn Windmühlenflügel träfen. »Dein Vater treibt es mit der Kathe Krulle!« Peter starrt auf die Wand gegenüber. Und aus dieser Wand kommt ihm das Gesicht seiner Mutter entgegen, groß, übergroß, das Gesicht, das er so geliebt hat.

Peter reißt sich los davon und sieht den Kröger an.

»Kröger, sag, daß es nicht wahr ist, was du behauptest, sag es, hier vor allen anderen.«

»Das werde ich nicht!« schreit der Bolsdorfer. »Hach, er wird ihr's schon zeigen, wie gut er's noch kann.« Und dann sieht er in die Runde und sagt: »Na, was denn, Peter, du siehst doch, sie wissen es alle, nur du nicht.«

Von diesem Augenblick an weiß Peter nicht mehr, was er tut. Über den Tisch hinweg greift er sich den Kröger bei den Haaren und zieht ihn zu sich herüber. »Sag, daß nicht wahr ist, was du behauptest hast von meinem Vater, und nimm es auf der Stelle zurück!«

Aber der Kröger, den Peter jetzt am Hals gepackt hat, lacht, lacht über das ganze Gesicht. »Ich denke nicht daran. Ich sage die Wahrheit. Kein einziges Wort nehme ich zurück.«

»Du nimmst es zurück!« schreit Peter.

In der Wirtsstube ist es plötzlich totenstill. Und Peter wartet, eine Sekunde, zwei Sekunden. Aber der Kröger sagt nichts – er sagt immer noch nichts. Und obwohl Peter sieht, wie die Augen des Krögers zu flackern anfangen, wie sich plötzlich Angst in seinem Gesicht zeigt... er sagt nichts. Da packt Peter den Bierkrug, der ihm am nächsten steht, und schlägt ihn dem Kröger mitten auf den Kopf.

Wie lange braucht Peter, bis er begreift, was er angerichtet hat?

Er sieht noch, wie der Kröger langsam von der Tischplatte gleitet. Er sieht Gesichter um sich her, die ihn anstarren. Aber erst als einer der Mindeschen Hafenknechte neben ihm sagt: »Peter! – Peter!« kommt er zu sich.

Nach der Ratssitzung saßen Joachim Guntz und die Getreuen im Ratskeller zusammen. Die einen tranken noch einen Kuhschwanz, die anderen nahmen ein Glas vom Roten. Sie redeten nicht mehr von dem, was sie erreicht hatten, denn mehr als ein Aufschub war es nicht. Sie redeten über die Politik des Kurfürsten, vor allem über die Politik, die er nach außen betrieb und mit der er Brandenburg heraushielt aus den kriegerischen Auseinandersetzungen, die sich in den Niederlanden abspielten zwischen Katholiken und Protestanten und überhaupt im Deutschen Reich.

Trotzdem kam keine Zufriedenheit auf. Joachim Guntz beklagte die Teuerung im Gewürzhandel. »Pfeffer«, sagte er, »unsere wichtigste Handelsware, ist nicht mehr zu bezahlen, seit der Hafen in Antwerpen gesperrt ist, von Muskatnüssen und Ingwer gar nicht zu reden. Zimt und Nelken bestell ich schon gar nicht mehr. Bis vor kurzem ist das ja alles noch durchlässig gewesen, aber jetzt wird es von Monat zu Monat schlimmer.«

»Mir geht es doch mit dem billigen Tuch aus England nicht anders«, rief Heinrich Mühsam. »Die Nachfrage ist groß, ich könnte ins Polnische liefern, ins Russische, bis in die Ukraine hinein, und nichts ist. Ich weiß nicht, was sich die Leute in den Niederlanden denken, es kostet doch auch ihr Geld.«

»Und das alles hat auch mit dem Holz zu tun«, sagte Heinrich Minde. »Der Krieg in den Niederlanden verschlingt es. Die Flinten und Kugeln und Kanonen, die für den Krieg gegossen werden müssen, verschlingen auch unser Holz, wenn wir nicht aufpassen.«

Dann redeten sie über den Stadtvogt und die fünfundzwanzig Soldaten. Nein, es waren inzwischen dreißig geworden, mit denen der von Poppelwitz die Stadttore bewachen ließ.

Heinrich Minde sagte kein Wort von den Plänen, die ihm sein Sohn Peter dargelegt hatte. Er hielt sie für wenig erfolgversprechend und war nicht bereit, auch nur einen Silbergroschen des Mindeschen Vermögens dafür einzusetzen.

Dann machten sie sich alle auf den Heimweg. Falcken, Guntz und Minde gingen zusammen in Richtung Stephanskirche, bis jeder an seiner Haustür war.

Als Heinrich Minde in der Schloßfreiheit ankam, klopfte er, wie verabredet, dreimal an das Tor.

Hinter dem Tor rührte sich nichts. Kein Schritt von Gusten. Er drückte dagegen – das Tor gab nach.

»Gusten? – Gusten?«

Keine Antwort. Er ging durch das Tor, verriegelte es, ging weiter und rief wieder: »Gusten?«

Keine Antwort.

Von der Zufahrt her ging er ins Haus. In der Küche war niemand, im Wohnraum brannte nur das Rüböllicht auf dem Stützpfeiler.

»Kathe!« rief er. »Kathe, bist du hier? Hast du gewartet?«

Keine Antwort.

»Gusten! Warum hast du das Tor nicht geschlossen?«

Im Kamin war das Feuer zu grauer Asche heruntergebrannt. Er verstand das alles nicht. Das Tor offen, kein Mensch im Haus.

Heinrich Minde, der Alte, setzte sich. Ich versteh das alles nicht, dachte er.

Plötzlich Schritte. Schleichende Schritte, als ob sie nicht gehört sein wollten. Heinrich Minde sprang auf, wollte zur Tür. In diesem Augenblick wurde sie aufgestoßen. Erschrocken fuhr Heinrich Minde zurück.

»Peter! Mein Gott, Peter!«

Heinrich Minde sah, daß Peter keine Schuhe anhatte.

»Peter, was soll denn das? Warum schleichst du wie ein Dieb in die Stube? Peter, was soll das ...«

»Vater«, unterbrach ihn Peter, »ich komme nicht wie ein Dieb. Ich komme – Vater, ich habe einen erschlagen.«

»Peter! Was redest du denn? Peter, das kann doch nicht sein! Peter, das kann doch nicht wahr sein!«

»Es ist aber so, Vater.«

»Aber warum denn, Peter? Warum in aller Welt?«

»Warum? Das will ich Euch sagen.«

Warum habe ich es getan? Peter sah seinen Vater an. »Ich konnte es nicht ertragen, daß dieser Kröger in Bolsdorf behauptet hat, Ihr treibt es mit der Kathe Krulle.«

»Um Gottes willen, Peter!« Heinrich Minde wollte die Arme heben und brachte es nicht fertig.

»Ja, Vater, alle am Tisch haben zugehört, alle. Sie haben gelacht und gesagt: ›Na, was denn sonst! Dein Vater ist doch noch kein alter Mann, und wenn so ein junges Ding im Haus ist ... was regst du dich auf, Peter? Dein Vater ist eben auch nicht besser als die anderen.‹ Und da hat der Bolsdorfer noch einen draufgesetzt. ›Er wird ihr schon zeigen, wie gut er's noch kann‹, hat er geschrien. ›Du siehst doch, Peter, sie wissen es alle, bloß du nicht.‹ Vater, da konnte ich nicht anders –« Peter machte einen Schritt auf seinen Vater zu, als ob er ihn packen wollte. »Vater, da hab ich ihn über den Tisch gezogen. ›Nimm zurück, was du gesagt hast! Nimm es auf der Stelle zurück!‹ Und weißt du, was er gemacht hat, Vater? Er hat gelacht, er hat übers ganze Gesicht gelacht und gesagt: ›Ich denke nicht daran, ich sag ja die Wahrheit, und die nehm ich nicht zurück.‹ – ›Du nimmst es zurück, oder du wirst in deinem Leben nicht mehr ein einziges Wort über die Zunge bringen.‹ Ja, Vater, und da hab ich den Bierkrug genommen und zugeschlagen. Ich konnte nicht anders.«

»Du hast zuviel getrunken, Peter!«

»Das mag sein, aber ...«

»Wir müssen zu Ambros, vielleicht lebt er noch.«

»Nein, er ist tot. Und jetzt muß ich fort, noch in dieser Nacht. Einer von unseren Hafenknechten ist hinter mir hergelaufen und hat gerufen: ›Peter, wir haben nichts gesehen, nichts, nichts, keiner von uns!‹ Aber darauf verlaß ich mich nicht. Alle werden aussagen, die Soldaten vom Poppelwitz werden aussagen, und was das Schlimmste ist, dieser scheeläugige Asseburg war auch dabei. Ich habe seinen Blick aufgefangen, mit dem er den Kröger ermuntert hatte. Wenn sie mich erst einmal haben, dann lassen sie mich nicht mehr los. Aber ich laß mich nicht hängen, Vater. Wohin ich gehe, weiß ich nicht, aber ich brauche Geld. Ich brauche das Geld vom Erbteil meiner Mutter, jetzt, in dieser Stunde. Vater, Ihr habt mich lange genug vertröstet, Ihr und mein Bruder. Jetzt will ich mein Geld.«

»Wie denkst du dir das, Peter? Ich kann dir doch nicht einfach ... ich hab gar nicht so viel im Haus. – Peter, ich kann das immer noch nicht fassen.«

»Wieviel habt Ihr im Haus?«

»So genau weiß ich das nicht. Aber mehr als zweihundert Gulden werden es nicht sein. Peter, warte doch ab, es wird sich alles ...«

Peter stand vor seinem Vater. »Das bare Erbteil meiner Mutter belief sich auf mehr als viertausend Gulden, und davon steht mir die Hälfte zu. Und nun geht und holt das Geld, Vater, geht und holt das Geld! Ich werde einen Schrieb aufsetzen, daß Ihr mir von den viertausend Gulden aus dem baren Vermögen der Libussa Minde, geborene Lieberitz, zweihundert Gulden ausgezahlt habt. Und diesen Schrieb werde ich Ambros Ambrosius bringen, und ich werde ihn bitten, daß er ihn bei dem Notarius hinterlegt, der das Testament aufgesetzt hat.«

»Peter, du bist und bleibst ein Phantast. Was meinst du, wieviel so ein Schriftstück mit der Unterschrift eines ... eines Mörders bei Gericht wert ist?«

Peter zuckte die Schultern. »Meine mag wenig wert sein, dafür wird Eure um so schwerer wiegen. Ihr seht, ein solcher Phantast, wie Ihr immer geglaubt habt, bin ich nicht. In welche Hände es hier im Haus kommt, weiß ich nicht. Bei Ambros Ambrosius ist es sicher. Dafür hat er Mutter zu sehr geliebt.«

»Oh, mein Gott! Oh, mein Gott! Wenn Libussa das wüßte!«

»Vater«, rief Peter außer sich, »laßt Mutter ruhen!«

»Ja, Peter, ja. Komm her, setz dich an den Schreibtisch und tu, was du nicht lassen kannst. Papier, Tinte und Federkiele liegen hier.« Heinrich Minde griff nach dem Schlüssel in seiner Rocktasche. Dabei flogen ihm die Hände, und er hatte alle Mühe, den Schrank zu öffnen, in dem die Kassette mit dem Geld stand.

Währenddessen schrieb Peter Minde:

Ich, Peter Minde, habe für die Ehre meiner Mutter und für die Ehre eines Mädchens, das Kathe Krulle heißt, einen Menschen umgebracht. Für einen Mörder wie mich wird das Gericht die Todesstrafe verhängen, am Galgen, wenn ich Glück habe, weil ich geständig bin. Aber ich werde noch in dieser Nacht aus meiner Heimatstadt zu flüchten versuchen, denn ich will nicht mit dem Tode bestraft werden.

Mein Vater Heinrich Minde hat mir von meinem Erbteil am heutigen Tage zweihundert Gulden ausgezahlt. Das Vermögen meiner Mutter aber ist höher als viertausend böhmische Gulden.

Davon steht mir die Hälfte zu. Das alles ist in dem Testament niedergelegt, das der Notarius aus Stendal angefertigt hat und von meinem Vater und von meiner Mutter in meinem Beisein und im Beisein meines Bruders unterschrieben worden ist. Die Forderung auf mein gesamtes Erbteil bleibt bestehen. Nicht allein für mich, sondern auch für meine Kinder und Kindeskinder.

Niedergeschrieben zu Tangermünde. 28. Juni Anno 1588. Peter Minde, Sohn des Heinrich Minde.

»So«, sagte Peter und stand auf, »jetzt seid Ihr an der Reihe.«

Und sein Vater schrieb:

Die Forderung meines Sohnes Peter auf das Erbteil seiner Mutter besteht zu Recht, und ich erkenne sie an.

Heinrich Minde, Kaufmann und Ratsherr zu Tangermünde.

Währenddessen hatte Peter immer wieder den Kopf gehoben und gelauscht. Kam jemand die Schloßfreiheit herauf? Nein, alles war still.

Als er den Sand über das Schreiben rinnen ließ, zählte ihm sein Vater zweihundert Gulden auf den Tisch. Peter sagte kein Wort dazu, er sah auch seinen Vater nicht an, er zählte die zweihundert Gulden gewissenhaft in seinen ledernen Geldbeutel und steckte ihn in seine Rocktasche. Die Rocktasche beulte sich aus, und sein Vater sagte: »Das ist nicht gut, Peter, ich werde dir meinen Geldbeutel dazugeben. Man soll die Menschen nicht in Versuchung bringen.«

»Einverstanden, gebt ihn mir zum Andenken.« Dann sagte er verbittert: »Sowie es um Geld geht, Vater, habt Ihr praktische Gedanken.«

»Ach, was du so redest, Peter, in diesem Augenblick. Du tust mir Unrecht.«

Peter ließ die Arme sinken. »Ich weiß, und deshalb bitte ich Euch um Verzeihung, verehrter Herr Vater. Ihr seid immer ein großzügiger Mann gewesen und habt nie um den Groschen gefeilscht. Trotzdem, mir ist in diesem Haus – ach, lassen wir das, Vater.« Peter nahm das Schreiben, ließ den Sand in die Büchse zurückrinnen, faltete es und steckte es ein.

Jetzt standen sie sich gegenüber.

»Peter, wir haben neulich gerade erst darüber gesprochen, wie wenig ich mir ein Leben ohne dich in diesem Haus vorstellen kann.«

»Ich weiß, Vater, ich habe es nicht vergessen. Aber ich habe einen Menschen umgebracht, und ich mag es nicht darauf ankommen lassen, daß die einen aussagen: Wir haben nichts gesehen! Und die anderen: Na klar, er hat es im Suff getan. Nein, Vater, das Gericht, der Schöppenstuhl, ich traue keinem Menschen.«

»Aber wenn ich mein Ansehen einbringe und viel Geld dazu, dann brauchtest du vielleicht nur für ein paar Jahre fort und dann...«

»... und dann wird alles breitgetreten und durchgehechelt. Das möchte ich nicht für Euch und nicht für die Kathe Krulle und vor allem nicht im Andenken an Mutter. Und deshalb lebt wohl, Vater.« Peter umarmte seinen Vater. »Und wenn Ihr Mutter einmal auf ihrem Grab sitzen seht, dann geht zu ihr und sagt ihr, ich habe es ihretwegen getan.«

Sein Vater hielt ihn fest. »Peter, vielleicht kannst du mir über Ambros Ambrosius eine Nachricht zukommen lassen, wo du Unterschlupf gefunden hast.«

»Wenn es möglich ist.«

Als Peter zur Tür ging, hielt ihn sein Vater noch einmal zurück. »Warte, ich will nachsehen, ob dir draußen auch keine Gefahr droht.« Er ging durch das Tor auf die Schloßfreiheit und dann bis hinunter zur Straße. Nein, nur um das alte Gemäuer des ehemaligen Torturms flogen die Eulen. Alles war still.

Heinrich Minde winkte seinem Sohn. Und dann sah er ihm nach, wie er die Schloßfreiheit hinunterging. Zu hören war er nicht, weil er noch immer die Schuhe nicht angezogen hatte; sie hingen ihm rechts und links festgebunden am Gürtel. Es ist ja warm, dachte Heinrich Minde, und als er ins Haus zurückging, besann er sich und dachte, die Schuhe, mein Gott, die Schuhe! Woran denke ich denn! Was wird ihm jetzt bevorstehen? Zweihundert Gulden, wie weit kommt er damit? Und als er die Wohnstube betrat, fuhr er sich durch die Haare und sagte: »Was habe ich denn getan, ich edler Herr! Um die Tangerwälder habe ich mich gekümmert und um das Wohl der Stadt. Und um meinen eigenen Sohn? Habe ich mich jemals gefragt, wie verletzbar er ist? Hätte ich das nicht wissen müssen? Herrgott im Himmel, was habe ich nur getan?«

Heinrich Minde setzte sich an den Kamin. Er scheute sich, noch einen einzigen Schritt weiterzugehen, um nicht vor Libussas Bild zu stehen. Was habe ich Libussa nur angetan! Das bißchen Wärme, das bißchen Glück, das mir die Kathe gegeben hat, dafür wird sie teuer bezahlen müssen. Und Peter. Peter hat einen erschlagen. Mein Sohn hat einen erschlagen. Peter Minde, mein Sohn, ist zum Mörder geworden!

In dieser Nachtstunde fuhr die resolute Alwine im Apothekerhaus aus dem Schlaf.

»Da ist doch wer? – Da klopft doch einer? – Meine Güte noch mal, das träum ich doch nich! Hört das denn sonst niemand?« Mit Nachthaube und Nachtjacke fuhr sie in den geblümten Rock und schlurfte in ihren samtenen Pantoffeln die Treppe hinunter.

»Meister Ambrosius! An der Tür hinten, da muß jemand sein. Himmelherrgott noch mal, hört's denn niemand außer mir? Oje, wenn das man bloß keine Kerle sind, die ans Geld wolln. Meister Ambrosius?«

Ambrosius riß die Tür der Apothekenstube auf.

»Alwine, was ist denn, Alwine?«

»Hinten is jemand an der Tür.«

»Aber Alwine, wer zu uns will und Hilfe braucht, der kommt an die Haustür und läutet die Glocke. Nun leg dich wieder schlafen.«

»Meister Ambrosius, an Gespenster glaub ich nich, und deshalb ...«

»Ich seh nach, Alwine. Und jetzt geh ins Bett, damit du dich nicht verkühlst.«

Alwine schlappte mit ihren Samtpantoffeln wieder die Treppe hinauf, während Ambros Ambrosius zur Hintertür ging. Ein

Glück, daß zwei Männer im Haus sind, dachte Alwine, ein Glück. Sie ging in ihre Kammer zurück und schob den Riegel vor. Aber an der Tür horchte sie.

»Wer ist da? Ist da jemand?« hörte sie Ambros Ambrosius fragen.

»Bitte, Meister Ambros, macht die Tür auf, laßt mich eintreten.«

Die Stimme war so leise, daß Alwine nicht heraushören konnte, wem sie gehörte, und sie kannte eigentlich jeden hier in der Stadt. Dann hörte sie, wie Ambros Ambrosius den Riegel zurückschob, sie hörte Schritte, und dann war alles still. Aber sosehr sie auch von der Neugier geplagt wurde, sie zögerte und zögerte, die Tür zu öffnen. Weil es nun aber unten im Haus keine Unruhe gab und nur die Stimmen von Meister Ambros und Meister Andres zu erkennen waren, dachte sie, daß es nichts Schlimmes sein konnte und legte sich wieder ins Bett.

»Ja, er ist tot, Peter. Einer der Soldaten hat mich geholt. Und von dem Soldaten hab ich auch alles erfahren. Es gibt überhaupt nichts anderes, als daß du fortmußt. Um deiner Sicherheit willen möglichst noch in dieser Nacht. Denn was morgen ist, Peter, das wissen wir alle: Sie werden nach dir suchen. Sie werden das Haus in der Schloßfreiheit durchsuchen und dann das Haus von der Krulle. Und dann werden sie unten im Hafen die Kähne durchsuchen. Ob ihnen jemand den Hinweis gibt, hier in der Apotheke zu suchen, das müssen wir abwarten. Ich traue mir zwar zu, dich zu verstecken. Aber dabei kann es sich nur um ein paar Stunden handeln, in denen wir überlegen, was geschehen soll und wohin du gehst.«

»Nein, nein, Meister Ambros, deshalb habe ich nicht bei Euch angeklopft. Ich will Euch nicht in Bedrängnis bringen. Ich will Euch nur etwas übergeben, ein Schriftstück. Ich habe von meinem Vater auf das Erbteil meiner Mutter zweihundert Gulden ausgezahlt bekommen. Das habe ich hier aufgeschrieben, und mein Vater hat seinen Namen daruntergesetzt. Und Euch möchte ich bitten, dieses Schriftstück dem Notarius in Stendal zu bringen. Auf mein Erbteil werde ich nicht verzichten, auch wenn ich nie mehr nach Tangermünde zurückkommen kann. Vielleicht habe ich mal eine Familie, Frau und Kinder und Kindeskinder, denen werde ich sagen: In Tangermünde, in der Schloßfreiheit, im Mindehaus, dort geht hin und fordert euer Recht. Nur deshalb bin ich hier, Meister Ambros.«

Andres Ambrosius, der alte Apotheker, zog die Schublade seines Schreibtisches auf. Dort verwahrte er in einer Kassette sein Geld.

»Hier, Peter, hier sind hundert Mark. Nimm sie, Peter, sträub dich nicht, du wirst sie gut gebrauchen können, du kannst nicht überall mit Gulden bezahlen. Nun sag mir bloß, wo willst du um Himmels willen jetzt hin?«

»Das weiß ich nicht, verehrter Meister Andres, ich weiß es nicht. Ich weiß nur, daß ich fortmuß. Ich muß so schnell wie möglich über die brandenburgische Grenze.«

»Nach Sachsen? Nach Anhalt?«

»Ich weiß es nicht. Ich weiß nur eins, ich will nicht gehenkt werden.«

Sie schwiegen eine Weile und überlegten. Peter Minde, unsicher wie er war, horchte immer wieder zur Straße hin. Schließlich sagte der alte Apotheker: »Frankfurt am Main! Ich habe dort einen guten Bekannten, Apotheker wie ich. Für den schreibe ich dir ein paar Zeilen.«

Und Ambros sagte: »Die Nacht über bleibst du hier. Nur keinen Verdacht erwecken bei der Stadtwache. Erst gegen Morgen, wenn die Tore geöffnet werden, gehst du hinten über den Hof und dann durch die Gärten bis zum Hühnerdorf. Im Hühnerdorf gibt es nur Palisaden. Dort kannst du beim Haus der Krulle gut rübergehen. Ich werde dir Kleider und eine Kappe von unserm Kutscher besorgen und ein Strickhalfter dazu. Dann siehst du aus, als ob du eins von unseren beiden Pferden von der Weide holst.«

»Und dann«, sagte Peter Minde, »wenn ich großes Glück habe, erwischen sie mich nicht. Aber um diese Jahreszeit kommt das Tageslicht schnell. Nein, nein, ich gehe jetzt, und ich gehe so, wie Ihr es gesagt habt, Meister Ambros, bis zum Haus der Krulle. Mit der habe ich auch noch zu reden. Und dann gehe ich durch den Garten über die Palisaden. Dahinter ist Freiland, und wenn ich Glück habe, komme ich unbehelligt durch. Meister Ambros, heute nacht werden sie mich nicht erwischen. Ich kann laufen, ich kann mich schlagen, ich kann ... es kommt mir jetzt auf einen mehr nicht an. Ich will nicht gehenkt werden!«

Ambros Ambrosius legte Peter die Hände auf die Schultern. Sie nickten einander zu.

»Und jetzt, wenn Ihr noch etwas tun wollt, dann besorgt mir Jacke und Hose Eures Kutschers. Ich will ins Hühnerdorf.«

Ambros stand schon an der Tür, als er sich noch einmal zu Peter umdrehte. »Ist dir noch nicht der Gedanke gekommen, dich auf einem Elbkahn zu verstecken? Oder auf einem Fuhrwerk? Für gutes Geld machen diese Leute doch alles.«

»Das machen sie. Aber für noch mehr Geld machen sie noch mehr. Nein, Meister Ambros, auf einem Kahn oder auf einem Wagen sitz ich wie in einer Falle und muß darauf hoffen, daß sie nicht zuschnappt, wenn so ein Trupp Stadtsoldaten kommt. Nein, das mach ich nicht. Die brauchen doch gar nicht zu wissen, was ich gemacht habe. Denen genügt es doch, jemanden vom Kahn oder aus dem Wagen zu zerren, der sich dort versteckt. Mit dem kann es doch nicht geheuer sein. Nein, ich gehe auf eigene Faust. Und wenn's mich dann erwischt, dann erwischt's mich eben.«

»Und wenn du versuchst, zu deinem Großvater nach Prag zu kommen? Der Kaiser residiert auf dem Hradschin und hat einen großen Bedarf an Soldaten gegen die Ungarn und Türken. Dein Großvater wird mit seinem Geld nicht unbeteiligt am kaiserlichen Heer sein. Sicher würde sein Einfluß ausreichen, dich ohne Hindernisse darin unterzubringen.«

»Daran hab ich auch gedacht«, sagte Peter. »Aber mein Bruder hat mit der Verwandtschaft in Prag das beste Einvernehmen. Er braucht Holz für seine Geschäfte, Holz aus den böhmischen Wäldern. Wie steh ich denn da, wenn ich komme? Ich mag diesen Großvater Lieberitz nicht. Als das Unglück mit Mutter passierte, ist er nicht ihretwegen gekommen. Dafür hatte er den Medicus mitgebracht. Er kam wegen der Geschäfte. Nein, ich bin ein Mörder und werde nicht bitten. Ich gehe nach Westen. Die Niederländer brauchen Soldaten gegen die Spanier, das ist mein Weg. Dort kann ich untertauchen, und keiner wird nach dem Grund fragen, wenn ich meinen Dienst tue.«

»Ach, Peter, Junge«, sagte der alte Apotheker, während sein Sohn aus der Stube ging, um Kutscherjacke, Hose und Mütze zu holen. »Ach, Junge, nun bin ich so ein alter Mann geworden und habe mit den Mindes immer in dieser Stadt gelebt und, wenn ich an deine Mutter denke, mit ihnen gelitten. Dennoch kann ich nichts für dich tun, als dir diesen Brief mitzugeben und ein bißchen Geld und dich zu bitten, uns Nachricht über deinen Verbleib zu geben.«

Ambros hakte Peter Minde unter, als er zurückkam, er begleitete ihn zur Hintertür, durch den Hof und dann bis zu den Gärten. Peter mußte sich nun nach rechts wenden, um ins Hühnerdorf zu kommen.

Dann standen sie noch an der Mauer. Ambros legte ihm die Hände auf die Schultern und sagte: »Leb wohl, Peter. Ich wünsche dir alles Glück, das du nötig hast.«

Sie konnten einander kaum sehen, so dicht war die Dunkelheit dieser Nacht. Der Himmel war von Wolken überzogen, die schnell wanderten und die ab und zu einen Stern sehen ließen.

»Diese Nacht ist gut für dein Vorhaben«, sagte Ambros.

»Ja«, erwiderte Peter. »Und wenn Ihr meine Mutter auch einmal auf ihrem Grab sitzen sehen solltet, so wie ich sie viele Male habe sitzen sehen, dann ... wie soll ich es sagen, Ihr habt sie sehr geliebt, nicht wahr, Meister Ambros?«

»Mehr als mein Leben, Peter. Und deshalb versteh ich dich so gut. Ich werde alles tun, damit du zurückkehren kannst.«

»Ich kann nicht zurückkehren. Wenn Ihr mir nur das Schriftstück gut besorgt.«

»Das versprech ich dir.«

Trotz der Dunkelheit versuchten sie noch einmal einander anzusehen. Ein Händedruck, dann ging Peter Minde davon.

Die Gärten, die sich an das Grundstück der Apotheke anschlossen, kannte er von Kindheit an. In jedem Haus hatte er Freunde gehabt, mit denen er die Stadtmauer am hinteren Ende erstiegen und darauf herumgetobt hatte zum Ärger der Stadtwachen. Von den Mauern waren sie in die Tiefe gesprungen. Das waren die Mutproben gewesen. Peter kannte auch den Durchschlupf in der Stadtmauer, der ins Hühnerdorf führte, wo es nur noch Palisaden gab.

Das Haus der Krulle im Hühnerdorf erreichte er vom Garten her und klopfte vorsichtig an die Tür. Nichts rührte sich. Er nahm einen Stein und warf ihn an das Giebelfenster. Nichts rührte sich. Er nahm einen größeren Stein und warf ihn gegen den Fensterladen.

Auf einmal öffnete sich unten die Tür, und mit einer Rüböllampe in der Hand stand jemand im Eingang. Es war die Kathe.

»Peter?« rief sie leise.

»Ja, Kathe. Verzeih mir, aber ich muß noch einmal mit dir sprechen.«

»Noch einmal? Was heißt das?«

»Kathe, ich habe den Kröger in Bolsdorf erschlagen. Ich muß fort, in dieser Stunde noch. Aber eins will ich noch von dir wissen.«

»Komm rein, Peter.«

»Nein, nein, Kathe, das können wir hier miteinander abmachen. Dein Vater und deine Mutter brauchen es nicht zu hören.«

»Komm rein, Peter.«

Die Wärme des Hauses, die Wärme der Stube irritierten ihn. Er wollte sich nicht setzen, er wollte einfach nur fragen: Hast du es mit meinem Vater getrieben oder nicht? Aber das ließ sich plötzlich nicht mehr so einfach sagen, als er sie in ihrem leinenen Hemd stehen sah.

»Peter«, sagte sie, »ich weiß, was geschehen ist; Vaterchen war unterwegs, und die Soldaten haben es ihm gesagt. Ich weiß, sie werden hinter dir her sein. Ich weiß, daß du fortmußt.«

»Dann wirst du auch wissen, warum ich ihn erschlagen habe.«

»Ich weiß es. Aber ich habe es nicht mit deinem Vater getrieben. Peter, du weißt nicht, wie einsam dein Vater ist, und er ist so ein guter Mensch und hat doch niemanden mehr. Deshalb, ich gebe es zu, bin ich in der Nacht bei ihm gewesen, nicht oft, immer nur dann, wenn er gar so einsam war. Und ich habe immer weinen müssen, weil ich an deine Mutter gedacht habe. Aber dein Vater, Peter, der hat mir so leid getan, und ich sag's dir ganz offen, ich liebe ihn, und deshalb kann ich nicht verstehen, was geschehen ist. Ich hätte mit dir darüber reden müssen, Peter. Ich hab einfach nicht den Mut gehabt, und jetzt...«

»Und jetzt hab ich den Mut gehabt, dafür einen zu erschlagen, Kathe Krulle, damit das Gute nicht aus der Welt kommt, das Anständige.«

»Und die Liebe, Peter. Ich will nichts von deinem Vater, ich will nichts von den Mindes, ich will nur im Haus bleiben, damit er nicht so einsam ist. Darf ich das, Peter? Oder darf ich das nicht? Glaubst du, daß deine Mutter etwas dagegen hätte?«

Erst jetzt setzte sich Peter Minde und fuhr sich mit beiden Händen an den Hals. »Ach, Kathe«, sagte er, »das sind solche Fragen. Eine Frau, die so geliebt hat wie meine Mutter, die kann dir nur selber eine Antwort geben. Deshalb geh hin, um Mitternacht, auf den Friedhof, und wenn du sie dann auf ihrem Grab sitzen siehst, dann frag sie.«

»Peter! Peter, du bist doch jetzt auch ein Mann... du weißt doch nun auch, über wie vieles es einem hinweghilft.«

»Stimmt, Kathe, aber vergleiche das eine nicht mit dem andern. Die Weiber, die ich mir nehme, sind für eine Nacht, und das wissen sie. Meine Mutter hat dich ins Haus geholt und dir soviel Güte angetan...« Peter stockte und sah sie jetzt an. »Daß du nun an Mutters Stelle bei Vater im Bett liegst – ich kann es dir nicht verzeihen, Kathe Krulle, niemals.«

Damit stand er auf und ging aus der Stube, ging durch den Flur, immer noch unhörbar, weil er keine Schuhe anhatte, und dann durch die Hintertür.

Kathe folgte ihm. »Auch wenn du mich jetzt nicht verstehen

kannst, das sollst du wissen, hier in diesem Haus werde ich immer leben und von hier werde ich dir zu helfen versuchen.«

Er drehte sich um. »Spar dir das.«

»Peter, ich begreif ja alles. Aber wenn es um eine Nachricht geht, um einen Brief, oder vielleicht hast du einmal eine Frau oder eine Familie, hier in diesem Haus …«

»Was für ein Trost, Kathe Krulle.«

Der Ton, in dem er es sagte, brachte sie zur Verzweiflung. Sie schloß die Tür hinter ihm und preßte sich beide Hände auf den Mund, damit ihr lautes Schluchzen nicht zu hören war.

Auf der untersten Treppenstufe stand ihre Mutter. Kathe ging in der Finsternis an ihr vorbei und warf sich in der Stube über den Tisch.

»Was ist, Kathe, was ist?«

»Peter war hier. Er wird es mir nie verzeihen, daß ich mit seinem Vater …« Dann schlugen ihr die Zähne aufeinander, und ihr ganzer Körper war ein einziges Schütteln und Beben. Sie wimmerte so laut vor sich hin, daß ihre Mutter eine Decke über sie warf. »Ich geh zu Meister Ambrosius, hörst du, ich geh zu Meister Ambrosius.«

»Nein, nicht, bleib hier, mach kein Aufsehen. Er muß fort. Es darf kein Aufsehen geben. Bleib hier.«

8. Kapitel

Ambros Ambrosius, von den Erinnerungen überwältigt, atmete schwer. Wie die Nächte sich glichen in ihrer Bedrängnis, damals und heute. Wer ging draußen am Haus vorbei? Kam jemand auf die Tür zu? Würde im nächsten Augenblick an der Glocke gerissen?

In Gedanken hörte er seinen Vater sagen: ›Ich werde alles auf mich nehmen, ich allein. Du bist jung, Ambros, du mußt in dieser Stadt ein unbescholtenes Leben führen.‹ – ›Nein, Vater‹, hatte er erwidert, ›ich werde mich ebenfalls zu Peter bekennen. Wer sonst in dieser Stadt kann ihn verstehen, wenn nicht ich. Und was sonst könnte ihm helfen, wenn ihm die Flucht nicht glückt und es zur Anklage kommt.‹ – ›Ach, Ambros, was für seltsame Fäden das Leben spinnt.‹

»Ja, Vater«, das sagte Ambros jetzt laut, und wie damals in jener Nacht sah er auf das Stundenglas, in dem der Sand rann und rann und für das es bald Zeit war, umgedreht zu werden. Damals hatte es sein Vater getan, als der Nachtwächter durch die Straßen gegangen war und der Türmer vom Rathaus seinen Ruf beantwortet hatte. Mitternacht!

›Wohin wird Peter sich wenden?‹ hatte der Vater gefragt. ›Wohin, wenn er durchkommt? Werden wir es erfahren? Wird jemals ein Mensch wieder von ihm hören?‹

So wuchs die Bedrängnis. Dazwischen hatten sie immer wieder den Atem angehalten und zur Straße hin gelauscht. Unruhe in der Stadt? Stimmen? Schritte?

Als Peter Minde über die Palisaden des Hühnerdorfes gestiegen war, blieb er stehen und überlegte. Ich habe geordnet, was zu ordnen war, und erfahren, was ich erfahren wollte. Das Bündel mit der Verkleidung, das ihm Ambros Ambrosius gegeben hatte, ließ er fallen, knöpfte sich das Hemd auf, nahm den Geldbeutel, den sein Vater stets an einem geflochtenen Lederband am Gürtel getragen hatte, hängte ihn sich um den Hals, knöpfte das Hemd wieder zu und zog sich die Schnürschuhe an. Er hörte den Nachtwächter die zwölfte Stunde ausrufen und den Trompeter vom Rathausturm antworten. All das war ihm seit seinen Kindertagen vertraut, jetzt kam es ihm vor, als hätte er nichts mehr damit zu tun. Er hob das Bündel wieder auf und konnte sich doch nicht entschließen, die Sachen anzuziehen. Ich bin ein freier Mann, dachte er trotzig.

Es war gut, daß er alle Stege an den Wallhecken entlang kannte, die sein Großvater hatte anlegen lassen, damit die neugepflanzten Bäume geschont würden, immer im Einvernehmen mit den Akkerbürgern und Bauern. Die Waldkäuze in den Eichen riefen ihr Hui-witt-hui-witt über ihm und strichen ab, ärgerlich über die nächtliche Störung. Er ging weiter in die Feldmark, zügig, und er dachte an seinen Großvater und dankte es ihm, daß er ihn so oft mit dem Wagen oder zu Pferde in die Forsten mitgenommen hatte.

Peter Minde brachte die Neustadt hinter sich und wandte sich Stendal zu. Immer wieder kam noch der Geruch vom Wasser zu ihm herüber. In den Tümpeln zwischen den feuchten Wiesen quorrten die Frösche. Seine Augen waren inzwischen so an die Dunkelheit gewöhnt, daß er jedes Hindernis sah, darüber hinwegkletterte oder es umging.

Stendal mit seinem Tangermünder Tor ließ er links liegen. Er dachte: Der Notarius wird es nun bald erfahren, und wer weiß, wie er zu einem Mörder steht. Aber was meine Mutter hat aufschreiben lassen, das muß dennoch gelten.

Jetzt wandte er sich nordwärts, auf Osterburg zu. Als er heran war, umging er es und sah über der weiten Ebene den hochgelegenen Dom von Havelberg auftauchen. Weiter nordwärts! Hier kannte er jede Meile von seinen Ritten her zusammen mit Gusten. Er hatte ein Gefühl von Müdigkeit in seinen Gliedern, aber er gab ihm nicht nach. Vor ihm lag jetzt die Priegnitz, aber die Priegnitz gehörte immer noch zu Brandenburg. Das hieß für ihn, daß er sich nicht ausruhen durfte. Da verspürte er auf einmal Hunger, und als er neben einer ruhenden Schafherde einen Schäferkarren vor sich sah, hielt er an, zog sich im Schlagschatten der Eichen Kutscherjacke und Kutscherhose über, setzte sich die Mütze auf und ging drauf zu. Es war die Zeit, als der Morgen endlich da war und der Schäfer den Karren herunterkippte und herauskroch.

»Mann, Jung, wo kommst denn her?«

»Von Osterburg. Der Kaufmann Grünendahl hat mich geschickt«, sagte Peter und dachte, wie gut, daß ich die Leute alle mit Namen kenne. »Ich soll ein Pferd von der Weide holen, und ich bin doch erst gestern abend in seine Dienste getreten, und ich weiß man gar nicht recht, wo seine Pferde stehen.«

»De Peer von Gründohl? De steiht dor bien Wittdoorn. Dor hest fix wat to lopen.«

»Will ick jo, aber ich hebb so 'n Hunger.«

»Herrje, Hunger hest? Na denn.« Er kroch in den Schäferkarren zurück, holte ein Fladenbrot heraus, brach es mittendurch und sagte: »För een wi di häv ick jümmer noch wat över. Nu nimm man, hüt obend bin ick wedder bi mien Olsch, und de backt wedder.«

»Dank ook schön, Schaper.«

»Willst'n Schluck Beer?«

»Wenn't een öber hest.«

»Nu wart man.« Wieder kroch der Schäfer in den Karren und kam mit einem Deckelkrug zurück. »Dor hest!«

»Dank ook schön, Schaper.«

»Dor nech för«, sagte der Schäfer. »Wi lütten Lüüd möt tosommen holn.«

»Is wohl so, Schaper.«

Während Peter Minde aß und ab und zu einen Schluck aus dem

Bierkrug nahm, spürte er, wie ihn der Schäfer beobachtete, und gewiß war, daß der sich seine Gedanken machte. Und als ihm Peter den Bierkrug zurückgab, sagte er: »Hest denn ooch 'n Geschirr?«

»Hier«, sagte Peter Minde und zog das Strickhalfter aus der Jackentasche.

»Na, denn man los. Dor achter, no 'n Knick, dor steiht se. Und wenn ick dat richtig vernommen heb, denn mut et bi Gründohl jümmer de staatsche Rotschimmel sien.«

»Dank ook schön, Schaper.«

Zwei Tage später war Peter Minde im Lüneburgischen. Aber sicher fühlte er sich immer noch nicht. Zu oft sah er in nächster Nähe Kaufmannswagen fahren, deren Fuhrleute er kannte und die er mit Gusten begleitet hatte. Von ihnen verraten zu werden, fürchtete er nicht, aber die Schnapphähne, die er den Fuhrleuten vom Hals gehalten hatte, von denen erkannt zu werden, das fürchtete er. Sie würden ihn für ein Kopfgeld zurück ins Brandenburgische bringen.

Zu Fuß kommt man eben viel zu langsam voran, ein Pferd müßte man haben, ein Pferd, dachte er. Stiehl dir eins, Peter, stiehl dir eins. Mehr als einmal kam er in die Versuchung, aber er widerstand ihr. Ich will einen neuen Anfang machen, wenn es möglich ist, und den mach ich nicht als Pferdedieb. Warum ich den Kröger umgebracht hab, weiß ich, und sie haben nach dem Gesetz ein Recht, hinter mir her zu sein, aber einen ganz gewöhnlichen Pferdedieb sollen sie nicht auch noch stellen müssen.

Als er sich auf Hannover zuwandte, spürte er die Steine unter seinen Sohlen. Seine Schnürschuhe, fürs Reiten vorgesehen, waren durchgelaufen. Ich brauche feste Schuhe, dachte er, und dazu kam ihm die Nähe Hannovers gerade recht.

Eines Mittags, es war hochsommerlich heiß und er sah das Hannoversche Stadtbild schon vor sich liegen, erreichte er ein Dorf. Einen Krug Buttermilch, dachte er, und vielleicht eine Schüssel voll Grütze. Aber das Dorf lag da wie ausgestorben.

Peter ließ sich unter den Holundersträuchern nieder, die mit ihren großen, duftenden Blütendolden bis auf den Wiesenrain hinunterreichten. Ich hab Zeit, dachte er, ich hab Zeit, bis die Bauersleute von den Heuwiesen zurückkommen. Er legte den Kopf auf den Arm und döste vor sich hin.

Plötzlich hörte er Stimmen vom Dorf herüber. Er hob den Kopf. Vier, nein, fünf Männer in Pluderhosen und Federbaretts auf dem Kopf klopften an die Tür eines großen Bauernhauses. Peter konnte sie genau beobachten, einer von ihnen war so ein Vierschrötiger. Das mochte der sein, der die anderen anführte. Als ihnen am Haustor niemand öffnete, lachten sie laut und redeten miteinander, bis der Vierschrötige mit seiner ganzen Kraft dagegenrannte, daß die eine Hälfte des Haustores aufflog. Wenig später hörte Peter aufgeregtes Hühnerspektakel, und bald darauf erschienen zwei von ihnen unter dem Haustor. Jeder von ihnen hielt ein Huhn an den Beinen hoch, dem der Kopf herabbaumelte. Was die anderen trieben, erkannte er an den Eierschalen, die aus dem Tor flogen.

Es hat keinen Zweck, sich einzumischen, dachte er, für einen allein hat das keinen Zweck. Da mögen die Landesherren noch so viele Soldaten anwerben, wenn's drauf ankommt, sind die Kerle nie zur Stelle, um den kleinen Leuten beizustehen. Wer sind schon die Bauern für die großen Herrn! Er stand auf, schlug sich tiefer in das Gebüsch und ging weiter auf Hannover zu.

Er überlegte, wo es einen Dorfkrug für ihn gab, in dem ihn niemand kannte und in dem es auch für ihn ein gutes Essen geben würde. Die Garküchen mit ihrem ranzigen Fett, die konnte er nicht mehr riechen. Zudem war er sparsam gewesen. Er hatte sich immer nur in den Bäckerläden ein Brot gekauft, und die Feldscheunen am Weg, in denen er die Nächte verbracht hatte, waren ihm auch über. Einmal, sagte er zu sich selber, will ich wieder essen und nächtigen, wie es sich für einen Minde gehört.

Südlich von Hannover fand er einen Dorfkrug. Es war ihm gleich, wie das Dorf hieß, er wußte nur, hier war er noch nie gewesen. Der Krug machte ihm einen guten Eindruck, und er kehrte ein.

Die Gaststube war leer. Er setzte sich auf einen Platz in der Ecke und bestellte sich einen Krug Bier.

»Braunschweiger Mumme«, sagte der Wirt.

»Und dazu eine Suppe und ein Stück Schweinebraten.« Außerdem fragte er nach einem Lager.

»Es ist alles da, was der Herr wünscht«, sagte der Wirt und rückte an seinem gestickten Käppchen herum, »wenn nur...«

Peter nickte und legte einen Gulden auf den Tisch.

»Verzeihung, der Herr«, sagte der Wirt, »aber die Zeiten sind schlimm geworden.«

»Ich weiß«, sagte Peter und ließ sich das Bier durch den Hals laufen. Gleich darauf hielt er den Krug hoch, und der Wirt eilte davon, um ihn wieder vollzuschenken.

Wie es Peter zur Gewohnheit geworden war, ließ er die Tür nicht aus den Augen, während er eine Schüssel voll guter Bohnensuppe auslöffelte. Dann wurde der Braten gebracht mit Speckkraut und Brot.

Als er den dritten Krug mit Braunschweiger Mumme anhob, kamen die Schnapphähne zur Tür herein, die fünf losen Vögel, die er unter den blühenden Holunderbüschen beim Hühnerdiebstahl beobachtet hatte. Sie sahen sich in der Gaststube um und setzten sich an den Tisch, ihm gegenüber. Sie bestellten Bier, tranken und tuschelten miteinander, und es dauerte gar nicht lange, da rief der Anführer:

»He, du! Du kommst mir so bekannt vor. Ich weiß nicht, irgendwo sind wir einander schon mal über den Weg gelaufen. Bist du nicht einer von den Schimmelreitern?«

»Ich? Nee, ich bin nischt weiter als ein Pferdeknecht. Ich hab im Augenblick keene Arbeit, aber ich such welche.«

Der Vierschrötige stand auf, war mit zwei Schritten an Peters Tisch und riß Peter die Mütze vom Kopf. »Pferdeknecht? Nee, mein Lieber, dein Lockenkopp erinnert mich verdammt an den Schimmelreiter, der mir den Arm lahmgeschlagen hat.«

Peter wunderte sich selbst, wie gelassen er blieb. »Ich bin Pferdeknecht. Leute, die Locken haben, gibt's viele. Und jetzt gib die Mütze her. Setz dich und sauf dein Bier aus und laß mich in Ruhe.«

»Von wegen, so einfach kommst du mir nicht davon. Du bist einer von den Schimmelreitern, und wenn du dich als Pferdeknecht ausgibst, dann stimmt etwas nicht mir dir.« In diesem Augenblick sprangen die anderen vier auf, die Bank fiel polternd um, und sie standen neben dem Vierschrötigen.

Wieder blieb Peter ruhig. »Hinsetzen«, sagte er und riß seine Pistole aus dem Gürtel. »Was bildet ihr euch eigentlich ein, ihr Schnapphähne! Ob ich einer von den Schimmelreitern bin oder nicht, ich schieße euch alle über den Haufen. Also, überlegt's euch.«

Die vier gingen zurück, stellten die Bank wieder auf.

»Ich möchte gar zu gerne wissen, was es mit dir auf sich hat«, sagte der Vierschrötige. »Verdrückst dich in einen Krug, der nicht an der großen Straße nach Hannover liegt, setzt dich in die hinterste Ecke, weil du nicht auffallen willst, und weißt vermutlich nicht wohin.«

»Und ob ich das weiß«, sagte Peter Minde.

»Dann mußt du Geld bei dir haben. Das habe ich dir gleich angesehen. Und das Geld würden wir gern untereinander aufteilen.«

»Na, dann kommt doch und holt es euch.«

Keiner rührte sich, nur der Vierschrötige, der vom Bier und vor Aufregung rot war im Gesicht, der schrie: »Her damit!«

Er hielt mit einemmal ein Messer in der Hand, war mit zwei Schritten vor Peter Minde, und als er ihm damit an den Hals fahren wollte, schlug Peter ihm mit seiner Linken die Hand beiseite und versetzte ihm mit der Rechten einen Haken unter das Kinn, daß er taumelte. Das Messer fiel ihm aus der Hand, und Peter setzte die Rechte nach. Der schwere Kerl kippte rückwärts auf den Tisch, riß die vollen Bierkrüge zu Boden und knallte mit dem Hinterkopf auf die Tischplatte.

Die anderen standen da wie versteinert, und in die Stille hinein sagte Peter: »So, und wer ist der nächste?«

Der Vierschrötige brauchte eine Zeit, um zu sich zu kommen. Er schüttelte sich, zog den Rotz hoch und setzte sich auf. »Verflucht noch mal.« Er hustete. »Das Ding hat gesessen.«

Der Wirt hatte unter der offenen Küchentür gestanden und alles mit angesehen. Jetzt hob er die Bierkrüge vom Boden auf, ging zum Faß und füllte sie wieder.

»Vielleicht läßt sich's so bereinigen«, sagte der Vierschrötige und hob seinen Krug. »Euer Wohl, Herr!«

Und als Peter nickte, ermutigte es ihn zu sagen: »Wenn mich nicht alles täuscht, wollt Ihr noch ein Stück weiter fort. Ich könnte Euch viele gute Ratschläge geben. Vielleicht wollt Ihr in die Niederlande oder sogar ins Holländische?«

Peter Minde sagte weder ja noch nein.

»Aber wenn man dort was werden will, dann braucht man ein paar Gulden, sonst ist man der letzte Arsch. So wie wir, wenn sie einen nicht mehr brauchen. Den Kopf soll man hinhalten, aber Löhnung gibt's keine.«

»Wenn sie einen nicht mehr brauchen, dann erübrigt es sich, dorthinzugehen«, sagte Peter Minde.

»Nein, nein, brauchen tun sie immer Leute, aber sie brauchen Leute, die was vorzuweisen haben: Geld, Gulden. Und wenn einer ein paar Gulden hat, dann wird er kein normaler Söldner, nicht solche Landsknechte wie wir, die man abhalftert oder die ihnen davonlaufen. Nein, mit Geld kann man schon was werden, Offizier zum Beispiel, oder, wenn man noch ein paar Gulden mehr hat, kann man bei der Reitertruppe ankommen. Die Holländer wollen sich ja jetzt freikämpfen von den Spaniern, und da geht es immer hin und her und hin und her, und dann gibt es die Kämpfe zwischen den Katholischen und den Reformierten und, ach, in Holland, da, wenn man da nur ein paar Gulden hat... aber woher sollten wir Landsknechte die Gulden haben? Wir versaufen doch alles, solange der Sold kommt. Deshalb gelten wir auch nichts im Heer, aber die Söldner...«

»Wie lange warst du in Holland?«

»Ja, wie lange war ich dort? Fünf Jahre, sechs Jahre, sieben? Die Zeit vergeht schnell, und man zählt die Jahre nicht, wenn man einmal im Norden ist und einmal im Süden, wenn man einmal dafür kämpft, daß es keine Scheiterhaufen mehr gibt für die Ketzer und dann wieder, daß alle Ketzer verbrannt werden. Was fragt denn unsereiner danach, wer recht hat. Die Löhnung muß da sein.« Der Vierschrötige stand vor ihm am Tisch.

Peter forderte ihn nicht auf, sich zu setzen. »Du siehst ziemlich abgerissen aus«, sagte er.

»Wie kann denn das anders sein? Drei Jahre bin ich jetzt schon auf der Gart. Ihr wißt, was das heißt.«

»O ja«, sagte Peter Minde, »das weiß ich.«

»Also, Ihr seid doch einer von den Schimmelreitern gewesen, die uns verflucht auf den Fersen waren, wenn wir die Wagen der Pfeffersäcke überfallen haben. Ich hab's doch gewußt.«

Peter Minde lachte und riß ihm eine der Straußenfedern, die keinen Flaum mehr hatte, aus dem Barett. »Ich will nach Holland«, sagte er. »Und wenn du willst, kannst du mit mir gehen. Aber das sag ich dir, Unehrenhaftigkeiten, die gibt es von jetzt ab nicht mehr.«

»Unehrenhaftigkeiten, Herr, was ist denn das?«

»Das werde ich dir schon beibringen, du Drecksack. Jetzt sag mir, wie du heißt.«

»Augustinus.«

»Na, das hat mir grade noch gefehlt. Der treueste Mensch, den ich kenne, heißt wie du. Wir haben ihn Gusten genannt. Dich werde ich Tinus nennen. Und jetzt sorg dafür, daß deine Kumpane eine Mahlzeit Fischsuppe und Fladenbrot kriegen. Oder seid ihr noch satt von den Hühnern, die ihr gestohlen habt?«

»Ach, Herr, so was, das ist doch auch nichts. Stehlen und Rupfen und Kochen, das ist doch nur, damit der Magen nicht mehr rumort. Wir hatten schon seit drei Tagen nichts mehr drin.«

»Und da holt ihr's von den Bauern, die auch nichts im Magen haben? Was seid ihr für Drecksäcke!« Peter stützte den Kopf in die Hände und sagte: »Ach, hau ab, ich will mit dir nichts zu tun haben, ich geh alleine nach Holland. Ich will ein anständiger Soldat werden.«

»Hmm, hmm«, machte sein Gegenüber. »Ihr werdet Euch wundern. Ihr wißt doch überhaupt nicht, was das ist, Soldat zu sein. Kämpfen, wenn's sein muß, leben oder sterben; und danach, wenn's einen nicht erwischt hat, saufen und Weiber und nehmen, was man kriegen kann.«

»Was habt ihr denn genommen?«

»Ich sag's doch, was man kriegen kann. Wir haben den Weibern die Ketten vom Hals gerissen und die Kämme aus dem Haar und die Ringe von den Fingern und dann alles verkauft, und aus den Häusern haben wir das Silbergeschirr und das Zinngeschirr geschleppt und in die Beutelsäcke gesteckt. Und das haben wir dann auch verkauft. Sold gab's doch nicht mehr. Das Beste aber war immer in den Kirchen und Klöstern zu holen.«

»Und mit so einem wie dir soll ich losgehen? Hau ab, du bist ein Lump. Du kannst dein Leben nur auf der Gart zu Ende bringen. Wart nur ab, bis sie dich gepackt haben.«

»Und wer seid Ihr? Warum seid Ihr unterwegs? Euch hat doch auch etwas auf den Weg getrieben, auf unsern Weg, mein ich. Wenn ich mir so Euer rohes Leinenzeug wegdenke, dann werdet Ihr schon noch etwas anderes darunter auf dem Leib tragen. Und deshalb überlegt's Euch, ich kann Euch sehr nützlich sein. Heut abend mögt Ihr über mich denken, wie Ihr wollt, morgen ist auch noch ein Tag.«

Peter Minde trank seinen Krug Bier leer, und der Wirt leuchtete ihm in die Kammer, die über der Gaststube lag. Er stellte die Lampe auf den Tisch, und der Wirt wünschte ihm eine gute Nacht.

Peter setzte sich auf das Bett. Jetzt muß ich die Tür mit allem verrammeln, was möglich ist, dachte er. Zuerst verriegelte er sie, dann rückte er den Tisch davor und stellte den Stuhl darauf. Auf den Stuhl stellte er Schüssel und Wasserkrug und legte sich, angezogen wie er war, auf das Bett. Die Pistole behielt er in der Hand.

Er schlief, als ob er Blei in den Gliedern hätte, und er brauchte die Pistole nicht.

Am anderen Morgen, als er wieder alles beiseite geräumt hatte und hinunter in die Wirtsstube ging, saß nur noch der eine da, der Bewußte, zu dem er gesagt hatte: »Ich werde dich Tinus nennen.« Die anderen waren fort. Peter fragte nicht, wo sie geblieben waren. Er setzte sich ihm gegenüber und löffelte die Hafergrütze ohne ein Wort.

»Ich kann Euch wirklich behilflich sein«, sagte der Vierschrötige, und erst jetzt, bei Tageslicht, sah Peter, daß er nur ein Auge hatte. Das andere war ihm ausgelaufen, wie das so hieß.

»Wenn's Euch stört, binde ich ein Tuch drüber. Die meisten stört's nicht, und ich habe es in einem guten Kampf verloren. Drei haben dran glauben müssen, beim letzten hat es mich erwischt. Ob Ihr's glaubt oder nicht, ich bin Fahnenträger gewesen. Aber wenn sie einen nicht mehr brauchen, dann bleibt einem nichts anderes übrig, als auf die Gart zu gehen.« Peter Minde sah ihn an und sagte: »Na, das muß ja nun nicht mehr sein.«

»Danke, Herr. Danke.«

Peter Minde war sich selbst nicht im klaren, wie das gehen sollte; für einen mochte das Geld eine Zeitlang reichen, aber nun waren sie zu zweit. Es stellte sich jedoch bald heraus, daß er mit Tinus nicht schlecht fuhr.

»Herr«, sagte er, als sie sich bereits auf Münster zuhielten, »wenn Ihr mir nicht mit der Ehrenhaftigkeit gekommen wärt, dann würde Euer Geld eine ganze Weile länger reichen.«

»Es bleibt bei dem, was ich gesagt habe«, antwortete Peter.

Der Vierschrötige fragte ihn nie, wieviel Geld Peter bei sich hatte, aber von der Stunde an, in der ihn Peter mit sich genommen hatte, fühlte er sich für dessen Geld verantwortlich. Er war nicht nur bereit, mit ihm in den Feldscheunen zu schlafen, er war auch bereit, um ein Stück Brot zu betteln.

»Im Münsterschen«, sagte er eines Abends, als ein Gewitterguß sie hastig in einen leeren Kotten trieb, »im Münsterschen bin ich zu Hause gewesen. Und wißt Ihr, was ich war, Herr? Diener am Tisch unseres Herrn. Da ist es mir gar nicht schlechtgegangen. Wir waren drei Brüder und drei Schwestern. Ich war der Jüngste, und ich wußte von Anfang an, daß mein ältester Bruder die Hofstelle übernehmen würde. Deshalb wollte der Herr Pfarrer unbedingt auch einen Priester aus mir machen. Aber ich wollte das nicht. Nicht weil ich soviel von den Reformierten gehört hatte und von Luther und vor allem von den Täufern, die sich ja in Münster was ganz Besonderes ausgedacht hatten. Nein, ich wollte weg. Ach, Holland lag doch fast vor unserer Haustür, und dort war so viel los. Also kurz und gut, ich wollte Söldner oder Landsknecht werden, mir war das egal, ich wollte etwas erleben. Wie lange das gutgehen würde und was danach kam, war mir egal. Ich wollte etwas erleben, und eines Tages bin ich auf und davon. Und ich war unterwegs so wie wir beide jetzt. Ich hatte mich, heut kann ich's ja sagen, aus dem Klingelbeutel bereichert, viel war's nicht, Pfennige waren es und ein paar Knöpfe, aber immerhin, ich bin bis ins Holländische gekommen. Unterwegs habe ich dann erst gemerkt, daß Holland vor unserer Haustür und die Niederlande ein und dasselbe waren und auch wieder nicht. Aus den Gesprächen in den Gasthäusern hatte ich aufgeschnappt, daß es in diesem Land vor unserer Haustür viele Länder gab, Groningen, Utrecht, Friesland, Geldern, Drente und eben Holland, und daß die Leute dort frei sein wollten, frei von diesem katholischen Spanier. Daß sie sich gegen diesen König Philipp wehrten, der ihnen den katholischen Glauben mit aller Gewalt weiterhin aufzwingen wollte, das hatte ich ja alles gehört, Herr, aber jetzt begriff ich es erst.«

»Dann bist du also viel länger dort gewesen, als du es mir gesagt hast?« fragte Peter Minde.

»Ja, Herr, so ist es, aber was tut's?«

Sie sahen einander nur, wenn ein Blitz niederfuhr und den Kotten hell machte. Es regnete ein durch das undichte Strohdach, unter dem sie eine trockene Stelle gefunden hatten, und sie aßen gemeinsam das Brot, das Tinus erbettelt hatte. Einmal, zweimal stand Tinus auf und schöpfte aus dem Trog, der draußen stand, Wasser in seine hölzerne Schüssel. Er hielt sie erst Peter hin, dann trank er selber.

»Und auf welche Seite hast du dich dann geschlagen?« fragte Peter Minde.

»Ja, Herr, auf welche Seite – auf die Seite des katholischen Spaniers, das war mein Glaube. Dort, dachte ich, dort gehörst du hin. Aber als ich dann die Scheiterhaufen habe brennen sehen, wieder und wieder, und als ich gesehen habe, wie mutig die Reformierten gestorben sind und wie überzeugt sie von ihrem Glauben waren, da habe ich gedacht, meine Seite kann die richtige nicht sein, und ich bin auf die andere gegangen. Nicht ich allein, Herr, nein, wir waren ein ganzes Fähnlein, und sie haben uns mit offenen Armen aufgenommen. Aber da war's nun wieder so, daß wir zusehen mußten, wie die Reformierten die Kirchen und Klöster gestürmt haben und daß wir denen Schutz geben mußten, die in den Kirchen die Bilder heruntergerissen hatten. Und wer nicht fliehen konnte, die Priester und Mönche, die haben sie umgebracht. Fragt mich nicht, wie.

Da wußte ich nun gar nicht mehr, welche Seite die richtige war, da habe ich eben mitgemacht. Und wie es so geht, auf einmal war ich wieder bei den Spaniern, und Alba, der Herzog, den sie in Holland den Tyrannen nennen, der trieb es, wie wir es alle noch niemals erlebt hatten. Aber vielleicht hätten wir uns auch daran gewöhnt. Herr, für eine anständige Löhnung tut man viel. Aber die gab es nicht mehr. Wir mußten kämpfen, wir mußten den Kopf hinhalten, aber einen Sold, den zahlte uns keiner mehr. Was wir zum Leben brauchten, das haben wir uns also geholt, ich hab's Euch ja schon erzählt. Recht oder Unrecht, die Wahrheit werdet Ihr im Krieg vergebens suchen, Herr. Aber damit will ich's für heut gut sein lassen, ich bin müde, und morgen ist ein neuer Tag. Hier im Münsterschen wohnt meine ganze Verwandtschaft, Onkel, Tanten, Vettern, Schwäger. Morgen besorg ich uns ein ordentliches Stück Speck und frisches Brot dazu, und dann, dann sehen wir weiter, Herr, denn morgen ist ein neuer Tag.«

Peter Minde stand auf, als er an den tiefen Atemzügen hörte, daß Tinus auf dem Stroh eingeschlafen war. Immer hatte er sich gezwungen, länger als Tinus wach zu bleiben. Zum erstenmal an diesem Abend traute er ihm, dem Bauernsohn aus dem Münsterschen, der das Abenteuer gesucht hatte und auf die schiefe Bahn geraten war. Peter wußte selbst nicht, warum. Nach allem, was Tinus erzählt hatte, kann mir das genauso passieren, wenn ich nicht aufpasse, dachte Peter. Aber bin ich das nicht schon? Bin ich's nicht, weil mein Vater mich nicht verstanden hat? Wenn ich mir hätte die Leute anwerben können zum Schutz der Kaufmannswagen, dann wäre ich weit fort gewesen, dann hätte ich von all dem, was daheim war, nichts gewußt. Dann hätte mir das ganze Ansehen der Mindes egal sein können. Aber ich hab's ja nicht nur deshalb getan.

Peter lehnte sich über die Halbtür des Kottens. Das Gewitter war abgezogen, hin und wieder wetterleuchtete es, und es regnete nur noch sachte vor sich hin. Das sanfte Geräusch brachte ihn zur Ruhe. Von irgendwo kam der Geruch nach frisch Gemähtem zu ihm herüber und nach aufgeworfener Erde. Er ging zurück in den Kotten, legte sich auch auf das feuchte Stroh und dachte, morgen ist ein neuer Tag, Tinus hat recht.

In dieser Nacht hatte er einen Traum, der ihm noch am nächsten Tag nachging. Er hatte seine Mutter gesehen in einem Haus, das er nicht kannte, das groß war und an dessen Wänden viele Bilder hingen, und sie hatte einem Mädchen gewinkt. »Komm«, hatte sie gesagt, »komm, Margaritje.« Sie hatte den Arm um das Mädchen gelegt, und beide waren sie auf ihn zugekommen. Aber bevor sie ihn erreicht hatte, war auf einmal soviel Geschrei gewesen und Gezänk und so viele fremde Gesichter, und dann waren es doch keine fremden Gesichter, dann war es sein Bruder Heinrich, der zwischen sie getreten war.

Noch in der Dunkelheit des neuen Tages wachte Peter auf und sah den Traum wieder vor sich. Sie war meiner Mutter ähnlich, dachte er. Aber sosehr er sich auch bemühte, er konnte sich nicht mehr an den Namen des Mädchens erinnern, nur ihr Gesicht war noch den ganzen Tag über genauso deutlich vor ihm wie das Gesicht seiner Mutter.

Am nächsten Morgen schöpfte Tinus wieder mit seinem Holznapf Wasser aus dem Trog, und jeder goß sich seinen leeren Magen damit voll.

»Alles Scheißdreck«, sagte Tinus, »alles Scheißdreck. Aber heut abend, da haben wir's besser, das versprech ich Euch, Herr.«

Peter fragte nicht, wie er sich das dachte, aber am späten Nachmittag erreichten sie einen kleinen und allem Anschein nach properen Bauernhof. Schon von weitem zeigte Tinus darauf: »Er gehört Onkel Roderich und Tante Julie. Mein ältester Bruder bewirtschaftet ihn mit, und er wird ihn auch einmal erben, denn die beiden haben keine Kinder und Onkel Roderich ist so gut wie blind. Tante Julie hat Haare auf den Zähnen, aber das ist mir immer lieber gewesen, als daß sie geizig wäre. Und jetzt laßt mich machen, Herr, und redet mir nicht dazwischen, auch wenn Euch etwas komisch vorkommt.«

Tinus ging durch das Tor, und im nächsten Augenblick raste ihnen ein großer, gelber Hund entgegen, bellend und zähnefletschend. Und weil Tinus ihn schnell zur Ruhe brachte, erschien eine Frau in der doppelflügligen Haustür. Sie hielt sich die Hand über die Augen, als ob sie die Sonne blendete, und dann rief sie: »Ach, sieh an, Gustinus ist es, schon wieder mal. Hast du immer noch keinen Dienst gefunden?«

»Doch, Tante Julie, doch, du siehst doch, ich hab einen Herrn bei mir.«

»Einen Herrn? Na, den zeig mal her.« Und damit gingen Tinus und Peter auf die Alte zu, die in der Tür stand und keine Anstalten machte, die beiden hereinzulassen. Vielmehr musterte sie Peter und fragte: »Wer seid Ihr?«

»Das ist der Herr von Alvensleben«, antwortete Tinus.

»Wo kommt Ihr her?«

»Er kommt aus dem Brandenburgischen.«

»Ach. Warum sagt er das nicht selber? Ist er taub, ist er stumm?«

»Keins von beiden«, sagte Peter, »aber Tinus ist ein vorzüglicher Begleiter.«

»Ein vorzüglicher Begleiter!« Die Alte schüttete sich aus vor Lachen. »Ein Abenteurer ist er, um nicht zu sagen ein Taugenichts. Wenn er Priester geworden wäre, hätten sie ihm die Flausen schon ausgetrieben. Und wenn er kein Priester geworden wäre, dann hätte er hier diesen schönen Hof gekriegt. Aber nein, nein...«

»Was ist denn los, Julie? Was ist denn los?« rief es aus dem Haus.

»Gustinus ist da«, rief die Alte zurück, »und noch einer.«

»Dann laß sie doch rein. Warum läßt du sie denn nicht rein?« quengelte es.

Als die beiden die Döns betraten, drehten zwei Kühe den Kopf zu ihnen her. Auf der gegenüberliegenden Seite schliefen drei kleine Schweine im Koben, und über ihnen, auf der Hühnerbühne, stiegen die Hühner, vor sich hin gackernd, zu ihrer Stange hinauf.

Den beiden, die von draußen kamen, verschlug es augenblicklich den Atem. Sie gingen schnell über den gestampften Lehmboden auf die Feuerstelle zu, neben der ein alter Mann im Armlehnstuhl saß. Zuerst betastete er Tinus, danach sagte er: »Bitte, junger Herr, kommt näher, meine Augen wollen nicht mehr so recht, aber wenn Ihr mir nahe genug seid...« Dann fuhr er Peter mit den Händen über Arme und Schultern bis hinauf ins Gesicht.

Es war Peter unangenehm, aber er hielt still.

»Setzt euch nur«, sagte der Alte.

Peter und Tinus rückten sich jeder einen Schemel heran, und dann kam das Gespräch schnell in Gang. Als der Alte hörte, daß sie nach Holland wollten, schüttelte er den Kopf.

»Ihr solltet nicht nach Holland gehen, nicht zu den Reformierten. Ihr solltet euch südlich halten, auf Brabant zu. Bei den gut katholischen Soldaten, dort solltet ihr Dienst nehmen, dort werdet ihr gebraucht. Der spanische König, der Philipp, ihr wißt schon, der rüstet gegen die Königin von England. Hundertfünfzig Schiffe und noch mehr will er ihr auf den Hals schicken, hundertfünfzig und noch mehr, und auf jedem Schiff sollen mehr als tausend Soldaten sein.«

»Aber nur die allerbesten kommen drauf, nur die allerbesten!« rief Tante Julie.

Tinus und Peter sahen sich an.

»Und von wem wißt ihr das?« fragte Tinus.

»Von den Werbern. Die kommen in jedes Dorf, wo es noch gut katholische Leute gibt. Ja, so ist das, mein lieber Gustinus.«

»Jetzt sag bloß, die sind auch bei euch gewesen.« Tinus fing an zu lachen, und jetzt lachte auch Tante Julie mit. »Natürlich, das sind sie. Und ich hab sie zu meinem alten Roderich geführt und gesagt: ›Na, wie isses denn, könnt ihr den noch gebrauchen? Oder vielleicht mich?‹« Tante Julie stemmte beide Fäuste in die Hüften. »Zum Kochen bin ich allemal noch gut und zum Hemdenwaschen auch. Und was so ein Tänzchen angeht«, hab ich gesagt, »abends, wenn ihr biwakiert, da bin ich auch nicht abgeneigt.« Und Tante Julie fing zu singen an:

Ein Bauer in dem Odenwald,
der hatt' ein schönes Weib,
dazu ein' schöne Dienstemagd,
die war des Bauern Freud.

Tinus sprang auf, hakte sie ein, sprang dabei mit ihr vor der Feuerstelle hin und her und sang weiter ...

Die Bäurin auf den Jahrmarkt ging,
da war der Bauer froh.
Er sprach zu seiner Dienstemagd:
Wir legen uns ins Stroh.

Die Bäurin von dem Jahrmarkt kam
und ging die Trepp' hinauf,
da lag die schöne Dienstemagd,
der Bauer obendrauf.

Die Bäurin zu dem Bauer sprach:
Du kommst mir eben recht,
wenn du die Magd gekostet hast,
dann koste ich den Knecht.

»Das Lied hast du mir beigebracht«, kiekste Tante Julie. »Gustinus, du bist ein Taugenichts, ein Tunichtgut.«

Die beiden lachten und setzten sich zu dem Alten, und Onkel Roderich sagte: »Jetzt laß die Possen, Julie, hol uns einen Krug Bier, und dann soll Gustinus erzählen. Vom Krieg soll er erzählen, ich hör das immer so gerne.«

»Ja, ja«, rief Tante Julie, »du bist mir auch so eine Abenteurernatur. Wenn ich nicht gewesen wäre und das Kind, das ich im Bauche hatte, dann wärst du am liebsten auch ...« Sie sah den Alten an, der vorgebeugt in seinem Stuhl saß und dem das graue Haar wirr um den Kopf hing.

Er sagte nichts darauf, aber als er hörte, daß sie mit ihren Holzpantoffeln zur Seitentür hinausklapperte, nickte er. »Sie und das Kind und der Hof hier. Immer wieder hab ich dran gedacht. Als das Kind dann tot auf die Welt kam und keins hinterher – immer wieder hab ich dran gedacht, ich hab nur nicht soviel Mut gehabt wie du, Gustinus. Aber wenn dann wieder die Werber kommen, ach, Gustinus, das ist so eine ganz andre Welt, und ich seh meine jungen Jahre vor mir, ich hab sie mit Kühen und Schweinen verbracht und mit Roggen und Gerste.«

»Waren es nicht auch gute und sichere Jahre?« fragte Peter.

»Gute und sichere waren es, da habt Ihr recht, junger Herr, aber hier oben im Kopf«, er klopfte sich mit dem gekrümmten Zeigefinger an die Stirn, »da waren die Gedanken. Und wenn dann diese Werber kommen, die können ja nicht wissen, was sie in diesem Haus vorfinden, die einen nicht und die anderen auch nicht.«

In diesem Augenblick kam Tante Julie mit der Kanne voll Bier herein. »Die andern auch nicht, wie recht du hast. Es waren nämlich die von der anderen Seite auch da. Die wollen jetzt das

Eisen schmieden, wenn die Armee unseres gut katholischen Königs Philipp nach England geht. Ihr Eisen wollen sie schmieden. Sie bilden sich ein, jetzt könnten sie alles zurückerobern, wenn die Armee nach England geht. Die bilden sich ein, sie hätten jetzt leichtes Spiel und eine Stadt nach der anderen würde ihnen wieder zufallen. Nein, nein, hier aus unserm münsterischen Land wird ihnen keiner folgen. Und deshalb sag ich euch beiden, wenn ihr ins Niederländische geht, dann nur zu den Rechten, Brabant, sage ich, helft ihnen das Land zu halten, in dem sie sich wieder festgesetzt haben. Helft ihnen, sonst ...«

»Julie«, quengelte der Alte wieder, »gib uns endlich einen Schluck Bier, und dann soll Gustinus vom Krieg erzählen.«

»Was denn?« fragte die Alte. »Das kennst du doch schon alles.«

Onkel Roderich nickte. »Aber ich will es immer wieder hören. Und wenn du es nicht hören willst, dann mach uns eine ordentliche Mahlzeit zurecht.«

Als Peter und Tinus an diesem Abend über dem Viehstall ins Heu krochen und die beiden Alten in ihrer Kammer in den Alkoven gestiegen waren, fragte Peter: »Hast du das wirklich alles erlebt?«

»Bewahre, aber Ihr habt doch gehört, wie gierig er danach ist, und wir wollen doch morgen einen vollen Schnappsack mitnehmen. Habt Ihr die Mettwürste nicht gesehen, die im Rauchfang hängen? Ich hab sie gezählt, es waren vier, und ich sage Euch, morgen werden es nur noch drei sein.«

»Das schon«, antwortete Peter, »wenn wir zu den Rechten gehen. Und das ist es, was ich dich fragen will.«

»Ihr braucht mich nicht zu fragen, Herr, ich geh mit Euch, wohin Ihr geht. Und das wird wohl zu den Linken sein, zu den Holländischen.«

»So ist es«, sagte Peter. »Ihre Werber können ja nach dem, was die beiden erzählt haben, nicht gar so weit von hier sein. Wir werden sie finden und ...«

»Jetzt laßt uns schlafen, Herr, morgen ist ein neuer Tag, wer weiß, was er uns bringt.«

Sie wurden davon wach, daß Tante Julie mit dem Feuerhaken auf der Herdstelle unter dem Kessel hantierte. Peter richtete sich auf und sah, wie sie in Tinus' Schnappsack hineinpackte, was hineinging, wie sie dann zwei Schüsseln auf die klobige Tischplatte stellte und zwei Löffel danebenlegte.

Mit den Fingern kämmte sich Peter das Heu aus dem krausen Haar und kletterte über die Leiter in die Döns hinunter.

»Gott zum Gruß, junger Herr. Setzt Euch, junger Herr, die Suppe ist gleich fertig. Und der Alte wird auch gleich aufstehen, der tut immer so, als ob es ohne ihn nicht geht, dabei kann er nur noch den Hühnern die Körner hinstreuen und die Kühe melken. Er hat den grünen Star auf seinen Augen, das hat der Meister gesagt, der Medicus, zu dem ihn unser Herr Pfarrer mitgenommen hat nach Münster.« Sie kicherte ein bißchen. »Zuerst hab ich gelacht und gesagt: ›Und wann fängt mein Alter an zu zwitschern, Herr Pfarrer?‹ Gezwitschert hat mein Alter noch nie, aber die Wunder unseres Herrn sind groß. Hinterher, offen gesagt, junger Herr, hab ich mich ein bißchen geschämt, aber wir kleinen Leute wissen doch gar nichts, uns muß man so nehmen, wie wir sind. Und deshalb versprecht mir, daß Ihr zu den Rechtgläubigen geht und nicht zu den Ketzern, auch wenn Ihr selber einer seid. Ihr könnt vieles gutmachen. Unser Herr Pfarrer sagt immer, zur Umkehr ist es nie zu spät. Und deshalb versprecht es mir. Schon um Gustinus' willen, versprecht es mir, Herr.«

Bevor Peter antworten konnte, kam der Alte aus der kleinen Kammer und tastete sich bis an den Tisch.

»Hast du den beiden auch noch eine ordentliche Suppe gekocht, Julie?«

»Jaa.«

»Hast du Gustinus auch den Schnappsack vollgepackt?«

»Jaa.«

»Hast du die Kühe schon gemolken.«

»Nee.«

»Warum nicht, Julie? Frische Milch aus dem Euter ist das beste für einen weiten Weg.«

»Jaa. Aber das kannst du jetzt machen.« Sie drückte dem Alten den hölzernen Eimer in die Hand und führte ihn bis zu dem Verschlag, hinter dem die Kühe standen. Dann rief sie: »Aufstehen, Gustinus, die Suppe ist fertig!«

Peter Minde und Gustinus löffelten den in Milch aufgequollenen Schrot, hörten dabei das zischende Geräusch, mit dem der Alte die Milch aus dem Kuheuter in den Melkeimer spritzte, tranken noch einen Becher davon und verabschiedeten sich dann. Der große, gelbe Hund begleitete sie bis zum Tor, sie winkten noch einmal, und Tante Julie rief: »Aber daß Ihr mir nicht zu den Ketzern geht!«

Dann lag der Hof hinter ihnen.

Die ersten Werber waren Offiziere, die Leute zum Kampf für die Armee des spanischen Königs anwerben wollten. Sie hatten die Spendierhosen an, ließen Freibier und Wein ausschenken und versprachen den jungen Leuten die Belobigung des Königs und den Segen des Papstes. Einen Mönch hatten sie auch dabei. Er hielt sich im Hintergrund, bewegte unaufhörlich die Lippen und ließ den Rosenkranz durch seine nervös zitternden Finger gleiten. Nur wenn der Offizier schwieg, kam er näher und ergriff das Wort. Er malte dann das Fegefeuer aus mit all seinen Qualen und redete von der Erlösung im Himmelreich, die jedem zuteil werden würde, der sich am Kampf gegen die Ketzer beteiligte.

Nachdem Tinus und Peter den Werbern zugehört hatten und nachdem sich Tinus drei Krüge Freibier durch die Gurgel hatte laufen lassen, fragte er: »Tja, mit dem Himmelreich, das mag schon so sein, aber«, und damit wandte er sich an den Offizier, neben dem der Feldwebel saß, der in seiner Liste aufschrieb, wer sich anwerben ließ, »wie ist es denn nun mit dem Sold? Das Himmelreich ist gut und schön, aber wir leben ja noch, und solange man lebt, will man essen und trinken. Ich habe nicht gerade gute Zeiten bei den Spaniern erlebt. Also, wie ist es damit?«

»Unser König Philipp wird für jeden Dienst zahlen, den einfachen Fußsoldaten fünf Gulden im Monat, den Arkebusieren acht

Gulden im Monat. Je besser einer kämpft, desto höher steigt er auf. Feldwebel, was bekommst du im Monat?«

»Fünfzehn Gulden.«

»Was? Fünfzehn Gulden kriegt dieser Papierhengst? Bloß weil er kritzeln kann?«

»Fünfzehn Gulden, weil er ein treuer Söldner des Königs ist«, rief der Offizier. »Dazu freies Quartier und Essen und Trinken.«

»Essen und Trinken bei den Leuten, die selber nichts zu fressen haben?«

Der Offizier sprang auf. »Du, du gefällst mir nicht. Du kommst mir vor wie ein Ketzer.«

»Wie ein Ketzer, soso.« Tinus lachte. »So laß ich mir von dir nicht kommen, ich habe lange genug meinen Kopf hingehalten«, und er zeigte dabei auf sein ausgelaufenes Auge. »Ich habe Hunger und Durst gehabt für den König von Spanien, und als der keinen Escudo mehr hatte und der Winter vor der Tür stand, da konnten wir gehen und sehen, wie wir uns durchschlugen, und da haben wir alle den Bettelsack nehmen müssen.«

Die jungen Leute um ihn herum, die bereit waren, sich von dem Feldwebel in die Liste einschreiben zu lassen, wurden immer aufmerksamer und rückten näher.

»Du«, drohte der Offizier, »du gefällst mir nicht. Am liebsten würd ich dich von meinen Leuten festnehmen lassen.«

»Bitte«, sagte Tinus, »wenn Ihr glaubt, daß Ihr auf einen altbewährten Kämpfer wie mich verzichten könnt, dann tut's. Ich wollte mich nämlich gerade einschreiben lassen.«

Das Gesicht des Offiziers veränderte sich, er drehte sich dem Feldwebel zu. Sie sahen einander an, und dann fragte der Feldwebel: »Wie heißt du?«

»Ich heiße Lorenz«, sagte Tinus. »Ich bin der Sohn eines Bauern, der Klaas Wittkopp heißt. Genügt dir das?«

»Wie alt bist du?«

»Ungefähr vierzig.«

»Wieso?« rief der Offizier. »Du mußt doch einen Taufschein haben.«

»Ich?« fragte Tinus. »Nee, den hat meine Mutter, und bei der darf ich mich nicht mehr sehen lassen.«

»Und warum nicht?«

»Weil ich ein liederlicher Hund bin. Also wollt Ihr mich nun oder wollt Ihr mich nicht?«

Sie wollten ihn, und dann war die Reihe an Peter. Und das hatte er nun gelernt. Er sagte, daß er Carolus von Alvensleben hieße und auch keinen Taufschein bei sich hätte, weil er gegen den Willen seines Vaters von zu Hause fort sei und Söldner werden wolle.

Dann waren noch fünf, sechs, nein, sieben andere an der Reihe, und der Offizier sagte: »Bleibt hier, wir fahren heut abend noch los. Es eilt.«

»Und wie ist es mit einer vollen Schüssel?«

Peter Minde sah, wie der Offizier die Kinnladen aufeinanderbiß und die Faust in die Tasche steckte. »Laß dir zu essen geben.«

Tinus nickte und sagte: »Ein voller Magen, Herr Offizier, tut Wunder.«

Die Werber hatten Hühner braten lassen, und Tinus stopfte in sich hinein, was in den Magen ging. Er nickte Peter immer wieder zu und sagte: »Eßt, Herr, eßt.«

Das mag so sein, wenn man Soldat wird, dachte Peter. Man muß hungern können und man muß sich den Bauch vollschlagen können. Aber das muß ich erst lernen.

Die Dämmerung kam spät an diesem Abend, und die Mücken und Bremsen setzten den Angeworbenen, die nun unter den Kastanien vor dem Krug im Gras lagen, mächtig zu. Sie schlugen nach den Plagegeistern und nahmen immer noch einen Schluck aus ihren Bierkrügen. Dann ratterte der vierspännige Wagen heran, auf dem schon Angeworbene saßen, und der Kröger eilte mit vollen Krügen hinaus. Der Offizier kam herzu, und der Feldwebel rief jeden Neuzugang bei seinem Namen.

»Hier!« ging es immer. »Hier!«

Als er Lorenz Wittkopp rief, gab es kein Hier und bei Carolus von Alvensleben auch nicht. Der Offizier stampfte mit dem Fuß auf. »Ich hab's doch gewußt. Die beiden! Ich hab ihnen nicht getraut.« Und dann pfiff er die Soldaten zusammen und rief: »Suchen! Sie können noch nicht weit sein.«

»Suchen?« rief der Feldwebel. »Jetzt? In dieser Dunkelheit? Die finden wir nie.«

Aber der Offizier schickte seine Rotte in die umliegenden Häuser und ließ die Soldaten mit ihren Säbeln in jeden Schrank stechen und unter jedes Bett, in das Stroh zwischen den Kühen und in jeden Heuhaufen. Und als sie erfolglos zurückkamen, sagte er zu seinem Feldwebel: »Streich die beiden von der Liste.«

Der Wagen fuhr los.

Als es ruhig geworden war vor dem Krug, ließen sich Tinus und Peter aus der entlegenen Kastanie fallen, und Tinus sagte: »Seht Ihr, Herr, das gehört auch dazu.«

Vor Aachen trafen sie auf die Werber der Reformierten. Die hatten keinen Prediger bei sich, aber es gab auch Freibier und eine volle Schüssel, und der Offizier sagte: »Moritz von Oranien, in dessen Namen ich euch anwerbe, verbürgt sich dafür, daß jeder seinen Sold bekommt, aber er verspricht nicht, daß es immer zur festgesetzten Zeit sein wird. Denn wo wir auch kämpfen, hält der Feind unser Land besetzt, dazu kommen die Spione und Spitzel, und es kann vorkommen, daß uns ein Geldtransport nicht rechtzeitig erreicht. Dennoch! Die Gelegenheit, die Spanier aus unserem Land zu vertreiben, ist jetzt gekommen! Jetzt läßt der spanische König seine besten Soldaten auf die Schiffe bringen, mit denen er in England einfallen will. Nur jetzt werden wir die Zurückbleibenden schlagen können, und wir werden alle die Städte zurückerobern, die er uns genommen hat. Erst dann werden die alten Freiheitsrechte in unserem Land wieder gelten. Die Spanier werden keine Scheiterhaufen mehr anzünden, und es werden keine Kirchen mehr geplündert werden. Wir werden einander dulden, alle werden wieder ihrem Handwerk und ihrer Arbeit nachgehen und niemand wird mehr fliehen müssen. Es wird wieder Frieden sein.«

»Und das Paradies auf Erden«, säuselte Tinus in Peters Ohr. Und dann sagte er: »Als ob er nicht wüßte, was es bis dahin noch für ein weiter Weg ist und wie viele Gräber wir noch werden schaufeln müssen.«

»Du magst recht haben«, sagte Peter, »ich werde mich trotzdem anwerben lassen. Und ich frage dich jetzt noch einmal...«

»Ihr braucht mich nicht zu fragen, Herr. Ich habe gesagt, daß ich mit Euch gehe.«

Südlich von Geldern wurden sie von einem Regiment des Oraniers erwartet, dem die dezimierte spanische Besatzung der Stadt keinen Widerstand geleistet hatte und das in Zelten kampierte. Hier erhielten die Angeworbenen einheitliche Hosen und Röcke und die orangefarbene Schärpe, die sie von nun an tragen würden. Die Offiziere teilten die Angeworbenen in Fähnlein und Rotten ein, und die Feldwebel zogen mit den Rotten ins freie Feld, um jeden einzelnen im Kampf zu üben. Die einen lernten mit den schweren Gewehren umzugehen und die anderen mit den leichten Hakenbüchsen. Sie lernten die Wendung nach rechts und nach links, sie lernten den Kampf mit dem langen Säbel und den mit dem kurzen, Mann gegen Mann. Alle zusammen waren sie ein großer Haufen, der einzelne zählte nicht mehr.

Am vierten Tag aber, als sie von ihrer Übung in die Zelte zurückgingen, ritt an die Rotte, in der Peter und Tinus standen, ein Offizier heran.

»Daß du kein Neuling bist«, sagte er zu Tinus, »das sieht man. Aber der da, der neben dir geht...« Tinus hielt den Schritt an, und Peter sprang an seine Stelle. »Wer hat dir denn das Schießen beigebracht?«

»Unser Stadtvogt«, antwortete Peter.

»Und wo kommst du her?«

»Aus dem Brandenburgischen.«

»Ein Lutherischer also«, sagte der Offizier, »und vermutlich aus Überzeugung zu uns gekommen?«

»So ist es.«

»Du kannst auch mit Pistolen schießen?«

»Ich besitze zwei.«

»Und wie kommt das?«

»Ich habe eine Zeitlang die Kaufmannswagen begleitet zum Schutz vor Überfällen.«

Der Offizier nickte. »Und wer hat dich das geheißen?«

»Ich selbst.«

»Und hat es was genützt?«

»Ja, es hat viel genützt.«

»Bist du ein Kaufmannssohn?«

»Ja, Herr.«

»Und wie heißt du?«

»Peter Minde.«

Der Offizier nickte und ritt weiter. Und Tinus sagte: »Jetzt weiß ich endlich, wer Ihr seid.«

9. Kapitel

Den ersten Scheiterhaufen sah Peter, als sie weitermarschierten. Es war ein kleiner Ort, dessen Namen er vergaß vor Wut und Mitleid, denn sie kamen zu spät. Der Verurteilte hing bereits schwarz und verkohlt am Pfahl. Die Spanier umkreisten den Scheiterhaufen und trieben die Menschen fort, die mit Steinen nach ihnen warfen.

Als die versammelte Menge die Söldner mit den orangefarbenen Schärpen sah, die plötzlich aufgetaucht waren, riefen sie:

»Er ist unschuldig gestorben!«

»Es hat ihn einer denunziert!«

»Sein Hab und Gut gehört dem Verräter schon.«

»Wir werden ihn aufhängen!«

»Ja, aufgehängt wird er!«

Dann sah Peter eine Frau, die ihre Arme zum Himmel hob und schrie: »Schlagt sie tot, ihr Söldner des Oraniers, schlagt sie tot!«

Die Spanier hoben ihre kurzen Schwerter, als die Söldner auf sie zudrängten. Der erste aus der Rotte, der sie ansprang, konnte kaum älter als vierzehn Jahre sein.

»Meinen Vater haben sie auch unschuldig verbrannt!« Und er wütete, als wäre er toll geworden.

Peter wußte auch, wie das ging, Mann gegen Mann. Das aber hatte er noch nicht gesehen. Als der Junge getroffen wurde und blutend zusammenbrach, hatte er Schaum vor dem Mund. Peter zerrte ihn beiseite, und jemand goß ihm Wasser über den Kopf. Der Feldscher riß ihm die Zähne auseinander und trichterte ihm ein Beruhigungsmittel ein. Sie legten ihn auf den Proviantwagen.

Von den Spaniern blieb nicht einer am Leben. Die Rotte zog weiter, Richtung Breda.

»Nördlich von Breda«, sagte der Offizier, »erwartet uns Moritz von Oranien, der Sohn des Schweigers. Denn das müßt ihr wissen, in Burg und Schloß Breda hat Wilhelm von Oranien hofgehalten. Die Leute haben ihn nicht nur verehrt, sie haben ihn vergöttert. Er war der Mann all ihrer Hoffnung auf die freien Niederlande. Aber er hat den Kampf verloren, und deshalb haben sie ihm alles genommen, was er besessen hat, sogar das Leben. Und nicht nur das, der König von Spanien hat die Familie des Mörders geadelt. Unser Ziel wird sein, Breda zurückzuerobern.«

Es war dunkel geworden, und sie wußten nicht, wie lange sie noch vorwärts gehen mußten. Sie wußten nur, der Weg nach Breda war weit. Aber sie waren ausgeruht, alle hatten eine volle Schüssel im Magen, mit viel Fleisch und Brot dazu. Am Himmel erschien ein fahler Mond, der immer wieder von Wolken verdunkelt wurde, und auf einmal fing einer von ihnen zu singen an:

Wilhelmus von Nassauen,
bin ich von deutschem Blut,
dem Vaterland die Treue
halt ich bis in den Tod.

Peter Minde kannte das Lied nicht, in das immer mehr einstimmten, auch Tinus sang mit.

Ein Fürst von Oranien
bin ich ganz unverwehrt,
den König von Hispanien
hab immer ich geehrt.

Sie sangen es nicht laut, sie sangen es nicht leise, sie sangen es so vor sich hin und immer von neuem.

In einem Zeltlager nördlich von Breda erwartete sie General de Vries.

»Wieviel bringen Sie mir?« fragte er den Offizier.

»Eine knappe Hundertschaft.«

»Nicht viel«, sagte der Oranier, »aber wenn es überzeugte Leute sind, dann zählt jeder doppelt. Morgen bei Tageslicht werde ich sie inspizieren.« Er rief nach einem Offizier aus seinem eigenen Zelt, und die Söldner wurden eingewiesen. Für jeden gab es noch einen großen Krug Bier und ein Stück Brot dazu, dann kehrte Ruhe im Zeltlager ein.

Wieder fand Peter keinen Schlaf. Er war zum erstenmal in einem solchen Söldnerlager, in einem Zelt, in dem jeder dicht neben dem anderen lag. Diese körperliche Nähe auszuhalten wurde ihm unerträglich, dieses Schnarchen und Rülpsen und Furzen und Hin- und Herwälzen auf dem Stroh.

Peter stand auf und ging vor das Zelt, ohne jemand zu wekken. Der Wärme wegen war der Eingang aufgeschlagen geblieben. Er setzte sich. Die Biwakfeuer, das konnte er sehen, waren heruntergebrannt. Er legte die Arme um die angewinkelten Knie, sah in den Himmel und dachte nach. Das steht einem also bevor, wenn man fortmuß wie ich, und jeder von denen, die hier schlafen, wird seinen Grund haben. Oder auch nicht, so wie Tinus.

Von Westen her kam ein Wind auf, und Peter, der den ganzen Tag geschwitzt hatte, fing zu frösteln an. Plötzlich sagte jemand neben ihm: »Ihr werdet Euch schon dran gewöhnen, Herr. Das dichte Nebeneinander ist nicht nur zum Kotzen, es gibt auch Sicherheit. In so einem Feldlager steht einer für den andern ein, glaubt mir das. Aber nicht nur in einem Feldlager. Wenn es zum Kampf kommt, gilt das erst recht. Das gibt Halt.«

Peter sagte nichts darauf. Seine Augen suchten die Biwakfeuer, die nur noch wie rote Punkte zwischen den Zelten glühten.

»Ich weiß, was Ihr braucht«, sagte Tinus nach einer Weile. »Ihr braucht einen Mantelsack. Ich seh schon, Ihr seid ein Einzelgänger. Die gibt es in jedem Fähnlein, und die brauchen immer wieder einmal ein paar Stunden für sich. Ich werde Euch einen Mantelsack besorgen bei nächster Gelegenheit. Aber er wird vielleicht etwas kosten.«

»Das macht nichts«, sagte Peter.

»Vielleicht bekomme ich ihn auch billig von einem toten Spanier. Aber versprechen kann ich es nicht.«

Wieder sagte Peter nichts. Und als er endlich etwas sagen wollte, entstand plötzlich Unruhe im Lager. Die Wachen riefen durcheinander, Hufschlag war zu hören, und dann sahen Peter und Tinus einige Pferde auf das Zelt des Befehlshabers zutraben. Sie standen auf und zählten drei. Peter wollte vorwärts, aber Tinus hielt ihn zurück. »Nein, Herr, die Wachen würden Euch höchstens verdächtigen. Es würde Mißverständnisse geben. Laßt es, Herr. Der General wird Nachrichten erwartet haben. Morgen ist ein neuer Tag.«

Am nächsten Morgen verkündete General de Vries seinen Söldnern, daß die spanische Armada von englischen und niederländischen Schiffen auseinandergetrieben und zerschlagen worden sei.

»Der Sieg ist unser!« rief er. »Er ist auf unserer gerechten Seite. Es waren die besten Schiffe, die der König von Spanien gegen England geschickt hat. Auf diesen Schiffen haben sich spanische Eliteregimenter befunden, und die spanischen Eliteregimenter, die unser Land besetzt haben und vom Herzog von Parma befehligt wurden, sollten zu ihnen stoßen. Aber das haben die Kapitäne unserer Geusenschiffe verhindert. Sie haben ihnen von See her den Weg nach England abgeschnitten. Wie viele von den dreißigtausend Spaniern auf den Barken überlebt haben, weiß zur Stunde niemand, aber das wissen wir: Wir haben gesiegt! Und dafür wollen wir unserem Gott danken.«

Um die Mittagsstunde dieses Tages versammelte sich das gesamte Feldlager zum Gottesdienst. Für Peter war es das erstemal, daß er einen Gottesdienst unter freiem Himmel erlebte, gemeinsam mit so vielen anderen. Er konnte sich nicht vorstellen, daß er andächtig werden könnte bei den vielen Menschen um sich herum. Er konnte sich auch nicht vorstellen, daß er die Worte des Predigers verstehen würde, selbst wenn er in deutscher Sprache reden sollte. Peter wehrte sich schon jetzt gegen alle die Sprüche, die er so sagen würde, um wenigstens die Andächtigen unter den

Söldnern zu erreichen. Dann sah er den Prediger auf dem Podest stehen im langen, schwarzen Rock mit einem großen, silbernen Kreuz an einer silbernen Kette auf der Brust. Er trug eine schwarze Tuchkappe und hielt die Bibel in der rechten Hand, und als die Feldmusiker einen Choral spielten, zog er die Kappe, und Peter sah, daß er ein bejahrter Mann war.

»Wir wollen beten«, sagte der Prediger, und alle, die versammelt waren, zogen ihre Kappen.

»Herr, Du gerechter Gott im Himmel! Wir wissen, daß wir vor Dir allzumal Sünder sind und daß keiner uns diese Sünden vergeben kann, mag er noch soviel weltliche Macht besitzen. Um uns unsere Sünden zu vergeben, hast Du uns deinen eingeborenen Sohn geschickt und ihn kreuzigen lassen. Damit diese Wahrheit nicht aus der Welt kommt, sind wir deine Söldner geworden. Wir sind bereit, an jedem Tag und in jeder Stunde dafür zu kämpfen und unser Blut zu vergießen. Wir werden nicht zurückstehen hinter denen, die bereits für Deine Wahrheit gestorben sind, und wir wollen Dir danken, daß Du mit denen warst, die draußen auf See im Glauben an Dich den Sieg errungen haben. Herrgott, wir loben Dich! Herrgott, wir danken Dir! Herrgott, wir loben Dich!«

»Herrgott, wir danken Dir! Herrgott, wir loben Dich!« wiederholten die vielen hundert Söldner, die sich um das Holzpodest aufgestellt hatten. Dann stimmte die Feldmusik das Dankgebet an, und die Söldner fielen ein:

Wir treten zum Beten vor Gott, den Gerechten,
er waltet und haltet ein strenges Gericht.
Er läßt von den Schlechten die Guten nicht knechten,
sein Name sei gelobt, er vergißt unser nicht.

Peter kannte es nicht, aber es wogte so um ihn her aus diesen Hunderten von Männerkehlen, daß er an eine Orgel denken mußte.

Im Streite zur Seite ist Gott uns gestanden,
er wollte, es sollte das Recht siegreich sein.
Da ward, kaum begonnen, die Schlacht schon gewonnen,
Du, Gott, warst ja mit uns, der Sieg, er war Dein.

Peter war immer von Musik mitgerissen worden, von der Musik, die ihm seine Mutter nahegebracht hatte, oder wenn in St. Stephan die Orgel das hohe Kirchenschiff durchflutete, dann war er fortgetragen worden wie auf Wolken.

Wir loben dich, oben, du Lenker der Schlachten,
und flehen, mögst stehen uns fernerhin bei,
daß deine Gemeinde nicht Opfer der Feinde.
Dein Name sei gelobt! O Herr, mach uns frei!
Herr, mach uns frei!

In die Stille, die eintrat, flüsterte Tinus: »Er hat es kurz gemacht, wie immer.«

Peter schrak zusammen, und erst jetzt merkte er, daß er mit gefalteten Händen dastand.

»Wenn's drauf ankommt, sieht man dem Barnevelt den Prediger nicht an. Er ist ein Geuse, und er kämpft mit uns. Sein weißes Haar hat er nicht von den Jahren, nein, er hat auf dem Scheiterhaufen gestanden. Die Getreuen haben ihn im letzten Augenblick heruntergeholt. Seitdem kommt kein überflüssiges Wort mehr über seine Lippen.«

»Woher kennst du ihn?«

»Aus meiner protestantischen Zeit, sozusagen. Er ist es gewesen, der mich hat zu den Protestanten wechseln lassen. Und wenn ich Euch etwas sagen soll, Herr, wo Barnevelt ist, da bin ich wieder gerne. Aber jetzt wollen wir mit den anderen zu den Kesseln gehen, und wenn Ihr wollt, dann führe ich Euch durch das Lager, denn allzu lange wird es dieses Lager nicht mehr geben.«

Peter sah Tinus an.

»Ich vermute das, Herr. Prinz Moritz müßte ja ein Brett vor dem Kopf haben, wenn er diesen Sieg nicht ausnutzte. Jetzt muß es losgehen, jetzt muß alles zurückerobert werden, was die Spanier in ihre Gewalt gebracht haben.« Tinus geriet in Rage. »Ich sage Euch, Herr, die Armee wird Antwerpen zurückerobern, ich sage es Euch. Außerdem habe ich in Erfahrung gebracht, daß uns der Sieg zwei freie Tage bringt. Und die werden wir nutzen.«

»Wie?« fragte Peter.

»Wir werden in die Dörfer gehen und es uns gutgehen lassen. Denn von dem Sieg fällt für uns auch was ab.« Tinus rieb den Daumen an seinem Zeigefinger. »Ich hab mich umgehört, Herr. Die draußen auf See, die haben viel Beute gemacht. Und die Leute hier, das müßt Ihr wissen, die können hungern und sterben ohne Klage, aber sie können auch feiern und tanzen und saufen. Und wenn ich Euch so betrachte, Herr, Ihr mit Eurem blonden Lokkenkopf, dann werdet Ihr an jedem Finger zehn Mädchen haben. Das Lager, das ich Euch zeigen will, die Kanonen, die Pferde, das hat Zeit. Morgen ist ein neuer Tag, Herr. Kommt!«

Es sah so aus, als sollte der erfahrene Tinus mit seinen Prophezeiungen recht behalten, mit den Freudenfesten in den Dörfern und mit den Mädchen. Es stimmte, Peter war noch nicht so ein ausgekochter Soldat, der es nur auf das eine abgesehen hatte in der Scheune oder draußen in einem Heuschober. Nein, wenn Peter die Hände an die Hüften legte und die Sarabande zu tanzen anfing, dann wußte er wirklich nicht, welchem Mädchen er dazu die Hand reichen sollte, so viele standen um ihn herum und sahen ihn an, und es schien so, als hätten sie alle schnell bemerkt, daß es ihm nicht darum ging, sich einen Krug Bier nach dem anderen in die Kehle zu gießen. Und die Väter der Mädchen und die Bauern, bei denen diese Mädchen im Dienst waren, sahen es auch. Sie nickten, wenn sich die Mädchen an Peter herandrängten.

Mit dem Sieg auf See, der gegen die Spanier zu Lande genutzt werden sollte, hatte es seine Bewandtnis. Es gab keinen Befehl des jungen Prinzen von Oranien, den Sturm auf Breda vorzubereiten. Als sich mit den Novemberstürmen der Winter ankündigte, wurde die Hälfte der Söldner in die nahegelegenen Dörfer ins Quartier verlegt. Die andere Hälfte blieb in Zelten. Wochenweise wurde gewechselt, am Sonntag nach dem Gottesdienst.

»Nun seht Ihr selbst, Herr, was ein Söldner im Winter für ein Leben hat«, sagte Tinus einmal, als sie frierend im Zelt auf dem Stroh lagen. »Habt Ihr Euch das so vorgestellt?«

»Ich hab mir gar nichts vorgestellt, Tinus. Ich wollte fort, und jetzt ist es eben so, wie es ist.«

»Ja, Herr, und gar so schlecht ist es auch wieder nicht. Wir werden satt und haben unser Bier und in einer Woche wieder ein Dach über dem Kopf.« Aber er dachte: Wollte er fort oder mußte er fort? – Ach, was geht's mich an.

General de Vries bezog Quartier im nächstgelegenen Gutshof, der noch zu den Besitzungen Oraniens in Breda gehört hatte, und wartete ungeduldig auf eine Nachricht des Prinzen.

Endlich kam mit den Wagen, die das Geld für die Söldner brachten und das Quartiergeld für die Bauern, ein Brief aus dem Hauptquartier.

»Mein verehrter Freund!« schrieb der junge Prinz Moritz von Oranien. »Ich habe hier einen beinahe aussichtslosen Kampf gekämpft. Parlament und Stände wollen keinen Krieg mehr, und das bedeutet, die südlichen Niederlande müssen wir aus allen unseren Überlegungen streichen, Antwerpen eingeschlossen. Wir müssen unsere Überlegungen darauf einrichten, alle Städte unserer vereinigten Niederlande von den Spaniern zu befreien und dazu von Nordbrabant bis nach Friesland starke Festungen zu bauen. Unser nächstes Ziel ist die Erstürmung Bredas. Bereiten Sie alles, lieber General de Vries, dafür vor. Breda darf keine Niederlage werden. Danach sehen wir weiter, wie wir es mit den Städten in Nordbrabant halten werden. Das dafür notwendige Geld bekomme ich von den Stadtvätern Hollands und Seelands. Treffen Sie also Ihre Überlegungen in dem Bewußtsein, zwar nicht viel, aber genug Geld zu haben, um unser Unternehmen, und das heißt für mich, auch jeden einzelnen Söldner bezahlen zu können.

Ich grüße Sie herzlich mit der Bitte, mir soviel Vertrauen zu schenken, wie Sie ein Leben lang meinem Vater, Wilhelm von Nassau und Oranien, erwiesen haben, und hoffe, Sie im Frühjahr wiederzusehen im Schloß meines Vaters zu Breda.«

Von nun an war der General täglich unterwegs, reitend oder mit dem Schlitten über die zugefrorenen Seen, Kanäle und Flüsse fahrend. Spekulationen über den Zweck seiner Unternehmungen gab es nicht. Jeder wußte, das alles galt Breda. Aber als sich der General das Eis zunutze machte und Kanone um Kanone näher an Breda heranbringen ließ, hieß es bei Bauern, Bürgern und Söldnern: Wann geht es los, wann?

Anfang März war es soweit. Die Kanonen, auf die Schanzgräben gerichtet, eröffneten den Angriff. Die Einschläge ihrer schweren Kugeln saßen genau. Dann stürmten die Fußsoldaten. Geschrei aus den Gräben empfing sie, Musketenfeuer schlug ihnen entgegen. Wo die niederländischen Söldner eine Lücke entdeckten, sprangen sie hinein, und wer sich ihnen entgegenstellte, wurde mit Schwertern und Äxten niedergeschlagen.

Der Trompeter blies das Signal zum Sammeln. Die zweite Welle formierte sich und stürzte sich in die Gräben. Peter und Tinus gehörten dazu. Sie sprangen mitten hinein in das Hauen und Stechen, aber außer den Getroffenen schrie keiner mehr. Und dann ballte es sich vor einem Pulverlager zusammen. Kein Vor, kein Zurück, und rechts und links nur Zuschlagen und Niedermachen.

Peter sah vor sich einen am Grabenrand stehen, der den Arm mit dem Schwert nicht hob. Als er zuschlagen wollte, erkannte er, daß sein Gegenüber keinen Kopf mehr hatte. In diesem Augenblick raffte sich ein Verletzter hoch, der zu seinen Füßen lag, und stach auf Peter ein. Er stach um Handbreite daneben. Peter schlug ihm das Schwert aus der Hand.

»Kein Erbarmen!« schrie Tinus, aber bevor er zuschlagen konnte, sank der Spanier schon tot zusammen.

Sammeln und Stürmen, das ging so, bis die Dunkelheit kam. Am anderen Tag begann der Kampf an der Stadtmauer. Nach drei Tagen war Breda in der Hand des Generals mit der orangefarbenen Schärpe.

Es gab keinen Jubel in Breda. Die Leute konnten noch nicht fassen, daß sie frei waren, daß sie sich wieder offen zu ihrem

Glauben bekennen, ihre Gebete beten, ihre Lieder singen durften. Frei, nach so vielen Jahren in Angst und Schrecken. Von den Türmen läuteten die Glocken, die Türen der Kirchen standen offen, aber niemand betrat die Gotteshäuser, in die sie jahrelang hatten gehen müssen zu den katholischen Gottesdiensten. Still, fast lautlos, versammelten sich die Leute um das Rathaus. Und wieder war es der Prediger Barnevelt, der das Dankgebet anstimmte.

»Wir treten zum Beten, vor Gott den Gerechten...«

Keiner schämte sich seiner Tränen, viele umarmten einander und brachten keinen Ton hervor, manche hielten die bis jetzt verbotene Bibel, andere die Gebetbücher in den Händen. Erst als das »Herr, mach uns frei!« über den Platz schallte, dämmerte allen, was geschehen war. Frei!

Peter und Tinus, die Musketen noch über dem Rücken, sahen aus einer Seitenstraße zu.

»Im Winter«, sagte Peter, »hast du mich einmal gefragt, ob ich mir das so vorgestellt hätte. Ja, ich weiß, es ging damals um was anderes. Aber das hier, das habe ich mir auch nicht vorstellen können. Wenn bei uns drüben von den Niederländern die Rede war, von den Spaniern und dem Krieg, dann waren das immer Klagen über die schlechten Geschäfte. Aber was sich hier sonst tut, davon weiß niemand etwas.«

»Habt Ihr mit ›drüben‹ Brandenburg gemeint, Herr?«

»Ja, auch.«

Jubel gab es in Breda erst, als Moritz von Oranien mit einem großen Gefolge in die Stadt ritt. Moritz von Oranien, der Sohn jenes Mannes, den so viele Niederländer Vater genannt hatten. Erst jetzt, als der junge Prinz in der Burg und im Schloß einzog, glaubten die Leute wirklich an die Freiheit.

Es brauchte seine Zeit, bis die Fähnlein wieder geordnet, die Verluste gezählt und aufgefüllt, die Toten begraben, die Blessierten gepflegt, die Schäden an Stadt- und Burgmauer begutachtet und die Reparaturen eingeleitet waren.

Das Fähnlein, dem Peter Minde und Tinus angehörten, lag in der Burg. Als sie von den Wachen abgelöst wurden, sagte Tinus: »Nun laßt uns mal in die Stadt gehen, Herr. Wir waren am Sieg nicht unbeteiligt. Ich seh noch, wie der Spanier um Haaresbreite an Euch vorbeigeschlagen hat, und deshalb – kommt jetzt das schöne Leben. Was glaubt Ihr, Herr, wie die Mädchen in den Straßen auf uns warten.« Dabei kniff er das sehende Auge zusammen. »Wir haben uns ihre Liebe verdient.«

Peter lachte und sagte: »Ja, das haben wir.«

Sie gingen los, und erst gegen Morgen, als ihr Dienst wieder anfing, kamen sie zurück, übermüdet und noch halb besoffen.

»Na, seid Ihr zufrieden, Herr?« fragte Tinus.

Peter nickte.

»Ja, das Haus war nicht schlecht. Die Alte hat eine gute Auswahl Mädchen beisammen.«

»Hat sie.«

»Habt Ihr gesehen, Herr, wie sie alle auf meinen Latz gespitzt haben? Sogar die Alte!« Tinus lachte und lachte.

»Hab ich, hab ich.«

»Ja, so ein Latz, der macht Eindruck, das weiß ein alter Landsknecht wie ich.« Und dann fing Tinus an zu singen, und Peter konnte ihn nicht bremsen.

Ein Latz muß sein daneben, wohl einen Kalbskopf groß,
hajoo, hajoo, wohl einen Kalbskopf groß,
Karteken drunter schweben, sein ohne alle Moß,
hajoo, hajoo, sein ohne alle Moß.
Kein Geld wird da gesparet, und sollt ich betteln gohn,
hajoo, hajoo, und sollt ich betteln gohn.

»Wie's weitergeht, Herr, das weiß ich nicht mehr. Aber hajoo, hajoo, Ihr scheint mir auf Dunkelhaarige zu stehen, was ich so beobachtet habe. Hat sie Euch sehr rangenommen?«

Wieder nickte Peter.

»Ich bin ja mehr für die Blonden.«

»Hab ich gemerkt«, sagte Peter.

»Ja, Herr, wenn die sich so ausziehen und ich seh den kleinen, braunen Igel zwischen den Beinen und ich fahr ihnen dazwischen und ich fühle, wie feucht sie sind – ach, Herr, dann kommt's über mich, und mein Dideldumdei wird hart und steif, und es ist so, als ob er immer härter und steifer würde, je breiter sie die Beine machen. Ach, Herr, ist das nicht ein Leben? Lohnt es sich nicht, dafür Söldner zu sein?«

Peter lachte. »Es lohnt sich.«

»Es gibt aber noch ein anderes Haus«, sagte Tinus. »Ich hab so rumgehört. Die Alte dort hat nur Rotblonde, und die machen es auf französisch.«

Peter sah Tinus an.

»Mit den Zähnen, Herr, mit der Zunge. Mir gefällt das nicht besonders. Ich brauch das Weib unter mir, ich muß mich an ihrem Busen festhalten können. Aber vielleicht gefällt es Euch?«

»Vielleicht«, sagte Peter und lachte wieder.

Als Peter später auf der Burgmauer beim Wachdienst auf und ab ging, dachte er: Das kommt mir so schnell nicht wieder vor. So weiche Knie habe ich ja noch nie gehabt.

Einige Wochen hielt Moritz von Oranien in Breda hof, und in dieser Zeit gewann der junge Prinz all die Zuneigung, die früher seinem Vater zuteil geworden war. Zweiundzwanzig Jahre schmolzen für die Menschen zusammen bis zu diesem einen Tag, an dem der Hof die Residenz Breda hatte verlassen müssen, flüchtend vor den anrückenden Spaniern. Sieben Monate später war der Prinz geboren worden, drüben in Deutschland, in Nassau. Aber jetzt war er hier, und sie vertrauten ihm ihre Freiheit an.

Die Bauern kamen ins Schloß. »Gebt uns Gewehre, Säbel und Schwerter, Durchlaucht, und lehrt uns damit umzugehen. Gebt uns Kanonen, Durchlaucht, wir weden sie vor unseren Kirchen aufstellen und auf die Spanier richten, wenn sie es wagen sollten, zurückzukommen.«

Und die Stadtvertreter von Breda sagten: »Laßt es nicht bei Breda, Durchlaucht, erobert ganz Brabant zurück!«

»Nordbrabant«, antwortete der Prinz, »wenigstens Nordbrabant muß uns bleiben.«

Als die Sapnier keinen Gegenangriff unternahmen, ging Prinz Moritz nach Amsterdam zurück. Er wußte Breda bei General de Vries in den besten Händen.

»Könnt ihr Euch auf die Abreise des Prinzen einen Vers machen, Herr?« fragte Tinus eines Abends, als sie an der Burgmauer gemeinsam Wachdienst hatten.

»Keinen rechten, Tinus.«

»Ich muß Euch sagen, Herr, es gefällt mir nicht. Es war immer so ein gutes Gefühl, wenn ich mich während der Wache nur umzudrehen brauchte und die hell erleuchteten Fenster sah. Da wußte ich, dort sitzt er, und ich steh hier, damit er ruhig arbeiten kann.«

»Das schon, Tinus, aber er hat eben nicht nur über Schlachtplänen gesessen.«

»Mag sein«, sagte Tinus. »Ich habe einen Schneidergehilfen getroffen, der hat gesagt, er ist nach Amsterdam und holt Geld. Aber das kann ich mir überhaupt nicht denken. Der Prinz wird doch nicht selber mit einem Wagen voll Geld durchs Land kutschieren.«

»Nee, Tinus.« Peter lachte. »Aber mit dem Geld, das stimmt schon. Ich hab auch einen getroffen. Das war ein Ratsherr aus Breda. Der hat mich, weiß der Himmel warum, zu einem Glas Wein mit ins Haus genommen und mir das etwas genauer erklärt. Der Prinz ist schon wegen Geld in Amsterdam, wegen sehr viel Geld. In Amsterdam sitzen nämlich alle Vertreter der vereinigten niederländischen Staaten, und die müssen ihm das Geld bewilligen, das er braucht, um die verlorenen Städte zurückzuerobern. Er braucht Geld zu dem ganzen Drum und Dran, und der Ratsherr hat gesagt, er wird keinen leichten Stand haben. Wer nicht jahrelang in einer Stadt gelebt hat, die von Spaniern besetzt ist, der weiß nicht, was das heißt. Die hohen Herren dort sind hartleibig, wenn es um die Gulden geht. Aber er wird sie schon weichkochen, denn ein Schweiger wie sein Vater ist er nicht. – Siehst du, Tinus, und wie er denen in Amsterdam das beibringt, darüber wird er nachgedacht haben, wenn er hinter den erleuchteten Fenstern gesessen hat. Es geht schon um Geld, Tinus, aber um viel mehr, als sich dein Schneidergehilfe vorstellen kann.«

»Wenn das so ist . . . aber was hat er denn alles vor, der Prinz?«

»Was das angeht, Tinus, werden wir wohl noch manche Überraschung erleben.«

Die erste Überraschung erlebten sie, als die Wagen ankamen, die im Auftrag des Prinzen nicht nur neue Röcke und Hosen und festes Schuhzeug brachten, sondern vor allem neue Musketen und Pistolen. Ach, schön waren sie anzusehen, diese pfeilgeraden, glänzenden Läufe. Die Söldner strahlten, aber nicht jeder bekam eine neue Waffe. Die Männer wurden von den Offizieren dafür genau ausgewählt.

»Was noch brauchbar ist von den alten Waffen, wird eingeschmolzen. Das andere . . .«, die Offiziere machten wegwerfende Handbewegungen. Und dann musterten sie einen Söldner nach dem andern und wechselten alte Kleidung gegen neue aus. Und da sie tagelang dablieben, konnte es gar nicht anders sein, als daß Frage und Antwort hin- und herging und aus dem, was sie sagten, ein Bild wurde.

»Prinz Moritz will aus Amsterdam ein neues Handelszentrum machen, ein neues Antwerpen. Wißt ihr, was er gesagt hat? ›Antwerpen ist tot. Ich opfere keinen einzigen Tropfen Blut mehr, um Antwerpen zurückzuerobern. Jawohl, ein neues Handelszentrum Amsterdam.‹ Und wenn er das sagt, dann macht er das auch. Erst haben ihm das die Herren nicht glauben wollen, aber er hat gesagt: ›Seehandel zu treiben ist die eine Sache, aber die Waren, die in den Häfen ankommen, in das Hinterland zu bringen, damit sie im ganzen Deutschen Reich und darüber hinaus gehandelt werden können, das ist die andere.‹ Und damit hat er sie gewonnen, denn die sind ja auch nicht von gestern, die Herren dort, die das Geld genehmigen sollten. Die haben natürlich begriffen, daß sie selbst zuallererst die Nutznießer sind. So, und nun wißt ihr, warum ihr neue Röcke und neue Musketen bekommt. Sie haben ihm nämlich das Geld bewilligt. Und nicht nur bewilligt, sie haben die Säckel weit aufgemacht. Und jetzt ist Prinz Moritz unterwegs und inspiziert Regiment auf Regiment, das könnt ihr glauben, die ihr hier in Breda sitzt. Ihr werdet euch noch wundern. Er kauft Kanonen in England und Pferde in Friesland und läßt Boote bauen, und er reist und reist, von Südholland nach Nordholland und weiter nach Friesland und von Groningen nach Drente und nach Geldern und Utrecht, und im Augenblick hat er Quartier in Delft.«

»Ich möchte bloß wissen, wo das alles liegt«, sagte Tinus zu Peter, »Utrecht und Groningen und Delft, mein Gott, ich bin ja schon viel rumgekommen, aber im Norden weniger als im Süden. Im Süden war immer viel mehr los, Antwerpen eben und Brüssel und so.«

»Spielt's eine Rolle, ob wir wissen, wo's liegt?« fragte Peter. »Weißt du, ich hab so eine Ahnung, Tinus. Ich hab so eine Ahnung, als ob wir vielleicht noch überall dort hinkommen, wo der Prinz gewesen ist.«

Tinus hatte einen neuen Rock, eine neue Hose und neue Stiefel bekommen, und Peter hatte sich einen Rock gekauft. Nun gingen sie gemeinsam vor der Burg auf und ab und suchten eine Fensterscheibe, in der sie sich spiegeln konnten. Als sie endlich eine gefunden hatten, besahen sie sich, stießen sich an und lachten und hakten sich unter und lachten wieder, und auf einmal sagte Tinus: »Eine neue Feder am Hut fehlt mir noch.«

»Warum denn das?« fragte Peter.

»Ach, so zur Feier des Tages.«

»Zu welcher Feier des Tages?«

»Na ja, Herr, für Euch ist das nicht so wichtig, aber für mich schon. Es ist heut genau ein Jahr her, daß wir einander begegnet sind.«

»Tinus!« rief Peter. »Hast du so ein Gedächtnis?«

»Na, das war für mich ein entscheidender Tag.«

»Aha«, sagte Peter und sah nicht mehr in die Fensterscheibe. »Dann ist auch darüber schon ein Jahr vergangen.«

»Ja, Herr«, antwortete Tinus, aber er fragte nicht, worüber denn noch.

Moritz von Oranien setzte seine Armee in Marsch. Die Gewißheit, das Richtige zu tun, hatte er nicht nur, weil ihm die Vertreter der Staaten das nötige Geld bewilligt hatten, sondern weil er der Armee ein neues, strenges Reglement gegeben hatte: Tägliche Übungen im Schießen, Angreifen und Stürmen, im Kampf mit Schwert, Säbel und Axt, strengstes Verbot von Diebstahl, was Plündern hieß. Als Gegenleistung ein regelmäßiger Sold, gute Verpflegung, ein gutes Quartier. Nein, das alles war es nicht, was ihm Zuversicht gab. Er hatte auf seinen Reisen überall Leute getroffen, einfache Leute, die zu ihm gekommen waren, um ihm ihre Dienste anzubieten, Bauern, Schiffer, Fischer, Handwerker. Sie wollten Beobachter sein, sie wollten Pfleger für die Verwundeten sein, sie wollten Überbringer von Nachrichten sein, Pferdepfleger wollten sie sein, Schmiede, Sattler, Verpflegung wollten sie bringen, backen wollten sie, schlachten wollten sie, kochen wollten sie. Sie wollten frei sein. Ihr Land, in dem sie lebten, sollte frei sein. Das gab Moritz von Oranien die Zuversicht, seine Armee in Marsch zu setzen.

Im Jahr 1591 eroberte Prinz Moritz die Stadt Nijmegen zurück und wandte sich gleich darauf nach Zutphen und nach Deventer. Vor Zutphen dauerte die Belagerung fünf Tage, vor Deventer zehn Tage, zehn volle Tage, und die Verluste waren hoch. Das mochte der Grund sein, aus dem einige Söldner über die Stränge schlugen. Sie plünderten, wie sie es gewohnt waren. Als die Hauptleute »Sammeln« befahlen, sagte Tinus: »Könnt Ihr Euch vorstellen, Herr, was das zu bedeuten hat?«

»Kann ich«, antwortete Peter und zeigte auf drei Galgen, die zwischen der Stadtmauer und dem Zeltlager aufgerichtet wurden.

»Glaubt Ihr wirklich ...«

»Du wirst es schon sehen. Ich hab dir damals – du weißt schon – gesagt, ich will ein ehrenhafter Soldat werden. Unter Prinz Moritz bin ich es. Und du, Tinus, laß dir für alle Zeiten eine Warnung sein, was du sehen wirst.«

Sechs Söldner ließ der Oranier hängen, und unter den Söldnern ging die Rede, alle sechs wären Draufgänger gewesen. Als sie zu den Galgen geführt wurden, stand der junge Prinz da und sagte: »Der Mut im Kampf gibt keinem das Recht zu plündern, das habe ich kundgeben lassen, bevor wir unseren gerechten Kampf aufgenommen haben. Ihr habt euch nicht an mein Gesetz gehalten, beklagt euer Schicksal nicht.«

Für Peter Minde sollte der schwere Kampf um Deventer eine andere Wendung nehmen. Seinem Hauptmann war die Umsicht nicht entgangen, mit der er kämpfte. Nie stürmte er blindlings drauflos, nein, er wartete kaltblütig auf den richtigen Augenblick. Damit hatte er manchen Söldner aus der Rotte ebenfalls besonnen gemacht, und so ernannte ihn der Hauptmann zum Weibel, als die Rotten neu geordnet wurden.

»Herr!« rief Tinus. »Ich bin ja so stolz auf Euch. Herr, wer hätte das gedacht, damals, als wir uns zusammengefunden haben, wißt Ihr noch?«

»Und ob ich das noch weiß, Tinus. Jede Einzelheit.«

Dann lachten und lachten sie, und auf einmal rief Tinus: »Und jetzt, Herr, sind wir fast schon drei Jahre beisammen.«

Zu Beginn des Jahres 1593 ließ der Prinz einen Teil der Armee in den eroberten Städten zurück und wandte sich mit der Hauptmacht südwärts. »Unser Ziel ist St. Geertruidenberg«, sagte er zu seinem General. »Es wird kein leichtes Stück Arbeit werden.«

Dieses eine Mal irrte der Prinz von Oranien. Die spanischen Söldner, vom Hunger mürbe gemacht und seit Monaten ohne einen Gulden Sold, waren nicht mehr bereit, den Belagerern ernsthaften Widerstand entgegenzusetzen. Nach zwei Tagen fiel

St. Geertruidenberg der Armee in die Hände. Im ehemaligen Kloster der heiligen Gertrud nahm der Prinz Quartier mit seinen Offizieren. Die Wachmannschaften schlugen vor dem Kloster ihre Zelte auf, im Klostergarten wurden Kanonen aufgefahren, vor dem Rathaus Geschütze, ein Teil der Söldner bezog Quartier in den Bürgerhäusern, in Scheunen und Vorratsschuppen, die anderen lagen in Zelten vor den Stadttoren.

Peter Minde und seine Rotte waren zur Nachtwache um das Rathaus eingeteilt. Die Musketen über der Schulter, gingen sie durch die Straßen. Es ist wie immer, dachte Peter, in der ersten Nacht wird keine Ruhe, auf den Straßen nicht und in den Häusern nicht. Überall sah er hinter den Fenstern noch die Öllampen brennen. Die Leute saßen beisammen oder standen vor den Türen. Immer wieder kamen Wagen gefahren, die kontrolliert werden mußten, um gewiß zu sein, daß sich nicht spanische Söldner unter ihren Planen verbargen. Von den Höfen in den Nebenstraßen, wo die Kessel standen, roch es nach Suppe. Pumpenschwengel quietschten, Tore schlugen, Holzschuhe klapperten, Hunde bellten, und über allem immer dieses stete Wabern vieler Stimmen, dazwischen Gelächter, Gekreische und Rufe, die nicht überhört sein wollten. Erst als Mitternacht längst vorüber war, verebbte das alles.

Und auch das ist wie immer, dachte Peter, daß ich nicht müde bin; daß ich nicht schlafen könnte, selbst wenn ich keine Wache hätte. Immer ist mir dann so, als ob sich eine Mühle in mir dreht und dreht. Ich muß an so vieles denken und kann nicht aufhören damit. Und als ihm in diesen Nachtstunden zum Bewußtsein kam, daß es in diesem Sommer, in diesem Monat Juni gerade fünf Jahre her war, seit er damals in der Nacht über die Stadtmauer von Tangermünde geklettert war, dachte er: Ist das nun eine lange Zeit oder eine kurze? Die Frage, wie es damals daheim weitergegangen ist, habe ich mir nie gestellt. Ich bin für keinen dort wichtig gewesen, und deshalb wird nach mir kein Hahn gekräht haben. Der Gedanke an die Kathe Krulle wollte sich ihm aufdrängen, an Ambros Ambrosius, an Gusten, an seinen Vater. Er schob sie alle von sich.

Plötzlich fiel ihm auf, daß er Tinus aus den Augen verloren hatte. Er machte sich um ihn nicht viele Gedanken, Tinus tauchte immer wieder auf.

Als mit dem neuen Tag auch die Wachablösung kam, brachte Peter die Rotte ins Quartier und suchte sich den Weg zum Hafen. Jetzt, ohne die schwere Muskete, ging es sich leicht. Unterwegs begegnete ihm ein Mann, der in einem Korb frisches Brot austrug. Er kaufte ihm einen kleinen Laib ab und aß davon im Weitergehen. Dann sah er schon durch das geöffnete Tor die leckgeschlagenen Boote liegen, mit denen sich viele Spanier hatten retten wollen. Er sah das Durcheinander von Rudern und gekappten Masten, Tauen und zerfetztem Segeltuch, er sah auf den Bohlen Musketen liegen, Pieken und Enterhaken, und er konnte nicht aufhören, seine Augen über der Verwüstung hin und her gehen zu lassen. Dabei sog er den Geruch des Hafenwassers ein, den der kühle Morgenwind brachte, den Geruch nach Tang und Fäulnis, der hier viel stärker war als daheim, wo das Wasser ständig kam und ging. Ein Hafen ist wie ein Brot, dachte er, er macht viele satt und einige mehr als das. Aber er kann auch den Tod bedeuten.

Als Peter sich umdrehen wollte, um wieder in die Stadt zu gehen, sagte jemand hinter ihm: »Bitte, bleibt noch einen Augenblick stehen, nur noch einen Augenblick.«

Ein paar Schritte von Peter entfernt stand ein Mann. Er war mit dem kurzen, dunklen Rock bekleidet, wie alle hier, er trug Kniestrümpfe und pludrige Hosen. In der einen Hand hielt er einen Zeichenblock, in der anderen einen Stift, mit dem er auf dem Block herumstrichelte.

»Bitte dreht Euch noch einmal dem Wasser zu«, sagte er, »und bitte eßt Euer Brot weiter.«

Peter war seine schmale Stirn aufgefallen und daß der Mann dunkles Haar hatte und um das Kinn einen kurzen Bart trug.

»Ich bin Maler«, sagte er, »und Kupferstecher. Ich habe Euch beobachtet, und ich glaube, ich habe sogar Eure Gedanken gelesen. Euch beeindruckt die Verwüstung hier, für die ein Hafen nicht geschaffen ist. Dieser auch nicht. Unsere Stadt hat Leben und Wohlstand von diesem Hafen gehabt.«

»Das ist überall so«, sagte Peter, »überall, wo es einen Hafen gibt.«

»Nur manchmal wird er von den Menschen mißbraucht.«

»Mißbraucht?« fragte Peter. »Sie haben sich retten wollen.«

»Retten wollen! Sie waren zu Unrecht in unserer Stadt, und sie haben uns jahrelang Unrecht getan. Und das Schlimmste dabei ist, sie haben es im Namen Jesu Christi getan.«

»Ob sie darüber nachgedacht haben?«

»Ihr stellt seltsame Fragen, junger Herr. Wollen wir gemeinsam in die Stadt zurückgehen?«

Peter nickte.

10. Kapitel

Das Haus des Malers Adrian Buren war eines der schönsten Backsteinhäuser, die um den Marktplatz standen. Ein Eckhaus mit kunstvoll gehauenem Erker aus Sandstein im Obergeschoß und mit ebenso kunstvollen Laibungen um jedes Fenster, die sich an der Haustür breiter, aber nicht mächtiger wiederholte, Butzenscheiben in den Fenstern, ein löwenköpfiger Klopfer an der behäbigen Tür.

Der Maler selbst galt als überaus tolerant, was ihm nicht nur Wohlwollen einbrachte. Sein Ruf als Porträtmaler reichte weit über die Grenzen Brabants hinaus, und die strengen Calvinisten legten es ihm als Opportunismus aus, daß er sich nicht weigerte, spanische Kaufleute und Offiziere zu porträtieren. Er versuchte es ihnen damit verständlich zu machen, daß er weder Kaufmann noch Handwerker, sondern Künstler wäre.

»Ich bin Maler«, hatte er ihnen zu erklären versucht, »und wenn ich nicht mehr malen kann, wüßte ich nicht, warum ich noch lebe. In dem Augenblick aber, in dem ich malen kann, lebe ich, und ich kann nicht danach fragen, wer mir gegenübersitzt, Freund oder Feind. Das mögt Ihr bedenken. Und Ihr mögt auch bedenken, wie viele Nachrichten ich Euch habe übermitteln können. Die Gespräche werden offener, wenn man sich stundenlang gegenübersitzt.« Und so blieb Adrian Buren in St. Geertruidenberg dennoch ein angesehener Mann.

Als er an diesem Morgen vor seinem Haus mit Peter ankam und Peter, der sich verabschieden wollte, einlud, das Frühstück mit ihm einzunehmen, kam ihnen ein junges Mädchen entgegengelaufen. Peter hatte keine Zeit, sie zu betrachten. Er sah nur ihren kastanienbraunen Zopf, der ihr beim schnellen Laufen über der Schulter auf und nieder wippte.

»Vater Adrian! Vater Adrian!« rief sie. »Ich bin so ratlos. Vater Adrian, ich suche einen Weibel. Ich ... ich ... es ist einer unter den Blessierten im Kloster, der ruft schon die ganze Nacht nach ihm. Er hat so viel Schmerzen, und sie wollen ihm das Bein absägen. Was soll ich nur machen, Vater Adrian?«

»Dich beruhigen«, sagte der Maler. »Weißt du denn, wie der Weibel heißt?«

»Nein. Ich weiß nur, wie der Blessierte heißt. Tinus heißt er, Tinus.«

»Tinus?« rief Peter. »Habt Ihr Tinus gesagt? Bringt mich zu ihm, ich bin sein Weibel.« Peter drehte sich dem Maler zu. »Ich danke für die Einladung, vielleicht ein andermal. Aber ich muß zu ihm.«

»Laßt uns zusammen gehen«, sagte der Maler.

In der großen Klosterkirche lagen die Blessierten dicht an dicht auf dem blanken Fußboden. Die wenigen Bänke der Vornehmen waren an die Wände gerückt worden, und es war ein Kommen und Gehen von Söldnern und Bürgern, die helfen wollten. Es roch nach Schweiß, Leder und Blut, nach Kampfer, Essig und Wein, und das hohe Kirchengewölbe waberte von Stimmen und Schreien, Wimmern und Weinen, Flüchen und Verwünschungen.

Vorn, fast unter dem Altar, lag Tinus. Peter kniete sich neben ihn, und Tinus sagte: »Ach, Herr! Endlich! Ach, jetzt wird alles gut. Nicht wahr, Herr, Ihr laßt es nicht zu, daß sie mir das Bein nehmen? Was soll ich denn machen ohne Bein? Der Medicus hat gesagt, hier in der Stadt gibt es gute Holzbeinmacher, aber ich will kein Holzbein, Herr. Und Ihr werdet es nicht zulassen, Herr, nicht wahr, Ihr laßt es nicht zu? Wo sollt ich denn hin, Herr?«

»Ich laß es nicht zu, Tinus. Ich laß es bestimmt nicht zu.«

Und Peter ließ es nicht zu. Als der Medicus mit seinen beiden Gehilfen kam, die Tinus auf den Tisch legen wollten, um ihm das Bein abzusägen, sagte Peter: »Ich sorge für ihn.«

»Dann wird er am Fieber sterben.«

»Vielleicht«, sagte Peter. »Vielleicht auch nicht.« Und auf einmal war es ihm, als ob er in der Apotheke in Tangermünde stände und die Büchsen und Flaschen vor sich sähe. »Alaun«, dachte er, »gegen das Bluten«, und wußte nicht, daß er es laut sagte. »Und kaltes Wasser und Tücher für Umschläge.« Im nächsten Augenblick zog er sich den Rock aus, riß sich das Hemd vom Leib und zerschnitt es mit dem kurzen Schwert.

Der Maler Adrian Buren sagte: »Ich hol Euch, was Ihr braucht.« Und das junge Mädchen sagte: »Ich hol Wasser, draußen vom Brunnen.« Und sie lief davon und kam zurück und lief wieder davon, und Peter legte Tinus die kalten Wickel aufs Knie und auf die Stirn, und als Adrian Buren mit dem Alaun zurückkam, gossen sie es ihm auf die Wunde und legten einen kalten Wickel darüber. Immer wieder lief das Mädchen in den Klostergarten und kühlte im Brunnen die heißen Wickel. Und während die beiden neben Tinus knieten, holte der Maler seinen Zeichenblock aus dem Rock und fuhr mit dem Stift darüber hin.

Tinus fieberte stärker, und jedesmal, wenn ihm das Bewußtsein zurückkam, faßte er nach Peters Hand, hielt sie fest und bewegte die Lippen dabei, und Peter sagte jedesmal: »Ich laß es nicht zu, Tinus, ängstige dich nicht.« Dabei beschwor Peter die Erinnerung an Ambros Ambrosius und dachte: Was würde er jetzt getan haben?

Das Mädchen kam mit einem Eimer voll Wasser zurück, goß Peters Trinkbecher voll und schob Tinus eine Hand unter den Kopf und flößte ihm Wasser ein. Dann wandte sie sich zu den anderen, die neben Tinus lagen und vor Schmerzen wimmerten und vor sich hin stöhnten. Und jedesmal, wenn der Medicus einen auf dem Tisch liegen hatte, der vor Schmerzen schrie, daß es in der ganzen Kirche widerhallte, schloß sie die Augen, und ihre Zähne schlugen aufeinander.

»Geht weg!« sagte Peter. »Geht weg. Das hier, das ist alles nichts für ein Mädchen wie Ihr es seid. Das könnt Ihr nicht ertragen.«

»Ach, Herr, was wißt Ihr, was man alles ertragen kann«, sagte sie und versorgte die am schwersten Blessierten weiter.

Je mehr Zeit verging, desto mehr kamen in die Kirche, Frauen vor allem, die helfen wollten, die Verbände zu wechseln und die Verletzten zu füttern. Männer kamen, die Stroh brachten, die halfen, die Blessierten umzubetten, und halfen, die Toten hinauszutragen. Peter fand für Tinus einen besseren Platz, einen stilleren vor einem Seitenaltar, und der Maler half ihm, Tinus dort hinzulegen.

Als die Glocken von St. Gertrud zu Mittag läuteten, schlug Tinus die Augen auf. Er sah Peter an und fragte: »Werde ich jetzt begraben?«

Peter lachte. »Nein, Tinus. Ich glaube, du hast das Schlimmste hinter dir.«

»Hab ich mein Bein noch?«

»Du hast es noch, Tinus.«

Tinus seufzte und schlief wieder ein. Und das Mädchen fragte: »Seid Ihr mit ihm verwandt?«

»Nein«, sagte Peter.

»Nein? Aber so wie er Euch vertraut – könnte es Euer Bruder sein.«

»Mein Bruder? Nein, gerade deshalb nicht.«

Peter sah das Mädchen wieder, als er am Abend darauf in das Haus des Malers Adrian Buren kam. Der Maler hatte ihn eingeladen und ihm selbst die Tür geöffnet. »Kommt näher, verehrter Freund.« Er führte Peter in ein weißgetünchtes Zimmer, dessen Wände voller Bilder hingen. Porträts vor allem, Männergesichter auf dunklem Hintergrund, die jeden Eintretenden zu betrachten schienen.

Zur Straße hin gab es eine Nische, in der sich zwei einsitzige Bänke gegenüberlagen, zwischen denen ein dunkler Tisch stand.

»Bitte«, sagte Adrian Buren, »nehmt Platz.«

Auf dem Tisch standen zwei grünbauchige Gläser, und er goß sie aus einer wohlgeformten Zinnkanne voll mit Wein.

»Laßt uns zuerst darauf trinken, daß Geertruidenberg frei ist. Und danach auf die Gesundheit Eures Freundes.«

»Danke, Mijnheer«, sagte Peter.

Der Maler beobachtete, wie er das Glas anhob, trank und auf den Tisch zurücksetzte, wie Peter sich kaum zurücklehnte und seine Hände auf die Knie legte.

»Ich höre an Eurer Sprache«, sagte der Maler, »daß Ihr kein Niederländer seid.«

»Nein, Mijnheer, ich bin ein angeworbener Söldner.«

»Darf ich fragen, woher Ihr stammt?«

»Ich stamme aus Deutschland, ich komme aus Brandenburg.«

»Aus der Heimat von Doktor Martinus Luther also.«

»Nicht ganz, aber nicht weit davon weg.«

Im Hintergrund des Raumes klapperte Geschirr, und dann kam eine Frau auf die Nische zu. »Das ist meine Frau Johanntje, unsere gute Hausfrau, die uns heute bewirten wird.«

Peter stand auf und verbeugte sich, und die Hausfrau reichte ihm die Hand. »Seid willkommen! Ich freue mich über Euren Besuch.«

»Und jetzt wollen wir unserem Gast auch unser ...«

»Sie kommt schon«, unterbrach die Hausfrau den Maler und ging ein paar Schritte zurück. »Das ist unser Margaritje«, sagte sie.

Das Mädchen lächelte, und das gab ihrem schmalen und ernsten Gesicht unter der weißen Spitzenhaube viel Freundlichkeit.

Peter starrte das Mädchen an, das die Hand der Hausfrau festhielt und näher kam.

»Kennt Ihr sie nicht wieder?« fragte der Maler erstaunt.

»Ja ... ja, freilich«, sagte Peter, »nur ...« Er starrte die Frau und das Mädchen an.

»Sicher, sie sieht jetzt etwas anders aus«, sagte der Maler, »aber Ihr erkennt sie doch wieder?«

Peter nickte. »Verzeihung«, sagte er. »Verzeihung, verehrte Jungfer, es ist etwas anderes, etwas, das ich nicht so leicht erklären kann.«

»Ich freue mich«, sagte das Mädchen, »daß wir uns hier wiedersehen.«

»Ich auch.«

Margaritje! Der Traum damals, irgendwo in dem alten Kotten, als es so gewittert hatte! Das Haus mit den vielen Bildern! Seine Mutter mit dem Mädchen an der Hand. Er hatte sich nicht mehr an den Namen erinnern können, sooft er auch daran gedacht hatte. Margaritje! Das Mädchen stand vor ihm. Warum hatte er sie nicht schon in der Kirche erkannt? Warum nicht? Die wenigen Augenblicke, die sie einander gegenüberstanden, kamen Peter wie eine Ewigkeit vor. Er konnte sich nicht von ihrem kleinen Gesicht losreißen, das jetzt von einem weißen Häubchen eingerahmt war, dessen gestärkte Spitzen es wie die Blüte einer Margerite aussehen ließen.

»Ihr habt einen wunderschönen Namen, verehrte Jungfer, einen Namen, der wie kein anderer zu Euch paßt. In meiner Heimat kennt man so einen Namen nicht. Man würde Margarete sagen. Was ist dagegen Euer Name – Mar-ga-rit-je?«

Das Mädchen war über und über rot geworden. Aber sie faßte sich und fragte: »Und wie heißt Ihr?«

»Ich? Ich heiße Peter, einfach nur Peter.«

Darauf lachte sie ein wenig. »Bei uns würdet Ihr Pieter heißen.«

»Und so wollen wir Euch nennen«, sagte der Maler, um der Verlegenheit ein Ende zu machen. »Und jetzt bitte ich euch, meine beiden Hausfrauen, letzte Hand an unser Abendessen zu legen, während wir beide unseren Wein austrinken. Wenn Ihr Lust habt, Pieter, zeige ich Euch die Skizzen, die ich am Hafen und in der Kirche gemacht habe. Ich werde zuerst Kupferstiche anfertigen, und später einmal werde ich vielleicht Bilder danach malen. Ganz gewiß von der Skizze unten am Hafen mit Euch, Pieter. Das geht mir nicht aus dem Kopf, Sieg und Niederlage und einer dazwischen, der mit einem Stück Brot seinen Hunger stillt und seinen Gedanken nachhängt. Es müßte ein gutes Bild werden.«

Seit diesem Abend, an dem Peter Minde wieder in einem kultivierten Haus aufgenommen worden war und an einem schön gedeckten Tisch gesessen hatte, ließen sich die Erinnerungen an die Schloßfreiheit in Tangermünde nicht mehr verdrängen. Vor allem aber war es das Mädchen, an das er dachte, und mit den Gedanken an sie schlief er ein und wachte er wieder auf.

Sie begegneten einander jeden Tag, denn sie kümmerte sich weiter um die Verwundeten, und immer war ihr erster Weg der zu Tinus. Sein zerschlagenes Knie war umgeben von dicken, dunklen Wundrändern, und jedesmal, wenn sie es mit starkem Kamillensud wusch, kam der Medicus und sagte: »Er wird keine Freude mehr an seinem Bein haben. Es wäre das Beste gewesen, wenn wir es abgesägt hätten.«

Als er wieder einmal damit anfing, sagte sie: »Ein Bein wächst nicht nach, Herr, und – es könnte auch Euer Bein sein.«

Der Medicus schnaufte seine Verlegenheit laut durch die Nase. »Mag sein, Jungfer, mag so sein, aber das Schwarze hier, das müßte alles ausgebrannt werden.«

»Mag sein«, wiederholte sie seine Worte und holte ein weißes Säckchen aus ihrem Korb, das mit warmem Brei von Leinsamen gefüllt war. Sie legte es Tinus auf die Wunde.

Tinus lächelte sie an. »Das ist gut, Jungferchen«, flüsterte er.

»Wenn Ihr klüger sein wollt als ich«, sagte der Medicus, »dann macht nur.« Er drehte sich um.

»Nein, nein, Herr, wenn Ihr nun einmal da seid, dann helft mir den Verband anzulegen.«

Der Medicus machte eine Kehrtwendung. »Das werde ich allein machen«, sagte er mit einemmal. Und während er das Knie verband, hob Margaritje Tinus' Kopf an und gab ihm schluckweise Wein zu trinken, in den sie Arnikatropfen gezählt hatte.

»Woher habt Ihr das, und woher wißt Ihr das?«

»Von Mutter Johanntje.«

Er sah sie an.

»Mutter Johanntje hat einen Heilkräutergarten hinter dem Haus.«

Wieder hob der Medicus den Kopf.

»Sie ist hier in St. Gertrud Klosterschülerin gewesen. Versteht Ihr nun, Herr Medicus? Und was ich noch sagen wollte, der Kaiser selbst hat einmal so gesprochen: ›Gönnt ihnen doch für ihr kümmerliches Leben ein wenig Freude und Ergötzlichkeit. Sie müssen oftmals, wenn Ihr hinten steht, sich vorne die Köpfe zerstoßen.‹ Und deshalb, Herr Medicus, solltet Ihr bedenken: Ein Bein wächst nicht nach.«

Manchmal trafen Peter und Margaritje beim Mittagsläuten zusammen, und sie setzten sich eine Weile unter die alte Linde im Klostergarten. Aber die Frauen aus St. Geertruidenberg, die in der Kirche aus und ein gingen, sahen zu ihnen herüber, und deshalb richteten sie es so ein, daß sie in den Abendstunden zusammentrafen. Im hinteren Teil des Gartens gab es vor einem Marienstandbild einen jahrhundertealten Rosenstrauch, dessen blühende Zweige weit überhingen. Davor befand sich eine niedrige Sandsteinplatte, auf der die Nonnen des Klosters gekniet hatten, um ihre Gebete zu verrichten. Dorthin setzten sie sich. Und an dem einen Abend faßte Peter nach ihrer Hand, und Margaritje ließ es geschehen, und von diesem Abend an hatten beide immer nur diesen einen Gedanken, daß sie am nächsten und übernächsten Abend wieder unter dem Rosenstrauch sitzen würden, ganz nahe beieinander.

Ein paar Tage später fing es an zu regnen, als die Dunkelheit kam. Die beiden rückten dicht zusammen, und Peter legte den Arm um sie, zog sie an seine Schulter.

»Kleines Margaritje«, flüsterte er. Sie drehte ihm das Gesicht zu, und er küßte sie. Sie schlang ihre Arme um seinen Hals und sagte leise: »Pieter.«

Von dieser Stunde an konnte er sich ein Leben ohne sie nicht mehr vorstellen. Er dachte oft, daß es zwischen seiner Mutter und seinem Vater ebenso gewesen sein mochte und daß es jedem Menschen so erging, der eine wirkliche Liebe empfand. Aber wie war es mit Margaritje? So hingebungsvoll sie sich an ihn schmiegte, wenn er sie küßte, so liebevoll sie ihn streichelte, so deutlich spürte er ihren Widerstand, wenn er sie auf seinen Schoß ziehen wollte.

Er grübelte nach, warum das so war. Ich bin ein Söldner, dachte er, und ein Söldner ist ein vogelfreier Mann, der heute hier ist und morgen dort. Was kann er einem Mädchen bieten außer Unsicherheit? Und wie von selbst dachte er an das Haus in der Schloßfreiheit, wo alles seine Ordnung gehabt hatte und seine Sicherheit, so wie im Haus des Malers Adrian Buren.

Als der Sommerwind Abend für Abend die Zweige des Rosenstrauches schüttelte und die Blütenblätter auf den schmalen Weg niederfielen, verdichteten sich die Nachrichten, daß ein spanisches Heer von Brüssel aus in Marsch gesetzt werden würde, um die Städte zurückzuerobern, die Prinz Moritz eingenommen hatte. Würde auch St. Geertruidenberg dazugehören? Die Einwohner gerieten nicht in Panik, aber in große Sorge, und die Vertreter der Stadt und der Stände baten Prinz Moritz um eine gemeinsame Beratung.

»St. Geertruidenberg, Ihr Herren«, sagte der Prinz, nachdem er die Nachrichten noch einige Tage abgewartet hatte, »ist zu wichtig, als daß die Spanier es noch einmal einnehmen dürfen. Deshalb werde ich mich nur mit einem Teil der Armee weiter nach Norden wenden. Ich habe General de Vries zum Stadtkommandanten von St. Geertruidenberg ernannt. Er wird mit seinen Regimentern dafür sorgen, daß den Spaniern die Lust vergeht, St. Geertruidenberg anzugreifen. Darauf, Ihr Herren, bekommt Ihr mein Wort.«

Adrian Buren, der zu den Vertretern der Stadt gehörte, hatte auch während dieser Sitzung seinen Skizzenblock aus der Tasche gezogen und den jungen Prinzen aufs Papier gebracht. Als sich die Männer des Stadtrates verabschiedeten, war er der letzte, der sich vor Moritz von Oranien verneigte.

»Durchlaucht«, sagte er, »Ihr wißt, daß ich Euern hochverehrten, durchlauchtigsten Vater in einem Kupferstich festgehalten habe, der für uns Niederländer ein wichtiges Bild ist und bleiben wird. Von Euch habe ich an diesem Tag nur Skizzen machen können, und meine Frage ist: Könntet Ihr, bevor Ihr St. Geertruidenberg verlaßt, eine Stunde erübrigen, in der Ihr mir gegenübersitzt?«

»Ich will es versuchen, Meister Adrian. Versuchen will ich es allein der Wertschätzung wegen, die Euch mein Vater entgegengebracht hat. Ich weiß, Ihr seid ein Calvinist, aber Eure Toleranz hat mit vielen Gedanken meines Vaters übereingestimmt. Wann meint Ihr, Meister Adrian, sollte ich kommen?«

»Zu jeder Tages- und Nachtzeit, Durchlaucht.«

»Das erleichtert mir meine Zusage.«

»Ich danke Euch, Durchlaucht.«

»Ich habe Euch zu danken, Meister Adrian, und mit mir die Armee. Ich weiß sehr wohl, wieviel wichtige Nachrichten wir von Euch bekommen haben, wenn Ihr Spanier porträtiert habt, immer unter Lebensgefahr. Nein, Meister Adrian, wehrt nicht ab. Ich weiß, wie viele mit Euch nicht einverstanden sind, aber auch Kleinmütige und Fanatiker –«, Prinz Moritz machte eine Pause, »das eine schließt das andere ja nicht aus, sie gehören zu unserem Freiheitskampf. Sie dienen unserer Sache, und deshalb seht auch in dieser Hinsicht in mir den Nachfolger meines Vaters. Ohne Kompromisse wird es nicht gehen in unserem Land, ich meine auf weite Sicht.«

Zu den Regimentern, die St. Geertruidenberg besetzt hielten, gehörte auch das Fähnlein, in dem Peter Minde diente.

Als Adrian Buren mit dieser Nachricht ein paar Tage später nach Hause kam, fand er seine Frau im Kräutergarten; sie bündelte den frischgeschnittenen, vollerblühten Thymian, setzte sich auf die Bank neben der Tür und sah vor sich hin.

»Dann wird das Schicksal seinen Lauf nehmen«, sagte sie.

»Das Schicksal nimmt immer seinen Lauf, Johanntje, wenn du damit auf Margaritje anspielst. Und liebt sie ihn nicht, Johanntje?«

Sie nickte. »Sie liebt ihn, und ich weiß auch nicht, warum mir so bange ist.«

Diese Sommerwochen im August und die späten im September waren für Peter und Margaritje ein einziges Glück. Peter ging bei den Burens ein und aus, und sie hatten nun keine große Heimlichtuerei mehr nötig; das Einverständnis des Malers und seiner Frau schützte sie vor dem Gerede der Leute. Und erst jetzt, als Peter wieder in einer Familie aufgenommen war, empfand er, wie sehr er sie entbehrt hatte.

Die Sorge um Tinus verband sie alle, denn als sich herausstellte, daß Tinus ein steifes Bein behielt, veränderte sich sein Wesen. Er wurde zänkisch, mißtrauisch, unleidlich, obwohl Peter ihm hundertmal und mehr versprach: »Ich laß dich nicht im Stich, du bleibst in unserem Fähnlein. In jedem Fähnlein gibt es Leute, die nicht mehr kämpfen können und die doch gebraucht werden.«

»Zum Wäschewaschen oder Kochen, wie die Weiber... ich weiß«, antwortete Tinus bitter.

»Auch um die Söldner zu beaufsichtigen«, sagte Peter, »wenn sie ihre Musketen putzen und ihre Uniformröcke instand halten, ihre Schwerter und Säbel und ihre Streitäxte. Du weißt, wie sehr unser General auf Ordnung hält, auf Kampfbereitschaft, Tinus.«

»Jaja«, sagte Tinus darauf. »Du hast gut reden, du hast ein Weib. Aber wer wird denn mich noch wollen?«

»Das wird sich finden«, sagte Peter.

»Ja, das wird sich bei einer alten, dicken Witwe finden, die ihre Mädchen für die Soldaten bereithält und danach ihren Zins kassiert. Ach, Herr, hättet Ihr mich doch sterben lassen.«

»So sieht das also aus, Tinus! Ja, wenn wir das gewußt hätten, die kleine Margaritje und ich. Wir hätten es auch zulassen können, daß sie dir das Bein absägen. Dann wäre dir immer noch der Weg zu deiner Tante Julie im Westfälischen geblieben, die würde schon dafür gesorgt haben, daß du Schweine und Schafe hättest hüten können. Den Schweinen und Schafen wäre dein Holzbein recht gewesen, die gehen langsam voran.«

Es kam dann immer wieder so, daß Tinus, ohne die Hände vor das Gesicht zu schlagen, zu weinen anfing, und es nutzte nichts, wenn ihm Peter den Arm um die Schultern legte und sagte:

»Tinus, das geht vorbei. Nimm es an, Tinus, du bist doch immer ein guter Söldner gewesen, und du wirst deine Aufgabe finden, Tinus, und ich werde dir dabei helfen. Was kann ich noch mehr tun, als es dir zu versprechen?«

Dann nickte Tinus und schüttelte den Kopf und nickte wieder. »Ich brauche Branntwein. Dann vergeß ich alles, und ich bin wieder der alte.«

Aber Tinus wurde nicht mehr der alte, obwohl Peter mit dem Hauptmann redete, und der Hauptmann sagte: »Ja, Ihr habt recht, Weibel, er war immer ein guter Kämpfer, ich werde eine Aufgabe für ihn finden. Er kann die Rationen kontrollieren, die täglich verteilt werden: Brot, Suppe, Bier. Ein steifes Bein hindert dabei nicht. Und er kann, wie Ihr es vorschlagt, die Söldner beim Putzen der Musketen beaufsichtigen.«

Fürs erste war alles gut, und Peter und Margaritje konnten einem sorglosen Herbst entgegenleben. Als die Tage aber kürzer wurden, die Blätter an der Linde im Klostergarten sich gelb färbten und der Rosenstrauch, zu dem sie immer noch gingen, die Blätter verlor, wußte Peter, daß etwas geschehen müsse. Das hieß für ihn nichts anderes, als sich dem Maler und seiner Frau zu erklären.

Als er es Margaritje sagte, wurde sie so verstört, daß sie sich an diesem Abend von ihm nicht mehr in den Arm nehmen ließ.

»Warum, Pieter, warum kann nicht alles so bleiben, wie es ist? Wir sind glücklich, und Vater Adrian und Mutter Johanntje haben nichts dagegen.«

»Ich weiß«, antwortete Peter, »nur, du mußt verstehen, Margaritje, ich bin ein Mann, und ich habe Verlangen nach dir. Hast du es nicht auch nach mir? – Hast du es nicht auch nach mir, Margaritje?«

Sie antwortete nicht, sie zitterte nur.

»Ich möchte, daß wir Mann und Frau werden können, Margaritje.« Und drängender: »Möchtest du das nicht auch, Margaritje?«

Sie schüttelte den Kopf.

Er legte ihr die Hände um das Gesicht. »Warum nicht, Margaritje?«

»Ich kann es dir nicht sagen, Pieter. Bring mich heim, Pieter, zu Mutter Johanntje und Vater Adrian.«

Er brachte sie nach Hause und wagte nicht einmal mehr, sie an der Hand zu nehmen, so enttäuscht war er. Die ganze Nacht blieb er in seinem Quartier auf dem Bett sitzen und grübelte und schwankte hin und her zwischen Hoffnung und Niedergeschlagenheit. Weiß sie etwas von mir? Weiß sie, daß ich habe fortmüssen, weil ich einen Menschen umgebracht habe? Weiß sie es? Aber von wem sollte sie es wissen? Nicht einmal Tinus hatte er in den fünf Jahren davon erzählt, was ihn fortgetrieben hatte.

Als der Morgen kam, war er entschlossen, noch an diesem Tag zu Meister Adrian zu gehen, um ihm und seiner Frau zu sagen, daß er Margaritje heiraten wolle. Und er war auch entschlossen, ihnen alles andere zu erzählen, denn er sagte sich, wenn sie nicht wollen, daß wir heiraten, dann bleibt mir immer noch die Armee, dann werde ich morgen noch St. Geertruidenberg hinter mir lassen, denn das ertrage ich nicht, hier zu leben ohne sie.

Frau Johanntje war mit Margaritje ausgegangen, als Peter den Ring des Türklopfers auf die Messingplatte fallen ließ. Einer der Gehilfen des Malers öffnete und führte ihn in die Werkstatt.

»Wie gut, daß Ihr gekommen seid, Pieter«, sagte Adrian Buren. »Kommt, setzt Euch!«

Seine Gehilfen saßen an ihren Plätzen und fuhren mit eisernen Grabsticheln auf den Kupferplatten entlang. »Wir wollen es gut sein lassen für heute«, sagte der Maler. »Das Licht ist zu trübe geworden für die feinen Linien.«

Die Gehilfen legten Stichel und Schaber beiseite, bliesen die feinen Späne von den Platten, nahmen die Schürzen ab, hängten sie an die Haken und verabschiedeten sich.

»Ich bin froh, daß Ihr es nicht auf die lange Bank schiebt«, sagte Adrian Buren. »Das würde nichts ändern.«

Peter sah ihn an.

»Ich weiß schon, weshalb Ihr gekommen seid, Pieter. Ihr wollt mir sagen, daß Ihr Margaritje liebt und daß Ihr sie heiraten wollt, nicht wahr?«

Peter nickte.

»Und wie es so die Gepflogenheit in einem bürgerlichen Haus ist, wollt Ihr anfragen, ob ich damit einverstanden bin. Und ich will Euch auch das noch abnehmen, Pieter. Ihr versteht nicht, warum unser Margaritje so abweisend zu Euch ist.« Adrian Buren setzte sich in einen bequemen Armlehnensessel, den er von der Staffelei wegrückte, um Peter bequem gegenüberzusitzen.

»Ihr erleichtert mir alles sehr, Meister Adrian.«

»Das soll sich erst zeigen.« Adrian Buren knöpfte sich die Weste über seinem weißen Leinenhemd auf und wieder zu. Dann fuhr er sich mit seinen Fingern rechts und links über seinen kurzen Kinnbart und sagte: »Zuerst sollt Ihr wissen, daß Margaritje nicht meine und meiner Hausfrau leibliche Tochter ist. Ihr Vater war einer meiner Gehilfen, so einer, wie Ihr sie gerade hier in meiner Werkstatt gesehen habt. Er war einer der Geschicktesten, die ich je gehabt habe. Keiner hat meine Arbeit so nachempfinden können wie er. Dann sollt Ihr wissen, daß vor wenig mehr als sechs Jahren eine Meuterei hier unter den Spaniern in St. Geertruidenberg stattgefunden hat, und der Herzog von Parma hat im Auftrag König Philipps eines seiner Eliteregimenter geschickt, um den Aufstand niederzuschlagen, was ihm nicht so ohne weiteres, aber immerhin geglückt ist. Die am Leben gebliebenen sind, haben gehaust wie die Spanier – so nennen wir das hier. Es waren drei, die über Margaritjes Mutter hergefallen sind. Ihr Vater hat sie daran hindern wollen, sie haben ihn niedergestochen, und Margaritje, die in einem Schrank versteckt war, hat die Schreie des Vaters und der Mutter nicht ertragen und ist aus ihrem Versteck gesprungen. Sie war damals gerade vierzehn Jahre, und ich brauche Euch wohl nicht zu sagen, was mit ihr geschehen ist. Ihr Vater ist noch am gleichen Abend in ihren Armen gestorben, ihre Mutter hat sich ein Jahr später aufgehängt. Sie war dieses ganze Jahr nicht mehr bei Sinnen und hat Margaritje eingeredet in ihrem Wahn, daß sie niemals einen Mann heiraten dürfe, weil die Spanier sie unrein gemacht hätten. Seit fünf Jahren ist sie jetzt bei uns, und wir haben ihr nach besten Kräften diese Torheit auszureden versucht. Wir haben gehofft, daß sie einmal einem Mann begegnet, den sie wirklich liebt, und daß damit alles ausgelöscht sein wird. Dem Mann, Pieter, ist sie begegnet, und nun stehen wir alle da und wissen nicht weiter.«

Der Maler und der Söldner saßen sich gegenüber, und die große Uhr nebenan schlug die Viertelstunden und die ganze Stunde, und es war, als zähle sie ihnen ein Stück der Ewigkeit vor, die weder Anfang noch Ende hat und in die jedes Menschenschicksal eingebunden ist.

»Ihr seid ein Maler«, sagte Peter dann leise, »und was Ihr tut, werden die Menschen noch in einer Zeit betrachten und bewundern, wenn ich nicht mehr bin.«

»Vielleicht«, sagte Adrian Buren.

»Aber ich bin ein Söldner, und was ich tue, das reicht so weit nicht, und deshalb, ich will leben, und ich will mit Margaritje leben. Vielleicht gibt es doch einen Weg zueinander. Meister Adrian, ich trage auch ein schweres Schicksal. Ich bin Söldner geworden, weil ich einen Mann erschlagen habe. In meiner Vaterstadt hätte man mich dafür gehängt. Aber ich wollte leben, deshalb bin ich geflohen. Meister Adrian, ich habe diesen Mann nicht aus Überdruß erschlagen, ich habe ihn erschlagen für das Ansehen meiner toten Mutter, für das Ansehen meines Vaters und für das Ansehen des Mädchens, das mir über das lange Sterben meiner Mutter hinweggeholfen hat wie eine Schwester. Ich bin ein Kaufmannssohn, und meine Mutter war die Tochter eines Patriziers aus Prag. Und wenn ich das alles zusammennehme und es Margaritje erzähle, meint Ihr nicht, daß meine Schuld und Margaritjes Unschuld ein Weg für uns beide wäre?«

Der Maler blieb noch eine Weile sitzen und sah Peter an.

Dann stand er auf. »Wir wollen warten, bis sie mit der Hausfrau zurückkommt. Wir werden uns zusammensetzen, und Ihr werdet Margaritje alles erzählen.«

Die farbensatten Oktobertage wurden verdrängt von den nebelverhangenen Tagen im November. Nebel von der Nordsee her zog über die Inseln, die St. Geertruidenberg vorgelagert waren. Nebel waberte im Hafen, Nebel und Dunst auch in den Straßen der Stadt. Noch fuhren die Fischer zu den Fischbänken und kamen mit vollen Netzen nach Hause. Noch war der Fischmarkt unten am Hafen im vollen Gange, aber die Viermastbarken mit ihren Kanonen an Bord legten sich breitseits vor die Einfahrten. Wenn die Spanier einen Angriff planten, würden sie den Nebel ausnutzen. Deshalb lagen auch die Fähnlein abwechselnd in Alarmbereitschaft, die einen zum Wasser, die anderen zum Land hin.

Der streng geordnete Dienst war Peter Minde recht, er lenkte ihn ab. Denn noch immer wartete er auf eine Antwort von Margaritje. Warum kam sie nicht? Warum ließ sie ihn in dieser Ungewißheit?

Er wußte nicht, wie oft sie sich bei Mutter Johanntje ausweinte, wenn sie sich in ihre Vergangenheit hineingegrübelt hatte. Geduldig ließ es Mutter Johanntje geschehen, und solange Margaritje nicht redete, schwieg sie auch.

Eines Tages aber sagte Margaritje: »Er hat ja niemanden außer mir. Was soll ich nur tun?«

»Das mußt du alleine entscheiden«, antwortete Mutter Johanntje, »aber wenn es dir hilft, dann will ich dir sagen, das Recht der Lebenden wiegt schwerer als das der Toten. Und die Liebe macht es noch hundertmal gewichtiger. Wie immer du dich aber entscheidest, Margaritje, du solltest ihn nicht länger in Ungewißheit lassen. Darunter wird er am meisten leiden.«

Von all dem wußte Peter nichts. In seiner Einsamkeit bedrängten auch ihn die Erinnerungen, und er wich ihnen nicht mehr aus, wenn er die Möwen kreischen hörte und die Stimmen der Bootsleute. Daheim auf der Elbe würde jetzt das erste Eis den Flußlauf unpassierbar machen. Das war hier anders, hier war kein Fluß, hier war das Meer, das Meer hatte mehr Wärme, und die Schifffahrt blieb trotz des Nebels betriebsam wie immer.

Wenn sein Fähnlein keinen Dienst hatte, drückte sich Peter in den Hafenkneipen herum, und des öfteren traf er dort jetzt Tinus, der sich immer mehr von ihm abwandte und sagte: »Ach du, du hast jetzt ein Weib. Aber ich, ich bin nur noch ein Krüppel«, und der, mit genug Bier im Hals, an seine Schulter sank und sagte: »Jaja, morgen ist ein neuer Tag, aber der ist genauso beschissen wie der heutige.«

Es war keine gute Zeit, auch wenn sich Peter im Hafen noch so sehr an dem Bild der Mastspitzen freute, die über dem Nebel herausragten wie kleine Türme der Zuversicht.

An dem einen Abend, als er wieder unten am Hafen stand, nachdem ihn der Dunst in den Kneipen, die Zänkereien und das Gequatsche angewidert hatten, das immer nur um Saufen und Spielen und Weiber ging, berührte ihn plötzlich jemand am Arm.

»Verzeih mir, Pieter, ich habe dich lange warten lassen, viel zu lange. Aber jetzt will ich, was du willst.«

Der Prediger Barnevelt traute sie im Hause des Malers Adrian Buren. Das wollte Margaritje so, und er traute sie unter dem Bild des Gekreuzigten, vor dem zu beiden Seiten die Schwerblessierten lagen. Es war ein Bild, von dem Adrian Buren sagte, daß er es noch nicht der Öffentlichkeit übergeben könne, weil er darin gar zuviel Schmerzen festgehalten hätte und weil das die verschreckten Menschen nicht noch mehr verschrecken solle.

Mutter Johanntje hatte ihnen im oberen Stockwerk des Häuschens, das in ihrem Heilkräutergarten stand, eine kleine Wohnung herrichten lassen, die von einem zauberischen Duft erfüllt war, der von den Kräutern stammte, die sie in den unteren Räumen trocknete und zu Säften und Mixturen kochte. Hier begann für Margaritje und Peter das gemeinsame Leben und das gemeinsame Glück.

Um die Osterzeit verlor Margaritje, kaum schwanger geworden, das erste Kind.

»Ich wußte es, Pieter. Ich wußte, ich würde einen Preis zahlen müssen.«

»In was lebst du dich da hinein, Margaritje! So etwas geschieht anderen Frauen auch.«

»Laß nur, Pieter, und nimm mich, wie ich bin. Wir werden schon wieder ein Kind haben.«

Noch im gleichen Jahr verlor Margaritje auch das zweite Kind, und sie sagte: »Nun ist unsere Schuld getilgt, Pieter. Meine und deine.« Sie sagte es, aber dann redete sie tagelang kein Wort, denn sie konnte nicht begreifen, warum diese unschuldigen Wesen nicht hatten leben dürfen.

»Laß ihr Zeit, Pieter«, sagte Mutter Johanntje, »und rede nicht auf sie ein. Sie hat nun etwas zu Ende gebracht, und erst jetzt, Pieter, fängt für sie ein anderes Leben an.«

Darüber dachte Peter nach, und er lebte mit Margaritje wie damals, als sie im Klostergarten unter dem Rosenstrauch gesessen hatten.

Der Winter kam, und die Kanäle froren zu. Peter und Margaritje fuhren Schlittschuh auf dem Eis, als ob sie Verliebte wären, die noch keine Erfüllung ihres Glücks erlebt hätten. So sahen sie der Maler Adrian Buren und seine Frau, wenn sie mit rotgefrorenen Gesichtern nach Hause kamen und sich die Hände an den Gläsern mit dem starken Fliederbeersaft wärmten, den Mutter Johanntje bereithielt. Und erst jetzt, wenn sie zu viert beieinandersaßen am Tisch im Licht der Öllampe, erst jetzt geschah es immer wieder, daß Peter von daheim erzählte, von seiner Mutter und ihrem Flötenspiel, zu dem er gesungen hatte, oder vom Großvater, dem Tangervogt, und dem Elbhafen unterhalb der Stadtmauer und von den Putinnen, auf denen er mit den Freunden getobt und den wassertragenden Mägden manchen Streich gespielt hatte. Und wenn er dann vom Kurfürsten erzählte, der ein Lutheraner war, aber keinen Katholiken verfolgte oder unterdrückte, dann kam das den dreien wie eine andere, freie Welt vor.

»Laß uns zu dir nach Hause gehen«, sagte Margaritje dann oft, wenn sie in dem großen Himmelbett lagen, »in dein Brandenburg.« Und je öfter Margaritje das sagte, desto mehr drängte es Peter, mit Meister Adrian darüber zu sprechen.

»Ich kann nicht nach Hause, Vater Adrian. Totschlag ist Totschlag. Aber das möchte ich Euch sagen, und Margaritje weiß es auch: Meine Mutter hat ein Testament von einem Notarius anfertigen lassen. Allein ihr bares Vermögen waren viertausend böhmische Gulden, die mir zur Hälfte hätten ausgezahlt werden müssen. Damals, als ich fortgegangen bin, hat mir mein Vater zweihundert mitgegeben, eintausendachthundert Gulden stehen mir vom Vermögen meiner Mutter noch zu, und dazu alles zur Hälfte, was sie mit nach Tangermünde gebracht hat, Geschirr und Leinen und Schmuck, und wenn mein Vater einmal nicht mehr ist, auch das hälftige Vermögen des Hauses Minde.

Wie Ihr seht, Meister Adrian, ich bin kein armer Mann, nur – ich kann mein Erbteil nicht einfordern. Einfordern können es nur meine Erben. Das ist Margaritje und, wenn es das Schicksal will, unser Kind oder unsere Kinder.«

Wenn Peter so weit gekommen war, redete er auch über seinen Bruder, von dem er, wie er glaubte, nichts zu erwarten hätte. »So hat es auch meine Mutter gesehen, deshalb hat sie das Testament anfertigen lassen.«

Und an dem einen Abend, als er alles ausgebreitet hatte, auch die Zuneigung zu seinem Vater und die Verbundenheit zur Kathe Krulle und zum Apotheker Ambros Ambrosius, an diesem Abend setzte sich Adrian Buren hin und schrieb einen Brief an Ambros Ambrosius, ohne zu wissen, ohne zu fragen, ob Peter das wollte. Er schrieb ihm aus Barmherzigkeit, aus Mitleid mit dem alten Mann Heinrich Minde und dem Mädchen Kathe Krulle. Doch als er den Federkiel in die Hand genommen hatte, zögerte er noch ein wenig und fragte sich, ob er ein Recht dazu hätte. Aber dann tauchte er die Feder in das Tintenfaß.

Hochgeehrter Meister Ambros Ambrosius, der Sie mir unbekannt sind und den ich dennoch bitte, diesen Brief zu lesen!

In meinem Haus lebt ein angeworbener Söldner, der seit vielen Jahren für die Unabhängigkeit unserer Niederlande und damit für die Freiheit unseres reformierten Glaubens gekämpft hat. Sein Name ist Peter Minde. Er hat mir seinen Lebensweg offenbart, weil er ein Mädchen heiraten wollte, das wir, ich, Adrian Buren, und meine Frau Johanntje, wie unser eigenes Kind in unserem Haus aufgenommen haben. Ich schreibe diesen Brief an Sie, Meister Ambrosius, von dem ich durch Peter Minde weiß, welche freundschaftlichen Verbindungen zwischen Ihnen und dem Haus Minde bestehen. Und ich will nichts weiter, als daß Sie Heinrich Minde, dem Senior des Hauses Minde, die Nachricht übermitteln, daß sein Sohn Peter lebt, daß es ihm gutgeht, daß er eine Frau hat und daß er innerhalb der Armee ein Ansehen genießt. Seit Peter Mindes Flucht sind viele Jahre vergangen, und wenn sein Vater unter der Ungewißheit über das Schicksal seines Sohnes gelitten haben sollte, dann wird diese Ungewißheit hiermit beendet sein. Das ist der Zweck meines Briefes.

Peter spricht sehr oft von Ihnen, hochverehrter Meister Ambros Ambrosius, und er spricht genausooft von einem Mädchen, das Kathe Krulle heißt, und ebensooft redet er von Gusten und den vier Schimmeln, die seine Mutter so sehr geliebt hat. Er spricht von seinem Großvater, dem Tangervogt, und er spricht von dem Elbhafen, in dem die Geschäfte des Hauses Minde abgewickelt worden sind. Von allem, wenn ich es recht bedenke, hat er so oft und so lebhaft gesprochen, daß wir meinen, es vor uns zu sehen. Und das scheint mir kein schlechtes Zeichen für einen Menschen zu sein, der geflohen ist aus einem Grund, den Sie, verehrter Meister Ambros Ambrosius, viel besser in seiner Tragweite einzuschätzen vermögen als ich.

Nehmen Sie hiermit meine Hochachtung entgegen.
Adrian Buren
Maler und Kupferstecher in St. Geertruidenberg,
Nordbrabant in den Niederlanden.

Er übergab diesen Brief der nächsten Post und war sich aller Unsicherheit bewußt, die ihn begleiten würde.

Es war im Sommer des Jahres 1595, als Margaritje ungeduldig im Heilkräutergarten zwischen den kleinen Beeten auf und ab ging.

Nein, der Salbei war noch nicht zu schneiden, auch der Lavendel fing gerade erst an zu blühen. Kamillen, ja, Kamillen ließen sich immer pflücken; sie zupfte die Blüten in den kleinen Korb, sah nach der Goldraute, die erst ihre schmalen Blätter trieb, und horchte dazwischen immer wieder auf die Turmuhr. Endlich schlug sie die zwölfte Stunde, Peter mußte jeden Augenblick kommen.

Als er durch die hintere Tür trat, ging sie ihm rasch entgegen. »Pieter, es ist ein Brief für dich da.«

»Für mich? Ein Brief?«

Sie nickte. »Aus Tangermünde. Es ist eine Antwort auf einen Brief, den Vater Adrian geschrieben hat. Warum weiß ich nicht, aber Vater Adrian hat noch nie etwas Unüberlegtes getan, Pieter.«

Sein Gesicht verschloß sich von einem Augenblick zum andern mehr. Er drehte sich von ihr weg und ging zwischen den Beeten bis an die hintere Gartenmauer.

»Erwarte jetzt nicht, Margaritje«, sagte er, ohne sich nach ihr umzudrehen, »daß ich den Brief aus Tangermünde nicht schnell genug lesen kann. Seit ich damals fortgegangen bin, hat für mich nur die Gegenwart gezählt, der Tag und die Stunde, in der ich lebe. Jetzt, Margaritje, mit diesem Brief wird mich die Vergangenheit einholen. Und ich weiß nicht, was ich damit soll. Ich habe hier in euern Niederlanden und mit dem, was ich getan habe, in Zufriedenheit gelebt.«

Peter las den Brief erst, als er mit Margaritje im oberen Stockwerk des Häuschens saß.

... Die Gewißheit, daß Du lebst, Peter, hat mich sehr erleichtert und, wie Du Dir denken kannst, nicht nur mich. Sieben Jahre der Ungewißheit sind eine lange Zeit gewesen für uns, die wir Dir nahestehen; Du selbst weißt am besten, wen Du dazu zählen kannst. Alle Mixturen, Tropfen und Säfte für Herz und Blut sind nichts gewesen gegen diese Nachricht. Du lebst inzwischen ein anderes Leben. Es mag dem ähnlich sein, das Du Dir vorgestellt hast, als Du erkannt hattest, daß ein Miteinander zwischen Deinem Bruder und Dir in der Schloßfreiheit nicht möglich ist. Ich will Dich nicht mit Einzelheiten belasten, aber soviel sollst Du wissen, nach allem, was inzwischen im Mindeschen Haus geschehen ist: Du hattest es richtig erkannt.

Dein Bruder hat inzwischen Susanne Helmbrecht geheiratet, die Kathe Krulle pflegt Deinen Vater, und Gusten pflegt die vier alt gewordenen Schimmel. Ich selbst lebe nun in meiner Apotheke ganz allein. Mit meiner lieben Frau Eva, der Tochter unseres Bürgermeisters Guntz, war mir ein Glück beschieden, das ich nach zwei Jahren, fünf Monaten, drei Wochen und vier Tagen zähle, immer und immer wieder. Sie liegt nicht weit von Deiner Mutter entfernt auf unserem Friedhof begraben mit unserem totgeborenen Kind in den Armen. Mein Vater ist ihr bald gefolgt.

Was sich in unserer Stadt damals getan hat, Peter, damals, an Aufregung, an Für und Wider, an Schadenfreude und Klatsch, damit will ich Dich nicht belasten. Es ist vorbei. Nur soviel noch: Ich habe das Schreiben, das Du mir anvertraut hast, in die Hände des Notarius in Stendal gelegt.

Und nun, lieber Peter, laß Dir alles Glück für Dein Leben wünschen und sei gewiß, daß Du nicht vergessen bist von Deinem getreuen

Ambros Ambrosius, Medicus und Apotheker zu Tangermünde.

Peter Minde sprach nicht über den Inhalt dieses Briefes, nicht einmal zu Margaritje. Er rollte den Brief zusammen und legte ihn in die Schublade des Schrankes, in dem Margaritje die Wäsche aufbewahrte.

»Ich habe es wohl falsch gemacht mit dem Brief?« fragte Adrian Buren, als sie eines Sommerabends alle zusammen in der Geißblattlaube saßen, die sich an das Haus anschloß.

»Gewiß nicht, Vater Adrian, Ihr habt es nicht falsch gemacht, nur – es hilft mir nicht. Ich weiß, daß ich ein wohlhabender Mann wäre, wenn ich nach Tangermünde zurückkehren könnte. Aber ich kann es nicht. Davon, daß mich niemand mehr zur Rechenschaft ziehen würde für das, was ich getan habe, davon schreibt

Ambros Ambrosius nichts. Und dafür gibt es auch viel zu viele Neider in einer so kleinen Stadt wie Tangermünde. Wenn ein Handelshaus plötzlich so groß wird wie das unsere, dann kann das gar nicht anders sein. Wichtig wäre dieser Brief nur, wenn ich sterben würde. Margaritje könnte dann hingehen und sagen: Ich bin Peter Mindes Frau, ich will mein Recht. Margaritje könnte niemand mehr anklagen, und niemand, auch mein Bruder nicht, könnte ihr das Erbe vorenthalten.«

»Pieter!« rief Margaritje. »Pieter, was redest du denn da?«

»Ich sage nur, was sein könnte, wenn ich nicht mehr bin.«

»Aber Pieter, was sollte ich denn in Tangermünde?«

»Dein Recht fordern.«

Margaritje fing an zu weinen, Mutter Johanntje legte den Arm um sie, und Vater Adrian sagte: »Wenn wir es einmal so sehen, wie Pieter es sagt, dann mag es doch richtig gewesen sein, daß ich diesen Brief geschrieben habe. Du scheinst es noch nicht bemerkt zu haben, Pieter, Margaritje erwartet wieder ein Kind.«

»Ein Kind?« Peter fuhr sich mit beiden Händen durch seine krausen Haare. »Ein Kind«, wiederholte er. »Dann war es gut, daß wir einmal über all das gesprochen haben.«

Das Kind wurde Anfang Dezember geboren. Es war ein dunkelhaariges, rundes Mädchen, und Margaritje brauchte nicht nur die Hebamme, sie brauchte auch den Medicus.

Während Mutter Johanntje, der Medicus und die Hebamme sich um Margaritje und ihr Kind bemühten, saßen Meister Adrian und Pieter zusammen in der Nische des Wohnraumes. Aber der Wein, den Adrian Buren eingeschenkt hatte, blieb unberührt. Erst als Mutter Johanntje aus dem kleinen Gartenhaus herbeieilte und rief: »Es ist alles gut!«, setzten sie die Gläser an und tranken sie auf einmal leer.

»Sie will«, sagte Mutter Johanntje, »daß es Margarete heißt, so wie sie selbst in deiner Heimat heißen würde. Margarete Minde. Geh jetzt zu ihr, Pieter.«

Das kleine Mädchen wurde in St. Gertruden von dem Prediger

Barnevelt getauft auf die Namen Margarete Libussa Minde. Und als es ein Jahr später das Säuglingsalter hinter sich hatte, sah Peter in seinem Gesicht immer deutlicher die Züge seiner eigenen Mutter, vor allem deshalb, weil es so dunkle Augenbrauen hatte, die über der Nase dicht zusammenstanden.

Mein Gott, dachte er oft, wenn er in dem breiten Himmelbett wach neben Margaritje lag und das Kind in dem Bett daneben atmen hörte, mein Gott, du hast mir wohl meine Mutter wiedergeschickt. Und er umsorgte das Kind noch aufmerksamer, als es Margaritje ohnehin tat.

Margarete wurde der Mittelpunkt des Hauses. Adrian Buren malte es, als es ein Jahr war und das erste Spitzenkrägelchen auf seinem Kleid trug. Eine Katze wurde ins Haus genommen, damit das Kind etwas zu spielen hatte. Dazu kamen hölzerne Klötze und Hampelmänner, Kugeln und Eier aus Holz, und ein Jahr später ein Schaukelpferd. Sogar Tinus kam und schnitzte Hühner, die auf einem Holz herumpickten, sobald das Kind das Räderbrettchen hinter sich herzog; und Adrian Burens Gehilfen sammelten die geringelten Späne ihrer Holzschnitte und schlangen daraus eine Kette, sobald das Kind in die Werkstatt kam und sich an ihren Hosenbeinen festhielt. Meisje nannten sie das Kind oder Burens Gretje, und alle liebten das Kind, das so einen nachdenklichen Blick bekam, wenn man es sich auf den Schoß setzte und ihm etwas erzählte, und das so lachen konnte und in die Hände klatschen, wenn es sich über etwas freute.

Peter Minde war stolz auf seine kleine Margarete, die ihm und seiner Frau so viel Glück gebracht hatte.

Als sich mit den ersten Nebeln in diesem Jahr der Winter ankündigte, sagten die Leute voraus, es würde ein strenger werden. Sie hatten beobachtet, wieviel Früchte die Sträucher trugen, die rechts und links an den Kanälen standen, hundertmal mehr, als die Vögel im Herbst hatten aufpicken können, um sich damit einen Vorrat anzumästen. Überall zwischen den kahlen Ästen hingen noch Hagebutten und Brombeeren und die Mehlbeeren des Weißdorns. Und wenn der Wind nachts von der See herüberfuhr, dann schüttete er noch jetzt die Eicheln mit vollen Händen von den Bäumen auf die Dächer, in die Gärten und auf die Wege.

Noch fuhren die Fischer mit ihren Netzen hinaus, aber jeder von ihnen wußte, daß die Tage gezählt waren, bis das Eis vom Ufer her die Fahrrinne schmaler und schmaler werden ließ. Die Söldner, die bis jetzt noch in Zelten kampiert hatten, bezogen die Winterquartiere in den Bürgerhäusern wie in jedem Jahr. Und die Wirtshäuser um den Hafen, die wohlangesehenen genauso wie die Spelunken, sahen ihre Zeit heraufkommen. Der Dienst im freien Feld würde bald eingeschränkt sein, und die Söldner würden Zeit haben, ihr Geld für Bier und Wein bei ihnen zu lassen. Dafür war gut vorgesorgt, und Würfelbecher gab es auch genug. Denn jetzt kam die Zeit, in der es für die Söldner um Glück oder Unglück im Spiel ging. Eine rauhbeinige Zeit, aber eine Zeit, die Geld in die Kassen brachte.

In den ersten Dezembertagen setzte der Frost ein. Er brauchte nur zwei Tage und zwei Nächte, um die Kanäle mit einer Eisdecke zu überziehen. Nur der Hafen, von Ebbe und Flut beeinflußt, blieb noch offen. Über ihm flogen die Möwen kreischend dahin, setzten sich auf die Eisränder und hackten nach Genießbarem, stiegen wieder hoch, auf ein Fischerboot wartend, dem sie einen zappelnden Fisch aus dem Netz hacken konnten.

In diesen Tagen suchte Peter Minde nach Tinus. Tinus war verschwunden, und niemand wußte wohin. Er war nicht bei den Söldnern, die er beaufsichtigen sollte, er war auch nicht bei den Fuhrwerken, die das Brot aus den Bäckereien ins Lager holten, er fand ihn nicht an der Waage, an der er zu stehen hatte, wenn das Brot geschnitten und abgewogen wurde, und abends in den Kneipen, in denen Tinus sonst immer zu finden gewesen war, fand er ihn auch nicht. Er fragte jeden einzelnen, von dem er wußte, daß er gelegentlich mit Tinus getrunken und gespielt hatte, aber alle zuckten die Schultern. Und doch spürte Peter, daß einige von ihnen etwas wußten, daß sie es ihm nicht sagten, weil sie zusammenhielten.

Als er bei den Söldnern nicht weiterkam und auch beim Schuster nicht, bei dem Tinus im Quartier gelegen hatte, versuchte Peter es bei den Wirten. Er ging schon zu ihnen, wenn sie in ihren Schankstuben noch allein waren, aber auch bei ihnen stand er wie vor einer undurchdringlichen Wand.

Als Peter wieder einmal niedergeschlagen nach Hause kam, fragte Margaritje: »Was verbindet dich so Besonderes mit Tinus, Pieter? Ich weiß, er ist dein Freund, das hab ich schon damals gemerkt, als er so auf den Tod in der Kirche lag...«

»Wir haben einander einmal das Leben gerettet, Margaritje. Es läßt sich schwer erklären, denn es war mehr als das Leben. Das Leben kann man auch einem Ertrinkenden retten, aber das ist nicht alles, Margaritje, Leben ist mehr. Es ist der aufrechte Gang durch das Leben, ohne den es sich nicht zu leben lohnt. Als er mir damals sein Messer an den Hals gehalten hat und ich ihm meine Faust unter das Kinn gesetzt habe, waren wir beide am Ende. Er hatte viel Unrecht getan und ich auch. Aber in diesem Augenblick muß uns beide etwas zur Besinnung gebracht haben, ohne daß es uns klargeworden ist. Er hatte auf einmal wieder jemanden, dem er vertraute, dem er vertraute und dem er helfen wollte. Und ich auch. Unser Leben war auf einmal nicht mehr nur Schuld und Trotz und Flucht und Angst. Und so haben wir beide Schulter an Schulter auf einem langen Weg wieder zu einem aufrechten Gang gefunden. Ich muß wissen, wo Tinus ist, Margaritje. Die Erde kann sich doch nicht aufgetan und ihn verschluckt haben.«

Sie legte den Arm um ihn. »Vielleicht morgen, Pieter.«

Er nickte. »Morgen ist ein neuer Tag.«

Es war noch in derselben Woche, als einer der Spelunkenwirte gesprächig wurde, nachdem Peter mit einem Guldenstück lange genug auf dem Schanktisch herumgespielt und es ihm hatte in die Hände rollen lassen.

»Die Erde hat ihn gewiß nicht verschluckt«, sagte der Wirt, »aber vielleicht das Wasser, Herr.«

»Das Wasser? Auf dem Wasser ist festes Eis.«

»Ja, jetzt, aber vor sechs Tagen war es noch nicht fest, Herr, da konnte noch niemand darauf gehen. Und wer es versucht hat, ist eingebrochen.«

»Redet«, sagte Peter Minde und schob noch ein Guldenstück hinterher.

»Tja, ich weiß so wenig wie alle anderen, nur – wenn es um Hinkebein geht, dann muß ich sagen, er ist immer ein guter Gast gewesen, er hat immer gezahlt; und wenn den anderen das Geld ausgegangen war, auch für die anderen mit. Sie haben immer gewürfelt, gleich wenn sie reinkamen, ging's los, und sie hörten erst auf, wenn keiner mehr die Punkte auf den Würfeln richtig zählen konnte. Dann waren sie immer so voll, Herr, und haben geschrien: Hinkebein, du spielst falsch! Hinkebein, du bist ein Betrüger! Hinkebein, irgendwo hast du noch einen Würfel, mit dem du uns reinlegst. Dann hat er eine Runde nach der andern gezahlt, und sie waren wieder friedlich. Bloß vor ein paar Tagen, da wollte er auf einmal nicht weiterspielen. Morgen ist ein neuer Tag, hat er noch gesagt, und dann ist er hinausgetorkelt, die Tasche voll Geld.«

»Und?« fragte Peter. »Und?«

»Die andern zwei sind ihm hinterher. Aber mehr, Herr, weiß ich wirklich nicht. Ich hab noch gehört, wie sie draußen wieder gerufen haben: Hinkebein, du bist ein Betrüger! Hinkebein, zeig den Würfel her! Hinkebein, zeig ihn her! Dann hab ich nichts mehr gehört. Ich bin Wirt, Herr. Man schenkt aus, man schenkt ein.«

Peter ging den Weg von der Kneipe bis zum Kanal, und am Kanal ging er Schritt für Schritt dahin. Er hoffte, vielleicht Tinus' Kappe zu finden oder einen Schnürschuh oder irgend etwas. Er hoffte auf Fußspuren, aber da kein neuer Schnee gefallen war und inzwischen so viele Tage vergangen waren, brachte ihm auch das keinen Hinweis auf Tinus.

Plötzlich sah er Kinder, die mit ihren Schlittschuhen auf dem Eis hin und her fuhren. Dann bemerkte er drei, vier von ihnen, die beieinanderstanden und sich über ein winziges Etwas beugten, das eins von ihnen in den Händen hielt.

Er ging ans Ufer.

»Was habt ihr da?« rief er.

»Wir haben etwas gefunden, Herr, hier! Aber wir geben es nicht her.«

»Ihr könnt es mir aber zeigen.«

Sie kamen heran.

Es war ein Würfel.

»Es ist ein ganz merkwürdiger Würfel«, sagten sie. »Er hat nur einen Punkt oder sechs Punkte. Sonst nichts.«

»Ja«, sagte Peter Minde, »das ist ein merkwürdiger Würfel.« Er drehte ihn zwischen den Fingern und dachte: Tinus ist tot. Und als er sich heimwärts wandte, dachte er: Entweder sie haben ihn in den Kanal gestoßen, oder er ist auf der Flucht vor ihnen hineingestürzt. Für Tinus hat es keinen neuen Tag mehr gegeben.

Im Frühjahr, als das Eis taute, kam Tinus zurück. Fischer hatten ihn gefunden und mit einem Haken hinter ihrem Boot in den Hafen gezogen. Peter Minde eilte hinunter, als es hieß, ein Toter sei gefunden worden. Er erkannte ihn, obwohl schrecklich anzusehen war, was das Wasser aus Tinus gemacht hatte. Der Rock, die Hose, die Stiefel – eine Strähne Tang bedeckte barmherzig das Gesicht.

Peter unternahm, was nötig war, damit Tinus neben den anderen Söldnern begraben wurde, und versuchte zu ergründen, warum Tinus sich auf diesen Würfel eingelassen hatte. Tinus war immer ein guter Söldner gewesen, der keinen Kampf gescheut hatte. Aber was zählte das noch, als er mit seinem steifen Bein ein Krüppel geworden war, der im Regiment sein Gnadenbrot aß, den niemand mehr für voll nahm, zum erstenmal in seinem Leben. Hinkebein, he, Hinkebein! Sie sollten ihn wieder für voll nehmen, und wenn es nur in den Kneipen war, in denen er ihnen das Geld abnahm und mit diesem Geld dann für alle zahlte. Das mußte es gewesen sein, das und nichts anderes.

Zu mir hat er damit nicht kommen können, dachte Peter Minde, wir hatten eine andere Abmachung miteinander. Kein neuer Tag mehr, Tinus, kein neuer Tag mehr.

Im September dieses Jahres starb König Philipp II., der Finstere, der Dunkle, der Fanatiker, der sich im Schein der brennenden Kerzen vor den Altären niedergeworfen hatte, der die Macht wollte um des Glaubens willen und den Glauben um der Macht willen, dem das Unrecht der Scheiterhaufen und des vergossenen Blutes in seinem Fanatismus zum Recht wurde.

In den Seestädten der nördlichen Niederlande hielt sein Tod den Aufschwung nicht an. Wer sprach noch von Antwerpen und Brüssel, wer trauerte ihrer Bedeutung nach? Jetzt war die Rede von Amsterdam und Leiden, von Rotterdam und Den Haag. Jeder Gulden, in Kanalbau und Schiffbau gesteckt, begann sich zehnfach auszuzahlen. Aus Hökern waren Händler geworden, aus Händlern Handelsherren. Hafenknechte wurden gebraucht und Handwerksgesellen. Volk drängte in die Städte, das essen, trinken und wohnen wollte. Schulen und Universitäten füllten sich. Neben der Wissenschaft war es die Kunst der Baumeister, Bildhauer und Maler, die immer größere Bedeutung gewann.

Und dennoch hielten die Bedächtigen unter den Stadt- und Ständevertretern den Atem an. Mußte der Aufschwung der Städte nicht neue Gelüste der Eroberung wecken? Forderte er sie nicht geradezu heraus? Bezogen die Spanier, wenn sie von den Niederlanden redeten, nicht wie selbstverständlich die nördlichen Provinzen mit ein? Immer noch? Immer wieder?

Prinz Moritz reagierte. Er verstärkte die Besatzungen der Städte mit Reitern und Geschützen. Er stellte neue Regimenter auf, deren Fähnlein aus alten, bewährten und neuen Soldaten zusammengesetzt wurden. Er ordnete tägliche Übung und Ausbildung an. König Philipps Nachfolger sollte ihn nicht überraschen.

Auch in St. Geertruidenberg gab es kein ruhigeres Leben als sonst, wenn die Tage abnahmen und kälter wurden. Immerhin lag die Stadt Greve nur fünf Meilen entfernt und war noch immer von den Spaniern besetzt. Das hatte bis zu diesem Zeitpunkt keine besondere Rolle gespielt. General de Vries war gut unterrichtet, wie heruntergekommen die Festung samt ihrer Besatzung war, wie erbärmlich es den spanischen Söldnern ging, wie heftig sie wegen des fehlenden Soldes fluchten. Als das Frühjahr kam, gab es Anzeichen dafür, daß sich mit König Philipps Nachfolger alles ändern würde, nicht nur für Greve, aber Greve lag am Weg in die Städte der nördlichsten Niederlande.

Nicht lange, und es wurden Wagen beobachtet, die von schwerbewaffneten spanischen Reitertrupps begleitet wurden: Geldtransporte, und dazu vermutlich brauchbarere Waffen und Munition, neue Röcke für die Söldner.

Neues Ansehen für Spanien! Neue Pläne in den Niederlanden?

General de Vries begnügte sich nicht mit den Nachrichten aus Greve. Er wollte genau wissen, woran er war. Von seinen Hauptleuten ließ er Rotten der besten Söldner zusammenstellen, die Tag und Nacht im Hinterhalt lauerten. Sie sollten ihm Transporte und Gefangene nach Geertruidenberg bringen.

Peter Minde gehörte mit seiner Rotte zu diesen Unternehmungen und war nicht unglücklich darüber. Er mochte diese bis zum äußersten gespannten Sinne, dieses kaltblütige Abwartenkönnen auf den richtigen Augenblick des Losschlagens.

Zweimal war er mit seiner Rotte bereits erfolgreich gewesen, beim drittenmal kam er verwundet zurück. Es war keine schwere Blessur, ein Stich in den Arm, ein Stich in den Oberschenkel. Aber der Spanier hatte ihn in tödlicher Verzweiflung in die Hand gebissen, bevor er liegengeblieben war für immer. Im Lager verband ihm der Feldscher die Wunden. »Drei Tage Ruhe, Weibel«, sagte er, »dann seid Ihr wieder auf dem Damm.«

Daheim wusch ihm Margaritje die Wunden mit einem starken Kamillensud aus, legte ihm Kompressen auf, pumpte immer wieder frisches Wasser aus dem Brunnen und kühlte sie ihm mit Leinentüchern. Selbst in der Nacht ließ sie es sich nicht ausreden, aufzustehen und frisches Wasser zu holen.

Ein paarmal sagte Peter: »Margaritje, ich möchte schlafen.«

»Schlaf doch, Peter, schlaf.«

»Aber das kann ich nicht, wenn du mit den kalten Umschlägen kommst.«

Sie strich ihm das Haar glatt und küßte ihn, ließ sich aber nicht abhalten.

Die Wunde am Arm wurde blaß, die Wunde am Schenkel auch. Aber der Biß in die Hand schwoll an. Am dritten Tag hatte Peter starke Schmerzen. Zwei Tage später fieberte er, die Hand war dick geschwollen, und ein roter Streifen zog sich bis zum Ellenbogen und weiter hinauf in die Achselhöhle.

»Er hat eine Blutvergiftung«, sagte der Medicus zu Mutter Johanntje.

Mutter Johanntje sah ihn an, und der Medicus zuckte die Schultern. »Um einen Schnitt zu machen und es abzubinden, ist es zu spät. Ich kann Blutegel ansetzen, und Ihr könnt das Eure tun, indem Ihr ihm den besten spanischen Rotwein zu trinken gebt, wenn er Durst hat. Gebt ihm so viel davon wie möglich.«

Die Blutegel wurden angesetzt und der Rotwein beschafft, und das Fieber stieg weiter. Margaritje wich Tag und Nacht nicht von seinem Bett. Zusammen mit Mutter Johanntje wickelte sie ihm Brust und Rücken in kaltes Leinen und wechselte die kalten Kompressen auf seiner Stirn im Viertelstundenschlag der Rathausuhr.

Peter Minde war Tag und Nacht bei vollem Bewußtsein. Je länger sein Leiden dauerte, desto öfter sagte er: »Geh in meine Heimat, geh nach Tangermünde, Margaritje, geh mit dem Kind. Dort gehört ihr hin, dort habt ihr ein Zuhause in der Schloßfreiheit. Seit Tinus tot ist, habe ich so oft an den Tod gedacht. Ich fürchte mich nicht, Margaritje, denn ich werde redlich sterben und nicht am Galgen.«

Wenn er sie dann an seiner Schulter schluchzen hörte, sagte er: »Wein doch nicht, Margaritje, dir bleibt doch das Kind, unser Gretje. Und in Tangermünde, da werdet ihr Freunde finden, die Kathe Krulle und Meister Ambros und, wenn er noch lebt, meinen Vater.«

In der Nacht, bevor es zu Ende ging, ließ das Fieber nach, und Peter war am ganzen Körper mit kaltem Schweiß bedeckt. Plötzlich sagte er: »Vorhin, Margaritje, vorhin gerade, da habe ich meine Mutter wieder daheim auf ihrem Grab sitzen sehen... genauso wie sie gewesen ist, als sie noch ganz gesund war... sie hat mir zugenickt und gelächelt... jetzt weiß ich, Margaritje, daß alle Schuld von mir genommen ist. – Wo ist denn das Kind, Margaritje? Wo ist denn unser Gretje, das ihr so ähnlich sieht?«

Margaritje hob das schlafende Kind aus seinem Bett. Die kleine Margarete rieb sich die Augen, als ihre Mutter sie auf Peters Bett setzte. Peter Minde wollte sie streicheln, er hob den Arm, aber er hatte nicht mehr die Kraft dazu.

Margaritje brachte das Kind in sein Bett zurück. Dann verging eine Stunde nach der anderen, so wie damals, als seine Mutter gestorben war. Immer wieder nickte Peter für kurze Zeit ein, und Margaritje hielt seine Hand. Auf einmal richtete er sich auf und sagte: »Feuer, Margaritje, Feuer. Die Stadt brennt.«

»Nein, Pieter, es ist kein Feuer. Die Stadt brennt nicht.«

»Aber ich seh es doch, Margaritje, ich seh es doch. Sind die Spanier da?«

»Nein, Pieter, beruhige dich, Pieter.« Mit einem Arm stützte sie ihn unter den Schultern, mit der anderen Hand seinen Kopf. Sie half ihm, sich aufzusetzen.

»Aber ich sehe soviel Feuer, Margaritje. Und mittendrin, mittendrin...« Er seufzte, und sie legte ihn auf das Bett zurück.

»Durst, Margaritje, Durst.«

Sie setzte ihm das Rotweinglas an die Lippen, er trank zwei Schlucke, dann wehrte er es mit der Hand ab. Er sah sie an. Dann schloß er die Augen und lächelte.

Adrian Buren sorgte dafür, daß Peter Minde vor dem Rosenstrauch begraben wurde, der unter der Bildsäule wuchs, die Maria und das Kind zeigte. Der rechteckige Sandstein, auf dem einmal die Nonnen gekniet und danach Peter und Margaritje gesessen hatten, wurde sein Grabstein.

»Was soll ich auf diesen Stein einmeißeln lassen?« fragte Adrian Buren.

»Seinen Namen, Vater Adrian.«

»Sonst nichts?«

Margaritje dachte nach. Dann zuckte sie die Schultern. »Vielleicht noch ›In Liebe‹«, sagte sie, »oder, wenn genug Platz ist, ›In großer Liebe‹. Aber wer wird sich das zusammenreimen können, irgendwann einmal, wenn wir alle nicht mehr sind.«

»Zusammenreimen?« Meister Adrian lächelte. »Ich weiß nicht, ob das wichtig ist, Margaritje, aber nachdenklich wird es den einen oder den anderen vielleicht machen, der es liest. Denn die Liebe, Margaritje, ist das Allerwichtigste. Aus der Liebe kommt alle Vergebung, aus der Liebe kommt alles Mitleid und alles Verstehen. Wer die Liebe nicht hat, Margaritje, der ist ein Verlorener, der stirbt in Schuld und an der Kälte seines Herzens.«

Margaritje sah lange vor sich hin.

»Wenn es so ist, Vater Adrian, dann soll darauf stehen: In großer Liebe.«

11. Kapitel

Ambros Ambrosius richtete sich auf. In seine Erinnerung versunken, hatte er die Arme über dem Tisch verschränkt, seinen Kopf auf die Hände gelegt. Wie spät ist es? Er sah auf die Waaguhr, zählte die Stunden aber nicht, die noch verstreichen würden, bis der neue Tag kam.

In diesem Augenblick spürte er, wie trocken ihm Hals und Zunge geworden waren. Er ging die wenigen Schritte in das Laboratorium, in dem der Wein stand, den er brauchte, um die verschiedensten Medikamente zu bereiten. Mit einer der Flaschen kam er an seinen Tisch zurück, goß den Becher halbvoll und trank ihn Schluck um Schluck leer. Dann setzte er sich wieder, und während er auf den Stundenschlag der Waaguhr wartete, war es ihm, als hörte er Schritte in dem totenstillen Haus, Schritte, die leise die Treppe herunterkamen. Er sah zur Tür, und obwohl sie sich nicht öffnete, war es ihm, als ob Eva Guntz hereinkam, bis zu ihm an den Tisch, seinen Kopf mit beiden Händen aufrichtete und sagte: »Laß es für heute gut sein mit dem Nachdenken. Ich kann nicht einschlafen, wenn du nicht bei mir bist, Ambros.« – »Ich komme, Evelina.« Sie hatte sich an ihn geschmiegt, wenn sie zusammen die Treppe hinauf in die Kammer gegangen waren, und aneinandergeschmiegt waren sie eingeschlafen. Eva, Evelina. Er hatte nicht fassen können, daß er zum zweiten Male in seinem Leben hatte so lieben können, daß er mit ihr so glücklich geworden war, so glücklich.

Die Bilder in seinem Kopf wurden von einem Augenblick zum anderen deutlicher, klarer. ›Pieter liegt unter Rosen gebettet,

Mijnheer‹, hatte Margaritje zu Heinrich Minde gesagt. O mein Gott, was ist es denn nur, das mich so heimsucht? Einen Augenblick glaubte er von dem Wein getrunken zu haben, mit dem er die Mandragora ansetzte, die Mandragora, die das Bewußtsein öffnete und, genug davon getrunken, die Schmerzen betäubte und das Bewußtsein auslöschte. Nein, er hatte nicht davon getrunken. Dennoch war es die Wirkung des Weins, die ihm alles, was geschehen war, in Bildern vor Augen treten ließ, alles, was er von Margaritje nach und nach erfahren hatte, alles. Ja, diese Nacht war noch lang...

Margaritje Minde wartete noch, bis der Stein die Inschrift trug. Inzwischen wurden alle Vorbereitungen getroffen, die sie, Meister Adrian und Mutter Johanntje für notwendig hielten, die Reise nach Deutschland, nach Brandenburg, nach Tangermünde anzutreten. Meister Adrian gab seine eigene Reisetasche her, mit der er als junger Maler bis nach Italien gekommen war. Außen konnte eine zusammengerollte Decke aufgeschnallt werden, und drinnen ließ sich unterbringen, was die beiden fürs erste nötig hatten: ein paar Stücke Leibwäsche, ein paar wollene Sachen, ein Beutel mit getrockneten Backpflaumen, ein Beutel mit hartem Gebäck aus Mehl, Honig und Gewürzen, eine Flasche mit Fenchelsaft. In der Seitentasche steckten einige Gulden in einem unauffälligen Leinensäckchen und der Schein, den der Medicus ausgestellt hatte, nachdem Peter gestorben war. Unter dem Leinenhemd trug Margaritje Peters Geldbeutel, den Heinrich Minde seinem Sohn mit auf den Fluchtweg gegeben hatte. Eine von Peters Pistolen legte sie unter alle anderen Sachen, zum Andenken, umgehen konnte sie damit nicht.

Der Abschied von Mutter Johanntje war schwer. Obwohl es keiner aussprach, wußten sie alle, daß es ein Abschied für immer sein würde. Und er wurde auch dadurch nicht leichter, daß Margaritje versprechen mußte, zurückzukommen, wenn, ja, wenn sie nicht alles so antreffen sollte, wie es ihr Peter immer wieder gesagt hatte.

Meister Adrian ließ es sich nicht nehmen und brachte die beiden bis nach Wesel. Das war für Mutter Johanntje eine große Beruhigung, denn in Wesel würden sie bereits im Deutschen Reich sein. Sie setzten mit der Fähre über den Rhein, und Meister Adrian knüpfte mit dem Fährmann ein Gespräch an.

»Eine Reisekutsche von Wesel nach Münster? Da wird es keine Schwierigkeiten geben, Herr. Ein oder zwei Tage Aufenthalt höchstens. Nach Münster gehen viele Reisekutschen. Deshalb wird die Fahrt auch nicht so teuer werden, und was die Herbergen angeht, da fragt nur nach dem Gasthof ›Zum schwarzen Hahn‹.« Der Fährmann musterte Meister Adrian vom Hut bis zu den Schuhen. »Nicht der billigste Gasthof, aber ein ordentliches Bett und ordentliches Essen, und die Fuhrleute, die dort nach Reisenden fragen, sind zuverlässige Männer.«

Wie sich herausstellte, hatte der Fährmann nicht zuviel versprochen. Der »Schwarze Hahn« war so, wie es der Fährmann gesagt hatte, und das war gut, denn Margaritje und das Kind mußten zwei Tage auf die Weiterreise warten, weil gerade erst am Morgen eine Kutsche nach Münster abgefahren war.

»Wie gut, daß ihr keine Eile habt«, sagte Meister Adrian zu Margaritje.

Sie nickte. »Wenn nur nicht gar so ein weiter Weg vor uns liegen würde, Vater Adrian. Gewiß bin ich froh, daß wir noch beieinander sind, aber was keinen Anfang nimmt, das kann auch kein Ende nehmen. Die Ungewißheit ist es, die mir zu schaffen macht.«

»Du hast dich noch nicht an das Reisen gewöhnt, Margaritje, aber das findet sich.«

Am Abend vor dem Abschied redeten Vater Adrian und Margaritje noch einmal über den Weg. Von Münster in Richtung Minden, in Minden über die Weser setzen, dann weiter nach Hannover, von Hannover nach Braunschweig und von dort nach Tangermünde. Sie hatten es hundertmal besprochen, und immer wieder sagte Meister Adrian: »Dein Geld reicht, daß du dir allein eine Reisekutsche nehmen kannst, wenn es sein muß.«

Margaritje nickte zu allem, und als Adrian Buren schwieg, sah sie ihn an und sagte: »Warum hat Pieter sterben müssen? Er war gerade dreißig Jahre alt.«

»Es gibt keine Antwort darauf, und deshalb grüble nicht, Margaritje.« Er strich ihr über das dunkle Haar.

»Was Pieter immer gequält hat, war die Frage, warum sie ihn in Tangermünde nicht verstanden haben, nur weil ihm der Sinn für das Kaufmännische fehlte. Ich meine, sein Vater, sein Bruder. Zu denen muß ich doch jetzt gehen. Wie werden sie mich aufnehmen? Mir ist bange, Vater Adrian.«

Die Reise bis Münster verlief ohne Zwischenfälle. Fünf waren sie in der Reisekutsche, und alle hatten sie ihre Freude an dem Kind, das entweder am Türfenster stand, an dem das Leder hochgerollt war, oder auf Margaritjes Schoß saß und die Reisenden ansah.

Drei Herren waren es, von denen einer zumeist in einem Buch las, das er auf den Knien hielt, und eine Frau, eine dunkel gekleidete, die, als sie ein paar Stunden unterwegs waren, aus ihrer Rocktasche einen Rosenkranz aus dunklen Perlen hervorholte und ihn durch die Finger gleiten ließ.

»Mit wem sprichst du denn immerfort?« fragte Gretje, nachdem sie die Frau eine Weile beobachtet hatte.

»Ich bete«, sagte die Frau. Sie hatte ein strenges, mageres Gesicht, hielt die Augen halb geschlossen, und nur ihre schmalen Lippen bewegten sich.

»Sei still, Gretje«, sagte Margaritje, »und stör nicht!«

»Jedem das Seine«, flüsterte der Herr, der neben Margaritje saß. »Jedem das Seine.« Und dann sah er die kleine Grete an und fragte: »Wohin willst du denn reisen, kleines Mädchen?«

»Zu meinem Großvater, der wohnt weit weg, und wir müssen noch ganz viele Tage reisen.«

»Und wie alt bist du?«

»Fünf«, sagte Gretje, »es fehlt noch ein bißchen, aber nicht mehr viel.«

»Und wie heißt du, wenn ich fragen darf?«

»Margarete Minde, aber daheim, bei Großvater Buren, da haben sie mich alle Meisje genannt oder Gretje.«

»Dann kommst du aus den Niederlanden.«

Das Kind nickte. »Aus St. Geertruidenberg, und jetzt wollen wir nach Brandenburg, Mutterchen und ich.«

»Nach Brandenburg? Oh, dann hast du weiß Gott noch eine weite Reise vor dir.«

Bis Münster hatten sie gutes Wetter, und Gretje freute sich darauf, wenn umgespannt wurde und sie dabei zusehen konnte. Das Kind nahm sich kaum Zeit, die Milch zu trinken und das Brot oder die Suppe zu essen. Sie fuhren Tag und Nacht, und als sie in Münster ankamen, sagte der Herr, der sich als Advokat vorgestellt hatte: »Frau Minde, ich werde mich, wenn es Euch recht ist, um einen Reisewagen in Richtung Minden kümmern. Ich würde Euch gerne einladen, mit Eurer Tochter mein Gast zu sein, aber ich habe Haus und Kanzlei in Münster vor vielen Jahren verlassen. Ich gehöre den Reformierten an, die in Münster Ketzer genannt werden. Ich bin ein Fremder geworden in meiner Heimatstadt, auch wenn mich die Geschäfte, ich möchte es einmal so nennen, immer wieder nach Münster zurückführen. Ich kann noch immer vieles für meine Freunde tun, und das möchte ich auch für Euch – Euer Einverständnis vorausgesetzt.«

So kam es, daß Margaritje und das Kind schon am nächsten Tag weiterfahren konnten. Der Reisewagen war jetzt nicht mit sechs, sondern mit sieben Personen besetzt, und Margaritje mußte das Kind immer auf dem Schoß sitzen lassen. Der Kutscher war ein ungeschlachter Mann, der die Reisetaschen hinten auf dem Gepäckbrett verstaute, ohne viel danach zu fragen, ob sie auch sicher festgezurrt waren.

Nicht weit hinter Münster schlug das Wetter um, und es regnete und regnete. Sie kamen viel langsamer voran, die Räder sanken in den aufgeweichten Boden, einmal auf dieser, dann auf jener Seite. Es war ein mühsames Vorwärtskommen, jeder Stein schüttelte die Reisenden durch, unter denen weder ein Advokat noch ein Bücherleser war und auch keine Frau, die den Rosenkranz betete. Es wurde kalt beim Stillsitzen, und während des nächsten Umspannens sagte Margaritje: »Ich brauche die Decke von meiner Reisetasche. Das Kind friert, und ich friere auch.«

»Wir frieren alle«, brummte der Kutscher und war nur mit Mühe zu bewegen, den Strick aufzuknüpfen, um an Margaritjes Reisetasche zu kommen. Auf der Weiterfahrt wickelte sie das Kind und sich selbst in die Wolldecke, drückte sich mit ihm in eine Ecke und rief Gretje alle Verse ins Gedächtnis und sang ihr alle Lieder vor, die sie daheim miteinander hergesagt und gesungen hatten. Wenn umgespannt wurde, fehlte beiden der Hunger, etwas zu essen, und es gab auch kein Gespräch zwischen den Reisenden. Zudem war die ganze Kutsche ein altes, elendes Gefährt, das in allen Fugen krachte, wenn es über Unebenheiten ging, und Margaritje schickte ein Stoßgebet nach dem andern zum Himmel, daß diese Reise endlich ein Ende nähme oder daß sie wenigstens schon in Minden wären.

In Minden fing das Kind an zu fiebern, und Margaritje wagte nicht, mit ihm weiterzureisen, solange es nicht wieder gesund war. Sie mietete sich in dem Gasthof ein, vor dem die Reisekutsche umspannte, machte dem Kind kalte Wadenwickel, ließ es Fenchelsaft löffeln und gab ihm heißen Fliederbeersaft zu trinken.

Die Wirtin war eine junge, freundliche Frau. Sie schickte die Magd in die Apotheke. Der Meister kam, er brachte eine Medizin mit, von der er behauptete, sie wäre das Neueste und das Beste, und als er hörte, daß es Margaritje nicht unbekannt war, Medizin aus Pflanzen zu destillieren, sagte er, die Medizin stamme von einer Pflanze, die Echinacea, zu deutsch Sonnenhut hieße. Spanische Ärzte hätten sie mitgebracht aus dem fernen Land Amerika, und es gäbe nichts Besseres als diese Tropfen für alle Kranken, die es auf der Brust hätten wie das Gretje. Dafür, sagte der Meister, müßte man den Spaniern dankbar sein, und es würde noch viel Gutes von ihnen kommen.

Margaritje antwortete darauf nicht, obwohl es ihr auf der Zunge lag, dem Apotheker etwas zu erwidern. Sie bezahlte ihm die Tropfen, und was er dafür verlangte, riß ein Loch in ihre Reisekasse, ebenso wie der Aufenthalt in Minden. Die Tropfen aber halfen dem Kind wirklich schnell wieder auf die Beine, und sie konnten weiterreisen.

Die Kutsche, die sie bis ins Hannöversche brachte, war nicht besser als die, mit der sie nach Minden gefahren waren, nur die Reisenden waren unangenehmer. Einer von ihnen zog alle Augenblicke eine Flasche aus der Tasche und trank daraus, und weil er neben Margaritje saß, bot er ihr die Flasche an und konnte nicht verstehen, warum sie den Branntwein zurückwies. Auch die anderen Reisenden waren Männer nicht von der feinen Sorte. Ungeniert musterten sie Margaritje und wurden zudringlicher, je länger die Reise dauerte. Eine junge, hübsche Frau allein auf Reisen? Was konnte das schon für eine sein! Und je weniger Margaritje bereit war zu sprechen, um so ausgelassener spekulierten sie darüber, desto dichter rückte der mit der Branntweinflasche an sie heran.

Margaritje hatte alle Mühe, nicht in Tränen auszubrechen, und als ob das Kind ihre Not spürte, sagte es plötzlich: »Wenn umgespannt wird, Mutterchen, dann holst du Vaters Pistole aus der Tasche und schießt sie alle tot. Nicht wahr, Mutterchen?« Die kleine Margarete war von Mutters Schoß gesprungen und sah einen nach dem anderen an. »Euch alle!« rief sie.

»Das wird wohl so kommen«, sagte Margaritje. Und zu den Männern gewandt: »Ich habe für diese Reise ins Hannöversche bezahlt genau wie Ihr – für die Reise, aber nicht dafür, von Euch belästigt zu werden.«

Beim nächsten Umspann verlangte Margaritje vom Kutscher ihre Reisetasche, und so unbequem es auch sein mochte, sie zwängte die Tasche in der Kutsche unter ihre Knie, und von diesem Augenblick an hatte sie Ruhe auf der Fahrt.

In Hannover hatten sie vier Tage Aufenthalt, bis sich endlich eine Kutsche nach Braunschweig fand. Sie waren nur zu viert, und der Preis war entsprechend hoch. Die Mitreisenden waren ein Pastor und zwei herzogliche Beamte. Die drei hatten viel miteinander zu reden, sie kümmerten sich kaum um Margaritje und das Kind. Sie hatten sich ihr vorgestellt, und Margaritje hatte gesagt, daß sie Minde hieße und nach Tangermünde wolle. Zwei von ihnen hatten genickt, als genüge ihnen das, nur der Pastor hatte erstaunt gefragt: »Ihr wollt nach Tangermünde?«

»Ja, Mijnheer«, hatte Margaritje geantwortet.

»Wie sich das trifft. Es hätte nicht viel gefehlt und ich wäre dort Pastor in St. Stephan geworden, nachdem mein verehrter Amtsbruder Voß von unserem himmlischen Vater abberufen worden ist. Nun bin ich bei unserem Herzog in Braunschweig im Amt, aber um Gottes Wort zu verkündigen, ist jeder Ort der richtige.«

Von Braunschweig weiterzureisen nach Wolfenbüttel machte Margaritje keine Schwierigkeiten. Der Herzog residierte in diesen Wochen in seinem Wolfenbütteler Schloß, und die Kutschen gingen zwischen Braunschweig und Wolfenbüttel hin und her.

Der Fuhrmann, den Margaritje um Rat fragte, zog die Augenbrauen hoch. »Nach Tangermünde geht's über Gardelegen. Wir hier, wir sind ja noch im Braunschweigischen, und Tangermünde liegt in Brandenburg. Das beste wäre, Ihr nehmt eine Kutsche, die nach Stendal fährt. Und dann werdet Ihr sehen müssen, wie's weitergeht. Im schlimmsten Fall zu Fuß, aber mit dem Kind... Oder Ihr müßtet Euch nach einem Kaufmannswagen umsehen, der Ware nach Tangermünde bringt, zum Hafen hinunter. Wenn Ihr Glück habt, dann trefft Ihr eine Reisekutsche, die nach Berlin will und bei Tangermünde über die Elbe setzt.«

Margaritje nickte, und dann fragte sie: »Was ratet Ihr mir, wo ich nach einem Fuhrwerk fragen soll, das nach...«

»Stendal«, sagte der Fuhrmann.

»... das nach Stendal will?«

»Wenn's Euch recht ist, hör ich mich mal um. Ich kenne ja mehr als einen Fuhrmann.«

Es dauerte drei Tage, bis Margaritje mit dem Kind endlich einen Reisewagen fand, der bis Stendal fuhr.

Es war spätabends, als sie dort ankamen. Sie übernachteten in einem Gasthof, und das Kind war so müde, daß es am Tisch einschlief, noch bevor es seine Suppe gegessen hatte.

Am nächsten Morgen machte sich Margaritje mit dem Kind auf den Weg. Der Wirt hatte gesagt: »Eine gute Stunde, länger ist's nicht. Na ja, mit dem Kind mögen's zwei werden, aber wenn Ihr Glück habt, nimmt Euch ein Fuhrwerk mit. Nach Tangermünde zum Hafen wollen viele.« Und dann hatte er noch gefragt: »Ihr kommt wohl von weit her?«

»Aus den Niederlanden.«

»Aus den Niederlanden? Na ja, man hört's an Eurer Sprache, daß Ihr nicht von hier seid. Aber so weit? Dort ist wohl vieles anders als hier?«

»Ja, vieles.«

Als Margaritje wieder unterwegs war, an der einen Hand das Kind, in der anderen die Reisetasche, dachte sie, gar soviel anders sieht es hier nicht aus als daheim, Peter hat das auch immer gesagt. Das ist gut so, ich werde mich bald einleben.

Auf halbem Weg holte sie ein Fuhrwerk ein. Es war vollbeladen mit Säcken, und der Fuhrmann, der nebenherging, rief: »Wo wollt ihr beiden denn hin?«

»Nach Tangermünde.«

»Das hab ich mir beinahe gedacht. Viel Platz ist oben auf dem Bock nicht, aber dem Kind werden die Beine weh tun. Wenn ihr wollt, dann steigt auf.«

»Ich danke Euch vielmals«, sagte Margaritje. Und als er den Wagen mit »Brrr« und »Hooo« und »Brrr« zum Halten gebracht hatte, kletterten sie hinauf.

»Bequem ist's nicht, aber immer noch besser als gelaufen.«

Neben dem hinteren Wagenende liefen zwei Knechte her, die kamen näher, als der Fuhrmann mit Margaritje ein Gespräch anfing. Das ging laut vor sich, denn der Wagen polterte und knarrte, und die Pferde schnauften.

»Wohin wollt Ihr denn in Tangermünde?«

»In die Schloßfreiheit.«

»In die Schloßfreiheit? Wirklich? Oh! Wißt Ihr denn auch, in welches Haus Ihr wollt?«

»Wir wollen in das Haus von Heinrich Minde.«

Der Fuhrmann vergaß eine Sekunde, auf die Pferde zu achten. »Zum alten Minde? Dunnerslach. Wollt Ihr bei dem in Dienst gehen?«

Margaritje schüttelte den Kopf. »Er ist der Großvater meiner kleinen Tochter. Und deshalb denk ich, daß ich nicht bei ihm in Dienst gehen muß.«

»Na, nu man langsam, man immer langsam. Wenn der olle Heinrich Minde der Großvater ist von der lütten Deern, dann müßte ja ...«, es bewegte den Fuhrmann so, daß er ganz aufgeregt weitersprach, »... dann müßte ja ihr Vater ein Sohn von Heinrich Minde sein? Nee, junge Frau, nee, ich weiß bloß von einem, und das ist der junge Heinrich Minde, der nu das Sagen hat über alles.«

»Der alte Heinrich Minde hat aber zwei Söhne gehabt, und ich bin mit Pieter Minde verheiratet gewesen.«

»Gewesen? Wieso? Ist er tot?«

»Ja, er ist tot.«

»Dunnerslach«, sagte der Fuhrmann wieder. »Dunnerslach.«

Margaritje drückte das Kind fest an sich. Sie haben ihn also vergessen, niemand weiß mehr etwas von ihm. Du lieber Gott, wie wird es mir in Tangermünde ergehen?

Der Fuhrmann nahm sie mit durch das Neustädter Tor, und als er zur Roßfurt hinunterbiegen mußte, hielt er an, damit Margaritje und das Kind aussteigen konnten.

»Immer geradeaus, wenn Ihr zum alten Minde wollt, und wo die Schloßfreiheit ist und der alte Minde wohnt, das sagt Euch jedes Kind hier in Tangermünde.«

Wieder nahm Margaritje das Kind an die eine Hand und die Reisetasche in die andere und ging weiter geradeaus, wie der Fuhrmann gesagt hatte. Sie sah das Rathaus, von dem Peter so oft gesprochen hatte, blieb stehen und sah zu den schönen Schmuckgiebeln hinauf, aber sie hatte keinen Sinn dafür, sie ging weiter, und das Kind lief neben ihr her, sagte nichts und fragte nichts.

Die Leute auf der Straße beachteten die beiden kaum. Manche sahen ihnen nach, und Margaritje wagte niemanden zu fragen. Erst als sie schon mit dem Kind auf die Kirche zuging und ein Junge gelaufen kam, hielt sie ihn an.

»Ich möchte zur Schloßfreiheit.«

»Da an der Ecke rechts rein.«

An der Ecke blieb Margaritje stehen. Sie sah die Häuser auf der rechten, auf der linken Seite und wußte plötzlich, welches Haus es war. Dieses dort mit dem breiten Tor, so hatte es Pieter immer beschrieben.

Die eine Hälfte des Tors stand offen, und in der Einfahrt kam ihr ein Mann entgegen. Und auch diesen Mann erkannte Margaritje, es konnte niemand anderes als Gusten sein.

»Zu wem wollt Ihr?« fragte er.

»Ich möchte zu Heinrich Minde.«

»Zum alten oder zum jungen? Der alte wohnt hier, der junge unten am Markt.«

»Ich möchte zu Pieter Mindes Vater.«

Einen Augenblick sagte der Mann ihr gegenüber nichts, dann sah sie, wie seine Lippen zu zittern anfingen. Er sah zu dem Kind hinunter, und seine Lippen zitterten noch mehr. Dann nickte er und ging zur Tür, die ins Haus führte. Margaritje und das Kind gingen hinter ihm her, und Margaritje spürte, daß er nach Pferden roch. Gusten, es mußte Gusten sein. Er öffnete die Tür zum Wohnraum.

Vor den Fenstern saß ein Mann in einem hohen Lehnstuhl. Er hatte eine Decke über den Knien, auf der seine Hände lagen, er trug eine schwarze Samtjacke, deren Seidenkragen so grau war wie sein Haar und die Kappe, die er auf dem Kopf trug.

»Was ist?« fragte er. »Wer kommt?«

Gusten blieb stehen, und Margaritje, das Kind an der einen Hand und die Reisetasche noch immer in der anderen, ging drei Schritte auf ihn zu. Dann knickste sie und sagte: »Gott zum Gruß! Ich bin die Frau Eures Sohnes Pieter, und das Kind hier ist seine Tochter.«

Der Mann im Lehnstuhl sagte nichts. Er sah Margaritje an, immer wieder, und dann betrachtete er das Kind.

»Gott zum Gruß«, sagte Gretje und knickste auch. Als der Mann sie anstarrte, aber kein Wort über seine Lippen kam, fing sie plötzlich an zu weinen und sagte: »Ich bin das Gretje, und daheim haben sie immer Meisje zu mir gesagt, und wir sind sehr weit gereist.«

Plötzlich schien es, als ob das Leben in den alten Mann zurückgekehrt sei.

»Wo ist Peter?« fragte er. »Wo ist mein Sohn Peter?«

»Pieter ist tot«, antwortete Margaritje.

»Tot«, sagte der alte Mann. »Tot.« Er fing wieder an, vor sich hin zu sehen.

»Ich habe Pieter versprechen müssen, zu Euch zu gehen, zu Euch und nach Tangermünde, mit dem Kind zusammen. Und jetzt – jetzt bin ich hier.«

»Wer seid Ihr?«

»Margaritje Minde, Herr, und das Kind heißt Margarete.«

Wieder besann sich Heinrich Minde. Er sah zur Tür, wo Gusten immer noch stand, und sagte: »Die Kathe soll kommen, und die Fine soll etwas zu trinken bringen.« Und zu Margaritje sagte er: »Setzt Euch«, er zeigte auf einen Armlehnstuhl, der ihm gegenüberstand.

Margaritje setzte sich und nahm das Kind auf den Schoß. »Wie seid Ihr nach Tangermünde gekommen?«

»Die Hälfte des Wegs von Stendal hierher zu Fuß, dann hat uns ein Fuhrwerk mitgenommen, auf dem Säcke geladen waren. Der Fuhrmann wollte zum Hafen.«

»Von Stendal hierher, das war gewiß nicht Euer ganzer Weg.«

»Nein, Herr, das war der kürzeste. Wir kommen aus den Niederlanden. Dort haben wir gelebt, und dort ist Pieter gestorben.«

»Wann ist er gestorben?«

»Als das Frühjahr zu Ende ging, und er ist unter der Rosenbank begraben worden, wo wir miteinander immer gesessen haben, im Klostergarten, vor der Säule der Mutter Gottes mit dem Kind.«

Der alte Heinrich Minde nickte, aber Margaritje wußte nicht, ob er ihr zugehört hatte. Er hatte den Kopf gehoben und über sie hinweggesehen, und jetzt drehte auch Margaritje den Kopf und sah das Bild, das im Goldrahmen an der Wand hing. Eine Frau, eine ganz junge Frau, vielleicht noch ein junges Mädchen, sah auf sie herab.

In diesem Augenblick schlurfte auf Filzpantoffeln eine alte Frau herein. Sie trug ein Tablett mit zwei Krügen, in dem einen Krug war Wein, in dem anderen Milch.

»Herr Minde, ich habe gedacht, weil Gusten gesagt hat, es wäre auch ein Kind dabei.«

»Es ist recht, Fine.«

Die alte Frau stellte das Tablett auf den Tisch, schenkte die Becher voll und schlurfte wieder hinaus, zögernd.

»Schließ die Tür, Fine«, sagte Heinrich Minde, und der Ton, in dem er das sagte, ließ Margaritje erkennen, was für einem Herrn sie gegenübersaß. »Bedient Euch«, sagte er zu Margaritje, »meine Füße wollen nicht mehr so recht.«

»Danke«, sagte Margaritje, »ich bin weder hungrig noch durstig, aber die Milch für das Kind, die nehm ich gerne.«

Das Kind glitt von ihrem Schoß, und weil es schon die ganze Zeit auf ein Vogelbauer gesehen hatte, das zwischen den Fenstern stand, in dem ein Buchfink auf und nieder hüpfte, fragte es leise: »Darf ich ihn einmal nahe sehen, Herr?«

Der alte Heinrich Minde nickte, und zum erstenmal lächelte er. Dann fragte er Margaritje: »Wollt Ihr keinen Schluck Wein nach dem langen Weg?«

Sie stand vor ihm. »Danke, Herr«, sagte sie. »Solange Ihr mich nicht mit einem Schluck Wein willkommen heißt, danke.«

»Bitte um Verzeihung«, sagte er und streckte die Hand nach dem Zinnbecher aus. »Seid willkommen. Im Gedenken an Peter, seid willkommen.« Er trank und reichte ihr den Becher, und sie trank auch und setzte ihn auf den Tisch zurück, und dann sagte er: »Bitte, erzählt mir von meinem Sohn. Und sagt mir noch einmal Euern Namen, er ist...«

»Ich weiß«, sagte Margaritje. »Ich heiße Margaritje Minde.«

Die Kathe kam, und alles wurde leichter und einfacher. Sie ließ von der jungen Magd, die der alten Fine zur Hand ging, die Schlafkammer herrichten, in der noch immer Peters und Heinrichs Bett stand. Und als sie Margaritje und das Kind hinaufführte, sagte Margaritje: »Ich danke Euch sehr, aber ich werde in diesem Haus erst schlafen, wenn alles geregelt ist. Erst dann weiß ich, daß ich hierhergehöre.«

»Ihr gehört hierher.«

»Ja, das sagt sich so, aber es ist viel Zeit vergangen, und der alte Herr Minde...«

»... ist ein von Herzen guter Mann«, unterbrach sie die Kathe.

»Das mögt Ihr so sehen, aber zu seinem Sohn Pieter ist er hart gewesen. Ihr wißt, wovon ich rede. Und ich bin gekommen, um zu fordern.«

»Wenn Ihr gekommen seid, um zu fordern, dann müßt Ihr erst recht hierbleiben. Dann zeigt Ihr damit, daß Ihr hierhergehört.«

Margaritje ging an das kleine Fenster, von dem ihr Pieter erzählt hatte, wie oft er davorgesessen und den Mond gesucht hatte. Sie sah eine Weile hinaus, und dann sagte sie: »Ihr habt recht, ja, Ihr habt recht, Kathe Krulle, ich werde hierbleiben, bis das Testament erfüllt ist.«

»Und wenn Ihr nicht mehr hierbleiben wollt, dann braucht Ihr keinen Gasthof zu suchen, dann kommt Ihr zu mir, so wie ich es Peter versprochen habe.«

»Ich habe noch eine Bitte, Kathe Krulle. Geht Ihr mit mir zu Meister Ambros Ambrosius?«

Ambros Ambrosius kam aus seinem kleinen Laboratorium und streckte Margaritje die Hand entgegen.

»Willkommen, Frau Minde! Willkommen in meinem Haus!« Er führte sie, das Kind und die Kathe in den kleinen Wohnraum gegenüber. »Wie viele warten noch auf mich?« fragte er seinen Gehilfen, der in der Tür zur Apothekerstube stand.

»Zwei Frauen. Die eine plagt das Gliederreißen, die andere hat das Uringlas mitgebracht.«

»Gegen das Gliederreißen eine Mischung aus Brennesseln und Birkenblättern zu gleichen Teilen und warme Umschläge mit Heublumensamen. Füll ihr einen großen Beutel davon ab. Der anderen sag, sie soll noch eine Weile warten.«

Als der Apotheker die Tür hinter sich geschlossen hatte, sagte Margaritje: »Ich will Euch nicht länger aufhalten als notwendig. Ich möchte Euch nur bitten, mir einen Rat zu geben, wie ich es anfangen soll. Pieter hat Euch so sehr vertraut, und er hat mir ans Herz gelegt, wenn es einmal soweit ist, zuerst zu Euch zu gehen. Und nun bin ich hier.«

»Ihr habt also, verehrte Frau Minde, mit dem alten Heinrich noch nicht über das Testament gesprochen.«

»Nein, das konnte ich nicht in dieser ersten Stunde. Er ist mir fremd, ich bin ihm fremd. Ich komme in sein Haus und soll sagen: Jetzt ist es soweit. Das konnte ich nicht, Meister Ambrosius.«

»Es war gut so. Laßt Euch und ihm ein paar Tage Zeit. Wie ich Heinrich Minde kenne, wird er von sich aus mit Euch reden. Ihm ist ja klar, warum Ihr gekommen seid.« Er unterbrach sich. »Und Ihr seid, wenn ich es richtig sehe, Peters Bruder noch nicht begegnet?«

»Noch nicht, Meister Ambrosius, aber mit ihm habe ich auch nichts zu tun, solange der alte Heinrich Minde da ist. Er ist es doch, der dafür sorgen muß, daß dieses Testament jetzt erfüllt wird. Aber wenn – Pieter hat immer gehofft, Ihr würdet mir beistehen, wenn es sein muß. Auch deshalb bin ich hier.«

»Das werde ich gewiß, Frau Minde, aber ich bin überzeugt, es wird nicht notwendig sein. Der alte Heinrich Minde ist ein ehrenwerter Mann. Und deshalb macht Euch keine unnötigen Sorgen, es wird alles gut werden für Euch.«

Margaritje sah ihn an.

»Wenn nicht, könnt Ihr auf meine Hilfe rechnen.«

»Danke, Meister Ambrosius. Auch in Pieters Namen.« Sie reichte Ambros Ambrosius die Hand.

»Ihr seht sehr müde aus, Frau Minde. Ruht Euch erst einmal aus nach der langen Reise. Und das Kind hat den Schlaf auch nötig. Wie heißt du denn, kleines Mädchen?«

»Ich heiße Margarete, und dann noch Libussa. Das hat Vater so gewollt.«

In der Schloßfreiheit ließ die Kathe Krulle von der alten Fine einen Imbiß richten, und dann brachte sie die beiden in die Kammer.

»Es wird alles gut«, sagte sie und sah noch eine Weile zu, wie die kleine Grete einen hölzernen Hahn und eine hölzerne Henne auf dem Deckbett picken ließ. »Hat Euch Peter einmal gesagt, wie sehr das Kind der Großmutter ähnelt? Wenn es Peters Locken nicht hätte ... so muß Libussa Minde ausgesehen haben, als sie noch ein Kind war.«

Die Kathe ging, und das Kind schlief ein, und Margaritje blies die Kerze auf dem Nachttisch aus. Dann stand sie auf und setzte sich an das geöffnete Fenster. Es kam kühl herein, und im Hof, auf den das Fenster hinausging, raschelten Blätter, die der Wind von einem Baum trieb, den Margaritje nicht sah. Sie suchte den Mond, so wie es ihr Pieter immer erzählt hatte, aber sie fand auch ihn nicht. Vom Hof her, aus einem Stall, hörte sie Pferdestampfen, ein Hund bellte, und im Haus klappten Türen. Sie hörte Stimmen, die ihr erregt schienen, aber sie war nicht bereit, an die Tür zu gehen, sie zu öffnen und ins Haus hinunterzulauschen. Sie wollte nichts als an Pieter denken, und sie wollte versuchen, sich vorzustellen, wie es gewesen sein mochte, als er hier aufgewachsen war. Als sie fror, ging sie ins Bett, sie betete und schlief darüber ein.

Es war der alte Heinrich Minde, der das Gespräch begann, nicht am nächsten Tag und nicht am übernächsten. Er ließ sich Zeit und nutzte sie, Margaritje nach ihrer Herkunft zu befragen, nach dem Leben, das Pieter geführt hatte, und wie sie zueinander gekommen waren. Das konnte Margaritje verstehen. Sie war nun einmal eine Fremde für ihn und in diesem Land, ihre Sprache war anders, auch wenn sie einander gut verstehen konnten, denn sie hatte mit Pieter in seiner Sprache gesprochen, schon um des Kindes willen. Viele Fragen des alten Minde kamen ihr dennoch wie ein Verhör vor, und sie hatte Mühe, ihren Ärger darüber zurückzudrängen, der sie hätte unbesonnen antworten lassen. Immer war ihr bewußt, welches Unrecht Pieter in diesem Haus geschehen war, und sie überlegte ihre Antworten gut.

Wenn Margaritje mit dem Kind durch die Straßen ging, ahnte sie nichts von den Gesprächen, die inzwischen in den Tangermünder Häusern geführt wurden, in den Bürgerhäusern ebenso wie in den Katen der Hafenknechte und unter den Strohdächern der Fischer: Peter Mindes Frau ist gekommen, Peters Frau mit Peters Kind, und Peter ist tot. – Ist es wirklich schon zwölf Jahre her, daß er den Kröger von Bolsdorf... zwölf Jahre?

Es war, als fielen diese zwölf Jahre zusammen wie ein Kartenhaus. Alles war wieder lebendig, die Tage und Nächte, in denen die Häuser und Scheunen nach Peter durchsucht worden waren, die Elbkähne und die Fischerboote. Lebendig waren sie wieder die Tage, in denen der junge Heinrich Minde mit seiner großen Geldtasche unterwegs gewesen war und alle die zum Schweigen gebracht hatte, die wußten, warum Peter den Kröger von Bolsdorf erschlagen hatte. Er hatte gezahlt, gut gezahlt, damit sie aussagten, er hätte ihn im Suff erschlagen. Immer wieder hatte er gezahlt, immer wieder, und wie es hieß, zahlte er einigen heute noch – für das Ansehen der Mindes.

In den Bürgerhäusern, in denen man sich vom Stand her mit den Mindes verbunden fühlte, hieß es: »Was soll denn das? Über die Sache ist Gras gewachsen. Peter ist tot. Die Mindes sollen dem Weib etwas zahlen, und dann muß sie wieder aus der Stadt verschwinden. Sie ist eine Fremde, die sich einnisten will, und solche brauchen wir nicht, schon gar nicht, wenn sie...«

»Ja, was denn, wenn sie?« fragten manche.

»Sie ist gekommen, um das Erbe zu fordern, ihr Erbe auf das Testament der Libussa, der reichen Libussa. Peter hat fort müssen, er hat es nicht fordern können, aber jetzt ist er tot, und jetzt steht es ihr zu.«

»Habt ihr das Kind gesehen? Es sieht der Libussa ähnlich.«

»Na, na, die Libussa hatte dunkle Haare, und das Kind ist blond.«

»Das schon, aber es hat Peters Locken, und sonst – seht ihm doch ins Gesicht! Es hat ihre dichten Augenbrauen, es hat ihre Augen, und jetzt sollen die Mindes zahlen.«

»So ist es, jetzt sollen sie endlich nach Recht und Ordnung das Testament erfüllen. Es wäre eine Schande, wenn der alte Minde sich wieder auf die Geschäfte rausredet, so krank, wie er ist.«

»Nichts gegen den alten Minde, wir verdanken ihm viel, wir und die Stadt.«

»Wir ja, aber Peter? Das Gewissen müßte ihm schlagen!«

Ambros Ambrosius saß mit dem Bürgermeister Joachim Guntz zusammen.

»Sie wird uns, wenn es hart auf hart geht, nach dem Notarius fragen, und wir werden ihr sagen müssen, daß der Notarius vor seinem Tod das Testament hier im Rathaus hinterlegt hat.«

Der Bürgermeister wiegte den Kopf. »Weißt du, wie beschwerlich die Geschäfte im Augenblick gehen, auch die der Mindes?«

»Aber sie können es doch mit ihr nicht genauso machen, wie sie es mit Peter gemacht haben. Einmal muß doch das Recht gelten.«

»Das sehe ich wie du, Ambros. Aber ich werde meine liebe Not haben, es den Ratsherrn klarzumachen. Man braucht ihr vielleicht nicht alles auf einmal auszuzahlen. Man könnte ihr anbieten...«

»Joachim, ist das dein Ernst? Bei Libussas Tod, als Peter sein Erbe gefordert hat, standen die Mindes gut da. Dann hat Heinrich die Helmbrechttochter geheiratet. Wieder kam Geld zu Geld. Sie haben inzwischen, trotz der schlechten Geschäfte, Wiesen gekauft, Wald gekauft. Heinrich Minde führt ein Haus, das alle andern in den Schatten stellt. Und jetzt willst du mir sagen, sie können Libussas Erbe wieder nicht auszahlen?«

»Du siehst es ja richtig, Ambros. Aber es kommt doch alles sehr plötzlich. Sie haben damit nicht rechnen können.«

»Sie hätten damit rechnen müssen! Und Heinrich Minde, glaub mir, hat damit gerechnet. Nein, manchmal denke ich, er hat darauf gehofft, daß es noch zu seinen Lebzeiten geschieht. Er ist die Schuld nie losgeworden, die er Peter gegenüber auf sich geladen hat, die ganze Schuld, Joachim, die ganze Schuld. – Wie also wirst du dich zu der Forderung, die sie erheben wird, stellen?«

»Ambros, ich kann doch gar nicht anders, als ihr recht zu geben.«

In dem großen Mindehaus am Markt saß der junge Heinrich Minde allein am Tisch über einem aufgeschlagenen Kontobuch. Er rechnete nicht, er gab es nur vor, als er das Tock-tock-tock der Stöcke hörte. Lisabeth Helmbrecht, zum Skelett abgemagert, kam tock-tock-tock durch die Tür.

»Rechnet Ihr, Schwiegersohn? Zählt Ihr zusammen, was Ihr zahlen müßt?«

»Das weiß ich, ohne zu rechnen. Ich kenne das Testament meiner Mutter.«

»Ihr Geld hat Euch in all den Jahren eine Menge eingebracht, Schwiegersohn, und Ihr habt es, zusammen mit Euerm Vater, gut verstanden, es in Euern Geschäften anzulegen und zu vermehren. Aber jetzt, wie werdet Ihr es jetzt halten? Jetzt, wo die Geschäfte schlechter gehen?«

»Macht Euch darüber keine Gedanken, Schwiegermutter!«

»Und ob ich mir Gedanken mache, Schwiegersohn, und ob! Und ich sage Euch eins, keinen Gulden, keinen einzigen von dem Geld, das meine Tochter zu Euch ins Haus gebracht hat, werdet Ihr zahlen an das fremde Weib, keinen einzigen Gulden, dafür werde ich sorgen.« Und während sie das sagte, stieß sie bei jedem Wort mit einem ihrer Stöcke auf den Fußboden.

»Laßt mich allein, Schwiegermutter. Geht wieder in Euern Lehnstuhl.«

Aber die Alte blieb vor dem Tisch stehen. »Habt Ihr das Kind gesehen? Ich habe es aus dem Fenster beobachtet. Es ähnelt Eurer

Mutter, Schwiegersohn. Es wird auch einmal eine Mare werden, und es wird weiter Unglück über die Mindes bringen, genauso wie die schöne Libussa, genau so! Ja! Ja! Ja!« Und bei jedem Wort hämmerte sie wieder mit dem Stock.

»Geht!« schrie Heinrich Minde. »Geht! Ich kann Euch nicht ertragen.«

»Ihr könnt die Wahrheit nicht ertragen, und die Wahrheit ist, Ihr habt meine Tochter nie geliebt, und an Eurer Kälte ist sie gestorben. Sie hat Euch zwei Töchter hinterlassen, und für die ist das Geld der Mindes – für die und sonst niemand!«

»Ihr sollt gehen!« schrie Heinrich Minde wieder. »Ich kann Euern Anblick nicht ertragen.«

»Den werdet Ihr noch lange ertragen müssen, mein Herz ist gut. Ein Herz, das der Haß nährt, schlägt lange, und vielleicht schlägt es sogar noch, wenn es keine Mindes mehr gibt, wenn sie alle, alle ausgelöscht sind, zugrunde gegangen an dem Unrecht, das sie getan haben.«

In beiden Mindehäusern wurden in dieser Nacht die Kerzen nicht gelöscht. Beim alten Minde in der Schloßfreiheit war es nur eine einzige, die im Leuchter auf seinem Nachttisch brannte, und es lag noch eine zweite bereit, um die er die Kathe gebeten hatte.

Bei Heinrich Minde am Markt brannten drei Kerzen im Leuchter, und es lag noch ein ganzes Bündel daneben, und der Schatten, den das unruhige Licht gab, geisterte wie die Schuld an den Wänden dahin, in beiden Häusern.

Der alte Heinrich Minde lehnte in aufgetürmten Kissen und sprach mit sich selber.

»Wie habe ich zustimmen können? Wie habe ich damals zustimmen können, als Heinrich diejenigen mit Geld mundtot gemacht hat, die dabeiwaren in Bolsdorf? – ›Dein Vater treibt es mit der Kathe Krulle!‹ – Kein Makel auf dem Namen Minde, der Schein mußte gewahrt bleiben. Und so ist Peter zum betrunkenen Totschläger geworden. Wie habe ich zustimmen können, daß Heinrich nach Stendal gefahren ist und dem Notarius den Schuldschein abgekauft hat? Wie habe ich zustimmen können! O Herrgott im Himmel, die Toten stehen auf! Und jetzt sagt mir mein Sohn, er hätte mit Mutters Vermögen für den guten Ruf des Hauses Minde gezahlt, für ihr Andenken und vor allem für mein eigenes Ansehen. – Aber da ist jetzt Peters Frau, da ist sein Kind, und was die beiden fordern, ist ihr gutes Recht. – Was wird Heinrich tun?«

Heinrich Minde im Haus am Markt rechnete, er rechnete genau aus, was er gezahlt, was ihn das Ansehen der Mindes gekostet hatte. Er war sich der Zustimmung der Ratsherrn sicher, daß ein Kaufmannshaus nicht gefährdet werden durfte, weil plötzlich so ein Weib auftauchte und fordern durfte. Wo kam sie her? Wer war sie? »Ich bin Peters Frau«, das konnte jede sagen. Und das Kind? Es mochte seiner Mutter Libussa so ähnlich sehen, wie es wollte, ein Kind, du liebe Zeit, um ein Kind in die Welt zu setzen, brauchte ein Mann weniger als eine einzige Nacht. Nein, nein, so einfach ging das nicht, so einfach nicht, wenn es um soviel Geld ging. Was also war der erste Schritt? – Beweise! Sie mußte Beweise bringen. Man mußte sie damit in die Enge treiben, daß sie bewies, Peters Frau zu sein. Der Trauschein zum Beispiel.

Heinrich stand auf. Ja, das war der Weg. Er wußte zwar, daß auch ein Trauschein gefälscht sein konnte, aber damit würde er erst kommen, wenn sie einen Trauschein haben sollte. Gezeigt hatte sie ihn seinem Vater jedenfalls nicht, und das hätte sie doch zuallererst tun müssen, wenn sie einen bei sich hatte. Der Taufschein für das Kind wäre der nächste Beweis, und dann noch Peters Totenschein. O ja, jetzt hatte er den Weg gefunden, jetzt hatte er genug in der Hand, jetzt konnte er in Ruhe abwarten.

Heinrich ging zu dem halbrunden Tisch, der an der Wand stand, und goß sich aus dem Weinkrug einen Becher voll ein, trank noch einen zweiten, und als er den Krug zum drittenmal hob, schrak er zusammen. An der Wand vor ihm zeichnete sich ein Schatten ab. Er fuhr herum. Nein, es war niemand im Raum, er war allein. Es war sein eigener Schatten, den das Kerzenlicht an die Wand warf. Trotzdem war er so erschrocken, daß seine Hände zitterten.

Es war ein paar Tage später, als der alte Heinrich Minde zu Margaritje sagte: »Ich habe meinen Sohn gebeten, heute abend mit uns zu essen. Ihr müßt wissen, ich habe ihm bald, nachdem Peter fortgegangen war, die Geschäfte übergeben, und ich möchte, daß wir gemeinsam über all das sprechen, das nun einmal zu besprechen ist.«

Margaritje, die dem alten Minde wieder gegenübersaß, sagte: »Es wäre mir lieber, Herr Minde, wenn wir zuerst allein über alles sprechen könnten. Die Hälfte des Erbteils, um das es nun geht, betrifft nur mich und Euch. Ihr müßt dafür sorgen, daß Libussa Mindes Testament erfüllt wird, Ihr, nicht Euer Sohn.«

»Das ist richtig, nur – ich habe meinem Sohn Heinrich die Geschäfte vor Jahren übergeben ...«

»Verehrter Herr Minde, ich habe mit den Geschäften Eures Sohnes nichts zu tun. Ich habe Pieter versprochen, zu Euch zu gehen, um als seine Erbin, die ich nun mit dem Kind bin, sein Erbteil im Empfang zu nehmen.«

»Ja. Ihr habt recht, Ihr habt recht, aber alles Geld unseres Hauses verwaltet mein Sohn.«

Sie nickte zuerst, dann schüttelte sie den Kopf. »Ich habe dennoch nur mit Euch zu tun, und wenn Ihr es wünscht, daß bei unserem Gespräch heute abend Euer Sohn dabei ist, dann möchte ich Euch bitten, Meister Ambros Ambrosius ebenfalls einzuladen.«

Es kam Margaritje vor, als ob der alte Mann auf einmal erleichtert war. »Ja, das ist ein guter Gedanke. Das ist ein sehr guter Gedanke.«

Die Kathe Krulle hatte dafür gesorgt, daß der Tisch gedeckt war wie zu Libussa Mindes Zeiten, und auch die kleine Margarete, die Libussa so ähnlich war, saß mit am Tisch. Der junge Heinrich Minde schien irritiert, als er das Kind, vor allem aber, als er Ambros Ambrosius dort sitzen sah. Beim Tischgespräch war er deshalb einsilbig und nicht recht bei der Sache, und es mochte seine Unruhe sein, die ihn, gleich nachdem abgetragen war, auf das Ziel lossteuern ließ.

»Wie ich von meinem Vater erfahre«, sagte er, »seid Ihr als die Witwe meines Bruders in dieses Haus gekommen, nachdem Peter einen tragischen Tod gefunden hat.«

»Tragisch, Mijnheer?« Margaritje sah ihn an, und ihre Anrede irritierte ihn wieder. »Pieter ist an einer Wunde gestorben. Damit muß jeder rechnen, der Soldat ist. Das Tragische daran ist sein früher Tod, damit habt Ihr recht. Und Ihr habt auch recht damit, daß ich als seine Witwe in dieses Haus gekommen bin, so wie ich es Pieter versprochen habe.«

»Und dies aus einem ganz bestimmten Grund«, sagte der junge Heinrich Minde.

»Auch damit habt Ihr recht.«

»Ich verstehe, denn das weiß man ja, im allgemeinen ist ein Söldner nicht auf Rosen gebettet.«

»Ich verstehe Euch nicht.« Margaritje sah ihn an. »Er ist unter Rosen gebettet, Mijnheer.«

»Verzeihung, Ihr seid eine Fremde. Wenn ich sage ›nicht auf Rosen gebettet‹, dann heißt das, Ihr habt nie viel Geld gehabt, es ist Euch nie besonders gutgegangen.«

Margaritje richtete sich auf und sah Heinrich so ins Gesicht, daß er ihr nicht ausweichen konnte. »Mijnheer, das war für uns nicht das Wichtige. Wir haben uns sehr geliebt, aber – ja, wir haben bescheiden gelebt.«

»Und deshalb möchtet Ihr jetzt ein gutes Leben führen.«

»Mijnheer, ich weiß nicht, worauf Ihr hinauswollt. Ich bin nicht hierhergekommen, um ohne Pieter ein besseres Leben zu führen. Ich bin hierhergekommen, um ... aber das wißt Ihr doch, Mijnheer.« Margaritje drehte sich auf den alten Minde zu. »Warum, Herr Minde, überlaßt Ihr das Gespräch Euerm Sohn? Von ihm habe ich nichts zu fordern. Ihr müßt dieses Testament erfüllen. Ihr habt es Pieter damals verweigert, als seine Mutter gestorben ist. Ihr wißt, daß es schon damals hätte erfüllt werden müssen. Ihr habt ihn vertröstet, Herr Minde, Ihr!«

Noch bevor der alte Heinrich Minde etwas sagen konnte, nahm sein Sohn wieder das Wort.

»Mein Vater wußte, warum er das getan hat. Mein Bruder war, wie man es hierzulande nennt, aus der Art geschlagen. Er hat nie mit Geld umgehen können, er hatte kein Gespür für Geschäfte, keinen Sinn für Zins und Zinseszins. Mein Bruder hätte das Geld genommen und vertan, ohne danach zu fragen, was aus dem Haus Minde wird.«

Ambros Ambrosius hatte bis zu diesem Augenblick Mühe gehabt, dem Gespräch ruhig zuzuhören.

»Und wenn es so gewesen wäre, Heinrich!« rief er jetzt. »Und wenn! Es war das Geld, das ihm seine Mutter vererbt hat, und sie hat keine Bedingung daran geknüpft, was er damit macht, soviel ist sicher. Zudem, Heinrich, Ihr stellt Behauptungen auf, die Ihr nicht beweisen könnt und die sich in keiner Weise bewahrheitet haben. Peter ist in einem fremden Heer ein geachteter Mann geworden...«

»...nachdem er hier zum Mörder geworden war«, sagte der junge Minde und erwartete, daß sie jetzt zusammenzucken würde.

Margaritje aber sah sich nur nach dem alten Minde um.

»Wollen wir über den Grund heute abend auch sprechen, Herr Minde?«

»Nein, nein, nein, nein.« Der Alte schlug die Hände vors Gesicht.

»Aber darüber können wir sprechen, daß mein Vater ihm damals bereits eine erhebliche Summe auf sein Erbteil ausgezahlt hat, damals, als er fliehen mußte.«

»Mögt Ihr das wirklich sagen, Heinrich?« fragte Ambros Ambrosius. »Es waren ganze zweihundert Gulden. Das wißt Ihr doch ebenso wie ich. Den Schuldschein, den Euer Vater unterschrieben hat, den habe ich selbst zum Notarius nach Stendal gebracht, und ich denke, dieser Schein wird ebenso im Rathaus liegen wie das Testament.« Ambros Ambrosius wandte sich an Margaritje. »Ich muß Euch etwas sagen. Der Notarius in Stendal, der das Testament seinerzeit aufgesetzt und verwahrt hat, ist tot. Er ist einen langsamen Tod gestorben, er hat mich mehrere Male um

Hilfe gebeten, deshalb weiß ich es. Bevor er gestorben ist, hat er das Testament in unserem Rathaus hinterlegt.«

»Und wenn es nun darum geht«, sagte der junge Heinrich Minde, »und Ihr auf der Erfüllung des Testaments besteht, dann wird man es öffnen müssen, im Beisein der Ratsherren und unseres Bürgermeisters.«

»Ja, dann wird man es öffnen müssen«, sagte Margaritje, »obwohl Ihr«, wieder sah sie den alten Heinrich Minde an, »obwohl Ihr doch wißt, was darin steht.«

»Ja, ich weiß, was darin steht«, sagte der alte Heinrich Minde. »Wort für Wort, und ich weiß auch, daß Euch außer dem Geld noch die Hälfte des Heiratsgutes meiner verstorbenen Frau zusteht, die silbernen Becher hier auf dem Tisch, das Leinen, der Damast und...«

»Ja, ja«, sagte der junge Heinrich Minde. »Aber die Ratsherren werden auch gewiß sein wollen, daß Ihr die Witwe meines Bruders Peter seid, und deshalb werdet Ihr Euern Trauschein neben das Testament legen müssen.«

Margaritje sah ihn verständnislos an. »Was für einen Trauschein?«

»Euern Trauschein – und Peters Totenschein. Verehrte Frau, es geschieht heute viel Unrecht in der Welt, und wer auf ein Recht pocht, der muß auch beweisen können, daß er ein Recht hat. Es muß alles seine Ordnung haben, das werdet Ihr verstehen.«

»Aber ich habe keinen Trauschein. Peter und ich sind im Hause des Malers Adrian Buren unter dem Bild des Gekreuzigten von dem Prediger Barnevelt eingesegnet worden. Den Prediger Barnevelt kennt jeder Protestant in den Niederlanden. Sie haben ihn einmal vom Scheiterhaufen heruntergeholt, als das Feuer schon gebrannt hat. Sein Wort gilt, es gilt überall, und es muß auch hier gelten. Oder wo befinde ich mich? Befinde ich mich hier unter Protestanten, oder gilt auch hier das Unrecht, das wir von den Spaniern erdulden mußten?«

»Seid ganz ruhig, Frau Margaritje«, sagte Ambros Ambrosius, »Ihr werdet zu Euerm Recht kommen.« Er wandte sich dem alten

Heinrich Minde zu: »Wenn niemand sonst, Heinrich, dann wirst doch du es sein, der Peters Frau zu ihrem Recht verhilft. Soviel gilt dein Wort wohl immer noch.«

»Ich hoffe es«, sagte der alte Minde.

»Ich auch, und ich hoffe, daß du Libussas Willen jetzt nicht länger –«, er stockte, »nicht länger veruntreust, wie du es einmal selber genannt hast.« Und zum jungen Heinrich Minde gewandt: »Ich kenne Euch schon seit Euern Kindertagen, Heinrich, aber ich habe nicht gewußt, wie genau Euch Eure Mutter durchschaut hat. Wie sehr muß sie darunter gelitten haben. Daß sie dieses Testament wollte, beweist es am besten. Und deshalb soll nun alles seinen Weg gehen.«

Er hätte auch Prediger werden können, dachte der junge Heinrich Minde, aber es wird ihm wenig nutzen. Den Trumpf habe ich in der Hand, und das ist der Trauschein, den sie nicht hat. Ich brauche nur ein paar Tage Zeit, um die Ratsherren auf mein Vorhaben einzustimmen, nur ein paar Tage.

Und als ob er diese Gedanken erraten hätte, sagte Ambros Ambrosius: »Heinrich, mein verehrter, alter Freund, es ist gewiß auch in deinem Sinn, wenn über die Erfüllung des Testaments so bald wie möglich gesprochen wird. Es wird allen Beteiligten die Unruhe nehmen, vor allem Euch, Frau Margaritje. Ich bin überzeugt, es könnte morgen oder übermorgen geschehen.«

»Das ist unmöglich«, fuhr der junge Heinrich Minde auf. »In der nächsten Ratssitzung sind wichtigere Fragen zu klären, Fragen, die unsere ganze Stadt betreffen.«

»Dieses Testament ist keine Frage, die unsere Stadt betrifft«, sagte Ambros Ambrosius. »Es ist eine private Angelegenheit, und eine solche kann an jede Ratssitzung angeschlossen werden. Das weiß ich, obwohl ich kein Ratsherr bin.«

Der junge Heinrich Minde starrte ihn an, dann sagte er: »Wie weit es eine Angelegenheit ist, die unsere Stadt betrifft, wird sich zeigen, Meister Ambros. Und wann im Rathaus darüber geredet wird, das muß unser Bürgermeister entscheiden. Ich werde die Forderung an ihn richten, daß alle Ratsherren anwesend sind.«

»Heinrich! Heinrich!« rief der alte Minde, »in welche Gedanken versteigst du dich! Hier sitzt Peters Frau, und neben ihr sitzt Peters Kind. Ich werde nicht zulassen, daß du...«

»... daß ich nach Recht und Ordnung verfahre, Vater?«

»Recht und Ordnung! Was wissen wir denn, wieviel Unrecht den Menschen in den Niederlanden geschehen ist. Gehört, ja, gehört haben wir davon, an unseren schlechten Geschäften haben wir es gemerkt, und am Sonntag im Gottesdienst haben wir für sie gebetet. Aber was sie wirklich erduldet haben, Heinrich, was wissen wir?«

»Darüber zu reden ist nicht die Zeit«, sagte Margaritje. »Ich weiß jetzt, woran ich hier in Tangermünde bin, und ich werde mich für Pieters Recht einsetzen, Mijnheer Minde, für Pieters Recht.«

12. Kapitel

»Heinrich taktiert sehr geschickt«, sagte Michael Guntz zu seinem Vater. »Wenn's um Geld geht, sind die Tangermünder von jeher hartleibig gewesen. Sie werden volles Verständnis dafür haben, daß Heinrich Minde nicht zahlen will. Es hängen ja auch viel zu viele von ihm und seinen Geschäften ab. Geht doch die Reihe der Handwerker durch, Vater, wer ihm nicht zuliefert, hat Schulden bei ihm. Ich kenne nur einen Ratsherrn, der zu dieser Frau stehen wird.«

»Krischan Falcken«, sagte Bürgermeister Guntz.

»Ja, der. Krischan Falcken hat die Freundschaft zu Peter Minde genausowenig vergessen wie ich. Aber ich bin kein Ratsherr, und wenn, dann wären wir auch erst zwei. Vater, warum bin ich kein Advokat geworden, wie ich es so gerne gewollt hätte?«

»Michael, das führt doch jetzt zu nichts.«

»Ich weiß, aber es ist Peter gewesen, der mich auf diesen Gedanken gebracht hat, obwohl wir nie darüber gesprochen haben. Sein Sinn für Gerechtigkeit mag mich wohl darauf gebracht haben. Und als ihm dann das mit dem Bolsdorfer passiert ist und er plötzlich auf und davon war, hab ich gedacht, jetzt hätte ich ihn verteidigen mögen, als sein Advokat hätte ich mich hingestellt und gesagt: Ich kann ihn verstehen, an seiner Stelle hätte ich es genauso gemacht. Und Peters Frau, Vater, die könnte jetzt auch einen Advokaten gebrauchen. Die Tangermünder Krämerseelen werden volles Verständnis dafür haben, wenn Heinrich Minde den Trauschein sehen will. Ihr werdet keinen leichten Stand bei ihnen haben. Die Meinung der Leute aus dem Hühnerdorf und aus den Katen um den Hafen herum, die zählen nicht, und außerdem, wie viele werden wieder käuflich sein – wie damals.«

Bürgermeister Guntz nickte. »Aber sie wird Ambros Ambrosius zur Seite haben, und sein Wort gilt in unserer Stadt.«

»Und der alte Heinrich Minde, wie steht er dazu?«

Bürgermeister Guntz zuckte mit den Schultern. »Du weißt, wie verändert er ist seit damals. Ich habe zu oft erlebt, daß er heute so und morgen so redet. Seine letzte klare Entscheidung war, sich nicht mehr zum Ratsherrn aufstellen zu lassen.«

»Weil sie ihn nicht mehr gewählt hätten«, sagte Michael Guntz. »Vater, ich kann ihn einfach nicht verstehen. Als Libussa Minde gestorben ist, hätte er Peter auszahlen müssen. Damals hatte er noch seine ganze Kraft. Nein, Vater, es gibt keine Entschuldigung für ihn.«

Bürgermeister Guntz hatte seinen eigenen Plan, was die Übergabe des Testaments anging. Außer Ambros Ambrosius erfuhr niemand davon, und als zwei Tage später eine Ratssitzung stattfand, in der es um nichts weiter als um die Entscheidung ging, wieviel Holz in diesem Herbst in den Tangerforsten geschlagen werden sollte und deshalb nur jene sechs Ratsherren anwesend waren, die gerade amtierten, und nicht alle zwölf, überraschte er sie mit der Eröffnung, daß im Anschluß an die Ratssitzung das Testament der Libussa Minde aus dem Schrank geholt werden sollte.

Der junge Heinrich Minde, der keine Ratssitzung versäumte, seit Margaritje in der Schloßfreiheit war, hob die Hand und rief: »Ich erhebe Einwand!«

»Das steht Euch frei, nur – würdet Ihr den Grund nennen, Ratsherr Minde?«

»Dieses Testament meiner Mutter ist der Sicherheit halber hier im Rathaus hinterlegt worden, und deshalb muß es im Beisein aller zwölf Ratsherren aus dem Schrank geholt und verlesen werden.«

»Das ist ein Irrtum, Ratsherr Minde. Aus Sicherheitsgründen hat es der Notarius hier hinterlegt, das ist wahr, aber das Testament Eurer Mutter ist allein eine Angelegenheit Eurer Familie, und es genügt, wenn ich als Bürgermeister es in Gegenwart unseres Stadtschreibers übergebe. Unser Stadtschreiber wird den Vorgang im Protokoll niederschreiben, aber ich bin nicht befugt, das Testament in einer Ratssitzung von ihm verlesen zu lassen. Außer mir, der ich für die Erfüllung sorgen muß, hat kein Außenstehender das Recht, zu erfahren, was Eure Mutter hat testieren lassen.«

»Ich bestehe darauf, daß es verlesen wird«, sagte Heinrich Minde. »Nicht heute, sondern erst dann, wenn alle Ratsherren vollzählig versammelt sind.«

»Das zu fordern, steht Euch nicht zu, es sei denn, Euer Vater wäre damit einverstanden. Ich als Bürgermeister, ich sage es noch einmal, habe nur dafür zu sorgen, daß es erfüllt wird.« Joachim Guntz wandte sich an die fünf anderen Ratsherren, zu denen Krischan Falcken gehörte, Jürgen Helmbrecht, Hinrich Mühsam, Friedrich Grotefuß und Georg Vaternahm. »Diese Angelegenheit zu behandeln wird deshalb notwendig, weil die Erbin von Peter Minde, wie wir alle wissen, in unsere Stadt gekommen ist, um seine Erbschaft in Empfang zu nehmen.«

»Die Erbin meines Bruders!« rief Heinrich Minde. »Sie wird erst beweisen müssen, daß sie seine Erbin ist.«

»Wir wollen es abwarten, Ratsherr Minde.«

»Die Achtung vor Euerm Alter, Bürgermeister Guntz, und die Achtung vor Euerm Amt, das Ihr seit Jahrzehnten ausübt, verbietet mir, Euch vorzuwerfen, daß Ihr schon jetzt parteilich seid.«

»Dann tut es auch nicht, Ratsherr Minde.«

Die Betretenheit in der Runde war deutlich zu spüren, und selbst der Stadtschreiber hatte Mühe, dieser Ratssitzung mit seinem Protokoll zu folgen. Währenddessen ging der Ratsdiener, wie es der Bürgermeister angeordnet hatte, in die Schloßfreiheit und zur Apotheke, um Heinrich Minde, Margaritje und Ambros Ambrosius in das Rathaus zu bitten.

Obwohl die Ratsherren alle schon einmal Margaritje gesehen hatten, nagelten sie ihre Blicke an ihr fest, an ihr und dem Kind, das sie mitgebracht hatte und das sich verängstigt an ihre Hand klammerte und sein Gesicht in ihrem dunklen Wolltuch vergrub. Nur Krischan Falcken sah sie verständnisvoll an, und Jürgen Helmbrecht, nachdem er sie eine Weile betrachtet hatte, ließ seinen Schwager Heinrich Minde nicht aus den Augen.

Margaritje saß zwischen Ambros Ambrosius und dem alten Heinrich Minde am unteren Ende des langen Eichentisches. Ihnen gegenüber saß Bürgermeister Guntz. Er selber öffnete den Aktenschrank, holte das Testament hervor und fragte den alten Heinrich Minde, ob er einverstanden wäre, daß es verlesen würde.

»Der Wille meiner verstorbenen Frau geht nur mich an«, sagte Heinrich Minde, »mich und die Erben, das sind mein Sohn Heinrich und Peters Erbin. Und deshalb bitte ich Euch, Bürgermeister Guntz, mir das Testament unverlesen zu übergeben.«

»Dagegen ist nichts einzuwenden«, sagte Bürgermeister Guntz, »wenn«, und jeder merkte ihm an, wie sehr er nach den richtigen Worten suchte, »wenn Ihr mir hier in dieser Stunde sagt, wann Ihr das Testament erfüllen werdet. Dabei geht es um das Erbteil Eures Sohnes Peter. Danach zu fragen, warum es ihm nach dem Tod seiner Mutter nicht ausgezahlt worden ist, sehe ich keinen Anlaß. Euer Sohn Peter ist inzwischen verstorben, und nun ist seine Erbin gekommen, um es zu fordern. Ich stehe hier anstelle des Notarius, der mir als Amtsperson dieses Testament anvertraut hat, und es ist meine Pflicht, dafür zu sorgen, daß es erfüllt wird.«

»Darauf gebe ich Euch, Bürgermeister Guntz, und ich darf wohl auch sagen, verehrter Freund, mein Wort, aber es ist kein Geheimnis, daß meine verstorbene Frau wohlhabend war und ich die Summe, die aufzubringen ist, nur sehr schwer von einem Tag zum andern auf den Tisch legen kann. Deshalb muß ich um etwas Zeit bitten und um Verständnis dafür.«

Das war der Augenblick, auf den der junge Heinrich Minde gewartet hatte.

»Es ist mir sehr daran gelegen«, sagte er, »die Sache so schnell wie möglich zu regeln, und niemand in dieser Runde und in unserer Stadt wird an meinem aufrechten Willen zweifeln. Aber es muß mir erlaubt sein, nach der Rechtmäßigkeit zu fragen. Ich meine damit ein Schriftstück, das diese Frau als die Frau meines Bruders und damit als seine rechtmäßige Erbin ausweist.«

Ambros Ambrosius beobachtete, wie das Gesicht Jürgen Helmbrechts versteinerte, und als dieser sich jetzt zu Wort meldete, war seiner Stimme anzuhören, in welchem Gegensatz er zu seinem Schwager stand.

»Mir ist nicht bekannt, daß sich Eheleute mit Schriftstücken ausstatten, wenn sie heiraten. Oder hast du, Heinrich, mit meiner Schwester Kontrakte geschlossen, als ihr geheiratet habt? Ich jedenfalls bin meine Ehe ohne Kontrakte eingegangen.«

»Ich denke nicht an Kontrakte, ich denke an nichts weiter als an einen Trauschein, der meinen Vater und mich davon überzeugt, daß diese Frau mit meinem Bruder Peter wahrhaftig die Ehe eingegangen ist. Wir haben mehr als zwölf Jahre von meinem Bruder nichts gehört. Wir haben weder gewußt, wo er sich befindet, noch was er für ein Leben führt, und es kann mir doch nicht als unbilliges Verlangen ausgelegt werden, wenn ich wenigstens diesen Trauschein sehen will.«

»Verehrte Frau Margaritje«, sagte der Bürgermeister Guntz, »was habt Ihr darauf zu sagen?«

»Ich habe keinen Trauschein. Ich kann nur sagen, was ich Euch, Mijnheer Minde, schon einmal gesagt habe. Uns hat der Prediger Barnevelt im Hause des Malers Adrian Buren unter dem Bild unseres gekreuzigten Heilands eingesegnet, und ich kann sagen, es gibt viele ehrenwerte Männer in meiner Heimat, deren Ansehen nicht nach den Gulden gezählt wird, die sie besitzen. Ihre Achtung haben sie sich mit ihrem Einstehen für den protestantischen Glauben verdient. Es mag in diesem Land Brandenburg schwer zu begreifen sein, warum jemand für seinen protestantischen Glauben auf den Scheiterhaufen mußte. Der Prediger Barnevelt mußte es. Er ist im letzten Augenblick gerettet worden von seinen Freunden, die ihr Leben für ihn eingesetzt haben. Und jetzt sage ich Euch, von diesem Mann haben weder Pieter noch ich einen Trauschein verlangt. Sein Wort bei unserer Einsegnung galt. Sein Wort! Das habe ich Euch, Herr Bürgermeister, auf Eure Frage zu sagen.«

»Ich danke Euch«, sagte Bürgermeister Guntz, und die Stille danach kroch einigen Ratsherren kalt über den Rücken.

Der junge Heinrich Minde spürte ihre Bedenklichkeit, und Ambros Ambrosius spürte sie auch. Er meldete sich zu Wort.

»Verehrter Ratsherr Heinrich Minde, Ihr habt vorhin etwas gesagt, dem ich widersprechen muß.« Dabei fuhr er mit der Hand in die Innentasche seines Rockes und holte einen Brief hervor. »Ihr habt gesagt, zwölf Jahre lang hättet Ihr nicht gewußt, ob Euer Bruder lebt, wie er lebt und was er getan hat. Ich kann mir aber nicht vorstellen, daß Ihr mit Euerm Vater nicht über diesen Brief gesprochen habt, den ich vor gut fünf Jahren erhalten habe. Aus diesem Brief geht hervor, daß Euer Bruder Peter in niederländischen Diensten gestanden und sich verheiratet hat. Diesen Brief habe ich erhalten von dem Maler Adrian Buren, in dessen Haus Peters Ehe eingesegnet worden ist. Mit diesem Brief bin ich sofort zu Euerm Vater gegangen und habe als Apotheker und Arzt feststellen können, wie sehr sich der Gesundheitszustand Eures Vaters danach zum Guten verändert hat. Ich muß Euch deshalb bitten, dergleichen nicht mehr anzuführen, schon gar nicht in einer Sitzung der Ratsherren.«

»Natürlich kenne ich diesen Brief«, antwortete der junge Minde. »Aber, verehrter Meister Ambros, was steht drin, das uns weiterbrächte? Was steht drin, das meinem Vater und mir die Gewißheit gibt, daß diese Frau hier unter uns meines Bruders Ehefrau ist? Es ist in diesem Brief nicht einmal ihr Name erwähnt, und der Mann, der ihn geschrieben hat, den kennt keiner von uns. Wenn er aber, wie aus diesem Brief hervorgeht, von meinem Bruder über die Verhältnisse der Mindes unterrichtet worden ist, dann gestatte ich mir zu sagen: Bei so viel zu erwartendem Geld werden viele Bedenken über Bord geworfen.«

Wieder trat sekundenlang Stille ein, und der junge Heinrich Minde hatte das Gefühl, einen Trumpf ausgespielt zu haben.

Bürgermeister Guntz am oberen Ende des Tisches beobachtete,

wie Ambros Ambrosius mehrere Male tief atmete, als müßte er sich seine Antwort genau überlegen.

»Man könnte auf den Gedanken kommen, Heinrich, Ihr hättet Eure Erfahrungen damit«, sagte er dann ruhig.

»Meister Ambros! Die Freundschaft zu unserem Haus in Ehren, aber Ihr geht zu weit.«

»Wieso gehe ich zu weit? Die Bestechlichkeit um des Geldes willen habt Ihr ins Gespräch gebracht, nicht ich, und Unehrlichkeit und Betrug ebenfalls, sonst säßen wir nicht hier.«

Der junge Heinrich Minde begriff sofort, welche Blöße er sich gegeben hatte.

»Ich habe weder Betrug noch Unehrlichkeit ins Gespräch gebracht«, rief er aufgeregt. »Ich bestehe nur darauf, den Trauschein von dieser Frau zu sehen, um gewiß zu sein, daß nicht morgen oder in einem halben Jahr eine andere kommt, die ebenfalls behauptet, meines Bruders Ehefrau zu sein.«

Die Ratsherren Grotefuß und Vaternahm nickten ihm zu, nur Mühsam, dessen Geschäftsverbindungen in die Niederlande gingen, wiegte den Kopf.

Margaritje richtete sich kerzengerade auf.

»Es gibt keine andere Frau, die das behaupten kann, Mijnheer Minde. Euer Bruder hat kein liederliches Leben geführt. Seine Ehefrau bin ich, sonst niemand. Warum, Mijnheer Minde, tretet Ihr alles in den Schmutz? Ich weiß, Eure Ehefrau ist Euch gestorben, aber habt Ihr sie nie geliebt?«

Margaritje wußte nicht, daß sie Heinrich Minde damit geradezu einen Schlag ins Gesicht versetzt hatte, aber alle anderen wußten es. Heinrich spürte, wie sie ihn ansahen, und vor allem spürte er den Blick seines Schwagers Jürgen Helmbrecht.

»Ratsherr Minde«, sagte Krischan Falcken, »wenn es nun schon Euer Wille gewesen ist, diese Angelegenheit am Schluß unserer Ratssitzung zur Sprache zu bringen, und wenn ich das Für und Wider gehört habe, dann darf ich wohl auch meine Meinung dazu sagen. Zum einen, ich bin, wie diese Frau gesagt hat, davon überzeugt, daß Peter Minde kein liederliches Leben geführt hat.

Ich glaube ihr, und ich vertraue ihr. Zum anderen muß ich fragen, was geht uns das alles an? Dieses Testament gehört in das Haus der Familie Minde, und unser Bürgermeister hat für dessen Vollstreckung zu sorgen. Deshalb denke ich, wir Ratsherren können die Sitzung jetzt verlassen.«

Bevor Bürgermeister Guntz sich dazu äußern konnte, sagte Ambros Ambrosius: »Ich bitte noch um einen Augenblick Geduld. Bürgermeister Guntz, Euch hat der Notarius aus Stendal das Testament der Libussa Minde übergeben, und ich möchte an ein Schriftstück erinnern, das dazugehört. Peter Minde hat es mir in der Nacht übergeben, bevor er geflohen ist, und Ihr, verehrter Freund«, Ambros Ambrosius drehte sich auf den alten Heinrich Minde zu, »habt es unterschrieben, habt Euern Namen daruntergesetzt. Peter hat mich gebeten, dieses Schreiben dem Notarius in Stendal zu bringen. Das habe ich getan, und nur der Ordnung halber möchte ich wissen, ob dieses Schriftstück dem Testament beiliegt.«

Bürgermeister Guntz sah in die Runde und dann zu Ambros.

»In meinen Händen befindet sich das Testament, sonst nichts.«

»Aber das ist doch nicht möglich. Ich habe das Schriftstück dem Notarius selbst übergeben, und ich habe ihn gebeten, es dem Testament beizulegen. Es verändert das Testament in keiner Weise, es ist, verehrter Freund Heinrich – darf ich es einen Schuldschein nennen und dazu ein Beleg über die Summe, die Ihr Euerm Sohn Peter gezahlt habt, als er fortmußte.«

»Ach ja, richtig!« rief der junge Heinrich Minde. »Und das war eine beträchtliche Summe. Wahrhaftig, Peter ist bereits zu einem guten Teil ausgezahlt worden.«

»O nein, Heinrich, es war keine beträchtliche Summe, und von ausgezahlt kann keine Rede sein. Es waren, angerechnet auf Peters Erbteil, ganze zweihundert Gulden.«

»Meister Ambros, wie könnt Ihr so etwas behaupten?«

»Ich kann es behaupten, weil ich es gelesen habe, und Ihr werdet hier nicht meine Ehrlichkeit und Wahrhaftigkeit anzweifeln wollen.«

Der alte Heinrich Minde war bei diesem Streit in sich zusammengesunken. Er versuchte, seine zitternden Hände in den Rocktaschen zu verbergen. Alle bemerkten es, und sie genierten sich hinzusehen, und Bürgermeister Joachim Guntz dachte: Mein Gott! Mein Gott! – Plötzlich erinnerte er sich an den alten Pastor Voß und seine Sonntagspredigt, nach der er mit dem alten Heinrich Minde noch in der Schloßfreiheit zusammengesessen hatte. »Da war ein Mann, der hatte zwei Söhne...« Mein Gott, welcher von den beiden ist denn nun wirklich der verlorene Sohn? Und Krischan Falcken dachte: Arme Margaritje Minde! Und Jürgen Helmbrecht dachte: Schwager Heinrich, du hast es gerade nötig, andere zu verdächtigen. Und die drei anderen Ratsherren dachten: Oha, jetzt hat der Apotheker aber richtig ins Wespennest gestochen.

Ambros Ambrosius riß sie alle aus ihren Gedanken.

»Bürgermeister Guntz, wo kann das Schreiben geblieben sein?«

»Ich weiß es nicht. Könnt Ihr Euch das erklären, Ratsherr Minde?«

»Nein, weiß Gott nicht.«

»Und du, Heinrich, kannst du dir das erklären?«

Der alte Minde schüttelte den Kopf.

»Dann muß der Verbleib auf sich beruhen. Der Notarius kann nicht mehr befragt werden. Das Testament aber muß ich weiterhin im Rathaus verwahren, da über seine Erfüllung keine Einigung erreicht worden ist. Darauf muß ich bestehen. Trotzdem muß diese Angelegenheit fortgeführt werden, und ich bitte dich, verehrter Freund Heinrich Minde, mich bis zur nächsten Ratssitzung wissen zu lassen, wie du dich entschieden hast. Damit sehe ich unser heutiges Zusammenkommen als beendet an.«

Bis zur nächsten Ratssitzung verschlechterte sich der Zustand des alten Heinrich Minde dramatisch. Zweimal am Tag kam Ambros Ambrosius ins Haus und zählte ihm die Tropfen ab, die seine Atemnot lindern sollten. Kampfer und immer wieder Kampfer.

»Alles wiederholt sich im Leben«, sagte Heinrich Minde. »Du bist schon einmal früh und abends in die Schloßfreiheit gekommen.«

Er lehnte es ab, seine Tage im Bett zu verbringen. Er hatte sich die bequeme Liege, die er für Libussa angeschafft hatte, in die Wohnstube holen und ihrem Bild gegenüber aufstellen lassen.

»Wie lange gibst du mir noch, Ambros?«

»Heinrich, wir kennen einander zu gut, als daß ich dich belügen wollte. Niemand kennt die Zahl seiner Tage, aber eins muß ich dir sagen, die Zeit drängt.«

»Was soll ich tun, Ambros, was soll ich denn tun?«

»Joachim Guntz unter Zeugen sagen, daß du Margaritje als Peters Frau anerkennst, auch ohne Trauschein.«

»Du weißt nicht, Ambros, wie schwer es ist, sich diesem Sohn zu widersetzen.«

»Seit der Ratssitzung weiß ich es. Nur, dieser Trauschein, das ist doch nichts weiter als eine Finte, eine sehr wirksame, zugegeben, aber wenn sie einen Trauschein hätte, dann würde dein Sohn die Echtheit anzweifeln. Jemand wie er, der sich nicht scheut, einen kurfürstlichen Beamten zu bestechen, daß er ihm Peters Schriftstück unzulässigerweise aushändigt – oder verschwinden läßt, der ist nicht glaubwürdig, wenn er jetzt wie ein Ehrenmann den Trauschein fordert. Deshalb tu etwas, Heinrich, solange du noch die Kraft dazu hast. Die Zeit drängt.«

»Kathe? Bist du hier, Kathe?«

»Ja, Herr Minde.«

Er hatte sie gebeten, das Haus nicht mehr zu verlassen, seit es ihm so schlechtging, und wie einmal bei Libussa, las sie nun ihm jeden Wunsch von den Augen ab.

»Was reden die Leute über die Mindes?« fragte er.

»Was sie halt so reden, Herr Minde.«

»Weich mir nicht aus, Kathe.«

»Ach, Herr Minde, die einen sind für Peters Frau und die anderen nicht. Die Leute aus dem Hühnerdorf und die aus den

Hafenhäusern, die sagen: Trauschein? Wer von uns hat denn schon einen Trauschein? Wir hätten dafür gar kein Geld gehabt. Aber die andern, die sagen: Euer Sohn hat recht. Wenn er so viel zahlen soll, kann er doch wohl einen Beweis verlangen. Aber das wißt Ihr doch. Und Euer Sohn bestellt sie sich alle ins Haus und redet und redet. Er sagt, an seinem guten Willen läge es wahrhaftig nicht. Er soll jetzt auch mit den Schuldzinsen sehr großzügig sein. Einem Zimmermann aus der Neustadt, der nicht hat zahlen können, dem haben sie die Tür aushängen wollen. Vor drei Wochen hat Euer Sohn das noch verlangt, aber die Haustür ist dringeblieben, und der Zimmermann redet inzwischen nur Gutes von Euerm Sohn. Und bei einem Ackerbürger aus Bolsdorf, dem zwei Kühe umgefallen sind, bei dem war's genauso.«

»Und was reden sie über mich, Kathe?«

»Den meisten tut Ihr leid, Herr Minde, weil Ihr nichts mehr zu sagen habt. Aber wenn Ihr noch etwas zu sagen hättet, dann würdet Ihr gewiß manches gutmachen. Ob Peters Frau einen Trauschein hat oder nicht, was wissen wir denn, sagen sie, wie das mit den Trauscheinen ist, dort, wo sie herkommt.«

»Und was denkst du über sie, Kathe?«

»Für mich ist sie Peters Frau. Wer soviel von ihm weiß und so Gutes von ihm spricht und ein Kind hat, das Eurer Frau Libussa so ähnlich sieht, an dem sollte nicht neues Unrecht getan werden. Ich mach mir Sorgen, Herr Minde, wenn die Schuld immer größer wird. Es könnte sich an uns allen rächen, weil wir zusehen und nichts tun.«

»Wo ist sie eigentlich?« fragte der alte Minde. »Ich seh sie kaum noch. Und die kleine Margarete kommt auch nur noch früh herein, um den Buchfinken zu füttern.«

»Peters Frau geht zu Meister Ambros. Sie hilft ihm in seinem Laboratorium. Sie kennt sich mit Kräutern aus und mit Säften und Salben. Aber sie ist nicht gern in der Apotheke, denn das Mindehaus steht nur zwei Häuser weiter. Sie ginge gern fort, sie möchte sich irgendwo eine Bleibe suchen, aber sie hat doch kein Geld. Es fehlt ihr ja überhaupt an allem.«

Noch an diesem Tag mußte die Kathe Krulle Bettzeug, Decken und Hausrat zurechtmachen, und sie mußte auch nach Libussas Wäsche und Kleidern sehen. Der alte Minde sagte nichts weiter, und sie fragte ihn nicht. Sie band alles zusammen und legte es in eine der schrägen Kammern unter dem Dach und verriegelte sie.

Es war ein oder zwei Tage später, als die Kathe zu dem alten Heinrich Minde sagte: »Die kleine Margarete hat etwas, das solltet Ihr Euch ansehen. Sie ist zusammen mit Gusten am Hafen gewesen, und die beiden haben Muscheln gesammelt.«

»Und was ist es?«

»Es ist eine Geldtasche, Herr Minde, und die Kleine sagt, sie wäre von ihrem Vater, und ihre Mutter hätte sie um den Hals getragen, als sie auf die weite Reise gegangen sind. Hier, Herr Minde, hier.«

Die blauen Lippen des alten Minde bewegten sich, ohne daß er gleich ein Wort hervorbrachte.

»Es ist meine alte Geldtasche«, flüsterte er. »Es ist die Geldtasche, die ich Peter damals mitgegeben habe, damit er nicht alle Gulden in seiner eigenen verwahren mußte.«

Am Sonntag, als Heinrich nach dem Gottesdienst wie gewöhnlich auf einen Augenblick in die Schloßfreiheit kam, brachte es sein Vater zur Sprache.

Zuerst lachte Heinrich, dann sagte er: »Aber Vater, die Geldtasche soll ein Beweis sein, daß sie seine Frau ist? Eine Geldtasche gerade nicht! Wer weiß denn, durch wie viele Diebeshände die schon gegangen ist. Vater, eine Geldtasche! Ob viel drin ist oder wenig, nach einer Geldtasche macht doch jeder zuerst lange Finger. Ich will nicht behaupten, sie wäre es selbst gewesen, aber... Vater, Ihr werdet in Eurer Vertrauensseligkeit ja zum Kind!«

»Zum Kind.« Der alte Minde nickte, und bevor Heinrich ihn daran hindern konnte, stand er vor ihm. Schwankend und am ganzen Leib zitternd, faßte er Heinrich an den Schultern. »Dahin möchtest du es auch noch bringen. Peters Frau eine Betrügerin und jetzt auch noch eine Diebin! Dein Bruder ein betrunkener Totschläger und ich ein kindischer, alter Trottel. – Das alles sagst du unter dem Bild deiner Mutter. Steh auf! Geh! Geh! Sonst schlage ich dir ins Gesicht!«

Alle im Haus hatten es gehört, so laut hatte er es hinausgeschrien.

Als die Kathe Krulle hereinkam, lag er auf dem roten Ziegelfußboden und rang nach Luft. Mit Gusten zusammen hob sie ihn auf die Liege und hielt ihm die Tropfenflasche an die Lippen.

»Hol Meister Ambros«, rief sie Gusten zu.

Aber der alte Minde schüttelte den Kopf. »Nein – nein – nicht – nicht – ich will allein sein.«

Die Kathe Krulle ließ die Tür einen Spalt offen, damit sie ihn beobachten konnte. Sie bemerkte, wie ihm die Arme rechts und links herunterfielen und sein Kopf hintenübersank. Schlief er ein? Ja, er war erschöpft eingeschlafen. Sie ging in die Küche und setzte sich vor das offene Feuer. Sie fror. Die alte Fine kam und legte ihr ein Tuch um die Schultern. Gusten saß auf dem gefüllten Holzkorb, seufzte und seufzte. »So ein Sohn«, brammelte er vor sich hin, »nee, so ein Sohn.«

Am Nachmittag, als Ambros Ambrosius kam, war Heinrich Minde hellwach. An den roten Flecken auf seinen eingefallenen Wangen erkannte Ambros, daß er fieberte. Eine Weile saßen sie einander still gegenüber, dann sagte der alte Minde: »Gib mir nur ein paar mehr von deinen Tropfen, Ambros, ich brauch noch einmal ein bißchen Kraft. Ich will dich nämlich bitten, morgen früh, bevor Joachim Guntz ins Rathaus geht, mit ihm zusammen zu mir zu kommen. Und es wäre mir auch recht, wenn er seinen Sohn mitbrächte. Nach Heinrich werde ich Gusten schicken. Ich möchte morgen erklären, daß ich Margaritje Minde als Peters rechtmäßige Frau anerkenne und das Kind als seine rechtmäßige Tochter – damit ich in Ruhe sterben kann.«

»Mein lieber, verehrter Freund«, sagte Ambros. Er nahm Heinrich Mindes Hand, spürte, wie heiß sie war, und fühlte nach dem Puls.

»Ja, es ist Zeit, ich weiß es«, sagte der Alte, »und du mußt mir diese Zeit verschaffen, Ambros, und vor allem mußt du verhindern, daß mein Sohn unwidersprochen erklärt, ich wäre schon nicht mehr bei Sinnen gewesen.«

»Das werde ich, verehrter Freund.«

»Dann bis morgen, Ambros.«

Wieder schlief der alte Heinrich Minde ein, und als er diesmal erwachte und die Kathe Krulle auf dem Stuhl sitzen sah, sagte er: »Kathe, hol das Kästchen mit Libussas Schmuck oben aus dem Schrank.« Und als sie es brachte und aufschloß, sagte er: »Die Korallenkette.« Er zeigte dabei auf Libussas Bild. »Nimm meine Geldtasche, Kathe, und das Armband, das dazugehört, und den Ring auch. Du wirst es ihr geben. Und jetzt nimm den Schlüssel vom Aktenschrank aus der Schublade und schließ auf.«

Heinrich Minde ließ sich die Kassette bringen und seine Geldtasche dazu und zählte alles Geld, das in der Kassette war, in die Tasche hinein. Dann schickte er die Kathe hinauf in die Stube, wo das viersäulige Bett mit dem Baldachin stand.

»In der Truhe«, sagte er, »auf der hohen Kante, liegt auch noch Geld. Ich weiß nicht mehr, wieviel es ist. Zähl für Gusten zehn Gulden ab und auch für die alte Fine. Was übrigbleibt, gehört dir. Du gibst es Gusten und der Fine, wenn es soweit ist.«

»Aber Herr Minde, Herr Minde, wovon redet Ihr denn?«

»Das weißt du schon, Kathe. Und sag Gusten noch einmal, er soll morgen früh gleich meinen Sohn holen.«

Als die Kathe zurückkam, dachte sie, der alte Heinrich Minde wäre wieder eingeschlafen, aber er hatte nur die Augen geschlossen, und als er sie hörte, sagte er: »Einen Schluck Wein, Kathe, vom böhmischen, für uns beide.«

Der Wein trieb ihm augenblicklich den Schweiß auf die Stirn. Er schien es nicht zu spüren, er fragte: »Kathe, hab ich dir viel Leid zugefügt?«

»Nicht nur Leid, Herr Minde«, sagte sie, beugte sich über ihn, nahm seine Hand und strich darüber. »Und ich möchte Euch danken für alles.«

»Immer dankst du mir, Kathe. Wofür denn? Was habe ich für dich tun können? Den Pachtzins von einem kleinen Bauernhof auf Lebenszeit, mehr nicht.«

»Für mich ist das viel, Herr Minde. Ich brauchte nicht einmal mehr Krullen zu bügeln wie Mutterchen seinerzeit.«

Sie sahen einander an und lächelten.

Heinrich Minde verbrachte die Nacht zwischen Wachsein und Dahindämmern. Mehrere Male hörte die Kathe Krulle ihn vor sich hin sagen: »Wenn doch der neue Tag schon käme.« Nach jedem Stundenschlag der Rathausuhr flößte sie ihm wieder Tropfen ein, richtete ihn auf und stopfte die Kissen in seinem Rücken zurecht. Am Morgen wußte sie nicht zu sagen, wann sein Atem ruhig und immer ruhiger geworden war. Sie hörte Gusten das Tor öffnen und davongehen und hielt ihn nicht zurück.

Als der Bürgermeister Joachim Guntz mit seinem Sohn und hinter ihnen Ambros Ambrosius und der junge Heinrich Minde die Schloßfreiheit heraufkamen, öffnete sie die Tür. Sie sahen es alle zugleich: Heinrich Minde war tot. Und ohne es voneinander zu wissen, dachten sie bei seinem Anblick alle an Peters Frau, der er nun nicht mehr zu ihrem Recht verhelfen konnte.

Lieber Freund, dachte Joachim Guntz, jetzt braucht dein Sohn nicht einmal mehr die nächste Ratssitzung abzuwarten, um sie endgültig ins Unrecht zu setzen.

Und Michael Guntz dachte: Jetzt kommt zum ersten Erbteil noch das zweite dazu, und Euer Sohn, Herr Minde, bringt es fertig und schickt sie mittellos davon.

Und Ambros dachte: Warum, Heinrich, habt Ihr nicht einen Tag länger warten können, einen halben Tag nur, ach, ein paar Stunden hätten gereicht.

Nur Heinrich Minde sprach seine Gedanken aus.

»Darf ich erfahren, wer es gewesen ist, der Euch vom Tode meines Vaters eher unterrichtet hat als mich?«

»Niemand«, sagte Bürgermeister Guntz. »Es war der Wunsch Eures Vaters, daß wir hier um diese Zeit zusammenkommen.«

»Und ich werde Euch den Grund sagen«, setzte Ambros Ambrosius hinzu.

In diesem Augenblick hörten sie Schritte. »Kommt nur herein, Margaritje«, sagte die Kathe Krulle leise. »Ihr müßt es ja auch erfahren.«

»Ach – ach – Herr Minde«, sagte sie, als sie mit dem Kind vor dem Toten stand, und hielt sich dabei die Hände vor den Mund. »Warum denn so schnell, Herr Minde, so schnell?«

»Es ist gut, daß Ihr auch dabei seid«, sagte Ambros Ambrosius zu Margaritje. »Heinrich Minde hat mich gerade nach dem Grund unseres Zusammenkommens gefragt, und ich will ihm antworten. Euer Vater, Heinrich, hat mich gestern darum gebeten, mit Bürgermeister Guntz und seinem Sohn heute in sein Haus zu kommen, um vor Zeugen zu erklären, daß er Margaritje Minde als Peters rechtmäßige Frau und Peters Tochter Margarete als die rechtmäßige Erbin ihres Vaters anerkennt. Ich selbst sollte nicht allein Zeuge sein, sondern als Arzt bestätigen, daß er es im Besitz seiner vollen geistigen Kräfte ausspricht.«

»Soso«, sagte der junge Heinrich Minde. »Soso. Und nun ist ihm der Tod zuvorgekommen.« Er sah sie sich alle der Reihe nach an. »Könnte man es nicht beinahe als ein Zeichen ansehen?«

Michael Guntz schluckte, als ob er an etwas herumwürgte.

»Als ein Zeichen wofür?« fragte der Bürgermeister.

»Daß die Wahrheit und die Ordnung nicht aus der Welt kommt.«

»Heinrich!« rief der Bürgermeister. »Das wagt Ihr zu sagen beim Anblick Eures toten Vaters und in Gegenwart dieser Frau und ihres Kindes?«

»Damit ein für allemal Klarheit ist zwischen uns«, sagte Heinrich Minde.

»Wenn das Euer letztes Wort ist, Herr Minde«, rief Margaritje, »dann nehmt Ihr viel Schuld auf Euch.«

Mit zusammengekniffenen Augen sah Heinrich Minde sie an. »Wie könntet Ihr anderes sprechen im Bewußtsein des Reichtums, der Euch nun entgeht.«

Peter hat den Falschen erschlagen, dachte Michael Guntz. Laut sagte er: »Verehrter Vater, ich bitte Euch, das alles bei der nächsten Ratssitzung zur Sprache zu bringen, was wir hier gehört haben. Alles.«

»Das werde ich tun«, sagte Bürgermeister Guntz.

In diesem Augenblick kam die Kathe Krulle einen Schritt näher. »Herr Bürgermeister, ich möchte etwas in Eurer Gegenwart sagen. Heinrich Minde hat von mir Betten und Decken und ein bißchen Hausrat und ein paar Kleider der Frau Libussa für Peters Frau und Peters Kind zusammenpacken lassen. Es liegt oben in der Kammer. Und gestern abend hat er mich den Aktenschrank aufschließen lassen, und er hat aus der Kassette alles Geld in seine Tasche gezählt für Peters Erben. Und aus Libussa Mindes Schmuckkasten habe ich die Korallen hier in seine alte Geldtasche tun müssen.«

»Das ist doch Vaters Geldtasche«, sagte die kleine Margarete. »Mutter und ich sind damit auf die große Reise gegangen.«

Die Kathe Krulle nickte. »Heinrich Minde« – sie zeigte auf den Toten – »hat sie seinem Sohn damals mitgegeben, und Ihr, Heinrich, müßtet Euch noch an sie erinnern. Aber deshalb habe ich das nicht gesagt. Ich wollte nur, daß Peters Frau und die kleine Margarete, denen das nun alles gehört, nicht auch noch ein... daß ihnen nicht auch noch ein Diebstahl angehängt wird.«

»Das ist gut überlegt, Kathe Krulle«, sagte Bürgermeister Guntz.

»Und aus diesem Grund«, sagte Heinrich Minde, »werde ich alle wichtigen Räume dieses Hauses versiegeln.«

Bürgermeister Guntz nickte. »Dann ist es für uns an der Zeit, dieses Haus zu verlassen. Aber ich möchte doch nicht gehen, ohne mich im Anblick meines toten Freundes Heinrich Minde an die vielen Gespräche zu erinnern, die wir hier miteinander geführt haben. Wir sind nicht gleichaltrig gewesen und waren doch Freunde, so lange ich denken kann, so wie mein Sohn Michael und sein Sohn Peter. Dann haben uns unsere Ämter noch enger zusammengeführt, und wir haben hier geredet und gestritten zum

Wohl unserer Stadt. Wir haben zusammengesessen in guten Stunden, und wir haben einander Halt gegeben in den schweren, die uns nicht erspart geblieben sind.« Jetzt drehte er sich dem jungen Heinrich Minde zu. »Diese Stunde aber, Heinrich, ist die allerschwerste, die ich je erlebt habe, und nicht allein, weil sie mit dem Abschied von Euerm Vater verbunden ist.«

Margaritje zog noch an diesem Tag aus dem Haus in der Schloßfreiheit ins Hühnerdorf zur Kathe Krulle. Ambros Ambrosius hatte seine Bedenken gehabt, aber Margaritje wollte nicht warten, bis ihr Heinrich Minde die Kammertür verschloß. Sie wollte aber auch nicht zu Ambros ziehen, der es ihr anbot.

»Ein Zuhause zwei Häuser neben Heinrich Minde? Nein, Meister Ambrosius, wenn Ihr mich bei Euch behaltet zur Hilfe in Euerm Laboratorium, dann ist das schon mehr als genug. Überdies, Ihr seid ein unbescholtener Mann und dazu ein Witwer, und an mich hängt sich das Gerede der Leute wie Kletten. – Meister Ambrosius, wenn Pieter das wüßte!«

Margaritje sagte es nicht ohne Grund, denn in Tangermünde brodelte es in jedem Haus, und keine Familie ließ sich das Für und Wider entgehen. Das Geld der Mindes, das Heinrich jetzt allein gehörte! Wieviel mochte es sein? Alle spekulierten sie. Und keinen Gulden für die Frau und das Kind, die so arm waren wie Kirchenmäuse.

Ach was, arme Leute gibt's viele, sonst brauchten wir keine Armenhäuser. Außerdem, arm und reich hat's immer gegeben, das ist Gottesordnung. Der neue Pastor, der hat gut reden, sonntags von der Kanzel herunter: »Liebe deinen Nächsten wie dich selbst«!

Aber wenn sie nun doch Peters rechtmäßige Erben sind?

Die alte Lisabeth Helmbrecht stakte mit ihren Stöcken durch die Stadt, die Enkelinnen rechts und links zur Seite. Sie hielt jeden an, auch wenn sie ihn nur vom Sehen kannte. »Ein Gottesurteil«, sagte sie und stieß mit einem der Stöcke auf. »Ein Gottesurteil, sage ich. Im letzten Augenblick ist ein Unrecht verhindert worden. O ja, das hätte dem Soldatenliebchen so gepaßt. Wer weiß, wo sie das Kind von ihm aufgelesen hat, gleich und gleich gesellt sich gern. Aber hier, meine Enkelinnen, das sind die rechtmäßigen Mindeerben. Die angesehensten Männer des Landes werden sich um sie reißen, wenn es soweit ist, dafür werde ich sorgen.«

So ging das Tag für Tag, kaum daß der alte Heinrich Minde unter der Erde war.

»Tu etwas!« sagte Elsbeth Guntz, »tu etwas, Bürgermeister Guntz, damit diesem alten Vogelgesicht der Schnabel gestopft wird. Tu etwas! Oh, wenn Libussa Minde das wüßte! Tu etwas, Guntz!«

Und bei der nächsten Ratssitzung, als alle zwölf Ratsherren versammelt waren, und nachdem sich alle zum Angedenken des alten Minde von ihren Stühlen erhoben hatten, berichtete er von der letzten Begegnung mit dem Toten in der Schloßfreiheit.

»Jetzt kann ich nicht mehr meinen toten Freund danach fragen, was er beschlossen hat, jetzt muß ich diese Frage an seinen Sohn richten. Ratsherr Minde, erkennt Ihr diese Frau Margaritje und ihre Tochter Margarete als die rechtmäßigen Erben Eures Bruders an?«

»Ich werde sie in dem Augenblick anerkennen, in dem ich von der Frau einen Beweis dafür vorgelegt bekomme.«

»Dann wird das Testament bis zu diesem Zeitpunkt hier weiter im Rathaus verbleiben«, sagte Bürgermeister Guntz, »und Ihr allein müßt wissen, ob Ihr damit recht tut, Ratsherr Minde.«

Heinrich Minde nickte und sagte: »Zudem möchte ich hiermit bekanntgeben, daß ich das Haus in der Schloßfreiheit zum Verkauf anbiete mit allem lebenden und toten Inventar.«

Das war, als ob eine Kanonenkugel eingeschlagen hätte. Selbst Bürgermeister Guntz brauchte eine Zeit, um sich zu fassen, bevor er sagte: »Wir haben, Ratsherr Minde, Euern Entschluß zur Kenntnis genommen, und jetzt wollen wir über die Punkte sprechen, die der Anlaß unserer heutigen Ratssitzung sind.«

Am Tag darauf sagten die Tangermünder: »Die Stadt kommt nicht zur Ruhe, solange dieses fremde Weib hier ist. Sie muß fort, sie muß fort, wir haben weiß Gott etwas anderes zu tun. Wir haben uns schon viel zu lange mit dem Mindekram aufgehalten.«

Aber das war nur so obenhin gesagt, denn jetzt bissen sich alle an der Frage fest, wer das Haus in der Schloßfreiheit kaufen würde.

Auf den Mittag zu hatschte die alte Fine zunächst über den Markt und dann mit dem vollen Korb zum Haus des Bürgermeisters.

»Nu werd ich jetzt wohl ins Armenhaus müssen«, sagte sie. »Gusten ist ja noch rüstig, der mag noch einen Dienst als Kutscher kriegen. Aber die Schimmel, die viere, die müssen ja nu wohl zum Schlachter. Ach, Herr Bürgermeister, wenn das die Libussa wüßte.«

»Die müssen nicht zum Schlachter, und du brauchst nicht ins Armenhaus, und Gusten bleibt auch, wo er ist. Mein Sohn wird das Haus in der Schloßfreiheit kaufen, Fine.«

»Euer Michael? Egal, was es kost't?«

»Egal, was es kost't, Fine. Nee, Fine, so egal ist es nicht, aber wichtig ist, du bleibst, wo du bist, und Gusten und die Schimmel auch, solange wie's geht, und wenn's nicht mehr geht, dann finden wir schon was für Gusten und dich und auch für die Schimmel. Uns gehört eine schöne große Wiese an der Elbe unten, dort kriegen sie das Gnadenbrot.«

»Ach, Herr Bürgermeister...«, sie fing an zu schluchzen, »ach, Herr Bürgermeister, das kommt mir so übern Hals, ich hab doch die ganze Nacht nich geschlafen, ich... ich hab's ja kommen sehen, und wißt Ihr, warum? Der Heinrich, der hat doch die Tür verriegelt, als unser guter Herr Minde gestorben is, und er hat doch nich an den Vogel gedacht. Aber die lütte Margarete, die ihn jeden Tag gefüttert hat, die hat ihn nich vergessen. Die hat sich vor die Tür gesetzt, bis der junge Heinrich mit dem Sargtischler gekommen ist, und hat ihn rausgeholt, den Vogel. Der junge Heinrich, der hat ihn ihr wegnehmen wollen, aber sie hat das

Vogelbauer nicht hergegeben. Herr Bürgermeister, ich hab gar nicht gewußt, wieviel Kraft so 'n Kind hat. Und als sie nich gegen ihn angekommen is, da hat sie das Türchen aufgerissen und das Bauer geschüttelt, und der Buchfink is davongeflogen. Ja, Herr Bürgermeister, ich hab's gesehn, und dann hat sie das Bauer genommen und ihm vor die Füße geworfen. Und wißt Ihr, was sie dabei gerufen hat? Ach, Herr Bürgermeister, ich mag's gar nicht sagen: ›Du verfluchter Mann.‹ Und da hab ich so eine Ahnung gekriegt, denn er hat sie wie versteinert angesehen. Und ob Ihr's glaubt oder nicht, Herr Bürgermeister, die lütte Deern, die hat dabei einen Blick gehabt – wie unser Peter, damals, mein ich.«

Als bekannt wurde, daß Michael Guntz das Haus in der Schloßfreiheit kaufen und beziehen würde, gingen die Wogen wieder einmal hoch in Tangermünde. Woher hatten die Guntzens das Geld in diesen Zeiten? Machten sie Heinrich Minde Zugeständnisse? Jetzt auch die?

Um diesen Spekulationen ein Ende zu machen, bat Michael Guntz, als er in die Schloßfreiheit eingezogen war, Peters Freunde zu sich.

»Ich habe dieses Haus gekauft, damit es so erhalten bleibt, wie es ist. Dazu ist es ein Wahrzeichen unserer Stadtgeschichte. Außerdem möchte ich aber Peter Mindes Erben helfen. Es wird wenig genug sein. Aber eines kann Heinrich Minde in diesem Augenblick, da ich gezahlt habe, nicht sagen: Es wäre ihm nicht möglich, Geld flüssigzumachen. Könntet ihr euch bereitfinden, mit mir zu ihm zu gehen?«

»Ich bin bereit, den Wortführer zu machen«, sagte Jürgen Helmbrecht. »Ob wir bei meinem Schwager Erfolg haben werden, weiß ich nicht, aber ich will es versuchen.« Und am Tag darauf schlugen sie Heinrich Minde vor, Margaritje Minde und ihre Tochter mit einer namhaften Summe abzufinden.

»Ein für allemal«, antwortete ihnen Heinrich Minde, »damit das alles aufhört in der Stadt. Aber daran knüpfe ich die Bedingung, daß sie mit ihrer Tochter Tangermünde verläßt – für immer. Wenn Ihr mir darauf Euer Wort gebt, bin ich bereit, fünfhundert Gulden zu zahlen. Dieses Geld werde ich für die Tochter im Rathaus hinterlegen, und Bürgermeister und Rat sollen entscheiden, wann es ihr ausgezahlt wird.«

»Fünfhundert Gulden«, sagte Ambros Ambrosius, »für das halbe Vermögen der Mindes! Und dazu müßt Ihr auch noch aus Tangermünde fort. Was soll ich Euch raten, Frau Minde? Ich habe mir für Euch Bedenkzeit ausbedungen.«

»Hat Heinrich Minde auch gesagt, wie weit wir fort sollen?«

»Nein, das nicht. Unser Herr Pastor redet zwar immer von dem Pfahl im Fleisch, der Ihr für Heinrich Minde sein und bleiben solltet, aber das kann Euch nicht zugemutet werden, schon um Margaretes willen nicht. Margarete wird älter, und sie sollte nicht im Haß aufwachsen. In den würde sie aber geradezu hineingetrieben, wenn Ihr in Tangermünde bleibt. Deshalb möchte ich Euch etwas sagen. Seht es noch nicht als einen Vorschlag an. Ich stehe mit einem Mann in Verbindung, den ich immer wieder einmal besuche. Er ist nicht krank, er ist alt, und wie Ihr wißt, hat das Alter seine Beschwerden. Bei ihm sind es die Augen, die ihm zu schaffen machen. Er kann nicht mehr lesen, und das ist eigentlich der Inhalt seines Lebens gewesen. Er sucht seit langem jemand, der ihm vorliest. Nicht irgend etwas. Er hat sich immer mit der Pharmazie beschäftigt und mit allem, was er dafür hält, Magie, Aberglauben und der Wirkung auf Leben und Gesundheit. Und da Ihr lesen und schreiben könnt und nebenbei genug Zeit fändet, auch Margarete zu unterrichten und die ganze Umgebung ein gutes Maß hat, deshalb sage ich Euch das.«

»Ist es weit von hier?«

»Nicht allzu weit. Um mein Pferd zu schonen, nehme ich für die Fahrt nach Jerchel zwei Tage in Kauf. Mit Pferdewechsel wäre es auch in einem zu schaffen, aber dann bliebe mir zu wenig Zeit für den Herrn von Itzenplitz. Ich habe von dem Vater gesprochen, mit seinem Sohn hättet Ihr nichts zu tun, er verwaltet Jerchel.«

Margaritje nickte.

»Ist es für Euch wichtig, nicht weit von Tangermünde entfernt zu sein?«

»Das ist es, Meister Ambrosius. Ich möchte Heinrich Minde nicht aus dem Bewußtsein geraten, um Pieters und Margaretes willen. Die Schuld bleibt, Meister Ambrosius, auch wenn wir gehen.«

»Ihr behaltet Freunde in Tangermünde. Von mir will ich nicht reden. Aber Michael Guntz hat das Haus in der Schloßfreiheit nicht gekauft, weil es ihm gar so gut gefällt. Und Krischan Falcken hat auch für Euch gesprochen, und selbst Helmbrecht ist auf Eurer Seite.«

»Und der Bürgermeister?« fragte Margaritje.

»Er ist bei Jahren, wie Ihr selbst gesehen habt. Sein Freundeskreis unter den Ratsherren ist kleiner und kleiner geworden, und Jüngere drängen nach. Das ist der Lauf der Welt, und sein Amt wird ihm immer weniger Freude machen.«

»Meister Ambrosius, seid Ihr gewiß, daß uns dieser Herr auf Jerchel auch aufnimmt?«

»Wenn ich ihm dazu rate, gewiß.«

»Was ist es denn für ein Herr?«

»Ein stiller, wie alle, die an den Büchern hängen.« Ambros überlegte, ob er weitersprechen sollte. Als er sie aber vor sich sah, so niedergeschlagen und ausgeliefert, sagte er: »Ich hoffe, Eure Zeit auf Jerchel ist begrenzt. Ich habe an Adrian Buren geschrieben und ihm Eure Lage dargelegt. Meint Ihr nicht auch, er wird alles daransetzen, Euch jenen Trauschein zu beschaffen, an dem alles hängt?«

»Meister Ambrosius, ich habe an einen solchen Brief selber gedacht, mehr als einmal. Aber ich habe hier soviel Niederträchtigkeit erfahren – soll ich noch einmal an eine Wendung zum Guten glauben? Soll ich mich daran klammern, daß man mir, der Fremden, der Hergelaufenen, doch noch einmal mehr glaubt als Heinrich Minde?«

Es wurde Winter, bis sich Ambros Ambrosius mit Margaritje und Margarete Minde auf die Reise machte. Er hatte einen neuen Kutscher, Gansauge, und die kleine Margarete konnte nicht genug über den Namen lachen – wie Kinder sind. Gansauge hatte dem Pferd die Schellen auf das Geschirr geschnallt, und die kleine Grete juchzte.

»Wir fahren in den Himmel!« rief sie. Aber sie fuhren nur durch Schneegestöber. Beim Umspannen erwartete sie der Kutscher des Herrn von Itzenplitz mit zwei Pferden, und es ging ohne Aufenthalt weiter durch das Winterwetter.

Jerchel, das waren die kleinen, strohgedeckten Katen, deren Bewohner dem Herrn von Itzenplitz dienten mit Leib und Leben, und es war das große, steinerne Haus der Itzenplitze, in dessen Hof über eine Zugbrücke zu fahren war. Es ließ sich niemand sehen, als sie darüberfuhren, auch nicht, als sie ausstiegen. Aber Ambros Ambrosius kannte das, und er wußte den Weg zu dem Alten, der »im Turm« wohnte, wie die Leute sagten.

Der Turm war nur ein hoher Anbau an das Haus, in dem der Alte sein Leben zubrachte, und darunter befand sich, durch eine schmale Holztreppe verbunden, ebenfalls ein Wohnraum, den er für die Vorleserin und ihr Kind hatte herrichten lassen. Auch von diesem Raum hatte man noch einen guten Ausblick auf die Umgebung, und die alten, weitausladenden Steineichen, die das Laub noch nicht hergegeben hatten, schlugen an die winzigen Fenster, wenn der Wind ging.

Niemand im Haus nahm Notiz von ihr und dem Kind. Eine Magd brachte ihnen das Essen, Milchgrütze am Morgen, am Mittag eine Terrine voll Suppe aus Kraut oder Steckrüben, mit Hühner- oder Schweinefleisch gekocht, am Abend Brot, Quark, Butter und am Sonntag geröstete Speckscheiben dazu oder eine Scheibe Schinken.

Es brauchte seine Zeit, bis der hagere, rothaarige Mann und Margaritje Minde wußten, was sie voneinander zu halten hatten.

Jerchel, das wurden für Margaritje die Bücher in den Turmregalen, die der alte Itzenplitz kannte, in- und auswendig wie es schien, und aus denen sie ihm immer wieder vorlesen mußte.

»Seid Ihr des Lateins mächtig?« fragte er sie.

»Nein, Herr.«

»Ich auch nicht, und das ist gut. Ich möchte nicht, daß Ihr mir überlegen seid.«

»Aber ein paar mehr Kerzen könnte ich brauchen«, sagte sie. »Und die würden auch Euch nutzen, Herr. Ihr könntet dann manches noch sehen.«

»Woher wollt Ihr das wissen?«

»Von dem Maler und Kupferstecher, in dessen Haus ich gelebt habe. Mein Vater war sein Gehilfe, und wenn der Winter sich ankündigte, hat Adrian Buren immer sehr viele Kerzen und Lampen anzünden lassen. Das mußte sein, wegen der sorgfältigen Arbeit auf den Kupferplatten.«

»Ach, was Ihr alles besser wissen wollt. Bis jetzt waren die Rüböllampen noch immer gut genug.«

»Daran habt Ihr Euch die Augen verdorben«, sagte Margaritje. »Und außerdem weiß ich, daß Ihr den Weißdorntee nicht trinkt, dreimal am Tag, wie es Euch Meister Ambrosius verordnet hat.«

»Wieso trink ich ihn nicht? Der Becher ist leer.«

»Ja, aber Ihr gießt ihn aus dem Fenster.«

»Ihr seid zum Vorlesen hier und nicht als Amme, daß Ihr das ein für allemal wißt. Das Geschlabber für die Augen, das reicht mir schon.«

»Das Siebenguldenkraut trinkt Ihr ja auch nicht.«

»Weil es nicht hilft. Ich bin alt, und gegen das Altern ist kein Kraut gewachsen, soviel ich auch in den Büchern gelesen habe. Oder wißt Ihr eins?«

»Meister Ambrosius hat Euch Weißdorn verordnet, Weißdorn ist im Alter gut für das Herz.«

»Im Alter gut für das Herz«, sagte der alte Itzenplitz und kicherte, »ist noch ein anderes Mittel gut. Und das weiß ich von unserer alten Kuhhirtin. Wißt Ihr, was sie rät? Man soll mit gesunden Kindern schlafen, dann geht ihre Kraft auf einen über. Und noch besser soll eine Jungfrau sein.«

»Herr!« rief Margaritje, »ich bin als Vorleserin zu Euch gekommen.«

Der alte Itzenplitz wollte sich ausschütten vor Lachen über ihre Aufregung. »Ach, ach! Was das angeht, ist bei mir Hopfen und Malz verloren, und Ihr, Ihr seid doch auch keine Jungfrau mehr. Aber jetzt holt das Kräuterbuch vom Medicus Fuchs und lest mir vor, was er über den Weißdorn schreibt.«

Und Margaritje las:

»In teutscher Nation ist freilich der Weißdorn bekannt, weil selbiger überall wachset als Hecke, Baum oder Strauch. Seine zahlreichen Blüten ähneln sehr der Kirsche, seine roten Früchte ähneln der Hagebutte, sind jedoch kleiner. Beide zur rechten Zeit gepflücket und gut getrocknet, werden verwendet zur Stärkung des Herzens, was besonders im Alter gültig ist. Sie fördern das Durchströmen des Herzens mit Blut, wodurch sich das Befinden allgemein merklich verbessert. Vor allem jedoch bewirket ein regelmäßig Zusichnehmen des Tees das Nachlassen des Schmerzes am Herzen. Zudem beobachten wir, wie sich das Gedächtnis verbessert, dessen Ursach wir wiederum ableiten von guter Durchblutung des Herzens.«

»Gut«, sagte der alte Itzenplitz, »ab morgen werde ich den Weißdorntee nicht mehr aus dem Fenster schütten.«

So ging das zwischen den beiden.

In der ersten Zeit auf Jerchel saß Margarete dabei, wenn ihre Mutter vorlas. Bald jedoch wurde es ihr langweilig, und sie ging der Magd nach, die das Essen brachte. Zuerst in die dunkle Küche und dann, wenn der Herr nicht daheim war, mit ihr in die anderen Räume des steinernen Hauses. Und nach und nach entdeckte sie alles, was es auf Jerchel gab: Ställe, Scheunen und Vorratshäuser. Besonders gern ging sie in den Pferdestall, weil dort auch die Hunde ihr Lager hatten. Die Knechte erzählten sich viel und lachten viel, und Margarete lachte mit. Sie schnappte manches auf und erzählte es ihrer Mutter, wenn sie im Bett lagen.

»Der Alte oben«, flüsterte sie eines Nachts, als der Sturm die Äste der Eichen gegen die Fenster peitschte, »der soll früher ein Bock gewesen sein, ein richtiger Bock, und kein Rock soll vor ihm sicher gewesen sein. Deshalb gibt es so viele Rothaarige hier in Jerchel. Und der junge Herr, sagen die Knechte, treibt es auch nicht anders.«

»Ich weiß nicht, was die Knechte meinen«, sagte Margaritje. »Du solltest nicht immer zu den Knechten gehen.« Und die kleine Margarete spürte, daß ihre Mutter ihr auswich.

Ein Jahr später reimte sich Margarete zusammen, was die Knechte gemeint hatten. Sie war mit dabeigewesen, wenn die Kühe dem Bullen zugeführt wurden, und hatte gesehen, wie der schwarzgefleckte Eber auf die Säue und der Schafbock auf die Schafe sprang. Das große Ereignis aber war der Hengst, der von Gardelegen zu den beiden Stuten geholt wurde, weil er ein besonders gutes Reitpferd war. Ihm sahen sie alle zu, Knechte, Mägde, die Häusler und die Kinder. »Das muß sein«, sagten die Kinder, »sonst gibt's keine Fohlen.« Und die Kinder waren es, die ihr noch viel mehr erzählten und die sie mitnahmen in die strohgedeckten Katen, in denen sie mit Eltern und Großeltern hausten und in denen die älteren wachliegend mit anhörten, wie Kinder gezeugt wurden. Sie machten ihr vor, was sie hörten, aber Margarete sagte ihrer Mutter nichts davon.

Einmal kam sie dazu, als ihre Mutter dem alten Itzenplitz von der Akelei vorlas:

»So einem Mann seine Krafft genommen und durch Zauberey oder andere Hexenkunst zu den ehelichen Wercken unvermöglich worden were, der trinck stätig von dieser Wurtzel und dem Samen. Er genieset und kompt wieder zurecht. Zudem ist das Mittel einem Bräutigam zu empfehlen, der durch Zauberey zu den ehelichen Wercken ungeschickt worden ist. Zu diesem Zwecke sollte das –«, Margaritje stockte.

»Warum lest Ihr nicht weiter?« rief der alte Itzenplitz ungeduldig.

»Zu diesem Zwecke sollte das Membrum virile mit dem Absud der Akeley alltäglich mehrere Male gewaschen werden. Es wird sich sodann bei Befolgung –«, wieder stockte Margaritje, und der alte Itzenplitz sagte: »Jaja, es ist gut. Was habt Ihr noch zu lesen auf ›A‹?«

Margaritje blätterte. »Alan. Ein Zauberwort, zum Schutz der Schweine.«

»Soso, und weiter?«

»Alraune.«

»Alraune, das ist wichtig, sehr wichtig, und das behalten wir uns für ein andermal vor.«

Als sie abends wieder beieinanderlagen, fragte Margarete: »Warum hast du nicht weitergelesen, Mutter, bei diesem seltsamen Wort?«

»Ich konnte es im Augenblick nicht aussprechen.«

»Ich weiß, was es ist, Mutter. Die Leute hier auf Jerchel, die sagen Steert dazu, und ich weiß auch, was man alles damit machen kann.«

Margaritje fror, als die Kleine das sagte. Sie nahm das Kind in die Arme, geradeso, als wollte sie verhindern, daß es ihr mehr und mehr entglitt. Tags darauf legte sie mit Margarete einen Kräutergarten an und redete mit ihr über die Wirkung, die jede Pflanze, zur rechten Zeit gepflückt, auf die Gesundheit haben würde, und Margarete hörte ihr aufmerksam zu. Aber sie sagte ihr oft, daß es auch noch andere Kräfte gäbe.

»Zwischen Himmel und Erde, Mutter, die keiner sieht.«

»Die Kräfte der Pflanzen sieht auch keiner, und sie sind dennoch da. Unser Vater im Himmel hat sie den Pflanzen gegeben zur Heilung für uns. Aber woher weißt du denn das, was du mir sagst?«

»Ach, das sagen die Leute hier so, die wissen gut Bescheid, und die wissen auch, wie man den Mindes angst machen könnte, wegen des Unrechts, das sie uns angetan haben.«

»Du hast ihnen also davon erzählt.«

»Mutter, sie wundern sich über uns, und wir beide, wir reden doch oft genug davon. Und die Kuhhirtin in der Armenkate, die nicht mehr auf die Hut gehen kann, die weiß ja viel. Und der Schäfer, wenn du den erst einmal hören könntest! Zu den beiden gehen die Leute aus dem Dorf, wenn sie krank sind. Der Schäfer kann Krankheiten bannen, und die Kuhhirtin, die kennt sogar Zaubersprüche. ›Unsre Lüüt‹, sagt sie, ›de bruken keen Apteker. De hebt ju ook keen Geld för em.‹«

Meister Ambrosius, ja, mit dem muß ich sprechen, wenn er das nächstemal kommt, dachte Margaritje. Er hat mich hierhergebracht, und er soll mir raten, wie es jetzt weitergeht.

Seit die beiden Mindes auf Jerchel waren, kam Ambros Ambrosius öfter zu Besuch, als er früher gekommen war. Und als er das nächstemal kam, fragte Margaritje: »Habt Ihr immer noch keine Antwort aus St. Geertruidenberg?«

»Ich habe eine Antwort, keine gute, und erst seit ein paar Tagen. Deshalb bin ich gekommen. In St. Geertruidenberg war die Cholera, die Spanier haben sie mitgebracht bei einem Überfall.«

»Ist Adrian Buren tot?«

Ambros Ambrosius nickte. »Seine Frau auch. Und was in Eurer Lage das Schlimmste ist, auch der Prediger Barnevelt. Das alles ist schon in jenem Jahr gewesen, als Ihr fortgegangen seid.«

So ging die Zeit weiter, und als Ambros Ambrosius wieder einmal nach Jerchel kam, es ging bereits zum fünftenmal auf den Winter zu, sagte Margaritje: »Meister Ambrosius, ich denke für Margarete und mich über eine Veränderung nach. Es geht mir dabei weniger um mich als um Margarete. Sie ist fast zehn Jahre, sie kann nicht für immer auf Jerchel bleiben. Was steht ihr denn hier für ein Leben bevor? Soll sie Magd werden in der Küche oder im Stall? Meister Ambrosius, sie ist eine Tangermünder Bürgerstochter, das habe ich die ganze Zeit nie vergessen, und ich habe es ihr immer wieder gesagt. Ich habe ihr Lesen und Schreiben und Rechnen beigebracht, alles, was ich einmal in St. Geertruidenberg gelernt habe. Was soll sie auf Jerchel damit?«

»Ihr habt recht, Frau Minde, ich habe das nicht so bedacht. Es ist mir in meinem eigenen Haus kein Kind groß geworden, deshalb verzeiht mir.«

»Es gibt nichts zu verzeihen, Meister Ambrosius, aber Ihr nehmt nun wieder Kräuter mit, die ich für Euch vorbereitet habe. Ich bin mit Margarete draußen gewesen auf den Wiesen und an den Waldrändern, und wenn ich unterwegs bin, gehen mir viele Gedanken durch den Kopf.«

»Ja, ja, sprecht doch, Frau Minde.«

»Wenn ich mir nun eine Bleibe suchte, wo ich Kräuter ziehen kann – ein Kräutergarten braucht nicht viel Platz –, und wenn ich dann auch vor den Stadtmauern unterwegs wäre, und wenn ich dazu für Margarete ein Haus fände mit einem guten Umgang... ich denke nicht an Tangermünde, ich denke an Stendal.«

»Ich verstehe Euch, Frau Minde, und ich werde sehen, was ich tun kann für Euch.«

»Noch einen Winter auf Jerchel! Ihr wißt nicht, wie ich mich davor fürchte. Der alte Herr oben, der hat eine Feuerstelle, aber wir hier unten, wir haben nur das Holzkohlenbecken und die heißen Ziegelsteine für das Bett. So kalt wie in diesem Gemäuer ist es in keinem Stadthaus.«

Noch bevor der Winter einsetzte, gab es viel Aufregung. Es trieb sich Gesindel herum, das die Straße unsicher machte, die von Stendal nach Braunschweig führte. Den Spuren nach mochte es eine ganze Bande sein, vor der kein Kaufmannswagen sicher war. Es fanden sich in den Wäldern rechts und links der Straße Feuerstellen, und in den Stroh- und Heumieten bei den Dörfern einige Lager, in denen mehr als einmal genächtigt worden war.

Auf Jerchel wurden die Knechte mit Feuerrohren ausgerüstet, und der junge Herr übte mit ihnen das schnelle Laden und Zielen. Er wies die Kätner an, nicht ohne Dreschflegel oder Axt aus den Häusern zu gehen. Außerdem ritt er nach Stendal zu Jürgen Gericke, der als Fähnrich in schwedischen Diensten stand, Männer anwarb und ausbildete, die zum Kriegsdienst wollten. Gericke hatte immer ein paar zur Hand, die den Winter über nicht wußten wohin.

Fünf nahm der junge Itzenplitz mit nach Jerchel, und seine Vorsorge war keineswegs unbegründet, denn noch in Stendal erfuhr er, daß die Bauern ihr Vieh nur noch auf den Markt trieben, wenn ihnen die Stadt berittne Soldaten zum Schutz schickte.

»Hilf dir selbst, so hilft dir unser lieber Gott«, sagte der junge Itzenplitz, als er mit den fünf Soldaten nach Jerchel zurückkam und alle Dorfleute im Hof zusammenrief.

»Macht die Augen auf, Leute!« sagte er, »und wenn euch etwas verdächtig ist, dann kommt ins Haus und sagt es mir. Laßt auch in der Nacht die Funzeln brennen, für das Öl werde ich sorgen.«

Er selbst ritt mit dreien der Stendaler zu verschiedenen Tageszeiten um Hof und Katen. In der Nacht hatten die Knechte abwechselnd Wache zu halten, und sobald die Zugbrücke aufgezogen war, liefen die Hunde über den Hof. Das alles beruhigte die Leute, und als dann noch Schnee auf den Dächern liegenblieb, fürchteten sie auch die Brände nicht mehr.

Alles blieb ruhig auf Jerchel. Bis eines Morgens einer der Stendaler an der Tür des Steinhauses ungeduldig auf den Itzenplitz wartete.

»Hier, Herr, das hab ich gefunden«, und er reichte ihm einen Klumpen Werg, in den etwas Schweres gewickelt war. Ein Stein kam zum Vorschein, und um diesen Stein war ein Zettel gebunden, auf dem sich seltsame Schriftzeichen fanden.

»Was ist das?« fragte der Itzenplitz.

»Das wißt Ihr nicht, Herr? Das ist ein Fehdezettel.«

»Und wo hast du das gefunden?«

»Hinten an der Mauer, nicht weit vom Turm. Dort hat heute nacht einer von Euern Hunden gebellt. Das hat mir keine Ruhe gelassen.«

»Gut, Junge«, sagte der Itzenplitz und klopfte ihm dabei auf die Schulter. »Gut.« Dann drehte er sich mit dem Zettel in das Licht des trüben Morgens. »Kannst du lesen?«

»Nein, Herr, ich kann nicht lesen.«

»Verdammt, da soll doch gleich...« Und er fing selber an zu buchstabieren. »›Fünf – sind – zuviel, fünf – müssen – weg – cito – cito – cito.‹ Was soll das heißen: cito, cito, cito?«

»Das ist so eine Zauberformel, Herr.«

»Und woher weißt du das?«

»Ach, Herr, man hört und sieht manches, wenn man viel herumkommt.«

»Ist gut, bekommst einen Humpen Bier extra. Wie heißt du?«

»Tonnies. Ich bin auf Antonius getauft, aber sie sagen alle Tonnies zu mir.«

Es gab kein anderes Gespräch auf Jerchel, den ganzen Tag nicht, und alles drehte sich um die Nachricht, die Tonnies gefunden hatte. Margarete lief treppauf und treppab, und der junge Itzenplitz schickte sie mit dem Zettel zu ihrer Mutter, damit Margaritje ihm bestätigen konnte, was er sich mühsam zusammenbuchstabiert hatte. Und der Alte oben ließ sich von Margarete berichten, was die Leute unten redeten, Wort für Wort. Und als Margarete zum drittenmal erzählte, wo Tonnies den Stein gefunden hatte, fragte der Alte: »Merkwürdig, Margaritje, habt Ihr den Hund in der Nacht bellen hören?«

»Die Hunde bellen doch immer, Herr«, sagte Margaritje, »alle Augenblicke, und ich bin froh, wenn ich im Bett endlich warm geworden bin und schlafen kann.« Was sie danach dachte, sagte sie nicht. Sie dachte: Im nächsten Winter bin ich nicht mehr hier, soviel weiß ich.

Von der alten Kuhhirtin erfuhr Margarete, was dieses »cito« zu bedeuten hatte.

»Das ist ein Zauberspruch«, sagte die Alte und hatte plötzlich eine heisere Stimme. »Damit machen sie sich stark.«

»Wofür denn?«

»Für ihre Rache, wenn der Itzenplitz nicht macht, was sie fordern.«

»Meinst du wirklich, daß man sich mit so etwas stark machen kann?« fragte Margarete.

»Ja, das mein ich. Es gibt Mächte zwischen Himmel und Erde, von denen nicht viele etwas wissen, aber die, die es wissen... Hast du schon einmal vom Hartmachen gehört?«

Margarete schüttelte den Kopf.

»Wer die Kunst des Hartmachens versteht, der braucht sich vor keiner Axt und vor keiner Kugel zu fürchten. Sie mögen ihn treffen, aber sie tun ihm nichts, und wenn ihm der Scharfrichter den Kopf abschlagen wollte.« Ihre Stimme wurde immer heiserer.

Margarete schüttelte sich. »Was du so alles sagen magst.«

»Ich sage es nicht nur, ich weiß es.«

Margarete dachte eine Weile nach. »Aber wie ist das mit dem Hartmachen, wenn einer gehängt werden soll?«

»Dagegen hilft Hartmachen nicht, dagegen gibt es einen anderen Zauber.«

»Und wie ist der?«

»Frag nicht soviel. Selbst wenn ich es wollte, ich dürfte es dir nicht sagen.«

»Was meinst du«, fragte Margarete, »wird der Itzenplitz die fünf Stendaler wieder heimschicken?«

»Das mußt du ihn selber fragen. Er täte gut daran.«

Der junge Itzenplitz dachte nicht daran, die fünf Stendaler wieder heimzuschicken, im Gegenteil. »Ich werde mir höchstens noch fünf dazuholen.«

Mit dem Zuverlässigsten seiner eigenen Knechte suchte er bis zum Dunkelwerden die Umgebung außerhalb der Schloßmauer ab. Es war ohne Sinn. Seit dem Morgen schneite es wieder, und die vielen Fußspuren und Huftritte waren nicht mehr zu unterscheiden. Aber von dieser Nacht an war er selber mit auf Wache, und er hatte den Schäfer und die Schafe aus dem Stall über die Zugbrücke in die Scheune treiben lassen. Er ließ fünf Pferde satteln und alle Feuerrohre stopfen, und die Häusler mußten die ledernen Wassereimer bis an den Rand gefüllt mit in die Häuser nehmen.

Nichts geschah in der ersten Nacht, in der zweiten ebenfalls nicht, und so reihte sich eine Nacht an die andere. Auch aus der Umgebung kamen keine schlimmen Nachrichten mehr, und der Stendaler Rat ließ die Herren auf Jerchel und Gardelegen wissen: Der Kurfürst selbst hätte Soldaten geschickt, die auf der Straße bis ans Braunschweigische heranpatrouillierten.

Trotz allem blieb Tonnies der Held, und er blieb sogar auf Jerchel, als die anderen zum Frühjahr hin wieder nach Stendal zurückgingen. Er hatte sich als anstellig erwiesen, er verstand es, gut mit Pferden umzugehen – und mit den Mädchen. Er sagte zum jungen Itzenplitz: »Wenn ich Euch von Nutzen sein kann, bleibe ich, Herr. Zum Kriegsdienst komme ich immer noch zurecht.«

»Wie alt bist du?«

»Zwanzig«, sagte Tonnies und log zwei Jahre dazu. »Nach den Schweden steht mir, offen gestanden, nicht der Sinn. Aber die Türken, Herr, das wär's.«

Der Itzenplitz lachte, was selten vorkam, aber der Junge hatte so etwas an sich.

Auch Margaritje verließ Jerchel im Frühjahr nicht, wie sie es vorgehabt hatte. Gegen Ende des Winters bekam sie es auf der Brust. Sie fieberte und fror, fieberte und fror, und der Alte kam die Treppe heruntergekrochen, stand an ihrem Bett und sagte: »Wir hier, wir sind von einem anderen Schlag, aber na ja, Ihr seid eben nicht von hier.«

So rauh er sich gab, er ließ Decken auf ihr Bett häufen, und Margarete mußte dafür sorgen, daß die Ziegelsteine alle Stunden gewechselt wurden, und sie selbst mußte in der Küche den Tee für ihre Mutter kochen, Fencheltee und Lindenblüten abwechselnd, und auch den Honig mußte sie selbst hineinrühren, damit nicht gespart wurde, und Margaritje dachte oft, wie soll ich's ihm nur beibringen, daß ich fortwill?

Ambros Ambrosius nahm es ihr ab. Sobald das Eis unter den Schlittenkufen brach, kam er nach Jerchel. Er war entsetzt, als er Margaritje sah, so blaß und mager war sie geworden, obwohl der Alte auch für Taubensuppe und Hühnersuppe gesorgt hatte und für ein gutes Eierbier. Ambros sah die Eisschicht, die immer noch an den Innenwänden des Turms festhielt, und er sah auch die Pfützen auf den Dielen, die das Schmelzwasser hinterließ.

»Mich friert so von innen her, Meister Ambrosius«, sagte Margaritje, »und immer muß ich an Pieter denken und an St. Geertruidenberg und an all die Wärme, die dort war.«

»Ich habe Euch hierhergebracht, Frau Minde, und ich bringe Euch auch wieder fort. Ich werde mit dem alten Herrn sprechen, aber Ihr müßt erst zu Kräften kommen.«

»Wißt Ihr, wohin ich am liebsten ginge, wenn ich schon nicht nach St. Geertruidenberg kann?«

»Ich weiß, zur Kathe Krulle. Und dorthin werde ich Euch auch bringen. Nicht für immer, aber fürs erste.« Ambros gab ihr Tropfen für das Herz und schärfte Margarete ein, wie oft und wie viel sie ihrer Mutter davon geben sollte.

Zur Osterzeit waren sie immer noch auf Jerchel, und Margarete genoß wie in den Jahren vorher die Freude und die Vorbereitungen auf das Fest. Eier wurden gesammelt und gefärbt, Mehl mußte her für die Osterzöpfe. Deshalb fuhr ein Stallknecht zusammen mit Tonnies nach Tangermünde, und Margarete durfte mit. Dort hatte die erste Wassermühle festgemacht, mitten zwischen den Eisschollen. Birkenzweige wurden geschnitten und ausgeblasene Eier darangehängt. Margarete konnte überhaupt nicht begreifen, warum ihre Mutter von Jerchel fortwollte.

»Es hat ja keine Eile, Margarete, aber hierbleiben kann ich nicht. Mich bedrückt die Lüge so sehr, die man uns anhängt, und der Betrug, der läßt mich einfach nicht los.«

»Den werden wir nirgendwo los, Mutter.«

»Aber es ist ja gerade so, als ob wir ihn eingestehen, wenn wir uns hier verstecken. Außerdem wollen sie ihre Ruhe vor uns haben, damit ihnen ihr Gewissen nicht schlägt, Margarete. Für immer nach Tangermünde dürfen wir nicht, aber wenn wir uns von Zeit zu Zeit in Tangermünde in Erinnerung bringen, wenn sie uns immer wieder sehen...«

»Wer denn, Mutter?«

»Na, Heinrich Minde. – Wie kann ein Mensch nur so viel Haß

gegen seinen eigenen Bruder haben. Dein Vater hat ihm doch nichts genommen.«

»Nein, aber wir wollen es, wir. Uns müßte er zahlen.«

Es war um Johanni, als Ambros die beiden nach Tangermünde holte. Sie waren nicht darauf vorbereitet, und Margaritje hatte wie immer dem alten Itzenplitz vorgelesen, und der hatte gesagt: »Alraune, Margaritje, das habt Ihr schon viele Male vorgelesen, aber ich entdecke immer wieder etwas Neues. Ich kann immer wieder über etwas anderes nachdenken.«

»Die Alraune-Pflantze«, las Margaritje, »ist die Mandragora. Sie wachset vor allem in den Ländern der Levante. Die Reysenden und Kaufleute haben sie zu uns gebracht. Sie ist eine Artzney von außerordentlicher Krafft, die nur bei großer Kenntniß verabreichet werden darf. Es kann den Kranken in tiefen Schlaf versätzen, es kann aber auch machen, daß er euphorisch wird, mit gläntzenden Augen um sich sieht und die Schmertzen nicht mehr spüret, die ihn quälen. Hernach aber wird sein Zustand sein wie von einem schweren Rausch des Weines, und er wird schlafen, oder er wird nicht mehr erwachen, oder er wird nicht mehr sehen können. Solches ist aus Ägypten berichtet von einer Göttin, der ein Getränck gereichet wurde, in das die Wurtzeln der Mandragora ihre Krafft verströmet hatten.

Auch wird der Alraune oder Mandragora Liebeszauberey zugeschrieben, weshalb sie an einigen Orten Manneskraut oder Liebeskraut genannt wird. Dies liegt nahe allein durch ihre Gestallt. Wenn sie weiß blühet, bringt sie eine Wurtzel, die dem Geschlechtsteile des Mannes gleicht, oder, wenn ihre Blüte von gelblicher Farbe ist, den Brüsten des Weibes. Noch mehr aber mag der Glaube an die Krafft ihres Liebeszaubers durch ihre Herkunft befördert worden. Die Mandragora, in teutschen Landen Alraune bezeichnet, findet sich auf Hügeln und Kuppen, auf denen Galgen aufgerichtet sind, und wachset in der Erde an jener Stelle, wo der letzte Erguß eines Gehängten hinabgetropfet ist.

Will jemand die Wurtzel der Alraune oder Mandragora an sich

bringen, muß er vorsichtig zu Wercke gehen, um nicht dafür mit seinem Leben zu zahlen. Die Wurtzel stoßet nemlich augenblicklich einen erschütternden Schrey aus, wo man sie aus der Erde ziehet. Deshalb ist zu raten, sich die Ohren mit Wachs zu verstopfen, grabet man nach ihr. Will man bei ihrem Schreie vor dem Tode sicher sein, ist ferner zu raten, einen schwartzen Hund mitzunehmen, der hungrig ist und kein einzig weißes Haar im Fell hat. Seinen Schwantz aber soll man an den Blättern der Alraune festbinden und ihm vor dem letzten Spatenstich ein Stück Brodt hinhalten und schnell davonrennen. Er wird hungrig das Brodt schnappen und dabei die Alraunenwurtzel vollends herausziehen. Ihr Schrey wird ihn auf der Stelle töten. Der Alraune ist damit das Opfer gebracht, das sie fordert, und man selbst gelanget auf diese Weise unbeschadet in ihren Besitz.«

»Glaubt Ihr an das, was Ihr mir vorgelesen habt?« fragte der alte Itzenplitz.

»Nicht an alles, Herr. Es ist mir zuviel Teufelsglauben dabei, und Ihr wißt, ich bin eine gläubige Protestantin.«

»Ihr glaubt also an das Medizinische, was der Medicus Fuchs schreibt.«

»Ja, daran schon, denn im Kräuterbuch von dem Medicus Bock steht auch nichts anderes, und ich denke, die beiden werden Beweise haben. Aber wenn es Euch so nach der Wahrheit verlangt, habt Ihr noch nie mit Meister Ambrosius darüber gesprochen?«

»Das habe ich, und er hat auch Beweise aus seiner Zeit in Bologna und vor allem in Paris. Und wenn das so ist, warum sollte dann nicht auch das andere stimmen? Aber jetzt gestehe ich Euch etwas. In der Zeit, als ich noch gut im Sattel war, habe ich unter jedem Galgen nach der Alraune gesucht, und Galgen gibt's ja weiß Gott genug. Und Diebe und Mörder, die baumeln mußten, auch.«

»Manche sind auch davongekommen«, sagte Margaritje.

»Ja, und die sind dann irgendwo untergetaucht, wo niemand sie kannte, sind Soldaten geworden oder Söldner...«

»Aber es soll auch welche gegeben haben, die sind unschuldig an den Galgen gekommen.«

»Ich bitt Euch! In unserem Lande findet jeder ein gerechtes Gericht, dafür haben wir die Schöppenstühle.«

»Es mag wohl so sein, wie Ihr sagt, Herr.«

Am anderen Tag kam Ambros Ambrosius, und am frühen Nachmittag, der sonnig und windstill war, lud er Margaritje und Margarete in das Jercheler Gespann und fuhr mit ihnen ab.

Tonnies kutschierte.

»Ich weiß nicht, warum du fährst, als ob du ein Feuer löschen müßtest!« rief Ambros Ambrosius.

»Vielleicht gibt es heute noch eins zu löschen«, rief Tonnies zurück, lachte und lachte.

»Du scheinst dich auf Jerchel gut eingelebt zu haben.«

»Und wie!« rief Tonnies. »Ich bin auf Jerchel sozusagen die rechte Hand.«

»Na, wenn du nur nicht auch einmal die linke wirst«, rief Ambros Ambrosius zurück.

Als umgespannt war auf halbem Weg, verbeugte sich Tonnies vor Margaritje wie ein Page und sagte: »Ich wünsche Euch alles Glück.« Und zu Margarete sagte er: »Vielleicht sehen wir uns einmal wieder.«

»Ach ja, Tonnies, das wär schön.«

Sie stiegen ein, und der Wagen, den jetzt Gansauge kutschierte, fuhr an, und Tonnies rief: »Vielleicht, wenn ich von den Türken zurückkomme!«

13. Kapitel

Sie sahen sich wieder. Das war auf dem Pfingstmarkt am Dienstag nach Himmelfahrt in Tangermünde. Sie erkannte ihn nicht, aber er erkannte sie.

Margarete war an den Marktständen vorbeigegangen, auf dem die Handwerker ihre Waren feilboten: Schuhe und Eimer, Tuchjacken und Hosen, Schemel und Stühle, wollene Tücher und Socken, aber sie war nicht stehengeblieben. Auch nicht bei den Buden, die aus Braunschweig, Salzwedel und Magdeburg gekommen waren mit Spitzen und Borten, Holztellern, Löffeln und irdenen Töpfen. Sie hatte den böhmischen Scherenschleifern eine Weile zugesehen, hatte den Heringsverkäufern aus Emden zugehört, die eine Tonne frischer Salzheringe für acht Groschen ausriefen. Es hatte sie wie immer zu den Ständen der Wurzelverkäufer hingezogen. Ingwer boten sie an, Kalmus, Enzian, und sie wartete darauf, daß einer ausrufen würde: »Und hier habe ich, Leute aus nah und fern, etwas Besonderes, hier habe ich eine Wurzel der Mandragora! Droge und Zaubermittel zugleich! Die Mandragora mit der Alraunwurzel!« Aber das rief keiner, und doch blieb Margarete stehen und wartete.

Auf einmal sagte jemand neben ihr: »Ich glaube, ich kenn dich. Bist du nicht die Grete aus Jerchel?

»Nein, ich heiße Margarete und bin aus Tangermünde«, antwortete sie und drehte sich um.

»Aber du bist doch die Margarete aus Jerchel. Ich erkenn dich doch an deinen...«, er zeigte auf ihre zusammengewachsenen Augenbrauen. »Kennst du mich nicht wieder? Ich bin Tonnies.«

»Ach, du bist Tonnies? – Wirklich?«
»Ja, ja doch.« Er stand da in einem schäbigen Soldatenrock und einer ebensolchen Hose. Nur der Hut, den er trug, und die Feder daran schienen neu zu sein.
Sie musterte ihn: »Ja, wirklich, wenn ich dich so ansehe, dann könntest du Tonnies sein.«
»Ich bin es, Grete. Ich bin Tonnies Meilahn.«
»Und was machst du hier in Tangermünde?«
»Tja, ich komme gerade zurück, allerdings nach Stendal zu Jürgen Gericke. Aber der Pfingstmarkt in Tangermünde – eine kleine Abwechslung in der Heimat, die nimmt man mit. Warum stehen wir hier eigentlich herum? Komm, laß uns einen Wein zusammen trinken auf das Wiedersehen, Grete.«
Sie setzten sich an einen der langen Tische, die der Ratskellerwirt aufgestellt hatte.
»Ich hab nur nicht viel Zeit«, sagte sie. »Wenn die Uhr acht schlägt, muß ich daheim sein.«
»Ist deine Mutter so streng geworden?«
»Doch nicht meine Mutter«, sagte sie. »Mutter ist tot. Ich diene hier bei der Witwe des Diakons.«
»Ach so.« Und gleich darauf: »Was denn, deine Mutter ist tot?«
»Schon drei Jahre«, sagte sie. »Und wie ist es dir ergangen?«
»Das ist eine lange Geschichte, Grete, und wir müßten viel mehr Zeit haben, wenn ich dir das alles erzählen soll. Erst war ich beim König von Sachsen im Dienst, und dann bin ich ins Böhmische, nach Prag – eine sehr schöne Stadt.«
»Du warst in Prag?«
»Ja, warum?«
»Mein Großvater soll in Prag ein Handelshaus gehabt haben.«
»Dein Großvater? Ein Handelshaus in Prag?«
»Ach, Tonnies, das ist auch eine lange Geschichte, und wir müßten viel Zeit haben, wenn ich dir alles erzählen soll. Ich bin eine Tangermünder Bürgerstochter, Tonnies.«
»Grete!« rief er. »Wie denn? Ihr habt doch auf Jerchel fast zum Gesinde gehört. Na ja, ihr wart vielleicht etwas Besseres, aber . . .«

»Ja, wir waren etwas Besseres«, sagte sie, »aber wir sind – ich meine, ich bin noch mehr.«

»Grete, das macht mich sehr gespannt. Weißt du, wenn man mit vielen vornehmen Leuten umgegangen ist, dann wird man neugierig, wenn man so etwas hört.«

»Es macht mich ja auch neugierig, wenn ich höre, wo du überall gewesen bist, Tonnies. Aber jetzt muß ich meinen Wein austrinken. Die Uhr wird gleich schlagen.«

»Wir müssen uns wiedersehen«, sagte er, »unbedingt.«

»Wo denn, Tonnies?«

»In Stendal«, sagte er. »Ich wohne in der Herberge Kuhts. In der Herberge Kuths«, wiederholte er.

»Ich kann nicht nach Stendal kommen.«

»Dann müssen wir uns hier wiedersehen.«

»Aber wo denn? Wann denn?«

Erst trank sie zwei, drei Schlucke und sagte dann: »Am Sonntag, nachmittags, vor dem Abendessen, da würde es gehen.«

»Gut«, sagte Tonnies. »Und wo treffen wir uns?«

»Unten, am Hafen. Dort sind immer viele Leute, dort fällt es nicht auf.«

»Und wo genau?«

»Bei der Mindeschen Anlegestelle.«

»Das ist die größte«, sagte er, »da kann man sich nicht verfehlen. Aber warum gerade dort?« Er sah sie an.

»Ich bin eine Minde, Tonnies.«

»Was denn, eine Minde? Wirklich und wahrhaftig eine Minde?«

Freitag und Samstag, das waren zwei Tage. Aber am Sonntag würde es nur noch ein halber sein, ein reichlicher halber, bis sie ihn wiedersah. Sie konnte an nichts anderes mehr denken, und die Frau Diakonin war nicht zufrieden mit ihr.

»Du bist unzuverlässig, Grete. Die Milch ist dir übergelaufen, der Hirsebrei ist angebrannt, und gefegt ist auch schlecht.«

Margarete hörte es und hörte es nicht. Sie hatte immer ihre

unzuverlässige Zeit, wenn ihr eine von Heinrich Mindes Töchtern begegnet war, die mit einer Magd über den Markt ging, um alles feilschte, was die Frauen anboten, und es dann der Magd in den Korb legen ließ, der immer schwerer wurde. Genau wie ihr eigener, den sie, einen Schritt hinter der Frau Diakonin hergehend, in der Armbeuge trug. Manchmal machte es ihr nichts aus. Dann hob sie den Kopf noch höher als die Mindetöchter und reckte sich dazu in den Schultern. Das wirkte, denn sie war gut gewachsen. »Sie hat«, wie einer der Gewandschneider sagte, »von Kopf bis Fuß den goldenen Schnitt.« Und die Haut in ihrem Gesicht war rosig, fest und zart zugleich, genau wie ihre Hände. Die Mindetöchter beschwerten sich mehr als einmal über ihre Hoffärtigkeit, und wenn es ihr die Diakonin vorhielt, sagte sie: »Ich bin auch eine Minde.«

»Schön, wenn du's beweisen könntest.«

»Beweisen? Ich habe den Beweis mitten im Gesicht«, sagte sie dann und zeigte auf ihre zusammengewachsenen Augenbrauen.

»Grete, Grete«, mahnte dann die Frau Diakonin, »du solltest dich mäßigen, sonst nimmt es mit dir noch ein schlimmes Ende.«

Altweibergerede, dachte Margarete dann.

Aber sie kannte auch die Stunden ihrer Niedergeschlagenheit gut genug. Ich könnte ebenso mit einer Magd über den Markt gehen, dachte sie, dabei bin ich selber eine, und sie verkroch sich in einer Kammer oder in der leerstehenden Scheune.

Jetzt jedoch, in diesen zweieinhalb Tagen, bis sie Tonnies wiedersehen würde, kam weder das eine noch das andere über sie.

Am Sonntag, nach dem Gottesdienst in St. Stephan, sagte sie zur Kathe Krulle: »Ich werde heute vielleicht nicht zu dir kommen. Oder erst spät.«

Die Kathe sah sie an.

»Ich habe eine Verabredung.«

»Ach so.« Die Kathe Krulle lächelte. So ist das Leben, dachte sie. Das Alter hat sie ja, und irgendwann ... wenn es nur ein guter Mann ist.

»Weißt du, was ich mir ausgerechnet habe?« fragte Tonnies. »Ich habe mir ausgerechnet, daß wir uns nach sieben Jahren wiedergesehen haben, und das bedeutet etwas. Die Sieben ist eine magische Zahl.«

Margarete sah ihn an.

»Jaja, Grete, das ist so. Spürst du's nicht auch?« Er hatte sie längst an der Hand gefaßt und fortgeführt von den Leuten, die unterhalb der Burgmauer am Wasser dahinspazierten. Und als sie den Rand des Stadtbusches erreichten und einen stillen Platz fanden, hatte sie es zugelassen, daß er sie neben sich ins Gras zog.

»Bist du wieder mal auf Jerchel gewesen, Tonnies?«

»Nein. Weißt du, Grete, alles zu seiner Zeit. Das Leben hat mehr zu bieten als Jerchel.«

»Das ist wahr«, sagte sie. »Ich bin auch nicht wieder auf Jerchel gewesen. Und wenn Mutter nicht so krank geworden wäre, dann wäre ich wohl auch fortgegangen, wie mein Vater damals. Aber so – wir sind zwei Jahre in Tangermünde geblieben. Wir haben bei der Kathe Krulle gewohnt. Mutter hat Kräuter gezogen, und zusammen haben wir Kräuter gesammelt, und Meister Ambrosius hat sie uns abgekauft. Ein bißchen Geld hatten wir ja noch von meinem Großvater Heinrich Minde. Das war der Vater von dem, dem das hier alles gehört und der uns unser Erbteil nicht ausgezahlt hat, weil Mutter keinen Trauschein vorweisen konnte. Nach den zwei Jahren sind wir nach Stendal gegangen. Dort hatte Meister Ambrosius wieder einen Platz für uns gefunden, bei einem Magister. Der war genauso ein Witwer wie der Alte auf Jerchel. Er war sehr freundlich und hatte oft viele Gäste, und Mutter und ich hatten gut zu tun. Zuerst war es immer sehr schön. Aber dann wollte er mir, wie er sagte, Wissen beibringen im Lateinischen und etwas vom Einfluß der Planeten erzählen.« Margarete machte eine Pause. »Von wegen, er wollte was ganz anderes. Nur ich wollte es nicht. Und als ich es Mutter gesagt habe, sind wir auf und davon und wieder zurück zur Kathe Krulle.

Da kamen wir gerade zurecht, als Heinrich Mindes älteste Tochter, die Margaret mit den schwarzen Haaren, ihre Hochzeit hatte. Tonnies, das war ein Fest! Er hatte sie alle eingeladen, alle – diejenigen, die vor ihm zu Kreuze kriechen und auch die anderen, die es nicht tun. Von diesem Tage an ist es mit Mutter abwärts gegangen. Tonnies, weißt du, was Mandragora ist?«

»Nein, was denn?«

»Das ist so eine Wurzel, die hierzulande auch Alraune heißt.«

»Richtig, Grete, ja, ich weiß, sie wächst unterm Galgen aus dem letzten ...«

»Jaja, Tonnies, daraus wächst sie.«

»Sie soll einen starken Liebeszauber machen«, sagte er.

»Den hat Mutter nicht gewollt. Mutter wollte vergessen. Sie wollte einfach schlafen, weil sie keine Nacht mehr schlafen konnte. Und bei Meister Ambrosius hat sie sich was beschafft.«

»Beschafft?« fragte er.

»Ja, sie hat es sich genommen, wenn sie mit den Kräutern zu ihm gegangen ist. Sie hat ihm doch ab und zu auch im Laboratorium geholfen. Und auf einmal konnte sie wieder schlafen. Aber zuvor, weißt du, da war sie ganz anders als sonst. Sie hat mit glänzenden Augen von Vater gesprochen und von ihrer ganzen glücklichen Zeit. Und so ist sie eingeschlafen und eines Morgens nicht mehr aufgewacht. Und ich, Tonnies, ich bin zu Heinrich Minde gegangen und habe gesagt: ›Ihr habt sie auf dem Gewissen, Heinrich Minde! Aber Ihr habt noch viel mehr auf dem Gewissen. Hat darauf denn wirklich noch etwas Platz?‹«

»Und?« fragte Tonnies. »Und?«

»Er hat mir Geld gegeben. Es war nicht viel, und deshalb ist Mutter auf den Friedhof von St. Elisabeth gekommen, wo die Armen begraben werden und die Kranken aus dem Spital. Aber jetzt, Tonnies, erzähl von dir. Du hast bestimmt viel, viel Lustiges erlebt. Erzähl von dir, Tonnies.«

Und Tonnies Meilahn erzählte, und je länger er erzählte, desto gespannter hörte ihm Margarete zu, und er berauschte sich selbst an der Farbigkeit seiner Erlebnisse, von denen er geträumt, die er aber nie gelebt hatte. Das wußte Margarete nicht, und sie glaubte ihm, und als er sie fragte, ob er am nächsten Sonntag wieder nach

Tangermünde kommen sollte, sagte sie wie damals auf der Fahrt von Jerchel nach Tangermünde: »Ach ja, Tonnies, das wär schön.« Aber dieses Mal fügte sie noch hinzu: »Dann hätte ich die ganze Woche etwas, auf das ich mich freuen könnte, Tonnies.«

Er hakte sie unter. »Und ich auch, Grete.«

Er kam Sonntag für Sonntag, und mit ihm kam so viel Freude in ihr Leben. Sie wurde angesteckt von seiner unbekümmerten Art, mit der er das Leben nahm. Und als er das eine Mal in einem feinen Soldatenrock kam und sie ihn bewunderte, sagte er: »Ja, kleine Grete, ich wollte dir ein bißchen gefallen. Und das habe ich mich etwas kosten lassen.«

Es war ein geliehener Rock von einem der Gerickesöldner. Er wollte ihr Eindruck machen. Aus all den Gesprächen wußte er inzwischen über sie Bescheid, und er hatte seinen Plan mit ihr.

Als der Herbst kam und ihre Zusammenkünfte von Kälte und Regen immer mehr beeinträchtigt wurden, überraschte er sie ein zweites Mal.

»Wir können uns«, sagte er, »von jetzt ab noch öfter sehen. Ich habe nämlich bei dem Herrn Guntz in der Schloßfreiheit die Stellung des Kutschers bekommen. Du weißt doch noch von Jerchel, Grete, wir Söldner werden den Winter über nicht besonders gebraucht, und deshalb – freust du dich, Grete?«

Und wie sie sich freute! Sie sahen sich oft und zumeist bei der Kathe Krulle. Dort saßen sie um den Herd, ließen sich von ihr bewirten, und Tonnies erzählte seine Geschichten. Und wenn er nicht erzählte, spielte er auf einer Flöte, die er, wie er sagte, aus Böhmen mitgebracht hatte. Und nie war er um eine Antwort verlegen auf alle die Fragen, mit denen ihn die Kathe auf die Probe stellen wollte, wenn es um Prag ging und sie sich daran erinnerte, was ihr Libussa Minde erzählt hatte. Seine Antworten konnte man so oder so auslegen, als Wahrheit oder das Gegenteil.

Eines Tages ging sie zu Meister Ambrosius und sagte: »Zwischen den beiden wird's etwas, und ich weiß nicht, ob es was Gutes wird, Meister Ambrosius.«

»Ich werde einmal zu euch kommen, wenn die beiden da sind. Nur eines muß ich dir sagen, Kathe, Michael Guntz hat nichts an diesem Tonnies auszusetzen. Ein Mensch kann sich ändern und zu Verstand kommen.«

»Was meint Ihr damit, Meister Ambrosius?«

»Es haben zwei Gewehre gefehlt, zwei Feuerrohre, wie es auf Jerchel heißt, nachdem dieser Tonnies von Jerchel auf und davon gegangen ist. Und für den Herrn von Itzenplitz gibt es keinen Zweifel, daß es Tonnies gewesen ist, der sie hat mitgehen heißen, obwohl er ganz und gar nichts hat an ihm aussetzen können.«

»Was wird Margarete tun, wenn wir es ihr sagen?«

»Sie wird es nicht glauben, Kathe. Und wenn sie es glaubt, wird sie eine Entschuldigung für ihn finden.«

Im Frühjahr kündigte Tonnies seinen Dienst auf.

»Ich will«, sagte er, »wieder das edle Handwerk des Krieges auf mich nehmen. Das bringt mehr ein als Kutscherdienste in Tangermünde. Und wenn ich wiederkomme, kleine Grete, dann sollten wir einmal über unsere Zukunft reden, über unsere gemeinsame. Bist du nicht auch dafür?«

»Tonnies«, sagte sie, »so lange Zeit ohne dich? So lange Zeit? Ich weiß gar nicht, wie ich das überstehen soll.«

»Grete«, sagte er, »kleine Grete«, und legte den Arm um sie. »Ein halbes Jahr, was ist denn das! Wir sollten es beide als eine Prüfung ansehen. Du ohne mich, ich ohne dich. Und wenn ich wiederkomme, dann werden wir wissen, wie es um uns steht. Meinst du nicht, kleine Grete?«

»Wenn du mich so fragst, Tonnies, ich weiß es jetzt schon.«

»Um so besser, kleine Grete, um so besser.«

Ein halbes Jahr ohne Tonnies, wie soll ich das nur ertragen, dachte sie. Es war ihr erster Gedanke am Morgen, wenn sie erwachte, und mit dem Gedanken an ihn schlief sie ein. Die Stunden dazwischen wurden wieder zu denen des Aufbegehrens und der Niedergeschlagenheit, und die Frau Diakonin hatte wieder ständig an ihr zu tadeln.

Margarete nahm jede Gelegenheit wahr, allein zu sein, um ungestört an Tonnies zu denken. Sie vermied es, wo sie konnte, zur selben Zeit wie die anderen Mägde aus Tangermünde über die Putinnen hinunterzusteigen, um Wasser zu holen, denn die Mägde musterten sie und stichelten:

»Na, hast du schon was von Tonnies gehört?«

»Na, kommt er bald wieder?«

»Er scheint euch mehr zu fehlen als mir«, antwortete Margarete. Und als Tonnies ein Vierteljahr fort war, erdreistete sich die eine Magd zu sagen: »Er hat dich doch nicht etwa sitzenlassen?«

Im nächsten Augenblick nahm Margarete den vollen Wassereimer und goß ihn ihr in Rock und Beine. »Und wenn noch jemand so eine Frage hat, raus damit!« Dabei hielt Margarete den zweiten gefüllten Wassereimer zum Schwung bereit. Sie sahen es alle, Margarete war genauso rank und schlank wie immer.

Ein halbes Jahr bleibt Tonnies fort, dachte die Kathe Krulle, vielleicht kann ich Margarete in dieser Zeit nachdenklich machen. Oder vielleicht kommt dieser leichtsinnige Mensch überhaupt nicht mehr wieder.

»Das wäre das allerbeste«, sagte Ambros Ambrosius, als ihm die Kathe mit ihren Sorgen kam. »Nur ich befürchte, das wird nicht sein. Er weiß zuviel von dem Mindeschen Geld. Und wenn es auch nichts wird damit, Kathe, er wird sich einbilden, daß mit ihr immer noch mehr zu holen ist als mit jedem anderen Mädchen. Weißt du, ob sie ihm schon von den fünfhundert Gulden etwas gesagt hat, die im Rathaus liegen?«

Kathe zuckte die Schultern.

»Irgendwie wird er es schon erfahren haben, dieses Schlitzohr«, sagte Ambros Ambrosius. »Er hat doch ständig in den Kneipen gesessen und den Mindeschen Hafenknechten mehr als einen Krug Bier bezahlt von seinem Lohn, bis ihn der Hafenmeister davongejagt hat. Und beim Marktmeister hat er sich angebiedert, bis es der einfältige Mann gemerkt hat. Aber da hatte er ihm schon aus der Nase gezogen, was er wissen wollte.«

»Von wem habt Ihr es erfahren, Meister Ambrosius?«

»Von Gansauge, Kathe. Er hat manchmal am Nebentisch gesessen in den Kneipen und oft auch dabei. Und Gansauge ist, wie er zu sagen pflegt, nich auf 'n Kop gefall'n.«

»Was ist denn zu tun, Meister Ambrosius? Was ist denn nur zu tun?«

»Nichts weiter, als ihr die Wahrheit zu sagen. Aber, Kathe, was ist denn die Wahrheit? Die Wahrheit sind die Erfahrungen unseres Lebens, und die glaubt ein junger Mensch nicht, die will er selber machen. Und so ein junges Mädchen wie Margarete, das zum erstenmal richtig liebt, das hört weder auf Vater noch auf Mutter, und beide hat sie nicht einmal.«

Es war zu Ende des Sommers. Im Hof der Diakonin lag die Wäsche eingeweicht in den Zubern. Margarete wrang sie aus, nahm das Schulterholz, als die ledernen Eimer voll waren, und trug sie durch die Stadt zu den Putinnen und Stufe für Stufe zum Wasser hinunter, zu den glatten Steinplatten, auf denen sie jedes Stück schrubben wollte.

Der Vormittag ging darüber hin. Sie hatte es wie immer einzurichten verstanden, daß ihr keine der anderen Mägde den Platz streitig machte. Kurz bevor die Rathausuhr die zwölfte Stunde schlug, war sie fertig. Das Trageholz wiederum auf den Schultern, stieg sie mit den Eimern die Putinnen hinauf. Sie sah keinen an, der ihr begegnete, denn das Waschen unten am Hafen war das Schlimmste für sie. Ich bin eine Minde, dachte sie, Stufe für Stufe, ich – bin – eine – Minde. Sie zählte vierundzwanzig, fünfundzwanzig, sechsundzwanzig, noch zwei Stufen, dann kam die Bank hinter dem rotgeziegelten Mauervorsprung zum Absetzen und Ausruhen.

»Darf ich Euch helfen, verehrtes Fräulein?«

»Tonnies! Tonnies!«

Er hakte die Eimer aus dem Tragholz, es fiel zu Boden, und sie lagen sich in den Armen.

»Tonnies, du bist wieder da, Tonnies! Oh, Tonnies!«

»Heut abend, am Hafen unten.«

»Tonnies, ich bin ja so glücklich!«

»Ich auch, kleine Grete, ich auch.«

Es war so, als ob dieser Septemberabend Schicksal spielte. Er war voll von sommerlicher Wärme, die bis in die Nacht anhielt, und je weiter Tonnies Meilahn mit ihr am Wasser entlangging, desto wärmer, so schien es ihr, wurde es. Sie ließ sich von ihm an der Hand nehmen und fragte nicht, wohin er sie führte, und als er sie ins Gras neben sich zog und sie an sich preßte, preßte sie sich auch an ihn, und als sie seine Zunge zwischen ihren Lippen spürte, stöhnte sie leise und öffnete den Mund. Und sie verwehrte es ihm nicht, als er ihren Hals küßte und ihr Mieder aufknöpfte. Es kam über sie wie eine Woge von Glück, als sie seine Hand auf ihrer Brust spürte, und sie hielt sich an seinen Schultern fest, als er ihre Knie streichelte und seine Zunge in ihren Mund bohrte und dabei in sie drang.

»Tonnies – Tonnies – es tut weh, Tonnies –«

»Es ist gleich vorbei, kleine Grete, und dann –«

Sie blieben beieinander und hörten den Nachtwächter, Stunde um Stunde. Aber welche er ausrief, wußten sie nicht.

»Wo bist du heute nacht gewesen?« fragte die Diakonin am anderen Morgen.

»Ich habe bei der Kathe Krulle geschlafen.«

»Dieser Tonnies ist wieder aufgetaucht«, sagte die Diakonin, »gestern schon.«

»Ja, das ist er.«

»Margarete, du bist bei mir im Dienst, und ich fühle mich für dich verantwortlich.«

»Verantwortlich?« Margarete lachte. »Das hat sich in dieser Stadt noch nie jemand für mich gefühlt. Sonst wäre ich nicht bei Euch im Dienst.«

»Margarete, ich hab es dir schon oft gesagt, es nimmt kein gutes Ende, wenn du weiterhin so ...«

»Frau Diakonin, ich bin alt genug, ich denke schon, daß ich für mich selbst verantwortlich bin.«

»Erzähl mir nichts, Margarete, ich weiß alles. Ich weiß, wie es um dich und die Mindes steht.«

»Dann fragt mich nicht, wo ich in dieser Nacht gewesen bin. Ich habe in den Himmel gesehen und die Sterne gezählt. Und als einer heruntergefallen ist, habe ich mir Tonnies zum Mann gewünscht, und wie es heißt, soll so ein Wunsch ja in Erfüllung gehen.«

Tonnies ging nach Stendal zurück und suchte sich ein Quartier. Aber schon in dieser ersten Nacht hatte er von »für immer zusammenbleiben« geredet, und Margarete verstand es nicht anders, als daß heiraten damit gemeint war.

Um so besser, dachte er, als er am Sonntag drauf wieder nach Tangermünde kam. Dann brauch nicht ich davon anzufangen. Nachdenklich wurde er, als sie ihm erzählte, daß sie es der Kathe Krulle inzwischen angedeutet hatte, und die Kathe Krulle –

»Nicht wahr, Tonnies, ich kann ganz offen zu dir sein. Der Kathe Krulle wäre es lieber, wenn du in Stendal oder in Salzwedel, oder in Havelberg oder wo auch immer eine richtige Behausung hättest, oder wenn du irgendwo fest in Diensten stehen würdest.«

Tonnies lachte. »Sieh an, das möchte die Kathe also. Dann frag sie doch, wie sie über deinen Vater denkt, der war doch auch Söldner oder Soldat, und auf den hält sie doch so große Stücke.«

Es muß schnell gehen, dachte er bei sich, und umgab Margarete wieder mit viel Fürsorge und Zärtlichkeit. Und weil er wußte, worauf es ankam, verstand er es einzurichten, daß sie wieder allein waren und eine Scheune fanden, wo sie sich ihrer Leidenschaft hingeben konnten, damit die Kathe Krulle ihre Bedenken in den Wind geredet hatte.

Als sie dann aber unten am Hafen in der Kneipe »Zum brandenburgischen Adler« saßen, sagte Margarete: »Tonnies, ich muß dich etwas fragen. Wie soll es denn gehen, wenn wir heiraten?«

»Wie's gehen soll, Grete? Wir werden uns eine Bleibe suchen, den Winter über, und wenn das Frühjahr kommt und ich wieder in Diensten stehe, dann bleibst du entweder, sagen wir, in Stendal zurück, oder du kommst mit mir. Viele Söldner haben ihre Frauen bei sich. Die machen sich dann im Lager nützlich mit Kochen und Waschen und Einkaufen. Was glaubst du, was das für ein abwechslungsreiches Leben ist! Aber wenn du lieber in Stendal bleiben willst, dann steht auch dem nichts im Wege, die Hauptsache ist, daß wir ein bißchen Geld haben. Und das werden wir doch haben, kleine Grete, oder etwa nicht?«

»Aber sicher, Tonnies. Fünfhundert Gulden.«

»Das ist ein kleines Vermögen, Grete!«

»Ein kleines«, sagte sie, »ein sehr kleines von dem ganzen Mindeschen Erbe, das mir zusteht. Aber jetzt müssen sie mir diese fünfhundert Gulden auszahlen. Jetzt verlange ich sie als Heiratsgut.«

»Dann mach das, kleine Grete. Oder soll ich mit dir kommen?«

»Nein, nein, Tonnies. Ich bin eine Minde. Ich werde allein ins Rathaus gehen.«

»Meinst du, daß es möglich ist, bis zum nächsten Sonntag, wenn ich wiederkomme, Gewißheit zu haben?«

Zuversichtlich und voller Liebe, wie sie war, sagte sie: »Verlaß dich nur auf mich, Tonnies.«

»Grete! So kenn ich dich noch gar nicht. Grete, kleine süße Grete, du bist ja eine ganz außerordentliche Frau!«

»Ich bin eine Minde, Tonnies.«

Die Kathe Krulle hatte Margarete geraten, zuvor alles mit Meister Ambrosius zu besprechen.

Als sie einander in der Apothekerstube gegenübersaßen, ging Ambros Ambrosius hinter seinem Tisch auf und ab und sah immer wieder auf das Stundenglas, durch das der Sand als feiner Faden rann und rann. Er hatte ihr alle seine Bedenken zu dieser Heirat klargelegt und zugleich gewußt, wie aussichtslos es sein würde, sie davon abzubringen. Sie hatte zu allen seinen Argumenten gelächelt, und er hatte immer wieder an sich selber und an Libussa gedacht, wenn er sie ansah, und an seine zwei glücklichen Jahre mit Eva Guntz. Und schließlich sagte sie ihm, als er hinter seinem Tisch stehenblieb: »Meister Ambrosius, ich liebe ihn und ich werde zu ihm gehören und er zu mir. Habt Ihr denn gewußt, was Euch bevorsteht, als Ihr die Tochter des Bürgermeisters Guntz geheiratet habt? Hat meine Mutter gewußt, was ihr bevorsteht, als sie meinen Vater geheiratet hat? Hat mein Großvater Heinrich Minde gewußt, was ihm bevorsteht, als er die böhmische Libussa Lieberitz geheiratet hat? Seht Ihr, Meister Ambrosius, keiner weiß es, und man muß es nehmen, wie's kommt.«

Er wandte sich ab, als sie das sagte, und sah wieder auf das Stundenglas.

»Soll ich mit Euch ins Rathaus gehen, wenn Ihr Eure Forderung vorbringt?«

»Schaden könnte es mir nicht. Aber zuerst will ich es allein versuchen. Sollte es aber wieder Schwierigkeiten geben, dann danke ich Euch schon jetzt für Eure Bereitschaft.«

Es gab keine Schwierigkeiten, auch wenn inzwischen der alte Joachim Guntz nicht mehr Bürgermeister war, sondern an seiner Stelle ein gewisser Andreas Ritner stand. Er wußte über alle Vorgänge im Hause Minde bestens Bescheid. Da sie jedoch nicht wieder an das Testament ihrer Großmutter rührte, sondern nur die fünfhundert Gulden wollte, die der junge Heinrich Minde für sie hinterlegt hatte, sagte er: »Es gibt keine Vorwände, Euch das Geld nicht auszuzahlen, wenn Ihr es als Euer Heiratsgut verwendet. Ihr müßt selbst wissen, ob es in Euren und in den Händen des Mannes, den Ihr heiraten wollt, wohl verwahrt ist.«

»Und wann kann ich mit der Auszahlung rechnen?«

»Wenn Ihr mir den Trauschein vorlegt. Dann bin ich sicher, daß Eure Ehe rechtmäßig vollzogen ist.«

Als sie das Wort Trauschein hörte, kam eine Wut in ihr hoch, über die sie nur mühsam Herr wurde. Sie faßte sich aber und sagte: »Ich werde Euch meinen Trauschein vorlegen, anders als meine Mutter, die den ihren nicht vorlegen konnte und deshalb von dieser Stadt, deren Bürgermeister Ihr jetzt seid und in der mein Vater, mein Großvater und mein Urgroßvater ehrenwerte Bürger gewesen sind, um ihr rechtmäßiges Erbe gebracht worden ist. Ich werde ihn Euch vorlegen, Bürgermeister Ritner, ich, Margarete Libussa Minde.«

Sie legte ihn vor am Tage, nachdem sie der Diakon vom Dom St. Nikolaus in Stendal im Hause des Ehepaars Linow getraut hatte mit Tonnies Meilahn, dessen Frau sie nun war.

Eine großartige Hochzeit, wie Tonnies es ihr vorgeschwärmt hatte, war es nicht geworden. Die Linows, verwandt mit dem Fähnrich Jürgen Gericke, der in schwedischen Diensten stand, hatten sie ausgerichtet, und sie waren vorbereitet gewesen auf mindestens zwanzig Personen. Aber sie waren nur zehn gewesen: Linow und Gericke als Trauzeugen, bei der Feier dann mit ihren Frauen und zwei jungen Söldnern, die mit Tonnies Meilahn den letzten Sommer über unterwegs gewesen waren, das Brautpaar selber und noch zwei schwedische Söldner, die sich einen Tag und einen Abend mit freiem Essen und Trinken nicht entgehen lassen wollten.

Auf den Abend zu war noch Meister Ambrosius mit seinem Kutscher Gansauge gekommen. Er war nicht lange geblieben, und deshalb war die kleine Hochzeitsgesellschaft zu später Stunde unter sich. Das Bier und der Wein brachten eine gewisse Stimmung zustande, und es war Tonnies, der immer wieder für Fröhlichkeit sorgte, wenn er mit seinen Geschichten alle zum Lachen brachte und auf dem Höhepunkt der Feier ein Bild von der Wand nahm und dafür den Trauschein auf den Nagel heftete.

»Das hier«, rief er, »dieses Dokument hier, das wird uns noch zu vielen fröhlichen Stunden verhelfen. Jetzt können sie meiner geliebten Grete nicht mehr kommen. Jetzt werden sie zahlen müssen, zahlen, zahlen, bis sie schwarz werden, dafür werde ich sorgen.«

Jürgen Gericke und die Linows sahen sich an, aber sie sagten nichts, weil sie der Braut, die so voller Glück zu Tonnies aufsah, die Freude nicht trüben wollten.

Margarete wußte nicht, wie viele Söldner er eingeladen hatte und warum sie nicht gekommen waren. »Zu dem seiner Hochzeit? Nee, zu so einem Windbeutel gehen wir nicht«, hatten sie zu

Jürgen Gericke gesagt. »Alles, was der in seinen Taschen hat, das hat er nicht als rechtmäßiger Söldner drin. Nee, der bestiehlt jeden, bei jeder Gelegenheit. Der soll mal alleine feiern. Spaß machen und Lieder singen, gut und schön, alles zu seiner Zeit, aber nach dem ehrlich erworbenen Sold eines Landsknechts lange Finger machen, nee! Bier und Wein und Fressen, das ist die eine Sache, und der ehrlich erworbene Sold die andere.«

Aber Margarete wußte das nicht.

Die jungen Eheleute mieteten sich in der Herberge der Kuhts ein. Die Kuthsche Herberge diente vielen Söldnern den Winter über als Unterkunft. Fünfhundert Gulden, hatte Tonnies gedacht, und nicht eine, sondern zwei Stuben im oberen Stockwerk gemietet. Margarete wäre lieber in zwei Kammern unter der Dachschräge gezogen, aber Tonnies hatte gesagt: »Du bist eine Minde!« Und er hatte, beredt wie er war, einen guten Preis ausgehandelt, denn Margarete brachte die eigenen Mindeschen Decken und Betten mit. Dennoch sollten die Kuths sie verköstigen, damit Margarete, wie es einer Minde zustand, nicht kochen mußte.

Fünfhundert Gulden. Und Tonnies Meilahn kleidete sich ein. Er kaufte sich einen Degen und ein Feuerrohr, einen Koller mit langen Fransen aus weichem, gelbem Leder und steckte sich die Pistole von Margaretes Vater in den braunen Rindledergürtel, die sie ihm zur Hochzeit geschenkt hatte, und ging, so angetan, durch die Straßen und auf den Markt von Stendal, und alle Leute sahen ihm hinterher.

»Der Junker Tonnies Meilahn«, spöttelten die Landsknechte, wenn sie ihn sahen. »Bis das Geld alle ist, und das wird nicht lange brauchen.«

Den Winter über reichte es, und in diesen Wochen und Monaten hatte Tonnies Zeit, mit Grete zu überlegen, wie neues Geld zu beschaffen wäre. Dafür kamen nur Heinrich Minde in Frage und Bürgermeister und Ratsherrn der Stadt Tangermünde.

»Die haben lange genug auf ihrem schlechten Gewissen geruht«, sagte Tonnies. »Aber jetzt stehst du nicht mehr alleine da, jetzt hast du einen Mann. Jetzt werde nämlich ich für das Recht eintreten, das sie schon deiner Mutter verweigert haben. Was meinst du, wie sie den Schwanz eingezogen hätten, wenn deine Mutter mit deinem Vater zurück nach Tangermünde gekommen wäre. Hätte er es doch nur getan! Wäre er doch nur mit seinem ganzen Fähnlein hier aufgetaucht, was meinst du, wie sie klein beigegeben hätten. Aber eine Frau alleine gegen alle diese Pfeffersäcke, die vor Geiz ihren eigenen Dreck fressen würden, wenn er nur nicht so stinken tät!«

»Sie sind ja nicht alle so, Tonnies.«

»Jetzt fang mir nur nicht wieder mit dem Apotheker an und den beiden Guntz'.«

»Sie haben das Beste für mich gewollt, Tonnies.«

»Aber sie haben es nicht erreicht!«

»Tonnies, abgestimmt wird im Rathaus, und der Bürgermeister Guntz hat damals immerhin erreicht, daß dieses Testament im Rathaus geblieben ist, und deshalb kann ich immer noch darauf pochen, daß es erfüllt wird.«

»Ja, ja, bis es die Mäuse gefressen haben oder bis es ebenso verschwunden ist wie der Schuldschein von deinem Vater. Nein, meine kleine Grete, sobald es das Wetter zuläßt, werden wir zusammen nach Tangermünde ins Rathaus gehen. Wir werden nicht mehr um das Testament deiner Mutter herumreden, wir werden von deinem väterlichen Erbe reden, das sich Heinrich Minde allein eingesteckt hat. Du mußt aufschreiben, was du für's erste haben willst.«

Und Margarete schrieb es auf.

Für's erste, schrieb sie, 300 Gulden vom Hause der Mindes in der Schloßfreiheit, dazu eine Hufe Land auf dem Dobberanschen Felde.

»Das ist gutes Land, wie ich mich erkundigt habe«, sagte Tonnies. »Das läßt sich zu barem Geld machen.«

Danach die Hälfte der eingezäunten Weingärten, schrieb sie weiter, und die Hälfte des gesamten Mindeschen Hausrates aus der Schloßfreiheit.

»Wir müssen an einen eigenen Hausstand denken«, sagte Tonnies, obwohl er nicht daran dachte, sondern nur an das Geld, das dafür zu erlösen sein würde.

Als die beiden mit dieser Aufstellung zu den Linows kamen, bei denen sie oft die Abende verbrachten, sagte Joachim Linow zu Margarete: »An deiner Stelle würde ich dem kurfürstlichen Advokaten die Aufstellung zeigen und ihn um Rat fragen. Das kostet dich nichts, und du würdest mit einem ganz anderen Mumm im Rathaus auftreten.«

»An Mumm fehlt's mir nicht«, antwortete Margarete, »aber du hast nicht unrecht, Joachim.«

Sie ging also zu dem Doktor Petrus Wolter und erzählte ihm alles, und nachdem Frage und Antwort eine Zeitlang hin- und hergegangen waren, riet er ihr, sich von dem Advokaten Heinrich Hammer nach Tangermünde begleiten zu lassen, den er gut kannte und der, wie er sagte, ihrer Sache den nötigen Nachdruck verleihen würde, allein weil er ein Studierter sei.

Tonnies hielt nichts davon, schon des Geldes wegen, das der Studierte kosten würde. Aber Margarete ließ sich nicht abbringen, nachdem sie mit Heinrich Hammer geredet hatten. Er machte ihr viel Mut, gab sich überzeugt von dem Unrecht, das ihr geschehen war, und versprach, mit all seinem juristischen Sachverstand dafür einzutreten, damit es aus der Welt geschafft würde.

Als sie dann aber gemeinsam in Tangermünde vor dem Bürgermeister standen, trug er Margaretes Sache zwar vor und legte dem Bürgermeister auch ihre Aufstellung hin, wurde aber schnell wortkarg, als der Bürgermeister sagte:

»Herr Advokat, ich muß Euch dieses erwidern: Eure Mandantin ist keine Bürgerin unserer Stadt, wiewohl die Familie Minde hier seit Generationen bürgerrechtlich ansässig ist. Eurer Mandantin aber fehlt der Nachweis für dieses Bürgerrecht, seit sie mit ihrer Mutter nach Tangermünde gekommen ist. Ich denke, Ihr wißt, daß ich von dem Trauschein spreche, den die Mutter Eurer Mandantin nicht vorweisen konnte. Wenn ich mich dennoch als

Bürgermeister von Tangermünde der leidigen Angelegenheit annehme, dann geschieht es, weil das Für und Wider, ich drücke es milde aus, weil das Für und Wider unter den Bürgern und Einwohnern unserer Stadt nicht wieder aufleben soll und das Ansehen der Familie Minde nicht noch einmal in schlechtes Licht gerät.«

Margarete erwartete nun nichts anderes, als daß der Advokat das Unrecht der Familie Minde gegen das Ansehen setzen würde. Was er jedoch sagte, war gewandt, aber pflaumenweich. In Margarete kochte die Wut hoch, je länger sie ihm zuhörte. Und als sie es nicht mehr mit anhören konnte, rief sie:

»Herr Advokat, für dieses Papperlapapp habe ich Euch nicht bezahlt. Als wir in Stendal miteinander gesprochen haben, habt Ihr ganz anders geredet. Und was sagt Ihr hier? Habt Ihr geglaubt, der Herr Bürgermeister würde zu allem, was Ihr vorbringt, ja und amen sagen? Heinrich Minde, der hier in dieser Stadt die meisten Steuern zahlt, hat von vornherein den besseren Stand, nein, den besten! Nur wer hat mich denn in diese Lage gebracht, daß ich hier stehe und bitten muß, bitten und betteln um das, was mir gehört? Wer denn, Herr Bürgermeister? Und kommt mir nicht wieder mit dem Trauschein. Ob meine Mutter einen hatte oder nicht, ich bin die Tochter von Peter Minde und Libussa Mindes Enkelin. Seht mir doch ins Gesicht!«

»Ich habe Libussa Minde nicht mehr in Erinnerung.«

»Dann fragt diejenigen, die sie noch in Erinnerung haben, diejenigen, die sie als Kinder satt gemacht hat, Tag für Tag, und die heute als Hafenknechte bei dem Bruder meines Vaters in Diensten stehen. Fragt sie! Stellt mich ihnen gegenüber!«

»Frau Margarete«, versuchte Bürgermeister Ritner sie zu beschwichtigen, »ich will ja den Ausgleich. Ich werde mit Heinrich Minde über einen Ausgleich sprechen, damit ein für allemal Ruhe und Frieden ist. Aber wenn Ihr hier in Eurer Aufstellung schreibt, fürs erste...«

»Dann wird es nur das erste sein, wenn Heinrich Minde nicht endlich auch das Testament der Libussa Minde erfüllt. Und wenn er es nicht tut, dann werde ich meine Forderungen immer und immer wieder an Bürgermeister und Rat der Stadt Tangermünde stellen. Und wenn ich auch bei Euch, Herr Bürgermeister, mein Recht nicht finde, dann bleibt mir nichts anderes übrig, als nach anderen Mitteln und Wegen zu suchen. Denn mir fehlt das Geld für einen besseren Advokaten als diesen hier.«

Ach Gott, dachte Bürgermeister Ritner und sah Margarete mitleidig lächelnd an. Andere Mittel und Wege! Er sagte aber: »Die Stadt Tangermünde wird Eure Forderung erfüllen, das Geld betreffend. Wie Heinrich Minde sich zu Euern anderen Forderungen stellt, weiß ich nicht. Mit dem Geld aber müssen Eure Forderungen nun ein für allemal zu Ende sein. Ihr habt doch schon fünfhundert Gulden bei Eurer Heirat ausgezahlt bekommen.«

»Fünfhundert Gulden damals und dreihundert heute! Jetzt rechnet doch einmal, Herr Bürgermeister. Wiegt diese Summe wirklich das Mindesche Vermögen auf?«

»Ich weiß es nicht.«

»O ja, Ihr wißt es, Herr Bürgermeister. Und Ihr werdet noch daran denken!«

Als Margarete mit dem Advokaten aus dem Rathaus ging, sagte sie: »Für das, was Ihr verlangt habt, habe ich eine Erfahrung bezahlt. Wißt Ihr, welche? Daß ich mir selber helfen muß.«

Margarete traf Tonnies am Eingang zum Schloßkrug an der Schloßfreiheit.

»Na? Können wir auf das gute Gelingen ein Glas Wein trinken gehen?« fragte er.

»Wir gehen zur Kathe Krulle«, sagte sie. »Ich wenigstens.«

»Ach, dann ist es wohl wieder nichts gewesen mit der Erbschaft. Das hätte ich dir vorneweg sagen können, und das Geld für den Advokaten, das hättest du besser zum Fenster hinausgeworfen. Aber ich war ja nicht gut genug. Es mußte ja ein studierter Herr sein, der es besser versteht, dein Recht einzuklagen.«

Sie hörte nicht auf ihn. Sie ging, ohne sich umzusehen, durch das Hühnerdorfer Tor. Er kam hinter ihr her, und bei der Kathe Krulle warf sie den Geldbeutel auf den Tisch und sagte: »Hier, dreihundert von der Stadt. Das werden sie sich von Heinrich Minde wiederholen.«

Obwohl Tonnies sich mehr erhofft hatte, besänftigte ihn der volle Geldbeutel augenblicklich. »Meine kleine Grete«, sagte er, »nun erzähl erst einmal, wie alles gewesen ist, und dann laß uns einen Becher Wein trinken, damit du dich beruhigen kannst. Und dabei werden wir einen Plan machen, und diesen Plan werden wir überschlafen, denn morgen ist auch noch ein Tag.«

Tonnies wußte, warum er das mit dem Überschlafen sagte.

Am Nachmittag des nächsten Tages wurde nicht weit von der Mindeschen Scheune ein Fehdezettel gefunden, der in einen Klumpen Werg gewickelt und mit einem Stein beschwert war. Einer der Mindeschen Knechte hatte ihn entdeckt, als er Heu für die Pferde holte. Er ging damit zu Heinrich Minde, und nachdem Heinrich Minde ihn gelesen hatte, schob er seinem Knecht ein Geldstück über den Tisch und sagte: »In was für einer Zeit müssen wir leben! Keine Ordnung mehr im Land, keine Zucht mehr unter den Leuten, keine Ehrfurcht mehr vor den Herren in Stadt und Land.« Er atmete schwer wie seit langem schon und lehnte sich in den Armstuhl zurück. »Der Neid geht um. Der Neid vor dem Besitz. Sie wollen die Gottesordnung von arm und reich durchbrechen, diese Gottlosen, die sich ihren Teil nehmen wollen von den Besitzenden – nehmen, es durchbringen und wiederkommen, wieder drohen und Furcht ausstreuen...« Er besann sich. »Halt die Augen weit offen und komm zu mir, wenn du irgend etwas Verdächtiges bemerkst.«

»Ja, Herr Minde. Und wie ist es denn, soll ich auch den anderen Knechten Bescheid sagen?«

»Ja, sag es ihnen, und sie sollen alle aufmerksam sein. Ich werde mit dem Fehdezettel ins Rathaus gehen.«

Als der Knecht gegangen war, las Heinrich Minde laut, was auf dem Zettel stand: »Oh, Mensch, hüte dich. Du magst dich leicht in großes Unglück stürzen. Laß dir raten: cito – cito – cito!«

Heinrich Minde stützte den Kopf in die Hände. Gilt es nur mir?

Gestern ist Peters Tochter im Rathaus gewesen. Muß ich darin einen Zusammenhang sehen? »Du magst dich leicht in großes Unglück stürzen.« Was steht dahinter? Ach, ach, es ist nichts weiter als eine ohnmächtige Drohung, weil sie wieder nicht durchgesetzt hat, was sie will, auch mit dem Advokaten nicht, dieses unselige Weib.

Im Rathaus verstand es Bürgermeister Ritner, Heinrich Minde zu beschwichtigen.

»Ich kann Euch Eure Sorgen nachfühlen, verehrter Heinrich Minde, aber ich sehe eine Gefahr nicht so kraß. Ihr lest doch auch das Wochenblatt aus Braunschweig. Gibt es eine einzige Ausgabe, in der nicht unter den Neuigkeiten aus Stadt und Land von solchen Fehdebriefen oder Brandbriefen berichtet wird? Und habt Ihr einmal etwas davon gelesen, daß einer solchen Drohung eine Tat gefolgt wäre?«

»Hin und wieder schon«, sagte Heinrich Minde. »Das steht dann zwar nicht im Wochenblatt, aber man hört davon.«

»Das ist wahr. Da geht hier mal ein Haus in Flammen auf und dort auch, da wird hier ein Pferd gestohlen und dort eine Kuh weggetrieben, da wird hier ein Austräger überfallen und dort ein Bauer, der zwei Schweine zum Markt fährt. Heinrich Minde, wenn es wirklich Zusammenhänge gibt, dann sind doch alle diese Drohungen aufgebauscht. ›Oh, Mensch, hüte dich!‹ Das hört sich nach was an. Ob dann wirklich etwas darauf erfolgt und was dann erfolgt, das sind doch, so traurig die Folgen für den einzelnen sein mögen, überschaubare Schicksalsschläge. Meint Ihr nicht?«

»Wenn es so ist, wie Ihr es seht, dann beruhigt es mich sehr, nur, wir sollten wirklich alle die Augen offenhalten.«

»Darauf könnt Ihr Euch verlassen. Ich werde dem Stadtvogt die Sache eindringlich vorstellen, und bei unserer nächsten Ratssitzung werde ich diesen Fehdebrief verlesen, und wir werden, das verspreche ich Euch, mit allem Ernst darüber reden.«

Tonnies Meilahn ging, die Tasche voll Geld, von Wirtshaus zu Wirtshaus, und überall brachte er die Sprache auf diesen Fehdebrief.

»Wir müssen Verbündete in der Stadt haben, meine Grete und ich. Es muß in Tangermünde Leute geben, denen es stinkt, wie sich die Stadt mit Heinrich Minde gemein macht. Jetzt setzen sie auf den Trauschein, den ihre Mutter nicht hatte, noch eines obendrauf. Jetzt sprechen sie ihr das Bürgerrecht ab, damit sie nicht gegen die Stadt klagen kann. Aber ist es nicht seltsam, daß ihr die Stadt dennoch dreihundert Gulden gezahlt hat? Es muß in der Stadt Leute geben, die das Unrecht nicht dulden wollen.«

»Das sind alles Vermutungen«, sagte einer, der hinter dem Tisch stand und zugehört hatte. »Ich habe noch nicht genug darüber nachgedacht, aber irgendwo ist so ein Punkt, an dem ich mich festbeiße.«

»Wer bist du denn?« fragte Tonnies.

»Ich bin der Altgeselle von Meister Dumpendiek. Mir gefällt einfach nicht, wie die im Rat immer alles so untereinander ausmachen, und alle in der Stadt sind einverstanden, oder besser, sie müssen einverstanden sein. Haben wir anderen nicht auch einen Kopf zum Denken?«

»Dann bist du wohl auf seiten des Fehdebriefschreibers?«

»Nee, mein Lieber, das bin ich nicht. Wer auf so eine Art etwas ändern will, der gefällt mir nicht, ganz und gar nicht. Ich bin ein ehrlicher Handwerksgeselle, aber ich mach mir Sorgen.«

Die anderen am Tisch hatten zugehört, je länger er redete, desto aufmerksamer.

»Komm«, sagte Tonnies, »trink, wir wollen ...«

»Nee, laß man, ich hab mir meinen Kuhschwanz noch immer selber bezahlt. Aber«, und damit sah er in die Runde, »wie denkt ihr denn darüber?«

Zwei waren es, die ihm zunickten, aber das war auch alles. Sie sagten nichts, und das verdroß Tonnies. »Einen Krug Wein, aber einen großen«, rief er, »und wenn du nicht mittrinkst, dann laß es bleiben. Ich bin sicher, wir werden schon zueinander finden.«

Von einer dieser Wirtshaustouren, die Tonnies bis in die Nacht ausdehnte, kam er nicht mehr zurück. Zuerst wollte es Margarete nicht glauben, sie hoffte und wartete, und dann ging sie von Kneipe zu Kneipe. Sie ertrug das Grinsen in den Männergesichtern und die anzüglichen Reden, sie hoffte auf Tonnies.

An dem einen Tag sah sie unten in der Roßfurt einen Menschenauflauf, der sich um einen Karren gesammelt hatte. War Tonnies dabei? Sie konnte nicht schnell genug hinunterkommen.

Das Geschrei galt einem Mann, der auf dem Karren stand, und zwei Knechten, die ein totes Pferd nach seinen Anweisungen am Schwanz gepackt hatten und sich abmühten, es auf den Karren zu ziehen.

»Es stinkt euch schon zu sehr?« schrie der Mann auf dem Karren. »Ich hätte es schon vor fünf Tagen abholen sollen?« Der Mann trug ein gestreiftes Hemd und stemmte die Arme in die Seiten. Er war groß, vierschrötig, hatte kleine, stechende Augen, und das Haar hing ihm strähnig um den Kopf. Aber das Schlimmste war sein Gesicht. Es war aufgedunsen wie der Pferdekadaver. »Ach, was ihr für feine Nasen habt! Steckt sie in andere Sachen. In dieser Stadt stinkt es an allen Ecken und Enden. Und im Rathaus stinkt es am meisten, das sage ich euch. Dort wird gelogen und betrogen – gibst du mir, geb ich dir –, daß ich am liebsten mit meinem Schwert dazwischenfahren möchte.« Und im nächsten Augenblick fuchtelte er mit einem Schwert herum.

Unten hatte sich einer den Weg bis zum Karren gebahnt.

»Steck dein Schwert weg, Moritz Winsel, und tu deine Arbeit, sonst...«

»Was sonst, Ratsherr Falcken? Was sonst? Ich bin Beamter des Kurfürsten von Brandenburg.«

»Das bist du, aber nur so lange, wie du deine Pflicht tust, und die hast du seit Tagen versäumt. In der Scheunenstraße liegen zwei tote Schweine und in der Neustadt ein Kalb. Du bist Beamter des Kurfürsten, aber nur so lange, bis der Rat deiner tagelangen Sauferei überdrüssig sein wird. Wir werden Mittel und Wege finden . . .«

»Mittel und Wege finden!« grölte der betrunkene Mann, und dann lachte er und lachte und streckte dabei seine Zunge heraus. »Ach, ihr Scheißer ihr, ihr ehrbaren Kaufleute, ihr versteht untereinander zu mauscheln, besser als die Juden, die unser Kurfürst –«, und dabei riß er die Arme hoch und sah in den Himmel, »die unser Kurfürst davongejagt hat mit Schimpf und Schande. Warum auch nicht, er hatte ja Euch!«

»Moritz Winsel, jetzt ist es genug. Tu deine Arbeit, sonst werde ich dafür sorgen, daß dich unsere Stadtsoldaten gefänglich festsetzen.«

Der betrunkene Mann auf dem Karren riß die Augen auf. »Was wollt Ihr, was?«

»Kommt, Margarete«, sagte Ambros Ambrosius, »das ist kein Anblick für Euch.« Sie hatte ihn nicht bemerkt. Jetzt zog er sie weg und ging mit ihr die Roßfurt hinauf.

»Wer ist dieser schreckliche Mensch?«

»Der Scharfrichter«, sagte Ambros Ambrosius, »und die Abdeckerei gehört auch zu seinem Geschäft. Er ist schon der dritte in der Familie, und der Sohn ist immer noch schlimmer geworden als der Vater.«

Sie saßen sich dann in der Apothekerstube gegenüber.

»Ihr sucht Euern Mann, nicht wahr?«

»Habt Ihr etwas von ihm gehört?«

»Nein, obwohl ich gerade in diesen Tagen die Kranken außerhalb der Stadt betreut habe.«

Sie faltete die Hände in ihrem Schoß und sagte: »Ich weiß, was Ihr jetzt denkt. Ihr denkt: Sie hat ja nicht hören wollen. Und ich sage Euch darauf: Kein Weg wäre mir zu weit, wenn ich wüßte, wo er ist.«

Ambros Ambrosius ließ eine Zeit verstreichen.

»Erwartet Ihr ein Kind, Margarete?«

»Ja. Und auf das Kind setze ich meine Hoffnung. Denn glaubt es mir, Meister Ambrosius, Tonnies ist nicht schlecht. Er ist nur so ohne Halt, und er träumt sich ein Leben zurecht, das es gar nicht gibt. Das weiß ich inzwischen. Aber ohne mich, ich glaube, ohne mich ist er verloren. Und deshalb muß ich ihn suchen gehen, und ich denke, wenn erst das Kind da ist, dann wird er schon seßhaft werden.«

»Habt Ihr noch Geld, Margarete?«

»Ja, ich habe noch Geld. Ich habe ihm nicht alles gegeben, und deshalb werde ich ihn suchen, bis ich ihn gefunden habe.«

Zuerst ging Margarete nach Stendal. Sie quartierte sich wieder bei den Kuths ein, diesmal in der kleinsten Kammer unter dem Dach. Sie ging zu den Linows, aber die wußten nichts von Tonnies, und Jürgen Gericke wußte auch nichts. Nur einer seiner Landsknechte sagte: »Er ist in Richtung Salzwedel davon. Er wollte an die Elbe und wenn möglich mit einem Kahn bis Hamburg.«

Margarete machte sich auf den Weg nach Salzwedel und ging wieder in alle Wirtshäuser und Kneipen und fragte nach dem blonden Soldaten mit dem gelben, gefransten Lederkoller. Ja, hier und da war er gesehen worden, aber wohin er sich gewandt hatte, konnte niemand genau sagen. Einmal erfuhr sie, daß er mit einem Händler ins Braunschweigische gefahren war. Also machte sie sich auf den Weg dorthin. Dann hatte man ihn in Gardelegen gesehen und sagte ihr im Wirtshaus, daß er nach Brandenburg gewollt hätte. Also machte auch sie kehrt und ging die Straße zurück. Und je länger sie unterwegs war, desto schwerfälliger wurde ihr Gang, aber sie fand immer wieder ein Fuhrwerk, das sie mitnahm. Denn alle sahen ja, wie es um sie stand.

Inzwischen war es Sommer geworden, und um das Geld für die Herbergen zu sparen, übernachtete sie, wie sie es grade fand, in einer Feldscheune oder, wenn die Nacht warm und trocken war, in einer Heumiete. In der ersten Zeit weinte sie sich jede Nacht in den Schlaf, aber bald wollten ihr keine Tränen mehr kommen. Dann sah sie über sich in den Himmel oder nur vor sich hin und dachte an Tonnies und an all die Stunden, in denen sie so glücklich mit ihm gewesen war. Und wenn sich das Kind in ihrem

Bauch regte, legte sie die Hände darüber und sagte: »Ich werde ihn finden, für dich und für mich, und es wird schön sein, und wir werden miteinander leben, das verspreche ich dir, Kind.«

Darüber war der Juli gekommen, und sie hatte Tonnies noch immer nicht gefunden. In manchen Bauernhäusern hatte sie zwei, drei Tage gedient, denn die Heuernte war im Gange gewesen und alle, die zupacken konnten, waren draußen auf den Wiesen, und zwei zusätzliche Hände, die für Essen und Trinken sorgen konnten und die sich der Kinder und der Alten annahmen, waren willkommen gewesen.

Adrian Burens Tasche hatte sie für einen großen, festen Korb eingetauscht und unterwegs Kräuter gesammelt. Sie versorgte damit die Kranken, die sie in den Häusern antraf, und nicht selten eine Wöchnerin. Denn um diese Jahreszeit wurden die Kinder geboren, die in den langen Winternächten unter den Strohdächern gezeugt worden waren. Das wußte sie noch von Jerchel her und hatte manches Gute davon – ein Stück Leinen oder ein Kinderhemdchen, das sie sorgsam in ihrem Korb verwahrte.

Es war in den letzten Julitagen, als sie sich auf der Straße nach Gardelegen vorwärts schleppte. Sie spürte, daß es nun soweit war, obwohl die Wehen noch nicht eingesetzt hatten. Immer wieder mußte sie stehenbleiben, immer wieder mußte sie sich an den Straßenrand setzen, immer wieder hoffte sie auf ein Fuhrwerk, das sie einholen und mit nach Stendal nehmen würde.

Mein Gott im Himmel, hilf mir, dachte sie, ich kann das Kind doch nicht hier am Straßenrand zur Welt bringen. Und ich weiß doch auch nicht, wie's geht. Lieber Gott, hilf mir! Es kann doch sein, daß ich jemanden brauche, und wenn es da ist, dann muß es abgenabelt werden, und ich muß es doch auch waschen. Und während sie das dachte, setzte die erste Wehe ein. Aber die ließ sich ertragen, und sie raffte sich auf und ging weiter und mußte sich schon wieder setzen. Diesmal kam der Schmerz so stark, daß ihr schwarz vor Augen wurde.

Plötzlich sagte jemand: »Wir müssen ihr in den Wagen helfen, los, pack an!« Und dann sah sie in ein Frauengesicht, das sich über sie beugte. »Kindeken, Kindeken, du mußt 'n Schutzengel haben, du mußt een'n Schutzengel haben!«

Halb gehoben und geschoben fand sich Margarete in dem Wagen wieder.

»Fahr zu und ins nächste Haus!« hörte sie, und weil der Schmerz vorüber war, konnte sie die Frau ansehen, die schwarz gekleidet und ein wenig behäbig neben ihr saß.

»Ick bin kurfürstliche Hebamme, und unser hochverehrlicher Landesherr hat mich nach Braunschweig jeschickt zum Herzog, und ick bin uff 'm Wege zurück nach Brandenburg, und da findt ick dir! Du hast mir, wie ick det so sehe, dringend nötig.«

Überwältigt von der Hilfe, die ihr plötzlich zuteil wurde, fing Margarete zu schluchzen an.

»Nu ween man nich, det jeht ja vorüber. Kinderkriegen is nu man keene leichte Sache, aber det wird allet jut, Mädchen.«

Der Kutscher hielt nicht beim ersten Bauernhof an, er fuhr bis ins Wirtshaus und rief: »Wir brauchen eene Stube und een richtjes Bette, und zwar schnell, wenn ick bitten darf!« Und als Margarete im Bett lag und die Wehen immer heftiger wurden, sorgte die Hebamme für heißes Wasser und heiße Tücher, zog Margarete aus und sagte: »Kindeken, nu mach man die Beene breet, damit ick nach 'm Rechten sehen kann. Und stell dir nich so an, det Kind muß ja raus, so oder so. Und hör uff zu ween'n.«

Und als sie nach dem Rechten gesehen hatte, strich sie Margarete übers Gesicht und sagte: »Jaja, ick weeß, rein jeth's besser als raus, aber wenn ick bei dir bin und dir helfe, denn jeht's jut. – Na, siehste, Kindeken, nu lächelste schon, und wenn's wieder kommt, denn schreiste, det macht nischt.« Und dann fragte sie: »Von wem haste's dir denn uffhucken lassen?«

»Nein, nein«, sagte Margarete, »so ist es nicht, wie Ihr denkt.« Sie zog die alte Geldtasche hervor, die sie um den Hals trug und in der sie die Korallen verwahrte. »Ich hab einen Trauschein.«

»Wahrhaftig, du hast 'n Trauschein?«

»Aber ein Trauschein nützt einem auch nicht immer.« Mehr konnte Margarete nicht sagen, dann ging es mit den Wehen

Schlag auf Schlag, und eine Stunde später war das Kind geboren. Es war ein Junge, und die kurfürstliche Hebamme aus Brandenburg versorgte Margarete und leitete alles in die Wege, damit das Kind ordentlich getauft wurde.

Und Margarete sagte: »Balthasar. Und Peter, wie mein Vater.«

»Und nach seinem eigenen Vater nicht?«

Margarete schüttelte den Kopf.

Die kurfürstliche Hebamme hatte die Herberge im Wirtshaus für drei Tage bezahlt, und danach machte sich Margarete mit dem Kind im Korb wieder auf die Suche nach Tonnies Meilahn.

Am Tage zuvor hatte sich ein Scherenschleifer in dem Wirtshaus nützlich gemacht. Er riet Margarete, nach Salzwedel zu gehen, dort hätte er einen gesehen, der nach ihrer Beschreibung dieser Tonnies sein konnte. Und so schwer ihr jeder Schritt fiel, so zuversichtlich war sie, weil sie wieder ein Ziel hatte.

Unterwegs holte sie eine Magd ein, ein großes, knochiges Weib. Sie kam von Jerchel, und deshalb entspann sich schnell ein Gespräch. Sie nahm Margarete kurzerhand den Korb mit dem Kind ab, damit Margarete mit ihr Schritt halten konnte. Aber das ging nicht lange, denn die Magd hatte es eilig, und Margarete blieb wieder allein zurück. Aber die Magd versprach, in Salzwedel nach Tonnies Ausschau zu halten.

Gegen Abend überholte Margarete ein Fuhrwerk, das anhielt und sie mit nach Apenburg nahm. Dorthin wollte sie nicht, aber sie fuhr mit, weil sie keine Kraft mehr hatte. Der Kutscher lud sie nicht weit von der Kate des Kuhhirten ab. Das wollte Margarete so, denn noch von Jerchel her wußte sie gut mit Schäfern und Kuhhirten umzugehen.

Es war die Frau des Kuhhirten, die ihren Mann überredete, Margarete aufzunehmen, »aber nur für eine Nacht«, wie er sagte, und, weil sonst kein Platz in der Kate war, »auf der Diele, im Stroh.« Margarete war mit allem zufrieden – nur niederlegen mit dem Kind an der Brust und schlafen.

Am nächsten Tag ging sie wie versprochen wieder davon. Salzwedel! Der Scherenschleifer wollte einen wie Tonnies in Salzwedel gesehen haben, und einen wie Tonnies gab es nicht an jeder Ecke.

Wie beschwerlich der Weg war bis Salzwedel, und wie weit! Auf halber Strecke nahm Margarete wieder ein Fuhrwerk auf, ein Bauer, der Ferkel zum Markt brachte. Als er zwischen Schafen und Kälbern und Hühnern in der Stadt anhielt, blieb Margarete auf dem Sitzbrett hocken, denn sie wußte nicht, wohin sie sich wenden sollte. Es kamen Leute, die ihre Köpfe über die Wagenbretter reckten und die Ferkel befühlten, und jemand sagte: »Wäre nicht schlecht, so ein knuspriger Braten am Spieß.«

Margarete fuhr herum. »Tonnies!«

Es war wahrhaftig Tonnies. Margarete zeigte in den Korb auf ihren Knien.

Er half ihr vom Wagen herunter.

»Hast du eine Bleibe, Tonnies?«

»Ja, ja, draußen vor der Stadt.«

»Ein Haus, Tonnies?«

Tonnies nickte. Bin ich ein Fürst? dachte er und sah den verfallenen Schafstall vor sich, in dem er hauste.

14. Kapitel

Am 15. August, Margarete wußte nicht, wie viele Tage inzwischen verstrichen waren, kam sie mit Tonnies Meilahn zurück nach Apenburg. Und ob es nun Vorsicht und Furcht vor dem fremden Landsknecht war, wie der Kuhhirte sagte, von denen es so viele gab, die über Land zogen und denen man nicht trauen konnte, oder das Mitleid mit der Frau und dem Kind, der Kuhhirt nahm sie auf, wieder für eine Nacht und auf dem Stroh auf der Diele. Und Tonnies sorgte am Abend für eine große Kanne Bier und erzählte, wie er es immer gemacht hatte, von seinen Abenteuern.

Am anderen Morgen, als sie weiter wollten, hatte Margarete geschwollene Füße und geschwollene Knie und konnte sich vor Schmerzen nicht auf den Beinen halten.

»Wir werden wohl«, sagte Tonnies zu der Frau des Kuhhirten, »zwei, drei Tage bleiben müssen, bis sie wieder gehen kann. Aber damit Ihr keine Unannehmlichkeiten bekommt, werde ich den Bürgermeister um Aufenthalt bitten.«

»Da wird wohl nichts anderes übrigbleiben«, sagte sie, »aber auf dem Stroh und dem Lehmfußboden kann Euer Weib nicht liegen, wenn es mit ihr besser werden soll.«

Und während Tonnies zum Bürgermeister von Apenburg ging und um die Erlaubnis bat, richtete die Frau des Kuhhirten in einem Alkoven für Margarete und das Kind ein warmes Lager her. Und wieder war Margarete mit allem zufrieden, allein weil Tonnies bei ihr war und weil er dafür sorgte, daß sie morgens und abends eine große Schüssel Milchsuppe bekam, damit sie genug Nahrung für das Kind hatte. Die Schmerzen in ihren Beinen wurden stärker, sie bekam Fieber, und jedesmal, wenn sie aufstehen wollte, knickte sie ein und warf sich mit zusammengebissenen Zähnen auf das Lager zurück.

Das Kind zu windeln hatte Tonnies kein Geschick, aber da er Abend für Abend für eine Kanne voll Bier sorgte, übernahm es die Frau des Kuhhirten und hoffte an jedem Abend darauf, daß es am nächsten Tag nicht mehr notwendig sein würde – aber das Kind blieb am Leben. Und eines Tages war Tonnies wieder verschwunden. »Ich muß sehen, wo wir Geld herkriegen«, hatte er zu Margarete gesagt, »du bist ja noch immer nicht so weit, daß ich mit dir nach Tangermünde zu deinen Verwandten gehen könnte.«

In ihrer Angst, Tonnies wieder zu verlieren, war das Fieber so heftig über sie hergefallen, daß sie nicht mehr klar denken konnte. Und als ihr das volle Bewußtsein wiederkam, war Tonnies schon fort.

Erst jetzt, als sie sich wieder darauf einrichten mußte, allein zu sein, offenbarte sie sich dem Kuhhirten und seiner Frau. Nicht an einem Tag und nicht an einem Abend, aber so nach und nach erfuhren die beiden, wer sie war und wo sie herkam, und sie sagte den beiden, wie gut sie ihnen alles vergelten wolle, wenn sie bleiben dürfe mit dem Kind, bis sie wieder bei Kräften wäre. Und der Kuhhirt zimmerte ihr zwei Krücken, damit sie sich helfen konnte, wenn die beiden tagsüber mit dem Apenburger Vieh auf der Weide waren.

Die Ernte in diesem Jahr war geraten, überall im Land, auch um Tangermünde. Zunächst hatten Bauern und Ackerbürger die Heuernte gut eingebracht, und nun fuhren sie Tag für Tag das Getreide ein. Die städtischen Scheunen füllten sich ebenso wie die der Kaufleute, denn jeder von ihnen hatte genug Land, auf denen Hafer und Roggen und rechts und links von der Elbe landeinwärts Gerste und Weizen gewachsen und ausgereift waren.

Jede Fuhre, die in Tangermünde anlegte, war mit Getreidefuhrwerken beladen, und die Roßfurt herauf ratterte Wagen auf Wagen. An diesem 13. September des Jahres 1617 stauten sie sich, weil die vollen Erntewagen nicht schnell genug abgeladen werden konnten. Dieser 13. September war ein Sonnabend, der Sonnabend nach Mariä Geburt, und vor dem Sonntag – wer wußte denn, wie das Wetter würde – sollte noch so viel Getreide wie möglich unterm Dach sein.

Ambros Ambrosius hatte alle Hände voll zu tun. Wie immer in den Erntetagen, gab es Unfälle, die er verbinden oder schienen mußte, und er konnte später nicht sagen, zu welcher Stunde er den Ruf: »Feuer! – Feuer!« gehört hatte. Er konnte nur sagen, daß es am Nachmittag war und daß jemand aus Richtung der Scheunenstraße heraufgelaufen kam.

»Feuer! – Feuer!« – »Füer! – Füer!«

»Die Mindesche Scheune brennt!«

»Gansauge, der Wagen! Die Wassertonne! Zum Brunnen, Gansauge!«

Und wieder rief es: »Füer! – Füer!«

Aber diesmal kam der Ruf nicht von der Roßfurt her, diesmal kam er aus Richtung der Stephanskirche.

»Das Kantorhaus brennt! Feuer! Feuer!«

»Mein Gott, Gansauge, warum fährst du denn nicht?«

»Feuer! – Feuer! Helft, helft!«

»In der Schloßfreiheit brennt es! Möllenbecks Haus! Köppens Haus! Feuer! Feuer! Helft, helft!«

Die Wagen ratterten durch die Toreinfahrten zu den Brunnen. Von den Leuten geschoben und, wo die Pferde nicht bei der Ernte waren, von den Kutschern angetrieben. Die Stadtknechte pumpten das Wasser aus der Tiefe in die hochgelegene Stadt, der Stadtvogt, der Marktmeister, der Bürgermeister, wer auch immer als erster zur Stelle war, dirigierte sie in Richtung der Brandherde. Aber Herr im Himmel, wie lange dauerte es, bis die Tonnen Eimer für Eimer vollgeschöpft waren! Die Betroffenen mußten sich zuerst mit dem Wasser aus den eigenen Wassertonnen im Hof behelfen, aus den eigenen und aus den Tonnen der Nachbarn.

»Helft! – Helft!«

Die einen versuchten zu löschen, die anderen trugen den Hausrat auf die Straße. Aber noch bevor die Löschwagen heran waren, sprang das Feuer über die Dächer auf die anliegenden Häuser. Die Hafenknechte rannten von Waren und Kähnen fort und packten beim Löschen in der Scheunenstraße zu. Die ledernen Eimer gingen von Hand zu Hand, ebenso oben in der Stadt, wo der Flammensog die Funken hoch und höher trug und immer mehr Häuser in Rauch gehüllt waren.

Noch bevor der Abend kam, ging es nicht mehr darum zu löschen, es ging nur noch darum zu retten, was zu retten war. Zum Wasser hinunter! Und zum Wasser führte die Roßfurt. Die Ställe wurden aufgerissen, das brüllende Vieh hinausgetrieben, Kühe, Kälber, Schweine und Hühner. Zur Roßfurt, zum Wasser hinunter! Dazu die Leute, deren Häuser schon brannten, mit dem, was sie an sich gerissen hatten. Und in der Roßfurt stand Erntewagen an Erntewagen! Als es dunkel wurde, schlugen die Leute aufeinander ein, weil die Roßfurt zugestopft war und weil sie nicht mehr wußten wohin.

Jetzt brannten auch das Rathaus und die Stephanskirche. Zum Neustädter Tor also! Und wieder staute sich alles, denn aus der Neustadt kamen die Gespanne, um beim Löschen zu helfen, und aus Stendal kamen Gespanne, die, von der roten Lohe aufgeschreckt, sich in aller Eile auf den Weg gemacht hatten.

St. Nikolai am Neustädter Tor brannte nicht, und die Menschen flüchteten sich hinein, hofften in ihrer Verzweiflung, daß die Kirche verschont bleiben würde.

Draußen, mitten in der Stadt, loderten währenddessen die Flammen weiter. In Qualm und Funkenregen irrten die Menschen hierhin und dorthin, warfen sich nieder und wälzten sich, um die glosende Glut an ihren Kleidern zu ersticken, wurden zu Tode getrampelt von brennendem Vieh, wurden überrollt von den Wagen, die mit den Wassertonnen zum Rathaus fuhren, dessen Fenster leuchteten wie bei einem großen Fest, oder zur Stephanskirche, deren brennender Turm sich wie eine Fackel über der Feuersbrunst erhob. Wie lange hielt er den Flammen noch stand?

»Zurück, zurück, die Turmspitze! Zurück, Leute, die Turmspitze! Seht ihr's denn nicht, die Turmspitze!«

Die Turmspitze stürzte brennend mit ihren vier Glocken herab. Danach wagte sich niemand mehr in das hellodernde Innere der Kirche.

So viele Leute auch aus der Umgebung herbeieilten, um zu löschen und Hilfe zu bringen, in dieser Nacht legte das Feuer die alte Kaiserstadt Tangermünde in Schutt und Asche.

Es dauerte drei Tage, bis der letzte glimmende Brandherd gelöscht war. Dann sahen sie nach, die kleinen Leute, die Bürger, die Kaufleute, was ihnen das Feuer genommen oder übriggelassen hatte. Vierhundertsechsundachtzig Häuser waren verbrannt. Im Rathaus hatte das Feuer alle Urkunden und Akten vernichtet, das Ratssilber, die Tafelaufsätze, Teller und Becher waren geschmolzen. Die Waren in den Vorratshäusern der Gewandschneider, Schuster, Gerber, Tischler und Zimmerleute gab es nicht mehr, und die dreiundfünfzig Scheunen, vollgestopft mit dem Korn der neuen Ernte, auch nicht.

Das Weinen und Wehklagen ging um in der Stadt, denn bei allem, was die Leute verloren hatten, war das Schlimmste der Verlust des Hauses, des Herdes, des Daches über dem Kopf. Nichts mehr von den vier Wänden, in die man gehörte, war stehengeblieben. Und dazu die Toten, die keiner mehr erkennen konnte und die fortgeschafft werden mußten aus der Stadt, begraben wie die toten Tiere. Und über allem dieser Gestank nach Verbranntem und Verkohltem.

Ambros Ambrosius kam Tag und Nacht nicht aus den Kleidern. Sein Haus war stehengeblieben, wie alle Häuser auf der Westseite vom Markt bis zum Neustädter Tor. Auch das Mindehaus war verschont geblieben, und zu den Häusern in der Schloßfreiheit, die nicht soviel Glück gehabt hatten, aber immerhin bewohnbar waren, zählte auch das Haus des Tangervogts, das nun Michael Guntz gehörte. Und auch das Haus der Kathe Krulle im Hühnerdorf stand noch, zusammen mit vier anderen kleinen Häusern.

Die zweiflüglige Tür der Apotheke blieb Tag und Nacht offen, überall lagen sie vor Schmerzen wimmernd und weinend in allen Räumen bis in den Hof hinaus. Nur das kleine Laboratorium hielt Meister Ambrosius frei und den Gang vor den Regalen, wo die schönen Gefäße standen. Die resolute, alte Alwine sorgte für freien Zugang zum Herd, auf dem sie in Kesseln getrocknete Eichenrinde zum Sieden brachte, abwechselnd mit Leinsamen. Und Gansauge schleppte die vollen Wassereimer vom Marktbrunnen heran, und die Kathe Krulle, nachdem ihr Haus belegt war mit Leuten, die keines mehr hatten, ging zu Meister Ambrosius und half ihm.

»Die Verletzten müssen trinken«, sagte er, »viel trinken. Und dann sorg für Leinenzeug, damit der Sud auf die Brandwunden kommt und der Leinsamen. Zerschneide alles, was im Haus ist, und wenn es nicht reicht, geh in die Häuser, die stehengeblieben sind. Und gib ihnen zu trinken, zu trinken!«

Alle, die in der Apotheke lagen, im Hof und vor der Tür und auf den Treppenstufen, sahen mit weit aufgerissenen Augen Meister Ambrosius entgegen. »Es ist schwer«, sagte er, wenn er die schwarzen Wunden sah, »ich weiß, und es geht auch nicht schnell vorbei. Aber ich tu, was ich kann.« Und wenn er ihnen dann über die unversehrten Glieder strich, nickten sie.

»Gott wird's Euch lohnen«, hörte er hier, und »Gott wird's Euch danken«, hörte er da. Er rührte den Extrakt von der Calendula mit Schweinefett zusammen und legte Pflaster für Pflaster auf. Inzwischen hatte die alte Alwine auch wieder genug Leinsamensäckchen fertig, und danach war die Honigsalbe dran, und zwischendurch, für die schwer Betroffenen, verabreichte er Tropfen von Kampfer oder Digitalis, und für die, um die es am schlimmsten stand, Mandragora.

Als seine Vorräte zur Neige gingen und Gansauge in die Apotheke nach Stendal fahren sollte, hielt ein Gespann vor der Tür. Es kam aus Stendal, aus der Apotheke. Der Apotheker kutschierte es selbst, er hatte alle seine Vorräte mitgebracht und half Ambros Ambrosius einen Tag lang und eine Nacht.

»Ich habe einen Boten nach Brandenburg geschickt«, sagte er. »Und unser Kollege aus Salzwedel wird Euch ebenfalls zu Hilfe kommen. Denn wir wissen es beide, wie langsam Brandwunden heilen.«

Ambros Ambrosius bedankte sich. »Die Menschen werden es Euch nicht vergessen, und, wie ich hoffe, auch unsere Stadt nicht. Stendal hat viel für uns getan, und wir werden Hilfe noch lange nötig haben.«

Der Bürgermeister berief die erste Ratssitzung nach St. Nikolai ein. Die Kirche war unversehrt geblieben, und die außerordentliche Situation rechtfertigte auch die Gegenwart von maßgeblichen Bürgern, die keine Ratsherren waren: Pastor Gigas von der Stephanskirche, Meister Ambros Ambrosius, der Vogt des Stadtbusches, der Marktmeister, der Stadthauptmann, Altbürgermeister Guntz.

Bürgermeister Ritner regte als erstes eine Bestandsaufnahme an, in der vom Stadtschreiber festgehalten werden sollte, wie viele Häuser abgebrannt und wie viele stehengeblieben waren, Straße für Straße. Doch bevor es dazu kam, bat Ratsherr Asseburg um das Wort.

Die Ratsherren Guntz und Falcken wechselten einen Blick. Dachten sie in dieser Sekunde an den spillrigen Jungen, der sich ihnen, Peter Minde und Jürgen Helmbrecht so oft aufgedrängt hatte? Nein, dazu war längst Gelegenheit gewesen, als Asseburg sich mit Metta Mühsam verheiratet hatte, der Kaufmannstochter. Mit dieser Heirat hatte er erreicht, was ihm als Junge versagt geblieben war: Jetzt gehörte er dazu. Bis zum Ratsherrn hatte er es in dieser kurzen Zeit bereits gebracht.

»Sollte uns nicht«, begann Asseburg, »hochverehrte Versammlung, die Frage auf der Seele brennen, die so viele unserer Bürger bewegt? Wo hat der Brand seinen Anfang genommen, und vor allem, wie ist es dazu gekommen?«

Dieser Vorschlag fand allgemeine Zustimmung. Danach gab es die unterschiedlichsten Angaben, wo der Brand wirklich angefangen hatte, und als Bürgermeister Ritner die Aussagen zusammenfaßte, ergab sich die Antwort auf die zweite Frage Asseburgs wie von selbst. Die Ursache konnte nur Brandstiftung gewesen sein, und zwar Brandstiftung von mehreren Personen zugleich. Wer aber waren die Täter?

Ratlosigkeit lähmte die Versammelten. Deshalb schlug Bürgermeister Ritner jetzt nochmals die Bestandsaufnahme vor. Und nachdem sich auch dies Stunde für Stunde in die Länge zog, meldete sich Ambros Ambrosius zu Wort.

»Ich bitte Euch, Bürgermeister, und Euch, verehrte Ratsherren, diese Bestandsaufnahme hier abzubrechen und unsere Überlegungen von diesem Augenblick an darauf zu verwenden, was nun zu tun ist. Wie es mir als Medicus und Apotheker dieser Stadt zusteht zu sagen, sorge ich mich zuvorderst um die Gesundheit unserer Bürger. Ich habe beobachtet, wie die vielen Betroffenen bereits dabei sind, die Kellereingänge in den Brandstätten freizuräumen, was bedeutet, daß sie die Keller bewohnen wollen. Wir schreiben heute den 20. September Anno 1617, Herbst also, und dem wird der Winter folgen.«

»Und die Holzvorräte sind verbrannt«, sagte Ratsherr Falcken.

»Wir werden also sowohl Bauholz als Feuerholz brauchen«, sagte Michael Guntz, »und es gibt keine Frage, daß wir jetzt in diesem Augenblick beschließen müssen, daß geschlagen wird.«

Bauholz und Feuerholz, das war der Wald, den der Tangervogt Hans Minde gepflanzt, gehegt und gepflegt hatte, auf den der weit voraussehende Mann soviel Wert gelegt hatte, den er seinem Enkel Peter so oft gezeigt und auf dessen Bedeutung er ihn immer wieder hingewiesen hatte. ›Einen Wald, Peter, pflanzt man nicht für sich, den pflanzt man für Enkel und Urenkel.‹

Aber wer wußte das noch? Wer wußte noch, daß Heinrich Minde, der Sohn des Tangervogtes, sich im Rat der Stadt stark gemacht hatte gegen das Abschlagen des Holzes um der Geschäfte willen. Es war der achtzigjährige, ehemalige Bürgermeister Joachim Guntz, der sich in dieser Stunde zu Wort meldete und sie alle daran erinnerte. Aber Peter Mindes Name fiel nicht, denn selbst Joachim Guntz wußte nichts von dem Gespräch, das Peter mit seinem Vater herbeigeführt hatte, um den Wald zu erhalten. Jetzt würde dieser Wald allen von Nutzen sein, Eichen und Buchen als Bauholz, Fichten und Kiefern als Feuerholz, um die Kälte des Winters abzuwehren.

Schon am Tag darauf begann es. Als erstes fielen die uralten Eichen entlang des Elbufers, Baum für Baum. Holzknechte wurden angeworben. Sie kamen aus Stendal, aus Gardelegen und bis aus Magdeburg. Nach den alten Eichen fielen die Buchen, und wieder die Eichen und wieder die Buchen. Aus den Ästen wurde Feuerholz, das lange brennen und Wärme geben würde. Dann waren die Fichten und die Kiefern dran, und wieder die Eichen und die Buchen.

Am 15. September 1617, vierzehn Tage vor St. Michaelis, hatte der Pastor von Apenburg Hochzeit gefeiert, und die Apenburger hatten es sich zur Ehre gerechnet, mitfeiern zu dürfen. Der Küster, der manchmal abends beim Kuhhirten und seiner Frau anklopfte, wenn das Tageslicht verdämmerte und ihm die Schneiderei, die er betrieb, beschwerlich wurde, hatte zu Margarete gesagt:

»Wenn Ihr's einrichten könnt und Eure Beine es einigermaßen möglich machen, dann findet Euch dazu ein. Bei so einem großen Fest kommt es auf einen Gast mehr oder weniger nicht an und Ihr seid einmal unter Leuten und hört, was im Lande vor sich geht. Und es gibt nicht nur genug zum Sattwerden, es gibt auch immer noch etwas zum Mitnehmen. Unser Herr Pfarrer ist ein sehr beliebter Mann, und er ist ein sehr guter Mann. Er nimmt es Euch nicht übel, wenn Ihr kommt, auch wenn Ihr nicht nach Apenburg gehört.«

Margarete hatte sich auf diese Hochzeit gefreut, und dann war sie, immer noch auf ihre Krücken gestützt, hingegangen, aber erst, als das Fest schon in vollem Gange war. Der Küster hatte für einen Platz gesorgt, und als die Neugier der Leute befriedigt war, erzählten sie ihr von dem furchtbaren Brand in Tangermünde.

Margarete hatte es zuerst nicht glauben wollen, aber als es keinen Zweifel mehr daran gab, sagte sie: »Mein Gott, wie viele in der Stadt haben nun kein Dach mehr über dem Kopf. Das Haus der Mindes wird wohl auch abgebrannt sein, und ich habe gedacht, ich könnte von ihnen noch eine Menge Geld bekommen.«

Das hatte sie auch gesagt, als sie abends zum Kuhhirten und seiner Frau in die Kate zurückkam. Von dem, was die Leute am Tisch sonst noch erzählt hatten, sagte sie nichts, aber das eine wie das andere machten ihr eine schlaflose Nacht. Die Leute hatten von ein paar Kerlen geredet, die alle Ställe und Keller unsicher machten, vor denen kein Türriegel sicher war, die den Schäfern am hellichten Tag die Tiere aus der Herde trieben und die nicht davor zurückschreckten, einen Händler niederzuschlagen, der seinen Karren von Dorf zu Dorf schob. Und bei diesen Kerlen sollte sich ein Soldat befinden, und den beschrieben sie mit einem hellen, ledernen Wams, einer Pistole am Gürtel und einem Degen an der Seite.

Soldaten und Landsknechte mit einem hellen Lederwams gab es viele, und sie drängte ihren Verdacht beiseite. Nein, Tonnies gehörte nicht zu solchem Gesindel, das auf die Gart ging und kein Gewissen hatte. Als Tonnies jedoch ein paar Tage später auftauchte, eine Hammelkeule mitbrachte und eine Gans und die Kuhhirtin bat, von beidem ordentliche Mahlzeiten zu machen, damit seine Frau wieder zu Kräften käme, wurde der Verdacht in ihr riesengroß. Und als das Essen in den Schüsseln dampfte, quoll ihr die Zunge im Mund, und sie brachte nur ein paar Bissen hinunter.

»Was soll das?« schimpfte Tonnies. »Ich habe gedacht, wir könnten wieder zusammen fortgehen. Hab ich nun ein Weib oder nicht?«

»Du hast nicht nur ein Weib, Tonnies, du hast auch ein Kind. Und ich bin krank, Tonnies.«

»Ja, du bist krank, aber ich denke, du hast es in den Beinen?«

»Das wohl, aber irgendwoher muß es doch kommen, daß ich keine Kraft in den Beinen habe.«

»Dann werde ich noch heute nach Salzwedel in die Apotheke gehen und etwas für dich holen.«

»Womit willst du es denn bezahlen, Tonnies?«

»Das laß meine Sorge sein.« Und wieder ging Tonnies davon, war aber schon bald zurück und brachte wahrhaftig einige kleine Arzneiflaschen mit.

»Was ist es denn?« fragte sie.

»Das weiß ich nicht. Auf jeden Fall ist es gut gegen das Wasser in deinen Beinen und gegen die Schmerzen auch.« Er tropfte aus den Flaschen eine Arznei für sie zusammen. Plötzlich kam ihr ein furchtbarer Gedanke. Er will mich los sein! Und es stieg so siedendheiß in ihr hoch, als ob ihr der Kopf zerspringen wollte. Das Kind in ihrem Arm fing zu schreien an.

»Laß es gut sein, Tonnies«, sagte sie laut. »Du weißt nicht, was es ist, und ich werde es nicht trinken.«

Darüber geriet er in Wut. »Nicht trinken?« schrie er. »Bin ich deshalb nach Salzwedel gelaufen?« Mit geballten Fäusten kam er auf sie zu, schlug sie und das Kind, und es war ihm egal, wohin er traf. Sie gab keinen Laut von sich, nur das Kind schrie und schrie. War es dieses Schreien, das ihn zur Besinnung brachte? »Grete«, sagte er plötzlich, »ach, Grete.«

Sie sah ihn nicht an, und sie sagte nichts. Sie streichelte das Kind und wiegte es, bis es still geworden war.

»Wir brauchen ein Dach über dem Kopf, Tonnies, nicht nur irgendwo eine Herberge. Und du brauchst eine Arbeit, irgend etwas. Ich kann Kräuter sammeln und sie verkaufen gehen, aber wenn es dunkel wird, möchte ich wissen, wo der Herd ist, auf dem ich ein Feuer machen kann.«

»Grete, ich habe nichts als das Soldatenhandwerk gelernt.«

»Hast du's wirklich gelernt, Tonnies?« Sie wartete seine Antwort nicht ab. »Und wenn es so ist, Tonnies, dann geh zu Jürgen Gericke, er wird dir einen Dienst vermitteln. Es macht nichts, wenn du wieder ein halbes Jahr fort bist...« Sie wollte noch davon reden, wie es sein würde, wenn er dann wiederkäme, aber auf einmal fiel ihr nichts mehr ein.

»Bis zum Frühjahr«, sagte er, »sind noch viele Monate hin, und was machen wir in dieser Zeit?«

»Vielleicht solltest du nach Tangermünde gehen und sehen, wie es dort steht. Wenn auch das Mindehaus verbrannt ist, Grund und Boden sind geblieben, und davon gehört mir auch die Hälfte.«

»Bis jetzt haben wir damit kein Glück gehabt«, sagte Tonnies. »Aber du hast recht, warum sollte ich nicht nach Tangermünde gehen...«

Wieder klammerte sich Margarete an das bißchen Hoffnung, das sie sich selbst aufgebaut hatte. Es war jetzt schon Mitte Oktober, als sie sich, mit dem Kind im Korb, nach Kakerbeck auf den Weg machte. Dort, Tonnies hatte es ihr beim letzten Zusammensein gesagt, hatte er eine Kate bezogen, und dort würde sie die Herdstelle finden, von der sie gesprochen hatte. Dem Kuhhirten und seiner Frau war sie nichts schuldig geblieben, und der Küster von Apenburg hatte unter den Leuten für sie gesprochen. Von dem wenigen, das diese Menschen besaßen, lagen ein paar Säckchen geschrotetes Mehl im Korb, dazu trug sie ein frischgebackenes Brot und ein paar Waben Honig im zusammengeknoteten Tuch, denn sie hatte den Kranken in Apenburg manchen Rat gegeben und vor allem den Frauen, den einen, die nicht schwanger wurden, und den anderen, die einmal ein Jahr lang ohne die Bürde einer Schwangerschaft leben wollten.

Die Kate in Kakerbeck, von der Tonnies gesprochen hatte, war so beschaffen, daß niemand mehr in ihr leben mochte. Das Dach war zur Hälfte heruntergebrochen, und es gab nur noch eine einzige trockene Stelle. Aber ein Herd war da, und Margarete brauchte nichts weiter als diese eine trockene Stelle für sich und das Kind. Und wenn Tonnies kam und sie beieinanderlagen, dann reichte sie auch noch für ihn und das bißchen Wärme und Geborgenheit.

Tagsüber war Margarete meist ein paar Stunden unterwegs und suchte auf den abgeernteten Roggenfeldern nach Mutterkorn. Wenn es auch nicht viel war, dem Unkraut war die Witterung günstig gewesen. Sie fand auch noch Kamillen an den Wegrändern,

Schafgarbe und Goldraute, und sie pflückte alles zu dem Kind im Korb. Sie ging schon fort, wenn Tonnies noch schlief, und fand zumeist die Kate leer, wenn sie zurückkam. Wenn er aber wiederkam, brachte er mit, was sie am notwendigsten brauchten, Brot und ein Stück Fleisch und oft einen Krug Bier. Das eine Mal, als es ein großer Krug gewesen war, löste ihr das Bier die Zunge.

»Woher bringst du das alles, Tonnies? Wir haben doch gar kein Geld dafür?«

»Ich bin ein Soldat, Grete, und Soldaten, die um diese Jahreszeit keinem Herrn dienen, gehen auf die Gart und nehmen sich, was sie brauchen. Das Leben ist wie eine Heumiete, Grete, jeder pflückt sich davon, was er kriegen kann.«

»Bist du allein unterwegs, Tonnies?«

»Nicht immer. Es gibt genug, denen es geht wie mir, und man schafft es auch nicht allein, in Keller und Vorratskammern einzusteigen, wenn man niemand hat, der draußen aufpaßt. Auf dich habe ich bis jetzt nicht rechnen können. Und was dieses Landsknechtsleben angeht, da muß ich dir sagen, es paßt mir nicht. Ich denke immer daran, einmal genug Geld zu haben, um wie ein Junker leben zu können. Ein Junker, der drei oder vier Jungen bei sich hat, die das machen, was man ihnen sagt. Aber mir fehlt das Geld dazu. Deshalb bin ich durchaus dafür, daß wir nach Tangermünde gehen und du an die Tür deines Onkels klopfst. Außerdem hättest du noch deine Korallen, die sich gewiß gut verkaufen lassen. Nicht in Salzwedel und nicht in Tangermünde, das nicht, aber in Magdeburg. Dort sitzen die, die das Geld dafür hätten.«

»Schlag dir die Korallen aus dem Kopf, Tonnies. Sie sind das einzige, was mir geblieben ist und die mich als eine Minde ausweisen. Zudem behalte ich sie als Notgeld für mich und das Kind. Wir wissen beide nicht, was uns noch bevorsteht. Deshalb schlag dir die Korallen aus dem Kopf.«

»Wie du willst, dann werde ich weiter auf die Gart gehen, und du wirst dich darauf einrichten müssen, den Winter über in dieser Kate zu verbringen. Ohne Geld können wir uns in einer Herberge nicht einmieten.«

Es dauerte nicht lange, und sie war in Kakerbeck als die Frau des Taugenichts mit dem helledernen Wams verschrien, und es blieb ihr nichts anderes übrig, als wieder Zuflucht zu suchen bei den am wenigsten geachteten Leuten des Dorfes, beim Kuhhirten und beim Schäfer. Und wie es sich so in den Gesprächen ergab, sagten sie, die Leute wären auf Alraunchen und dergleichen versessen. Alraunchen im Stall aufgehängt, gegen die Krankheit des Viehs, und die Heckmännchen als die Glücksbringer für das Haus. Und sie sagten auch, wie an so etwas zu kommen sei, aber das wußte sie schon von der Frau des Kuhhirten aus Jerchel. Margarete in ihrer Not schreckte nicht mehr davor zurück, die Pfoten von Kaninchen und Hasen abzuziehen und sie den Leuten anzupreisen, wenn sie trocken genug geworden waren und sie ihnen Augen aus Kückelkörnern eingesetzt hatte. Immer wenn sie eine Frau allein am Herd antraf oder einen Mann beim Holzsägen, zeigte sie ihnen zuerst den Trauschein, um ihnen den Argwohn zu nehmen, danach bot sie ihnen an, was sie vorbereitet hatte, und damit brachte sie sich und das Kind bis in den Winter hinein. Aber dann biß der Frost zu, und es war unmöglich, mit dem Kind in der Kate zu bleiben.

Als Tonnies wieder einmal zurückkam, sagte sie: »Ich gehe morgen nach Tangermünde.«

Es fehlten nur noch zwei Wochen bis Weihnachten, als sie bei der Kathe Krulle an die Tür klopfte. Viel Platz war nicht in dem kleinen Haus, aber die Kathe sagte: »Und wenn ich im Hühnerstall schlafen müßte, du bleibst hier, so wie ich es deinem Vater versprochen habe.«

Alle, die von der Kathe aufgenommen worden waren, rückten zusammen, und zum erstenmal, seit das Kind geboren war, hatte es ein Zuhause und wurde zur Freude aller, die seit dem Brand bei der Kathe Krulle lebten.

»Er hat sich wieder«, sagte die Kathe Krulle und meinte damit Heinrich Minde, »ein gutes Ansehen verschafft. Die Verwandten von der Seite seiner Mutter haben für Holz gesorgt, für Holz aus Böhmen, gutes, abgelagertes Holz, das gleich verbaut werden kann. Auf den Elbkähnen ist es Tag für Tag in die Stadt gekommen, auf den Elbkähnen, Margarete, das Wetter hat lange mitgespielt. In der Flußmitte konnte man immer noch fahren, und es gab genug Leute in der Stadt, die bereit waren, über die Eisränder bis zu den Kähnen zu gehen. Gutes, zurechtgeschnittenes Bauholz. Aber um ihn selbst ist es schlecht bestellt. Ich weiß das von Meister Ambrosius.«

»Dann werde ich zu ihm gehen«, sagte Margarete und erschrak, als sie in dem Mindehaus am Markt vor Heinrich Minde stand. Er war so aufgedunsen, daß sie ihn kaum erkannte. Sie hatte das Kind im Korb mitgebracht und schlug das Tuch zurück, damit er es sehen konnte.

»Ich habe gehört, daß Ihr für Holz aus Böhmen sorgt, und die Leute danken es Euch. Und wie ist es mit der Erbschaft? Wie ist es mit dem Anteil, der mir von meinem Vater her zusteht? Ich kann keine langen Reden mehr hören, ich kann nicht mehr bitten und betteln, ich kann nur noch fordern! Euer Haus ist stehengeblieben, Land und Gärten sind nicht verbrannt – ich will mein Recht, Heinrich Minde! Ich will das Geld für mein Erbteil!«

»Jaja«, sagte er, »Euer Recht und Euer Erbteil. Aber im Rathaus ist das Testament der Libussa Minde verbrannt, darauf könnt Ihr nicht mehr pochen.«

»Redet mir nicht davon, weicht mir nicht aus, ich will mein Mindesches Erbteil, und ich will es, bevor Ihr...«

Heinrich Minde hinter dem Schreibtisch nickte. »Bevor sie mich aus dem Haus tragen, mit den Füßen zuerst. Aber zuvor muß mein Schwiegersohn kommen.«

»Laßt Euern Schwiegersohn aus dem Spiel. Ich will mein Erbteil von Euch, jetzt! Das Geld, den Anteil am Land und an den Gärten.«

Heinrich Minde erleichterte sein Gewissen, indem er ihr wieder zweihundert Gulden zahlte.

»Seht doch ein, Margarete, ich muß das böhmische Holz finanzieren, bevor die Stadt es mir bezahlt, siebentausend Gulden, es ist...«

»... es ist das alte Lied, Heinrich Minde, das immer gesungen wird, wenn ich komme, um mein Recht zu fordern. Aber ich werde es fordern, solange noch ein Atemzug in Euch ist, und ich werde es von Euern Verwandten fordern und von der Stadt, und wenn Ihr nicht mehr seid und ich nicht mehr bin, dann wird es dieses Kind hier, seht es Euch an, dann wird dieses Kind es von den Mindes fordern, die geblieben sind.«

Als Margarete zwei Häuser weiter bei Ambros Ambrosius die Türglocke geläutet hatte und ihm in der Apothekerstube gegenübersaß, sagte er:

»Margarete, wenn Ihr Geld braucht, dann kommt zu mir. Ich bin zwar kein vermögender Mann, aber so viel, daß Ihr zum Leben habt, kann ich Euch allemal geben. Laßt das mit den Alraunchen und Heckmännchen, das bringt Euch in schlechten Ruf.«

»Woher wißt Ihr das?«

»Ach, Margarete, die Welt ist klein, so etwas spricht sich herum. Bitte, Margarete, laßt es.«

»Ich habe keinen anderen Ausweg gesehen.«

»Das denke ich mir. Aber kommt auf mein Angebot zurück, Ihr braucht Euch nicht zu schämen. Ihr könnt auch hierbleiben, wenn Ihr wollt.«

»Ohne Tonnies, nicht wahr?«

Er sah sie an und wagte es zu sagen: »Ihr solltet Euch von ihm trennen. Es kann für Euch nicht gutgehen, wenn Ihr zusammenbleibt, und ich denke dabei vor allem an das Kind.«

Sie nickte, aber sie sagte: »Ich kann mich nicht von ihm trennen, ich liebe ihn. Und er ist der Vater von meinem Kind.«

»Margarete, trennt Euch von ihm.«

»Habt Ihr mir sonst nichts vorzuschlagen, Meister Ambrosius?«

»Nein. Das mag hart für Euch sein, aber ich sehe keinen anderen Weg.«

Sie machte eine Handbewegung, als wollte sie seine Bedenken vom Tisch wischen. »Wie lange hat Heinrich Minde noch zu leben?«

»Das weiß ich nicht.«

»Ihr wißt es nicht, obwohl Ihr ein Arzt seid?«

»Nein. Es kann schnell gehen, es kann aber noch Monate dauern. Ist das wichtig für Euch?«

»Es ist sehr wichtig. Und wißt Ihr, warum? Ich will wissen, wie oft ich noch zu ihm gehen kann, um sein Gewissen zu quälen.«

»Margarete, das kann Euch nicht zum Guten ausschlagen.«

»So etwas könnt nur Ihr sagen, Meister Ambrosius, jemand, der immer gewußt hat, wo er hingehört, jemand, der immer ein Dach über dem Kopf gehabt hat, jemand, der immer geachtet worden ist. Aber jemand wie ich, der bei Kuhhirten und Schäfern hat um Unterschlupf betteln müssen, der denkt anders darüber. Ich will keine Almosen, Meister Ambrosius, ich will mein Recht. Seid Ihr nun auch so weit, daß Ihr mir das verdenkt?«

»Nein, Margarete, aber...«

»Kein Aber, Meister Ambrosius, es gibt kein Aber für mich. Ich bin eine Minde, und es mag sein, daß ich so geartet bin wie mein Vater, von dem es hier in der Stadt heißt, daß er aus der Art geschlagen war.«

Dieses Weihnachtsfest des Jahres 1617 war das traurigste und trostloseste, das die Tangermünder je gefeiert hatten. Mochte das Sägen, Hacken und Hämmern in der Stadt auch anhalten, bis es Zeit war, sich zum Gottesdienst aufzumachen, mochte die Stadt auch für Essen und Trinken gesorgt haben, es waren zu viele, die kein Dach mehr über dem Kopf hatten und die jetzt zur Stephanskirche nur in den dünnen Jacken und Holzschuhen gingen, die sie an jenem Tag getragen hatten, als das Feuer über Tangermünde gekommen war. Keine Glocken mehr, die sie mahnten, sich auf den Weg zu machen, keine Orgel mehr, die den Ton anstimmte, keine Bänke mehr, kein Predigerstuhl. Und die Wände und Pfeiler geschwärzt vom Rauch bis hinauf zu den spitzen Bögen des Kirchenschiffes, über dem das Dach erhalten geblieben war. Und dazu Gigas, der Pastor von St. Stephan, der Unnahbare, Strenge, der studierte Mann, der vor dem Rat der Stadt offen bekannt hatte, daß es ihm lästig wäre, beliebt zu sein, weil er um des Glaubens willen niemandem zum Munde reden könne. Dieser Pastor Gigas predigte von der Liebe, aus der heraus Gottes Sohn ein Mensch geworden war, damit dieser die Schuld und die Sünden aller Menschen auf sich nähme und ein Zeichen setzen könne: Friede auf Erden!

Pastor Gigas sah dabei dorthin, wo die wohlhabenden Tangermünder Familien standen, die sonst in ihren Logen gesessen hatten. Er sah in die Runde der Bürger, hob den Kopf, um auch die kleinen Leute zu erreichen, die am weitesten von seinem Platz entfernt, aber dicht an dicht standen. Friede auf Erden allen Menschen, die guten Willens sind!

»In diesem Sinne«, schloß er, »wollen wir das Weihnachtsfest feiern, und in diesem Sinne wollen wir unsere Stadt wieder aufbauen. Aber wir wollen uns auch fragen, warum uns Gott, der Herr, diese Prüfung geschickt hat. Deshalb möchte ich noch hinzufügen: Dieses Unglück muß uns alle zur Besinnung bringen. Zu der Besinnung, unser bisheriges Leben zu überdenken und uns zu fragen, wieviel Schuld wir Tag für Tag auf uns laden. Und jetzt sagt mir, die wir uns hier zu diesem Weihnachtsgottesdienst versammelt haben: Können wir unsere Schuld diesem kleinen, hilflosen Kind in der Krippe aufladen? Ist nicht dieses Weihnachtsfest eine Mahnung an uns alle, uns unserer Schuld bewußt zu werden und den Weg der Umkehr einzuschlagen?«

Mit dieser Frage entließ Pastor Gigas die Kirchgänger, und es waren viele, die sich fragten, wie das wohl gemeint gewesen war und ob er damit ihre Meinung teilte, daß die Brandstifter in der Stadt zu suchen seien.

Als die Kathe Krulle mit Margarete nach Hause kam, war Tonnies da. Er hatte das Kind auf den Knien und hielt ihm ein hölzernes Schäfchen hin, und das Kind lachte und reckte seine kleinen Hände danach.

Tonnies Meilahn blieb bis in das neue Jahr hinein, denn der Frost, oder was immer es sein mochte, bewog auch ihn, ein sicheres Dach über dem Kopf seinem unsteten Leben vorzuziehen. Und als er wieder verschwand, sagte auch die Kathe Krulle: »Trenn dich von ihm! Renn ihm nicht mehr hinterher! Es schlägt dir nicht zum Guten aus, Margarete. Und wenn du ihm hinterherrennen mußt, weil du immer noch an das Gute in ihm glaubst, dann laß wenigstens das Kind hier. Sieh dir doch den Jungen an, wie er aufgelebt ist, seit er es immer warm und gut hat.«

Aber jedesmal, wenn Margarete soweit war, zu Kathe Krulles Vorschlägen ja zu sagen, kam Tonnies zurück, wie immer nur für ein paar Tage. Aber er war da, und Margarete vergaß alle Vorsätze.

»Es ist ein Verhängnis, Meister Ambrosius«, sagte die Kathe Krulle, als sie sich überhaupt keinen Rat mehr wußte. »Es ist ein Verhängnis. Wißt Ihr, was geschehen ist? Er war da, zwei Tage, ist wieder fort und hat ihre Korallen mitgenommen. Er hat sie ihr gestohlen! Ich weiß, wieviel sie ihr bedeutet haben. Es war ja nicht so sehr der Wert. Es war der Beweis, daß sie eine Minde ist. Meister Ambrosius, er ist ein Verbrecher. Verzeiht, wenn ich es so sage. Sie hat inzwischen erfahren, daß er die Korallen in Magdeburg verkauft hat und in einem Hurenkeller ein und aus geht. Er macht sich ein schönes Leben, er betrügt sie, wo sich eine Gelegenheit findet. Und in diesen Hurenkellern verkauft er auch sein Diebsgut.«

»Von wem hast du das erfahren?«

»Ach, Meister Ambrosius, von wem! Ich gehe auf den Markt, und da gibt es genug Leute, von denen man erfährt, was man wissen will. Die Leute auf dem Land haben ja alle Angst vor diesen Schelmen. Sie nehmen sie nur auf, weil sie den roten Hahn auf dem Dach fürchten. Immer noch besser einen Verbrecher beherbergt, der ihnen die Hühner abnimmt, als kein Dach mehr über dem Kopf.«

»Weiß Margarete das alles?« fragte er.

»Ja, sie weiß es, und sie weint. Aber sie ist nicht bereit, mir das Kind wenigstens dazulassen, wenn sie ihn wieder suchen geht. Ich hätte für das Kind eine gute Stelle, aber sie will es nicht. Sie hofft, das Kind könnte ihn eines Tages zur Vernunft bringen. Meister Ambrosius, was kann man tun?«

»Nichts, Kathe Krulle, denn jeder, der auf die Welt kommt,

bringt sein Schicksal mit. Weißt du, worauf ich hoffe? Daß sie ihn erwischen, bei irgendeinem Verbrechen. Ich weiß, dieser Wunsch ist eine große Sünde, aber das allein könnte sie retten samt ihrem Kind.«

»Wenn es doch so käme, wie Ihr sagt, Meister Ambrosius.«

Zuerst aber kam das Frühjahrshochwasser des Jahres 1618. Es wurde den Tangermündern wie in jedem Jahr von Dresden aus durch Stafetten gemeldet. Wenn sie eintrafen, brauchte es noch sechs oder sieben Tage, bis es die Wiesen rechts und links der Elbe überschwemmte. In diesem Jahr staute sich das Eis nicht zwischen den Eichen am Elbufer, in diesem Jahr hatte es freie Bahn, denn die Eichen gab es nicht mehr, und das hatte, wie sich herausstellen sollte, sein Gutes.

Aber freie Bahn hatten auch die Gerüchte und die Verdächtigungen, die seit dem Brand in der Stadt kursierten. Wer hatte Tangermünde angezündet? Lebten die Brandstifter in der Stadt? Mußten sie nicht in der Stadt leben? Mußten sie sich nicht gemeinsam verschworen haben, weil der Brand an drei Stellen zugleich ausgebrochen war? All das große und kleine Gezänk lebte auf – und der Neid. Der Neid auf den größeren Braukessel im Haus des Nachbarn, der Neid, nicht ebensoviel Tuch zu verschneiden wie der Meister gegenüber...

Und wie stand es denn mit dem Holzhandel, mit dem vor allem? Holz wurde gebraucht zum Wiederaufbau der Stadt, Holz und noch einmal Holz. Und wer hatte seinen Gewinn davon? Der Holzhandel lag in den Händen der Helmbrechts, die mit Heinrich Minde verwandt waren, und der hatte seine Verbindungen nach Böhmen hin. Hatten sie nicht ihren Vorteil davon, daß Tangermünde abgebrannt war? Und die Maurer? Und die Zimmerleute? Und die Schmiede und Schlosser?

Es gab genug Menschen in der Stadt, die solchen Gerüchten entgegentraten – der alte Bürgermeister Guntz gehörte dazu –, aber zum Schweigen brachten sie die Gerüchte nicht. Immer mehr erinnerten sich an die Weihnachtspredigt des Pastors Gigas.

Hatte er nicht auch von der Schuld gesprochen? Konnte er etwas anderes gemeint haben als diese Schuld, die in der Stadt zu suchen war?

Pastor Gigas, als er gewahr wurde, was er angerichtet hatte, trat dem entgegen. Aber auch er richtete nichts aus. Die Verdächtigungen von Haus zu Haus blieben, und Bürgermeister Ritner sagte im Kreise der Ratsherren: »Ich kann das nicht mehr ertragen! Ich kann nicht ertragen, daß man Personen aus unserem Kreis hier der Brandstiftung verdächtigt um des persönlichen Vorteils willen. Ich biete meinen Rücktritt an.«

Das hatte es noch niemals gegeben, solange ein Bürgermeister für eine Amtszeit gewählt worden war, und die Ratsherren brachten es fertig, ihn umzustimmen, denn er sah ein, daß er mit seinem Rücktritt den Gerüchten erst recht Auftrieb geben würde.

»Man sucht die Brandstifter nicht in unseren Kreisen«, sagte Ratsherr Falcken. »Auch die meisten unserer Häuser sind bis auf die Grundmauern niedergebrannt. Vielmehr sollten wir die Brandstifter unter denen suchen, die uns stets um unseren Wohlstand beneidet haben. Deshalb müssen wir jeder Spur nachgehen, die uns zu ihnen führt, und kein Gulden sollte uns dafür zu schade sein.«

»So sehe ich es auch«, sagte Ratsherr Asseburg, »und bei jedem Verdächtigen, den wir finden, sollten wir uns an die Weisung unseres hochwohllöblichen Herrn Kurfürsten halten: Ihn unerbittlich zu befragen! Denn es ist, wie wir wissen, viel Unruhe im Land, und die Ordnung droht verlorenzugehen, wenn diejenigen nicht festgesetzt und bestraft werden, die sich nicht an Gesetze halten wollen, für die Gesetze nichts weiter sind als ein Stück Papier.«

Bevor Margarete sich wieder auf den Weg machte, um Tonnies zu suchen, ging sie noch einmal zu Heinrich Minde. Diesmal war bereits sein Schwiegersohn Klaus Richert im Haus, und als Heinrich Minde sie stehen sah, hob er die Hand und spreizte die Finger. Darauf zahlte der Schwiegersohn fünfzig Gulden an Margarete aus. »Nehmt es und geht wieder, geht wieder! Seht Ihr nicht, wie es um ihn steht?«

»O ja, ich sehe es, er hat keinen leichten Tod. Und das soll er auch nicht, soviel Schuld, wie er auf sich geladen hat. Er soll in die Hölle fahren.«

Margarete war nicht mehr in der Stadt, als Heinrich Minde starb. Sie erfuhr es im Magdeburgischen, wo sie von Dorf zu Dorf wieder Tonnies' Spur folgte. Seine Spur, das waren die Diebstähle und die Überfälle. Wenn sie in den Dorfkrügen nach ihm fragte, wußte immer jemand von ihm zu berichten, von ihm und den anderen, die er gelegentlich bei sich hatte und mit denen er das verkaufte Diebsgut verzechte. Manchmal war es nur der ausgeräumte Beutel eines Handwerksburschen, dann aber ein Schaf, und das brachte schon was ein, und ein gestohlenes Pferd erst recht.

Hin und wieder war einer bei ihm, der es auf besondere Weise verstand, die Leute in den Wirtshäusern zum Lachen zu bringen. Er konnte malen und Verse machen. Merten hieß er, das wußten die Wirtsleute nur deshalb, weil er, wenn er davonging, an die Haustür ein Herz malte, ein Herz, das von Pfeilen durchbohrt war, und darunter stand:

Bruder Merten, die Düttjen sind all,
wir müssen sie wieder werben auf grüner Heid.

Auf grüner Heid, dachte Margarete, und je länger sie unterwegs war, desto sicherer wußte sie, was dieser Merten damit meinte: stehlen und ausplündern. Einen Teerfahrer hatten sie überfallen, aber was konnte bei einem Teerfahrer zu holen sein? Kerzen, Lichter, die nahmen sie ihm ab und verkauften sie, und wenn sich nichts anderes fand, überfielen sie auch die Leute, die zum Markt gingen, machten sie mit ein paar Schlägen mundtot und verkauften selber, was sie in Kiepen und Körben vorgefunden hatten. Nicht auf dem Markt, wie Margarete erfuhr, nein, die Bürgersfrauen waren sich nicht zu fein, billiges Diebesgut einzukaufen.

Auch Margarete hinterließ ihre Spur. Solange sie Geld hatte, das wußte sie, würde sie für sich und das Kind eine Herberge in den

Wirtshäusern finden. Aber das Geld würde zu Ende gehen, und deshalb suchte sie immer wieder ein billiges Unterkommen bei Kuhhirten und Schäfern wie im Jahr zuvor, und wie im Jahr zuvor machte sie sich nützlich in den Katen der kleinen Bauernhäuser und suchte nebenbei nach Padden, um daraus Alraunen zu machen.

Eines Tages traute sie sich auf einen größeren Bauernhof. Die Bäuerin hatte einen schweren Gang, sie sah ihrer Niederkunft entgegen. Sie schüttete Margarete das Herz aus. »Ich bin schon acht Jahre verheiratet, ohne daß sich der Erbe eingestellt hätte«, sagte sie, »aber jetzt habe ich Angst. Ich bin nicht mehr jung und trage schwer daran.«

Margarete nahm ihre Hand und strich darüber, innen und außen. Dann sagte sie: »Ihr werdet nicht ein Kind haben, es werden zwei sein. Zwei Söhne.«

»Zwei Söhne.« Die Frau seufzte. »Und sie werden gesund sein und leben?«

»Alle beide, und Ihr selbst auch«, sagte Margarete und dachte sich nichts weiter dabei.

Die Frau nahm das als Voraussage. »Ich laß dich nicht fortgehen.« Und Margarete blieb.

Aber dann tauchte Tonnies auf, und die Bauersfrau hatte ihrem Mann gegenüber einen schweren Stand, beide dazubehalten. Und Margarete ging wieder mit Tonnies. Wieder in die Ungewißheit. Sie sagte nicht, wieviel Geld sie noch hatte, sie sagte ihm, sie hätte keins, und deshalb mußte sie das Leben mit ihm teilen. Auf offener Straße plünderte er einen Mann aus, und sie mußte ihm Schmiere stehen, bis er ihm alles abgenommen hatte. Das Kind im Korb am Straßenrand schrie, und Margarete weinte. Aber dann lebten sie wieder ein paar Tage zusammen in einem Wirtshaus, und sie bedrängte ihn, sich eine Arbeit zu suchen, weil sie dieses Leben nicht ertragen wollte.

»Um des Kindes willen, Tonnies, bitte ich dich, such dir eine Arbeit. Heinrich Minde ist tot, ich kann nicht wieder und immer wieder in das Haus gehen. Sein Schwiegersohn ist hartherziger als er. Trotzdem, Tonnies, ich bin eine Tangermünder Bürgerstochter, und wenn du einverstanden bist, dann will ich zum Bürgermeister gehen und ihn für dich um eine Arbeit bitten.«

»Das ist gut«, sagte Tonnies. »Und wenn du eine Arbeit für mich hast, dann sag es mir, ich werde sie antreten, und dann werden wir in Tangermünde wohnen, so wie du es willst.«

Am nächsten Tag war er verschwunden.

Margarete ging zu der Bauersfrau zurück, der sie zwei Söhne aus der Hand gelesen hatte, wie die Bauersfrau sagte. Und als diese beiden Söhne wahrhaftig geboren wurden und Mutter und Kinder am Leben blieben, ging Margarete der Ruf voraus, daß sie aus der Hand lesen könne.

Noch zweimal in diesem Jahr begegnete sie Tonnies. Das eine Mal war es in Apenburg, wo seine Spur sie hingeführt hatte. Sie klopfte an die Tür des Kuhhirten und seiner Frau.

»Ist Tonnies hier?« fragte sie.

»Nein, er ist nicht hier.«

»Doch, er ist hier. Wo sollte er sonst sein? Bitte, laßt mich rein. Ich muß mit ihm sprechen.«

»Er ist nicht hier«, sagte der Kuhhirte, »glaub uns doch, Margarete. Wir würden's doch sagen, wenn er hier wäre.«

»Aber ich weiß, daß er in Apenburg ist. Wo sollte er sonst sein als bei euch?«

Der Kuhhirte trat vor die Tür und zeigte auf eine Kate ganz in der Nähe. »Dort ist seit letztem Sommer so ein Weib eingezogen, so ein Weib, du weißt schon. Im Brandenburger Hurenkeller hat sie nichts mehr werden können.« Er nahm Margarete das Kind ab, das im Korb schlief, und sah ihr nach, als sie auf die Kate zuging.

Margarete klopfte.

»Tonnies!« rief sie. »Tonnies, komm raus! Tonnies, du hast hier nichts zu suchen! Tonnies, ich bin es, Margarete!«

Der Kuhhirte sah, wie Tonnies die Tür aufriß und mit dem gezogenen Degen herausgestürzt kam. »Pack dich, du Hure!« schrie er. »Pack dich und mach, daß du wegkommst, sonst spieß ich dich auf!«

Margarete begriff nicht. Als er jedoch immer näher kam, merkte sie, daß es ernst wurde. Sie drehte sich um, lief die Straße hinunter, und Tonnies rannte hinter ihr her. Aber er holte sie nicht ein.

Erst in der Finsternis schlich Margarete ins Dorf und zur Kate des Kuhhirten zurück und klopfte am Fenster, um ihr Kind zu holen.

Es war am Martinimarkt in Tangermünde, als sie Tonnies zum drittenmal in diesem Jahr wiedersah. Sie war einige Tage zuvor zur Kathe Krulle gekommen, ohne Zuversicht. Zuversicht kam ihr erst, als sie sah, wieviel Häuser in Tangermünde schon wieder aufgebaut worden waren. Noch nicht genug, um das alte Stadtbild von neuem darzustellen, aber immerhin genug, um das alte Stadtbild um den Markt herum wieder ahnen zu lassen: die Kirchstraße, die Lange Straße, die Scheunenstraße, die Häuser zu beiden Seiten der Roßfurt, Lücken noch überall, aber die alten schmalen Gassen waren schon wieder zu erkennen.

Und jetzt der Martinimarkt dazu mit Buden und Ständen, so reich wie eh und je, denn Geld schien genug in der Stadt zu sein, nicht zuletzt in den Taschen derer, die Tangermünde wieder aufbauten. Als Margarete an dem Stand stehenblieb, an dem die fremden Händler ihre Wurzeln anboten, sagte jemand: »Du solltest nicht vor dem Stand stehen, du solltest dahinter stehen. Dir geht doch ein guter Ruf voraus.«

Margarete nahm das Kind auf den Arm, als ob sie es vor Tonnies schützen wollte. »Was suchst du denn hier, Tonnies?«

»Das, was du gesucht hast, Grete, ein Dach über dem Kopf.«

»Ja, der Winter steht vor der Tür, aber sei dir über eins im klaren, Tonnies, zwischen uns gibt es keine Gemeinschaft mehr. Such dir das Dach, wo du willst und wo du es immer gefunden hast.«

»Nein, nein, nein, Grete«, und dabei langte er nach dem Kind. »Nein, Grete, man kann auch einen Strich ziehen, und man kann auch zur Besinnung kommen.«

»Laß mir das Kind auf dem Arm, Tonnies, laß es!«

»Wie du willst, Grete, aber es ist auch mein Kind, und du bist meine Frau und – ich brauch dich, Grete. Wenn ich ein neues Leben anfangen will, dann muß ich doch wissen, für wen. Ich werde mir eine Arbeit suchen, Grete, das hast du doch immer gewollt.«

»Du und dir Arbeit suchen! Und wenn du's tust, wer soll dir denn Arbeit geben? Nein, nein, Tonnies, dir traut niemand mehr und mir auch nicht. Du hast mich mit hineingezogen in diese ganze Ehrlosigkeit.«

»Grete, ich brauch ein Dach nur für ein paar Tage, ich werde mich auch sofort nach Arbeit umsehen. Hier in Tangermünde gibt es doch genug zu tun und...«

»Ich kann dich nicht mit zur Kathe Krulle nehmen. Sie ist krank, sie hat es am Herzen. Meister Ambrosius kommt jeden Tag, sie darf keine Aufregung haben, und wenn sie dich sieht, hat sie bestimmt welche.«

»Dann muß ich es eben im Schloßkrug versuchen, beim Nagelschmidt. Bei dem hab ich manchen Gulden springen lassen.«

»Ja, das ist wahr, Tonnies, aber ob du im Schloßkrug Glück hast – den Nagelschmidt gibt es nämlich nicht mehr, den haben sie aus der Stadt gewiesen, genauso wie den Marktmeister und einen von seinen Knechten.«

»Und warum?«

»Jemand hat einen Brandzettel gefunden, einen Drohbrief, und jedes Kind kann dir sagen, was draufgestanden hat: ›Schafft sie aus der Stadt, die drei, oder wir werden balde kommen. Cito, cito, cito.‹ Die Leute haben Angst, sie haben Angst, daß die neuen Häuser wieder heruntergebrannt werden. Von solchen Schelmen, wie du einer bist. Und jetzt muß ich gehen.«

»Nimm mich doch mit, Grete, für diese eine Nacht wenigstens. Du bist doch meine Frau, Grete.«

»Daran hättest du in Apenburg denken sollen, neulich, als du mit dem Degen... du weißt schon, Tonnies...«

»Jaja, Grete, aber gerade da, danach weißt du, da hab ich mich besonnen.«

Sie ließ ihn stehen, ging zur Kathe Krulle zurück und erzählte kein Wort von ihrer Begegnung mit Tonnies, zwei Tage lang. Dann hielt sie es nicht mehr aus, so sehr schlug ihr das Gewissen. Sie sagte der Kathe Krulle nichts, als sie ein Schaffell zerschnitt, für das Kind daraus Hosen und Füßlinge nähte und danach ihr Bündel packte. Aber die Kathe hatte doch erfahren, daß Tonnies in der Stadt gewesen war, und sie hatte auch erfahren, daß Tonnies nach Arbeit gefragt hatte, da und dort, und auch bei Michael Guntz war er gewesen.

Die Kathe sagte: »Nach dem Jahreswechsel wird Helmreich unser Erster Bürgermeister werden, Ritner will ja nicht mehr, und vielleicht könnte Meister Ambrosius einmal mit Helmreich reden. Solche studierten Herren untereinander, die reden ja anders, als wenn unsereins kommt. Die Stelle des Marktmeisters ist neu zu besetzen, und auf den Kopf gefallen ist Tonnies ja nicht.«

»Kathe!« Margarete fiel vor dem Bett auf die Knie, nahm Kathes Hände und drückte ihr Gesicht hinein. »Kathe, daß du so etwas sagst!«

»Ich versteh mich selber nicht«, sagte die Kathe Krulle, »und ich weiß auch nicht, ob Meister Ambrosius dazu bereit sein wird. Für dich wird er es vielleicht tun. Du bist Libussa Mindes Enkelin, und du bist ihr wie aus dem Gesicht geschnitten. Und jetzt sag ich's dir: Er hat Libussa Minde geliebt. Er hat sie so sehr geliebt, wie es einem Menschen gewiß nur einmal in seinem Leben beschieden ist zu lieben.«

»Aber er hat doch die Tochter von Bürgermeister Guntz geheiratet.«

»Ja, das hat er. Irgendwann will jeder Mensch das eigene Leben mit einem anderen teilen und hofft auf Wärme und ein bißchen Glück. Mir ist es auch so gegangen. Und dir, Margarete, und dir? Siehst du, und deshalb wird er dich vielleicht verstehen können.«

»Ich werde Tonnies suchen gehen. Ich werde ihn suchen, und ich werde ihn finden.«

Wieder war Margarete mit dem Kind unterwegs. Sie hatte der Kathe versprochen, zum Weihnachtsfest zurück zu sein, so oder so. Zuerst hielt sie sich ins Magdeburgische, wo dieser Merten Emmert zu Hause war, von dem es hieß, er mache mit Tonnies wieder gemeinsame Sache. Sie hatte auch keine Schwierigkeiten unterzukommen, denn der Ruf ging ihr voraus, daß sie den Leuten, die sie aufnähmen, Glück brächte und daß sie ihnen aus der Hand lesen könne. Davon verstand sie nichts, aber sie ließ es dabei, und es brachte ihr außer Essen und Trinken und Nachtquartier auch immer ein wenig Geld ein. Und überall, wo sie auf Tonnies' Spur traf, hinterließ sie die Nachricht, daß sie ihn um die Weihnachtszeit in Tangermünde zu treffen gedächte.

Nur einmal, es war drei Tage vor Weihnachten, verweigerte ihr der Kuhhirt von Fischbeck die nächtliche Herberge. Sie war den ganzen Tag unterwegs gewesen, der Frost hatte ihr zugesetzt und die vom Schnee verwehten Wege. Es schneite und schneite, und sie mußte immer wieder den weißen Pelz von ihrem Tuch schütteln, damit es das Kind im Korb nicht gar zu kalt hatte.

Je länger der Tag dauerte, je mehr sich der Himmel mit Wolken verhängte, desto schlimmer empfand sie die Kälte. Sie stapfte in den Wagenspuren vorwärts und spürte ihre Füße nicht mehr. In Fischbeck klopfte sie beim Kuhhirten an. Der Kuhhirt öffnete die Tür nur einen Spalt, erkannte sie und rief: »Mit solchen Leuten, wie du eine bist, will ich nichts zu tun haben.« Er schlug die Tür zu, und sie hörte, wie er den Riegel vorschob.

»Du! Du!« schrie sie, »dir wünsche ich das Unglück auf den Hals! Wenn deine Kate allein stände und nicht mitten im Dorf, dann – dann – dann wäre dir schon längst der rote Hahn aufgesetzt worden. Aber was nicht ist, kann ja noch werden, daran denk, du Schelm!« Und dann schleppte sich Margarete weiter bis zum Dorfkrug und zahlte mit dem wenigen, das sie hatte, das Nachtquartier, den Brei für das Kind und die Suppe für sich.

Zu Weihnachten war sie wieder bei der Kathe Krulle, und am Tag nach den beiden Feiertagen fand sich Tonnies ein. Aber nicht für diese Nacht und nicht für die nächste. Er schlief beim Kutscher von Michael Guntz in der Schloßfreiheit. Bei der Kathe redeten sie darüber, was nun geschehen solle. Meister Ambrosius hatte bereits mit Kaspar Helmreich, dem künftigen Bürgermeister, gesprochen, ohne zu wissen, wie es ausgehen würde. Denn um die Stelle eines Marktmeisters würden sich viele bewerben.

»Haltet Ihr es für richtig«, fragte Margarete, »wenn ich noch einmal zu ihm ginge?«

»Es würde gewiß nicht zum Schaden sein«, sagte Ambros Ambrosius, »denn Helmreich steht Euch, Margarete, in der Mindeschen Erbschaftssache wohlwollend gegenüber. Und richtet es ein, die erste Ratsuchende zu sein, die er anhört. Ich meine damit, Ihr solltet mit ihm sprechen, bevor der Zweite Bürgermeister Asseburg da ist. Er hat zur Gewohnheit, nicht vor Glockenschlag neun zu kommen.«

Also ging Margarete mit dem Kind an der Hand am 8. Januar gegen acht Uhr in das Rathaus. Die Amtsstube war inzwischen wieder hergerichtet, und Bürgermeister Helmreich verwickelte sie in ein ausführliches Gespräch. Es wurde noch einmal alles aufgetischt, die Erbschaft der Großmutter, des Großvaters und des Onkels. Das kannte Helmreich alles sehr gut, aber er war Jurist und sah es als seine Pflicht an, die Bewerbung Tonnies Meilahns als Marktmeister vor dem Rat der Stadt begründen zu können.

»Ich will versuchen, Euch zu helfen, Margarete Minde«, sagte er, »aber ich kann nicht mehr sagen, als daß ich es versuchen will. Die Entscheidung liegt bei den Ratsherren der Stadt.«

Diese Entscheidung wurde beeinflußt von einem neuen Brandzettel, der fünf Tage zuvor im Schloßgraben aufgefunden worden war. Es hieß darin: »Dieser Brief ist gerichtet an die Bürger von Tangermünde, die jagen die Schelme aus der Stadt und behalten ihre Pfründe. Heraus, heraus mit ihnen, vorne und hinten.« Und dann ging es los: »Frisch auf, ihr Bürger in der Gemeinde, soviel ihr seid in der Stadt. Wir wollen uns aufschwingen, und es soll diesmal wohl gelingen, die ihr alle wißt, was man in den Historien liest. So wie es Jerusalem ergangen ist. Jaget die Schelme aus der Stadt, auch wenn sie euch geben wollen viertausend Gulden, jaget sie davon.« Dann kamen diese mysteriösen Unterschriften, von denen keiner wußte, wer dahintersteckte.

Hans von der Priegnitz bin ich genannt,
alle Bubenstreiche sind mir wohlbekannt.
Matz von Leipzig ist mein Namen,
ich kann auch mitkamen.
Christoffel von Rüdewitz,
ich lauf im Land umher wie der Blitz.
Hans von Amsterdam aus der See,
ich tu auch manchem weh.
Ja, zu Stendal oder Garleben in der Helle,
da findet sich noch manch guter Geselle.
Oder zu Leipzig auf der Messe,
dort findet man sie gewesse.
Cito, cito, cito, cito.

Wer verbarg sich hinter diesem Brandbrief, hinter diesem Fehdebrief, in dem die Stadt den Kampf angesagt bekam, die Stadt, die gerade wieder anfing, eine Stadt zu werden?

Die Unruhe im Rathaus erreichte einen Höhepunkt. Mußten die Brandstifter noch in der Stadt sein? Und wenn nicht sie selbst, dann doch die Leute, die mit ihnen gemeinsame Sache machten? Alle Bürger, die schreiben konnten, wurden ins Rathaus zitiert, wo sie Schriftproben ablegen mußten. Zweihundert kamen zusammen. Als das teure Büttenpapier zur Neige ging, begnügten sich der Bürgermeister und der Amtsschreiber mit den Unterschriften.

Eine Spur ergab sich nicht.

15. Kapitel

So war der Stand, als sich am 16. Januar 1619 die Bewerber um das Amt des Marktmeisters im Rathaus einfanden. Tonnies Meilahn war nicht der erste, aber er war auch nicht der letzte. Er hatte sich gut hergerichtet, hatte sein helles Lederwams noch einmal gefettet, ebenso wie seine Stiefel, die Haare, die ihm bis auf die Schultern reichten, gewaschen und gestutzt, Degen und Scheide auf Hochglanz gebracht.

So stand er vor Bürgermeister Helmreich und den Ratsherren und bewarb sich um die Stelle des Marktmeisters, die er nach bestem Wissen und Gewissen zum Wohle der Stadt und ihrer Bürger wahrzunehmen und auszufüllen versprach und stets darauf bedacht, jeden Schaden von der Stadt abzuwenden. Sie hörten es sich alle an, und Tonnies Meilahn nahm das Nicken Bürgermeister Helmreichs als ein gutes Zeichen. Hocherhobenen Hauptes verließ er das Rathaus.

Als er jedoch auf den Rathausplatz kam, auf dem der Markt in vollem Gange war, sah er eine Frau auf sich zukommen, eine Bauersfrau, die Eier im Korb hatte, ein Huhn und was auch immer. Sie blieben voreinander stehen, zwei, drei, vier Augenblicke, erkannten einander und erstarrten. Dann aber geschah es.

Tonnies drehte sich um und rannte davon, versuchte, zwischen den Leuten unterzutauchen.

»Haltet ihn!« schrie die Frau. »Haltet ihn! Dieser Lump! Dieser Räuber! Dieser Totschläger! Haltet ihn fest! Er hat mich überfallen, er hat mich halb totgeschlagen, er hat ...« Sie ließ den Korb fallen und rannte ins Rathaus. »Haltet ihn! Haltet ihn!«

Fort, fort, zum Neustädter Tor. Tonnies Meilahn rannte, rannte, nützte jedes Pferdegespann als Deckung, rannte, rannte. Noch hielt ihn niemand auf. Er entkam aus der Stadt, erreichte die Straße nach Stendal. Irgendwo wird ein Busch sein, irgendwo. Fort, fort, weiter, weiter. O dieses Weib, dieses elende Bauernweib! Ja, ich hab sie überfallen, ich hab ihr ins Gesicht geschlagen. Ja, ja, aber jetzt, jetzt kann sie mir doch nicht im letzten Augenblick –

Wie weit kam er? Er hörte die Pferde der Stadtknechte, sprang von einer Straßenseite zur anderen. Sie holten ihn ein, nicht einmal bis Stendal kam er. Sie fingen ihn und brachten ihn, zwischen ihren Pferden, die Hände an Ketten gefesselt, nach Tangermünde ins Rathaus zurück.

Inzwischen war ein Aufruhr um das Rathaus auf dem Markt, es hätte für Tonnies keinen schlimmeren Augenblick geben können als diesen Markttag. Alle sahen es, alle ließen ihre Stände im Stich, alle drängten sich zusammen vor der Rathaustür.

»Dieser da, das ist einer von den Schelmen, die in der ganzen Umgebung soviel Unheil angerichtet haben.« Ja, dieser da, den sie jetzt brachten zwischen den Pferden, an Ketten gefesselt, und den sie ins Rathaus zerrten.

An diesem 16. Januar war auch die Kathe Krulle zum erstenmal wieder auf den Markt gegangen. Sie begriff augenblicklich, was geschah, und sie ahnte, was kommen würde. Sie schleppte sich zurück ins Hühnerdorf, erreichte ihr Haus, riß die Tür auf und rief: »Margarete! Margarete, du mußt fort!« Und dann haspelte sie hervor, was sie gesehen hatte.

»Warum soll ich fort, Kathe, ich hab doch nichts ... ich doch nicht!«

»Du mußt fort! Du weißt nicht, in was er dich hineinzieht.«

Margarete packte ihre Habseligkeiten zusammen.

»Wohin, Kathe Krulle? Ich weiß doch nicht wohin.«

»Nach Kalbau, Margarete, frag nach der Jadwiga Lobowitzka. Ich kenne sie gut, sie wird dich aufnehmen, und sie wird dir weiterhelfen. Ich verkauf ihr immer die Fische, deshalb braucht sie nicht auf den Markt. Sie wird dir weiterhelfen, oder sie wird dich verstecken.«

»Muß ich mich denn verstecken? Ich hab doch mit seinen Schandtaten nichts zu tun.«

»Jaja, aber wir wissen beide nicht, wie's kommt. Jadwiga hat eine Tochter in Möckern hinter Magdeburg. Die ist verheiratet mit einem Brettschneider. Sechs Kinder, und davon drei gestorben. Sie würde auch deinen Jungen behalten, wenn's sein müßte.«

»Soll ich warten, bis es dunkel ist?«

»Ich weiß es nicht, Margarete. Ich weiß nicht, was richtig ist und was falsch. Ich weiß nur eins, bei der Jadwiga bist du in Sicherheit. Wenn sie nicht will, versteht sie kein Wort in unserer Sprache. Aus ihr bringen sie nichts heraus.«

Was ging Margarete durch den Kopf, als sie sich auf den Weg machte? Hatte sie Angst? Nein, sie war gar nicht fähig, Angst zu empfinden. Jetzt ist es soweit, dachte sie, ich habe es immer kommen sehen. Vom zugefrorenen Elbwasser her flogen Möwen über sie hinweg. Sie ließen sich auf den abgeernteten Rübenfeldern zwischen den Krähen nieder und hackten zänkisch um sich. Sie hackten in den Schnee und erhoben sich wieder.

»Siehst du, Balthasar, sie haben Hunger.«

»Hunger«, sagte der Kleine.

Sie langte in den Beutel an ihrem Arm, brach ihm ein Stück Brot ab, drückte es ihm in die kleine Hand, und das Kind freute sich.

Inzwischen standen sich im Rathaus die Bauersfrau und Tonnies Meilahn gegenüber. Er stritt alles ab, was die Frau gegen ihn vorbrachte. Bürgermeister und Ratsherren beschlossen dennoch, ihn in Haft zu nehmen und in den Keller des Hühnerdorfer Torturms bringen zu lassen. Danach berieten sie, was geschehen solle, und sie kamen schnell überein, den Schöppenstuhl von Brandenburg zu Rate zu ziehen. Das Schreiben, das der Stadtschreiber Klessen an die Brandenburger Schöppen aufsetzte, ging darauf hinaus, den ungeständigen Gefangenen der Tortur zu unterziehen, denn soviel war den Ratsherren klargeworden, bei

Tonnies Meilahn hatten sie es mit einem Mann zu tun, der nicht bereit war, auch nur eine einzige seiner Schandtaten ohne Not zuzugeben. Und so ging denn bereits am 17. Januar Brief und Bericht an den Schöppenstuhl der Stadt Brandenburg ab.

»Zwei Taler gezahlet für eine brandenburgische Belehrung, wegen des gefangenen Tonnies Meilahn eingeholt«, schrieb der Kämmerer der Stadt Tangermünde in sein Rechnungsbuch, »und dazu einen Gulden Botenlohn und Wartegeld.« Und die Schöppen der Stadt Brandenburg, obwohl ihnen nicht mitgeteilt worden war, um welche Verbrechen es sich bei diesem Gefangenen vermutlich handelte, erklärten ihr Einverständnis zur Tortur. In diesen Zeiten, in denen die Straßen im Lande immer unsicherer wurden, war es besser, einen mehr als einen zu wenig an den Galgen zu bringen. »So mag er zur Ergründung der Wahrheit«, lautete die Stellungnahme des Schöppenstuhls der Stadt Brandenburg, »so mag er zur Ergründung der Wahrheit der scharfen Frage verantwortlicherweise unterworfen und deshalb wie auch seines ganzen Lebens, Handels und Wandels halber fleißig befragt werden. Was er alsdann gestehen und sich befinden wird, darauf ergeht hernach ferner was Recht ist, von Rechts wegen.«

Und von Rechts wegen wurde nun die »Carolina« angewandt, die Kaiser Karl V. an die Stelle des alten deutschen Rechts gesetzt hatte und in der es weder eine Anklage noch Eideshelfer gab.

Bereits am 20. Januar 1619 richtete der Scharfrichter Moritz Winsel alles her, was zu einer scharfen Befragung notwendig war. Die Geschäftigkeit, mit der er Daumen- und Fußschrauben von den Knechten in den Hühnerdorfer Torturm bringen ließ, würden jeden seine Grausamkeit haben erkennen lassen, wenn sie nicht längst bekannt gewesen wäre, vor allem aber waren es die Leiter und das Holzkohlenbecken und die Zangen. Es war vier Jahre her, seit Moritz Winsel einen auf die Leiter gebunden hatte. Die »Carolina« erlaubte es ihm, jeden Gefangenen so lange zu strecken, bis der Schein eines Lichtes zu sehen war, »so man es ihm unter den Bauch hält«. Aber dieser damals hatte die Tortur überstanden ohne ein einziges Wort. Diesmal sollte ihm das nicht wieder passieren, schwor sich Moritz Winsel. Dieser Tonnies Meilahn würde reden!

Ja, er redete. Er redete schon, als Moritz Winsel ihm Daumenschrauben und Fußschrauben ansetzte und kräftig anzog, wie er das nannte. Der Schmerz hätte Tonnies vom Stuhl geschleudert, wäre er nicht festgebunden gewesen. Und da er vor Schmerz nur stöhnen, aber nicht reden konnte, zog Moritz Winsel die Schrauben weiter an.

»Laßt nach!« schrie Tonnies. »Ich will ja reden!«

Stadtschreiber Klessen, der zum erstenmal das Geständnis eines Gefolterten aufschrieb, wandte sich ab. »Fangen wir an«, sagte er und tauchte die Feder ins Tintenfaß.

»Ich habe«, gestand Tonnies Meilahn, »dem Küster David in der Nähe von Grütz die Kleider ausgezogen und etliches Geld, Brot, Butter und Käse abgenommen. Die Kleider habe ich allein behalten, das Geld habe ich mit meinen Gesellen geteilt. Einer war ein Brunnensetzer aus Groß-Berlin und hieß Michel. Der andere hieß Hans, war ein Schustergeselle und in Westfalen gebürtig. Mein Weib Grete war auch dabei. Sie hat den Küster halten helfen.

Jürgen von Itzenplitz, bei dem ich als Kutscher war, habe ich zwei lange Feuerrohre weggenommen. Das eine hat mir Hieronymus Prienitzen für eineinhalb Gulden abgekauft, das andere bin ich auf dem Ziegelhof von Neuhaldensleben losgeworden, aber nur für einen Gulden.

Im Schelldorfschen Kruge habe ich einem Schustergesellen ein Bündel aufgemacht und einen Wams, einen Kragen, ein Hemd und ein Paar braune Strümpfe daraus genommen und verkauft.

Ich hatte immer noch andere Gesellen bei mir, ich weiß nicht, wie's kam, sie hingen sich an mich. Vier Wochen war ich mit Merten Emmert zusammen, dazu einem Schustergesellen aus der Priegnitz und den Brüdern Horneborg aus Magdeburg.

Mein Weib Grete Minde hat mit einem Müllerknecht, der auch aus der Priegnitz stammte und Joachim hieß, Patten zugerichtet und dieselben den Leuten für Alraunchen verkauft. Überhaupt hat mich mein Weib zu allem Unglück gebracht und mich immer wieder bedrängt, ich solle Leute umbringen, aber ich habe keinen umgebracht. Warum hätte ich es auch sollen? Ich wollte Geld oder Gut, das ich zu Geld machen konnte.

Von meinem Weib habe ich erfahren, was ihr an Geld und Reichtum vorenthalten wurde durch die Verwandten hier in Tangermünde, und weil ihr weder von Bürgermeister noch Ratsherren her Hilfe gekommen wäre und ihr alles Gut und Geld zu Wasser gemacht würde, hat sie mich bedrängt, die Stadt anzustecken, und bei der Mindeschen Scheune sollte der Anfang gemacht werden.«

Bis zu diesem Punkt hatte der Stadtschreiber Klessen die Vergehen des Delinquenten ohne besondere Anteilnahme Wort für Wort aufgeschrieben. Jetzt wurde er aufmerksam und gab Moritz Winsel einen Wink, die Daumen- und Fußschrauben stärker anzuziehen. Dann begann er mit seiner Befragung, und Tonnies Meilahn, dem das Blut unter Daumen- und Fußschrauben hervorlief, war bereit zu antworten.

Ja, sein Weib hätte ausdrücklich verlauten lassen, nach einem anderen zu suchen, wenn nicht er bereit wäre, in der Stadt Brände zu legen. Und als sie zusammen ins Brandenburgische unterwegs waren, hätten sie einen Balbierer getroffen, der aus Braunschweig kam, und auf dem Hurenkeller in Brandenburg wäre ihnen daselbst einer begegnet, der Merten Emmert hieß und dazu die Brüder Paul und Hans Horneborg, die aus Magdeburg stammten. Mit denen hätte er im brandenburgischen Hurenkeller gezecht und auch auf Bruderschaft getrunken. Und als er angefangen hätte, von Tangermünde zu erzählen, wäre Merten Emmert aufmerksam geworden und hätte gesagt, daß er dort noch eine alte Rechnung zu begleichen habe, denn er wäre im Schloßkrug beim alten Nagelschmidt vom Marktmeister und seinem Knecht Joachim Stolle geschlagen worden. »›Sie haben mich‹, hat Merten Emmert gesagt, ›geschlagen, unter die Bank gestoßen, wieder hervorgezogen und noch einmal geschlagen.‹«

Mehr als einmal verstummte Tonnies mitten in der Rede, wenn

die Schmerzen unerträglich wurden, und Moritz Winsel fragte dann sofort: »Stadtschriewer, muß he op de Letter?« Aber noch winkte Klessen jedesmal ab.

»Damals hat Merten Emmert geschworen, es denen in Tangermünde heimzuzahlen. Daraufhin hat dann mein Weib Grete angefangen, von dem Unrecht zu erzählen, das ihr in Tangermünde angetan worden ist.« Und dann hätte sie sich an Merten Emmert herangemacht und gesagt: »Wenn ich dir nur trauen könnte, dann wollte ich dir schon eine gute Anleitung geben, wie man es der Stadt und den Mindeschen heimzahlen kann.« Daraufhin hätte es nicht lange gedauert, und die beiden wären ins Gespräch gekommen, wie sich diese Stadt zu Schutt und Asche machen ließe und daß sie dabei zueinander stehen und sich nicht verraten wollten. Und Merten Emmert hätte gesagt: »Wenn die ganze Stadt brennen soll, wie ihr es wollt, dann brauchen wir noch ein paar vertraute Gesellen.« Und darauf hätten alle geschworen, und sein Weib Grete Minde hätte auch mitgeschworen, und sodann wäre der Plan gemacht worden. Und Hännickenmacher, der sich auch dazugesellt hätte, wäre bereit gewesen, die Fehdebriefe zu schreiben.

»Er hat für jeden einen Gulden bekommen, und danach ist ausgemacht worden, wo die Fehdebriefe hingeworfen werden sollten. Den einen auf den Pfarrhof, den andern in den Schloßgraben, des Sonntags unter der Predigt.« Und diese Fehdebriefe hätten so gelautet, daß der Marktmeister Joachim Stolle und der Nagelschmidt aus der Stadt sollten, oder ›sie wollten balde kommen‹.

»Merten Emmert hat das Pulver in den Apotheken gekauft, in Brandenburg, in Salzwedel und Stendal. In Tangermünde bei Meister Ambrosius gab es keins. Das hat mein Weib herausgebracht, die schon lange in der Apotheke aus und ein gegangen ist. Aber Merten Emmert hat genug Pulver zusammengebracht, und draußen im Feld hat er Lunten davon gemacht, solche Lunten, die eine Stunde brauchen, um anzugehen, und er hat zwölf Daumenbreit auf ein Stück berechnet. Am Tag vor dem Brand bin ich und mein Weib und die Gesellen hierher nach Tangermünde gekommen, und wir haben besprochen, an welchen Orten ein jeder den Brand legen soll. Ich habe in Busekows Haus angelegt, Merten im Kantorschen, Paul Horneborg beim alten Nagelschmidt und Hans Horneborg in einem Haus beim Kirchhof. Mein Weib hat uns allen die Anleitung gegeben, weil sie hier Bescheid wußte. Aber sie selbst hat nicht angelegt, weil sie nicht mit den Lunten umgehen konnte. Es ist dann nicht alles gekommen, wie wir es uns ausgedacht haben, weil manche Lunten nicht angegangen sind. Aber soviel weiß ich: In der Mindeschen Scheune hat es angefangen. Ich selbst habe beim Schuster Busekow nach einem Paar Schuhe gefragt, und weil er die passenden nicht hatte und in den Keller gegangen ist, bin ich auf den Hof gelaufen und habe die Lunte in das Dach über dem Stall geworfen und bin davongelaufen. Mein Weib hat Merten Emmert das Kantorhaus gezeigt, und Merten Emmert hat im Kantorhaus eine Kanne Bier gefordert, und als er wegen dem Bier auf den Hof mußte, hat er die Lunte angezündet und unters Dach überm Schweinestall gelegt und danach auf meines Weibes Anleitung die Lunte im Mindehaus in der Schloßfreiheit gelegt.« Danach hätten sie sich alle im Stadtkeller getroffen und einen Krug Bier getrunken und wären dann nach Bolsdorf gegangen und die Nacht über in einer Scheune geblieben. Merten Emmert, Hans Horneborg und seinem Weib wäre das alles noch nicht genug gewesen. Sie hätten drei Pfund Pulver in einen hohlen Eichbaum gelegt, damit auch der Stadtbusch brennen sollte und die Bürger kein Holz hätten, wenn sie die Stadt wieder aufbauen wollten.

»Aber das Pulver muß naß geworden sein. Der Stadtbusch hat nicht gebrannt, und wir sind alle miteinander in Richtung Kalbau gegangen. Auf dem Weg dorthin hat Jürgen Balbierer, wie wir ihn genannt haben, schon kalte Füße gekriegt und gesagt: ›Walte Gott, ich wäre nicht mit dabeigewesen.‹ Denn inzwischen konnten wir sehen, was aus der Stadt geworden war.«

Was Tonnies Meilahn danach noch gestand, die neuerliche Vereinigung der Brandgesellen und daß sein Weib ihn auf das Mindehaus am Markt hingewiesen hatte, das unversehrt stehengeblieben war und das sie unbedingt brennen sehen wollte, das und noch einiges mehr zählte nicht, als der Stadtschreiber Klessen mit dem Geständnis Tonnies Meilahns in das Rathaus zurückkam. Die Brandstifter waren gefunden! Die Brandstifter oder, richtiger gesagt, die Brandstifterin Grete Minde, auch wenn sie selbst nicht mit Hand angelegt hatte. Es sollte ihre Rache sein für das Unrecht, wie sie meinte, das ihr die Mindes angetan hatten und das die Stadt hatte geschehen lassen. Deshalb also war Tangermünde in Schutt und Asche gesunken.

»Wir wollen abwarten, ob Tonnies Meilahn bei seinem Geständnis bleibt«, sagte Bürgermeister Helmreich der Ordnung halber. »Morgen, beim Verhör im Rathaus, ohne Folter.«

Tonnies Meilahn blieb dabei. Er sagte: »Was ich gesagt habe, ist wahr. Gott im Himmel soll mir helfen und ich will darauf leben und sterben.«

Die beiden Ratsherren Jakob Schönebeck und David Freudemann spürten Merten Emmert in Burg bei Magdeburg auf, und die Ratsherren von Burg nahmen Merten Emmert »auf Anhalten und Bitten des ehrenwerten Rates zu Tangermünde in gefängliche Haft« und verhörten ihn am 28. Januar auf die von den Tangermünder Ratsherren gestellten Fragen.

Was Merten Emmert aussagte, stand in fast allen Punkten im Widerspruch zu dem, was Tonnies Meilahn unter der Folter gestanden hatte. In der Folge bestanden die Tangermünder Ratsherren darauf, den Merten Emmert in ihre Stadt zu bringen, um ihn Tonnies Meilahn gegenüberzustellen. Und Merten Emmert sagte: »Ich gehe freiwillig mit Euch nach Tangermünde. Ich will mich verantworten, um Unschuldige zu retten.«

Inzwischen lief die Suche nach Margarete überall dort, wo sie sich aufgehalten hatte, doch man fand sie nicht. Und wieder eiferte der Zweite Bürgermeister Asseburg, der Stadt dürfe kein Gulden zuviel sein, um dieser Brandstifterin habhaft zu werden. Das hieß Belohnung für sichere Hinweise, Belohnung für Spitzeldienste, und Asseburg setzte noch hinzu: Es könne doch nicht so schwierig sein, ihr auf die Spur zu kommen, sie hätte ja das Kind bei sich, und solche Weiber wie sie wären nur höchst selten mit einem Kind unterwegs.

Es war in den letzten Januartagen, als der Stadtdiener Andreas Lüdke sie in Möckern hinter Magdeburg aufspürte. Lüdke war seit sechzehn Jahren geschworener Stadtdiener und ein weitgeachteter Mann. Margarete kam gerade mit einem Korb voller Holzspäne aus der Werkstatt des Brettschneiders.

»Seid Ihr Margarete Minde?«

Sie nickte.

»Wo ist Euer Kind?« fragte Andreas Lüdke.

»Es ist gestorben.«

Lüdke sah sie ungläubig lächelnd an.

»Meint Ihr, daß ein Kind ein solches Leben in dieser Jahreszeit ohne Schaden übersteht? Was wollt Ihr überhaupt?«

»Ich habe den Auftrag, Euch mit nach Burg zu nehmen.«

»Und warum?«

»Euer Mann Tonnies Meilahn hat auf der Folter ausgesagt, daß Ihr die Urheberin des Brandes der Stadt Tangermünde seid.«

»Das kann er nicht ausgesagt haben, weil es nicht wahr ist.«

»Er hat es ausgesagt, und deshalb – ich muß Euch gefänglich mit nach Burg nehmen. Dort sitzt bereits der Spießgeselle Eures Mannes, den Ihr wohl auch kennt. Mit ihm zusammen werde ich Euch nach Tangermünde bringen. Also kommt!«

Margarete ging ins Haus, um ihr wollenes Tuch zu holen. Sie wagte nicht, sich dem Kind noch einmal zuzuwenden.

»Keine Sorge«, flüsterte die Frau des Brettschneiders hinter ihr, als sie aus der Tür ging.

Hände und Füße an Ketten gefesselt, brachte Andreas Lüdke den Merten Emmert und Margarete nach Tangermünde. Unterwegs konnte er sich immer wieder ein zufriedenes Lächeln nicht verkneifen. Die Rechnung stimmt, dachte er, jetzt haben wir die Brandstifter. Die Rechnung stimmt! Die Pferde vor dem Schlitten liefen im scharfen Trab, die Schlittenkufen knirschten auf der vereisten Schneedecke, in den Dörfern sahen ihnen die Leute nach und riefen: »Jetzt haben sie die Brandstifter! Die werden ihre Strafe kriegen!«

Merten Emmert und Margarete wurden in den Turm des Hühnerdorfer Tores gebracht, und kaum war es bekannt, als sich die Leute aus der Stadt versammelten.

»Grete Minde«, riefen sie, »Brandstifterin, jetzt wirst du büßen! Brandstifter Merten Emmert, du entgehst deiner Strafe nicht! Brennen sollt ihr wie unsere Stadt! Alles haben wir verloren, arm sind wir geworden, Bettler sind wir geworden, ihr Elenden! Ins Feuer mit euch!«

Der Hühnerdorfer Torturm hatte kein »warmes Stübchen«, in dem ein Kamin für ein paar Stunden Wärme gegeben hätte, und der Rat ließ auch keine Kohlenbecken aufstellen. Dieser Turm war so kalt und feucht und vom Frost bereift, wie ein Turm im Winter nur sein kann, der oberhalb eines großen Flußes steht.

Was wollen sie denn von mir, grübelte Margarete in der steinernen Kammer, und Merten Emmert dachte: Ich hab doch nichts getan, ich bin doch nicht hiergewesen, als Tangermünde gebrannt hat. Was hat sich denn Tonnies bloß ausgedacht, dieser Schelm! Sie sollen mich ihm nur gegenüberstellen, dann werde ich auspakken. Ja, ich hab manches Unrecht getan, aber ich habe doch keinen umgebracht, so wie Tonnies die Frau vor dem Magdeburger Tor. Und Tangermünde angesteckt? Ich bin ein Jung' aus Burg. Ja, ich bin der Arbeit aus dem Weg gegangen, ich hab die Bauern getreckt, aber sonst doch nichts!

Am 29. Februar wurde Margarete im Rathaus ihrem Mann gegenübergestellt. Tonnies wiederholte die auf der Folter erzwungenen Geständnisse, und Margarete hatte sich zu verteidigen.

»Ja«, sagte sie, »ich bin dabeigewesen, als der mir angetraute Tonnies Meilahn den Küster ausgeplündert hat, aber ich habe keine Hand dabei gerührt. Er hat mich gezwungen, Schmiere zu stehen. Ja, ich habe Alraunchen und Heckmännchen aus Padden gefertigt, und die Leute haben sie mir abgekauft.«

»Und Ihr habt Geld für diese Betrügereien genommen?« fragte Bürgermeister Helmreich.

»Ja, aber hier muß ich sagen, daß ich in großer Not gewesen bin. Ich hatte kein Geld, und dieser hier, der mein mir angetrauter Mann ist, der gab mir keins. Ich mußte mich mit dem Kind allein durchbringen, deshalb hab ich's getan.«

»Ihr habt«, fragte Bürgermeister Helmreich, »auch den Leuten die Zukunft aus der Hand gelesen?«

»Das ist wahr, auch dazu hat mich die Not getrieben, aber ich bin ungewollt dazu gekommen. Ich habe einer Bauersfrau zwei Kinder vorausgesagt. Das konnte man sehen, so schwer wie sie ging. Und weil sie voller Todesangst war, hab ich ihr Mut gemacht. Als es dann wirklich zwei Söhne waren und die Bäuerin überlebt hat, hieß es, ich könnte aus der Hand lesen. Und dieser Mann hier, mit dem ich getraut worden bin, hat einmal zu mir gesagt: Das Leben ist wie eine Heumiete, der eine pflückt etwas davon und der andere auch.«

»Ihr wehrt Euch also«, fragte der Bürgermeister Asseburg, »gegen den Vorwurf der Zauberei?«

»Ich weiß nicht, was Zauberei ist, ich weiß es nicht! Ich habe Euch gesagt, was ich getan habe und wie ich dazu gekommen bin. So hat mir das eine und das andere geholfen in meiner Not.«

»Ihr sollt aber auch«, fragte Bürgermeister Helmreich nach einer Pause, »bei Frauen abgetrieben haben?«

»Nein, das habe ich nicht, nie und nimmer! Ich habe keine Kenntnisse davon. Ich habe den Frauen, wenn sie Beschwerden hatten, einen Sud aus Kamillenblumen, Mutterkraut und Honig gekocht, aber das ist für nichts anderes als für ihr fluxium menstrui gewesen.«

Bürgermeister Helmreich, sein Nachbar Asseburg und die Ratsherren horchten auf.

»Woher habt Ihr diesen lateinischen Ausdruck?«

»Meine Mutter hat mit mir, als uns hier das Erbteil der Libussa Minde vorenthalten wurde, fünf Jahre auf Jerchel gelebt. Sie konnte lesen und schreiben, und sie hat dem alten Herrn von Itzenplitz, dem es am Augenlicht fehlte, die Kräuterbücher vorgelesen. Dabei habe ich zugehört.«

»Kommen wir also jetzt zu den Vorwürfen Eures Mannes«, sagte Bürgermeister Asseburg. »Habt Ihr mit ihm niemals über das Unrecht gesprochen, das vermeintliche, das Euch hier von Euern Verwandten geschehen ist?«

»Gewiß habe ich das«, sagte Margarete, »mehr als einmal.«

»Gut, das wollen wir festhalten«, sagte Bürgermeister Asseburg. »Nun die zweite Frage: Habt Ihr nicht das eine oder andere Mal mit ihm darüber gesprochen, wie man sich an den Mindes und an der Stadt rächen könnte?«

»Ich will nicht leugnen, daß ich in großer Erregung auch von Rache geredet habe.«

Bürgermeister Helmreich nickte. »Immerhin habt Ihr ausgesagt, als Ihr zusammen mit dem Advokaten Hammer hier an diesem Ort gestanden habt, Ihr würdet nach anderen Mitteln und Wegen suchen, um zu Eurem Recht zu kommen.«

»Das ist wahr«, sagte Margarete. »Aber nun frage ich Euch, Bürgermeister Helmreich, Bürgermeister Asseburg, und Ihr Ratsherren: Was hättet ihr geäußert in der Verzweiflung? Könnte es nicht sein, daß Euch etwas Ähnliches über die Lippen gekommen wäre, wenn Ihr so wie ich als Bettlerin hier gestanden hättet? Es war unbedacht, aber ich bin eine Tangermünder Bürgerstochter, Ihr Herren, vergeßt das nicht!«

»Margarete Minde«, sagte der alte Joachim Guntz, der als langjähriger Bürgermeister zu dieser Sitzung gebeten worden war, »erklärt uns, wo Ihr Euch am Tage des Brandes, am 13. Oktober Anno 1617, aufgehalten habt.«

»In Apenburg beim Kuhhirten, Herr Altbürgermeister. Ich habe mich auf Krücken fortbewegt, die mir der Kuhhirte angefertigt hatte. Ich habe Tag und Nacht geschwollene Beine gehabt und Tag und Nacht Schmerzen gelitten, wochenlang. Und daß ich genug Nahrung hatte für mein Kind, verdanke ich der Kuhhirtin in Apenburg.«

»Ich danke Euch, Margarete Minde.«

Jetzt meldete sich einer der Ratsherren.

»Euer Mann hat aber etwas ganz anderes ausgesagt. Er hat

gesagt, Ihr seid am Tag des Brandes mit ihm hier in Tangermünde gewesen.«

»Wenn er das sagt, dann lügt er. Ich bin zehn Wochen in Apenburg gewesen und habe beim Kuhhirten Herberge gehabt. Es wird Euch gewiß möglich sein, den Kuhhirten und sein Weib zu befragen.«

»Ja, das wird es«, sagte Joachim Guntz, »ich werde darauf bestehen.«

Nach Margarete wurde Merten Emmert gebracht und Tonnies Meilahn gegenübergestellt. Tonnies wiederholte sein Geständnis, und Merten sagte immer wieder: »Du lügst!« Und wie es seine Art war, rief Merten Emmert unbekümmert: »Tonnies, sieh mal hier die roten Hosen! Hast du die einem Reiterburschen im Magdeburgischen gestohlen oder nicht? Siehst du! Und weißt du, was dieser Reiterbursche zu mir und den beiden Horneborgs gesagt hat? Wenn ihr mir meine Hosen wiederbringt, dann bekommt ihr einen Taler. Weißt du noch, Tonnies, wie wir sie dir ausgezogen haben? Das Geld, Tonnies, haben die Horneborgs genommen und mir«, Merten Emmert klopfte sich mit beiden Händen auf die Oberschenkel, »mir hat er die Hosen geschenkt. Tonnies, warum habe ich mich denn von dir getrennt? Solange wir in einen Keller gestiegen sind und Bier rausgeholt und getrunken haben, bis wir einander nicht mehr erkennen konnten, solange war es gut mit dir. Aber als du angefangen hast, den Leuten nicht bloß das Geld wegzunehmen, als du sie ausgezogen hast bis auf die Unterhosen – weißt du's noch, den blinden Briefträger mit seinen beiden Weibern, die den Leuten Lieder verkauft haben, weißt du's noch? –, da habe ich aufgehört, mit dir auf die Gart zu gehen. Dein Weib, das im Hühnerdorfer Torturm neben mir sitzt, das habe ich nie gekannt und nie gesehen. Du hast gesagt, sie hieße Anne Wiese, und wie heißt sie wirklich? Grete Minde! Ach, Tonnies, du bist so ein Schelm. Aber das sage ich dir, in den Brand der Stadt hier, in den ziehst du mich nicht hinein. Ich habe damit nichts zu tun! Was habe ich denn mit Tangermünde zu tun? Du sagst aus, beim Nagelschmidt hätten sie mich geschlagen, aber sie haben mich nicht geschlagen. Ich habe dort gezecht, aber geschlagen hat mich niemand. Komm mir nicht mit solchen Lügen. Willst du dich damit retten, daß du mir den Brand in die Schuhe schiebst, mir und deinem Weib? Aus deinen Lügen wird keine Wahrheit, wenn du fortwährend sagst: Darauf will ich leben und sterben. Du gehörst schon längst an den Galgen, aber jetzt bring nicht noch andere dorthin.«

Was Merten Emmert gesagt hatte, gab allen in der Ratsstube zu denken. Als einziger fand Bürgermeister Asseburg das Wort.

»Merten Emmert, Ihr werdet Euch noch wegen der Hartmacherkunst verantworten müssen, die man Euch nachsagt. Die Hartmacherkunst zu verstehen ist Zauberei, und Ihr wißt, mit welcher Strafe unser hochwohllöblicher Kurfürst die Zauberei belegt hat.«

»Ja, das weiß ich.«

»Und wie ist es nun, versteht Ihr sie oder versteht Ihr sie nicht?«

Merten Emmert zuckte die Schultern. »Hartmachen, das ist so eine Sache.«

»Was ist es genau?« fragte Petrus Asseburg.

»Genau kann man's nicht sagen. Bei dem einen wirkt es, bei dem andern nicht.«

»Aber was gehört dazu? Es heißt, Ihr habt Hartmacherbriefe verschickt.«

»Mit den Hartmacherbriefen hab ich mir ein bißchen Geld verdient. Aber wenn man darüber redet, wirken sie nicht.«

Danach war aus Merten Emmert nichts mehr herauszubringen. Als er und Margarete wieder in den Hühnerdorfer Torturm zurückgebracht worden waren, berieten die Vertreter der Stadt, wie es nun weitergehen sollte. Die Tortur, was sonst! Auf der Folter würden die beiden schon gestehen.

»Ich bitte um das Wort«, sagte Altbürgermeister Guntz. »Ihr wißt, daß man auf der Folter jedes Geständnis erzwingen kann, aber geprüft durch den Brand, wie wir alle sind, sollte es uns jetzt nicht darum gehen, durch die Folter Schuldige zu finden. Wer sind die wirklichen Brandstifter? Sind es dieselben, die uns schon wieder drohen?«

»Aber wir haben die Brandstifter doch!« rief einer der Ratsherren.

»Meint Ihr das? Seid Ihr überzeugt, daß die Aussagen dieses Schelms Tonnies Meilahn glaubwürdiger sind als die Aussagen der beiden anderen Gefangenen?«

»Nein, das sind sie, weiß Gott, nicht!« rief Ratsherr Helmbrecht. »Nur soviel ist gewiß, Grete Minde hat als einzige ein Motiv.«

»Das kann ich nicht finden. Obenhin gesehen liegt das vielleicht auf der Hand, aber wenn auch das Haus Heinrich Mindes am Markt abgebrannt wäre, worauf, frage ich Euch, hätte sie dann noch Ansprüche stellen sollen? Ich weiß, es steht mir nicht mehr zu, einen Antrag zu stellen, aber ich darf bitten, und ich bitte Euch, verehrte Herren Bürgermeister, und Euch, verehrte Ratsherren, das Protokoll dieser beiden Gegenüberstellungen in Abschrift dem Schöppenstuhl in Brandenburg zu übersenden, bevor Ihr die Folter begehrt.«

Am Abend dieses Tages ging der alte Joachim Guntz zu Ambros Ambrosius, und als er mit ihm in der Apothekerstube zusammensaß, sagte er: »Ambros, ich werde den Verdacht nicht los, daß sich im Rathaus ein schlimmes Spiel anbahnt, und die treibende Kraft ist Asseburg. Ich habe ihn heute beobachtet. Ich weiß nicht, ob er sich lieb Kind machen will oder ob er ein Falschmünzer ist. Ich trau ihm nicht. Sie wollen keine unschuldige Grete Minde. Ihr Motiv ist zu einleuchtend, zu offenkundig, und sie haben die Bürger auf ihrer Seite. Von diesem Hansdampf Merten Emmert will ich gar nicht reden. Aber daß die Aussagen dieses Tonnies Meilahn im Rathaus höher bewertet werden als die Aussagen der beiden anderen, das, Ambros, das...« Der alte Joachim Guntz ging Schritt für Schritt in der Stube auf und ab. »Ich hoffe nur eins, daß die Schöppen in Brandenburg auf der Vernahme der Zeugen bestehen.«

»Hast du versucht, das zu befördern?«

»Ich habe darum gebeten, eine Abschrift des Protokolls nach Brandenburg zu schicken. Danach werden die Schöppen auf den Zeugenaussagen bestehen. Aber auch Zeugen kann man durch geschickte Befragung beeinflussen. Ich werde den Verdacht nicht los, denen im Rathaus geht es nicht mehr darum, die Wahrheit zu finden. Sie wollen Schuldige, und sie wollen das Todesurteil. Ich weiß nicht, ob ich es glauben soll, aber Heinrich Mindes Schwiegersohn ist ebenso unterwegs wie seinerzeit Heinrich Minde selbst, um die Leute mit Geld gefügig zu machen.«

Auf dringendes Ersuchen des Schöppenstuhls von Brandenburg wurden die Zeugen nach Tangermünde bestellt, um die Aussagen der Margarete Minde unter Eid zu bekräftigen. Die wichtigsten waren der Kuhhirt Simon Schulze und sein Weib Anna. Beide bestätigten, daß ein Weib, sie hatte sich Grete von Tangermünde genannt, an ihre Tür geklopft und um Herberge gebeten hätte. Bei ihr sei ein Mann gewesen, ein Soldat oder Landsknecht mit Namen Tonnies Meilahn. Das Weib hätte in einem Korb ein kleines Kind bei sich gehabt. Sie hätten den beiden nur Herberge für eine Nacht geben wollen und ein bißchen Stroh auf die Diele gestreut. Aber am anderen Tag wäre die Frau krank gewesen und hätte nicht mehr weiterkönnen, und deshalb wäre sie zehn Wochen bei ihnen geblieben. Der Mann wäre bald wieder fortgegangen, nachdem er beim Bürgermeister darum nachgesucht hatte, ob sie bleiben könnte. Und sie wäre auf Eid, Gewissen und Ehre neun Wochen und drei Tage bei ihnen geblieben und niemals in dieser Zeit fortgegangen, niemals.

Danach wurde der Küster von Apenburg vernommen, und er sagte aus, daß er Grete Minde auf die Hochzeit des Küsters eingeladen hätte, damit sie einmal auf andere Gedanken käme und sich ordentlich satt essen könnte. Und Grete Minde wäre auf dieser Hochzeit gewesen, und dort hätte sie zum erstenmal von dem Brand in Tangermünde erfahren.

Der Küster hatte ein Schreiben bei sich, das er den Bürgermeistern und Ratsherren vorlegte. In diesem Schreiben hieß es:

Überbringer dieses Schreibens, Henricius Cemnitz, Kirchendiener und Schneider hierselbst in Apenburg, kann gar wohl und mit gutem Wissen bezeugen, daß dieses Weib, Grete von Tangermünde, damals, als ich meine Hochzeit allhier gehalten habe, beigewesen ist, wie sie dann zu dieser Zeit in des Kuhhirten Kate krank gelegen, und sie hat ihr Brot fast von guten Leuten bitten müssen. Unser Küster und Kirchendiener aber hat sie zu meiner Hochzeit gebeten, damit ihr von den Almosen, die bei einer Hochzeitsfeier anfallen, zuteil würde. Dieses gebe ich ihm meines Wissens zum Zeugnis.

Apenburg, 22. Februar Anno 1619.

Henricius Dichenius, Pastor hierselben, darauf meine Hand.

Danach wurden die Stendaler Zeugen vernommen. Das waren die Linows, bei denen Margarete und Tonnies Meilahn ihre Hochzeit gefeiert hatten. Und nachdem man die beiden an den Eid erinnert hatte, unter dem sie aussagten, begann Joachim Linow:

»Ich kenne Meilahn sehr gut durch meinen Schwager, den schwedischen Fähnrich Jürgen Gericke. Leider muß ich von selbigem Meilahn sagen, daß er unter den Soldaten keinen ehrlichen Ruf hatte. Dennoch bin ich bereit gewesen, mit meiner Frau seine Hochzeit mit Margarete Minde auszurichten. Ferner muß ich bekennen, daß weder Tonnies noch sein Weib drei Tage vor dem Brand noch drei Tage nach dem Brand bei mir gewesen sind. Denn wir sind«, sagte Linow, und sein Weib bestätigte es, »am Sonntag in aller Früh auf den Markt nach Seehausen gezogen, und wir haben unser Haus fest verschlossen, und deshalb kann weder Tonnies Meilahn noch sein Weib in dieser Zeit bei uns gewesen sein. Es ist unmöglich! Das sagen wir auf Ehre und Gewissen und auf unseren Eid. Und sie sind auch nicht davor oder danach bei uns gewesen. Aber wir können sagen, daß Tonnies Meilahn am Tage vor dem Gardelegener Markt zu Michaelis in unser Haus gekommen ist und berichtet hat, daß sein Weib in Hamburg gestorben und dort auch begraben worden ist.«

Diese Zeugenaussage wurde Tonnies Meilahn am 27. Februar verlesen. Und Tonnies Meilahn blieb dabei, seine Aussage auf der

Folter wäre wahr und wahrhaftig und er wolle darauf leben und sterben.

Bürgermeister und Stadträte befanden sich jetzt in Verlegenheit. Die Beweise, Margarete als Brandstifterin zu überführen und zu verurteilen, schienen sich nicht mehr halten zu lassen – wenn nicht andere Zeugenaussagen auf den Tisch kamen. Und so lange war es auch aussichtslos, die brandenburgischen Schöppen zu einer Folter zu bewegen.

Was war also zu tun?

Der Zweite Bürgermeister der Stadt, Petrus Asseburg, und Heinrich Mindes Schwiegersohn saßen im Mindehaus zusammen. War da nicht noch der Kuhhirte Westow aus Fischbeck, bei dem Grete Minde drei Tage vor Weihnachten hatte übernachten wollen und dem sie mit dem roten Hahn gedroht hatte?

»Ja, das ist mir auch durch den Kopf gegangen«, sagte Klaus Richert, »das heißt, ich habe bereits unseren Kutscher mit einer Lieferung Bier und Wein zum Fischbecker Kröger geschickt – beides zu einem annehmbaren Preis.«

»Na also.« Asseburg nickte. »Das ist doch etwas.«

»Versprich dir davon nicht zuviel, Petrus. Was können der Kuhhirt und seine Frau aussagen? Sie ist drei Tage vor Weihnachten dort gewesen, und drei Tage vor Weihnachten, das paßt nun ganz und gar nicht in die Zeit des Brandes.«

»Lieber Freund, die Drohung mit dem roten Hahn ist es, die ihr so leicht über die Lippen gekommen ist. Das muß groß heraus.«

»Meinst du, das nutzt?«

Wieder nickte Petrus Asseburg. »Und ich habe noch etwas in der Hinterhand. Für alle Fälle.«

Johann Ölzen, der Diener des Edlen von Bismarck auf Schönhausen, des Lesens und Schreibens kundig, hatte von seiner Herrschaft den Auftrag, den Kuhhirten von Fischbeck zusammen mit seinem Weib am Sonntag Estomihi in den Fischbecker Krug zu bestellen und zu befragen. Stadtschreiber Balthasar Klessmann führte das Protokoll.

»Drei Tage vor Weihnachten«, sagte der Kuhhirte, »kam diese Grete Minde des Abends spät an mein Haus, klopfte und wollte Herberge. Ich mochte sie aber nicht aufnehmen, ich kannte sie ja, und ich kannte vor allem den Mann, mit dem sie manchmal unterwegs war. Und da rief das Weib auf meine Abweisung hin: ›Will mich doch der Schelm hier nicht beherbergen. Wenn die Kate allein stände, wäre ihr längst der rote Hahn gebracht. Gedroht worden ist ihm schon lange.‹ In meiner Angst, mir könnte das Haus angezündet werden, habe ich sie aufgenommen. Das kann mein Weib bestätigen, auf Ehre und Gewissen.« Und dann berichteten beide abwechselnd, was ihnen Grete in dieser Nacht alles erzählt hätte. Und sie sagten es noch einmal: »Auf Ehre und Gewissen und bei unserem Eid.«

Als Margarete diese Aussage vorgelesen wurde, sagte sie: »Warum lügen die beiden? Und warum wird der Kröger von Fischbeck nicht vernommen, warum nicht? Bei ihm habe ich die Nacht verbracht, nicht bei dem Kuhhirten und seiner Frau. Eben weil er mich nicht aufgenommen hat. Warum vernehmt Ihr den Kröger nicht, Ihr Herren? Wenn er unter Eid aussagen muß, dann wird er bestätigen, daß ich die Nacht mit meinem Kind unter seinem Dach zugebracht habe. Warum vernehmt Ihr den Kröger nicht? Warum? Wollt Ihr mir den Strick drehen? Ich habe mit dem Brand von Tangermünde nichts zu tun!«

Weder Bürgermeister noch Ratsherren fanden es notwendig, den Kröger von Fischbeck zu vernehmen. Dennoch erschien es ihnen bedenklich, die Aussage des Kuhhirten dem gegenüberzustellen, was die anderen Zeugen zugunsten Margaretes ausgesagt hatten.

»Belanglos«, sagte Bürgermeister Helmreich, »drei Tage vor Weihnachten!« Er schüttelte den Kopf und tat damit die Aussage des Kuhhirten ab. »Belanglos. Sie hat ein Alibi. Wir werden bei den Brandenburger Schöffen Schiffbruch erleiden.«

»Oder auch nicht«, sagte Petrus Asseburg. »Oder auch nicht! Ich selbst möchte jetzt eine Aussage machen.«

Bürgermeister Helmreich und die Ratsherren horchten auf.

»Ich habe mich in der vergangenen Woche zurückgehalten, weil es mir so erschien, als ob alles, was gegen die Brandstifterin vorgebracht wird, ausreicht, sie zu überführen. Aber jetzt, jetzt scheint sich mir das Blatt – ungerechtfertigterweise, das möchte ich betonen – zugunsten dieses Weibes zu wenden, dieses hergelaufenen, unehelich geborenen Flittchens, das sich ins warme Nest setzen will, das sich zwischen die alten Tangermünder Familien drängt. Stadtschreiber Klessen, nehmt bitte deshalb, was ich sage, zu Protokoll.«

»Einen Augenblick«, sagte Bürgermeister Helmreich. »Ich muß Euch ermahnen, auch wenn Ihr mein Stellvertreter seid, ich muß Euch ermahnen, die Wahrheit zu sagen, das fordert mein Amt. Denn immerhin werde ich einmal derjenige sein, der das Urteil sprechen muß. Deshalb überlegt genau, was Ihr sagt.«

»Ich danke für die Ermahnung hier in diesem ehrbaren Kreis.« Und dann sagte Petrus Asseburg: »Am Montag nach dem Brand ist diese Grete in mein Haus gekommen und hat von meiner ehrenwerten Frau einen Krug Bier gefordert. Sie hat sich niedergesetzt und ihn Schluck für Schluck ausgetrunken. Und dabei hat sie erzählt, sie sei bei den Mindeschen zu Gast gebeten gewesen. Aber sie hätte diese ganze Sache längst hinter sich. ›Den Mindeschen zum Spott‹, hat sie gesagt, ›will ich diese Kanne Bier in Euerm Haus trinken. Und hernach werde ich wieder gehen, wie ich immer aus Tangermünde habe davongehen müssen.‹ Sie hat«, sagte Petrus Asseburg, »damals in meinem Haus einen braunen Pelz getragen, und wo dieser Pelz herstammt, das kann sich wohl jeder denken.«

Petrus Asseburg hatte noch fünf andere Zeugen aufgeboten, die bestätigten, daß sie Margarete am Tage des Brandes in der Stadt gesehen hätten. Was diese Zeugen aber aussagten, war derart hergeholt und widersprach einander so sehr, daß Bürgermeister Helmreich diese Aussagen nicht ins Protokoll aufnehmen ließ. Das Schlimmere war, daß er es unterließ, seinen Stellvertreter Asseburg unter Eid zu nehmen. Er unterließ es jedoch nicht, Margarete noch einmal aus dem Hühnerturm in das Rathaus bringen zu lassen, um ihr die Beschuldigungen des Zweiten Bürgermeisters vorzulesen, bevor er die ganze Beweisaufnahme an den Schöppenstuhl nach Brandenburg abgehen ließ.

Elf Quartseiten waren es, die ausreichen sollten, Margarete und Merten Emmert der scharfen Frage zu unterwerfen. Diese Beweisaufnahme bauschte die Aussagen des Fischbecker Kuhhirten auf und machte die Aussagen der Apenburger zur Bagatelle. Die Bitte um Genehmigung der Folter endete damit, daß Bürgermeister und Ratsherren ihre Furcht ausdrückten, wie schnell sich das Unglück des Brandes wiederholen könnte, wenn die Schuldigen nicht die Wahrheit gestehen und verurteilt würden.

Die Antwort der Schöppen fiel ganz im Sinne des Tangermünder Rates aus: Folter, um die Gefangenen geständig zu machen. Kein Wort der Begründung in diesem Schreiben, warum die höchsten Richter des Landes Brandenburg ihren Spruch für notwendig erachteten. War ihnen der Widerspruch in den Zeugenaussagen, war ihnen nicht einmal der Widerspruch zwischen der Aussage des Tonnies Meilahn und der Margaretes und Merten Emmerts aufgegangen? Hatten sie nicht bemerkt, daß Petrus Asseburg unvereidigt geblieben war? Daß auf seine Beschuldigungen hin weder Heinrich Mindes Schwiegersohn noch die anderen Angehörigen der Familie Minde von Bürgermeister und Rat verhört worden waren?

Nein, es genügte ihnen, die Erbansprüche, die Margarete und ihre Mutter immer wieder vorgebracht hatten, als das Hauptmotiv für den Brand zu sehen. Sie nahmen das erpreßte Geständnis eines Mannes wie Tonnies Meilahn für gewichtiger als alles, was Margarete ausgesagt und die Apenburger Zeugen bestätigt hatten. Diese Apenburger Zeugen hatten ihr ein einwandfreies Alibi verschafft. Aber sie war und blieb eine Fremde. Sie war und blieb eine Frau, hier und immer wieder als Hure gescholten, die ohne Trauschein zur Welt gekommen war.

Der Beschluß des Schöppenstuhls traf bereits am 5. März in Tangermünde ein, und noch am selben Tage wurde Margarete auf die Folter genommen, »gepeinigt«, wie es in den Akten hieß,

»durch Moritz Winsel und seine Knechte im Turm des Hühnerdorfer Tores«. Stadtschreiber Klessen schrieb das Protokoll, und Bürgermeister Helmreich führte die Befragung durch.

Das erste waren wie immer die Daumenschrauben und die Fußschrauben.

Margarete blieb standhaft.

»Ich bin unschuldig – ich bin unschuldig – ich habe die Stadt nicht... mein Gott, warum tut Ihr mir das an? Ich habe die Stadt nicht angesteckt...«

Dabei blieb sie auf alle Fragen, auch wenn sie vor Schmerzen kaum noch sprechen konnte.

Dann wurde sie auf die Leiter gebunden, die Arme über dem Kopf, die Füße weiter in den Schrauben.

»Jetzt red, du Hure!« Moritz Winsel drehte die Kurbel an der Leiter.

»Seid Ihr am Tag nach dem Brand im Hause Asseburg gewesen? Habt Ihr dort einen Krug Bier getrunken?«

»Nein – nein – ich war in Apenburg!«

»Wollt Ihr wirklich einen Bürgermeister unserer Stadt zum Lügner machen?«

»Das will ich nicht – aber ich bin unschuldig – ich habe in Apenburg...«

Moritz Winsel streckte sie weiter.

»Hört auf – Ihr Herren – hört doch auf! Ich bin unschuldig!«

Moritz Winsel streckte sie weiter. Verstand sie noch, was der Bürgermeister sie fragte? Ihre Hände bluteten, ihre Füße bluteten, und Moritz Winsel zog die Leiter weiter aus.

Und jetzt schrie sie, sie schrie und schrie! Und Moritz Winsel drehte erbarmungslos weiter.

»Jaaa – jaaa – hört auf – jaaa – jaaa – alles – alles, was Ihr sagt – jaaa – jaaa!« Plötzlich fiel ihr Kopf zur Seite. Mit geöffnetem Mund lag sie da, die Augen verdreht.

»Meister Ambrosius muß kommen!« rief Helmreich. »Er muß sie zur Besinnung... wir haben noch kein Geständnis. Lauft, ja, lauft doch schon!«

Moritz Winsel stieß einen der Knechte in die Seite. »Nu lauf doch schon! Aber ich krieg sie auch wieder zur Besinnung, Bürgermeister.« Er langte mit seiner Zange in das Kohlenbecken, um ihr ein Stück glühende Holzkohle in die Achselhöhlen zu drükken.

»Laß es!« Bürgermeister Helmreich verließ die Folterkammer. Zehn Treppenstufen führten hinauf auf den Gang des Hühnerdorfer Tores. Dort wartete er auf Ambros Ambrosius.

»Sie hat die Besinnung verloren!« rief er, als er den Apotheker kommen sah.

»Ach, und ich soll ihr wieder dazu verhelfen? Damit Ihr ehrenwerten Herren zu Euerm Geständnis kommt? Ihr Henkersknechte! Ihr Henkersknechte!« schrie er.

Bürgermeister Helmreich hob die Hände.

»Nein, nein, das können alle hören, alle hier in der Stadt. Ihr, Ihr in Euren schwarzen Schauben, Ihr ehrenwerten Herren, Ihr seid doch nicht besser als dieser Unhold. Ihr braucht eine Schuldige, Ihr braucht sie, um Euer Gewissen zu beruhigen. Zwanzig Jahre lang seid Ihr schuldig geworden an dieser unschuldigen Bürgerstochter Margarete Minde. Ach, Helmreich, geht mir doch aus dem Weg. Wenn ich es tue, dann nur, um ihr noch Schlimmeres zu ersparen.« Ambros Ambrosius hielt Margarete einen Schwamm in das Gesicht, den er mit Kampfer getränkt hatte, und er versuchte, ihr auch Kampfer zwischen die Lippen zu träufeln.

»Margarete«, sagte er, »ich bin bei Euch, Margarete.«

Es dauerte seine Zeit, bis sie ihn ansah. Und als ihr das Bewußtsein zurückkam, schrie sie wieder, denn Moritz Winsel hatte die Leiter nicht zurückgedreht. Ambros Ambrosius faßte die Kurbel, und als ihn Winsel daran hindern wollte, stieß er ihn so heftig in die Seite, daß der Scharfrichter taumelte und hinfiel.

»Das werdet Ihr mir büßen!«

»Ja, das werde ich.«

Und dann gestand Margarete. Alles, alles, was Helmreich sie fragte. Und zu Meister Ambros, der sich immer wieder über sie beugte, sagte sie: »Ich weiß jetzt, daß ich sterben muß. Aber vielleicht könnt Ihr dafür sorgen, daß ich mit dem Schwert... Meister Ambrosius, ich will nicht brennen – ich will nicht brennen – ich bin doch unschuldig.«

»Ich weiß«, sagte Ambros Ambrosius, »und ich glaube Euch.«

Nach Margarete wurde Merten Emmert gefoltert, dieser Junge aus Burg, der einmal bei einem Müller gedient und einmal geklikkert hatte, der lesen und schreiben und Verse machen konnte und dem sie nun den Brandbrief anhingen, der zu Beginn des Jahres im Schloßgraben gefunden worden war. Auch ihm glaubten sie nicht, auch seine Aussagen waren von geringerem Gewicht als die Aussagen des Tonnies Meilahn.

Am 8. März wurde Margarete in das Rathaus gebracht, um ihr Geständnis, wie es die »Carolina« vorschrieb, ohne Folter zu wiederholen. Man hatte sie zwei Tage vorher in den Neustädter Turm umquartiert, wo es »ein warmes Stübchen« gab. Dafür hatte Altbürgermeister Guntz gesorgt, nachdem Ambros Ambrosius ihm von der Tortur berichtet hatte.

»Ich habe in meinem Leben manchen Menschen sterben sehen«, hatte er gesagt, »das bringt mein Beruf mit sich, und ich habe machtlos daneben gestanden. Denn, so habe ich es von meinen Lehrern immer wieder gehört, das Buch der Medizin fangen wir gerade an, auf seiner ersten Seite zu buchstabieren. Du weißt, Joachim, wie sehr ich dabei an deine Tochter und meine geliebte Frau denke. Aber wenn ich geholt werde und daneben stehe, wenn eine Unschuldige auf diese unmenschliche Weise an den Rand des Todes gebracht wird, nein, Joachim, das kann ich nicht ertragen. Ich habe den Eid des Hippokrates geschworen, und was hier geschieht, was diese ehrenwerten Herren glauben verantworten zu können – ich kann es nicht ertragen. Wenn dieses Urteil vollstreckt wird, dann will ich kein Bürger dieser Stadt mehr sein.«

Die Kathe Krulle hatte sich am Tag vor Margaretes Anhörung über das Rathaus Zutritt zu ihr verschafft. Auch Ambros Ambrosius war bei ihr gewesen, um ihre Wunden zu versorgen. Die Kathe hatte das Kleid mitgenommen, das sie von Libussa Minde bei sich aufbewahrt hatte. Sie hatte einen Eimer warmes Wasser mitgenommen und Tücher, um Margarete zu waschen, und Ambros Ambrosius hatte ihr Leinenbinden und Salben mitgegeben, damit sie Margarete wiederum die Hände und Füße verbinden konnte. Die Kathe hatte ihr das Kleid angezogen. Es war weit geschnitten und stammte aus der Zeit, als Libussa schon an Beinen und Armen gelähmt gewesen war. Es hatte weite Ärmel, unter denen Margarete ihre verbundenen Hände verbergen konnte, und es bedeckte auch ihre verbundenen Füße.

Die Kathe Krulle hatte ihr das lockige, dunkle Haar gebürstet und gekämmt, und so stand sie denn vor den Versammelten. Sie hielt sich so aufrecht, wie es ihr nach der Folterung möglich war. Sie war vierundzwanzig Jahre, und unter den Älteren, die zu dieser Befragung außer den Ratsherren hinzugezogen worden waren, gab es mehr als einen, den ihr Anblick an Libussa Minde erinnerte und der deshalb lieber nicht dabeigewesen wäre.

Jetzt verlas Klessen, der Amtsschreiber, die unter der Tortur gestellten Fragen, und der Bürgermeister führte wieder die Befragung.

»Habt Ihr, die Ihr hier steht und der Brandstiftung an unserer Stadt Tangermünde angeklagt seid, habt Ihr Euern Mann Tonnies Meilahn gereizet, unsere Stadt bei der Mindeschen Scheune und beim Hause unseres Kantors anzustecken?«

Sie schwieg.

»Habt Ihr Euerm Mann dahingehend Bescheid gegeben, daß, wenn er selbst nicht anstecken wollte, Ihr andere Gesellen dazu finden würdet? Ja oder nein?«

Sie schwieg.

»Habt Ihr Euch dazu mit Merten Emmert und den Brüdern Horneborg und dazu mit Euerm Mann Tonnies Meilahn vereinigt?«

Sie schwieg.

»Hat Euch Merten Emmert gesagt, daß er auch einen Grund

hätte, unsere Stadt anzustecken, weil er beim Nagelschmidt im Schloßkrug von dem Marktmeister und seinem Knecht geschlagen worden wäre, ungefähr vier Jahre zuvor?«

Margarete sah von einem der Herren zum andern. »Ich weiß nicht, wovon Ihr redet, Bürgermeister Helmreich.« Ihre Arme fielen plötzlich herunter, und sie konnte den Kopf nicht mehr aufrecht halten.

»Als Medicus beantrage ich, die Befragung sofort abzubrechen!« rief Ambros Ambrosius. Er war aufgesprungen.

»Ach, was denn«, sagte Petrus Asseburg, »sie simuliert doch, seht Ihr das nicht?«

Margarete hob wieder den Kopf, und Bürgermeister Helmreich setzte seine Befragung fort.

»Habt Ihr mit den genannten Kerlen in dem bewußten Keller in Brandenburg auf Brüderschaft getrunken? Habt Ihr geschworen, so lange beieinander zu bleiben, bis die Stadt angesteckt ist und daß keiner den andern verraten wolle?«

Margarete schüttelte den Kopf.

»Habt Ihr es?« rief Bürgermeister Helmreich. »Habt Ihr es oder habt Ihr es nicht?«

Margarete ließ wieder den Kopf sinken. Daraufhin gab es unter den Versammelten eine Debatte, ob dies als Eingeständnis zu werten sei. Und nach einigem Hin und Her einigte man sich, daß man es als Eingeständnis ins Protokoll aufnehmen könnte.

»Habt Ihr Merten Emmert dazu gebracht, den Brandbrief zu schreiben, aber Eure eigene Sache darin unerwähnt zu lassen, damit Ihr selbst unverdächtig bleibt?«

Margarete schwieg.

»Habt Ihr gesehen, daß Merten Emmert zusammen mit den Horneborgs Lunten gemacht und wiederum Brandbriefe geschrieben hat?«

Margarete schwieg.

»Habt Ihr diesen erwähnten Gesellen Anleitung gegeben, an welchen Orten sie das Feuer legen sollen, damit die ganze Stadt niederbrennt?«

Margarete sah an sich hinab. »Ich bin unschuldig, ich war in Apenburg«, sagte sie und fiel im nächsten Augenblick auf den roten Ziegelfußboden.

»Sie simuliert wieder«, rief Petrus Asseburg.

Ambros Ambrosius hob sie auf. »Einen Stuhl!« Er hielt ihr wieder einen mit Kampfer getränkten Schwamm ins Gesicht. Dann drehte er sich um. »Petrus Asseburg, mir bleibt die Euch zustehende Anrede im Hals stecken. Ihr müßt mir nicht sagen, ob jemand ohnmächtig ist oder nicht. Der Medicus bin ich, nicht Ihr!«

Als Margarete wieder bei Sinnen war, fuhr Bürgermeister Helmreich mit der Befragung fort. Manchmal schwieg sie, und manchmal sah es aus, als ob sie dazu nickte. Und manchmal sagte sie: »Ich bin unschuldig. Ich war in Apenburg.« Aber keiner von denen, die hier versammelt waren, um ihr Schuldbekenntnis zu bezeugen, sagte ein Wort, das sie hätte entlasten können. Dumpendiek nicht, Langfuß nicht, Vaternahm nicht, Ritner nicht, keiner. Auch Joachim Guntz nicht, von dem es Ambros Ambrosius zuallererst erwartet hätte.

Es war allein Ambros Ambrosius, der für Margarete eintrat, und der, als sie fortgebracht worden war, vor die Versammelten hintrat und sagte:

»Ich bitte nicht um das Wort – ich nehme es mir! Ich weiß, wie viele Menschen dieser Stadt durch den Brand bettelarm geworden sind, und« – fügte er hinzu – »manche allerdings auch nicht. Ich als Medicus und Apotheker dieser Stadt weiß sehr gut, wie viele Menschen durch diesen Brand Schmerzen gelitten haben und an den Wunden dieses Brandes zu Tode gekommen oder für ihr Leben gezeichnet sind. Und gerade deshalb kann ich nicht einverstanden sein, daß hier ein auf der Folter erzwungenes Schuldbekenntnis als Eingeständnis einer Schuld angesehen wird, das zur Verurteilung führt, zu einem Todesurteil, ausgeführt auf die schlimmste Art, die sich ein Mensch ausdenken kann. Und dabei geht es mir um das Todesurteil gegen Margarete Minde und gegen diesen Merten Emmert, der ebenfalls auf der Folter zum Geständnis gezwungen und zu ihrem Spießgesellen gemacht wird.

Warum, so frage ich, gilt nicht, was die Zeugen von Apenburg unter Eid ausgesagt haben? Warum nicht? Warum gilt nicht, was der Pastor von Apenburg freiwillig zu ihrer Entlastung geschrieben hat? Warum nicht? – Und warum«, Ambros Ambrosius drehte sich auf Petrus Asseburg zu, »seid Ihr nicht mit Eurer Aussage unter Eid genommen worden? Warum nicht? Warum nicht Euer Weib? Warum nicht die ganze Familie Minde? Ich weiß eine Antwort auf diese Frage: Weil Ihr alle miteinander unter einer Decke steckt, Ihr alten Familien von Tangermünde. Ich wage zu sagen, daß ich mehr als einem von Euch oder einem in Euren Familien das Leben gerettet habe, und deshalb nehme ich mir das Recht, Euch an Euer Gewissen zu erinnern. Für Euch war diese Frau immer eine Fremde, die nichts unter Euch zu suchen hat. Und vor allem, sie ist eine Frau! Wie wäre es denn, wenn an ihrer Stelle ein Mann stehen würde, wenn es der Sohn des Peter Minde wäre? – Ach, was seid Ihr für Pharisäer! Ihr nehmt für wahr und wahrhaftig, was dieser Tonnies Meilahn aussagt. Warum forscht Ihr denn nicht, wo sich diese Brüder Horneborg aufhalten, die er ebenfalls beschuldigt hat, und dieser Jürgen Balbierer und wie sie alle heißen? Warum nicht? Warum habt Ihr keine Bedenken, jetzt an diesen Gefangenen dieses entsetzliche Todesurteil zu vollstrecken, das Kaiser Karl, dieser Spanier, über die Menschen seines Reiches gebracht hat, geradeso, als ob es nicht hier einen Doctor Martinus Luther gegeben hätte? Haben wir uns nicht immer etwas darauf zugute gehalten, im Land eines Kurfürsten zu leben, in dem keine Scheiterhaufen mehr brennen? Und ist Euch allen hier in Tangermünde noch nicht zu Ohren gekommen, welcher Umsturz sich in Prag vollzogen hat? Ich bin sicher, es ist Euch zu Ohren gekommen, denn Ihr seid Kaufleute und reagiert sehr schnell auf alles, was Eure Geschäfte beeinträchtigen oder fördern könnte. Kommt Euch deshalb wirklich nicht der Gedanke, daß die Häuser, die Ihr über den Brandstellen aufbaut, eine ganz andere Zeit sehen werden, in der es Todesurteile dieser Art nicht mehr geben wird? Kommt Euch nicht ein einziges Mal der Gedanke, welche Schuld Ihr auf Euch nehmt?«

»Was hat das alles mit dem Prozeß zu tun?« rief Bürgermeister Helmreich. »Wir haben eine Schuldfrage zu klären, die Schuldigen zu finden und sie ihrer Bestrafung zuzuführen.«

Ambros Ambrosius nickte. »Ich weiß, es ist zwecklos, für sie zu sprechen. Ich möchte nur noch das sagen: Dieser Tonnies Meilahn ist vieler Verbrechen schuldig, aber ich zweifle daran, daß er auch am Brand unserer Stadt schuldig ist.«

»Was Ihr sagt«, rief der Bürgermeister Helmreich, »ist ungeheuerlich.«

»Das Urteil, das Ihr vorbereitet und zu vollstrecken bereit seid, ist noch viel ungeheuerlicher.«

»Dann frage ich Euch, Meister Ambrosius, wie käme ein Mensch wie dieser Tonnies Meilahn dazu, sich und sein Weib mit dieser Brandschuld zu belasten?«

»Das weiß ich nicht, das weiß ich genausowenig, wie Ihr es wißt. Das zu ergründen brauchte es Zeit, aber die wollt Ihr nicht aufbringen. Euch genügt das Geständnis auf der Folter, damit habt Ihr die Schuldigen, und jetzt geht es Euch nur noch um das Urteil und seine Vollstreckung. Ich spreche Euch allen hier in dieser Stunde ab, ein Gewissen zu haben. Das nimmt Euch die ›Carolina‹ ab.«

Ambros Ambrosius blieb im Ratssaal, als Merten Emmert gebracht wurde, um sein auf der Folter erzwungenes Geständnis zu wiederholen. Danach gingen die Wogen noch einmal hoch. Und obwohl Ambros Ambrosius wußte, daß jedes Wort zwecklos war, versuchte er es noch einmal, denn auch er war ein angesehener Bürger der Stadt, dessen Wort Gewicht hatte. Wenn sonst keiner sprach, dann wollte wenigstens er es sein.

Der Abend dieses Tages war mild und ließ, ungewöhnlich für diese Jahreszeit, den Frühling ahnen. Von der Elbe her wehte es mit Gerüchen nach Tang und Fisch herauf und nach Knospen und jungem Grün. Ambros Ambrosius war nach dieser Ratssitzung in seinem Laboratorium gewesen und hatte, um sich abzulenken, Kräuter destilliert, er hatte nach den Vorräten in Spandosen und

Albarelli gesehen und sich dann an den Schreibtisch gesetzt, um eine Liste anzufertigen von all den Drogen und Kräutern, die eingekauft werden mußten. Er hatte das Stundenglas, wie es seine Art war, immer wieder gewendet, und jetzt, es war gegen zehn Uhr, nahm er Schaube und Barett und ging vor die Tür.

Er sah noch Licht im Rathaus. Er ging die Stufen vor seinem Haus hinunter, er sah Licht im Haus der Mindes und daneben im Haus von Petrus Asseburg. Der Unrat in den Straßen war getaut und stank, aber er lag nicht mehr so hoch wie vor vier Jahrzehnten, als ihn die Stadtknechte in aller Eile fortgeschafft hatten, weil der Kurfürst erwartet wurde. Vor vierzig Jahren, im März, fast auf den Tag genau.

Ambros Ambrosius wollte zum Neustädter Tor, aber bereits beim Mindehaus blieb er stehen. Die Tür stand offen, und er hörte Stimmen. Es widerstrebte ihm anzuhalten und zu lauschen, aber die kreischende Stimme der alten Helmbrecht ließ ihn stehenbleiben.

»Dat Blaach, macht dat Blaach ausfindig! Dat Blaach is een Minde, immer noch een Minde, und es is een Jung, und wenn he groot is, denn ... ick will in dat Rathuus, jetzt und nich een Klock später.«

Ambros Ambrosius sah, wie Heinrich Mindes Schwiegersohn und seine Tochter die alte Helmbrecht zurückzuhalten versuchten, aber die alte Helmbrecht, deren Gesicht vom Brand so zerstört war, daß sie nur noch mit einem Schleier herumlief, stakte mit ihren beiden Stöcken auf die Haustür zu. »Dat Blaach«, darum ging es also, um Margaretes Kind, um den kleinen Balthasar, von dem Margarete behauptet hatte, daß er gestorben sei. Es gab nur eine in Tangermünde, die wußte, wo er war. Herrgott im Himmel, dachte Ambros Ambrosius, nicht einmal dieses kleine Kind hat Ruhe vor diesem Gespenst, das nur noch aus Haß besteht, vor dieser Lisabeth Helmbrecht. Sie werden auch noch aus Margarete herauspressen, wo das Kind ist.

Ambros Ambrosius ging weiter bis zum Neustädter Tor und auf der anderen Seite des Marktes zurück, Schritt für Schritt. Er sah immer noch Licht in der Ratsstube, und die Ratsdiener ließen ihn hinein, ohne nach seinem Anliegen zu fragen.

Er trat weder laut noch leise auf, bis er in der Ratsstube stand.

»Mein Gott!« rief Bürgermeister Helmreich. »Mein Gott, habt Ihr mich erschreckt!«

»Warum?«

»Ich war so sehr in meine Arbeit vertieft.«

»Ja, das glaube ich. Um die Schöppen in Brandenburg zu einem Todesurteil zu bringen, braucht Ihr sicher viele wohlüberlegte und wohlgesetzte Worte für Eure Begründung. Deshalb seid Ihr in dieser Stunde noch im Rathaus. Ihr als oberster Richter habt nun mal das letzte Wort. Von Euch hängt alles ab. Aber mich treibt um, was geschehen wird, wenn Ihr es nicht verhindert. Deshalb, Caspar Helmreich, sollten wir nicht, wir sind beide studierte Männer, sollten wir nicht noch einmal hier in unserem Rathaus unter vier Augen über alles sprechen?«

»Nein und noch mal nein. Ihr seid ein Medicus, und ich bin der Erste Bürgermeister dieser Stadt, und jeder von uns sollte wie der Schuster bei seinen Leisten bleiben. Bürgermeister und Ratsherren dieser Stadt, das sage ich Euch in dieser Stunde, haben beschlossen, daß Ihr keinen Zutritt mehr zu den Gefangenen habt. Ihr nicht, und diese Kathe Matthes, die Ihr Krulle nennt, auch nicht.« Er war aufgestanden und stand Ambros Ambrosius einen Augenblick lang stumm gegenüber. Da öffnete Ambros Ambrosius seine Schaube und hielt ihm die Uhr seines Vaters entgegen, den kleinen silbernen Totenkopf, der zur Uhr wurde, wenn man ihn öffnete.

»Wenn mir kein anderer Weg mehr bleibt, Bürgermeister Helmreich, dann werde ich mit dieser Uhr zu unserem kurfürstlichen Herrn fahren und sie ihm als Geschenk zu Füßen legen. Einer seiner Vorväter hat meinen Vater vergebens darum gebeten. Ich aber werde ihn mit dieser Uhr um das Leben von Margarete Minde bitten, damit wenigstens diese letzte Schuld, diese fürchterlichste Schuld, den Mindes und der Stadt Tangermünde und damit auch Euch erspart bleibt...«

»Siehst du noch Licht in der Apotheke?« fragte Joachim Guntz.

Elsbeth Guntz ging vor die Tür. »Ja, ich seh noch Licht.«

»Dann kann er noch kommen. Laß bitte die Kerzen brennen.«

»Mach dir doch nichts vor, Guntz. Er kommt nicht. Ich werde die Kerzen brennen lassen, aber mach dir nichts vor. Nach dem, was du mir erzählt hast von dieser Ratssitzung, kommt er nicht mehr. Wenn unsere Eva noch lebte als seine Frau, dann hättest du dich auf seine Seite geschlagen, aber du hast es nicht getan, und deshalb kommt er nicht mehr. Ach, Guntz, diese Margarete Minde, sie ist doch ein armes Weib, so wie wir alle.«

»Was redest du denn da, Elsbeth?«

»Das ist doch so. Vielleicht hätten wir als Tangermünder Bürgersfrauen einen Bonus, aber wenn es ernst wird, todernst, dann seid ihr euch doch alle einig. Woanders sind es die Hexen, bei uns ist es eine Brandstifterin.«

»Elsbeth!«

»Und warum hast du nichts gesagt, Guntz? Warum bist du ihm nicht zur Seite gesprungen? Siehst du! Ich kann die Kerzen getrost ausblasen. Warum sollte er auch kommen? Die Stunde, in der du dein gewichtiges Wort hättest in die Waagschale werfen müssen – ob es genutzt hätte oder nicht –, die hast du vorübergehen lassen. Nein, Guntz, Ambros kommt nicht mehr.«

Vom Tage dieser Ratssitzung an war nicht mehr zu überhören, daß in der Stadt die Stimmen gegen Bürgermeister und Ratsherren lauter wurden. Man wußte im Rathaus seit geraumer Zeit davon, aber man hatte ihnen kein Gewicht beigemessen. Jetzt aber waren diese Stimmen nicht mehr tot zu schweigen. Diese Stimmen kamen von den Gesellen der Handwerker und den Knechten der Kaufleute, auch im Hafen rumorte es. Der Wortführer war der Altgeselle von Dumpendiek, der einmal im Schloßkrug gesagt hatte: »Wir haben auch einen Kopf zum Denken!«

Jetzt sagte er: »Wir haben auch ein Maul, nicht bloß zum Essen und Trinken, wir haben es auch, um es aufzureißen. Und wir sollten es aufreißen, wenn es um drei Todesurteile geht. Nicht für jemand wie diesen Tonnies Meilahn, dem es nicht darauf angekommen wäre, mich und dich und dich auszurauben bei passender Gelegenheit. Nein, es geht mir um diese Frau. Wenn sie unsere Stadt hat anstecken lassen, weil ihr Unrecht geschehen ist, dann ist doch nicht sie die Schuldige. Dann sind das doch diese Mindes, die nicht bereit sind, ihr zu geben, was ihr zusteht. Sie sind die Schuldigen, sie, die Mindes! Alle in dieser Stadt haben zugesehen, als ihr und vorher ihrer Mutter das Unrecht geschehen ist. Die Mindes sind schuld!«

»Und was sollen wir tun?« fragten ihn die Männer, die er in der Hafenkneipe »Zum brandenburgischen Adler« zusammengerufen hatte.

»Vor das Rathaus gehen!«

Er sah, wie sie allesamt ihre Köpfe einzogen.

»Wie sollen wir denn«, sagte einer, »jetzt vor das Rathaus gehen und das Maul aufreißen, nachdem wir gerade wieder ein Dach über dem Kopf haben, das wir unseren Herren zu verdanken haben?«

»Richtig«, sagte ein anderer. »Wir sollten abwarten, bis alles vorbei ist. Die Mindes bringen wir mit Maulaufreißen bestimmt nicht auf den Scheiterhaufen.«

»Nee, die nicht!«

»Außerdem«, sagte einer, »es geht uns doch darum, überhaupt mitzureden bei dem, was die im Rathaus aushecken.«

»Richtig«, rief der Altgeselle, »aber es gibt keinen besseren Augenblick, damit anzufangen als jetzt. Was wir jetzt sagen, verstehen alle.«

»Alle? Nachdem Heinrich Minde noch für siebentausend Gulden Holz aus Böhmen hat beschaffen lassen? Daß du dich nicht täuschst!«

Diese Zusammenkunft verlief mit ihrem Für und Wider im Sande.

Unterdessen berieten die beiden Bürgermeister, wie sie zu dem Urteil der Brandenburger Schöppen kommen konnten.

»Es eilt«, sagte Petrus Asseburg. »Und wenn wir das Urteil haben, dann muß es auf dem schnellsten Weg vollstreckt werden. In der Zwischenzeit müssen wir alles tun, um die Schuld dieses Weibes allen in der Stadt eindringlich vor Augen zu führen.«

Eilboten also zum Schöppenstuhl nach Brandenburg. Aber die Schöppen von Brandenburg ließen sich nicht drängen. Sie nahmen sich Zeit, das Urteil zu sprechen, vor allem deshalb, weil der Vorsitzende des Kollegiums, der ein angesehener Advokat war, sagte: »Ich melde hiermit meine Bedenken gegen das Todesurteil durch das Schmöken an. Wir alle wissen, daß dieses Urteil nicht nur das Verbrennen bedeutet, sondern zuvor das Greifen mit glühenden Zangen und das Abzwacken der Finger ebenfalls mit glühenden Zangen. In meinem Amt als Vorsitzender dieses ehrenwerten Kollegiums, das ich seit dreißig Jahren innehabe, hat mir der Antrag auf ein solches Urteil noch nicht vorgelegen – noch niemals. Ich habe die allergrößten Bedenken dagegen als Jurist. Aber ich habe sie auch als Christ, als praktizierender Protestant im Geiste unseres Doktor Martinus Luther. Es ist ein unmenschliches Urteil, und ich wende mich dagegen.«

Ihm widersprach ein junger, forscher Spruchrichter, der sich etwas ausrechnete, wenn er den alten Vorsitzenden immer wieder musterte. »Das mag durchaus bei unserer Urteilsfindung überlegenswert sein, aber seit dreißig Jahren ist einer Stadt wie Tangermünde nicht geschehen, was diese Mordbrenner angerichtet haben. Der Verlust wird auf fünf Tonnen Goldes berechnet. Doch nicht nur das. Diese Mordbrenner haben schon jetzt kundgetan, daß sie bereit sind, die Stadt ein zweites Mal niederzubrennen. Das, ich betone es, sollte bei der Findung unseres Urteils nicht aus den Augen verloren werden – nein, es sollte den Ausschlag geben.«

Beides hatte eine leidenschaftlich geführte Debatte zur Folge. Darauf beantragte der Vorsitzende, jedes Mitglied solle seine Ansicht über die verschärfte Todesstrafe schriftlich darlegen.

Am 13. März erhielten Bürgermeister und Ratsherren der Stadt Tangermünde das Urteil der brandenburgischen Schöppen übersandt. Es stützte sich auf des »Cayser Carli V. halsnohtpeinliche Gerichtsordnung in dem Articel 125, überschrieben: ›Straf der Brenner‹ und lautend: Item die boshaftigen überwundenen Brenner sollen mit dem Feuer vom Leben zum Tode befördert, mit glühenden Zangen gezwacket und gerissen und endlich geschmökt werden, weil ja solches, was sie getan, alles durch Feuer geschehn sei«.

16. Kapitel

Am 14. März Anno 1619 reiste Ambros Ambrosius nach Cölln an der Spree. Bei jedem Pferdewechsel zahlte er das Doppelte, und er zahlte das Dreifache, um im Schloß zu einer Audienz beim Kurfürsten vorgelassen zu werden. Er erreichte nur seinen Kanzler Friedrich Pruckmann. Zwar hatte der Name Tangermünde noch sein Gewicht, vor allem aber war es der Brand, der den Kanzler der Gelder wegen beschäftigte, die aus der kurfürstlichen Kasse immer wieder gezahlt wurden.

Als Ambros Ambrosius jedoch auf das Schicksal der Margarete Minde zu sprechen kam, lächelte der Kanzler und sagte: »Verehrter Medicus und Apotheker, seien wir doch zufrieden, daß die Verursacher dieses schrecklichen Brandes gefaßt sind, damit die Vollstreckung des Urteils andern zur Abschreckung dient. Leider geschieht das nur selten.«

»Aber gerade deshalb bin ich gekommen, um für die vermeintlich Schuldigen zu sprechen. Ich bin hier, um für eine Unschuldige zu bitten. Ich hoffe, für sie ein anderes Urteil zu erreichen, wenn ich Seiner Kurfürstlichen Gnaden, unserm allergnädigsten Herrn Kurfürsten, gegenüberstehen und meine Bitte begründen kann.«

»Das wird leider nicht möglich sein, denn unser Allergnädigster Herr Kurfürst befindet sich gegenwärtig in schlechtem gesundheitlichen Zustand.«

Ambros Ambrosius erschrak, faßte sich aber schnell und sagte: »Ich bin bereit, einige Tage zu warten, wenn sich absehen läßt, wann . . .«

Der Kanzler unterbrach ihn: »Das läßt es sich leider nicht. Aber warum drängt Ihr so sehr darauf, ihm selbst gegenüberzustehen?«

»Ich wollte ihm ein Geschenk machen, von dem nur er selbst wissen kann, was es mir bedeutet, es herzugeben.«

»Ja, dann – dann kann ich Euch vermutlich nicht weiterhelfen. Es sei denn, Ihr könntet Euch entschließen, Euch mir zu offenbaren.«

Ambros Ambrosius wußte augenblicklich, daß ihm kein anderer Weg blieb, als dieser letzte Versuch, Margarete zu retten.

»Mein Vater besaß eine Uhr, um die ihn der Urgroßvater unseres Herrn Kurfürsten beneidete und die er gern selbst besessen hätte. Mein Vater, ein Apotheker und Medicus wie ich, konnte sich nicht entschließen, sie herzugeben. Auch dem Großvater unseres Herrn Kurfürsten nicht, der ihn bei seinem Besuch in Tangermünde ebenfalls darum bat. Ich aber will diese Uhr unserem allverehrten Herrn Kurfürsten zum Geschenk machen und ihn damit um das Leben der verurteilten Margarete Minde bitten, die unschuldig ist und die durch das Feuer sterben muß, wenn Seine Kurfürstlichen Gnaden sich nicht selbst dafür verwenden.«

»Eine Uhr?« fragte der Kanzler. »Eine Uhr?«

Ambros Ambrosius öffnete die Schaube, und der Kanzler sah auf den kleinen silbernen Totenkopf, den Ambros aufklappte.

»Ach – interessant! Ich habe dergleichen noch niemals gesehen. Sehr schön, eine wunderschöne Arbeit. Aber auch ein wenig makaber, Herr Medicus, findet Ihr nicht?«

»Für meinen Vater bedeutete sie eine ständige Mahnung, alles zu tun, um Leben zu erhalten. Deshalb wollte ich sie unserm Allergnädigsten Herrn Kurfürsten zum Geschenk machen.«

Der Kanzler hob den Kopf. »Dieses Geschenk, Herr Medicus, kommt – käme für ihn in einem denkbar ungünstigen Augenblick. Ich will offen sein und setze Eure ärztliche Schweigepflicht voraus. Unser allverehrter Herr Kurfürst hat einen Schlagfluß erlitten, der ihm die Sprache genommen hat und seine Kräfte außerordentlich einschränkt. Ich würde nicht wagen, ihm dieses Geschenk zu bringen, gerade dieses nicht.«

»Das habe ich – bei Gott – nicht gewußt«, sagte Ambros Ambrosius, nachdem er sich gefaßt hatte.

»Zudem, Herr Medicus, um auf Euer Anliegen zurückzukommen, Ihr werdet wissen, was in Prag und in Böhmen geschieht, daß Wien rüstet, und nicht nur Wien. Vielleicht macht auch Ihr Euch Gedanken, was daraus entstehen kann.«

»Krieg«, sagte Ambros Ambrosius.

Der Kanzler nickte. »Und Krieg bedeutet Leid und Schmerzen und viele Tote, und jetzt frage ich Euch: Was sind dagegen die Verurteilten in Tangermünde und diese eine Frau, für die Ihr hier steht? Was sind sie denn, gemessen an dem, was kommen kann über uns alle, über unser ganzes Deutsches Reich.«

»Hochverehrter Herr Kanzler, was hat das eine mit dem anderen zu tun?«

»Soviel, Herr Medicus, daß ein Menschenleben nicht zählt.«

Mutlos und niedergeschlagen fuhr Ambros Ambrosius zurück. Daheim angekommen, war er höchst erstaunt, daß sich Bürgermeister und Ratsherren noch nicht entschlossen hatten, den Tag zur Vollstreckung der Todesurteile festzusetzen. Vielmehr hatten sie sich mit einem Schreiben an den Kurfürsten höchstpersönlich gewandt.

Das erfuhr Ambros Ambrosius von Elsbeth Guntz. Von ihr erfuhr er auch den Inhalt des Schreibens. Der alte Bürgermeister Guntz hatte, aufgerüttelt von Ambros' Rede, die Bürgermeister und Ratsherren unsicher gemacht und zu diesem Schreiben veranlaßt:

»Und so bitten wir Euch, Allerhöchste Kurfürstliche Gnaden, unsern hochverehrten Landesherrn, um Stellungnahme, ob wir die Vollstreckung des Urteils an den des Brandes Überführten ausführen sollen, oder ob diese Vollstreckung so lange auszusetzen ist, bis wir der übrigen uns genannten Verschwörer habhaft geworden sind.«

Beantwortet wurde dieses Schreiben nicht vom Kurfürsten,

sondern von seinem Kanzler Friedrich Pruckmann, von dem Ambros Ambrosius gerade gekommen war, und so ahnte er, welchen Bescheid sie von diesem Kanzler bekommen würden.

Tatsächlich setzten dann Bürgermeister Helmreich als oberster Richter und die Ratsherren der Stadt die Vollstreckung des Urteils auf den 22. März fest; das war der Montag nach Palmarum Anno 1619.

Heute, heute! Ambros Ambrosius in der Apothekerstube fuhr sich mit beiden Händen über das Gesicht. Dann drehte er sich um, sah auf das Stundenglas und dann zum Fenster. Der Tag war da. Heute, heute!

Er wußte, die Verurteilten waren bereits zwei Tage vorher im Neustädter Tor zusammengebracht worden, und er wußte, daß Moritz Winsel schon vor zwei Tagen alles vorbereitet hatte, damit es durch den Sonntag keinen Aufschub gäbe.

Für fünfzehn Schilling hatte er Stroh und Teer zum Schmöken eingekauft. Einen Gulden und sechs Schilling hatte er dem Bettelvogt für die Herstellung von drei Brandpfählen vorausbezahlt. Für neun Zangen hatte er beinahe elf Taler verauslagt, ferner hatte er vier Säcke Kohlen gekauft und eine Tonne Bier bestellt, das während der langen Zeit des Verbrennens an alle daran Beteiligten ausgeschenkt werden würde. Einen Taler und sechs Groschen kostete das Ausleihen von drei Blasebälgen, und acht Groschen verlangte der Stendaler Marktmeister Trinkgeld für das Leihen von sechs Spießen. Mit den drei Hemden, die den Verurteilten auf ihrem Weg zum Richtplatz übergezogen werden sollten, hatte Moritz Winsel nichts zu tun, das war Sache der Stadt, und Sache der Stadt war es auch, das Bier und den Wein zu bezahlen, die den drei Verurteilten am Tag der Hinrichtung und besonders in der letzten Nacht verabreicht werden sollten.

Tonnies Meilahn trank und trank und ging auf und ab, soweit es seine Ketten erlaubten. Dazwischen kamen immer wieder die Augenblicke, in denen er seine Frau als Hure beschimpfte und verfluchte und dann wieder einen Becher Wein in sich hineinschüttete, sich hinwarf und rief: »Sie ist an allem schuld!«

Merten Emmert trank auch vom Bier und vom Wein, wandte sich seinen Bewachern zu und sagte: »So gut ist es mir noch nie gegangen. Wenn ich nur hätte so leben können, wie ich jetzt lebe.« Aber wenn ihm zu Bewußtsein kam, wie mit jedem Schlag der Turmuhr seine Todesstunde näher rückte, besann er sich. »Tinte habe ich nicht mehr, aber aus Bier und Staub läßt sich auch noch etwas machen.« Und er malte daraus sein eigenes Bild an die Wand. Er stellte sich dar an Ketten gefesselt und mit hocherhobenen Händen, und darunter schrieb er:

Laß deinen Sohn, mein Trost im Leben,
allzeit in meinem Herzen schweben.
Und wenn die Stund gekommen ist,
nimm mich zu dir, Herr Jesu Christ.
Denn ich bin dein, und du bist mein.
Wie gerne wollt ich bei dir sein.

Er las es seinen Bewachern vor, die nicht lesen konnten, und sie wandten sich ab. Es waren zumeist Kalbauer Wenden, die noch am alten Glauben hingen, und mehr als einer war darunter, der dachte: Wenn ich ihn bloß hier rausbringen könnte, denn dieser hier, der kann nicht schuldig sein.

Zu Margarete war am späten Nachmittag die Wartefrau des Kastners gekommen. Man hatte nicht gewagt, ihr den Zutritt zu verweigern, denn der Kastner war kurfürstlicher Verwalter der Steuergelder. Sie war eine Vertraute der Kathe Krulle, hatte die drei Söhne des Kastners betreut und geliebt, als wären es ihre eigenen gewesen. Alle drei waren innerhalb von vier Wochen gestorben. Es war einige Zeit her, aber die Wartefrau stand noch immer unter dem Eindruck der Unerbittlichkeit des Todes.

Ihr Gesicht war nicht weniger blaß und verhärmt als das Gesicht Margaretes, und sie konnte nichts anderes tun, als Margarete zu umarmen und mit ihr zu weinen. Und während sie so dastanden und die Wächter auf und ab gingen, flüsterte sie ihr ins

Ohr: »Mach dir keine Sorgen um deinen Sohn, Margarete. Es geht ihm gut, und es wird ihm weiterhin gutgehen.«

Margarete schluchzte heftig.

»Und wenn Ihr noch eine Bitte habt, irgendeine, Margarete, die Frau Kastnerin will alles tun, damit sie Euch erfüllt wird. Alles, Margarete, alles.«

»Was soll ich mir denn erbitten?« Sie ließ die gefesselten Hände fallen, und plötzlich sagte sie: »Ja, ich habe eine Bitte, eine allerletzte. Niemand glaubt mir, daß ich unschuldig bin, aber ich bin unschuldig, und ich werde unschuldig sterben. Sag der Frau Kastnerin, ich möchte mit dem Schwert gerichtet werden. Mit dem Schwert, das ist schnell vorbei, nicht mit dem Feuer, das dauert lange.« Und dann flüsterte sie: »Aber wenn das alles nicht geht, vielleicht hat dann Meister Ambrosius noch etwas für mich.« Margarete lächelte, und dabei liefen ihr die Tränen über das Gesicht. »Sterben ist schwer, unschuldig sterben ist hundertmal schwerer.«

Und noch einmal war an diesem späten Sonntagnachmittag des 21. März alles in Aufruhr. Die Frau des Kastners lief von einem Ratsherrn zum andern, und sie beschwor Helmreich und Asseburg händeringend, Margarete diesen letzten Wunsch zu erfüllen. Vergebens. Das war vorauszusehen gewesen. Und jetzt also war es soweit.

»Was soll ich tun?« Ambros Ambrosius sprach es laut aus. »Was soll ich tun? Hingehen und mit ansehen, wie sie auf dem Karren hinausgefahren werden? Wie sie ihnen allen die Finger abzwacken werden und wie sie danach die glühenden Zangen ansetzen, um sie zu reißen?«

Er stand am Fenster und sah, wie Pastor Gigas sich in Talar und Krulle auf den Weg zum Neustädter Tor machte. Kurz davor würde er mit dem Diakon von St. Nikolai zusammentreffen. Hilft es ihr, wenn sie mich sieht, hilft es ihr, wenn sie weiß, daß jemand dabei ist, der an ihre Unschuld glaubt? Ach, mein Gott, das kann ihr doch gar nicht helfen. Ambros Ambrosius nahm die Schaube vom Haken.

Als er die Tür öffnete, standen Alwine und Gansauge davor.

»Wenn Ihr geht, dann gehen wir mit Euch, Meister Ambrosius«, sagte Alwine. Und Gansauge sagte: »Jawoll, ein paar müssen ja noch sein außer Euch, die bezeugen können, daß sie unschuldig gestorben ist, und dieser Merten Emmert auch.«

Ambros Ambrosius nickte. »Gansauge, meinst du, daß wir es ihr haben erleichtern können, wir beide, heute nacht?«

»Wenn man's wüßte, Meister Ambrosius, wenn man's nur wüßte.«

Als sie aus der Tür traten, war, so kam es ihnen wenigstens vor, ganz Tangermünde auf den Beinen. Und alle hatten nur ein Ziel, das Neustädter Tor. Als die drei aus der Apotheke es erreichten, wurden die Verurteilten soeben von den Winselschen Knechten herausgeführt. Die Ketten an den Füßen waren ihnen bereits abgenommen worden, und sie mußten durch die Gasse der Stadtknechte gehen, die mit den geliehenen Spießen aus Stendal bereitstanden.

Moritz Winsel stieß zuerst Tonnies Meilahn auf den Karren, danach Merten Emmert und zuletzt Margarete. Alle trugen das weiße Leinenhemd. Meilahn und Merten Emmert hockten sich auf die eine Seite des Karrens, Margarete ihnen gegenüber. Ihre Hände waren noch immer mit Ketten gefesselt. Sie sahen darauf, und dann drehten sich Tonnies und Merten Emmert den vielen Menschen zu, die sich am Tor versammelt hatten. Margarete aber saß da und starrte mit großen, glänzenden Augen in den Himmel, und als Moritz Winsel zu einem seiner Knechte sagte: »Los, fahr los!«, drehten Tonnies und Merten den Kopf nach den beiden klapprigen Pferden. Nur Margarete saß immer noch mit großen glänzenden Augen da – wie vorher.

O Herrgott im Himmel, dachte Ambros Ambrosius, ich danke dir, das Mandragora ist in ihre Hände gekommen. O Herrgott im Himmel, ich danke dir!

Zwischen dem Schinderkarren, auf dem die Verurteilten saßen, und dem zweiten Wagen, auf dem die Tonnen mit den Kohlenfeuern glühten, gingen Pastor Gigas und der Diakon von

St. Nikolai. Hinter dem zweiten Karren gingen die Bürgermeister Helmreich und Asseburg mit dem Stadtschreiber Klessen in der Mitte. Ihnen folgten die Ratsherren, alle in Samtschaube, Samtbarett und Krulle.

Immer mehr Menschen drängten sich rechts und links des Weges. Bald waren es so unübersehbar viele, daß Winsel die Stadtknechte mit den Spießen vor den Schinderkarren beorderte, laut und grob, wie es seine Art war. »Schafft Platz! Schafft uns Platz! Wenn's sein muß, mit den Spießen!« Die Menschen wichen zurück. Es ging ihnen ja weniger um Tonnies Meilahn und Merten Emmert, es ging ihnen vor allem um das Weib, um die Brandstifterin Grete Minde. Wenn sie nur mitbekamen, was mit ihr geschehen würde.

Mitten in der Neustadt ließ Moritz Winsel den Zug anhalten, sprang auf den Karren, auf dem die Kessel mit den Holzkohlenfeuern brannten, stocherte in der Glut und hob die Zangen hoch. Ja, es war soweit.

»Tonnies Meilahn!« rief er, und die Bürgermeister Helmreich und Asseburg nickten. Moritz Winsels Knechte zerrten Tonnies Meilahn vom Karren herunter.

»Aber doch nicht hier!« rief Pastor Gigas. »Aber doch nicht hier!«

»Gerade hier!« schrie Moritz Winsel zurück. »Redet mir nicht in mein Geschäft, Gigas, ich rede Euch auch nicht in Eure Predigten hinein. Also!«

Seine Knechte rissen Tonnies den rechten Arm hoch, und Moritz Winsel setzte die Zange an Tonnies' Finger. Zweimal reichte ihre Glut, dann mußte er mit der zweiten zugreifen. Tonnies schrie, schrie und schrie, und ein Finger nach dem anderen fiel in den ledernen Eimer, den einer der Knechte darunter hielt. Es floß kaum Blut, die Glut der Zangen verschmorte die Adern. Dann stießen sie Tonnies Meilahn auf den Schinderkarren zurück, und der Zug ging weiter. Moritz Winsel fachte mit einem Blasebalg das Holzkohlenfeuer wieder an, und als der Zug zum zweitenmal hielt, zerrten sie Merten Emmert vom Karren herunter. Alle sahen, wie sehr Merten die Zähne aufeinanderschlugen. »Ich bin unschuldig«, brachte er nur hervor.

Pastor Gigas trat vor Ratsherren und Bürgermeister.

»Laßt das nicht zu! Verbietet das!«

»Es ist die Verordnung unseres obersten Landesherrn«, sagte Bürgermeister Helmreich. »Wir werden uns nicht widersetzen.«

Als die Finger Merten Emmerts in den ledernen Eimer fielen und er vor Schmerzen auf die Knie fiel, fingen einige Frauen zu schreien an. Ihre Männer drängten sie zurück. »Wenn ihr es nicht sehen könnt, dann geht nach Hause! Habt ihr schon vergessen, wie wir dagestanden haben nach dem Brand?«

Noch bevor der Zug das Ende der Neustadt erreicht hatte, waren die Zangen wiederum glühend genug, um Margarete vom Karren zu zerren. Sie wehrte Winsels Knechte ab und ging auf eine seltsam wandelnde Art, als ob sie im Traum wäre, auf den zweiten Karren zu.

Vor den Bürgermeistern blieb sie stehen.

»Ich bin unschuldig«, sagte sie, »unschuldig, unschuldig.«

Als Moritz Winsel die Zangen ansetzte, starrte sie wieder in den Himmel mit großen, glänzenden Augen. »Ich bin unschuldig«, sagte sie, während ihre Finger, einer nach dem anderen, in den Eimer fielen. Sie zuckte nicht, und kein Schmerzenslaut kam über ihre Lippen.

»Zauberei!« hieß es aufgebracht in der Menge von denen, die sie leiden sehen wollten. »Sie zanselt!« – »Sie ist eine Mare!« – »Wie ihre Großmutter, die war auch schon eine!«

Ambros Ambrosius stand mitten unter ihnen. »Herrgott, wenigstens das habe ich noch für sie tun können.«

Um die Mittagsstunde erreichte der Zug die Hinrichtungsstätte. War der Himmel am Morgen noch verhangen gewesen, jetzt brachte es die Sonne fertig, sich durch die Wolkenschleier hindurchzuquälen, minutenlang, dann verkroch sie sich wieder. Die Menschen, die sich am Richtplatz eingefunden hatten, sahen es nicht. Es waren Hunderte: nicht nur die Tangermünder, aus Stendal waren sie gekommen, aus Gardelegen, aus Havelberg.

Selbst den Schippern und ihren Knechten war es wichtiger, diese Hinrichtung mitzuerleben, als mit ihrem Ladegut weiterzufahren.

Tonnies Meilahn und Merten Emmert brachten es fertig, sich halbwegs geradezuhalten auf diesem kurzen Weg vom Karren bis zu den Pfählen. Nur Margarete ging wieder so merkwürdig wandelnd aufrecht, als ob sie in einem Traum wäre. Und jetzt waren viele unter denen, die gekommen waren, sie brennen zu sehen, die sagten: »Ist sie wirklich schuldig? Kann sie schuldig sein, so aufrecht, wie sie geht?« Die Frauen bemerkten unter dem weißen Leinenhemd das graue, seidene Kleid, das sie nicht abgelegt hatte. Und als Moritz Winsel Hemd und Kleid auseinanderriß und ihr die glühende Zange auf die Brust setzte, sahen sie den silberdurchwirkten Gürtel.

»Sie ist unschuldig!« schrie jemand. »Hört auf damit!« Aber das ging unter, denn sofort waren genug da, die schrien: »Unschuldig? Diese da? Die hat unsere Stadt angesteckt! Durch die da sind wir Bettler geworden. Sie soll brennen!«

Ambros Ambrosius ließ Margarete nicht aus den Augen. Noch spürt sie nichts, noch wirkt die Mandragora. Mein Gott, mein Gott, mehr habe ich nicht für sie tun können.

Plötzlich, als das Reißen mit den glühenden Zangen auch an Merten Emmert und Tonnies Meilahn geschehen war, richtete sich Margarete an ihrem Pfahl hoch auf, reckte die verstümmelten Hände in den Himmel und rief: »Ich bin unschuldig, das schwöre ich! Und Ihr, Pastor Gigas, schreibt es ins Kirchenbuch, und ihr alle, die ihr gekommen seid, weil ihr mich brennen sehen wollt, vergeßt es nie und sagt es Kindern und Kindeskindern: Ich bin unschuldig, ich habe diese Stadt nicht angezündet. Mir ist viel Unrecht geschehen, aber ich bin unschuldig!« Und bei diesem »Ich bin unschuldig!« blieb sie, als Moritz Winsel Stroh und Teer ansteckte und das Feuer zu brennen anfing. Sie rief es immer wieder, während die Flammen hochschlugen und der Qualm ihr den Atem nehmen wollte. Und was alle noch von ihr hörten, als die Mandragora schon nicht mehr wirkte und sie sich vor Schmerzen krümmte, war: »Ich bin unschuldig, ich bin unschuldig!« Und als vom Westen her ein Wind aufkam, über die Elbe heraufwehte und den Geruch nach Tang und fauligen Fischen und brackigem Wasser heraufbrachte, rief sie es immer noch, sagte es, flüsterte es: »Ich bin unschuldig.« Es waren ihre letzten Worte, bevor sie ohnmächtig am Pfahl zusammensank und die Flammen, die ihr den Leib bereits verbrannt hatten, ihr dichtes, dunkles Haar erfaßten und auflodern ließen. Merten Emmert und Tonnies Meilahn sahen es schon nicht mehr.

Was übrigblieb von den drei Hingerichteten, wurde abseits der Mauer von St. Elisabeth noch in der Nacht begraben.

Zu dieser Stunde schrieb der Stadtschreiber Klessen unter jedes der drei Todesurteile: Exequiret den 22. Marty Ao. 1619.

Als Ambros Ambrosius heimkam, setzte er sich zu Alwine und Gansauge in die Küche.

Er schwieg, und Gansauge schwieg, und die Alwine betete. Sie hatte auf dem Herd kein Feuer gemacht, sie saß da und betete. Und nachdem sie so dagesessen hatten, keiner wußte, wie lange, fragte die Alwine: »Soll ich was zu essen machen?«

Ambros Ambrosius schüttelte den Kopf.

»Nee, wirklich nich«, sagte Gansauge, »mir is der Aptiet verjangen.«

»Ich werde noch einmal nach der Kathe Krulle sehen«, sagte Ambros Ambrosius. »Vielleicht braucht sie mich.«

»Und ick muß ooch raus«, sagte Gansauge, »ick halte det hier nich aus. Wat mir so umtreibt is, det sie nu alle zufrieden sind. Nu is allet jut.«

Hinter Ambros Ambrosius ging er aus der Haustür.

»Soll ick Euch begleiten, Meister Ambrosius?«

»Nein, nein.«

Gansauge ging auf den Ratskeller zu und Ambros Ambrosius nach der anderen Seite, in Richtung des Hühnerdorfer Tores. Es waren noch immer viele Leute in der Stadt, aber es kümmerte sich niemand um ihn. Er ging sehr langsam, ihm war, als hätte er Gewichte an den Beinen.

Als er zurückkam, sagte er zu Alwine: »Es geht ihr etwas besser. Sie wird sich schon wieder zusammenrappeln, jetzt. Du kannst mir einen Becher Wein in die Stube bringen.«

Als Alwine in die Apothekerstube kam, stand er vor einem Regal, öffnete Büchse um Büchse, setzte sich dann, nickte ihr zu und fing an zu schreiben.

Er sagte es nicht am nächsten Tag und auch nicht am übernächsten. Aber eines Abends, als sie alle zusammen in der Küche um den Tisch saßen, sagte er: »Ich habe mich entschlossen, noch einmal auf Reisen zu gehen. Ich habe meine Bestände an Drogen und Kräutern durchgesehen und möchte diesmal alles, was ich brauche, selbst einkaufen. Ich werde also ganz gewiß bis nach Nürnberg reisen, vielleicht auch noch weiter, ich weiß es noch nicht. Und ich möchte mit euch zusammen alles vorbereiten. Natürlich bleibt hier alles, wie es ist. Du, Gansauge, wirst dafür sorgen, im Haus und im Stall. Und sorg mir auch gut für das Pferd. Und du, Alwine, wirst für das leibliche Wohl sorgen. Ich weiß nicht, wann ich zurückkomme. Aber ihr braucht euch keine Gedanken zu machen, ich lasse euch genug Geld hier, hier und im Rathaus.«

»Im Rathaus?« fragte Gansauge. »Nee, Meister Ambrosius, det is mir zu unsicher. Wir wissen doch alle, wie sie's mit Margareten gemacht haben. Wat die erst mal kassiern, det rücken sie nich mehr raus.«

»Gut«, sagte Ambros Ambrosius, »dann werde ich es bei Peter Mindes altem Freund Michael Guntz in der Schloßfreiheit deponieren. Ist dir das sicher genug?«

»Bei dem? Ja, bei dem ja.«

»Ich will euch sagen, warum ich noch einmal fortgehe. Ich kann hier in dieser Stadt nicht mehr atmen, und ich kann die Bilder nicht loswerden. Dieses Unrecht, das geschehen ist, und diese Schuld, die sie auf sich genommen haben und mit der sie so leicht weiterleben können.«

»Aber wenn ihr fortgeht, Meister Ambrosius«, sagte Gansauge, »dann is doch hier keen Apotheker mehr und keen Medicus.«

»Es gibt Apotheker in Stendal und in Gardelegen. Es wird ohne mich auch gehen. Ich bin schon einmal fortgegangen, weil ich etwas vergessen wollte. Nun gehe ich noch mal, vielleicht hilft es mir.«

Ambros Ambrosius packte seine Reisetasche in den Apriltagen. Auch das jährte sich zum vierzigsten Male. Aber diesmal fuhr er mit einem Elbkahn stromaufwärts über Magdeburg, Torgau und Meißen bis nach Dresden. Dort stieg er aus.

Am Morgen seiner Abreise, als er mit Gansauge zum Hafen hinuntergegangen war, hatten sie die alte Helmbrechtsche in ihrem Bett tot aufgefunden. Er hatte es noch erfahren, aber es berührte ihn nicht. Die Flußfahrt hatte ihn immer wieder an die Reise erinnert, die er vierzig Jahre vorher mit dem Studiosus Rudolf Platter die Rhône hinunter gemacht hatte. Auch hier auf der Elbe waren die Schifferknechte nicht die ehrsamsten, aber Angst um sein Leben hatte er keine einzige Stunde. Er aß mit ihnen und trank mit ihnen und legte mit Hand an, wenn sie in den Häfen ankamen, die Waren ausluden zum Stapeln und wieder einluden zur Weiterfahrt.

In Dresden suchte er sich eine Herberge, aber es hielt ihn nur ein paar Tage, so schön die Stadt auch war. Er ging immer wieder am Ufer der Elbe entlang, sah die Kinder mit Kieseln spielen und die Leute flanieren und sah den Fischern zu. Doch das alles erinnerte ihn wieder, und deshalb nahm er von Dresden den Reisewagen. Von Station zu Station rückte Tangermünde weiter fort. Er blieb hier ein paar Tage und dort ein paar Tage, half, wo es sich ergab, mit seinen Kenntnissen und erhielt dafür ein Entgelt. In den Spitälern nahmen sie ihn auf, und nicht selten bedrängten sie ihn zu bleiben.

Schließlich erreichte er Nürnberg, und dort blieb er. Diese geschäftige Stadt hielt ihn fest. Es war so ein anderes Leben hier, ein leichteres, wie überall in den südlichen Städten, die er kannte. Nicht nur auf den Märkten und in den Gewölben der Kaufleute, wo das Leben selbst, wie er es empfand, mit all seinen Gerüchen und Farben ein und aus ging. Die Häuser waren schmuckvoller gebaut, die Höfe waren größer, die Straßen waren breiter und die Menschen unbekümmerter. Die Bilder, die ihn fortgetrieben hatten, wurden blasser, endlich wurden sie blasser.

Ambros Ambrosius blieb ein ganzes Jahr in Nürnberg. Meistens lebte er in einem bescheidenen Quartier. Er ging in die Garküchen, kaufte sich da und dort ein Stück Brot und trank ein Glas Wein dazu. Er lebte ohne ein Ziel. Seine Kenntnisse übte er nur auf der Straße aus, an einer Marktfrau, an einem Bettler oder an einem Hund, wie es sich ergab. Er nahm kein Geld dafür, er lebte wie ein armer Mann. Er wollte wissen, wie das ist, wenn man für die nächste Nacht kein Dach über dem Kopf hat.

Hin und wieder ging er zu den Händlern, die Bilder und Drucke der eingesessenen Maler anboten. Radierungen und Kupferstiche. Er nahm sich Zeit, jedes einzelne Blatt zu betrachten. Seine Schuhe waren schäbig geworden, seine Jacke auch, und niemand traute ihm zu, daß er Geld genug in der Tasche hätte, um ein solches Blatt zu kaufen.

Eines Tages entdeckte er vor einem Kellergewölbe eine Mappe mit Blättern, auf der geschrieben stand: »Aus dem Nachlaß des niederländischen Malers und Kupferstechers Adrian Buren.« Adrian Buren! Ambros Ambrosius fing an zu blättern. Er wunderte sich, daß seine Hände nicht zu zittern anfingen und daß auch keine Welle der Aufregung in ihm hochschlug. Er blätterte: Wilhelmus von Oranien, Moritz von Oranien, drei Porträts spanischer Offiziere, danach eine Vedute, »St. Geertruidenberg«, wie darunterstand, und dann ein Altarbild, ein großer, gekreuzigter Christus, zu dessen beiden Seiten Söldner lagen, Wundgeschlagene, verbunden und unverbunden. Das Bild kam ihm bekannt vor, aber er wußte es in seiner Erinnerung nicht einzuordnen.

Die Treppenstufen herauf kam der Besitzer des Ladens.

»Interessiert Ihr Euch dafür?«

Ambros Ambrosius zuckte die Schultern.

»Ja, die Niederländer, die werfen die Blätter nur so auf den

Markt, preiswert. Andererseits hervorragend. Und überhaupt die Niederländer sind groß im Kommen.«

Ambros Ambrosius blätterte weiter. Das nächste Blatt zeigte einen Söldner, der am Hafen vor zusammengeschossenen Schiffen stand und ein Stück Brot in der Hand hielt.

»Mein Gott«, sagte Ambros Ambrosius, »mein Gott!« Er zog das Blatt aus der Mappe und ging in die Gassenmitte, um es unter besserem Licht betrachten zu können. »Mein Gott!« Und plötzlich wußte er, woher er das Bild mit dem Gekreuzigten kannte. Margaritje! Peter und Margaritje waren davor getraut worden. Wie oft hatte sie es erzählt.

»Ich kann Euch dafür einen guten Preis machen«, sagte der Besitzer des Ladens. »Obwohl, die Niederländer sind im Kommen. Ich hatte auch noch einen Kinderkopf.«

»Ein kleines Mädchen?«

Der Händler nickte. »Das Blatt war gleich weg.«

»Was soll das Blatt mit dem Söldner kosten?«

Sie einigten sich schnell, denn Ambros Ambrosius hatte Peter Minde erkannt, Peter Minde, und kein Preis wäre ihm für dieses Blatt zu hoch gewesen.

Und auf einmal wollte er heim. Das zusammengerollte Blatt unter dem Arm, erkundigte er sich nach dem nächsten Reisewagen, der nordwärts fahren würde, und ging danach in seine Herberge. Zwei Tage noch, und in diesen zwei Tagen kaufte er Kräuter und Drogen ein, verstaute alles voller Sorgfalt in einem Reisesack und packte dann seine Reisetasche. Er beglich die Rechnung in der Herberge und nahm Abschied von dieser heiteren Stadt mit ihren vielen sonnigen Tagen. Er wußte, daß niemand vor sich selbst davongehen konnte. Plötzlich wußte er es.

Der Abschied wurde ihm nicht leicht, und es war auch keine Sehnsucht nach Tangermünde in ihm. Er wußte nur, daß er zurückkehren mußte in diese strenge, vom roten Backstein geprägte Stadt, in der er geboren war, um sein Leben zu beschließen.

In Dresden angekommen, wartete er auf einen Elbkahn. Es war

Sommer, und die Kähne fuhren auf und ab. Der nächste, der kam, nahm ihn gern für ein gutes Entgelt nach Tangermünde mit. Der Schipper war in Stendal zu Hause, und seine Frau stammte aus Tangermünde, und er erzählte, froh darüber, sich auf diese Weise die Zeit vertreiben zu können, was sich alles vor kurzem in Tangermünde an Aufregungen ereignet hatte.

»Im vorigen Jahr ist es schon losgegangen, da ist vom 11. auf den 12. Juli in der Nacht ein entsetzlicher Sturm gewesen, aber nicht bloß ein Sturm, es hat ein Erdbeben gegeben. Ein Erdbeben in Tangermünde! Die Stadtmauer ist an einigen Stellen eingestürzt, und in der Stephanskirche, hinterm Altar, ist die Mauer gerissen, und ich weiß nicht, wie viele Gräber eingesunken sind und wie viele Keller voller Wasser waren. Und kaum hatten sich die Tangermünder von dem Schrecken erholt, fing es mit dem Regen an, Regen, und das zur Erntezeit. Die Elbe ist über die Ufer getreten. Das war, als ob man auf einem großen See dahinfahren müßte, und wir hatten unsere Not, uns mit unseren Elbkähnen in Sicherheit zu bringen. Das Korn auf dem Dobberanschen Felde ist ganz und gar verdorben, und ob Ihr's glaubt oder nicht, Herr, das Wasser hat bis an die Ähren gestanden. Und Pastor Gigas, ich weiß nicht, ob Ihr ihn kennt, er mag ja ein bißchen verrückt im Kopf sein vom Studieren, aber der hat gesagt: ›Jetzt rächt sich eure Schuld.‹ Und was kann er denn damit anderes gemeint haben als die Schuld an der Grete Minde? Das ist die, von der sie glauben, daß sie Tangermünde angesteckt hat. Sicher habt Ihr davon gehört, Herr, daß sie dafür auf den Scheiterhaufen gekommen ist. Aber den Tangermündern darf man ja damit nicht kommen. Obwohl, Herr, jetzt haben sie gerade wieder einen am Wickel und bringen ihn auf die Folter. Das ist ein gewisser Andreas Lüdke, der Stadtdiener, der geschworene, und wißt Ihr, warum? Weil er mit zwei Brüdern, Horneborg heißen die, gemeinsame Sache gemacht hat. Der und die Horneborgs haben nämlich die Stadt angesteckt, und nicht dieser Schelm Tonnies Meilahn, den sie auch mit verbrannt haben. Der mag ja dabeigewesen sein, aber auf keinen Fall ist die Grete Minde mit dabeigewesen, obwohl sie allen Grund dazu gehabt hätte. Und dieser Kerl, dieser Merten Emmert, den sie gleich mitverurteilt haben, der hat auch keine Schuld gehabt, aber denen hilft das nun alles nicht mehr. Die sind tot und stehen nicht wieder auf. Gebrannt hat's auch schon wieder, die Asseburgsche Scheune und noch zwei andere.«

»Ist das wirklich so, wie du sagst?«

»Ja, das ist alles wirklich so, wie ich's sage, Herr, kein Wort zuviel. Und wenn Ihr noch mehr wissen wollt, ich weiß ja nicht, ob's Euch interessiert, aber da sind auch noch die Revoltenmacher, die Gesellen und Knechte, die haben sich auch zusammengetan und sind vor das Rathaus gezogen und haben gefordert, daß sie mitreden wollen, wenn im Rathaus die Beschlüsse unter Ratsherren und Bürgermeistern ausgekungelt werden. Asseburgs Sohn gehört auch dazu. Ihre Eingabe liegt jetzt bei unserem jungen Kurfürsten, der alte ist ja im vorigen Jahr gestorben, und dessenthalben haben sie große Hoffnung, daß sie von ihm nicht überhört werden. Weil ja überall im Land, ich meine überall im Reich, sich so vieles tut. – Ja, Herr, so sieht's aus. Und jetzt frage ich Euch, wollt Ihr wirklich in diesem Tangermünde aussteigen, wollt Ihr nicht lieber mit mir bis Wittenberge?«

»Nein, ich steige in Tangermünde aus, und ich danke Euch.«

»Wofür denn, Herr? Ich hab Euch doch bloß erzählt, was sich alles getan hat, weil ich gedacht hab, es könnte Euch interessieren und weil man auf so einer Fahrt viel Zeit hat.«

Ambros Ambrosius nickte.

Als der Elbkahn auf Tangermünde zusteuerte und Ambros Ambrosius die Silhouette der Stadt in der untergehenden Sonne auftauchen sah, die hohe Stadtmauer und die Burg darüber, dahinter der Turm der Stephanskirche und die Dächer, die vielen neuen Dächer, dachte er: Hätte ich nicht doch lieber bleiben sollen, wo ich war? Hätte ich nicht dort mein Leben zu Ende bringen sollen?

Der Schipper manövrierte mit der grauen Rah und steuerte den Kahn in den Hafen hinein.

Die Roßfurt, die Putinnen, oben die Mauern von St. Nikolai, und dazu wieder die Dächer darüber.

Der Knecht des Schippers machte fest und brachte danach Ambros Ambrosius' Tasche und den Reisesack ans Ufer.

»Euch erwartet wohl niemand?« fragte der Schipper.

»Nein. Aber ich finde schon ein Gespann, das meine Sachen in die Stadt hinauffährt.«

»Erlaubt mir noch eine Frage, Herr. Seid Ihr etwa in Tangermünde zu Hause?«

»Ja, das bin ich.«

Ausgewählte Belletristik bei C. Bertelsmann

Pearl Abraham
Die Romanleserin
Roman. 352 Seiten

Elizabeth Berg
Der Tag, die Stunde
Roman. 256 Seiten

Nelson DeMille
Rückkehr nach Spencerville
Roman. 450 Seiten

Nicholas Evans
Der Pferdeflüsterer
Roman. 450 Seiten

Robert Goddard
Das Geheimnis der Lady Paxton
Roman. 512 Seiten

Tessa de Loo
Die Zwillinge
Roman. 480 Seiten

Colleen McCollough
Günstlinge der Götter
Roman. 850 Seiten

Richard North Patterson
In letzter Instanz
Roman. 480 Seiten

Sonay A.
Hier will ich leben
288 Seiten